Greg Walters

Die Geheimnisse der Âlaburg

Buch

Leik, 16 Jahre, erlebt einen Winter, der sein ganzes Leben auf den Kopf stellt. Er trifft seine erste Liebe, besucht eine Universität, in der Magie gelehrt wird, und findet zum ersten Mal im Leben Freunde.

Aber seine Welt ist dem Untergang geweiht. Nur wenn Leik es schafft, die Farben der Zauberei richtig einzusetzen, kann er sie retten. Denn außer ihm kann niemand auf der Welt alle drei magischen Farben sehen. Das macht ihn außergewöhnlich – und gefährlich …

Autor

Greg Walters, geboren 1980, begann während seines Geschichts- und Politikstudiums mit dem Schreiben von Fantasygeschichten. Sein Debütroman „Die Geheimnisse der Âlaburg“ begeisterte zahlreiche Leser und eroberte die Amazon-Bestsellerlisten.

Gemeinsam mit seiner Frau und seiner rotblonden Labradorhündin Lenka lebt Greg Walters in Braunschweig, wo er derzeit am dritten Band der Farbseher Saga arbeitet. Weiteres zum Autor: www.gregwalters.de

Romane

Die Geheimnisse der Âlaburg (Farbseher Saga 1)
Die Legenden der Âlaburg (Farbseher Saga 2)
Die Chroniken der Âlaburg (Farbseher Saga 3 - 2017)
Die Sagen der Âlaburg (Farbseher Saga 4 - 2018)

Greg Walters

Die Geheimnisse der Âlaburg

Roman

Autor: Greg Walters
Umschlaggestaltung, Illustration: Alerim

www.gregwalters.de
www.facebook.com/gregwaltersautor
www.instagram.com/gregwalters_autor/

Für Kristin

Markttag

Verschlafen und mit vor Kälte rot gefrorenem Gesicht hob Leik mehrere große Pakete vom Rücken seines Pferdes Rewen. Dem schmalen Jungen, der für seine sechzehn Jahre ein bisschen zu klein war, sah man die Anstrengung an. Er hatte ein gutmütiges, hageres Gesicht mit großen, blaugrünen Augen und einen schlaksigen Körperbau. Leik begann die Pakete zu entknoten und legte die darin befindlichen Felle auf seinen hölzernen Verkaufstresen. Vom Verkaufserlös dieser Tierfelle mussten der Wildhüter Gerald, bei dem Leik lebte und bei dem er in die Lehre ging, und er selbst in diesem Winter ihren Lebensunterhalt bestreiten. Es würde schon bald zu kalt sein, um weiter in den tiefen Wäldern des Arellgebirges auf die Jagd zu gehen. Mit dem Geld, das er heute verdiente, würden sie in den nächsten Monaten im Dorf Getreide, Bier, Kleidung und andere lebenswichtige Dinge einkaufen.

Leik baute seine Verkaufsfläche auf wie immer. Dabei kam er schnell ins Schwitzen. Die dicken Kleidungsstücke, die er trug, waren draußen im Wald nötig, hier jedoch behinderten sie ihn und engten ihn ein. Hastig zerrte er sich seine dick gepolsterten Handschuhe ab und zog die Fellmütze vom Kopf. Dabei fielen ihm die dunkelblonden Haare ins Gesicht, die Leik mit einer routinierten Geste nach hinten fegte.

Ganz links, von seiner Position hinter dem Verkaufstresen aus, legte er die Felle der Schneefüchse hin. Daneben die der selten gewordenen Roten, dann folgten die Wildschwein- und Rehbockfelle und anschließend die der Hasen und ein Bärenfell. Das transportierte er schon seit Monaten den weiten Weg ins Dorf herunter, ohne dass bisher irgendjemand daran Interesse gezeigt hätte. Überhaupt liefen die Geschäfte an den wöchentlichen Markttagen immer schlechter, gerade bei so eisigen Temperaturen wie heute. Nur noch wenige Händler aus Toronheim oder

Gerundhausen machten sich auf den weiten Weg ins Dorf Sefal, um sich hier mit Fellen, Mineralsteinen oder Waldkräutern einzudecken. Seit in den letzten Monaten mehrere Karawanen in den dichten, einsamen Wäldern des Tals, das vom Arellgebirge umschlossen wurde, überfallen worden waren, hatten viele Menschen Angst, so weit nach Norden zu reisen.

Leik beendete die Aufbauarbeiten und stellte sich hinter seine improvisierte Ladentheke. Um diese Zeit war noch nicht viel Kundschaft unterwegs, sodass er sich den Marktplatz genauer anschauen konnte. Neben ihm hatte sich wie immer Marel aufgebaut, der gerade Kräuterbündel am Vordach seiner provisorischen Verkaufshütte befestigte. Daneben legte Hondry, der Metzger des Dorfs, lange Wurstschlangen und große Schinken aus und rieb sich nach getaner Arbeit den dicken Bauch, um anschließend mürrisch aus seiner Bude zu schauen. Gegenüber von Leik verkauften mehrere Frauen aus dem Dorf selbst gesponnene und gefärbte Stoffe, die in großen, vielfarbigen Ballen auf Holztischen lagen. Die bunten Stoffrollen bildeten einen merkwürdigen Kontrast zur verschneiten Umgebung. Direkt nebenan versuchte der alte Eremit Krell seine bunt schimmernden Steine, die er im Fluss Heling sammelte, an den Mann zu bringen. Schräg hinter ihm lag der Verkaufsstand, dem Leiks eigentliche Aufmerksamkeit galt. *Zefis Nussrösterei* stand in bunten Lettern über dem kleinen Bretterverschlag, aus dessen Schornstein es mächtig qualmte und von dem ein Duft nach gerösteten und kandierten Haselnüssen zu Leik herüberwehte.

Ob sie heute wieder da ist?, überlegte Leik. Seitdem er das dunkelhaarige Mädchen vor vier Wochen das erste Mal gesehen hatte, ging sie ihm nicht mehr aus dem Kopf. Diese Gefühle verwirrten Leik, normalerweise hatte er sich nie viel aus Mädchen gemacht. Er hatte nie verstanden, warum Gerald so viel mit Marielle, der Wirtin des „Lustigen Ebers“, sprach und warum sie bei einigen seiner Bemerkungen errötete, woraufhin sein strenger Meister ihr immer besonders viel Trinkgeld gab. Auch einige der etwas älteren Jungs aus dem Dorf redeten viel und oft über Mädchen, wobei sie besonders deren körperlichen Vorzüge beschrieben und dabei derbe Scherze machten, die Leik nicht so richtig verstand. Ihm war dieses Gerede immer langweilig vorgekommen. Es war doch viel spannender, sich über einen neuen Jagdbogen oder das Fährtenlesen zu unterhalten. Doch seit er die junge Verkäuferin aus Zefis Hütte das erste Mal gesehen hatte, fand Leik, dass Mädchen durchaus ein interessantes Thema sein konnten.

In den letzten Wochen war sie leider nicht da gewesen. Leik war an jedem Markttag um Zefis windschiefe Hütte herumgeschlichen in der Hoffnung, sie zu sehen. Doch sie schien nicht regelmäßig nach Sefal zu kommen, um ihrem Onkel zu helfen. Deshalb ging er jetzt aufgeregt zu der Nussrösterei herüber und steckte verstohlen den Kopf in die kleine Bude.

„Wir haben noch geschlossen", tönte eine wunderschöne, weibliche Stimme aus dem hinteren Teil der Verkaufsbude, „der Zucker ist noch nicht heiß genug, komm in einer halben Stunde wieder." Ein dunkelhaariges Mädchen, vielleicht zwei, drei Jahre älter als Leik, drehte sich zu ihm um. *Sie* war es. Endlich war sie wieder einmal in Sefal. „Soll ich dir Bescheid sagen, wenn es so weit ist?", fragte sie Leik mit einem Lächeln.

Vor Schreck über ihr plötzliches Auftauchen bekam er kein Wort heraus, sondern merkte nur, wie ihm der Kopf heiß wurde. *Oh nein, ich werde rot,* dachte er beschämt.

„Kannst du nicht sprechen?", fragte sie ihn freundlich.

„D…d…doch."

„Naja, viel sagen kannst du nicht, aber immerhin bist du nicht stumm", meinte sie grinsend. „Mein Name ist Drena. Ich bin die Nichte von Zefi und komme aus Toronheim. Ich helfe ihm manchmal aus und verdiene mir ein paar Gulden dazu, aber meine Mutter sieht es nicht gern, wenn ich mit den Händlern hierher reise, wegen der Überfälle in den letzten Monaten. Mütter, du weißt schon …" Bei diesen Worten verdrehte sie ihre wunderschönen braunen Augen. „Schön, mal jemanden zu treffen, der kein mürrischer Händler oder raubeiniger Söldner ist. Wie heißt du?", fragte sie mit dem bezauberndsten Lächeln, das Leik jemals gesehen hatte.

„Leik", antwortete er verwirrt darüber, dass solch ein anmutiges Wesen überhaupt mit jemandem wie ihm sprach.

„Hallo Leik“, sagte Drena und streckte ihm ihre Hand hin, die er wie in Trance erfasste. Leik bemerkte, wie unglaublich weich und warm ihre Haut war. „Schön, dich kennenzulernen. Du verkaufst doch da drüben die Felle, oder?“

Sie weiß, wer ich bin, dachte Leik begeistert, was dazu führte, dass er nur sehr verzögert antwortete: „Ähm … ja.“

Daraufhin ließ das dunkelhaarige Mädchen ihr glockenhelles Lachen erklingen und sagte: „So, Leik, es war nett mit dir zu plaudern, aber ich muss jetzt weitermachen, sonst brennt der Zucker an. Komm doch gegen Mittag wieder, dann gebe ich ein paar kandierte Haselnüsse aus, wenn Zefi gerade nicht hinschaut.“ Sie zwinkerte ihm zu, drehte sich um und verschwand mit wehenden Haaren im hinteren Teil der Verkaufsbude.

Leik blieb noch eine ganze Weile wie angewurzelt stehen, bis er merkte, dass das Mädchen verschwunden war. Dann ging er zurück zu seinem eigenen Stand und begann mit den Kunden um den Preis für die Felle zu feilschen.

Heute war einer der besseren Tage. Leik verkaufte einige von den Hasenfellen und auch etliche Fuchsfelle, aber das riesige Bärenfell blieb wie immer liegen. Schon stand die trübe Wintersonne im Zenit, und Leik überlegte, ob er Drenas Einladung – *was für ein wunderbarer Name,* schoss es ihm durch den Kopf – annehmen sollte. Er überlegte gerade, wie er möglichst lässig zu Zefis Hütte hinübergehen konnte und was er zu Drena sagen würde, als ihn plötzlich jemand ansprach und aus seinen Gedanken riss.

„Verkaufssst du hier diessse Felle?“, fragte eine heisere und zischende Stimme.

Leik konnte den Mann nur schwer verstehen. Er hörte mehr ein lispelndes Rasseln als Worte. Als Leik aufschaute, sah er einen großen Fremden, der in einen schwarzen Umhang gehüllt war, dessen Kapuze ihm so tief ins Gesicht fiel, dass man es nur schemenhaft erkennen konnte. An seiner Seite baumelte ein großes Schwert, und wenn er sich bewegte, ertönte ein Klirren, wie es nur von einem Kettenhemd kommen konnte, das er wohl unter dem schweren Mantel trug.

„Ja, das tue ich. Wie kann ich Euch weiterhelfen, Herr?“, antwortete Leik selbstbewusster, als er sich fühlte.

Mit seiner großen, in einen schwarzen Handschuh gehüllten Hand fuhr der Fremde über die Auslage und grub seine Finger in unterschiedliche Felle. „Wasss willssst du für dasss Bärenfell?“, fragte er abrupt.

Leik witterte ein gutes Geschäft und setzte den Preis extra hoch an, um dann beim Handeln auf eine angemessene Entlohnung zu kommen. „Fünfundzwanzig Gulden!“ Das war zwar ein Vermögen, doch Bärenfelle waren sehr selten, da kaum jemand so hoch ins Gebirge stieg, um sich den Furcht einflößenden Kreaturen zu nähern, geschweige denn, sie zu jagen. Gerald war im gesamten Tal der Einzige, der sich das traute. Leik hoffte, dass der Fremde bei diesem Preis nicht gleich wieder wegging.

„Dasss issst aber sssehr viel für ein einzigesss Bärenfell. Ich gebe dir maximal zzzwanzzzig Gulden, Junge!“, sagte der auf Leiks Preisvorschlag entschieden.

Das war fast die doppelte Summe, die Leik erwartet hatte, daher schlug er sofort ein: „Abgemacht!“

„Pack mir dasss Fell ein! Ich habe noch andere Dinge zzzu erledigen. Kurzzz vor Ende desss Marktesss werde ich esss abholen.“ Als Leik gerade Luft holte, um einzuwenden, dass er das Bärenfell nicht den ganzen Tag reservieren könne, sagte der fremde Mann: „Hier sssind zzzehn Gulden als Anzzzahlung, den Ressst gebe ich dir heute Abend. Einverssstanden?“

Leik bejahte und nahm das Geld entgegen. Sorgfältig zählte er die silbernen Münzen ab.

„Dann sssehen wir unsss in ein paar Ssstunden, Junge. Ich hoffe, ich kann mich auf dich verlasssen“, sagte der Fremde und verschwand in der Menschenmenge.

Zwanzig Gulden, dachte Leik und konnte es gar nicht fassen. Wenn er das heute Abend Gerald erzählen würde, wäre der sicher stolz auf ihn, und sie würden für den Rest des Winters keine Geldnöte mehr haben. Mit einem Grinsen im Gesicht ging er rüber zu Zefis Nusshütte, um, wie verabredet, Drena zu sehen.

Als er auf die kleine Bude zukam, sah er Zefis verkniffenes Gesicht, der ihn gleich anfuhr. „Was willst du, Leik? Du hast doch sowieso nie Geld, und umsonst gibt es nichts bei mir, wie du sehr wohl weißt."

Verblüfft blieb Leik stehen, nahm all seinen Mut zusammen und sagte: „Eigentlich wollte ich mit Drena sprechen."

Darauf zog der alte Nusshändler die linke Augenbraue hoch. „Sie ist nicht mehr da. Meine Nichte ist schon am späten Vormittag wieder abgereist. Es soll heute den ersten Schneesturm in diesem Winter geben, da habe ich das Mädchen mit der erstbesten Karawane zurückgeschickt, damit sie heute Abend wieder in Toronheim ist. Was wolltest du denn von meiner kleinen Anverwandten?", fragte er gehässig.

Leiks Herz machte einen Satz. *Sie ist weg,* schoss es ihm durch den Kopf. Gerade erst hatte er Drena wiedergesehen, die hübsche Verkäuferin hatte sogar mit ihm geredet, und nun war das Mädchen schon wieder verschwunden. „Ich wollte mich nur mit ihr unterhalten", antwortete er traurig.

„So so, nur unterhalten, das kenne ich schon von solchen Kerlen wie dir, die die meiste Zeit im Jahr draußen im Wald rumlungern. Schlag dir das aus dem Kopf, Leik! Drena ist nichts für dich! Sie ist ein paar Jahre älter als du, was sollte sie schon von dir wollen." Bei diesen Worten kicherte Zefi gehässig in sich hinein. „Außerdem wird sie in Zukunft seltener nach Sefal kommen. Den Winter über bleibt sie erst einmal in Toronheim bei ihrer Mutter. Die Reise ist zu gefährlich bei Schnee und Eis, selbst ohne Überfälle." Und damit wandte er sich dem nächsten Kunden zu und tat so, als ob Leik gar nicht existierte.

Der ging mit hängenden Schultern zurück zu seinem Tresen. *Wann werde ich Drena wohl wiedersehen,* fragte er sich, und ihn beschlich ein merkwürdiges, trauriges Gefühl, das er bisher nicht gekannt hatte. Merkwürdigerweise dachte er überhaupt nicht über den kleinen Altersunterschied zwischen sich und Drena nach. Solche Nebensächlichkeiten spielten für ihn keine Rolle, also verschwendete er auch keine Gedanken an sie. In den nächsten Stunden ließ Leik sich mehrmals beim Feilschen übervorteilen, weil er immer nur an die schöne Verkäuferin dachte. Doch das Geschäft lief seit der Mittagsstunde ohnehin nur sehr schleppend.

Allerdings – die zwanzig Gulden für das Bärenfell waren Ersatz genug für die schlecht verhandelten Verkäufe.

Leichtsinn

Der Tag neigte sich dem Ende entgegen und schnell wurde es deutlich kälter. Immer grauere Wolken zogen über den dämmerigen Himmel und die Sonne ging ihrem Tiefstand entgegen. Bald würde es wieder zu schneien anfangen. Man konnte den Neuschnee fast riechen. Die meisten Händler hatten schon zusammengepackt und der Marktplatz leerte sich zusehends. Auch Leik begann seine Waren auf dem Rücken des braven Rewen zu verstauen. Eigentlich hätte auch er schon längst losreiten müssen, denn der Weg zu Geralds Hütte war lang und auch ohne Schneesturm im Dunkeln gefährlich. Doch Leik wartete immer noch auf den Fremden, der ihm die zehn Gulden Anzahlung für das Bärenfell gegeben hatte.

Die Zeit verrann und Leik wurde immer ungeduldiger. Außerdem hing er seinen Gedanken an Drena nach und verfluchte das Schicksal, dass er sie nicht näher kennengelernt hatte. Inzwischen war die Sonne untergegangen und die Welt versank langsam im Zwielicht zwischen Tag und Nacht. Doch Leik wollte die zehn Gulden nicht stehlen, ohne dem Fremden dafür seine Ware gegeben zu haben. Als es schließlich zu schneien anfing, beschloss er, das Bärenfell im „Lustigen Eber“ zu hinterlegen. Dort kehrten alle Gäste des Ortes über kurz oder lang ein.

„Komm, Rewen, alter Junge“, sagte er mit dampfendem Atem zu seinem Packpferd und führte es über den leeren Marktplatz zum Gasthof. Über ganz Sefal legte sich sanft eine weiße Schneedecke. Leik knotete den Wallach an der dafür vorgesehenen Holzstange vorm Wirtshaus an und ging mit dem verschnürten Paket in die gemütlich warme Schankstube. Drinnen war es voll und laut. Die Luft war rauchgeschwängert und stickig. Dem Jäger schlug der Geruch von Pfeifentabak, verschüttetem Bier und altem Fett entgegen. Mehrere Bedienungen wuselten mit vollen

Tabletts und großen Bierkrügen zwischen den schweren Holztischen umher. Leik ging zielstrebig auf den massiven Tresen zu, hinter dem eine kräftige blonde Frau Gläser spülte.

„Hallo, Leik", begrüßte die Wirtin Marielle ihn. „Was machst du denn um diese Zeit und bei dem Wetter noch hier?"

„Hallo, Marielle", erwiderte Leik die Begrüßung. „Ich habe bis eben auf einen Kunden gewartet, der schon angezahlt, aber sein Fell dann nicht geholt hat."

„Verlässlich wie immer", sagte sie lächelnd zu ihm.

„Kann ich das Paket bei dir stehen lassen? Vielleicht ist es ja einer deiner Gäste und er fragt nach mir", erklärte Leik der Wirtin. „Könntest du ihm in diesem Fall das Fell übergeben, wenn er dir zehn Gulden dafür gibt? Du kannst einen Gulden als Provision davon behalten."

Daraufhin lachte die Wirtsfrau auf: „Glaubst du wirklich, ich würde von dir Geld annehmen? Wer sollte denn meine Ponys kurieren, wenn sie wieder zu lange im Schnee gestanden haben oder der faule Ramny ihnen wieder abgestandenes Wasser zum Saufen gegeben hat? Nein, nein! Eine Hand wäscht die andere, wie man so schön sagt. Ich bin froh, mich auch mal revanchieren zu können. Außerdem kann ich doch dem Gehilfen des feschen Gerald keinen Wunsch abschlagen", sagte sie mit einem Augenzwinkern, das Leik nicht so richtig verstand.

„Ich danke dir", sagte Leik nach dieser für ihn komponierten Lobeshymne und schob der Wirtin das große verschnürte Bärenfell über den Tresen.

„Wie sah er denn aus?", fragte Marielle, nachdem sie das Paket sicher unter der Theke verstaut hatte.

„Das kann ich nicht so genau sagen, aber er war sehr groß und bewaffnet. Vielleicht war der Kerl einer der Wachen für die Karawanen. Er hatte einen dunklen Umhang an, aber das haben ja viele der Söldner", seufzte Leik.

„Ich werde mein Bestes geben, um dein Geschäft zu beenden", sagte Marielle aufmunternd.

„Willst du da wirklich wieder raus?", fragte sie ihn besorgt, als Leik sich auf den Weg machte. „Wenn du willst, kannst heute Nacht im Schankraum schlafen. Die Zimmer sind leider alle belegt, aber hier ist es wenigstens warm. Allerdings müsstest du dich noch ein bisschen gedulden, bis du dich hinlegen kannst. Wenigstens so lange, bis die meisten Gäste im Bett sind", sagte sie und zeigte dabei in den vollen, lauten Innenraum.

Leik dachte kurz über ihr Angebot nach. Die Aussicht, noch stundenlang auf die letzten Betrunkenen zu warten, um dann auf dem Boden zu schlafen, bewog ihn dazu, die Heimreise anzutreten. Sein eigenes Bett rief ihn. Außerdem wusste er, dass sich Gerald Sorgen machen würde, wenn er nicht nach Hause käme. Deshalb sagte er: „Danke für das Angebot, Marielle, aber du weißt ja, eigenes Bett ist Goldes wert. Das bisschen Schnee kann einen Wildhüter-Lehrling nicht aufhalten", versuchte Leik optimistisch zu klingen.

„Wie du willst", entgegnete die Wirtsfrau mit leicht hochgezogenen Augenbrauen. „Dann gute Heimreise, pass auf dich auf da draußen und grüß Gerald ganz lieb von mir. Sag ihm, dass er mich mal wieder besuchen soll."

Als Leik Rewen vor dem Gasthaus ableinte, bemerkte er, dass der Sturm deutlich stärker war als vor seinem kurzen Abstecher in den „Lustigen Eber" und dass es nun viel kräftiger schneite. Dazu war es auch deutlich kälter geworden und die Dunkelheit hatte endgültig das letzte Tageslicht verdrängt. Er zog seinen Wollumhang noch enger um sich und verfluchte seinen Leichtsinn, so lange mit der Heimreise gewartet zu haben. Dann trieb er den grauen Wallach zur Eile an und verließ das Dorf. So schnell es ging, ritt Leik in die windumtoste Nacht, ließ die Dorfgrenze hinter sich und bog in den dunklen Wald ein.

Eine gefährliche Heimreise

Mühsam quälten sich Leik und Rewen durch die immer höher werdenden Schneewehen. Die Gipfel des Arellgebirges waren nicht mehr zu sehen und auch der Weg nur noch schemenhaft erkennbar. Dennoch trabte der alte Wallach, in der Hoffnung auf einen warmen Stall und eine ordentliche Portion Hafer, weiter in Richtung Jagdhütte. Leik verließ sich bei diesen Sichtverhältnissen vollkommen auf ihn und hoffte, dass er heil zu Hause ankommen würde. Er sah in Gedanken schon das kleine, golden glühende, durch Kerzen und den flackernden Widerschein des Kamins beleuchtete Fenster des Wohnzimmers im Schneetreiben auftauchen.

Verfluchte Kälte, dachte er und überlegte erneut, wie dumm es gewesen war, dass er den Markt in Sefal nicht früher verlassen hatte. Doch die Aussicht darauf, so kurz vor dem Winter zwanzig Gulden zu verdienen, war einfach zu verlockend gewesen, und außerdem wollte er nicht als Dieb gelten.

Trotz seiner misslichen Lage gingen seine Gedanken immer wieder zurück zu Drena. Die liebliche und vollkommene Drena. Warum nur hatte er sie nicht schon früher angesprochen? Nun musste Leik sich bis zum nächsten Frühjahr gedulden. *Wer weiß, ob sie überhaupt wiederkommt,* dachte er niedergeschlagen. Zefi schien von seinem Interesse an Drena überhaupt nicht begeistert zu sein.

Dann glitten Leiks Gedanken zu seinem Meister. Er würde sich gut überlegen müssen, wie er ihm erklären sollte, warum er einige der besten Felle zu so niedrigen Preisen verkauft hatte. Wegen Drena war er so verwirrt gewesen, dass mehrere der Fellgroßhändler aus Gerundhausen und Toronheim leichtes Spiel mit ihm gehabt hatten. Die zehn Gulden für das Bärenfell waren auch nur der Mindestpreis. Sollte der Fremde den Rest nicht begleichen, hatten sie zwar das Geld, aber Gerald würde es lieber nicht anrühren, bis geklärt war, wem es gehörte. In jedem Fall würde sein Meister wissen wollen, warum sein Lehrling heute nur so wenige Gulden mit nach Hause brachte und ob er vergessen hatte, wie schwierig es inzwischen war, überhaupt noch vernünftige Felle zu bekommen.

Leik wusste es nur zu gut. In den dichten Wäldern des Arelltals und selbst in den Ausläufern des Gebirges gab es in den letzten Monaten immer weniger Wild. Weder Gerald noch irgendjemand anderes hatte eine Erklärung dafür. Es schien, als seien die Tiere einfach verschwunden.

Der Wallach strauchelte. Leik erwachte aus seinen sorgenvollen Gedanken und merkte erst jetzt, wie kalt ihm war. Seine Hände fühlten sich taub an und er war kaum noch in der Lage, das Zaumzeug zu halten. Auch Leiks Füße fühlten sich an, als gehörten sie nicht mehr zu seinem Körper. Erst jetzt fiel ihm auf, dass er in der Dunkelheit kaum noch Rewens Kopf erkennen konnte. Der Schnee peitschte ihm ins Gesicht und durchnässte langsam seinen Umhang und die Kleidung darunter. Starker, eiskalter Wind schlug ihm entgegen und drückte ihn fast vom Pferd.

Wo bin ich, überlegte Leik, als er wieder ganz bei Sinnen war. Diese Frage hatte er sich seit Jahren nicht gestellt. Hundertfach hatten Gerald und er das Tal durchkämmt. Beide waren sehr erfahren im Spurenlesen und bekannt für ihren guten Orientierungssinn. Doch diese Nacht war anders. Leik fühlte sich so, als ob etwas ihn daran hindern wollte, nach Hause zurückzukehren. Nicht nur Wind und Kälte hatten sich gegen ihn verschworen, sondern auch sein Mut schien ihn verlassen zu haben.

Leik schaute sich um. Eine undurchdringliche Dunkelheit umgab ihn und ließ ihn innerlich mehr zittern als die Kälte selbst. Er versuchte, die in ihm aufkommende Panik zu unterdrücken. Dennoch erschien es ihm, als würde der Wald um ihn herum immer dunkler.

Leik schüttelte sich und stemmte sich gegen das Gefühl des Verlorenseins. Er war ein Schüler von Gerald, dem größten Jäger im Arellgebirge. Das bisschen Dunkelheit und Kälte konnte ihm nichts anhaben. Er ließ den Wallach anhalten und sprang ab. Er hüpfte auf und ab, um die Kälte aus seinen Füßen zu vertreiben und rieb seine klammen Hände aneinander. Er machte dabei möglichst viel Lärm, um etwaige Gefahren, die im Dunkeln lauern konnten, zu verscheuchen.

Leik versuchte sich zu orientieren. *Wo verdammt bin ich,* überlegte er fieberhaft. Leik spulte sein erlerntes Wissen aus den Jahren der gemeinsamen Jagd ab. Er probierte seinen Standort anhand der Sterne zu lokalisieren. Suchte die Berggipfel, Moos an Bäumen, versuchte die Windrichtung zu bestimmen, betastete den Boden, doch nichts gab ihm Aufschluss über seine Position. Der Sternenhimmel war unter dichten Schneewolken versteckt, die Berggipfel in der Dunkelheit nicht mehr zu erkennen und das Moos der Bäume mittlerweile unter einer dicken Eisschicht begraben.

Einsame und scheinbar undurchdringliche Dunkelheit umschloss ihn. *Ich bin hier draußen allein.* Bei dem Gedanken wurde Leik ganz flau im Magen. Wieder drehte er sich in alle Richtungen, die Muskeln im Körper zum Zerreißen gespannt. Leik versuchte auf jedes Geräusch und jede noch so kleine Bewegung zu achten. Doch er hörte nur den Wind und sah das große schwarze Meer des Waldes vor sich.

Die tiefen Wälder des Arelltals galten als das größte geschlossene Waldgebiet der bekannten und zivilisierten Welt. Oft waren Gerald und er Tage, manchmal Wochen, unterwegs gewesen, aber der Wald schien niemals zu enden. Das Gebirge mochte den Forst begrenzen, doch die Gipfel waren noch unbezwingbarer als der Wald selbst. Leiks einzige Hoffnung war Rewen. Der alte Wallach kannte den Weg nach Hause seit vielen Jahren und war schon oft vom Markt zur Jagdhütte getrabt. Das treue Tier würde ihn nach Hause bringen, da war er sich sicher. Langsam hob Leik das linke Bein und steckte den Fuß in den Steigbügel. Er griff nach den Zügeln, um sich in den Sattel zu schwingen. Bevor er sich nach oben zog, schaute er sich noch einmal um. Gerade als er den Blick vom Wald abwandte und sich zu Rewen umdrehte, sah er aus den Augenwinkeln etwas Rotes.

Was kann das gewesen sein? Das Rot hat wie zwei glühende Stückchen Kohle und rot wie das Blut eines frisch erlegten Ebers ausgesehen, dachte Leik. Panik kam in ihm hoch. Irgendetwas ging hier nicht mit rechten Dingen zu. Noch nie hatte er etwas Derartiges in den Wäldern des Tals gesehen. *Habe ich überhaupt etwas gesehen?*

Trotz der Kälte begann er zu schwitzen. Leik umschloss den Jagddolch, den er unter seinem Wams trug, in der Hoffnung, dass er ihm Halt geben würde. Als Leik sich erneut umdrehte und die Stelle, an der er glaubte die Erscheinung gesehen zu haben, genauer betrachtete, war nichts mehr zu erkennen.

„Du hast doch auch nichts gesehen, oder, alter Junge?“, fragte er sein Pferd und tätschelte ihm den Hals. „Na los, Rewen, bring mich nach Hause!“ Der Wallach scharrte mit dem linken Vorderhuf über den tiefgefrorenen Boden, als könnte er es auch kaum erwarten, zurück in den heimatlichen Stall zu kommen. Doch plötzlich machte das sonst so friedliche Reittier abrupt einen Satz nach vorn. Es schien wie von Sinnen, wieherte lang gezogen und ängstlich. Dann begann das Pferd in rasender Geschwindigkeit loszugaloppieren.

Leik, der gerade im Begriff gewesen war, aufzusteigen, hing immer noch mit einem Fuß im Steigbügel, saß aber noch nicht ganz im Sattel und wurde deshalb schmerzhaft mitgerissen. Er hing nun seitlich an dem Tier, umklammerte die Zügel und wurde mitgeschleift. Sein Rücken berührte immer wieder den steinhart gefrorenen Boden, dabei drang kalter nasser Schnee an jede Stelle seines Körpers, die nicht mit mehreren Stoffschichten umschlossen war. In seiner Panik galoppierte das Pferd in einem Tempo, das Leik dem alten Wallach gar nicht zugetraut hätte.

Leiks ohnehin fast gefühllose Finger hatten keine Kraft mehr. Mühselig krallte er sich an den Lederriemen, mit dem er das Pferd sonst lenkte. Erneut krachte der Rücken des Jungen qualvoll auf den Boden. Er konnte die Zügel nicht länger halten und Rewen ließ sich auch nicht beruhigen. Langsam lösten sich Leiks steife Hände von dem Gurt, sein Fuß rutschte aus dem Steigbügel und er musste mit ansehen, wie Rewen in der Dunkelheit verschwand, während er im Schnee liegen blieb. Damit war seine einzige Hoffnung auf einen sicheren Heimweg verschwunden.

Gerald

V*erfluchter Bengel!* Gerald schickte seinem Jagdgesellen Hunderte Flüche und Verwünschungen entgegen, weil er wieder nicht pünktlich vom Markttag in Sefal in die kleine Hütte im Herzen des Waldes zurückgekehrt war. Wie sollte er aus diesem Jungen jemals einen verantwortungsvollen Mann machen, wenn der den Kopf nur voller Flausen hatte? Zu seinen Tagträumereien über Zauberer und längst vergessene Königreiche gesellte sich nun auch noch sein erwachendes Interesse an Mädchen hinzu, was seine gesamte Aufmerksamkeit in Anspruch nahm und ihn an der Erfüllung seiner Pflichten hinderte.

Der kleine, aber äußerst kräftige Mann ging in seiner Hütte auf und ab. Unablässig kraulte er seinen dichten, schwarzen Vollbart. Unter den schweren Schritten des Jagdmeisters knarzten die Holzdielen vor dem knisternden offenen Kamin. Seine Muskeln schwollen im Zorn bedrohlich an und am Hals pulsierte eine Ader. Seine mächtigen Arme, die aus dem Lederharnisch herausragten, bewegten sich unablässig hin und her, als könnte er den Jungen so herbeiholen. Er hatte seine übliche Kleidung an. Auch bei der größten Kälte reichte ihm eine einfache braune Hose und der Lederharnisch, der die Arme ungeschützt ließ. Er konnte so einfach besser die Axt schwingen und war geschützt, das war ihm im Zweifelsfall immer lieber als Wärme. Außerdem machte Gerald die Kälte nicht so viel aus wie anderen Menschen.

Sein kleiner Wuchs hatte in der Vergangenheit manch einen dazu veranlasst, sich über ihn lustig zu machen und bösen Spaß mit dem Jäger zu treiben. Doch Hänseleien waren etwas, das Gerald ganz und gar nicht verstehen konnte, und niemand machte im „Lustigen Eber" zweimal Scherze über ihn und seine Körpergröße. Dazu waren bei den meisten Spaßvögeln der Mund zu blutig und die Augen zu geschwollen, nachdem sich Gerald freundlich versichert hatte, dass er sich nicht verhört hatte und er auch wirklich gemeint gewesen war.

In Sefal war der Jäger ein geachteter Mann, aber auch bekannt als jemand, dem man wegen seines aufbrausenden Temperaments besser aus dem Weg ging. Er selbst besuchte das Dorf nur noch äußerst selten. Viele Menschen an einem Ort bereiteten ihm Unbehagen, und so war Gerald froh, als Leik alt genug war und an seiner statt gehen konnte. *Obwohl ich Marielle schon gerne wiedersehen würde,* dachte er verschmitzt.

Der Gedanke an die Wirtin des „Lustigen Ebers“ erinnerte Gerald daran, dass Leik immer noch da draußen war. „Dieser verfluchte Bengel. Ich werde ihm die Haut abziehen, wenn er nicht bald hier auftaucht“, fluchte er in sich hinein. Ruhelos stieg er, zum wiederholten Male, die Holzleiter unters Dach zu Leiks Reich hinauf und spähte aus dem kleinen Fenster nach draußen, da er von hier oben einen besseren Überblick hatte. Dabei streifte sein Blick das Chaos, das der Junge in seinem Zimmer angerichtet hatte.

Über dem Lager aus Stroh lagen achtlos mehrere Felldecken verteilt. Daneben fanden sich Essensreste und heruntergebrannte Wachskerzen. Weiterhin bunte Murmeln, getrocknete Käfer, Mäuseköpfe und Kräuter aller Art, die scheinbar wahllos überall in dem kleinen Raum verteilt waren. Auch schienen sich mehrere Kleidungsstücke selbstständig gemacht zu haben und verteilten sich von der Leiter bis zu dem kleinen Sprossenfenster, aus dem Gerald eben noch geschaut hatte, im Zimmer. In einer Ecke lag zerbrochen die Holzflöte, die Leik beim letzten Sommerfest von einem fahrenden Händler gekauft hatte.

Geralds Zorn stieg gefährlich an beim Anblick dieses liebevoll gepflegten Durcheinanders. Doch dann fiel sein Blick auf die rechte Ecke des kleinen Raums. Hier hatte der Junge seine Jagdwaffen aufbewahrt. Jene Seite des Schlafgemachs unterschied sich erheblich vom Rest. Keine Spur von Unordnung. Mit großer Akribie waren seine Lang- und Kurzbögen an Holznägeln aufgehängt und daneben die passenden Pfeile akkurat aufgeschichtet. Auf der Unterlage davor lagen lange, gerade Holzstäbe, einzelne Pfeilspitzen aus Stein und einige wenige aus

Eisen und die dazugehörigen Federn. Alles sofort griffbereit, um den ohnehin großen Vorrat an Pfeilen wieder aufzufüllen. Mehrere Dolche zum Aufbrechen der Beute hingen neben den Bögen und bestachen durch ihre scharfen, gepflegten Klingen. Einen Sonderplatz ganz in der Mitte schien ein besonders kleines Messer einzunehmen.

Gerald näherte sich der Wand und nahm es in die Hand. Das winzige Stück Metall mit dem kurzen Holzgriff schien in seiner riesigen Hand zu verschwinden. Unwillkürlich musste er lächeln. Auch wenn man sah, dass sein Gesicht nicht oft dazu benutzt wurde, war doch deutlich, mit wie viel Wärme und Verbundenheit er gerade an Leik dachte. Den Kurzdolch – perfekt geschärft und mit eingeölter Klinge – hatte er Leik selbst anlässlich ihrer ersten gemeinsamen Jagd geschenkt. Der Junge mochte damals sechs oder sieben Winter alt gewesen sein.

Die Beziehung zwischen den beiden hatte sich in den Jahren sehr typisch für einen reinen Männerhaushalt entwickelt. Vor allem die Jagd verband sie. Auch ohne deutliche Gesten oder Worte verstanden die beiden ihre Gefühle füreinander. Gerald empfand mehr als nur reine Verantwortung für das Wohlergehen des Jungen, der als Kleinkind in seine Obhut gegeben worden war. „Achte auf deine Waffen, wie du auf dich selbst achten würdest, wenn du da draußen bist!“ Das hatte Gerald ihm seit ihrer ersten Jagd in den Wäldern des Arelltals gepredigt, und Leik schien seine Lektion gelernt und verinnerlicht zu haben. Mit einem Mal wurde ihm bewusst, dass der *Junge* in diesem Sommer beim Julfest offiziell ein Mann werden würde. „Wie doch die Zeit vergeht“, brummte er traurig in seinen Bart, als ihm bewusst wurde, dass seit ihrer ersten gemeinsamen Jagd über zehn Jahre vergangen waren.

Noch einmal blickte Gerald aus dem kleinen Fenster im Obergeschoss. Der Schneesturm war auf bedenkliche Weise angeschwollen und die Kälte hatte einen Wert erreicht, wie er zu dieser Zeit des Jahres noch nie dagewesen war. Eigentlich müssten noch spätherbstliche Temperaturen herrschen und nicht eine derartige Kälte. Der Winter kam verdammt früh in diesem Jahr.

Wo bleibst du, Leik? Geralds Zorn war im Laufe der Nacht allmählich einer echten Sorge gewichen. Er wusste, dass der Junge den Weg vom Dorf zur Jagdhütte in der Dunkelheit normalerweise mied, wenn es irgend möglich war, denn so hatte Gerald es ihm beigebracht. Auch ein guter Jäger und Fährtenleser sollte keine unnötigen Risiken eingehen. Es musste also etwas passiert sein. Denn freiwillig würde er sich nicht der Nacht anvertrauen, zumal bei diesem Wetter.

Dunkelheit

Leik kam wackelig auf die Füße. Er zitterte vor Kälte und war bis auf die Haut durchnässt. Erst jetzt begann er darüber nachzudenken, was eben passiert war. Hatte er wirklich etwas gesehen? Und wenn ja, was war es? Konnten es vielleicht rote Augen gewesen sein? Erneut überflutete die Panik ihn. *Blödsinn,* schalt er sich selbst und versuchte die Angst zu verdrängen.

Leik begann auf gut Glück in die Dunkelheit hineinzulaufen, so würde ihm wenigstens warm werden. Vage folgte er jener Richtung, die Rewen in seiner Panik eingeschlagen hatte, aber ohne große Hoffnung, ihn so zu finden. Der schmale Waldpfad war überhaupt nicht zu erkennen. Schnee und Dunkelheit machten eine Orientierung unmöglich.

Das Laufen beruhigte ihn und schärfte seine Sinne. Die monotone Bewegung war etwas, woran Leik sich festhalten konnte. Sie gab ihm eine Aufgabe, auf die er sich konzentrierte. Der Weg war allerdings so verschneit, dass er nur langsam vorankam und oft im tiefen Schnee versank und ausrutschte. Meist konnte Leik sich erst in der letzten Sekunde abfangen, was ihn ungemein Kraft kostete. Die Schneewehen waren inzwischen so hoch, dass er an manchen Stellen eher durch sie hindurchwatete, als wirklich zu laufen. Leik atmete gleichmäßig ein und aus, dabei konnte er seinen dampfenden Atem sehen. Die Anstrengung wärmte ihn, aber gleichzeitig merkte er, wie ihm die Kräfte schwanden. Lange würde er das nicht mehr durchhalten. Trotzdem erklomm er gleich darauf die nächste Schneewehe.

An einer etwas geschützteren Stelle hielt er aber doch inne. Er beugte sich vornüber und stützte sich auf seinen Oberschenkeln ab. Er atmete mehrmals tief durch. Der Gewaltmarsch forderte seinen Tribut. Große Erschöpfung durchflutete ihn. Leik schmeckte Kupfer im Mund und hörte das Blut in seinen Ohren pulsieren und durch seinen Körper rauschen. Der Gedanke an Schlaf begann ihn einzulullen. Doch noch konnte Leik sich zwingen, diesem Wunsch nicht nachzukommen. Er wusste, wenn er sich hier auch nur wenige Minuten ausruhte, dann würde er die Jagdhütte nie wiedersehen.

Leik richtete sich mühselig wieder auf. Wieder glaubte er etwas aus den Augenwinkeln wahrgenommen zu haben. Etwas Rotes, Leuchtendes, da war sich Leik nun sicher. Doch als er genauer in die Richtung sah, in der er das Phänomen vermutete, war nichts zu sehen außer dem Weiß des Schnees in der Dunkelheit. Doch Leik nahm nun noch etwas anderes wahr, was ihm schon bei der ersten Begegnung mit den *roten Augen* – insgeheim verfluchte er sich, dass er die Erscheinung so nannte, weil ihn diese Bezeichnung ängstigte – aufgefallen war. Nur hatte er vorhin Momente später an seinem verängstigten Wallach gehangen und wurde durch den Schnee gezogen, deshalb hatte er den Gestank völlig vergessen.

Eigentlich dürfte bei diesem Wind und der Kälte hier draußen nichts zu riechen sein, außer man war in der Lage, Schnee einem bestimmten Geruch zuzuordnen. Trotzdem nahm er scheußliche Ausdünstungen wahr und zwar sehr intensiv. Bei dem Gestank musste er an altes, verfaultes Holz und Moder denken. Es stank so, als käme man im Sommer in ein Gebiet, das überflutet worden war und nun langsam in der Sonne trocknete. Dabei mischten sich der Geruch von trocknendem Holz und feuchtem Schlamm mit dem der bei der plötzlichen Flut verendeten Kühe und Schafe, deren aufgeblähte Kadaver langsam in der Sonne verwesten und von Millionen Maden vertilgt wurden.

Leik wusste nicht, was ihn mehr ängstigte, die roten Augen oder dieser Gestank. Falls ihm seine Panik nicht beides vorgaukelte. Trotzdem versuchte er so schnell wie möglich in die Richtung zu laufen, in der es weniger intensiv stank. Dass er dabei noch tiefer in die Wälder des Arelltals hineinlief und weg von seinem eigentlichen Ziel, war Leik nicht bewusst.

Unbemerkt und äußerst leise folgte dem ängstlichen Jungen eine große Gestalt, deren Augen man kurz rötlich in der Dunkelheit aufblitzen sah, wann immer ihr die Kapuze ihres Umhangs durch den Wind vom Kopf gedrückt wurde. Der heimliche Verfolger richtete die Kapuze seines schweren, schwarzen Mantels, um seine Augen besser zu verbergen, dann lief er schneller auf Leik zu.

Eisige Kälte durchdrang Leiks Körper immer mehr. Mittlerweile wusste er überhaupt nicht mehr, wo er war. Er rannte einfach immer weiter, um dem Gestank zu entkommen und den roten Augen. Er wusste nicht, was er von all dem halten sollte, und doch spürte Leik instinktiv, dass ihm von der Erscheinung Gefahr drohte.

Leik kam nur noch sehr langsam voran. Der Schneesturm schien sich gegen ihn zu stellen und versuchte ihn in die Richtung der roten Augen zurückzudrängen. Erneut wurde er von Panik übermannt. Sein Magen begann zu schmerzen. Gehetzt schaute er sich zum hundertsten Male um. Doch er sah nur Dunkelheit. Der Schnee reichte ihm mittlerweile fast bis zur Hüfte, und er robbte mehr vorwärts, als dass er wirklich noch rannte. Der Wald um ihn herum erschien völlig schwarz, und nichts Lebendiges war zu hören. Nur der Wind heulte in seinen Ohren. Leik wusste nicht, ob dies auf seine Erschöpfung zurückzuführen war oder tatsächlich keine Laute aus dem Wald kamen. Seine Lungen brannten. Er musste anhalten und durchatmen. Wieder schmeckte er Kupfer im Mund.

Ein Knacken wie von einem zerbrechenden Ast, ein Geräusch, das nur ein lebendes Wesen erzeugen konnte. Der Ton kam Leik so laut vor, als ob er das Ohr gegen die schlagende Dorfglocke gelegt hätte. Die konzentrierte Anspannung der letzten Minuten hatte seine Ohren empfindlich gemacht. Instinktiv erkannte Leik, dass er nicht stehen bleiben durfte. Doch er konnte nicht weiter, sein Körper verlangte Ruhe.

Wieder hörte er Zweige zerbrechen, aber diesmal deutlich näher. Auch der widerliche modrige Gestank wurde erneut stärker. Etwas kam direkt auf ihn zu, so viel konnte er aus den Geräuschen heraushören. Leik griff nach seinem Jagddolch. Auf einmal kam ihm das Messer lächerlich klein vor. Er ging hinter einer großen Eiche in Deckung, ohne zu wissen, aus welcher Richtung die Laute kamen. Leik umfasste sein Messer instinktiv fester und hielt die Klinge hoch, dorthin, wo er seinen Verfolger vermutete.

Plötzlich sah er eine große, schwarz ummantelte Person aus einem Dickicht auftauchen, die suchend in alle Himmelsrichtungen schaute und zu schnüffeln schien, indem sie die Nase, oder das was Leik dafür hielt, in die Luft streckte. Als ein plötzlicher Windstoß aufkam, wurde dem Unbekannten die Kapuze seines schweren Mantels vom Kopf gefegt, und rot glühende Augen kamen zum Vorschein.

Die Lichtung

Geralds Herz machte einen freudigen Sprung. *Na endlich,* dachte er, als er Rewen aus dem Wald kommen sah. Langsam, aber zielstrebig, wie seit Jahren, trottete der alte Wallach auf die Jagdhütte zu. Gerald stieg hastig die Leiter aus Leiks Zimmer nach unten und öffnete die Vordertür. Erst jetzt bemerkte er, dass das Pferd ohne Reiter nach Hause gekommen war. Die Angst in ihm wurde größer denn je. Er nahm die Zügel des herrenlosen Rosses an sich und führte es in den Stall hinter dem Haus zu Olander, seinem eigenen Reittier.

Ich muss den Jungen suchen, beschloss der Mann. Sofort begann er, den Rappen zu satteln. Die Chance, Leik in dem winterlichen, riesigen Waldgebiet zu finden, war zwar gering, aber er durfte nichts unversucht lassen. Allein konnte Leik dort draußen bei diesen Temperaturen nicht lange überleben. *Vielleicht ist er vom Pferd gefallen,* überlegte Gerald. Doch einen vernünftigen Grund fand er dafür nicht, da sein Lehrling ein hervorragender Reiter war und Rewen eigentlich immer die Ruhe selbst. Geralds Besorgnis steigerte sich weiter.

Er ritt zügig hinaus in den Schneesturm und ließ die schützende Jagdhütte und das wärmende Feuer zurück. Er bemerkte nach einigen Metern, dass der eisige Wind endlich etwas nachließ und die Sicht besser wurde. Ganz Jäger, begann Gerald den Waldweg, der nach Sefal führte, auf Spuren zu untersuchen. Ein normaler Waidmann hätte bei diesem Schneefall sicher keinerlei Hinweise mehr finden oder deuten können. Gerald war zwar ein außergewöhnlich guter Spurensucher, aber selbst er konnte kaum eine brauchbare Fährte finden. Verzweifelt versuchte er den Spuren des alten Rewen zu folgen, was ihm allerdings nicht gelang. Also ritt er einfach den normalen Weg Richtung Sefal weiter, aber sein Rappe Olander kam wegen der großen Schneemenge, die den Weg bedeckte, nur sehr langsam voran.

In Gedanken versuchte Gerald den Jungen zu rufen, so wie er es vor vielen Dekaden einmal gelernt hatte. Doch er war nie sonderlich gut in solchen geistigen Dingen gewesen. Seine Talente lagen auf einem gänzlich anderen Gebiet, wie man schnell erkannt hatte. Außerdem war da noch sein Eid, doch der spielte in diesem Moment keine Rolle für ihn. Das Wohlergehen seines Schützlings hing davon ab, wie schnell er ihn in dieser Kälte fand. Mit dem Orden konnte er sich auch später noch beschäftigen.

Leik, unwillkürlich schnaufte Gerald. Die Geistesanstrengung war körperlich stärker zu spüren als eine Fuchshatz im Unterholz. *Leik,* ein Aufblitzen in seinem Kopf. Ein Bild. Das vor Angst verzerrte, aber auch hoch konzentrierte Gesicht des Jungen hinter einem Baum. Doch Gerald spürte noch etwas anderes. Etwas, das ihm nur allzu bekannt vorkam. Sein Mündel war nicht allein. Das Herz des Jägers begann zu rasen. *Konnten sie es sein?*, dachte er aufgeregt. *Warum suchen sie den Jungen? Warum sind sie in dieser Gegend? Welcher Wahnsinnige hat es nach so vielen Jahren gewagt, sie wieder zurückzuholen?*

Oft konnte er den Versuch nicht mehr wagen, den Jungen zu rufen, wenn er noch die Kraft haben wollte, selbst wieder zur Jagdhütte zurückzukommen, bemerkte Gerald, als ihm plötzlich eiskalt wurde. Außerdem wusste er, dass auch sie seinen geistigen Ruf bemerken konnten. *Leik,* diesmal wölbten sich die Adern an Geralds Schläfen, ihm wurde kurz schummerig vor Augen. *Das war definitiv der letzte Gedankenruf, den ich zustande bringe,* wurde ihm bewusst. Aber es hatte sich gelohnt. Gerald sah nun ein deutlicheres Bild. Er konnte jetzt vor seinem geistigen Auge mehr von der Szenerie sehen und erkannte eine dunkle, große Gestalt, die sich auf den Jungen zu bewegte und dabei ein riesiges Schwert zog. Panik durchflutete ihn und sein Herz schlug so stark, dass es ihm fast aus der Brust sprang. Er musste dem Jungen helfen, doch dazu musste Gerald erst einmal bei ihm sein. Seine Axt würde den Angreifer vielleicht nicht besiegen, aber doch wenigstens vertreiben. Zumindest hoffte er das.

Gerald gab Olander die Sporen und trieb ihn tiefer in den Wald hinein. Fieberhaft ließ er sich die eben gesehenen Bilder noch mal durch den Kopf gehen. War dies die große Eiche auf der Lichtung, an der er und Leik ihren ersten gemeinsamen Rehbock erlegt hatten? Gerald hatte keine Kraft mehr, den Jungen ein weiteres Mal zu rufen. Er hatte nur diesen einen Hinweis und musste ihm nachgehen. Der erfahrene Jäger trieb Olander zur Eile an und ritt scharf weiter in Richtung Sefal, so schnell der Rappe ihn durch die Schneemassen tragen konnte.

Die Minuten verflogen rasend schnell. Gerald hatte das Gefühl, sich kaum von der Stelle zu bewegen, obwohl er sein Pferd zum Äußersten trieb. *Halte aus, Leik! Ich komme,* appellierte er flehentlich und ritt weiter durch die Dunkelheit.

Leik war wie erstarrt, als er den riesigen Fremden mit den roten Augen sah. Langsam bewegte er sich schnüffelnd und suchend auf Leik zu, und der konnte sich nicht rühren.

„Ischh weisss, dasss du hier bissst, Junge“, zischte abrupt und böse die Stimme des Fremden. „Es hat keinen Sssinn, sssisch weiter zzzu verstecken. Ich will nur mit dir reden.“ Doch das langsame, von einem metallischen Kratzen begleitete Ziehen seines Schwerts strafte diese Aussage Lügen. Mit gezogener Waffe und immer noch um sich blickend ging die dunkle Gestalt über die Lichtung in Leiks Richtung.

Der hielt seinen Dolch weiter so fest umklammert, dass der von feinen Lederstreifen umwickelte Griff von seinen schweißnassen Händen ganz feucht geworden war. Seine Handschuhe hatte er bei dem unfreiwilligen Ritt durch den Schnee verloren. Der modrige Geruch wurde langsam unerträglich und immer stärker, je näher die Gestalt auf ihn zukam. Mittlerweile war er durchgeschwitzt und spürte die Kälte um ihn herum nicht mehr. Diese Stimme, er erkannte diese Stimme. Leik hatte ihr heiseres und charakteristisches Zischen heute schon einmal gehört. Sie gehörte dem Fremden, der das Bärenfell kaufen wollte und es dann nicht abgeholt hatte. Wieso verfolgte er ihn? *War der Kauf des Bärenfells nur ein Trick, um mich möglichst lange in Sefal festzuhalten?*, überlegte Leik. Nun schienen der Handel und der übertrieben hohe Preis einen Sinn zu ergeben, anscheinend wollte der Fremde, dass Leik möglichst spät durch den Wald ritt, um … *Ja, warum?*, grübelte er.

Langsam aber stetig kam der große, dunkle Mann näher. In nur wenigen Schritten würde er Leiks Versteck erkennen. Der presste sich an die große Eiche und überlegte fieberhaft, wie er sich verhalten sollte. Eine Flucht schien aussichtslos, und auch im Kampf war er diesem schwer bewaffneten, großen Recken sicherlich unterlegen. In diesem Moment dachte Leik an Gerald und seine Lektionen über den Schwertkampf. Plötzlich blitzte das Gesicht seines Meisters vor Leiks innerem Auge auf. Er hatte kurz das Gefühl, dass der nach ihm rief. Die Gedanken an seinen Ziehvater ließen Leik einen kurzen Moment lächeln. Er erinnerte sich an die gemeinsamen Jagdausflüge, an lange Abende auf der Veranda, während die Sonne unterging, und an ausführliche Gespräche am knisternden Kamin, wenn es draußen regnete. Leik wusste, wenn Gerald in seiner Situation wäre, würde er handeln und sich nicht verkriechen, so wie er selbst es gerade tat. Er nahm all seinen Mut zusammen. Schließlich war er der Zögling des großen Jägers Gerald McDermit, und er wollte, dass der stolz auf ihn war.

Leik schloss kurz die Augen und atmete die kalte Luft dreimal tief ein und wieder aus, dann trat er hinter dem Baum hervor und geradewegs auf die Lichtung. Nun jeder Deckung beraubt hielt er seinen Dolch umklammert und zeigte damit kampfeslustiger, als er sich fühlte, in Richtung des Fremden. Dann begann er mit zittriger und zu hoher Stimme zu sprechen. „Hier bin ich. Was willst du von mir? Dein Bärenfell liegt im ‚Lustigen Eber‘. Gib Marielle die restlichen zehn Gulden und du kannst es mitnehmen.“

Blitzartig drehte sich der Kopf der großen Gestalt direkt in Leiks Richtung, und die roten Augen wirkten, als wollten sie ihn durchbohren. Der Mann hielt kurz inne und schien zu überlegen. Doch als er bemerkte, dass Leik allein und hilflos auf der Lichtung stand, begann er rasend schnell zu reagieren. Er richtete sein riesiges, beidhändig geführtes Schwert direkt auf den Jungen aus und rannte ohne weitere Vorwarnung mit großen Schritten auf ihn zu. In wenigen Sekunden, das wusste Leik, würde er ihn erreicht haben.

Gerald tat etwas, was er noch nie zuvor getan hatte. Er gab Olander so sehr die Sporen, dass die Gefahr bestand, das Pferd zuschanden zu reiten. Noch nie hatte er einem Tier in seiner Obhut so etwas angetan, doch die Angst um seinen jungen Schützling trieb ihn zum Äußersten. Mit halsbrecherischer Geschwindigkeit raste er durch den dunklen Wald, sich einzig auf die Instinkte des Pferdes verlassend, da er selbst den Weg kaum sah. *Ich muss es schaffen,* dachte er verzweifelt. *Die Lichtung ist nicht mehr weit. Leik, halte aus!* In diesem Moment ritt Olander um eine enge Kurve und seine hinteren Hufe kamen auf dem verschneiten Weg kurz ins Straucheln. Um ein Haar wäre Gerald aus dem Sattel gefallen. Gerade noch rechtzeitig konnte er sich am Knauf des Reitsitzes festhalten. Nur seine enorme Körperkraft verhinderte, dass er stürzte. Nachdem sich Olander wieder gefangen hatte, gab ihm Gerald erneut die Sporen und die beiden setzten ihren halsbrecherischen Ritt durch die dunkle, eiskalte Nacht fort.

Leik musste würgen, so ekelhaft und intensiv war der Geruch nach Verwesung und Moder, der von dem Wesen ausging, das jetzt in übermenschlicher Geschwindigkeit mit gezogenem Schwert die letzten Meter auf ihn zu rannte. Merkwürdigerweise wurde er jetzt vollkommen ruhig und konzentrierte sich jetzt vollständig auf die vor ihm liegende Situation. Plötzlich waren seine Sinne viel schärfer als noch vor wenigen Sekunden. Er konnte jedes noch so kleine Detail des Waldes wahrnehmen. Er erkannte das graugrüne, gefrorene, feingliedrige Moos auf den Bäumen in all seinen Einzelheiten. Sah die Myriaden von Schneekristallen und bemerkte, dass jeder vollkommen anders geformt war. Selbst die tiefen Scharten auf dem Schwert seines Angreifers sah er. Der Dunkle kam weiter rasend schnell auf ihn zu, doch Leik kamen diese Sekunden deutlich länger vor. Er studierte seine kraftvollen Bewegungen, sah die einzelnen Muskeln hervortreten, aber auch den Hass in den glühenden Augen. Ein Wimpernschlag, und er würde ihn erreicht haben. Wie in Trance hob er jetzt mit der rechten Hand seinen kleinen Jagddolch und bemerkte dabei, dass die Hand merkwürdig kribbelte.

An einer Stelle, die für einen unwissenden Beobachter wie jedes andere Wegstück ausgesehen hätte, brachte Gerald das Pferd mit einem starken Anziehen der Zügel zum Halten. Hastig sprang der Jäger aus dem Sattel und kämpfte sich durch die Schneewehen ins Unterholz neben dem Waldpfad. Gerald kannte diesen Wald so gut wie kein anderer und wusste deshalb genau, welcher Weg zu der Lichtung führte. Zielstrebig arbeitete er sich über umgestürzte Bäume und riesige Berge von Schnee. Seine muskulösen Arme schaufelten ihm einen Weg, wo sich eigentlich keiner befand. „Leik, Leik? Bist du hier? Leik? LEIK?"

Die riesige schwarze Gestalt stand genau vor Leik und hob das Schwert mit beiden Händen hoch über ihren Kopf, um es mit tödlicher Wucht auf Leik herunterzuschlagen.

Sehr genau und immer noch merkwürdig ruhig beobachtete Leik, wie ein Ärmel des dunklen Umhangs seines Angreifers dabei nach unten rutschte. Jetzt trug er keine Handschuhe mehr. Und was Leik sah, erschreckte ihn nun doch. Klauenförmige, mit grünlich-grauer Schuppenhaut bedeckte Hände und Arme kamen zum Vorschein. Grässlich war auch das verzerrte Gesicht des Dunklen anzusehen, das nun nicht mehr von der Kapuze verborgen war. Der Kopf glich einem Totenschädel, der nur noch von verwesenden Hautfetzen bedeckt war. Die Nase war schon verfault, sodass bloß ein riesiges Loch inmitten des grauenhaften Schädels prangte. Doch am furchterregendsten waren die Augen, die wie ein rötliches Feuer loderten und Leik hassverzerrt aus dem zerstörten Schädel anstarrten. *Dieses Wesen muss direkt aus der Hölle kommen,* dachte er und stieß den rechten Arm in einer verzweifelten und hoffnungslosen Abwehrgeste nach vorn. Leise hörte er jemanden seinen Namen rufen. Doch er wusste nicht, woher der Ruf kam und hatte auch keine Zeit mehr, sich umzusehen.

Plötzlich merkte Leik, dass sein rechter Handrücken zu brennen anfing. Im nächsten Moment war er geblendet von Lichtern, die das gesamte Farbspektrum widerspiegelten und ihn an einen Regenbogen erinnerten. Er konnte noch sehen, dass der grauenhafte Fremde zuschlug. Ungebremst raste das riesige Schwert auf seinen Kopf zu.

Gerald bemerkte zuerst den fürchterlichen Gestank, als er sich, so schnell es ging, auf die Lichtung zubewegte. *Verdammt!* Er kannte diesen Geruch nur zu gut. *Sie sind es wirklich! Warum nur jetzt nach all den Jahren,* dachte er panisch und rannte die letzten Meter auf die riesige Eiche zu, die den Mittelpunkt der Waldlichtung bildete. Der mächtige Baum verhinderte, dass er Leik und den Dunklen sehen konnte, da sie unmittelbar auf der anderen Seite standen.

Plötzlich wurde die Lichtung von Tausenden Farben taghell erleuchtet. Für einen kurzen Moment sah Gerald nichts mehr und gleichzeitig brachte ihn ein unerwartet aufkommender Windstoß zu Fall. Ohne weiter darüber nachzudenken, was gerade passiert war, und jede mögliche Gefahr ignorierend, rappelte er sich wieder auf und rannte auf die Eiche zu. Dabei rief er mit sich überschlagender Stimme nach seinem Mündel. Als Gerald den Baum umrundet hatte, konnte er im ersten Moment nicht glauben, was er dort sah.

Sein Lehrling lag bewegungslos und mit geschlossenen Augen auf dem Rücken im Schnee. Ein Jagddolch, dessen Spitze zu glühen schien, lag in seiner kraftlos geöffneten Hand. *Oh nein! Bitte, Kajal, lass das nicht wahr sein,* dachte Gerald. Direkt vor Leik war die Erde kreisförmig verbrannt. Mehrere Quadratmeter Boden waren pechschwarz und bildeten einen starken Kontrast zu dem allgegenwärtigen Weiß des Schnees auf dem Rest der Lichtung und des Waldes. In der Mitte des Brandkreises sah er verbogenes und zum Teil geschmolzenes Metall, das nur noch durch einen verkohlten, rauchenden Schwertgriff als Waffe zu identifizieren war.

Gerald beugte sich zu Leik hinunter und rief: „Leik? Leik, geht es dir gut?“ Doch er bekam keine Antwort. Er sah jedoch, dass der Jungen normal atmete, und konnte auch den Herzschlag an seinem Hals fühlen. Äußere Verletzungen schien sein Lehrling nicht zu haben. Dennoch, er musste weg von hier und ins Warme.

In ihrer Hütte konnte Gerald ihn ausführlicher untersuchen. Deshalb nahm er ihm den mittlerweile nur noch warmen Jagddolch aus der Hand und steckte ihn unter seine Lederweste. Dann hob er den Jungen behutsam auf und trug ihn wie ein kleines Kätzchen in seinen Armen zurück zu Olander. Er legte sein Mündel bäuchlings auf den Rücken des Pferdes und setzte sich selbst dahinter. So schnell es eben ging, ritt er zurück zur Jagdhütte.

Erinnerungen

In dem einsamen Holzhaus angekommen, trug Gerald Leik vorsichtig in sein Bett, entkleidete ihn und bedeckte ihn mit mehreren Felldecken. Dann schüttelte er seinen jungen Schützling sanft.

Leik schlug kurz die Augen auf und sagte schwach und sehr leise: „Gerald? Gerald, ich habe von dir geträumt.“ Anschließend fiel er wieder zurück in seinen tiefen Schlaf.

Gerald strich ihm mit seiner großen, rauen Hand sanft über die verschwitzten Haare und antwortete. „Ich weiß, Leik. Schlaf jetzt! Der Schlaf wird dir deine Kräfte wiedergeben.“ Dann setzte er sich, die Doppelaxt griffbereit über den Knien, neben das Krankenbett und starrte wachsam aus dem kleinen Dachfenster hinaus in die Dunkelheit.

Durst, war Leiks erster Gedanke, als er erwachte. Seine Kehle brannte wie Feuer, und er hatte einen furchtbar trockenen Mund. Mühsam richtete er sich auf und schaute sich um. Nur langsam begriff Leik, wo er war. Neben seinem Bett auf einem wackligen Stuhl saß Gerald, schlafend, vollständig angezogen und mit einer großen Doppelaxt auf den Knien. Er schien so die ganze Nacht verbracht zu haben, was Leik sehr merkwürdig vorkam. Auch das riesige Beil hatte er noch nie gesehen, obwohl er eigentlich dachte, dass er alle Waffen seines Meisters kennen würde. Im Moment hatte Leik aber genug andere Dinge im Kopf, über die er nachgrübeln musste, deshalb bemühte er sich gar nicht erst, dieses Rätsel zu lösen. Langsam bewegte er seine steifen Glieder unter den vielen Decken, von denen er sofort mehrere zur Seite gleiten ließ, da es ihm zu warm wurde. Ihm tat jeder Knochen im Körper weh. Leik fühlte sich wie ein alter Mann.

Was ist letzte Nacht passiert?, fragte er sich. Leik erinnerte sich nur noch sehr schemenhaft an die Ereignisse des letzten Abends. Aber die wenigen Erinnerungen, die er bruchstückhaft heraufbeschwören konnte, lösten einen kleinen Anflug von Panik bei ihm aus. Er merkte, wie ihm das Blut schneller durch den Körper floss und ihm noch heißer wurde. In seinem Magen bildete sich ein dicker Knoten.

Aber etwas anderes war jetzt viel wichtiger. Durst. Leik hatte das Gefühl, dass er jetzt sofort literweise Wasser trinken musste, sonst würde er auf der Stelle verdursten. Neben seinem Bett bemerkte er nun einen Krug mit dem kühlen Nass sowie ein Holzbrett mit grobem Brot und getrocknetem Fleisch. Begierig griff er nach dem Henkel des Gefäßes. Er war aber immer noch so schwach, dass es ihm aus den Fingern glitt. Der Krug zersprang krachend auf dem Boden. Das rettende Wasser war verloren. Fluchend und kraftlos ließ Leik sich auf sein Lager zurückfallen.

Der plötzliche Lärm ließ Gerald hochschrecken und mit grimmiger Miene seine Waffe heben. Er sah sich kurz um, lächelte und sagte mit ruhiger, tiefer Stimme: „Es scheint dir ja schon wieder prächtig zu gehen, wenn du unser Geschirr zerschlagen kannst.“ Dabei befühlte er Leiks Stirn mit seinen dicken, rauen Fingern. „Du glühst ja! Ich denke, ein, zwei Tage wirst du wohl noch im Bett bleiben müssen. Aber es hätte schlimmer kommen können, viel schlimmer.“ Gerald zog die Stirn in Falten und schaute seinen Lehrling nachdenklich an. „Wie fühlst du dich?“, fragte er, abrupt in einen etwas zu fröhlichen Ton wechselnd.

Leik brachte als Antwort nur ein krächzendes „Wasser“ heraus.

„Ach ja, sicher, sicher“, murmelte Gerald und schaute auf die Reste des Krugs. „Ich werde dir neues Wasser holen, diesmal aber in einem etwas leichteren Behältnis“, sagte er mit einem gezwungenen Lächeln. Nach einigen Minuten kam er mit einem dampfenden, kleinen, bunt lackierten Holzbecher zurück, den Leik als Kind immer benutzt hatte. Er reichte ihn dem Jungen und fragte grinsend. „Schaffst du den hier?“

Leik richtete sich umständlich auf und nahm den Becher mit beiden Händen. Die Hitze des Kräutertees durchdrang seine Handflächen. Vorsichtig nippte er an dem heißen Getränk. Schon nach dem ersten Schluck bemerkte er, wie sich Wärme in seinem Körper ausbreitete und die Sorgen der letzten Nacht weniger zu werden schienen. Gerald achtete darauf, dass er den Becher leer trank, und Leik kam diesem Wunsch gerne nach, weil das heiße Getränk nicht nur seinen Durst löschte, sondern auch seinen schmerzenden Hals beruhigte.

„Na, dann erzähl doch mal", knurrte der Jagdmeister und machte es sich am Ende von Leiks Bett bequem.

Der überlegte. Wo sollte er anfangen? Bei Drena ganz bestimmt nicht. Beim Gedanken an die Nusshändlerin bekam er im Magen ein angenehmes Unwohlsein und sein Herz schlug schneller. Dann fiel es ihm wieder ein. Die Felle! Er hatte, von Drenas Anblick geblendet, nicht hart genug verhandelt und deshalb einige der besten Stücke unter Wert verkauft. „Gerald, ich habe ein paar Felle …"

Doch sein Meister winkte nur ab. „Darüber können wir später reden. Ich möchte wissen, was passiert ist, nachdem du den Markt verlassen hast."

Leik ließ sich zurück in seine Decken fallen und seufzte. Er überlegte, was er erzählen konnte und sollte. Die wenigen Erinnerungsfetzen der letzten Nacht fügten sich nur sehr langsam zu einem vollständigen Bild zusammen. Und jetzt, bei Tag, wirkten die grauenhaften Erlebnisse, die sich vor seinem inneren Auge abspielten, kaum noch real.

„Nun?", bohrte sein Jagdmeister nach und musterte ihn streng.

Leik schluckte bewusst laut und verzog das Gesicht dabei, um seine Halsschmerzen zu zeigen. Doch Geralds Blick zeigte kein Erbarmen. Eine Grippe war für ihn kein Grund, keine Erklärungen von seinem Lehrling zu bekommen. „Ich ...", begann dieser krächzend und überlegte anschließend einen Moment, was er sagen sollte. „Gerald, ich weiß nicht mehr genau, was gestern passiert ist."

Sein Meister nickte verständnisvoll und sagte: „Erzähl mir bitte alles, was dir einfällt. Jede noch so unwichtige Kleinigkeit könnte helfen, dass du dich wieder erinnerst."

Daraufhin begann Leik zu berichten. Er erzählte vom Markttag, von den Fellen, die er zu billig verkauft hatte, selbst Drena erwähnte er nach einigem Zögern – Geralds Reaktion darauf war ein verschwörerisches Zwinkern –, und von dem Fremden und seinem Interesse an dem Bärenfell. Er erzählte, dass er mit der Rückreise aus Sefal zu lange gewartet hatte, weil er den Fremden nicht um sein Geld betrügen wollte, und dass er von Rewens Rücken gestürzt war. Die roten Augen ließ er bewusst unerwähnt.

„… und dann weiß ich nur noch, dass ich heute Morgen hier in meinem Zimmer aufgewacht bin. Ich habe mir beim Sturz vom alten Rewen sicher den Kopf angeschlagen und kann mich deshalb nur an so wenig erinnern“, sagte Leik mit einem unsicheren Blick zu Gerald.

„Und das ist alles?“, fragte sein Lehrmeister ihn skeptisch.

„Das ist alles, woran ich mich erinnern kann!“, antwortet Leik mit schlechtem Gewissen, weil er nichts von dem Fremden mit den roten Augen sagte. Warum sollte er Gerald davon erzählen? Der würde ihm sowieso nicht glauben und nur wieder sagen, dass er mit den Träumereien von Zauberern und mutigen Helden aufhören sollte. *Ich kann ja nicht mal vor mir selbst sicher sein, dass ich den Fremdling mit den roten Augen wirklich gesehen habe,* dachte Leik. Doch die Gänsehaut, die er beim Gedanken an den grässlichen Anblick des Dunklen bekam, zeigte, dass die Erinnerung daran echter war, als ihm lieb sein konnte.

„Wo ist das Geld, das du gestern verdient hast?“, fragte Gerald nach dieser Antwort barsch. Leik zeigte auf seine Hose. Sein Jagdmeister hob sie hoch, durchnestelte alle Taschen und holte den kleinen Geldbeutel heraus. Er schüttete die Münzen in seine riesige Pranke und begann sie zu zählen, dann fragte er Leik. „Sind die zehn Gulden des Fremden auch dabei?“

Leik, völlig perplex vom plötzlichen Themenwechsel, antwortete: „Ja, das ist das gesamte Geld vom gestrigen Verkauf. Tut mir leid, dass ich nicht besser verhandelt habe“, setzte er schuldbewusst dazu.

Doch zu seinem Erstaunen winkte Gerald nur ab und stopfte das gesamte Geld in seine Hosentasche. „Mach dir darum keine Sorgen, mein Junge. Die Hauptsache ist, dass du wieder hier bist und es dir bald wieder besser geht.“ Damit ging er zur Treppe und sagte: „Schlaf noch ein paar Stunden, ich mache uns derweil etwas zu essen, damit du wieder zu Kräften kommst.“ Dann stampfte er den steilen, knarzenden Abstieg nach unten.

Seufzend ließ Leik sich wieder zurück auf das Kissen fallen und hing noch eine Weile seinen beängstigenden Erinnerungen an letzte Nacht nach. Doch bald wechselten seine Gedanken zu Drena, und er fiel in sanfte Träume.

Nur die halbe Wahrheit

Die Sonne stand schon tief, als Leik schwankend die steile Treppe hinabstieg. Unten wurde ihm kurz schwarz vor Augen und er musste sich am Geländer festhalten, bevor er seinen Weg in den großen Wohnraum fortsetzen konnte. Von Gerald war nichts zu sehen. Langsam durchschritt er die Stube auf dem Weg zur Küche. Die untergehende Sonne fiel in breiten gelben Strahlen, in denen man feine Staubkörnchen tanzen sah, in den Raum, der von dem großen offenen Kamin angenehm erwärmt wurde. Leik tastete sich an den beiden gemütlichen, grün gepolsterten und reichlich durchgesessenen Lehnstühlen entlang weiter. Der kleine Tisch davor war, wie immer, ein Chaos aus Essensresten, benutzten Gläsern, Waffenteilen und zerbrochenen Pfeilen. Eben das übliche Durcheinander, das zwei alleinstehende Männer regelmäßig anrichteten. Noch einmal musste Leik innehalten, da seine Beine ihm den Dienst verweigerten. Nach kurzer Zeit ging es ihm aber etwas besser und er passierte den Durchgang zur Küche.

In der gemütlichen Wohnküche roch es so gut, dass Leiks Magen anfing zu knurren. Jetzt bemerkte er, dass er den ganzen Tag verschlafen und nichts gegessen hatte. Auf den massiven Eisenplatten, unter denen ein kleines Feuer brannte, dampften in mehreren Töpfen Köstlichkeiten, die Leik das Wasser im Mund zusammenlaufen ließen. Er hob die Deckel hoch, um in die Töpfe zu schauen. In dem ersten waren Speckbohnen, die gemütlich im eigenen Saft köchelten. Der zweite Topf enthielt Kartoffelbrei, der mit Karotten verfeinert worden war und deshalb einen leichten Orangeton hatte. Unter dem Deckel der großen gusseisernen Pfanne verbarg sich ein saftiges Hirschgeschnetzeltes, dessen dicke braune Soße Blasen schlug.

Leik musste mehrmals schlucken, so gut sahen die Speisen aus. Den Deckel der Pfanne mit der einen Hand festhaltend angelte er mit der anderen einen Holzlöffel aus dem geflochtenen Korb im Regal über der Pfanne. Gerade als er ihn in die leckere Soße eintauchen wollte, hörte er Geralds tiefe Stimme.

„Junge, wenn du schon wieder so viel Kraft hast zu naschen, dann kannst du auch den Tisch decken. Ich gehe mich nur kurz waschen."

Leik erschrak mächtig, ließ krachend den schweren Deckel auf die Pfanne fallen und machte sich eilig daran, den Tisch zu decken.

Kurze Zeit später saßen die beiden Jäger vor ihren dampfenden Tellern an dem kleinen, hölzernen Küchentisch. Hastig schlang Leik das eigentlich noch viel zu heiße Essen in sich hinein. Bald darauf dösten sie beide gesättigt, träge und schweigend vor den leeren Tellern und Töpfen.

Leik gähnte ausgiebig und streckte sich. Gerade als er vom Tisch aufstehen und die Teller abräumen wollte, sagte Gerald: „Wann erzählst du mir eigentlich, wer dich gestern angegriffen hat und wie du ihn in die Flucht schlagen konntest?"

Vor Verblüffung ließ sich Leik wieder auf den Holzstuhl zurückfallen. Stotternd fragte er: „G...g...gestern? Ein Angriff, wie kommst du denn darauf?" Aber er konnte nicht weiter ausholen, um seine Lügengeschichte auszuschmücken, denn der strenge Blick seines Ziehvaters stoppte alle weiteren Vertuschungsversuche.

„Sag mir die Wahrheit, Leik!", brummte der Jagdmeister gütig, aber bestimmt.

Leik grübelte. Vieles von dem, was heute Morgen noch verschwommen gewesen war, erschien ihm jetzt klarer. Trotzdem konnte er die Ereignisse nicht richtig in Worte fassen. Schweigend rutschte er auf seinem Stuhl hin und her und überlegte. „Gerald, ich …"

Sein Meister half ihm weiter, indem er sagte: „Beschreibe mir den Geruch."

Woher weiß Gerald etwas von dem Gestank? Ich kann mich selbst ja erst seit wenigen Minuten daran erinnern. Doch der strenge und irgendwie auch enttäuschte Blick seines Ziehvaters brachte Leik schlussendlich dazu, den bestialischen Geruch zu beschreiben. „Es roch nach faulem Holz und altem Schlamm. Der Geruch von Tod stieg mir in die Nase.“ Der Meister nickte. Gestärkt durch diese Zustimmung, holte Leik weiter aus. „Ich habe sein Gesicht nur kurz gesehen, es war schrecklich anzuschauen. Am schlimmsten waren die Augen, die rot zu glühen schienen und mich voller Hass anstarrten. Ich glaube, dass er mich töten wollte.“ Leik stockte kurz und holte tief Luft. „Die Kreatur hielt einen riesigen Zweihänder in ihren Klauen und hob ihn über sich, als wollte sie mir den Kopf abschlagen.“ Leik erschauderte innerlich. Nachdem er es ausgesprochen hatte, wurde ihm erst richtig bewusst, was gestern Nacht geschehen war: Jemand hatte versucht, ihn umzubringen. Leik stiegen Tränen in die Augen und sein Herz klopfte heftig. Gerald schlug ihm besänftigend auf die Schultern. Doch nur langsam beruhigte er sich.

Leik begann wieder klar zu denken, und ihm wurde erneut heiß und kalt. *Woher weiß Gerald von dem bestialischen Gestank? Und wieso verbindet er ihn mit diesem Angriff?* Leik holte tief Luft und fragte: „Gerald, woher weißt du, dass ich angegriffen wurde? Ich habe dir davon nichts erzählt heute Morgen. Aus Unsicherheit, aber auch, weil ich mich noch nicht an alles erinnern konnte“, fügte er deutlich leiser und reumütig dazu.

Sein Jagdlehrer schwieg eine ganze Weile und schien innerlich mit sich zu ringen. Schließlich antwortete er seufzend: „Ich habe den Gestank wiedererkannt, wie könnte man den auch vergessen“, murmelte er undeutlich in seinen Bart.

„Vor vielen Jahren, noch bevor du zu mir gekommen bist, habe ich diese ekelhaften Ausdünstungen schon einmal wahrgenommen. Da oben“, er zeigte aus dem Wohnzimmerfenster auf das den Wald überragende, riesige Gebirge, „knapp unterhalb der Gipfel des Arell. Ich hatte damals seit Tagen einen angeschossenen Bären verfolgt, als ich plötzlich dieses tödliche Aroma wahrnahm. Instinktiv habe ich mich hinter einem Felsen versteckt. Was ich dann dort sah, das habe ich noch nie jemandem erzählt.“

Gedankenverloren und mit verzerrtem Gesicht lehnte sich der alte Jäger zurück und trank einen großen Schluck Branntwein, bevor er fortfuhr. „Aus meinem Versteck konnte ich die stinkende Kreatur sehen. Ihre roten Augen leuchteten in der beginnenden Dämmerung. Plötzlich sah ich den Bären aus einem Dickicht kommen. Ein kapitales Tier, das zwar schon geschwächt war, aber immer noch ein ernst zu nehmender Gegner. Auch das Wesen bemerkte ihn. In einer Bewegung, die fast zu schnell für meine Augen war, rannte es auf den Grizzlybären zu. Ich konnte sehen, wie es ihm mit seinen riesigen Klauenhänden in einem einzigen Hieb den Kopf abschlug. Augenblicklich begann die stinkende Kreatur sich dann über das rohe Fleisch des Tieres herzumachen. Sein Kopf versank geradezu im blutigen Kadaver seines Opfers. Ich habe diesen Moment genutzt, um vorsichtig ins Tal zu fliehen. Nie wieder bin ich so weit in so kurzer Zeit gerannt. Auch bin ich seit diesem Tag nicht mehr so nah an den Gipfel des Arell gewandert und vermeide es, in dieser Gegend zu jagen. Nun allerdings scheinen diese Kreaturen ins Tal herunterzukommen“, endete er nachdenklich und mit einem Kloß im Magen, weil er seinem jungen Schützling noch nicht die ganze Wahrheit über jene abscheulichen Kreaturen erklären konnte und wollte. *Es ist besser so für ihn.* Mit diesem Gedanken versuchte Gerald seine Gewissensbisse zu vertreiben.

Leik, dessen Erinnerung immer noch nicht vollständig zurückgekommen war, sagte: „Gut, dass du rechtzeitig gekommen bist, um das Wesen zu vertreiben, sonst hätte es mich gefressen.“ Aber das Lächeln, das er bei diesem Satz zustande bringen wollte, gelang ihm nicht richtig.

Gedankenverloren nickte Gerald. „Ja, dafür müssen wir dankbar sein.“ Von dem riesigen Brandfleck und der verschmorten Klinge erzählte er nichts. „Ach, übrigens, das habe ich für dich mitgenommen.“ Er gab Leik seinen Jagddolch zurück, der ihn freudig entgegennahm und in seinen Gürtel steckte. Hätte er das Messer genauer betrachtet, wäre ihm die verrußte Klinge aufgefallen.

Ein nächtlicher Eindringling

Leik und Gerald reinigten nach ihrem langen und doch unergiebigen Gespräch gemeinsam das Geschirr und die Küche. Danach bemerkte Leik, dass er doch noch erschöpfter war, als er zugeben wollte. Gerald schickte seinen Gehilfen ins Bett. Gerne kam Leik dieser Aufforderung nach, und nach wenigen Augenblicken war er eingeschlafen.

Die Tür zum Hühnerstall knarzte und weckte Leik aus seinem unruhigen Schlaf. Das Geräusch gehörte nicht zum vertrauten Klang der Nacht, deshalb hatte es ihn so schnell aus seinen Träumen reißen können. Leik war sofort klar, dass etwas nicht stimmen konnte. Schon des Öfteren hatten größere Füchse versucht, sich Zugang zum Stall zu verschaffen. Aber sie waren eigentlich nicht in der Lage, die massive Holztür mit ihren fürchterlich quietschenden Angeln zu öffnen. Zögernd erhob Leik sich von seinem Bett. Im Zimmer war es so kalt, dass er seinen Atem sehen konnte. Angespannt ging er zum Fenster, um auf den winzigen Hühnerstall herunterzusehen. Die eisige Nacht war sternenklar und der Mond leuchtete in der Dunkelheit. Leik konnte den schneebedeckten Wald sehen, der von hier oben betrachtet unendlich groß erschien. Die weiß gepuderten Tannen wiegten sich leicht im kalten Wind. Leik ging näher an das Fenster heran. Sein Atem hinterließ nebelig weiße Spuren auf der Scheibe. Mit dem Ärmel seines Hemdes polierte er das Glas, das an den Außenrändern vereist war. In den Ecken hatten sich Eisblumen gebildet, doch Leik hatte im Moment keine Zeit, sie zu bewundern, seine Aufmerksamkeit galt dem kleinen Schuppen.

Der Hühnerstall mit seiner niedrigen Umzäunung lag still unter ihm. Nichts deutete auf einen Eindringling hin. Beruhigt atmete Leik aus und wollte gerade zurück in sein warmes Bett gehen, da entdeckte er Abdrücke im Schnee. Er war ein erfahrener Fährtenleser, doch solche Spuren hatte er noch nie gesehen. Sie waren ziemlich groß und schienen sechs oder sieben Zehen zu besitzen, die an den Enden spitz zuliefen. Genauer konnte Leik das auf diese Entfernung nicht feststellen. *Verdammt, ich muss die Hühner retten,* dachte er, nachdem er die Fährte im Schnee entdeckt hatte. Hastig schlüpfte er in seine dick gepolsterte Felljacke und die warmen Winterstiefel und rannte zur Treppe.

Wäre Leik nur einige Sekunden länger am Fenster stehen geblieben, hätte er die große dunkle Gestalt gesehen, die soeben gebückt aus der Tür des Hühnerstalls heraustrat, sich Blut von ihrer grässlichen Schnauze abwischte und mit rot glühenden Augen versuchte, in das Fenster von Leiks Zimmer zu sehen.

Um Gerald nicht zu wecken, hetzte Leik so leise wie möglich die Treppe hinunter. Unten angekommen, sah er das nur noch kraftlos glühende Feuer im Kamin. Hier war es deutlich wärmer als in seinem Zimmer. Durch das große Fenster fiel Mondlicht in den Raum und die beiden Sessel warfen lange, unheimliche Schatten. Leik hatte dafür allerdings keinen Blick. Zu sehr konzentrierte er sich auf die Rettung der Hühner, deren Eier im Winter eine wichtige Nahrungsquelle für ihn und Gerald waren. Die Angst der letzten Nacht verdrängte er in diesem Moment. Hier war er zu Hause und deshalb fühlte er sich sicherer und stärker als draußen im Wald.

Vorsichtig öffnete Leik die Eingangstür. Sofort schlug ihm eiskalte Luft entgegen und der Wind begann an seinen Kleidern zu zerren. Er trat hinaus ins Freie. Seine Schuhe versanken mit einem knirschenden Geräusch im frischen Schnee. Leise schloss Leik die Tür hinter sich und ging zu den ungewöhnlichen Spuren. Er kniete sich hin und untersuchte sie, indem er mit den Händen darüberfuhr. Jetzt konnte er sehen und fühlen, dass sie zu einem sehr großen Lebewesen gehörten. Und eindeutig hatte dieses Tier sieben Zehen, die am Ende mit spitzen Krallen bewehrt waren. Gedankenverloren strich Leik noch mehrere Male mit den Fingern über die Abdrücke im kalten Schnee und richtete sich anschließend langsam wieder auf. Mit einer Hand hielt er die Felljacke am Kragen verschlossen, da der Wind stärker geworden war und die Kälte noch intensiver und durch jede sich bietende Öffnung in ihn hineintrieb. Bedächtig und mit Herzklopfen folgte er den Spuren und ging auf den Hühnerstall zu.

Gerald erwachte, als er den eiskalten Windstoß spürte, der durch das Öffnen der Tür verursacht worden war. Nach nur wenigen Sekunden war dieses Gefühl vorbei, doch jetzt konnte er nicht wieder einschlafen. *Habe ich die Haustür nicht richtig abgeschlossen, oder ist noch ein Fenster offen?*, überlegte er. Auch seine Blase meldete sich nun. Schweren Herzens stand er auf, um die Kältequelle zu suchen. Nachdem Gerald sich vergewissert hatte, dass alle Fenster im Erdgeschoss richtig geschlossen waren, zog er die Tür noch fester ins Schloss als schon zuvor. *Vielleicht habe ich nur schlecht geträumt, ist ja auch kein Wunder bei den gestrigen Ereignissen,* grübelte er.

Schließlich meldete sich die Natur erneut. Zum Misthaufen hinter dem Haus waren es zwar nur ein paar Meter, aber bei dieser Kälte war der Weg trotzdem immer eine unangenehme Sache. Bedächtig schlurfte er zurück in sein Schlafzimmer und zog sich seinen Mantel über. Dann schlüpfte der Jäger in die schweren, fellgefütterten Stiefel, die in der Küche direkt neben dem Hintereingang standen, und öffnete die Tür. Wie schon Leik traf auch ihn die eisige Kälte der Nacht und vertrieb jede Müdigkeit. Missmutig ging er durch den kleinen Garten zum Misthaufen. *Wenigstens ist Vollmond, da kann ich mehr erkennen und mache mir nicht auf die Stiefel,* dachte er.

Als Leik den Hühnerstall fast erreicht hatte, sah er, dass die Tür nur angelehnt war. Jetzt wünschte er sich, wenigstens seinen Dolch mitgenommen zu haben. Doch der lag in seinem Zimmer auf dem Stuhl neben dem Bett. Irgendwo zwischen den alten Kleidungsstücken von gestern. Als er die Tür weiter öffnen wollte, um im Inneren des kleinen Stalls nach dem Rechten zu sehen, bemerkte Leik im fahlen Mondlicht dunkle Punkte im Schnee. Blutflecke. Sein Herz begann zu rasen. Langsam rückwärts gehend, entfernte er sich vorsichtig vom Hühnerstall. Ohne Waffe konnte er hier nichts ausrichten. *Ich muss Gerald wecken, gemeinsam können wir den Eindringling vertreiben,* dachte er panisch und versuchte dabei möglichst geräuschlos den Abstand zwischen sich und dem Stall zu vergrößern.

Als er fand, dass der Sicherheitsabstand zum Hühnerschuppen groß genug war, drehte er sich hastig um, um zur Hütte zu laufen. Da sah er, dass ihn vom verschneiten Dach des Hühnerstalls eine große, dunkle Gestalt mit rot glühenden Augen beobachtete. Zischend holte Leik Luft und erkannte: Es war derselbe Gestank wie in der vorigen Nacht, der ihm in die Nase stieg.

Stöhnend entleerte Gerald seine Blase. Der warme Saft dampfte in der Kälte und hinterließ gelbe Spuren auf dem schneebedeckten Misthaufen. Als er fertig war, ging er zurück zum Haus. Der Wind war stärker geworden und kühlte ihn noch schneller aus. Kurz bevor er durch die Hintertür der kleinen Jagdhütte ging, sah Gerald aus dem Augenwinkel eine Bewegung auf dem Dach des Hühnerstalls. Dort schien etwas zu sein, das aussah wie eine riesige Fledermaus und sich gerade kräftig mit beiden Beinen vom Dach abstieß, um in den Vorgarten zu springen. Stirnrunzelnd blieb Gerald stehen und betrachtete den etwa hundertfünfzig Meter entfernten Hühnerstall. Doch er konnte nichts erkennen. Und dann nahm er einen leichten Modergeruch wahr, den der starke Wind bisher von ihm weggeblasen hatte. Im gleichen Moment hörte er Leiks schrillen Angstschrei.

Die rotäugige Kreatur stieß sich mit unglaublicher Kraft vom Dach des kleinen Stalls ab, dessen morsches Holz verdächtig ächzte, und landete kurz darauf unmittelbar vor Leik. Der registrierte, dass sein Angreifer von letzter Nacht, oder eine ähnliche Kreatur, ihn gefunden hatte, und schrie seine Angst heraus. In seiner Panik stand Leik wie erstarrt da und erwartete sein Schicksal.

So schnell seine kräftigen kurzen Beine ihn tragen konnten, rannte Gerald zurück ins Haus. Panisch lief er in die kleine

Kammer, in der er seine Waffen aufbewahrte. Jene Doppelaxt, die er gestern erst aus ihrem Versteck unter den Dielen befreit hatte, lag glücklicherweise griffbreit. *Ich hätte nicht so nachlässig sein dürfen,* schalt er sich selbst. Er hatte angenommen, dass Leiks Angreifer tot war. Während sein Mündel schlief, hatte er sich die Lichtung noch einmal genau angesehen. Der verkohlte Schwertgriff war zwar inzwischen unter einer Schicht Neuschnee begraben, aber der Wildhüter hatte ihn trotzdem gefunden. Gerald hatte den Knauf genau untersucht und dabei entdeckt, dass noch kleine Teile von der Hand des Angreifers daran hingen. Im weiteren Umkreis hatte der erfahrene Jäger noch einige Krallen und blutige Hautfetzen aufgespürt. Danach hatte er alle Spuren beseitigt, die sterblichen Überreste des Wesens verbrannt und war, in dem Glauben an das Ende ihres Feindes, beruhigt auf Olander nach Hause geritten.

Ich war so dumm! Ich hätte wissen müssen, dass sie niemals allein sind, verfluchte Gerald sich. Wieso hatte er sich nur schlafen gelegt und nicht auf den Jungen aufgepasst, so wie in der letzten Nacht. Mit der riesigen Doppelaxt in der Hand rannte er, nasse Fußspuren auf den polierten Holzdielen hinterlassend – was unter anderen Umständen eine Todsünde gewesen wäre – durch das kleine Wohnzimmer zur Haustür.

Das Erste, was Leik wahrnehmen konnte, war so etwas wie höhnisches Gelächter. „Hast du Angsst?“, zischte eine heisere Stimme und brach dann wieder in Furcht einflößendes Gelächter aus. „Esss issst gut, dasss du Angsst hasst.“ Wieder Lachen. „Denn jetzzzt wirssst du sssterben!“

Langsam kam die monströse Kreatur auf Leik zu. Ein Entkommen schien unmöglich. Der Gestank wurde immer unerträglicher. *Ich muss Zeit gewinnen!* Leik nahm all seinen Mut zusammen und fragte den Unbekannten, um ihn abzulenken: „Was willst du von mir?“

Erneutes Kichern. „Wie tragisch, du weißßßt noch nicht einmal, warum du sssterben wirssst. Aber ich mache dir ein Angebot. Sssage mir, wie du Kuall gessstern getötet hassst, dann erkläre ich dir vielleicht, warum dein Leben verwirkt issst.“

Ich habe die Kreatur gestern Nacht also getötet, überlegte Leik. Doch er hatte keine Ahnung wie. „Ich kann es dir nicht sagen, ich weiß es selber nicht.“

„Ohh, wie ssschade, dann ssstirbst du wohl, Leik.“ In dem Moment, als die Kreatur nach Leiks Hals griff, krachte mit einem dumpfen Geräusch eine schwere Axt von hinten in ihr Haupt. Dunkles, gelbgrünes Blut schoss daraufhin aus der riesigen klaffenden Wunde im Schädel des Dämons. Das dunkle Wesen stieß einen schrillen Schrei aus, der Leik fast das Trommelfell platzen ließ.

Mit einem schmatzenden Geräusch zog Gerald die Klinge der schweren Axt aus dem Kopf des dunklen Monsters. Als er erneut zuschlagen wollte, drehte sich der riesige Körper geschmeidig zu ihm um. Die langen, scharfen Klauen versuchten noch im Todeskampf, den Kopf des Jagdmeisters abzuschlagen. Doch nun machte sich Geralds Erfahrung als Jäger bemerkbar. Flink wie eine Katze ließ er sich zur Seite fallen. Die Klauenhände schlugen ins Leere. Geschickt rollte Gerald sich ab und kam in einer fließenden Bewegung wieder auf die Beine. Kaum hatte er wieder festen Stand, schlug er, die Axt mit beiden Händen umfassend, erneut zu. Diesmal traf er den Dunklen in der Seite. Tief drang die scharfe Klinge des Beils in den Körper des sichtlich geschwächten Angreifers. Dieser schaffte es dennoch ein weiteres Mal, nach Gerald zu schlagen. Gelbgrünes Blut lief dem Dunklen dabei über das entstellte Antlitz und behinderte ihm die Sicht. Der erfahrene Jäger wich erneut mühelos aus und hob die Axt zum finalen Schlag. Mit einem feinen Zischen durchfuhr die mächtige Waffe die eiskalte Luft und trennte der dämonischen Kreatur den Kopf vom Körper. Abrupt fiel der Schädel zu Boden. Kurz darauf sackte der zuckende Torso des Wesens zusammen und aus dem dampfenden, aufgerissenen Hals ergoss sich ein Schwall von unnatürlich grünem Blut.

Das Gesicht blutbespritzt, drehte sich Gerald zu seinem Schützling um und fragte: „Geht es dir gut?“

Leik starrte ihn aus großen Augen an, nickte aber kaum merklich. Gerald legte ihm behutsam den Arm um die Schultern und führte ihn ins Haus.

Auf der Flucht

Zitternd setzte sich Leik, noch immer gestützt von seinem Lehrmeister, in einen der beiden Sessel. Nachdem Gerald ihn dort sicher verwahrt hatte, warf er ein paar frische Holzscheite in die Glut und schürte das Feuer an. Danach schloss er alle Fensterläden und verriegelte die Hintertür. Die ganze Zeit trug er dabei seine riesige Axt bei sich, deren Klinge seltsam bläulich zu schimmern schien. Nachdem Gerald das Haus auf diese Weise gesichert hatte, sagte er zu Leik: „Ich sehe mich draußen mal um. Du bleibst hier! Verstanden?!"

Leik, der vor Angst immer noch wie betäubt war, nickte nur kurz und rollte sich in dem großen Sessel zusammen. Gerald hüllte ihn in eine dicke Wolldecke und verließ das Haus.

Das Klappen der Tür ließ Leik zusammenfahren. Ängstlich schreckte er hoch, doch es war nur sein Meister, der ihm versicherte: „Alles in Ordnung, Junge. Schlaf weiter. Die nächsten Tage werden anstrengend." Leik registrierte, dass er eine ganze Weile fest geschlafen haben musste. Er sah noch, wie sich Gerald in den zweiten Sessel fallen ließ und – die Axt griffbereit neben sich – grimmig auf die Eingangstür starrte. Dieses Bild beruhigte Leik, sodass er in einen unruhigen Schlaf fiel, aus dem er aber immer wieder aufschreckte, weil er das blutige Gesicht seines dunklen Angreifers vor sich sah. Doch jedes Mal saß sein wachsamer Beschützer neben ihm, redete ihm gut zu und ließ ihn weiterschlafen.

Als Gerald im Erdgeschoss geräuschvoll die Fensterläden öffnete, war die Sonne gerade aufgegangen. Kalte, frische Luft kam von draußen herein. Der Meister hatte dunkle Ränder unter den Augen. Mit ernster Stimme sagte er: „Leik, wir sind hier nicht mehr sicher. Diese Kreaturen scheinen ins Tal zu kommen, und weil wir hier draußen so einsam wohnen, werden vielleicht noch weitere auftauchen und uns angreifen. Ich habe Olander und Rewen schon gesattelt und das Nötigste für die Reise eingepackt. In einer halben Stunde geht es los. Mach dich frisch und nimm aus deinem Zimmer mit, was dir besonders wichtig erscheint und uns nicht aufhalten wird. Wir werden das Arelltal und Sefal noch heute verlassen."

Bei diesen Worten gingen Leik tausend Gedanken durch den Kopf. Er hatte Angst, aber gleichzeitig wollte er auch nicht weg. Noch vorgestern hatte er sich beim Einschlafen ausgemalt, was er Drena sagen würde, wenn sie im Frühjahr wieder auf dem Markt wäre. Auch fürchtete er um die Sicherheit der anderen Dorfbewohner. Außerdem war dies sein Zuhause, das er nicht so einfach verlassen wollte, und deshalb sagte er: „Gerald, ist das dein Ernst? Wir können doch nicht einfach von hier fliehen, ohne die anderen zu warnen."

„Das habe ich schon gemacht, als du geschlafen hast", sagte der kurz angebunden, ohne Leik dabei in die Augen zu blicken.

Verzweifelt suchte der nach einem Argument, das seinen Meister dazu bringen würde, das Tal nicht zu verlassen. Drena wollte er dabei in keinem Fall erwähnen. Leik versuchte es mit: „Die Felle, Gerald, die vielen Felle, die im Schuppen und im Keller sind, willst du die etwa zurücklassen? Wovon sollen wir leben und wo sollen wir hin?"

„Wir kommen schon zurecht. Ich habe einiges an Geld zurückgelegt, und dort wo wir hinwollen, können wir beide uns eventuell auch verdingen. Auf jeden Fall sind wir dort in Sicherheit. Bist *du* in Sicherheit", sagte Gerald mit solchem Nachdruck, dass kein Widerspruch mehr möglich war. „Und nun pack deine Sachen. Du hast noch fünfundzwanzig Minuten."

Leise fluchend stieg Leik die Treppe hinauf in sein Zimmer. Dabei drehten sich seine Gedanken beständig um Drena, und er zermarterte sich das Hirn, wie er Gerald zum Bleiben überreden und die schöne Nusshändlerin wiedersehen könnte. Oben angekommen, betrachtete er sein kleines Reich. Bei diesem Anblick überkam ihn Wehmut. Er wollte hier nicht weg. Das war sein Zuhause. Leik ließ sich geräuschvoll auf sein Strohlager fallen und sah sich um. *Was soll ich zurücklassen?*, überlegte er. Die

Auswahl fiel ihm schwer. Wie konnte man schon entscheiden, was man aus seinem bisherigen Leben mitnehmen und was zurücklassen sollte? Schließlich stand er auf und nahm seinen Bogen von der Wand sowie einen Köcher voller Pfeile. Auch den Jagddolch nahm er vom Schemel neben dem Bett und steckte ihn in den Gürtel. Dazu nahm Leik noch ein dickes Leinenhemd und seinen wollenen Umhang aus dem Schrank und zog sich beides an. Traurig sah er seine bunten Murmeln, den getrockneten Mäusekopf und die rot-blaue Flöte an, die er nicht würde mitnehmen können. Schließlich wühlte er unter seinem Strohlager eine gefaltete rot karierte Papiertüte hervor. Leik hielt sie sich ganz dicht an die Nase und konnte noch leicht das süße Aroma kandierter Nüsse riechen, die einmal in der Tüte gewesen waren. An dem Tag, als er Drena zum ersten Mal gesehen hatte, hatte er sein Taschengeld für diese Nüsse ausgegeben. Sie hatte ihm die Tüte verkauft, ohne ihn zu bemerken. Doch Leik konnte sie seit jenem Tag nicht mehr aus dem Kopf bekommen. Vorsichtig steckte er die kleine Verpackung in die Hemdtasche. Dann schloss er die Brosche seines Umhangs, und mit einem letzten Blick in sein Zimmer und gleichzeitig in sein bisheriges Leben verließ er den Raum.

Als Leik die Haustür hinter sich geschlossen hatte, sah er, dass Rewen und Olander schon gesattelt waren und mehrere große Taschen auf ihren Rücken trugen. Die beiden Tiere scharrten aufgeregt mit den Hufen im Schnee, und aus ihren Mäulern kam dampfender, weißer Atem. Als er die Rösser erreicht hatte, tätschelte er beiden die Seite und verschnürte auf Rewen seine eigenen wenigen Habseligkeiten. Dabei entdeckte Leik, dass Gerald reichlich Proviant in die Ledertaschen gepackt hatte. Aber auch einige Waffen und warme Felle, die sie bei diesem Wetter unterwegs sicher gut gebrauchen konnten, hatte er verstaut. Leik wusste, dass eine Reise mitten im Winter durch den Arellwald nicht ungefährlich war. Dort draußen lauerten die Kälte, wilde Tiere und – wie er nun nur zu gut wusste – die Kreaturen, die seinen Tod wünschten. Eine Gänsehaut überkam ihn bei dem Gedanken an die Ereignisse der letzten Tage und er zog seinen

Umhang enger um sich. Vom Schuppen aus rief Gerald: „Bist du so weit?"

Leik antwortete nach einem kurzen Moment leise: „Ja."

Kurze Zeit später ritten die beiden Jäger in langsamem Trab durch den morgendlichen schneebedeckten Wald.

Die Waldschänke

Leik und sein Meister folgten dem vereisten ehemaligen Königspfad. Die Leute im Dorf nannten den schmalen Weg so, weil in den alten Geschichten behauptet wurde, dass er in früheren Zeiten einmal einer der Hauptwege des alten Reichs gewesen war, auf denen man das gesamte Königreich durchqueren konnte. Leik liebte diese Geschichten, doch Gerald wollte nichts von ihnen wissen. Sie waren damit kein Gesprächsthema, das Leik von seinen dunklen Gedanken hätte ablenken können. Zu Beginn ihrer Reise hatte Leik noch versucht, seinem Lehrmeister das Ziel ihrer gemeinsamen Flucht zu entlocken, doch der hatte sich nur sehr kryptisch ausgedrückt und immer wieder gesagt: „Dort sind wir in Sicherheit, Leik, mehr brauchst du nicht zu wissen. In Sicherheit!" So vergingen die Stunden ereignislos. Hin und wieder mussten sie um Bäume herumreiten, die unter den Schneemassen umgestürzt waren. Gelegentlich rutschte ihnen der herabrieselnde Schnee von den Wipfeln der Bäume eiskalt in den Kragen.

Im Laufe des Tages wurde es immer kälter und der Weg vor ihnen stetig schmaler. Nach einiger Zeit konnten Meister und Lehrling nicht mehr nebeneinander reiten. Auf Geralds Anweisung hin ritt Leik voraus und sein Meister blieb hinter ihm. Leik war klar, dass dies eine reine Vorsichtsmaßnahme war, auch wenn Gerald es nicht so bezeichnete. Und er registrierte sehr wohl, dass sein Ziehvater die große Axt griffbreit in einer Schlaufe am Sattel befestigt hatte und ständig mit konzentriert zusammengekniffenen Augen in den Wald starrte.

Währenddessen grübelte Leik darüber nach, was das Wesen gemeint haben konnte mit seiner Frage: *„Sage mir, wie du Kuall getötet hast."* Gerald darauf anzusprechen schien sinnlos. Seit sie losgeritten waren, tat er Leik gegenüber eher so, als ob sie sich auf einem langen Ausflug befänden und nicht auf der Flucht. Auch wenn er genau bemerkte, wie angespannt sein Lehrmeister war. So blieben Leiks Fragen unbeantwortet und deshalb hing er nach einer Weile wieder seinen Träumereien von Drena nach.

So verging der erste Tag ihrer Flucht. Langsam versank die trübe, orangegelbe Sonne, deren Licht hier unter den großen Bäumen ohnehin kaum Wärme oder Helligkeit spendete.

„Wir müssen eine Unterkunft für die Nacht finden", durchdrang plötzlich Geralds tiefe Stimme die stundenlange Ruhe. „Eigentlich sollte es nicht mehr weit sein, aber ich war seit Jahren nicht mehr so tief im Wald. Treib Rewen mal ein bisschen an. Ich will auf diesem verdammten Weg nicht übernachten müssen."

Wo sollen wir denn sonst in dieser Einöde schlafen?, überlegte Leik. Sie ritten jetzt schon seit Stunden durch den Arellwald. Selbst ihre Hütte lag ja schon so tief im Wald, dass viele Bewohner von Sefal sie in der tiefsten Wildnis verorteten, und nun waren sie noch tiefer in den Wald hinein- als aus ihm herausgeritten.

„Ahh, ich glaube, ich kann schon den Rauch riechen", sagte Gerald plötzlich und ritt mit einer Geschwindigkeit an Leik vorbei, die der weder seinem Meister noch seinem Pferd Olander zugetraut hätte. Hastig gab Leik Rewen die Sporen, um den beiden folgen zu können. Das war auch gut so, denn im nächsten Augenblick waren Gerald und sein Ross hinter einer Wegbiegung verschwunden. Als Leik diese ebenfalls passiert hatte, fand er sich auf einer kleinen Lichtung wieder, in deren Mitte ein gemütlich aussehendes Fachwerkhaus stand. Über der Eingangstür hing ein Schild, auf dem in altertümlich geschwungenen Buchstaben *Waldschänke* stand. Das Gasthaus hatte vier kleine Bleiglasfenster, die in der beginnenden Abenddämmerung einladend in einem warmen Gelb glühten. Aus dem kleinen Schornstein stieg kräuselnd Rauch auf und bewies, dass es im Inneren deutlich wärmer war als hier draußen. Zielstrebig trieb Leik Rewen auf das Gebäude zu, vor dem Gerald schon auf ihn wartete.

„Warte kurz hier", sagte er zu ihm. „Ich werde sehen, ob wir für diese Nacht noch ein Zimmer bekommen." Darauf ging er durch die schwere Holztür nach drinnen.

Leik stand nun neben seinem Pferd und rieb sich die wunden Oberschenkel. Schon lange war er nicht mehr so ausgiebig geritten. Erst jetzt bemerkte er, wie kalt ihm war. Seine Füße und Hände konnte er kaum noch spüren. Er versuchte sich durch Bewegung aufzuwärmen und erkundete dabei die Gegend. Als er zurück zur Eingangstür der Schenke gelangte, fiel ihm ein großes Schild auf, das direkt daneben hing.

Dies Haus steht unter dem Schutz der Friedenshüter.
Eidbrecher sind nicht willkommen.
Betten für das kleine Volk vorhanden.
Die Ausführung jeder Art von Begabungen ist im Schankraum verboten.
Verbindungssymbole verdeckt tragen.
Jeden Mittwoch frische Kutteln.

Leik konnte sich, bis auf die Sache mit den ekligen Kutteln, keinen Reim drauf machen, was das Schild bedeuten sollte. Bevor er weiter darüber nachdenken konnte, öffnete sich die Tür und Gerald kam wieder heraus. „Was lungerst du hier herum?", meckerte er. „Bring die Pferde in die Ställe hinter dem Haus. Sattle sie ab und striegele sie trocken. Dann kannst du reinkommen. Wir werden heute die Nacht hier verbringen."

Eine ganze Weile später kam Leik, mittlerweile durch die Arbeit mit den Pferden durchgeschwitzt und müde, in den Gastraum. Hier saßen nur wenige Gäste, die sich leise unterhielten. Die Schänke war sehr gemütlich eingerichtet. Mehrere kleine Tische an den Wänden waren in Nischen wie Separees eingestellt, sodass sich jeder Gast ungestört unterhalten konnte. Die hölzernen Trennwände waren mit aufwendigen Schnitzereien verziert, die Menschen beim Essen und Trinken darstellten. Die Wände des Hauses bestanden aus massiven aufeinandergeschichteten Steinblöcken, die mit Lehm verputzt waren, dazwischen waren die Balken des Fachwerks zu sehen. Den Mittelpunkt aber bildete der mächtige offene Kamin an der hinteren Hauswand, in dem ein großes Feuer loderte.

Gerald saß auf einem hohen hölzernen Hocker am Tresen, hinter dem ein breitschultriger älterer Mann Gläser polierte. Beide schienen sich angeregt zu unterhalten. Doch sobald Leik dazutrat, endete ihr Gespräch abrupt. Geschäftsmäßig zählte sein Meister nun plötzlich auf: „Dann nehmen wir die Gemüsesuppe mit Brot, dazu für mich ein Gläschen deines guten Roten und für den Jungen einen Becher Dünnbier." Der Wirt nickte und verschwand in die Küche. Dann zog Gerald Leik weg vom Tresen und hin zu ihrem Tisch.

Kaum hatten die beiden Platz genommen, kam auch schon das Essen. Der Gastwirt stellte zwei große, dampfende Schüsseln vor die erschöpften Reisenden. Dazu ein Brett, auf dem ein runder, warmer Brotlaib lag, dessen dicke Kruste herrlich kross aussah. Gierig tunkte Leik den hölzernen Löffel in die dicke Suppe. Den ganzen Tag hatte er nur trockenes Brot und harten Käse auf dem Rücken seines Pferdes zu essen bekommen. Mit einer richtigen warmen Mahlzeit hatte er heute nicht mehr gerechnet. Umso besser schmeckte ihm die raffiniert gewürzte Suppe, die zu seiner Freude mit einem kräftigen Schuss Schmand verbessert worden war.

Während der Mahlzeit erklärte Gerald ihm: „Wir bleiben heute Nacht hier. Unter dem Dach hat der Wirt einige Zimmer, von denen wir eines bekommen haben. Eine Nacht in Ruhe und im Warmen wird uns gut tun. Ich glaube nicht, dass uns hier Gefahr ...", vorsichtig sah er sich um, um zu kontrollieren, ob sie niemand belauschte, „von unseren Besuchern der letzten Tage droht."

Auf diese Anspielung hin wollte Leik ihm endlich die Frage stellen, die ihn schon den ganzen Tag über beschäftigt hatte: „Gerald?" Mit vollem Mund brummte dieser nur fragend, was Leik als Aufforderung zum Weitersprechen deutete. „Der letzte unserer Besucher" – Leik zeichnete mit den Fingern Gänsefüßchen in die Luft – „hat mich gefragt, wie ich Kuall getötet habe. Wie hat er das gemeint?"

Gerald zischte ihn so scharf und laut an, dass etliche Brotkrümel aus seinem Mund schossen. „Ssschtt, du wirst wohl derlei Zeugs nicht hier in der Öffentlichkeit besprechen!" Dabei drehte er sich um und schaute in den fast leeren Gastraum, in dem jedoch niemand so nah bei ihnen saß, dass er auch nur ein Wort verstehen konnte. „Iss deine Suppe und mach dir nicht so törichte Gedanken. Dein Geist wird dir einen Streich gespielt haben. Ich glaube kaum, dass diese Tiere", der Wildhüter spie das Wort geradezu aus, „sprechen können.“ Damit war ihr Gespräch beendet. Gerald wischte mit dem Brot seine Schüssel aus und schaute Leik nicht mehr in die Augen.

Der nippte verlegen an seinem Dünnbier und dachte grimmig: *Ich habe mich nicht verhört, und es konnte sprechen!*

Nach dieser wenig erfreulichen Unterhaltung begaben sich die beiden Reisegefährten sofort auf ihr Zimmer. Nach zwei Nächten ohne guten Schlaf waren sie müde, und morgen mussten sie wieder sehr früh aufbrechen. Mittlerweile hatte sich eine unangenehme Stille zwischen den beiden ausgebreitet, sodass sie froh waren, sich einfach schlafen legen zu können. Leik kuschelte sich in die weißen, warmen Bettlaken und drehte sich nochmal zu seinem Meister um, der im Bett auf der anderen Seite des schmalen Zimmers lag. „Sind wir hier wirklich sicher, Gerald?“, fragte er, seinen Stolz überwindend, leise in die Dunkelheit hinein.

Mit seiner tiefen, besänftigenden Stimme antwortete der: „Du kannst in Ruhe schlafen, die Waldschänke ist ein sicherer Ort, fast so sicher wie das Ziel unserer Reise.“ Danach gähnte er herzhaft und drehte sich um.

„Was ist das Ziel unserer Reise?“, fragte Leik. Doch als Antwort hörte er nur tiefes Ein- und Ausatmen, das alsbald in Schnarchen überging.

Der Panrapass

Am nächsten Morgen brachen die beiden Flüchtlinge zeitig auf. Zum Frühstück aßen sie, schon auf dem Rücken ihrer Pferde sitzend, süße, mit Zimt verfeinerte Gebäckteilchen, die der Wirt ihnen noch warm in kleine Beutel gepackt hatte. Leik kaute und beobachtete die aufgehende Sonne. Er fühlte sich zum ersten Mal seit Tagen wieder richtig gut. *Was eine durchgeschlafene Nacht ausmachen kann,* dachte er, gab Rewen die Sporen und ritt zügig den verschneiten Weg weiter in Richtung Süden.

Nachdem Leik und sein Meister eine ganze Weile stumm hintereinander her geritten waren, schloss Gerald an einer etwas breiteren Stelle des Weges zu seinem Lehrling auf und erklärte: „Um an unser Ziel zu gelangen, müssen wir über den Panra. Du weißt, dass der Berg der höchste des ganzen Arellgebirges ist. Um ihn zu überwinden, müssen wir den Gebirgspass benutzen, was bei diesem Wetter eine gefährliche Angelegenheit ist. Selbst im Sommer muss man sich schon sehr gut auskennen, um den Weg gefahrlos zu bewältigen. Außerdem können wir Olander und Rewen nicht mit über den Pass nehmen. Wir werden sie zurücklassen müssen, so leid es mir auch tut."

Leik erschrak. Die beiden Pferde gehörten, solange er denken konnte, zu seinem Leben. Sie aufzugeben bedeutete das endgültige Aus seiner bisherigen Existenz. „Gerald, ist das dein Ernst? Du liebst die beiden! Es sind die besten Tiere, die man sich vorstellen kann."

Traurig nickte Gerald und antwortete: „Du hast recht, aber ich weiß keine andere Lösung. Wichtig ist, dass wir dich vor diesen Wesen in Sicherheit bringen, und dazu ist mir jedes Opfer recht", endete er bestimmt und ließ sein Pferd in einen etwas langsameren Trab fallen, sodass Leik wieder allein die Spitze ihres kleinen Zuges übernahm.

Anschließend breitete sich die Stille zwischen den beiden aus. *Was werde ich noch alles verlieren?*, dachte Leik verbittert. *Rewen, meine Freunde, mein Zuhause, Drena – was kommt als Nächstes? Alles, was ich noch habe, ist Gerald.* Er blickte kurz über die Schulter zu seinem Ziehvater, der wachsam die Umgebung beobachtete. In seinem dunklen Bart hatten sich Eiskristalle gebildet. Trotzdem waren seine Arme unter dem Umhang nackt. *Raue Schale, weicher Kern,* dachte Leik. *Ich muss – ich werde ihm vertrauen.* Er ließ Rewen in schnelleren Trab fallen. Er wollte endlich ankommen. Raus aus der Kälte, der Ungewissheit und der Angst. Endlich wieder in Sicherheit sein.

Am späten Nachmittag wurde der Weg immer schmaler und steiler. Große und kleine Steine machten es den beiden Pferden schwer, festen Halt zu finden. Dazu wurde es mit ansteigender Höhe immer kälter und windiger. „Halt", rief Gerald plötzlich. „Halte an, Leik. Es hat keinen Zweck mehr. Wir müssen laufen!"

Schon die letzten Stunden hatte Leik sich genau davor gefürchtet. Nun schien es so weit zu sein. Er musste sich von Rewen verabschieden. Steifbeinig glitt er aus dem Sattel.

Gerald tat es ihm gleich. Dann kam sein Meister auf ihn zu, da der starke Wind ein Gespräch auch über kurze Entfernungen nicht mehr möglich machte. Selbst aus nächster Nähe musste Gerald gegen den Sturm anbrüllen: „Sattle Rewen ab und nimm das Nötigste mit. Wir sollten nicht länger als ein, zwei Tage unterwegs sein."

Schweren Herzens und mit klammen Fingern löste Leik den Sattel und die großen Taschen von Rewens Rücken. Dann packte er seinen Rucksack mit Nahrungsmitteln und warmer Kleidung, schnallte sich seinen Bogen auf den Rücken und warf sich den Köcher über die rechte Schulter. Mit Tränen in den Augen drückte er Rewens starken Kopf und redete auf das Tier ein: „Pass gut auf dich auf! Hörst du?" Das Pferd bewegte die kleinen Ohren und scharrte mit den Hufen im Schnee. Leik hoffte, dass dies ein Zeichen dafür war, dass der Wallach ihn verstand. Gerald kam zu ihm herüber.

„Bist du so weit?"

Die Tränen mit einer Hand abwischend, nickte Leik und begann, den Pass weiter hinaufzusteigen. Wenn er Gerald und Rewen nicht den Rücken zugekehrt hätte, dann hätte er gesehen, dass der Wildhüter ebenfalls auf das alte Pferd einredete und dass beide Tiere anschließend vollkommen ruhig den Weg zurück ins Tal liefen.

Leik und Gerald kamen jetzt nur noch sehr langsam vorwärts. Der Wind war inzwischen so stark, dass sie sich regelrecht gegen ihn stemmen mussten. Dazu hatte es auch noch zu schneien begonnen. Nach weiteren zwei Stunden hatten sie zwar ein ganzes Stück Weg zurückgelegt, aber der Pass war immer noch weit von ihnen entfernt. Die Sonne war schon untergegangen und Dunkelheit begann sich langsam über den einsamen Gebirgspfad zu senken. Mit der hereinbrechenden Nacht begannen auch die Temperaturen merklich zu sinken. Hier draußen würden sie ohne Schutz bis zum nächsten Morgen nicht überleben.

„Wir brauchen eine Pause", sagte Gerald zu Leik. „Halte Ausschau nach einer einigermaßen geschützten Stelle."

Leik hielt dieses Vorhaben angesichts der Kälte und des beißenden Windes für nahezu aussichtslos, aber er verzichtete auf jeden Kommentar.

Müde schleppten sich die beiden weiter, ohne Aussicht auf einen sicheren und halbwegs warmen Unterschlupf. Mittlerweile war es dunkel.

Leik kam etwas vom Weg ab und stolperte dabei über einen Ast. Fluchend schaute er sich an, worüber er fast gefallen wäre. Normalerweise wuchsen in dieser Höhe kaum noch Bäume. Doch dieser hier schien die berühmte Ausnahme von der Regel zu bilden. Wegen der Schneemassen war der hölzerne Riese teilweise umgestürzt. Nun hingen seine großen benadelten Äste tief über dem Boden und bildeten eine kleine natürliche Höhle. Hier waren sie immerhin ein bisschen geschützt.

Leik rief aufgeregt nach Gerald. Sein Meister war schon einige Meter vorausgegangen und in der Dämmerung und dem Schneetreiben kaum noch zu sehen. Erneut und diesmal lauter rief er deshalb: „Gerald, ich glaube, das hier ist gut." Langsam drehte sich sein Lehrmeister um, und Leik winkte ihn aufgeregt zu sich zurück.

Leik zeigte auf seinen Fund.

Gerald pfiff anerkennend. „Prima Idee, Junge. Aus dir könnte ja doch noch ein passabler Waidmann werden."

Gerald und Leik krochen unter die tief herabhängenden Äste, darum bemüht, nicht den Schnee abzuschütteln, da er sie zusätzlich gegen die Kälte schützen würde. Im Inneren angekommen erkannte Leik, dass das Geäst nur bedingt Schutz gegen den Wind bieten würde und der Boden eiskalt war. Außerdem schmolz der Schnee durch seine Körperwärme, und bald hatte er einen nassen Hosenboden. Ein Feuer würden die beiden bei diesem Wetter nie entfachen können, zumal sie auch kein trockenes Holz hatten. Doch für heute Nacht war keine bessere Unterkunft zu finden. Sehnsüchtig dachte Leik an die letzte Rast in der Waldschänke. Dabei wurde ihm auch bewusst, wie ungeschützt sie hier oben auf dem einsamen Gebirgsweg waren. Gerald schien das Gleiche zu denken, denn er hatte die Axt wieder übers Knie gelegt und ließ beide Hände darauf ruhen.

„Versuch zu schlafen, Leik. Ich werde Wache halten. Wenn es sein muss, werde ich einer ganzen Horde dieser Kreaturen den Kopf abschlagen."

Dicht an dicht saßen die beiden Jäger beieinander. Noch nie in seinem Leben war Leik so kalt gewesen. *Hier werde ich keine Minute Schlaf finden.* Doch irgendwann rüttelte Gerald ihn unsanft.

„Aufwachen!"

Leik brauchte einen Moment, bis ihm klar wurde, wo er sich befand. Ihm war eiskalt und sein Hals tat weh. Das erste Anzeichen einer baldigen Erkältung oder von Schlimmerem. „Was ist los?", fragte er mit belegter Stimme.

Gerald legte einen Finger auf den Mund. So leise, dass Leik ihn kaum verstehen konnte, erklärte er ihm: „Ich glaube, ich habe etwas gehört. Lass uns hoffen, dass es nur ein Tier ist, das sich bei dem Wetter nach hier oben verlaufen hat."

Leik hätte nicht gedacht, dass ihm noch kälter werden könnte. Doch nun lief ihm ein eiskalter Schauer den Rücken herunter und seine Nackenhaare stellten sich auf. *Sie haben uns gefunden,* dachte er aufgeregt. *Kein Tier läuft bei diesem Wetter hier herum. Ausgerechnet hier, wo keinerlei Hilfe in der Nähe ist.* Sein Magen zog sich bei diesem Gedanken schmerzhaft zusammen.

Gerald deutete seinen Gesichtsausdruck richtig und flüsterte kaum hörbar: „Ich gehe nach draußen. Nimm deinen Bogen und halte ihn schussbereit, bis ich wieder hier bin!"

„Lass mich nicht allein, Gerald", rief Leik zu laut und aufgeregt aus.

„Schhhh." Sein Meister legte einen Finger auf den Mund und grübelt kurz, dann flüsterte er: „Also gut, dann komm mit. Hier drin bist du auch nicht sicherer als da draußen. Du gibst mir mit deinem Bogen Rückendeckung."

Leik nahm seine Waffe und kroch hinter Gerald aus dem provisorischen Unterschlupf. Draußen zerrte der Wind an ihm, und die Kälte war unbeschreiblich. Schnee peitschte den beiden in die Augen. Leik zog seinen Schal vors Gesicht, um sich etwas zu schützen, und sah sich um. Stockfinstere Nacht umgab sie. Gerald hatte seine Axt kampfbereit gehoben und ging voraus in die Dunkelheit. Leik folgte ihm. Spuren ihres nächtlichen Besuchers waren nicht zu entdecken. Plötzlich hörte Leik eine Art Jaulen hinter sich, doch der heulende Wind verhinderte eine genaue Einordnung des Geräuschs. Panisch drehte er sich um, konnte jedoch nichts erkennen. Sofort war Gerald an seiner Seite und stellte sich schützend und mit angespannter Miene vor ihn. Er wirkte in diesem Moment sehr bedrohlich, und Leik war froh, ihn an seiner Seite zu wissen. Beide starrten sie, dem Schneetreiben trotzend, in die Dunkelheit. Doch weder Leik noch sein Ausbilder konnten etwas erkennen.

Gegen den Wind anbrüllend sagte Gerald zu seinem Lehrling: „Wir können nur noch ein paar Minuten hier draußen bleiben, wenn wir nicht erfrieren wollen."

Leik stimmte ihm innerlich zu. Er merkte schon jetzt, wie seine Kräfte schwanden und ihn jene trügerische Müdigkeit einzulullen versuchte, die seinen Tod bedeuten würde, wenn er ihr hier draußen nachgab.

Noch einmal umkreisten die beiden Gefährten den Baum. Wieder glaubte Leik, ein Jaulen zu hören, doch er war sich nicht sicher. Plötzlich nahm er aus den Augenwinkeln eine Bewegung im Schnee wahr. Etwas lief schnell auf ihn zu. „Gerald!", schrie Leik, so laut er konnte. Doch sein Meister war einige Meter weiter links neben ihm und schaute in die entgegengesetzte Richtung. Im heulenden Sturm konnte er ihn nicht hören. Leiks Herz schlug so schnell, dass er glaubte, es springe ihm aus der Brust. *Sie haben mich entdeckt!* Plötzlich fühlte Leik die beißende Kälte nicht mehr. Er konzentrierte sich nur auf die Gestalt, die auf ihn zu gerannt kam. Mit seinen klammen Händen versuchte er einen Pfeil aufzulegen und den Bogen zu spannen, was ihm jedoch nicht gelang. Dreimal versuchte er es, dann ließ er beides fallen, vergaß in seiner Panik alles, was er von seinem Jagdmeister gelernt hatte, und rannte in Geralds Richtung. Nach zwei unsicheren Schritten im Schnee rutschte er aus und sah im Fallen, dass das Wesen ihn fast erreicht hatte.

Der Aufprall trieb Leik die Luft aus den Lungen und er schlug sich die Knie an der gefrorenen Erde auf. Hektisch versuchte er, wieder auf die Füße zu kommen, doch dann rannte die Kreatur in ihn hinein und warf ihn um. Er hatte keine Chance mehr zu reagieren. *Jetzt haben sie mich,* dachte er voller Panik, als ihm bewusst wurde, dass er von etwas Lebendigem zu Boden gedrückt wurde. Leik schloss seine Augen und hielt die Hände schützend vors Gesicht. Bereit, sich dem Unvermeidlichen zu stellen.

Auf einmal berührte etwas Raues, Nasses seine Nase und schleckte sie ab. Vorsichtig öffnete Leik das linke Auge. Im ersten Moment sah er nur weißgelbe Reißzähne vor sich. Und dann erkannte er, dass es nur ein kleiner Schneefuchs war, der zitternd über ihm stand und ihn ableckte. Mehr noch, das Tier schien sich an Leik zu kuscheln und seine Nähe zu suchen. Hysterisch lachend kraulte der dem Tier die Ohren und rief, überglücklich darüber, dass er noch am Leben war: „Hast du mir einen Schreck eingejagt, was machst du denn hier bei diesem Wetter, mein Kleiner?" Das Tier starrte ihn aus dunklen Augen an, schleckte wieder über sein Gesicht und kratzte mit seinen kleinen Pfoten an Leiks Oberkörper.

In dem Moment stand Gerald neben ihm und ließ seine Axt sinken.

„Es ist alles in Ordnung, Gerald", rief Leik.

Sein Meister begann jetzt ebenfalls zu lachen, als er die absurde Szene begriffen hatte. Den Bauch haltend setzte er sich in den Schnee, da er sich vor Gelächter nicht mehr auf den Beinen halten konnte. Mit tränenerstickter Stimme und immer wieder unterbrochen durch kurze Lachanfälle sagte er: „Wir sind wirklich prima Jäger, dass uns ein kleiner Schneefuchs so zum Narren halten kann."

Leik und Gerald krochen zurück in ihren provisorischen Unterschlupf. Der kleine schneeweiße Fuchs folgte ihnen. Als Leik in seiner Ecke saß, steckte das Tier die Schnauze durch den provisorischen Eingang, wobei ein bisschen Schnee auf seine schwarze Nase rieselte.

Leik versuchte, das verängstigte Tier zu beruhigen: „Komm rein, mein Kleiner. Hier ist es wärmer als dort draußen." Zögernd kam der kleine Fuchs daraufhin in die Baumhöhle. Argwöhnisch schlich er an Gerald vorbei, der ihn allerdings anlächelte, und kroch zu Leik. Der nahm das flauschig weiche Geschöpf in den Arm. Sofort merkte Leik, wie der Fuchs ihn wärmte, und da störte es ihn auch nicht, dass sein feuchtes Fell etwas unangenehm roch. Im Gegenteil, der Geruch hatte sogar etwas merkwürdig Vertrautes an sich, obwohl Leik sich nicht erinnern konnte, wo er so etwas schon einmal wahrgenommen hatte. An das kleine Tier gekuschelt, dessen regelmäßiger Atem ihn beruhigte, schlief Leik diesmal erstaunlich schnell ein.

Leik kam es vor, als ob er gerade erst die Augen geschlossen hatte, als Gerald ihn sanft schüttelte und sagte: „Wir müssen weiter." Leik blickte sich suchend um, doch von dem kleinen Fuchs war keine Spur mehr zu sehen.

„Er ist vorhin verschwunden, nachdem du tief und fest eingeschlafen warst. Aber wer weiß, vielleicht seht ihr euch ja mal wieder. Der Panra vergisst nicht, so sagt man in dieser Gegend", meinte sein Meister augenzwinkernd.

Dass der Fuchs einfach so verschwunden war, machte Leik traurig. Missmutig packte er seine wenigen Sachen zusammen. Tiefschwarze Nacht erwartete ihn, als er den Kopf zwischen den Zweigen hervorstreckte. Gerald hatte ihm nur wenige Stunden

Schlaf gegönnt. Jetzt bemerkte er, dass es hier draußen doch deutlich kälter war als in ihrem provisorischen Versteck. Ziemlich durchfroren kam Leik wieder auf die Beine. Er sprang in die Luft, um sein Blut zirkulieren zu lassen. Dann begann erneut der Aufstieg, und dabei wurde Leik wärmer, als ihm lieb war. Gerald trieb ihn unerbittlich voran.

Schließlich hatten sie den Scheitelpunkt des Passes erreicht, und den beiden bot sich ein fantastischer Blick ins Panratal, das sich auf der anderen Seite des Berges an das Arelltal anschloss. Abertausende verschneite Bäume lagen ihnen majestätisch zu Füßen, beleuchtet von der gerade aufgehenden, gelbroten Wintersonne. Nur einen rettenden Ort konnte Leik nicht erkennen.

Als er Gerald darauf ansprach, antwortete der: „Wir müssen erst noch tiefer hinunter, dann wirst du unser Ziel sehen. Sie ist eigentlich nicht zu übersehen", meinte er geheimnisvoll. Dann begannen sie mit dem Abstieg.

Nach einiger Zeit konnte Leik auf der gegenüberliegenden Seite des Tals etwas Großes, Dunkles sehen. Doch es dauerte noch eine weitere Stunde, bis er die Umrisse einer riesigen Burg erkannte. Inzwischen hatte sich das Wetter wieder deutlich verschlechtert. Die Sonne war von dunklen, grauen Wolken verdrängt worden. Erneut lag der Duft von Schnee in der Luft.

Das Tor Lekan

Langsam kamen Leik und Gerald der riesigen, von dunklen Mauern umgebenen Festung näher. Der Weg zum Haupttor war steil und steinig. Links und rechts der schmalen Spur ging es schroff nach unten. Ein eisiger Wind fuhr Leik in dieser Höhe in die Knochen und ließ ihn seinen Umhang enger um sich ziehen. *Erst rauf, dann runter und dann wieder rauf,* dachte er grimmig. Gerald schien von dem Wetter und dem erneuten Aufstieg nicht weiter irritiert zu sein und ging am Berghang ohne die geringsten Anzeichen von Müdigkeit oder Anstrengung nach oben. Leik beneidete ihn dafür.

„Wir haben es gleich geschafft!“, sprach Gerald ihn plötzlich an. Schon seit Stunden hatten sie nicht mehr miteinander geredet, um ihre Kräfte zu schonen. Außer dem Heulen des Windes und dem gelegentlichen Krächzen einiger außergewöhnlich großer Krähen waren keine Geräusche zu hören gewesen. Leik blickte müde zu Gerald auf, der etliche Schritte vor ihm gebückt den Berg bestieg, und sofort blies ihm der Wind Tränen in die Augen.

„Es ist nicht mehr weit, Leik. Nach der nächsten Biegung müsstest du das Tor erkennen.“

Leik brummte eine unverständliche Antwort.

Doch das schien Gerald zu reichen. Er nickte kurz und stapfte dann, gegen den Wind und den Berg gleichzeitig kämpfend, mit ausdruckslosem Gesicht weiter.

Gleich da? Und dann? Bis jetzt hat er mir noch nicht mal verraten, wie uns diese Burg und ihre Bewohner helfen sollen. Leik grübelte zum hundertsten Mal über ihr Ziel nach. Gerald hatte sich immer noch nicht erweichen lassen und ihm so gut wie nichts zu dieser mächtige Anlage erzählt, die über dem Tal von Panra thronte. Nur: *Dort sind wir in Sicherheit, Leik, in Sicherheit.*

Müde schleppte sich Leik weiter nach oben. Er war mit seinen Kräften am Ende. Die anstrengende Reise forderte ihren Tribut.

Noch nie hatte er so schnell eine solch lange Strecke zurückgelegt. Gerade als er überlegte, ob er Gerald um eine Pause bitten sollte, sah er das riesige, schmiedeeiserne und mit Holz verstärkte Tor. Es war so groß, dass Leik sich fragte, wer dieses Ungetüm aus Eisen und Holz überhaupt bewegen konnte. Er blieb kurz stehen, stützte sich mit den Händen auf den Oberschenkeln ab und holte tief Luft. Dabei sah er das Tor an. *Wir sind da,* dachte Leik und konnte es kaum glauben.

„Nun komm schon!“ Ärgerlich winkte Gerald, der das mächtige Tor schon fast erreicht hatte, ihn zu sich.

Leik stapfte langsam zu ihm. Der Anblick ihres Ziels mobilisierte seine letzten Kräfte. Schnaufend kam er neben Gerald zum Stehen und ließ scheppernd seinen Rucksack fallen.

Aus der Nähe betrachtet sah der Eingang zur Feste noch riesiger aus und auch auf eine gewisse Weise Furcht einflößend. Wie ein überdimensionales Auge schien das Tor die beiden Fremden zu mustern. Leik schüttelte sich bei diesem Gedanken, begann dann aber, es genauer anzusehen. Es war auf vielfältige Weise verziert. Holzschnitzereien von Fabelwesen, Drachen, aber auch kämpfende Krieger waren in das Material eingelassen. Faustgroße, vielfarbige Edelsteine bildeten die Augen der dargestellten Lebewesen, die miteinander zu kämpfen schienen, sich grimmig betrachteten und vielfältige Grausamkeiten an ihren Gegnern begingen. Es mussten Tausende Soldaten auf dem Tor dargestellt sein. Die Schlacht schien epische Ausmaße gehabt zu haben.

Besonders auffällig war eine Anordnung unzähliger, verschieden großer, regenbogenfarbener Edelsteine, die ihre Farbe mit dem Betrachtungswinkel änderten, wie Leik verzückt feststellte, und aus den Händen eines alten, kleinen Mannes mit zu großem Hut, einer schönen Frau mit wehendem Haar und eines kräftigen Menschen mit kantigem Gesicht zu strömen schienen. Die immer kleiner werdenden Edelsteine umrahmten und überfluteten die gesamte Schlacht, als ob sie diese damit beeinflussen wollten. Die drei unterschiedlichen Personen bildeten eindeutig das Zentrum der Darstellung. Leik fragte sich, warum sie ihre Zaubersteine nicht auf das grässliche Ungeheuer abschossen, das hinter ihnen stand. Gebannt studierte er das Bild, das eher wie ein monumentales Kunstwerk als wie ein profanes Burgtor wirkte. Noch nie hatte er so feine Metall- und Holzarbeiten gesehen, auch die vielen Edelsteine mussten unermesslich wertvoll sein.

Doch etwas war merkwürdig an diesem Tor. Leik brauchte einige Zeit, bis er es bemerkte. Es gab kein Schloss oder Griffe, um es zu öffnen. Die gesamte Fläche des Tores schien in die Mauer eingelassen zu sein, ohne dass klar wurde, wo und wie man es öffnen konnte. Fragend schaute er Gerald an und sagte: „Wie kommen wir hinein? Ist das hier wirklich ein Tor oder nur ein Kunstwerk, um arme Reisende wie uns zu blenden?"

Der Jagdhüter gluckste in sich hinein. „Nein, mein ungeduldiger junger Freund, dies ist das Tor Lekan, und es öffnet sich nur denjenigen, die würdig genug sind, die Âlaburg zu betreten. Lege deine Hand auf einen der Edelsteine."

Leik sah seinen Meister stirnrunzelnd an, aber da er wusste, dass Gerald nur selten Widerspruch duldete, legte er seine rechte Hand auf einen klitzekleinen Opal direkt vor sich. Der regenbogenfarbene Edelstein fühlte sich glatt und kühl an. Doch kaum hatte er ihn berührt, wurde er merklich wärmer und schien jetzt tatsächlich zu pulsieren. Erschrocken wollte Leik die Hand zurückziehen, doch irgendeine unsichtbare Kraft hinderte ihn daran. Seine Hand schien ihm einfach nicht mehr zu gehorchen.

Was ist dein Begehr? Leik schrie erschreckt auf, als er die dröhnende Stimme in seinem Kopf hörte. Verzweifelt versuchte er seine Hand von dem Stein zu lösen, doch je mehr er es versuchte, desto fester krallten sich seine Finger um den pulsierenden, glühenden Edelstein.

Was ist dein Begehr, Leik? Verblüfft hielt er inne. Wieso wusste das Tor seinen Namen? Und wieso konnte es sprechen?

Woher kennst du meinen Namen?

Du bist nicht derjenige, der Fragen stellt, Leik. Was ist dein Begehr?

Leik überlegte verzweifelt, was er antworten sollte. Wieso wollte das Tor etwas von ihm wissen, obwohl es doch schon über ihn Bescheid zu wissen schien? Er sagte einfach das, was ihm als Erstes bei der Frage durch den Kopf geschossen war.

Wir wollen hinein!

Es kam Leik daraufhin so vor, als hörte er in seinen Gedanken ein kurzes Lachen.

Eine wirklich weise Antwort auf die Frage eines Tores, mein Junge. Doch sage mir, wer ist deine Begleitung?

In Gedanken antwortet Leik: *Der Jagdhüter Gerald.*

Wieder ein kurzes Lachen, oder zumindest das Aufflammen einer ähnlichen Emotion in Leiks Kopf.

Ein Jagdhüter ist er also im Moment. So, so … Ist er dein Freund, junger Leik?

Ja, ich glaube, das kann man so sagen.

Nach dieser gedachten Antwort herrschte eine Zeitlang Stille in Leiks Kopf.

Bist du dir sicher, dass du die Âlaburg betreten willst? Viele Gefahren lauern innerhalb dieser Mauern auf dich, und dein Weg wird einer der schwersten werden, der hier je beschritten wurde. Doch warten auch große Erkenntnisse auf dich und vielleicht sogar Weisheit am Ende deines Wegs.

Ja!

Die Antwort kam aus Leiks Geist, ohne dass er darüber nachgedacht hatte. Die Warnungen des Tores hatte er zwar vernommen und sie ängstigten ihn. Doch tief in seinem Herzen wusste er, dass er Ja sagen musste und wollte.

Schnell entschlossen, was? Gefällt mir! Dann heiße ich dich auf der Âlaburg, dem Hort der Freundschaft und des Friedens, willkommen, Leik. Mögest du den Ruhm deines Volkes mehren und für mehr Frieden in Razuklan sorgen. Von heute an steht dir das Tor Lekan immer offen.

Daraufhin öffnete sich die riesige Eingangstür völlig geräuschlos und gab den Blick auf den Innenhof der Burg frei.

Aufgeregt drehte sich Leik zu seinem Meister um. „Gerald, das Tor hat mit mir gesprochen und es kannte meinen Namen. Hörst du? Eine Tür hat mit mir gesprochen! Und sie hat etwas von Freundschaft und Frieden erzählt."

„Ja, ja, das ist toll, aber jetzt lass uns Lekan auch passieren. Ich will endlich aus dieser Kälte raus."

Verblüfft über die Reaktion seines Ziehvaters blieb Leik stehen. „Du wusstest, dass es mit mir sprechen würde?"

Gerald sah seinen Schützling an: „Ich hatte es gehofft. Und nun komm endlich herein, bevor es sich die Sache noch mal anders überlegt. Und hör auf, mich mit Fragen zu löchern!"

Schweigend betraten sie den Festungshof. Leik schaute sich aufgeregt um.

Etliche dick vermummte Personen wuselten in der riesigen Anlage herum. Aber niemand schien von den beiden Neuankömmlingen Notiz zu nehmen. Eine Gruppe hochgeschossener schlanker Menschen lief eilig an den beiden vorbei. Doch Leik konnte ihre Gesichter nicht erkennen, da sie die Kapuzen ihrer Mäntel gegen die Kälte tief ins Gesicht gezogen hatten. Nur ihre blonden Haare quollen unter dem Umhang hervor. Etwas weiter weg sah er zwei ungewöhnlich kleine Gestalten schlafend auf einer Bank. Sie stand direkt vor einem mächtigen Wehrturm, der den Mittelpunkt der gigantischen Festungsanlage bildete. Offensichtlich lagen die beiden schon länger dort, da sie bereits mit einer dünnen Schicht Schnee bedeckt waren. Der Grund für ihren festen Schlaf war auch schnell zu erraten, wenn man die zahlreichen leeren Krüge und Flaschen zu ihren Füßen betrachtete. Auch ein bräunlich-roter Fleck, der neben der Bank das Weiß des Schnees verdrängte, verriet, dass die beiden kleinen Kerle wohl ziemlich kräftig gefeiert hatten in der letzten Nacht. Und dass ihnen das wohl nicht besonders gut bekommen war.

Plötzlich kam doch jemand auf Gerald und Leik zu. Leik bemerkte, dass der junge Mann ein wenig torkelte und eine halb volle Flasche Wein in der Hand hielt. Bevor aber der betrunkene Besucher Leik erreichen konnte, ging Gerald auf ihn zu und packte ihn am Schlafittchen. Daraufhin begann der junge Mensch zu zetern und um sich zu schlagen. Doch Geralds Griff war eisenhart und fest. Dann sah Leik, dass sein Meister dem jungen Mann etwas ins Ohr flüsterte. Der hörte augenblicklich auf zu schreien und zu zappeln. Und wurde, obwohl Leik das nie für möglich gehalten hätte, noch bleicher, verbeugte sich ganz merkwürdig vor Gerald und zog von dannen. Wobei er zweimal im Schnee fast ausgerutscht wäre, so schnell versuchte er, zwischen sich und Gerald Land zu bringen.

Mit einem Gesicht, das die Milch sauer hätte werden lassen können, kam Gerald zurück zu Leik. „Wer war das?“, wollte der natürlich wissen.

„Niemand“, antwortete Gerald ausweichend und mit solch strengem Unterton, dass Leik sich nicht getraute, weiter nachzufragen.

Sein Meister zerrte ihn tiefer in die Burganlage hinein. Der Wehrturm, an dessen Fuß die beiden kleinen Gestalten ihren Rausch ausschliefen, war so hoch, dass seine Spitze in den tief hängenden Wolken verborgen blieb. Als ob sie ihn beschützen wollten, war eine Vielzahl von weiteren Gebäuden rings um den mächtigen Turm verteilt. Alle waren in den unterschiedlichsten Baustilen errichtet. Aber überall gab es kleine Türmchen, die in vielfältiger Größe und Form auf jeden Bau aufgesetzt waren.

Einige der Häuser schienen gänzlich aus Holz zu sein, obwohl Leik keine Nägel oder Ähnliches entdecken konnte. Vielmehr sahen sie so aus, als seien sie gewachsen. Einer der größten Türme wirkte so, als sei er nur aus einem einzigen, riesigen Baum gemacht, so ebenmäßig war sein dunkles, glänzendes Holz. Türen hatte der merkwürdige Bau keine, allerdings Hunderte Fenster. Überall auf diesen hölzernen Gebäuden wuchsen Blumen und andere Pflanzen. Vor allen Öffnungen herrschte ein regelrechtes Blütenmeer, und der Duft dieser Pracht wehte leicht zu Leik hinüber. Der war so aufgeregt, dass ihm gar nicht auffiel, dass solch eine Blütenpracht in dieser Jahreszeit eigentlich nicht existieren konnte.

Direkt neben den Holzbauten gab es mit Schindeln gedeckte Fachwerkgebäude, wie Leik sie aus seinem und vielen anderen Dörfern kannte. Diese waren mit normalen Holztüren und Bleiglasfenstern versehen. Die Türme jener Gebäude waren mittelgroß und schlicht. Vor manchen Fenstern standen zwar auch einige wenige verkümmerte Pflanzen, aber diese winterharten Gewächse standen in keinem Vergleich zur floralen Pracht an den Holzhäusern. Dafür hingen aus mehreren Stockwerken hart gefrorene Wäschestücke zum Trocknen, und hinter einigen Fenstern brannte gemütliches gelbes Licht. Ein bisschen wie in Sefal, dachte Leik, und sein Herz schmerzte vor Heimweh.

Nun schlossen sich mehrere kleine Gebäude an, die vollständig aus Granit zu sein schienen. Sie wirkten im Vergleich zu den Baumhäusern plump, waren dafür aber mit Hunderten Steinmetzarbeiten versehen. Einige von ihnen wirkten so realistisch, dass Leik blinzeln musste, um zu erkennen, ob sie echt waren oder nicht. Auffällig war, dass die Granithäuser die wenigsten und niedrigsten Türme besaßen. Auch die Fenster und Türen waren alle sehr klein, als würden dort nur kleine Kinder ein- und ausgehen.

Rechts daneben standen pechschwarze Wohnblöcke mit riesigen, groben, eckigen Türmen. Jenen Häusern fehlte jede Art von Zier. Die eisenverstärkten Türen wirkten abweisend. Alle Fenster waren mit massiven Gittern versehen und die dahinterliegenden Räume so dunkel, dass man von außen keinen Blick hineinwerfen konnte. Die Spitzen der Türme waren mit totenkopfähnlichen Fratzen versehen. *Wer da drin wohl leben mag? Oder ist das ein Gefängnis?*, grübelte Leik und drehte sich weg. Der Anblick dieser Bauten bereitete ihm eine Gänsehaut.

Dann entdeckte er am Fuß der riesigen Mauer einen kleinen Kubus. Dieser war makellos weiß und schien aus einem einzigen großen Stein geschlagen worden zu sein. Er hatte keine Fenster, und auch Türen waren nicht zu erkennen. Doch kam aus einem kleinen Schornstein auf dem flachen Dach grauer Rauch. Davor war ein kleiner Garten angelegt worden, in dem Leik zahlreiche Kräuter wie Rosmarin, Thymian und Minze entdeckte. Trotz des kalten Wetters schienen hier wilde Erdbeeren prächtig zu gedeihen. Durch den Garten schlängelte sich ein kleiner Weg direkt auf eine makellos weiße, massive Wand zu.

Genau in diese Richtung führte Gerald Leik.

Tejal

Leik und sein Meister folgten dem schmalen Pfad und durchquerten den winzigen Vorgarten. Gerade als die beiden Wanderer die wilden Erdbeeren passierten, hörte Leik ein helles Kichern. Die Stimme, die dieses Geräusch machte, war so glockenhell und fröhlich, dass Leik wie von selbst zu grinsen begann.

„Oh, Gerald, schön, dass du wieder einmal hier bist! Hihi …“, wisperte es schelmisch unter ihnen. „Ja, schön, und doch ist es so lange her. Wo warst du?“ Nachdem eine der kindlichen Stimmen diese Frage gestellt hatte, war es, als würde ein Chor die gleiche Frage hundertfach stellen. „Wo warst du, Gerald? Wo warst du?“ Dabei kicherten die Stimmchen, sodass ihre Frage eher wie ein Scherz klang.

„Gerald, wer spricht da?“, fragte Leik.

„Niemand! Hör nicht hin, dass ist das Beste für uns beide.“

„Hör nicht hin? Gerald, was sind denn das für Manieren? Magst du uns etwa nicht mehr?“ Erneut kicherten mannigfaltige, piepsige, helle Stimmchen.

Gerald brummte etwas Unverständliches in sich hinein und fasste Leik an der Schulter, um ihn schneller in Richtung des weißen Kubus zu schieben.

Plötzlich nahm Leik Bewegungen wahr. Es schien, als würden die Wilderdbeeren lebendig, und klitzekleine Wesenheiten erhoben sich aus den Sträuchern und flatterten um die beiden Neuankömmlinge herum. Ihre winzigen Köpfchen sahen aus wie eine Erdbeere mit einem Frauengesicht. Die kleinen Münder lachten ununterbrochen. Ihre Körper waren vollständig grün. Allerdings konnte Leik nicht erkennen, ob es ihre Kleidung oder ihre Haut war, die die Farbe der Erdbeerpflanze hatte. Am Ende des kleinen, unendlich zarten Rückens befanden sich zwei winzige Flügelchen, die im Gegensatz zum restlichen Körper farblos waren, aufgeregt flatterten und die kleinen Kreaturen jetzt in Leiks und Geralds Richtung transportierten.

„Hast du uns vergessen, Magister Gerald? Wie frech von dir!“ Und wieder war das ansteckende Lachen und Gekicher hundertfach zu hören. Kaum hatten die kleinen Erdbeerwesen Gerald erreicht, begannen sie ihn an seinem Bart und seinen Ohren zu zupfen. „Gerald, wann erzählst du uns mal wieder eine Geschichte? Wann?“

Mit einer unwirschen Bewegung versuchte Gerald, die seinen Kopf umflirrenden Wesen zu vertreiben.

Leik fiel aber auf, dass sein sonst so grober Ausbilder genau darauf achtete, keine der zerbrechlich aussehenden Kreaturen zu treffen.

„Wer ist denn dein neuer Begleiter, Gerald? Erzähle uns von ihm! Erzähle uns von euren Abenteuern!“ Und wieder lachten die kleinen Erdbeerfrauen in sich hinein.

„Meine verehrten Samusen, bitte verzeiht, doch jetzt habe ich keine Zeit. Tejal erwartet uns. Doch werde ich das Versäumte nachholen und euch Geschichten erzählen von der Welt da draußen. Bitte lasst mich und den jungen Leik nun passieren.“ Als er dies sagte, verbeugte sich Gerald auf eine komplizierte Weise.

„Nun gut, Magister, aber vergiss dein Versprechen nicht. Wir warten auf dich, und beim nächsten Mal lassen wir dich nicht so einfach passieren.“ Mit einem letzten Kichern zupften die Erdbeerwesen den kräftigen Jäger an den Ohren und entfernten sich.

Augenblicklich war es wieder still, und Leik fuhr ein leichter Stich durchs Herz. Hatten die kleinen Kreaturen ihn eben noch erfreut und zum Lächeln gebracht, machte ihn das abrupte Ende ihres Auftritts traurig. Seufzend setzte er seinen Weg mit Gerald fort, wohl wissend, dass jede Frage zu den Erdbeerfrauen sinnlos gewesen wäre.

Sie folgten dem Weg bis zu der weißen Wand, die so grell und makellos war, dass Leik sie nicht direkt ansehen konnte. Er musste den Kopf leicht drehen, um sich zu orientieren, ohne direkt auf die schimmernde Fläche zu blicken. In dieser Bewegung nahm er plötzlich eine Öffnung wahr. Verblüfft blieb Leik stehen. Als er sich zwang, wieder direkt auf den weißen Kubus zu blicken, war nichts mehr zu erkennen. *Merkwürdig,* grübelte er. *Ob ich* … Bevor er den Gedanken zu Ende brachte, probierte Leik ihn auch schon aus. Er drehte den Kopf weg von dem ungewöhnlichen Gebäude, so als würde er es nicht mehr beachten. Und wieder konnte er aus dem Augenwinkel eine große Eingangstür erkennen. Als er aber wieder direkt hinsah, war sie verschwunden. Ebenso wie sein Meister.

„Gerald?“, rief Leik unsicher, doch er bekam keine Antwort. Gerald musste also schon durch jene ungewöhnliche Tür gegangen sein. Mit schräg gelegtem Kopf und schmerzhaft verdrehten Augen versuchte Leik, es seinem Meister nachzutun, und steuerte schwerfällig auf die geheime Pforte zu. Im Endeffekt war es aber gar nicht so schwer. Als er direkt vor der Tür stand, war der Spuk vorbei, und Leik drückte die schwere, goldene Klinke herunter, die einer Schlange nachempfunden war, die von einer Taube in den Krallen gehalten wurde.

„Das hat ja ewig gedauert“, begrüßte ihn sein Meister ungeduldig. „Du musst einfach durch deine Finger schauen.“

Leik war verblüfft über die Selbstverständlichkeit, mit der Gerald ihm diese Information vermittelte. *Er ist schon einmal hier gewesen.*

„Warte hier, bis ich dich hole“, fuhr sein Meister ohne weitere Erklärungen fort. Dabei zeigte er auf eine unbequem aussehende Holzbank. „Wenn du etwas brauchst, dann wende dich an Gwendolin.“ Mit dem Kopf machte er eine Bewegung in Richtung eines blonden Mädchens, das hinter einem großen, hölzernen Tresen saß. Anschließend ging er durch eine massive Holztür, die scheppernd hinter ihm zuschlug.

Leik setzte sich auf die Bank. Die sah nicht nur unbequem aus, sondern war es auch. Sie schien seinen Körper zu zwingen, völlig gerade zu sitzen, und wann immer er es sich ein bisschen gemütlicher machen wollte, tat ihm etwas weh oder er rutschte von den Holzplanken. Also setzte sich Leik völlig steif hin. Um sich die Zeit zu vertreiben, begann er sich umzusehen. Der Raum, in dem er sich befand, war sehr schlicht. Beleuchtet wurde er durch mehrere weißlich schimmernde Kugeln, die sich unter der Decke befanden. Die Wände waren hier drinnen nicht so grell wie draußen, sondern eher cremefarben. An allen Seiten standen Pokale und über den Pokalschränken hingen große Ölgemälde, die streng dreinblickende Persönlichkeiten in auffällig bunter Kleidung zeigten. Doch bevor Leik sich darauf einen Reim machen konnte, fragte eine hohe Stimme ihn: „Wer bist du?“ Erschrocken drehte er sich um und sah, dass das hübsche blonde Mädchen ihn angesprochen hatte.

„Meinst du mich?“, fragte er überrascht.

„Na, wen denn sonst? Ist doch weiter keiner hier“, fuhr sie kichernd, aber auch ein wenig herablassend fort. „Ich bin Gwendolin. Verbindungsmitglied der Schwestern und Brüder von Elbendingen. Und du?“

„Ähm …“, Leik bemerkte, wie sein Kopf heiß wurde. Mädchen schüchterten ihn einfach ein. Besonders hübsche. Doch er riss sich zusammen. „Mein Name ist Leik, und ich habe leider weder einen Bruder noch eine Schwester.“

Das Mädchen kicherte in sich hinein. „Nein, du Dummkopf. Es geht doch nicht um richtige Geschwister, sondern …“ Im selben Moment ertönte ein drohende weibliche Stimme.

„Würdest du unseren Gast bitte in Ruhe lassen und endlich die Abrechnung für die bestellten Papyri fertig machen, Gwendolin. Wir bezahlen dich nicht dafür, dass du die größte Tratschbase der Âlaburg bist.“

Das Mädchen erblasste und begann sofort in einem riesigen Haufen Papier zu wühlen. „Es ist fast alles so weit, Großmagistra Tejal. Bitte verzeiht mir.“ Daraufhin würdigte sie Leik keines Blickes mehr und fing an, hektisch irgendetwas zu kritzeln, wobei ihr mehrmals Papierstapel herunterfielen, die sie dann so schnell wie möglich wieder aufzuheben versuchte, nur um dabei ein noch größeres Chaos anzurichten.

„Warum seid Ihr hier, Magister Gerald?“, ertönte unfreundlich die Stimme der schlanken, blonden Frau. Hinter ihrem riesigen Schreibtisch war sie kaum zu erkennen, doch ihr Tonfall und die kleinen Fältchen um ihre Mundwinkel machten deutlich, dass sie es gewohnt war, zu befehlen und respektiert zu werden. Die wertvollen Ringe, die sie an den Händen trug, schlugen bei dieser

Frage klackend auf das polierte dunkle Holz des Tischs. „Ist es wegen des Jungen da draußen? Ihr wisst doch sicherlich noch, dass Eure letzte Entdeckung eines Studenten fast das Ende dieser Einrichtung bedeutet hätte?“

Gerald wand sich. Wenn er vor Großmagistra Tejal stand, hatte er mittlerweile stets einen Kloß im Hals. Ihr strenger Blick und ihr herrisch wirkender Dutt schüchterten ihn ein, wie es nur wenige Wesenheiten in Razuklan vermochten. Auch die nun von ihr benutzte förmliche Anrede ihm gegenüber verursachte Gerald Unwohlsein. Die schwarzen, eng anliegenden Gewänder der Direktorin trugen ein Übriges dazu bei. Aber Gerald wusste, dass er an diesem Umstand nicht ganz unschuldig war. Der Zorn der Rektorin auf ihn war durchaus berechtigt. Er hatte viele Fehler gemacht. Vor langer Zeit, damals in einem anderen Leben. Als er und Tejal sich deutlich näher gestanden hatten, aber wie sollte er …

„Also?“, unterbrach Tejal die trüben Gedanken des Wildhüters.

„Ja?“, antwortete er leise, als ob er gerade in einer anderen Welt gewesen wäre.

„Ja, was? Magister, drückt Euch etwas genauer aus. Warum seid Ihr nach so vielen Jahren zurückgekehrt? Warum gerade jetzt und nicht, als wir – als ich – Euch hier brauchten und nach Euch rufen ließen?“ Tejal funkelte Gerald aus ihren Augen an.

Gerald schluckte schwer und wünschte, er hätte etwas zu trinken, so trocken war seine Kehle.

„Ich bin wegen Leik hier. Das ist der Name des Jungen dort draußen. Ich möchte, dass er aufgenommen wird.“

Tejals Blick verfinsterte sich, als sie die Augenbrauen zusammenzog und Gerald stechend fixierte. „Das habe ich schon einmal von Euch gehört, und wir beide wissen, was damals passiert ist.“

„Nein, nein. Diesmal ist es anders. Der Junge ist etwas Besonderes. Sie suchen ihn. Ich musste ihn herbringen, nur hier ist er vor ihnen in Sicherheit.“

„Sie suchen ihn, sagst du. Sollte das jetzt schon ein Aufnahmekriterium für uns sein? Dass sie jemanden suchen,

Magister?“ Das letzte Wort spie die Großmagistra förmlich aus und starrte Gerald dabei direkt in die Augen.

„So meine ich das natürlich nicht, Großmagistra“, sagte der Wildhüter mit gesenktem Blick. „Der Junge ist besonders. Er könnte Hoffnung bedeuten.“

Tejal verdrehte die Augen. „Ich hätte nie gedacht, dass du einer von denen bist, die an solchen Hokuspokus glauben, Gerald.“ Als die Direktorin merkte, dass sie in das vertraute Du verfallen war, räusperte sie sich. „Unsere einzige Hoffnung ist diese Universität und nicht irgendein Auserwählter, den der Pöbel anbeten kann. Solche Tagträume überlasse ich unseren verehrten Religionsmagistern. Was ist seine Verbindung?“

„Ich konnte sie nicht bestimmen.“

Erstaunen breitete sich auf Tejals Gesicht aus. „Den Test beherrscht ein Student im ersten Semester. Ich darf doch wohl von einem Magister, wenn auch einem ehemaligen, erwarten, dass er das kann.“

Um Höflichkeit bemüht, zischte Gerald: „Ich beherrsche den Test, doch sein Ergebnis war“, er machte ein kurze Pause, bevor er fortfuhr, „sonderbar.“

„Sonderbar? Was meint Ihr damit? Drückt Euch klarer aus, Magister“, fauchte die Rektorin.

„Ich kann es nicht beschreiben, am besten testet Ihr den Jungen selbst“, sagte Gerald mit mehr Selbstvertrauen in der Stimme.

„Ha, denkt Ihr, ich merke nicht, was Ihr vorhabt? Mit meiner Neugierde wollt Ihr dem Jungen den Eintritt erkaufen. Teste ich ihn hier, dann muss ich ihn aufnehmen, weil mich die Zauber der Bruderschaften dann binden, ihn zuzuordnen. Nein, so einfach mache ich es Euch nicht. Ich teste den Jungen, aber nur unter einer Bedingung, Gerald“, sagte die Direktorin und grinste gerissen.

Gerald wurde unruhig. Er hatte schon vermutet, dass dieses Gespräch eine solche Wendung nehmen könnte, doch gehofft, dass Tejals sprichwörtliche Neugier ihm diese Bedingung ersparte: „Und welche?“

„Ich denke, das wisst Ihr genau, Magister! Ich möchte, dass Ihr hier auf der Âlaburg bleibt und Eure alte Stelle wieder einnehmt. Sie ist seit einiger Zeit unbesetzt, wie Ihr wohl wisst.“

Gerald holte hörbar Luft und wollte zu einer Entgegnung ansetzen.

„Spart Euch Eure Gegenargumente, dies ist meine Bedingung. Akzeptiert sie, oder verlasst mit dem Jungen unverzüglich das Universitätsgelände." In Tejals Stimme lag ein drohender Unterton.

Gerald seufzte. „Ich dachte mir schon, dass Ihr das von mir fordern würdet, Tejal. Aber Ihr wisst, dass ich nicht mehr …"

Die Großmagistra hob nur leicht die rechte Augenbraue, was Gerald sofort verstummen ließ.

„Gut! Testet Leik", antwortete er resigniert.

Tejal lachte in sich hinein. Mit einem leichten Druck der linken Hand auf ihren Kehlkopf sagte sie: „Gwendolin, würdest du mir bitte den jungen Leik reinschicken."

Der Test

Mit klopfendem Herzen trat Leik in das Büro der Direktorin. Er merkte, wie sie ihn mit strengem Blick von oben bis unten musterte.

„Besonders groß ist er ja nicht. Wahrscheinlich stellt er tatsächlich keine besondere Gefahr dar", sagte sie mit bösem Unterton zu Gerald, als wäre Leik nicht im Raum. „Ich grüße dich, mein Name ist Tejal und ich bin die Rektorin dieser Universität. In Zukunft wirst du mich mit Großmagistra oder Frau Direktor ansprechen und dich vor mir und den anderen Magistern dieser hohen Lehranstalt verbeugen. Also, steh da nicht so rum, sondern verneige dich, Junge. Hat Gerald dir denn keinerlei Manieren beigebracht? Naja, eigentlich nicht verwunderlich, wenn man an seine eigenen denkt. Wie lautet dein vollständiger Name?", schoss die Direktorin in einer atemlosen Kaskade Informationen und Fragen auf den sichtlich eingeschüchterten Leik ab.

Langsam und ungeschickt verbeugte Leik sich. Da er völlig überwältigt von den vielen neuen Eindrücken war, brachte er gegenüber der Direktorin kein Wort heraus, sondern lief nur rot an. Hilfesuchend schaute er zu Gerald.

„Er ist manchmal ein bisschen schüchtern", sagte dieser in behutsamem Ton zur Großmagistra.

„Oder nicht schnell genug im Geiste", antwortete sie und wiederholte ihre Worte, an Leik gewandt, extrem langsam und gedehnt. „Wie heißt du?"

Über diese Anmaßung und Boshaftigkeit ärgerte Leik sich. Er war doch nicht dumm, schließlich war er nicht umsonst viele Jahre Geralds Gehilfe gewesen. Er konnte schreiben und lesen, was ihn von einem Großteil seiner Altersgenossen unterschied. Auch das Rechnen beherrschte er so weit, dass ihn am Markttag niemand betrügen konnte. Außerdem war er einer der besten Fährtenleser und Fallensteller im Tal gewesen und hatte schon vor Jahren seinen ersten Rehbock erlegt. Er wurde wütend, überwand seine Schüchternheit und antwortete: „Ich bin nicht dumm, und mein Name ist Leik McDermit."

Bei dieser Antwort huschte ein kurzes, kaum wahrnehmbares Lächeln über Tejals ansonsten so verkniffenes Gesicht. „Also taub ist er schon mal nicht, aber frech, wie mir scheint. Deine Erziehungsmethoden musst du unbedingt verbessern, Gerald. Sollte – ich wiederhole – *sollte* der Junge aufgenommen werden, dann hat er sich schon seine erste Strafarbeit eingebrockt mit dieser unverschämten Antwort." An Leik gewandt fragte sie: „Wie alt bist du?"

„Sechzehn Jahre, Großmagistra", antwortete dieser leise.

„Na also", sagte die Rektorin streng. „Zahlen scheint er ja wenigstens zu kennen. Sechzehn", sagte sie dann mehr zu sich selbst als zu Leik. „Das ist jung für einen menschlichen Studenten, aber bei den Zwergen weiß ja auch keiner so genau, wie alt sie eigentlich sind."

Bevor Leik darüber nachdenken konnte, was Tejal mit Zwergen meinen könnte, stellte sie ihm die nächste Frage: „Wer sind deine Eltern, junger Leik? Es ist sehr schön, dass du Geralds Namen hast, aber er ist doch wohl nicht dein Vater, oder?" Sie schaute den Wildhüter streng an, doch dieser schüttelte energisch den Kopf.

Wieder bekam Leik einen roten Kopf. Er hasste es, wenn Fremde ihm diese Frage stellten. Schon sein ganzes Leben hatte er sich diese Frage selbst gestellt, ohne jemals eine Antwort darauf gefunden zu haben. Schlimmer als das war nur, wenn er vor anderen zugeben musste, dass er keine Eltern hatte. Deshalb stotterte er: „D...d...das weiß ich nicht."

„Wie kann man denn nicht wissen, wer die eigenen Eltern sind? Gerald, was soll das?", fragte die Universitätsrektorin.

Der Jagdhüter räusperte sich. „Nun, ich habe Leik eines Tages im Wald gefunden. Ich war auf der Fuchsjagd. Ich bin dem Tier bis zu seinem Bau gefolgt. Als ich bemerkte, dass die Füchsin Junge hatte, wollte ich die Jagd gerade aufgeben und zurückkehren, da habe ich ihn gesehen." Gerald zeigte mit seinem dicken Zeigefinger kurz auf Leik. „Er lag mit zwei kleinen Füchsen in der warm ausgepolsterten Fuchshöhle und spielte mit ihnen.

Anscheinend haben sie sich prächtig verstanden. Leik war völlig angstfrei im Umgang mit den kleinen Raubtieren, und sie gingen ganz behutsam mit ihm um. Auch das Muttertier schien ihn schon als ihresgleichen akzeptiert zu haben. Wenngleich er noch nicht lange dort gelegen haben konnte, sein Strampelanzug war noch fast weiß."

Bei diesen Worten verstand Leik, warum ihm der Geruch des kleinen Schneefuchses in der letzten Nacht so vertraut vorgekommen war.

„Dennoch war klar, dass ich ihn nicht dort lassen konnte. Nach mehreren Anläufen – die Füchsin verteidigte den Jungen wie ihre eigenen Kinder – konnte ich ihn mir schnappen und aus dem Wald bringen. Am nächsten Tag bin ich zum Rat des Dorfes gegangen. Ich habe geglaubt, dass sich die Mutter schon finden würde. Dort unten im Arellgebirge gibt es ja nur wenige Menschen, und man kennt sich gut. Doch keine der Frauen im entsprechenden Alter vermisste ihr Kind, und es waren auch keine Gerüchte über verstoßene Kinder im Umlauf. So hat der Rat entschieden, dass das Kind bei mir bleiben soll. Es ist ein strenger Winter gewesen, und keiner der anderen traute sich zu, noch einen Esser durchzubringen. Nach einigem Hin und Her willigte ich ein und habe ihn großgezogen."

Tejal hörte sich Geralds Erklärung geduldig an und fragte schließlich: „Hast du eine Vermutung, wer die Eltern sein könnten?"

Verstohlen schaute der Wildhüter zu Leik, der jetzt sehr aufmerksam geworden war und angespannt lauschte. Leise murmelnd sagte er: „Nein, ich habe keine Ahnung, wer Leiks leibliche Eltern sein könnten. Es war sicher nur ein Zufall, dass ich ihn so tief im Wald fand."

„Nun gut. Die Frage der Eltern ist auch nicht weiter von Belang. Der Test wird klären, welchem Volk und damit welcher Verbindung wir ihn zuordnen. Die Angriffe auf ihn zeigen, dass er bestimmte Gaben haben muss, die die Feinde des Friedens erkennen. Sie wollten sicher verhindern, dass er aufgenommen wird. Es war gut von dir, Gerald, dass du ihn hergebracht hast", sagte Tejal nun versöhnlicher. „Gerade in diesen Zeiten können wir auf keinen Begabten verzichten. Razuklan braucht fähige Beschützer, die entsprechend ausgebildet sind, um den Frieden auch in Zukunft zu wahren.“

Die Großmagistra wandte sich nun an Leik. „Komm her zu mir.“

Gerald nickte seinem Schützling freundlich lächelnd zu. Leik ging langsam in Richtung der Direktorin und verneigte sich nochmals leicht. Diese Geste quittierte sie mit einem zufriedenen Lächeln. „Leik, dies hier ist die Âlaburg, eine Universität. Wir lehren hier, was nötig ist, damit Frieden und Freundschaft unter den vier Völkern herrschen kann“, sagte sie in pathetischem Ton. „Nur den wenigsten Wesenheiten auf unserer Welt gewährt das Tor Lekan den Zutritt. Dass es dich erwählt hat, ist ein gutes Zeichen und zeigt, dass du hierhergehörst. Du hast die Gabe. Doch entscheidender für dich und deine Zukunft hier wird deine studentische Verbindung sein. Sie ist für die nächsten Jahre deine Familie und wird deinen Weg und deine Ausbildung lenken. Auch nach deinem Abschluss an dieser Universität wirst du lebenslang mit deinem Corps verbunden bleiben. Die Âlaburg beherbergt vier große studentische Verbindungen, Corps oder Burschenschaften genannt. Obwohl dieser Begriff natürlich nicht ganz korrekt ist, da wir selbstverständlich auch Mädchen hier haben“, endete sie mit einem Zwinkern. „Die ehrenhafte Verbindung der Schwestern und Brüder von Elbendingen steht nur den Angehörigen der Hochelben offen. Sie sind begabte Beschwörer und Zauberer, können sich aber auch in fast allen anderen Dingen mit den restlichen Verbindungen messen.

Im Corps Ølsgendur sind die handwerklich begabten Zwerge. Ihrer Baukunst haben wir das Tor Lekan und viele weitere der unbeschreiblichen Kunstwerke der Âlaburg zu verdanken. Auch sind sie mutige Krieger und die besten Rechenmeister Razuklans.

Die – in diesem Fall trifft es wirklich zu – Bruderschaft Řischnărr nimmt die stolzen Söhne der Orks auf, die besten und stärksten Krieger der bekannten Welt. Ihre Körperkräfte und ihren Zorn müssen alle Feinde fürchten. Nur wenige können sich im Kampf mit einem Ork messen, und du solltest dir nie Angehörige dieser Verbindung zum Feind machen.

Der vierte Studentenbund der Âlaburg nennt sich Glaubensfest und steht den Menschen offen. Der Test wird dich vermutlich an diese Bruderschaft binden. Die Menschen stellen zumeist mächtige Religionsgelehrte, die die Sterne deuten und die Macht der Götter beschwören können. Auch hat es in den letzten Jahrhunderten immer wieder große Zauberer und Krieger aus dem Corps Glaubensfest gegeben. Die Menschen stellen das anpassungsfähigste Volk auf Razuklan dar, und diese Verbindung würde dir jede Art von Karriere ermöglichen. Der Test für die Zuordnung und die lebenslange Bindung an deine Burschenschaft ist einfach und nicht schmerzhaft."

Tejal nahm Leiks Hände in ihre und sagte: „Öffne mir deinen Geist! Die Beschwörung, die ich gleich sprechen werde, wird offenbaren, welcher Verbindung du angehören sollst. Die Kräfte, die der Âlaburg innewohnen, werden mich dabei unterstützen und dich mit einem Zauber belegen, der es dir ermöglicht, dich ungestört auf dem Gelände zu bewegen und dein Verbindungshaus zu betreten. Weiter wird er dich zwingen, auf dem gesamten Schulgelände die Hochsprache zu benutzen, sodass alle Völker sich verständigen und den Vorlesungen folgen können."

Leik stand zappelig vor der großen blonden Direktorin. Was redete sie denn da? Die Gabe, was sollte das sein? Zauberer, Elben, Zwerge, und was zum Teufel waren Orks? „Was meint Ihr mit der Gabe und was sind das für andere Völker?", fragte er sie offensichtlich verblüfft.

Verärgert schaute Tejal nach dieser Frage Gerald an: „Warum stellt mir der Junge diese Fragen, Magister? Er hängt doch nicht dem Aberglauben des gemeinen menschlichen Volkes an, das in seiner nur auf sich selbst bezogenen Verblendung glaubt, Zauberer gebe es nur im Märchen? Kennst du denn nicht die vier vernunftbegabten Völker?", fragte die Direktorin nun Leik direkt, woraufhin dieser verwirrt den Kopf schüttelte.

„Gerald, habt Ihr ihn denn nichts gelehrt? Warum kennt der Junge nicht die Grundlagen Razuklans und der Âlaburg? Ihr wart ein Magister und Ihr habt ihn getestet. Auch wenn Ihr nicht in der Lage wart, den Test zu deuten, so habt Ihr doch sicher erkannt, dass er dieses Wissen haben muss, wenn er überleben will“, sagte Tejal in scharfem Ton. „Ihr Menschen! Selbst jetzt noch, nach allem, was passiert ist, verleugnet ihr das wahre Wesen unserer Welt“, fügte sie traurig hinzu.

„So ist es nicht gewesen“, verteidigte sich Gerald. „Ihr wisst ganz genau, dass ich so nicht denke. Nachdem ich den Test gemacht hatte, dachte ich, dass ich mich geirrt habe und der Junge nicht begabt ist. Das Mal ist nicht erschienen. Nicht einmal kurz. Wegen der großen Entfernung zur Âlaburg hatte ich nicht erwartet, dass es dauerhaft auftauchen würde, aber ein kurzes Aufblitzen sollten meine bescheidenen Fähigkeiten doch schon ermöglichen. Doch nichts war zu sehen. Warum sollte ich mit ihm über solche Dinge reden und sein Leben unnötig verkomplizieren, wenn er die Gabe gar nicht besitzt? Ich wollte den Jungen schützen vor dieser Welt und all ihren Problemen. Leik sollte ein ruhiges und normales Leben haben, doch damit ist es nun vorbei“, fügte er seufzend hinzu.

Tejal wandte sich an Leik. „Die Welt ist komplizierter, als ihr Menschen sie darstellt. Menschen sind nicht die einzigen vernunftbegabten Wesen auf Razuklan. Du wirst viel aufholen müssen, wenn dir das Wissen um unsere Welt fehlt. Denn deine Kommilitonen wurden von Geburt an ausgebildet, nachdem der Test gezeigt hat, dass sie begabt sind. Für alle Völker auf dem Kontinent ist es eine Ehre, begabt zu sein und an dieser Universität aufgenommen zu werden.“

In Leiks Kopf ratterte es. Gerade Gerald hatte ihn immer einen Träumer geschimpft, wenn er ihm Fragen zu den alten Legenden von Zauberern und Kriegen zwischen Fabelwesen stellte. Doch soeben hatte Leik erfahren, dass diese Wesen echt waren und keine Gestalten aus Märchengeschichten. *Elben, Zwerge, Magier …*

Tejal berührte ihn leicht an der Schulter und drehte Leik so, dass sie sich von Angesicht zu Angesicht gegenüberstanden. Dabei merkte Leik, dass die Großmagistra leicht nach Blumen duftete, und sah, dass sie, bis auf die winzigen Fältchen um ihren Mund, makellose Haut und schneeweiße Zähne hatte. Dass die Rektorin so gut aussah, war ihm vorher gar nicht aufgefallen. Doch als er nun so direkt vor ihr stand, hatte er einen Kloß im Magen und musste mehrmals schlucken, da sein Hals so trocken war.

„Ich weiß, das alles ist neu und verwirrend für dich. Leg einfach deine Hände in meine. Vertraue mir. Wenn der Test vorbei ist, werden sich alle deine Fragen klären“, redete Tejal beruhigend auf ihn ein.

Als Leik seine Hände in ihre legte, fühlte er die weiche Haut der Großmagistra. Kaum hatten seine Finger aber ihre Handinnenflächen berührt, schlossen sich die Hände der Direktorin eisern um seine und offenbarten eine Kraft, die er nie erwartet hätte. Tejal sah ihm direkt in die Augen.

„Entspanne dich“, forderte die Direktorin Leik auf.

Aber nun, nach dem Zusammenbruch seines bisherigen Weltbildes und bei der völlig ungewohnten Nähe zu einem weiblichen Wesen, fiel Leik dies äußerst schwer. Er zwang sich, mehrmals tief durchzuatmen.

„Gut so“, ermunterte Tejal ihn. „Ich werde nun deinen Geist mit dem der Âlaburg verbinden. Dabei werde ich nur als Zuschauerin und Medium fungieren. Die Auswahl der richtigen Verbindung trifft die Universität selbst. Bist du bereit?“ Leik nickte unmerklich, doch der Großmagistra schien dieses Zeichen zu reichen. Mit rauer Stimme murmelte sie:

„Âlaburg, komm, höre mich an,
diese Entscheidungen nur du treffen kannst.
Ein neuer Student kommt her zu dir,
zu lernen, zu dienen, ganz wie wir.
Drum binde ihn jetzt an seine Bruderschaft,
auf dass er dieser Ehre macht.
Ob Ǩischnärr, Ølsgendur, Glaubensfest oder Elbendingen,
dem Frieden zu dienen, wird das ihn zwingen.“

Nachdem die Direktorin diese Formel gesprochen hatte, begann das Licht in ihrem Büro zu flackern. Die Bücher in den Regalen fingen an zu schwanken, und es schien, als bebe der ganze Raum. Die Tür flog auf und ein starker, eisiger Wind wirbelte sämtliche Unterlagen durcheinander.

Leik und Tejal, beide in Trance, merkten nichts davon, doch Gerald musste sich an der Wand festhalten, um nicht umzufallen, und mehrmals herabstürzenden Gegenständen ausweichen.

Es schien, als würde das Büro im Chaos versinken. Der einzige Ruhepol war das ungleiche Paar in der Mitte des Raumes.

So plötzlich der Aufruhr gekommen war, so plötzlich ebbte er auch wieder ab. Die Ruhe und Windstille kamen Gerald nach den heftigen Ereignissen nur wenige Sekunden zuvor unwirklich vor. Er brauchte einige Zeit, bis er seinen Griff von der Wand lösen konnte.

Durch die offene Tür kam nun Gwendolin mit völlig zerzausten Haaren und ängstlichem Blick herein. „Was ist passiert?“, fragte die blonde Studentin mit schriller Stimme.

Doch Gerald war nicht in der Lage, diese Frage zu beantworten, da er selbst noch keinen klaren Gedanken fassen konnte. Er sah sich in dem zerstörten Büro um. Überall lagen lose Blätter und zerrissene Bücher herum. Sämtliche Bilder waren herabgefallen und lagen nun, zum Teil durchlöchert und angekohlt, auf dem Boden. Aus dem Sekretariat waren mehrere Pokale durch die offene Tür gerollt und bildeten mit den Papyri, Bildern und den Resten der Topfpflanzen der Direktorin ein unbeschreibliches Chaos. Einzig Tejals riesiger Schreibtisch schien unbeschädigt, wenn auch keinerlei bewegliche Gegenstände mehr auf ihm standen.

Gwendolin machte einige zaghafte Schritte in den Raum. Dabei rutschte sie auf dem riesigen, nassen blauen Fleck aus, der durch das zerstörte Tintenfass der Direktorin auf dem Fußboden entstanden war und fiel Gerald kopfüber in die Arme. Der kräftige Wildhüter konnte das elbische Mädchen gerade noch auffangen. Schief in seinen Armen hängend fragte sie ihn noch einmal ängstlich: „Was ist passiert?“ Doch darauf wusste Gerald auch keine Antwort.

Die richtige Verbindung

Leik versuchte sich auf das Ein- und Ausatmen zu konzentrieren. Langsam merkte er, wie er ruhiger wurde. Angenehm kühl durchspülte die Luft seine Lungen. Es war, als ob er mit jedem Atemzug mehr Selbstkontrolle gewann. Seine Gedanken kreisten nur um dieses ewig wiederkehrende Ritual des Lebens. Einatmen, ausatmen, einatmen, ausatmen … Leik versank in wohlige Trance, und der Raum um ihn herum verschwand immer mehr. Plötzlich, wie von einem Schwall eiskalten Wassers getroffen, war er wieder hellwach, als ein lautes Brummen in seinem Kopf dröhnte. Augenblicklich bekam er starke Kopfschmerzen. Dieses Gefühl war unangenehm, aber gleichzeitig merkte Leik, dass seine Sinne jetzt außergewöhnlich scharf waren. Er sah seine Umgebung extrem kontrastreich und konnte viel besser hören. Jetzt stellte er auch fest, dass das Brummen das Rauschen seines eigenen Bluts war. Auch konnte Leik nun deutlich die Blumenarten unterscheiden, nach denen Tejal roch. Es waren Lavendel und Rosen, aber auch ein kleines bisschen Rosmarin. Sie war wohl im Kräutergarten der Samusen gewesen. Der betörende Duft bereitete Leik eine Gänsehaut. Das Büro erschien ihm nun unglaublich detailreich und ihn schmerzte erneut der Kopf, da er die unglaublich vielen Eindrücke nicht verarbeiten konnte. Leik konnte nun jede Maserung im Holz des großen Schreibtischs erkennen. Auch die klitzekleine Spinne in der oberen Ecke des Raums sah er genau. Sie offenbarte ihm ihre Tausenden kleinen Augen und ihr filigranes, durchsichtiges Netz, das aus Tausenden Silberfäden bestand und bei jeder ihrer Bewegungen sanft vibrierte.

Doch da war noch ein weiterer Sinn, etwas, das Leik bisher nicht gekannt hatte. Langsam verschwamm das Direktorenbüro vor ihm und Tausende Farben durchfluteten den Raum, als würden die

Fenster aus reinsten Brillanten bestehen, durch die mehrere Sonnen strahlten und das Licht millionenfach brachen. Nach anfänglicher Verwirrung versuchte Leik, einem inneren Drang folgend, nach den bunten, den Raum durchziehenden Farbstreifen zu greifen. Mehrmals entwischten sie ihm, wie Wasserstrahlen, die ihre Richtung änderten. Doch dann gelang es ihm, eines der farbigen, aber gleichzeitig durchscheinenden Bänder zu fassen. Das tat er gleichzeitig mit seinem Geist und seinen Händen, die daraufhin angenehm zu prickeln begannen. Zuerst griff Leik nach einem roten Farbband, dann nach einem gelben und zum Schluss nahm er ein blaues. Nachdem er alle Bänder eingefangen hatte, verbanden sie sich miteinander und verschmolzen zu einem sich ständig verändernden, schillernden Farbgemisch, ähnlich einem dicken Seil, das aus mehreren Strängen geknüpft war. Nach einigen Sekunden konnte Leik die Bänder nicht mehr halten, sie entwichen seinen Fingern und verteilten sich wieder im Raum, durchflossen ihn und umspielten sämtliche Gegenstände und Personen. Fasziniert von diesem Farbspiel wollte Leik erneut zugreifen und richtete seinen Geist auf die Farben aus.

Hör auf damit, Leik. Lass die Farben und komm zurück, drang dabei plötzlich eine Stimme in seinen Kopf. Doch er dachte gar nicht daran, zu faszinierend erschienen ihm die farbigen Bänder. Erneut versuchte er nach ihnen zu greifen. *Leik, du musst zurückkommen,* rief die Stimme nun drängender. *Kämpfe dagegen an!* Die Angst in den Worten machte Leiks Gedanken etwas klarer, und die Farben im Büro verblassten ein wenig. Genau in diesem Moment schien es, als würde ihn jemand am Kragen aus dem Wasser ziehen. Das bunte Farbenspiel verblasste und war Augenblicke später ganz verschwunden. Er holte schnaufend Luft, als wäre er gerade tausend Meter um die Wette gelaufen. Anschließend begann sich seine Wahrnehmung langsam wieder zu normalisieren. Doch schon jetzt vermisste er die Farbbänder.

Leik hob den Kopf und sah Tejal blass und zitternd vor sich sitzen. Ihre zuvor so wohlgeordneten Haare waren zerzaust und hingen ihr in schweißnassen Strähnen übers Gesicht. Der Atem der Großmagistra ging schnell und stoßweise, als hätte sie gerade eine schwere körperliche Anstrengung hinter sich gebracht. Als

Leik an der Direktorin vorbeisah, blickte er ins Chaos. Das Büro war ein einziges Durcheinander. Mit offenem Mund betrachtete er die Unordnung und fragte sich, was geschehen war.

„Ich hätte ihn fast verloren“, sagte die Direktorin leise und mit zittriger Stimme zu Gerald, der, immer noch mit Gwendolin im Arm, an eine Wand des Büros gelehnt da stand. Kurz darauf schien sie ihre alte Kraft wiedergefunden zu haben. „Zeig mir deine linke Hand, Junge“, sagte sie laut und gebieterisch zu Leik und wischte sich dabei mit einer herrischen Geste die Haare aus dem Gesicht.

Leik reagierte nicht. Verwirrt sah er die Universitätsleiterin an, die sich mittlerweile irgendwo im Raum auf einen Stuhl gesetzt hatte. Auch er hätte sich gerne hingesetzt. Doch in dem völlig zerstörten Büro schien außer dem Schreibtisch und eben jenem Stuhl, auf dem Tejal saß, nichts mehr unversehrt zu sein. Erschöpft ließ sich Leik deshalb einfach auf den Boden plumpsen.

„Deine Hand, Leik. Zeige mir deine linke Hand“, sagte die Direktorin nun dringender. „Wir haben nicht mehr viel Zeit. Der Bindungszauber ist zu Beginn sehr schwach.“

Leik blickte sie müde vom Boden aus an. Langsam betrachtete er seine linke Hand. Sie sah aus wie immer.

Tejal schien inzwischen wieder bei Kräften zu sein. Sie sprang von ihrem Stuhl auf und kniete sich neben ihn. Vorsichtig nahm die Großmagistra seine linke Hand in ihre beiden Hände und besah sich den Handrücken. Verwirrung und Enttäuschung spiegelten sich gleichzeitig in ihrem Gesicht wider, als sie sah, dass der Handrücken unverändert aussah.

„Das verstehe ich nicht“, murmelte sie in sich hinein. „Dabei hat es mich so viel Kraft gekostet, ihn aus der Sphäre zu holen. Du hattest recht, Gerald, der Test ist unverständlich. Noch nie war es so schwer für mich, einen möglichen Studenten zurückzuholen. Ich kann mich auch nicht an solch starke Reaktionen außerhalb des Testkreises erinnern. Maximal fiel mal ein Buch vom Regal, aber das hier ...“, sagte sie und ließ dabei ihren Blick über das zerstörte Büro schweifen.

Leik saß unterdessen auf dem Boden des Raums und kam langsam wieder zu Kräften, und er begann auch zu realisieren, wo er war. Mit der rechten Hand griff er an die Kante des riesigen Schreibtischs, um sich hochzuziehen. Gwendolin, die ihm dabei zu Hilfe eilen wollte, stieß einen spitzen Schrei aus, als sie seine Hand sah.

„Großmagistra", sagte sie mit von Ehrfurcht erfüllter Stimme, „er hat das Mal auf der rechten Hand."

Zitternd kam Leik zum Stehen und lehnte sich an den Schreibtisch der Direktorin.

Diese war nun auf ihn zugetreten, nahm wortlos seine rechte Hand und betrachtete den Handrücken. „Was ist das?", fragte sie leise und unsicher. Sie hob Leiks schlaffen Arm und zeigte Gerald das langsam verblassende, schwarze Zeichen. „Ein Kreis, Gerald. Ein makelloser, schwarzer Kreis."

Erst jetzt bemerkte Leik, dass sein rechter Handrücken juckte und auch ein bisschen brannte. Unwirsch entzog er sich Tejals Untersuchung und betrachtete seine Hand selbst. In der Tat, es war zwar kaum noch zu erkennen und schien immer schwächer zu werden, doch dies war eindeutig ein schwarzer Kreis auf seinem Handrücken. Je blasser die Farbe wurde, desto weniger schmerzte seine Hand.

Plötzlich rief die Direktorin in ihrem befehlsgewohnten Ton: „Leik, Gwendolin, verlasst sofort das Büro und wartet im Sekretariat auf mich! Zu keinem ein Wort, das gilt besonders für dich, Gwendolin, willst du nicht bis zu deinem Abschluss auf einen Posten in den Orktoiletten wechseln."

„Was machen wir mit ihm?", fragte Gerald die Großmagistra, nachdem die beiden Jugendlichen den Raum verlassen hatten. „Der Test mag nicht das erwünschte Ergebnis gebracht haben, doch hat er eindeutig eine magische Begabung, wie die Reaktionen in den letzten Minuten bewiesen haben."

Tejal nickte ihm müde zu und bahnte sich einen Pfad durch ihr zerstörtes Büro hin zu ihrem Schreibtisch. Auf dem Weg dorthin hob sie gedankenverloren einige Papyri und Pokale auf und legte sie auf ihrem Tisch ab. Mit einer merkwürdigen Handbewegung, auf die hin ein dünner gelber Strahl aus ihrer linken Hand schoss und sich um die Lehne wickelte, hob sie ihren umgefallenen Stuhl an, der von allein hinter ihren Schreibtisch an seinen angestammten Platz flog. Müde setzte sie sich.

„Ich habe keine Ahnung, Magister“, sagte sie seufzend. „Bei einem normalen Studenten stünde jetzt schon einer der Verbindungsmagister oder Burschenschaftsvorsteher in meinem Büro, um seinen neuen Schützling abzuholen, da die Bindung hergestellt wurde. Doch wie du siehst …“, sie deutete mit einer ausladenden Geste auf das leere Büro.

„Du kannst ihn nicht wieder gehen lassen! Sie würden ihn holen“, schrie Gerald aufgeregt und schlug mit der Faust auf den Schreibtisch. „Außerhalb dieser Mauern würde er nicht überleben, oder schlimmer, sie könnten ihn benutzen.“

„Beruhigt Euch“, sagte Tejal, „dies alles ist mir sehr wohl bewusst. Ich werde ihn nicht wieder gehen lassen, aber keine der vier Verbindungen wird ihn als Studenten akzeptieren. Ich bin mir nicht einmal sicher, ob der Junge die Schutzzauber der einzelnen Corps-Häuser überwinden könnte, oder ob er draußen vor dem Eingang nächtigen müsste. Nein, wir müssen eine andere Möglichkeit finden. Dass er begabt ist, ist klar, und deshalb muss er ausgebildet werden, schon zu seinem eigenen Schutz und dem Razuklans. Ihr wisst ja sicher, was ein Begabter ohne hinreichende Ausbildung anstellen kann“, sagte sie in vorwurfsvollem Ton zu Gerald, der daraufhin beschämt den Blick senkte. „Es gibt nur eine Lösung, die alle akzeptieren würden. Sie macht Leiks Leben hier zwar nicht leicht, aber …“, Tejal verschränkte die Hände, lehnte sich zurück und hing kurz ihren Gedanken nach. „Das Weiße Haus nimmt jeden Studenten auf.“

„Nein!“, entfuhr es Gerald. „Das kann nicht Euer Ernst sein, die Bruderschaft der Bastarde?“

„Hütet Eure Zunge, Magister! Jeder Student dieser Hochschule ist gleichwertig, wenn er begabt ist. Seine Burschenschaft ist nur ein Teil von ihm. Das Hauptziel ist die Sicherung des Friedens zwischen den vier Völkern. Gerade Euch sollte dies klar sein“, sagte die Direktorin tadelnd. „Außerdem ist es wahrscheinlich nur eine Zwischenlösung, bis ich mir klargemacht habe, was der schwarze Kreis und die falsche Hand zu bedeuten haben. Ich werde im Archiv in den Kellern forschen und mich mit den Verbindungsmagistern sowie einigen weiteren Magistern beraten."

Benommen murmelte Gerald: „Ihr habt ja recht, aber das Weiße Haus …"

„Es ist entschieden, Magister!", sagte Tejal in scharfem Ton. „Ihr bekommt Euren Willen, Gerald. Der Junge wird aufgenommen. Ich binde ihn vorläufig an das Weiße Haus." Sie bewegte kurz die linke Hand, als ob sie etwas greifen wollte. Darauf ging ein Knistern durch den Raum, und es roch leicht verbrannt und nach geschmolzenem Metall. „Es ist vollbracht. Leik ist nun offiziell Student der Âlaburg", sagte die Direktorin mit einem Grinsen zu Gerald, „wollt Ihr ihm die gute Nachricht überbringen, oder soll ich das tun, Magister?"

Entscheidungen

Verwirrt ließ sich Leik auf die unbequeme Bank im Sekretariat fallen. Er konnte seine Gedanken kaum ordnen. Nicht nur, dass er soeben erfahren hatte, dass es all jene mystischen Märchengestalten aus den alten Geschichten, die die alte Maana den Kindern des Dorfes immer erzählt hatte, wirklich geben sollte. Auch die Erfahrung mit den schimmernden Farben verwirrte ihn zutiefst. „Ist das immer so, wenn ihr einen Neuen bekommt?“, fragte Leik die blonde Gwendolin, die gerade hinter ihren Schreibtisch zurückkehrte.

„Nein, meistens geht nicht so viel zu Bruch“, sagte sie mit einem aufmunternden Lächeln zu Leik, was ihre Unsicherheit ihm gegenüber aber nur schwer überspielen konnte.

„Gibt es an dieser Schule wirklich Elben und Zwerge?“, fragte Leik, als er merkte, dass Gwendolin nicht länger mit ihm sprechen wollte.

Bei ihrer Antwort lachte das hübsche, junge Mädchen, diesmal echter und entspannter: „Ja, natürlich! Darf ich mich vorstellen? Gwendolin, Elbendingen, zweites Semester und stellvertretende Hausvorsteherin. Ach ja, und ich bin eine Elbin. Immer zu Diensten.“ Dabei kam sie hinter ihrem Schreibtisch hervor und machte einen kleinen Knicks, bei dem sie Leik schelmisch angrinste.

„Also gibt es euch wirklich“, stammelte Leik verwirrt und seufzte. Jetzt, da er sich das Mädchen genauer besah, fielen ihm ihre spitz zulaufenden Ohren, die leicht schräg stehenden Augen und ihr ungewöhnlich schönes Äußeres auf.

„Ach ja … und sag besser nicht Schule“, fügte Gwendolin noch hinzu. „Die Âlaburg ist eine Universität, oder auch Hochschule. Die eigentliche Schule haben hier alle schon beendet. Hier lernen nur die Besten der Besten, um ihre Fähigkeiten zu verbessern. Die

Begabtesten einer jeden Generation haben hier die Möglichkeit, ihr volles magisches Potenzial abzurufen, um später Razuklan zu gestalten und zu beschützen."

„Magisches Potenzial? Was gibt es denn hier noch alles neben Zwergen und Elben? Zauberer mit langen Bärten, die Menschen in Frösche verwandeln, und menschenfressende Ungeheuer?", fragte Leik ungläubig eher sich selbst als Gwendolin.

„Ja, das alles und noch vieles mehr", antwortete diese kichernd. „Die Âlaburg hält viel Fantastisches und Geheimnisvolles für wissbegierige und talentierte Studenten bereit. Und nach deinem Auftritt da drinnen", sie zeigte kurz mit dem Daumen auf die Bürotür der Rektorin, „glaube ich, dass du bestimmt gewisse Talente hast. Ob diese allerdings verhindern, dass man dich in einen Frosch verwandelt oder auffrisst, das wird erst die Zeit zeigen", beendete sie glucksend ihre Ausführungen.

Plötzlich erscholl die Stimme Tejals wie aus dem Nichts: „Ich habe dir doch gesagt, Gwendolin, dass du nicht mit unseren neuen Gästen reden sollst. Was macht eigentlich die Ablage der Papyri über die Abrechnung der Seife im Burschenschaftshaus von Řischnărr", dröhnte die Stimme der Großmagistra. „Leik, komm in mein Büro!"

Einmal tief durchatmend erhob sich der Angesprochene von der ungemütlichen Holzbank und ging zurück in das Direktorinnenbüro. Gwendolin sah ihn an und nickte ihm aufmunternd zu. Allerdings hatte er das Gefühl, dass sie dabei mit ihren Armen die hüpfenden Bewegungen eines Frosches imitierte.

„Leik, du sollst dich verbeugen, wenn du vor der Großmagistra stehst", sagte Gerald tadelnd zu ihm, kaum dass er die Bürotür hinter sich geschlossen hatte. Ungelenk verbeugte Leik sich vor Tejal, was ihm, angesichts des allgegenwärtigen Chaos in ihrem Zimmer, reichlich lächerlich vorkam.

„Wir haben eine Entscheidung getroffen", sagte die Direktorin daraufhin zu ihm. „Ich nehme dich als Student der Âlaburg auf. Du wirst in den sieben Weisheiten Razuklans unterrichtet werden. Auf deinem Semesterplan stehen ab morgen Vorlesungen in Magie, Kampfkunst, Heilung, Beschwörung, Geschichte, Religion und Rechenkunde. Und solltest du nach vielen Jahren des intensiven Studiums dieser Wissenschaften einen Abschluss machen, steht dir der Weg offen, dich dem Drianyorden anzuschließen und für Frieden und Sicherheit auf dem Kontinent zu sorgen. Es gibt für ein lebendes Wesen keine größere Ehre, als ein Drianyaner zu werden." Bei diesen Worten sah sie traurig in Geralds Richtung, der diesen Blick allerdings nicht zu bemerken schien.

„Ruhm, Reichtum, Macht und Ehre erwarten dich, solltest du begabt genug sein, diesen Weg zu beschreiten. Doch lass dich von diesem Ziel nicht blenden, ein steiniger und gefahrenreicher Weg liegt vor dir", fügte sie mahnend hinzu. „Gerade weil du einer der jüngsten Menschen bist, die hier jemals aufgenommen wurden. Aber eines kann ich dir versprechen. Ich persönlich und sämtliche Magister dieser Hochschule werden dir helfen, deine Aufgaben zu meistern." Dann räusperte sie sich und fragte Leik: „Welche Farbe hast du gesehen, als ich deine Hände gehalten habe und alles vor deinen Augen verschwommen ist?"

Verblüfft starrte Leik die Direktorin an. „Ihr wusstet, was passieren würde?"

„Natürlich, als Leiterin dieser hohen Lehranstalt habe ich schon viele neue Studenten aufgenommen, und ich selbst wurde nach meiner Auswahl auch dieser Zeremonie unterworfen", sagte sie mit einem milden Lächeln. „Also, was hast du gesehen? Beschreibe mir die Farbe, die du gesehen hast!"

Leik grübelte, wie er diese Erfahrung in die richtigen Worte fassen konnte. „Zuerst habe ich gar nichts mehr gesehen, dann erschien alles wie durch frischen Nebel oder als würde man durch dickes Flaschenglas sehen. Mein Kopf hat anschließend wehgetan und ich konnte auf einmal alles ganz genau sehen und hören. Ihr habt dort oben eine Spinne sitzen", sagte er und zeigte mit seinem Kinn in Richtung der linken Ecke der Bürodecke. „Dann kamen die Farben."

„Es waren mehrere?", warf die Direktorin daraufhin fragend ein.

„Ja", fuhr Leik fort, ohne sich von dieser Unterbrechung aufhalten zu lassen. „Zuerst ein rotes, dann ein gelbes und am Schluss sah ich ein blaues Band."

„Großer Gott, alle drei Farben“, hörte es Leik dabei undeutlich aus Geralds Ecke murmeln.

Ungerührt davon sprach Leik weiter. „Ich habe versucht, sie zu greifen, doch sie entzogen sich mir immer wieder. Es war ein bisschen so, als würde ich versuchen, einen Wasserstrahl zu packen. Nach einigen Versuchen konnte ich die Bänder aber festhalten und sie verschmolzen zu einem Strang, der in allen Farben des Regenbogens schillerte. Es war wunderschön“, fügte er verträumt hinzu. „Wunderschön!“

Tejal, die Leiks Ausführungen bis dahin emotionslos verfolgt hatte, fragte nun aufgeregt: „Waren es wirklich drei Farben, und konntest du sie tatsächlich miteinander verbinden? Überlege genau, Junge, die Antwort auf diese Frage ist von großer Bedeutung.“

Leik nickte nur stumm.

Gerald murmelte wieder in seinen ausladenden Bart: „Alle drei Farben, bei Tamir. Alle drei!“

„Schluss mit dem abergläubischen Unsinn, Gerald“, ranzte ihn daraufhin die Großmagistra an. „Ich werde über deine Beobachtungen nachdenken müssen, Leik. Der Test hat für dich keine genaue Zuordnung zu einer der Burschenschaften der vier Völker ergeben.“

Leik ließ die Schultern sinken und sah die Direktorin flehend an. Wo sollten er und Gerald denn dann Zuflucht suchen?

„Das bedeutet allerdings keinesfalls, dass du nicht auf der Âlaburg aufgenommen wirst. Du hast mit Sicherheit die Gabe! Dich nicht auszubilden, wäre eine Verschwendung deiner Talente. Ich ordne dich erst einmal dem Weißen Haus zu, dort wird deine Ausbildung beginnen, bis wir entschieden haben, wie die soeben erbrachten Testergebnisse zu bewerten sind. Du hast Glück: In zwei Tagen beginnt das neue Semester, viele der Studenten kommen nach den Ferien im Laufe des morgigen Tages zur Universität zurück. Alle neuen in den letzten Wochen getesteten Studenten werden morgen offiziell in der Aula aufgenommen. Du gehörst jetzt zu ihnen. Leik, Student des Weißen Hauses.“ Daraufhin legte sie wieder die Hand an den Kehlkopf und sagte:

„Gwendolin, würdest du bitte Morlâ rufen und ihn schnellstmöglich in mein Büro schicken."

In der Zeit des Wartens sprach Gerald mit Leik. „Ich gratuliere dir, Junge. Nun bist du Student der Âlaburg. Ich bin sicher, dass du Großes vollbringen wirst", sagte er und drückte ihn kurz und ungelenk. Leik glaubte in Geralds sonst so strengen Augen Tränen schimmern zu sehen, doch als er genauer hinsah, war davon nichts mehr zu erkennen.

Nach kurzer Zeit klopfte es an der Tür. Herrisch rief Tejal: „Herein!"

Durch die Tür kam ein kleiner braunhaariger Junge. Er war sicher noch einen Kopf kleiner als Leik. Als er sich den Ankömmling genauer besah, fiel ihm auf, dass er zwar klein war, aber sein Gesicht deutlich älter wirkte, als es seine Köpergröße vermuten ließ. Dazu hatte er einen kleinen gelben Spitzbart unter seinem Kinn.

„Morlâ, gut dass du da bist", begrüßte die Direktorin ihn, nachdem er sich vor ihr und Gerald verbeugt hatte.

„Direktorin Tejal", antwortete er mit einer außergewöhnlich tiefen Stimme, die eher zu einem ausgewachsenen Mann gepasst hätte als zu diesem kleinen Kerl, „wie kann Euch das Weiße Haus behilflich sein?"

„Ich habe einen neuen Studenten für das Weiße", sagte die Großmagistra und zeigte dabei auf Leik, der verlegen von einem Fuß auf den anderen trat. „Das ist Leik. Er wird bis zu einer endgültigen Entscheidung Student des Weißen Hauses und ich möchte, dass du ihn als Mentor in allen Belangen der Âlaburg unterstützt und in die vielfältigen Besonderheiten dieser Universität einweist."

Daraufhin verneigte sich Morlâ erneut. „Es ist mir eine Ehre. Das Weiße Haus wird Euch nicht enttäuschen, Großmagistra Tejal."

An Leik gewandt, sagte die Direktorin: „Geh mit Morlâ, er wird dir deine Unterkunft zeigen und die wichtigsten Universitätsgebäude. Ich wünsche dir einen guten Start in dein erstes Semester", und fügte streng hinzu: „Ach ja, und vergiss nicht, dass es hier Regeln gibt. Melde dich am Ende der Woche in den Gärten, dort wird eine Menge Arbeit für dich bereitstehen. Ich denke, dreißig Strafstunden werden dich daran erinnern, mir und den Magistern dieser Universität in Zukunft genügend Respekt entgegenzubringen." Mit einer beiläufigen Geste in Richtung Tür gab Tejal Leik und Morlâ zu verstehen, dass sie nun gehen konnten.

Morlâ verbeugte sich erneut und drückte Leik unauffällig seine Hand in den Rücken, um ihn daran zu erinnern, dasselbe zu tun.

Als Leik das Büro verließ, blickte er kurz zu Gerald und sah, dass Tejal nun mit ihm sprach. Er hörte noch leise durch die fast schon geschlossene Tür: „Auch dich begrüße ich zurück, Gerald, und bevor ich es vergesse, das hier wirst du brauchen können, da ich annehme, dass dein Schwur immer noch Bestand hat." Damit holte sie böse grinsend eine kleine rostige Gartenschere aus der Schublade ihres Schreibtischs. Gerald lief rot an und setzte zu einer Antwort an, doch das Ende des Gesprächs konnte Leik durch die zugeschlagene Bürotür nicht mehr mithören.

Morlâ

„Du bist also Leik?“, sprach ihn der kleine braunhaarige Junge mit der ungewöhnlich tiefen Stimme freundlich lächelnd an. „Ich bin Morlâ und jetzt das dritte Semester hier. Ich bin von den anderen zum stellvertretenden Vorsteher des Weißen Hauses gewählt worden. Obwohl das keine Kunst war, da ich auch der einzige Kandidat gewesen bin“, sagte er mit einem ansteckenden Lachen, stellte sich auf die Zehenspitzen und schlug Leik so kräftig auf die Schulter, dass der einen kleinen Satz nach vorn machte. „Am besten zeige ich dir zuerst ein bisschen den Campus und wo du pennen kannst. Anschließend hauen wir uns was zwischen die Kiemen. Ich sterbe vor Hunger.“ Während er das sagte, führte er Leik aus dem Gebäude der Direktorin und durch den kleinen Garten der Samusen.

Zusammen liefen sie über den großen, schneebedeckten Campus, der im Moment komplett im Schatten des riesigen Wehrturms lag. *Es muss schon später Nachmittag sein,* dachte Leik bei diesem Anblick und bemerkte, dass auch sein Magen knurrte.

Im Vorbeigehen erklärte Morlâ Leik, was sie sahen. „Siehst du die Gebäude dort vorn ganz links, die aussehen wie aus einem Baum gehauen, mit den vielen Blumen davor?“ Leik nickte nur, worauf Morlâ fortfuhr: „Das ist das Verbindungshaus von Elbendingen. Dort wohnen die wunderschönen Elben“, flötete er mit übertrieben hoher Stimme. „Sie halten sich für die perfektesten Geschöpfe Razuklans und wollen mit keinem anderen etwas zu tun haben. Wobei ich zugeben muss, dass die Mädchen schon klasse aussehen“, dabei zwinkerte er Leik verschwörerisch zu, „aber die würden unsereins aus dem Weißen Haus nicht einmal bemerken.“ Er schüttelte sich kurz, als ob er sich aus einem Tagtraum befreien wollte. „Naja, ist ja auch egal.

Und die Schuppen gleich daneben", fuhr Leiks Reiseführer fort, „die mit den Fachwerkfassaden …"

Leik bekam beim Anblick dieser Gebäude Heimweh und wünschte sich, heute dort schlafen zu können, was Morlâ zu bemerken schien und daraufhin sagte: „… stehen dir leider noch nicht offen. Sie gehören zur Verbindung Glaubenstreu. Dort lebt normalerweise deinesgleichen, zu groß geratene Nichtsnutze, die ständig beten. Menschen eben", dabei schlug er Leik wieder freundlich auf die Schulter, und der versuchte, diesmal nicht das Gleichgewicht zu verlieren. Was ihm aber nicht gelang, obwohl Morlâ wegen seiner geringen Körpergröße wieder auf Zehenspitzen stand, um seine Schulter zu erreichen.

Sie gingen weiter über den Campus, und Morlâ, der an seiner Rolle als Fremdenführer so langsam Gefallen zu finden schien, führte weiter aus. „Und siehst du das prächtig gestaltete Haus neben den primitiven Hütten und kümmerlichen Türmchen der Menschen? Das ist von der Bruderschaft Ølsgendur, die Verbindung der wohlerzogenen und hochbegabten Zwerge", sagte er mit stolzer Stimme. „Das ist das Gebäude, in dem ich heute eigentlich nächtigen sollte, aber das ist eine andere Geschichte", fügte er seufzend hinzu.

Daraufhin platzte es aus Leik heraus: „Bist du etwa ein echter Zwerg?"

Morlâ fing daraufhin zu lachen an und sagte: „Nein, mein Großer, ich bin nur etwas zu klein für mein Alter." Plötzlich ernst werdend fügte er hinzu: „Stelle diese Frage niemals einem anderen Zwerg hier in der Âlaburg. Er würde zutiefst beleidigt sein, und das würde bedeuten, dass die gesamte Bruderschaft Ølsgendur eingeschnappt wäre und du einen Riesenhaufen Probleme bekommen würdest. Verstanden, Leik? Das ist wichtig!"

Leik nickte unsicher.

„Gut! Ob ich ein echter Zwerg bin?", murmelte Morlâ in sich hinein. „So was! Naja, aber ich bin ja nicht umsonst im Weißen Haus." Erneut an Leik gewandt, sagte er: „Komm weiter, hier wird es mir zu ungemütlich, verdammte Kälte. Und wo wir gerade beim Nicht-Beleidigen und bei Ehre und so weiter sind: Bewohner dieses Hauses", er zeigte auf die dunklen, vergitterten Häuser und

Türme ganz rechts hinter dem Wehrturm, „solltest du besser gar nicht erst ansprechen. Orks aus dem Corps Řischnărr verstehen nämlich gar keine Art von Humor und sie werden dich zermalmen, wenn du sie nur schief anschaust. Also geh ihnen besser aus dem Weg. Es sei denn, du kannst irgendwann so gut beschwören wie Tamir der Weise“, fügte er grinsend hinzu.

Eilig überquerten die beiden Studenten nun den Campus. Dabei passierten sie die Bank, auf der bei Leiks Ankunft die beiden Zwerge ihren Rausch ausgeschlafen hatten. Die beiden waren mittlerweile verschwunden, nur noch der eklig aussehende rötliche Fleck mit ihrem Mageninhalt verriet, was hier vor einigen Stunden passiert war.

Leik schaute angewidert auf die zwergischen Hinterlassenschaften, was Morlâ bemerkte: „Semesteranfangsfeier“, führte er ungefragt aus. „Es ging eigentlich noch recht gesittet zu dieses Mal. Aber ein paar Idioten, die nicht wissen, wie viel Bier und Wein sie in sich reinschütten können, gibt es eigentlich immer.“

Nach diesen Worten gingen die beiden auf eine unscheinbare Tür ganz unten am Wehrturm zu, neben der eine dämonisch aussehende Statue mit weit aufgerissenem Rachen stand. „Lege deine linke Hand in den Wasserspeier“, forderte Morlâ Leik auf, als sie das Eingangsportal erreicht hatten, und zeigte auf den Schlund des grässlichen steinernen Ungetüms.

Zögernd legte der neue Student seine Hand in das mit spitzen Reißzähnen bewehrte Maul. Es schloss sich augenblicklich und klemmte seine Hand schmerzhaft ein. „Aua, was soll das?“, schrie Leik und versuchte vergeblich, sich zu befreien. „Soll das ein blöder Scherz sein, Morlâ? Hilf mir, das Ding beißt immer stärker zu“, schrie er und zerrte an seiner Hand, die im steinernen Maul der Statue gefangen war.

Der junge Zwerg erblasste. „Was zum Ûduliý soll das denn? Ich dachte, du hast den Test gemacht und Tejal hat dich gebunden?“ Hastig lief er auf den Wasserspeier zu und kitzelte das steinerne Ungetüm zwischen den Ohren. Daraufhin schien der Druck auf Leiks Hand etwas nachzulassen.

„Zieh sie raus, wenn es irgendwie geht!“, schrie Morlâ. „So was habe ich ja noch nie erlebt.“ Noch mal fuhr er mit seiner Hand über die Ohren des granitenen Ungetüms. Erneut öffnete es seinen Rachen ein wenig.

Leik nutzte die Gelegenheit und zog blitzschnell seine Hand heraus.

„Puhh, danke, Morlâ. Was sollte das denn? Begrüßt ihr hier so die neuen Studenten?“, fragte er den Zwerg mit vorwurfsvollem Blick.

Dieser antwortete: „N…n…nein, es tut mir leid. Das sollte kein Scherz sein. Der alte Steinkopf ist unser Haustotem. Nur Mitglieder des Weißen Hauses können die Tür öffnen, indem sie ihre Hand mit dem magischen Mal in sein Maul legen. Allen anderen Studenten der Âlaburg bleibt so der Zugang verboten.“ Wieder etwas entspannter sagte er: „Zum Glück ist das alte Steinmaul kitzelig hinter den Ohren“, und fuhr nochmals liebevoll über den Hinterkopf des Wasserspeiers, dessen Maul sich wieder weit öffnete. „Wir müssen noch mal zur Direktorin! Ohne die Zugangserlaubnis des Gargoyels kommst du hier nicht rein. Selbst wenn ich die Tür für uns beide öffne, würden die Schutzzauber verhindern, dass du ins Innere gelangst.“ Stirnrunzelnd sagte er: „Die alte Tejal wird kochen, wenn wir schon wieder bei ihr antanzen, aber …“

Plötzlich kam Leik eine Idee. Er schob seinen Mantel etwas hoch und steckte die rechte Hand in den Schlund des Ungeheuers. Mit einem leisen Klicken öffnete sich die Tür und schwang, vollkommen geräuschlos, vor den beiden Studenten auf.

Das Weiße Haus

Ohh Mann, die rechte Hand“, wunderte sich Morlâ kopfschüttelnd. „Das habe ich ja noch nie erlebt. Was es nicht alles gibt. Die Âlaburg erstaunt mich immer wieder. Na, dann komm mal rein in die gute Stube.“ Dabei zeigte er mit seiner Hand auf eine gewaltige abwärtsführende Treppe. „Willkommen im Weißen Haus.“

„Es ist bestimmt eine besondere Ehre, im Wehrturm untergebracht zu sein, oder, Morlâ?“, fragte Leik den jungen Zwerg voller Vorfreude auf sein neues Zuhause.

„Haha … guter Witz“, antwortete Morlâ, doch als ihm Leiks verdutztes Gesicht auffiel, wurde er etwas ernster. „Junge, wir sind nicht *im* Wehrturm untergebracht, sondern *unter* ihm. Das Weiße Haus hat seine Räumlichkeiten im Keller des Turms. Zusammen mit kaputten Schultischen, ausrangierten, ausgestopften Monstern und verschlissenen Sportmatten. Aber wir sind ja alle hier nur auf der Durchreise. Auch wenn die bei dem einen oder anderen etwas länger dauert“, fügte er hinzu.

„Wieso Durchreise? Tejal hatte zwar erwähnt, dass noch nicht endgültig entschieden ist, welcher Verbindung ich zugeordnet werde, aber ich dachte, das Weiße Haus wäre ab jetzt mein Zuhause für die nächsten Jahre“, fragte Leik verunsichert.

„Pfff …“; entfuhr es Morlâ, „du hast echt keine Ahnung von der Âlaburg, was?“

„Ehrlich gesagt dachte ich bis vor einer Stunde, dass Zwerge nur in Märchenbüchern vorkommen“, antwortete Leik und zog entschuldigend seine schmalen Schultern hoch.

„Na, dann müssen wir wohl ganz vorn anfangen, aber komm erst mal rein. Hier draußen friert einem ehrlichen Zwerg ja der Hintern ein“, sagte Morlâ grinsend.

Gemeinsam gingen sie die von Fackeln beleuchtete, ausgetretene Treppe in die Tiefe. Leik fiel dabei vor allem der Geruch auf, der stärker wurde, je weiter sie die steinernen Stufen nach unten stiegen. Es war eine Mischung aus Staub, gekochtem Kohl, verschüttetem Bier, Schweiß und anderen Ausdünstungen des Körpers, die Leik veranlassten, erst einmal durch den Mund zu atmen, was er allerdings nicht lange durchhielt. Am Fuß der Treppe befand sich ein gemütlicher, aber augenscheinlich auch etwas vernachlässigter und ziemlich dreckiger Gemeinschaftsraum. Hier standen kleine rote Sessel, die allerdings schon reichlich durchgesessen waren und aus denen zum Teil schon die Strohfüllung quoll, um einen großen knisternden Kamin herum. Die Brandstätte selbst schien nicht richtig zu ziehen, und von Zeit zu Zeit kam dunkler Rauch aus dem Schornstein zurück in den Gemeinschaftsraum.

Morlâ ließ sich stöhnend in eine der Sitzgelegenheiten fallen und zeigt einladend auf den gepolsterten Stuhl daneben. Worauf sich auch Leik erschöpft setzte.

„Du hast also keine Ahnung?“, fragte Morlâ in den Raum hinein. „Dann werde ich mal versuchen, dich aufzuklären. Die Universität Ålaburg soll die Kinder der vier vernunftbegabten Völker Razuklans zusammenbringen und so den Frieden auf dem Kontinent sichern. Jedes Volk testet neugeborene Kinder auf die Gabe. Wenn dieser Test positiv ausfällt, was nur in sehr seltenen Fällen passiert, dann werden die Kinder mit Erreichen ihrer Volljährigkeit zur Ålaburg gebracht. Dort testet sie das Tor Lekan und gewährt den wirklich Begabten unter ihnen Einlass in die Universität, dies gilt als eigentlicher Aufnahmetest. Anschließend überprüft der aktuelle Direktor oder Direktorin“, fügte er zwinkernd hinzu, „deine Kräfte und du wirst dabei gleichzeitig einer der vier Verbindungen Ølsgendur, Glaubensfest, Elbendingen oder Řischnärr zugeordnet. Die jeweiligen Corps-Magister sind ganz verrückt nach neuen Studenten, da die Gabe in Razuklan anscheinend immer seltener vererbt wird.“

Morlâ legte die Füße auf den mit Flaschen und dickwandigen hölzernen Bierkrügen vollgestellten Tisch. Dass er dabei etliche davon herunterstieß, schien den Zwerg nicht zu stören. „Alle Geprüften, deren Test kein eindeutiges Ergebnis bringt, werden für eine bestimmte Zeit im Weißen Haus untergebracht, bis die ach so weisen Magister sich geeinigt haben, in welche Bruderschaft jemand gehört. Tja, und deswegen bist du hier."

„Aber hast du nicht vorhin gesagt, dass der Aufenthalt hier auch etwas länger dauern könnte?", fragte Leik den Zwerg.

„Du bist mir ja ein ganz aufgewecktes Kerlchen", antwortete der ein bisschen zu freundlich, „aber du hast recht. Für einige Studenten kann der Aufenthalt hier im Weißen Haus ihre gesamte Universitätslaufbahn dauern. Ehrlich gesagt, ist das eigentlich bei den meisten Studenten so, die verbindungslos sind und hierherkommen."

„Warum?", fragte Leik ehrlich erstaunt.

„Warum? Na, weil dies die inoffizielle Bruderschaft der Bastarde", dieses Wort spie Morlâ förmlich aus, „ist. Man kommt hierher, wenn der Zauber feststellt, dass man nicht *rein* ist", sagte er mit angedeuteten Gänsefüßchen. „Studenten, die aus Beziehungen zwischen Personen aus unterschiedlichen Völkern hervorgegangen sind, werden von den makellosen Häusern nicht geduldet und deshalb werden sie unter dem Dach des Weißen Hauses ausgebildet. Daher nennt man es das *Weiße* Haus. Wir sind leer, wie ein unbeschriebenes Blatt Papier. Auf der einen Seite verdeutlicht das, dass wir nicht wissen, wo wir hingehören, aber auf der anderen Seite zeigt dies auch die Möglichkeit, sein Schicksal selbst zu bestimmen. Quasi das Blatt selbst zu beschreiben. Allerdings erweist sich selten einer der Bastarde als so talentiert, dass eine der vier studentischen Verbindungen bereit ist, ihn im Laufe seines Studiums aufzunehmen."

„Dann bist du, sind wir …", doch Leik kam nicht weit mit seiner Frage.

„Stell am besten niemandem diese Frage, den du hier triffst. Verstanden, Leik? Mann, du musst echt noch viel lernen …", sagte er seufzend. „Wenn du es genau wissen willst: Ich bin ein echter Zwerg. Ich kenne meine Eltern, und die Ähnlichkeit mit den beiden und meinen elf Geschwistern ist unverkennbar. Allerdings hat mein Test im letzten Jahr bei Tejal nichts bewirkt. Ich stand nur vor ihr und habe ihre plötzliche Schönheit und ihren guten Duft bewundert, doch mehr Zauber ist nicht passiert. Ich habe keine der Farben gesehen und auf meiner Haut ist kein Mal erschienen. Die Bruderschaft Ølsgendur hat sich geweigert, mich aufzunehmen, da mich das Tor aber eingelassen hatte, konnten sie mich nicht wieder wegschicken. Deshalb bin ich hier im Weißen Haus, bis sich irgendwelche magischen Fähigkeiten bei mir zeigen. Was allerdings noch nicht der Fall war im letzten Semester", schloss er traurig. „Mehr kann und will ich zu diesem Thema nicht sagen!"

„Geht klar, Morlâ", antwortete Leik mit einem unterstützenden Nicken. Eine unangenehme Stille breitete sich zwischen den beiden aus, die Leik schließlich unterbrach: „Ich habe die Farben gesehen, aber ich kenne meine Eltern nicht. Mein Schicksal ist also genau umgekehrt. Aber vielleicht *-+kann Tejal herausfinden, wer sie sind, und ich kann doch noch der Verbindung der Menschen beitreten, und deine Fähigkeiten entwickeln sich sicher auch noch!"

„Vielleicht …", sagte Morlâ wenig überzeugt. „Vielleicht sind wir beide ja nur noch kurz im Weißen Haus, aber bis dahin machen wir das Beste daraus, oder?", fragte er mit einem Lächeln und hielt Leik die ausgestreckte Hand hin.

Leik schlug ein: „Auf jeden Fall!"

„Dann lass uns was essen gehen", entgegnete der Zwerg voller Tatendrang. „Komm, ich zeige dir, wo man sich hier eine Mahlzeit besorgt", sagte er im Verschwörerton. „Heute sollte es um diese Zeit noch relativ leer sein auf dem Universitätsgelände. Die meisten schlafen ihren Rausch aus oder kommen erst am Abend von zu Hause zurück aus den Semesterferien. Also ideal, um dir ein paar Geheimnisse zu präsentieren. Dein Zeug kommt eh erst später hier herunter. Wenn die Sachen da sind, zeige ich dir dein Zimmer." Daraufhin sprang er aus seinem Sessel auf.

Leik tat es dem Zwerg nach und gemeinsam flitzten sie die Treppe nach oben. Morlâ führte seinen neuen Hausbewohner zu einem Pfad, der entlang der Vorderseiten der unterschiedlichen Verbindungshäuser verlief. Nachdem sie diese zu ihrer Linken fast hinter sich gelassen hatten, kamen die beiden zu einer Weggabelung, an der ein verwilderter Garten lag. Sie passierten ihn, indem sie der scharfen Rechtskurve folgten. Nach der Biegung musste Leik trotz seines Hungers kurz stehen bleiben. Zu unglaublich erschien ihm das Gebäude, das sich an die große Burgmauer schmiegte. Es hatte Hunderte unterschiedlich großer Bleiglasfenster, war vier Stockwerke hoch und aus massivem, rotem Backstein errichtet.

An jeder Ecke erhob sich ein kleiner Turm. In der Mitte des Dachs war eine kleine Kuppel, aus der mehrere lange Rohre herausschauten, die, wie Morlâ erklärte, zur Beobachtung der Sterne gedacht waren. Der Eingang bestand aus einer großen Schwingtür, die jetzt allerdings verschlossen schien. An beiden Seiten des mächtigen Portals waren vier Zeichen in den Stein eingelassen.

Das erste Symbol – ganz links – war eine riesige Blume, die selbst in dem fahlen Sonnenlicht in vielerlei Farben schillerte. Leik konnte sich gar nicht vorstellen, wie das florale Meisterwerk erst bei klarem Himmel aussehen mochte. *Aus welchem Material das Symbol wohl hergestellt ist?* Doch er hatte keine Zeit darüber nachzudenken, denn schon hatte ein weiteres Zeichen, direkt neben der Blume, seine Aufmerksamkeit erregt.

Ein massiver, großer Eisenhammer mit hölzernem Griff, der so aussah, als könnte man ihn jederzeit zum Einschlagen von Schädeln oder zum Bearbeiten von Metall benutzen.

Rechts neben der großen Tür entdeckte Leik ein riesiges, aber schlichtes hölzernes Anch, wie er es aus den Kajalkirchen seiner Heimat kannte, nur dass dieses so poliert war, dass sein pechschwarzes und vollkommen ebenes Holz glänzte.

Ganz rechts außen prangte, in krassem Widerspruch zu den anderen Zeichen, ein grotesk verzerrter, mit spitzen Hörnern versehener Totenschädel, der seine riesigen und bedrohlich aussehenden Reißzähne zu blecken schien. Der Anblick bereitete Leik Gänsehaut.

„Was ist das für ein Gebäude? Und welche Bedeutungen haben die Zeichen über dem Eingang?“, fragte Leik Morlâ, der neben ihm stand und ungeduldig herumzappelte.

„Was das ist? Überlege mal, mein Kleiner!“, sagte der lachend. „Das ist die ehrwürdige Universität der Freundschaft und des Friedens, in der du ab übermorgen jeden Tag fleißig die sieben Weisheiten erlernen wirst. Und die Zeichen? Na, die dürften sich doch von selbst erklären, oder?“ Der Zwerg schaute seinen neuen Kommilitonen herausfordernd an.

Der überlegte kurz. „Also, das Anch kenne ich! Es muss das Zeichen der Menschen sein“, vermutete er.

„Sehr gut! Der Kandidat hat einen Punkt von vier. Und die anderen drei?“, bohrte Morlâ nach.

Leik betrachtete die restlichen Symbole, und plötzlich fielen ihm die Geschichten, die die alte Maana immer an den Markttagen erzählt hatte, wieder ein. Dabei kam ihm auch ein alter Abzählreim in den Sinn, den sie als Kinder immer gesungen hatten, um die Zeit zwischen den Märchen zu überbrücken.

In den Minen tief im Zwergenland,
schwingt das kleine Volk den großen Hammer wohlgewandt.
Die Elben, Wesen wunderschön,
kannst du im Tauwasser auf den Blumen sehn.
Doch nimm dich des Nachts in Acht,
wenn im Schatten der gehörnte Totenschädel lacht,
denn er hat bisher immer nur Tränen gebracht.

Leise murmelte der neue Student der Âlaburg diese Worte vor sich hin und antwortete schließlich. „Die Blume steht für Schönheit und damit für die Elben, der Hammer für die Geschicklichkeit der Zwerge, das Anch für den Glauben der Menschen und der Totenschädel …“ Leik überlegte fieberhaft. *Wie hatten Tejal und Morlâ die Bewohner der dunklen Häuser genannt, Urgs?* „Er muss für das Volk der Urgs stehen.“

Der Zwerg applaudierte. „Glückwunsch. Drei von vier Punkten. Der Totenschädel steht allerdings für die Orks. Merke dir besser diesen Namen, damit du weißt, von wem du in den nächsten Wochen verprügelt wirst“, fügte er mit einem Augenzwinkern hinzu. „Und nun lass uns in die Universität gehen, dort kriegen wir etwas zu essen. Ich sterbe fast vor Hunger.“ Daraufhin rannte er mit einem solchen Tempo in Richtung der Lehranstalt los, wie man es bei seinen kurzen Beinchen nicht vermutet hätte.

Filixx

Nach dem unerwarteten Sprint zur Universität kam Leik außer Atem neben Morlâ zum Stehen. Das massive hölzerne Tor direkt vor ihnen war fest verschlossen. Die beiden Flügeltüren bestanden aus dicken Holzbohlen, die mit Eisenbeschlägen verstärkt waren. Eine Öffnung für einen Schlüssel oder eine Türklinke war weit und breit nicht zu sehen. Leik legte die Hände auf den Rücken und schaute nach oben, um das Ende der riesigen Tür zu sehen. „Und wie … kommen wir … da rein? Ist die Universität in den Ferien nicht geschlossen?"

„Natürlich nicht!", antwortete Morlâ, der gar nicht aus der Puste zu sein schien, schelmisch. „Wir sollen doch das ganze Jahr lernen, lernen und nochmals lernen. Aber ohne offizielle Anmeldung kommt man in der unterrichtsfreien Zeit nicht rein. Komm mit!", sagte er mit einem Verschwörerlächeln.

Daraufhin führte er Leik um die rechte Ecke des gewaltigen Gebäudes. Nach einigen Schritten entlang der roten Backsteinmauer kamen die beiden Studenten zu einer kleinen Tür, die so unter einem Teppich aus Efeu versteckt war, dass Leik sie nicht entdeckt hätte, wäre Morlâ nicht direkt darauf zugelaufen.

„Hilf mir mal!", bat der Zwerg und hob die Efeuranken an, um besser an das winzige Eingangsportal zu kommen.

Leik nahm ihm die Ranken ab und hielt sie hoch, sodass der Zwerg die Hände frei hatte, um an die Tür zu klopfen.

Donnernd schlug Morlâ in einem komplizierten Rhythmus auf die stabil aussehenden Holzbalken ein.

„Mann, was macht der denn?", murmelte der Zwerg grimmig in sich hinein, nachdem er bereits zum zweiten Mal das Klopfkonzert wiederholt hatte, ohne dass die Tür geöffnet wurde. Gerade als er zu einem dritten Versuch ansetzen wollte, öffnete sich das kleine Portal einen Spalt breit.

„Wer ist da?“, fragte eine ungewöhnlich hohe männliche Stimme.

„Ich, Morlâ! Wer soll es denn sonst sein?“, sagte der junge Zwerg ungeduldig und drückte die Tür weiter auf.

„Morlâ?!“, ertönte die Stimme. „Wir hatten doch verabredet, dass du niemanden mit hierher bringst, ich könnte meinen Posten hier verlieren, und dann ...“

„Ja, ja und dann könntest du nur noch zehnmal am Tag etwas in dich hineinfuttern. Leik ist in Ordnung. Er ist der Neue im Weißen. Nun geh schon aus dem Weg, ich kann nicht gleichzeitig dich und die Tür bewegen“, sagte er und zwinkerte Leik grinsend dabei zu. Schließlich war der Weg frei und sie betraten durch die kleine Tür das Innere der Universität. Leik zog den Kopf ein, damit er sich nicht stieß. Morlâ passte problemlos unter dem Türrahmen hindurch.

Hinter der Tür war ein makellos sauberer Raum, der mit hellen Fliesen ausgestattet war. Überall hingen riesige Töpfe, Pfannen und Kessel, die Essen für viele hungrige Mäuler fassen konnten. In großen Krügen steckten lange Kellen, Schöpflöffel und große Gabeln und Messer. Mehrere gewaltige, steinerne Tische standen in der Mitte des Raums, alle waren penibel sauber. In der hinteren Ecke des Raums befanden sich acht große Feuerstellen, von denen heute aber nur eine benutzt wurde. Dort stand eine mittelgroße Pfanne, wie man sie vielleicht für eine kleinere Abendgesellschaft von acht bis zehn Personen verwenden würde. Und darin schmorte etwas, dessen Geruch Leik das Wasser im Mund zusammenlaufen ließ. Genau darauf ging der unbekannte Türöffner nun hastig zu.

„Hoffentlich sind meine Lammfilets nicht angebrannt“, sagte der Koch und beeilte sich damit, das Fleisch in der Pfanne zu wenden.

„Ja, Filixx, hoffentlich ist nichts verdorben, denn wir haben beide großen Hunger“, sagte Morlâ schmatzend. „Es riecht wirklich köstlich.“

„Ich habe eigentlich nur für mich gekocht!“, entgegnete Filixx daraufhin.

„Na, dann reicht es ja für uns auf jeden Fall mit“, antwortete Morlâ kichernd. „Bei den Portionen, die du normalerweise verdrückst. Du wirst schon nicht vom Fleisch fallen, wenn du deinen Spätnachmittagsimbiss mit uns teilst. Ach ja, darf ich bekannt machen? Leik Filixx, Filixx Leik“, dabei zeigte er in die jeweilige Richtung der Person, die er vorstellte.

„Freut mich, dich kennenzulernen“, sagte Leik schüchtern, worauf Filixx nur kurz mit dem Kopf nickte und sich dann wieder seiner Pfanne zuwandte. Der Junge, schätzte Leik, war etwas älter als er selbst, vielleicht siebzehn oder achtzehn Jahre. Er hatte strohblonde Haare und ein schönes Gesicht, das jedoch dadurch entstellt wurde, dass er außergewöhnlich dick war. Sein Kopf war rund wie ein Ball, und sein Kinn zierten mehrere Fettwülste. Die Wangen waren rot angelaufen und schwabbelten bei jeder Bewegung. Allerdings schauten seine kleinen dunklen Knopfaugen freundlich und intelligent. Auch der Rest seines Körpers war durch Masse geprägt. Die Arme waren dick wie kleine Baumstümpfe, wobei Leik nicht unterscheiden konnte, was Muskeln und was Fett war. Ein gewaltiger Bauch hing ihm über die weiße Hose, und seine relativ kurzen Beinchen schienen Mühe zu haben, eine solche Menge an Körpergewicht zu tragen. Trotzdem wuselte der dickliche Junge flink zwischen dem Gewürzregal, der Vorratskammer am Ende des Raums und der köchelnden Pfanne hin und her.

„Filixx ist auch ein vorläufiges“ – das Wort setzte Morlâ in Anführungszeichen – „Mitglied des ehrenhaften Weißen Hauses“, erklärte Morlâ Leik. „Er sorgt dafür, dass wir das beste Essen in der Âlaburg bekommen. Unser kleines Pummelchen ist nämlich ein hervorragender Koch und hat, wie du siehst“, dabei zeigte er mit beiden Armen in Richtung der großen Küche, „fantastische Möglichkeiten, Essen zu besorgen und zuzubereiten. Dafür wirst du noch dankbar sein, Leik, glaube mir. Apropos Essen, was ist denn nun mit dem Lamm?“

„Noch einen kurzen Moment, Morlâ“, antwortete Filixx, ohne vom Herd aufzusehen, „das Fleisch hat seinen perfekten Garpunkt noch nicht erreicht, und die Pilze müssen auch noch kurz schmoren. Deckt ihr schon mal ein!“, er zeigte routiniert, ohne sein Essen aus den Augen zu lassen, auf einen großen offenen Schrank, in dem sich jede Menge Geschirr türmte.

Leik holte drei Teller aus einem der oberen Fächer, und Morlâ besorgte aus den unteren Schubladen Besteck für sie alle. Flink stellten sie das Geschirr auf einen der Tische und Filixx platzierte die gewaltige Pfanne in die Mitte. Nachdem sie drei Hocker besorgt hatten, setzten sich die Studenten und begannen gierig zu essen.

„Ich hoffe, es schmeckt euch?“, sagte Filixx mit vollem Mund und schaute Leik und Morlâ erwartungsvoll an.

„Es ist wie immer fantastisch, Filixx“, antwortete Morlâ kauend und versprühte dabei einige Essensbrocken über den Tisch.

„Ja, es ist sehr gut“, sagte auch Leik, ohne mit dem Schneiden seines Lammfilets aufzuhören. „Hast du da frischen Thymian dran? Und was sind das denn für Pilze? Die schmecken ja fantastisch, und die Soße erst“, fragte er, nachdem er seine anfängliche Scheu gegenüber Filixx abgelegt hatte.

„Frag ihn nie nach seinen Rezepten“, griff Morlâ lachend die Frage auf, „aber loben darfst du den besten Koch der Âlaburg immer.“

Filixx brummte dazu nur glücklich, schaufelte sich erneut einen Haufen Pilze auf die Gabel und schob sie in den Mund.

In den folgenden Minuten legte sich gefräßige Stille über die drei und sie alle genossen das außergewöhnlich gute Mahl. Besonders Leik, für den Fleisch immer etwas Besonderes und Teures war und der viele der Geschmäcker aus Filixx’ Küche noch nicht kannte. Am Ende saßen sie zufrieden und satt am Tisch und Morlâ reinigte mit den Fingernägeln seine Zähne.

„Puhh, ich kriege nichts mehr rein. Danke, Filixx!“, sagte der Zwerg zu ihrem Koch, der gerade dabei war, die Soßenreste in der Pfanne mit Brot aufzutitschen, obwohl er schon doppelt so viel gegessen hatte wie Leik und Morlâ zusammen.

„Für das Weiße doch immer“, antwortete der. „Du bist also neu und bei uns im Bastard-Haus gelandet? Siehst eigentlich wie ein ganz normaler Mensch aus. Warum bist du nicht bei den Betbrüdern?“, fragte er Leik, der daraufhin rot anlief.

„Mensch, ist doch kein Grund rot zu werden. Dass alle auch immer so ein Geheimnis daraus machen müssen. Du bist ja fast so schlimm wie Morlâ“, sagte Filixx grinsend und schaute dem Zwerg dabei frech ins Gesicht. „Tja, also bei mir ist es ja kein großes Geheimnis, oder?“, fing er an. „Mutter Zwergin und Vater Elbe, habe ihn nie kennengelernt, war aber schon immer einer der größten Zwerge unterm Berg“, erklärte er verträumt. „Daher war mir relativ schnell klar, dass ich irgendwie anders war als die anderen kleinen Kerle. Meine Mutter hat mich dann auch schon an meinem fünfundzwanzigsten Geburtstag über die Herkunft meines Vaters aufgeklärt. Sie dachte zwar, dass ich noch zu jung dafür bin, aber als ich nicht mehr durch die Tür kam, ohne in die Knie zu gehen, habe ich meine Mama täglich mit Fragen gelöchert, und schließlich erzählte sie mir alles. Wäre ja ohnehin Quatsch gewesen, bis zur Jugendweihe damit zu warten. Konnten ja eh alle sehen, dass ich kein richtiger Zwerg bin“, sagte er seufzend. „Aber dann entdeckten die Priester die Gabe bei mir, und ich kam hierher und habe nun ganz viele andere Bastardfreunde, nicht wahr, Morlâ?“, sagte er neckend zu dem Zwerg, der daraufhin nachdenklich nickte.

Anschließend erzählte Leik seine Geschichte. Er begann mit den Angriffen auf dem Weg vom Markttag, sprach über Gerald und gab dann zu, dass er bis vor wenigen Stunden geglaubt hatte, dass Elben und Zwerge Fabelwesen seien. Nur dass er nun mit ihnen an einem Tisch saß.

Filixx schüttelte ihm freundschaftlich die Hand und lud ihn in seine Küche ein, wann immer er Hunger haben sollte. Mit den Fingern trommelte er die geheime Klopffolge auf den Tisch, damit auch Leik von Filixx eingelassen wurde.

Zwergenrätsel

„Morlâ, wie alt bist du?", fragte Leik, als sie durch die efeubedeckte Tür nach draußen traten und in Richtung Wehrturm gingen.

Der kleine Student lachte in sich hinein. „Du kannst dreimal raten, und wenn du mein Alter richtig bestimmst, dann darfst du mein Zimmergenosse werden. Solltest du nicht auf die richtige Antwort kommen, dann musst du ins Zimmer von Stinker mit einziehen, und das wird dir nicht gefallen", fügte er gemein grinsend hinzu. „Ich bin als stellvertretender Hausvorsteher für die Zimmerverteilung im Weißen Haus zuständig, und da wir schon seit ewigen Zeiten keinen Verbindungsmagister mehr haben, kannst du dich auch bei niemandem beschweren. Bist du damit einverstanden?", fragte er.

„In Ordnung", antwortete Leik. „Gib mir aber ein paar Minuten Bedenkzeit."

Morlâ verbeugte sich übertrieben und machte dabei eine gewährende Handgeste.

Filixx hat erzählt, dass seine Mutter ihn mit fünfundzwanzig Jahren noch als sehr jung empfand und ihn vor der Wahrheit über seinen Vater beschützen wollte, grübelte Leik, während sie über das Universitätsgelände schlenderten. *Er hat sogar gesagt, dass er in diesem Alter noch nicht mal zum Jungzwerg geweiht war,* führte er seinen Gedanken zu Ende. *Nun ist die Frage, wann Zwerge Jugendweihe haben und ob Filixx älter oder jünger ist als Morlâ. Auf jeden Fall sind sie beide älter als fünfundzwanzig!* „Gibst du mir einen Tipp?", fragte er Morlâ, als ihn seine Überlegungen nicht weiterbrachten.

„Nein!", war die knappe und bestimmte Antwort.

Leik überlegte weiter.

Als sie wieder am Wehrturm ankamen, ging Morlâ zu dem steinernen Wasserspeier, holte eine goldene Scheibe hervor, die er an einer Kette um den Hals trug, und ließ sie in das Maul des steinernen Wächters gleiten, woraufhin sich die Tür geräuschlos öffnete.

Leik fragte sich kurz, warum Morlâ nicht auch seine Hand in das Maul des Gargoyels steckte, war aber zu sehr mit dem Rätsel um das Alter des Zwerges beschäftigt, als dass er weiter darüber nachsinnen konnte. Gemeinsam gingen sie nach unten in den Gemeinschaftsraum, der immer noch etwas streng roch, aber gemütlich warm war. Leik und Morlâ ließen sich in die Sessel fallen und starrten wortlos in das knisternde Feuer des Kamins.

„So, Leik, das reicht. Jetzt ist der Moment für die Zimmeraufteilung. Ich muss doch meinem Amt gewissenhaft nachkommen“, fügte Morlâ hinzu.

„Bist du älter oder jünger als Filixx?“, versuchte Leik es noch einmal.

Doch die Antwort war nur Schweigen und ein strenger Blick.

„Also gut. Filixx hat erzählt, dass man als Zwerg mit fünfundzwanzig Jahren noch sehr jung ist, also bist du auf jeden Fall älter.“ Er schaute zu Morlâ in der Hoffnung, aus dessen Gesicht etwas ablesen zu können, doch die Miene des Zwergs war unergründlich. Leik seufzte und sagte: „Bist du dreißig Jahre alt?“

„Falsche Antwort. Du hast noch zwei Versuche“, bescheinigte Morlâ ihm daraufhin knapp.

Leik versuchte es von Neuem. „Bist du fünfunddreißig Jahre?“

„Du hast noch einen letzten Versuch, dann bringen wir deine Sachen in Zimmer Nummer vier und ich kann mein Einzelzimmer behalten“, sagte der Zwerg gehässig.

Leik wollte nicht mit jemandem das Zimmer teilen, der Stinker genannt wurde. Der Grund für diesen Spitznamen lag ja auf der Hand, und Morlâ wurde ihm, trotz dieses blöden Rätsels, immer sympathischer. Also überlegte er verzweifelt weiter. *Morlâ ist jetzt seit zwei Semestern hier.* Doch auch das brachte den neuen Studenten nicht weiter. Dann kam ihm eine zündende Idee. *Bei uns Menschen spielt die Sieben immer eine große Rolle. An meinem siebten Namenstag durfte ich das erste Mal mit Gerald zur Jagd. Im nächsten Sommer, zum Julfest, werde ich mit siebzehn zum Mann. In drei Mal sieben Jahren, mit einundzwanzig, gelte ich als Erwachsener,* grübelte er weiter. *Bei den Zwergen, die ja anscheinend deutlich älter werden als wir Menschen, ist es sicher ähnlich, nur die Abstände sind bestimmt größer. Eventuell das Doppelte? Dann wäre er mit etwa achtundzwanzig Jahren als geweihter Mann hierhergekommen. Plus die Zeit, die er schon an der Universität ist …*

„Was ist nun?“, drängte Morlâ. „Sag schon!“

„Moment, ich muss nur kurz rechnen“, bremste ihn Leik und legte dem Zwerg nach einem kurzen Moment und alles riskierend das Ergebnis seiner Überlegung dar. „Ich glaube, du bist neunundzwanzig Jahre alt.“

Dem Zwerg blieb der Mund offen stehen. „Woher weißt du das? Das gibt es doch nicht, noch nie hat jemand, der kein Zwerg war, mein Alter richtig erraten. Kannst du Gedanken lesen?“, fragte er halb im Spaß und halb im Ernst. „Wenn ja, dann war das unehrlich, das hättest du mir sagen müssen.“

„Nein, nein“, beruhigte ihn Leik, „ich habe nur ein bisschen gerechnet.“

„Das verstehe ich nicht, “ grummelte Morlâ.

„Brauchst du auch nicht. Zeige mir lieber *unser* neues Zimmer“, sagte Leik über das ganze Gesicht strahlend.

„Also gut, Zimmergenosse“, seufzte der Zwerg, „folge mir. Ich werde dir das sagenumwobene Zimmer Nummer eins des Weißen Hauses zeigen.“

Zusammen durchquerten die beiden Studenten den Gemeinschaftsraum. Am anderen Ende führte eine dreistufige hölzerne Treppe zu einer ovalen roten Tür mit einer abgegriffenen goldenen Türklinke, die einem Löwenkopf nachempfunden war. Morlâ öffnete sie, und dahinter tat sich ein langer, schummriger Flur auf, der von mehreren gedimmten Kugellichtern an der Wand beleuchtet wurde.

„Hier.“ Morlâ zeigte auf die rechte Seite des Gangs, an der sich zwei weiße Türen befanden. „Das sind die Waschräume. Wir haben fließendes und manchmal sogar warmes Wasser“, berichtete er stolz. Auf der anderen Seite des Flurs waren mehrere Türen zu sehen, alle in unterschiedlicher Farbe lackiert und in der Mitte mit einer goldenen Zahl versehen. Die erste Tür war schwarz mit einer goldenen Achtzehn, danach folgte eine lila Tür mit der Nummer siebzehn, und so zogen sich die vielfältigsten Farben den Flur entlang.

Leik betrachtete entzückt die unterschiedlichen Türen.

Fast am Ende des Ganges war die Tür mit der Nummer vier in einem dunklen Grün. Allerdings war sie stark beschädigt. Sie hing schief in den Angeln und schloss nicht mehr richtig. Außerdem sah es so aus, als hätten riesige Krallen tiefe Furchen in das Holz gekratzt. Und die goldene Vier hing verkehrt herum an einem Nagel.

Morlâ zeigt im Vorbeigehen darauf und sagte leise, wie zu sich selbst: „Eigentlich war das das Ziel unserer kurzen Reise."

Leik war sehr erleichtert, dass er nicht in dieses Zimmer einzuziehen brauchte und vor allem, dass ihm der aktuelle Bewohner erspart blieb.

Morlâ ging zügig an der gelben Nummer drei vorbei.

Die Nummer zwei sah Leik im Vorbeigehen orange leuchten, und schließlich blieben sie vor der blauen Nummer eins stehen. Morlâ kramte umständlich in seiner Hosentasche, zog einen kleinen silbernen Schlüssel hervor und öffnete damit das massive Schloss. „Willkommen in deinem neuen Zuhause, Leik. Mögen wir beide hier erfolgreiche und gesellige Zeiten verbringen und der Âlaburg und dem Weißen Haus Ehre machen."

Bedächtig betrat Leik den kleinen, fensterlosen Raum, der von winzigen runden Lampen in ein angenehm schummriges Licht getaucht wurde. An jeder Seite des Zimmers stand ein hölzernes Bett. Darauf lagen dicke, behagliche Kissen und eine warme Steppdecke.

Die linke Seite des Zimmers gehörte eindeutig Morlâ. An den Wänden hatte sein neuer Mitbewohner verschiedene Kohlezeichnungen von anderen Zwergen, vermutlich seiner Familie, angebracht. Auf seinem Schreibtisch lagen zerwühlte Papiere mit Runen, die Leik nicht entziffern konnte. Auch Reste von Lebensmitteln, die er ebenfalls nicht mehr erkennen konnte, lagen dazwischen verstreut. Das Bett des Zwergs war nicht gemacht, und die Bezüge mussten eindeutig auch mal wieder gewaschen werden. In der Ecke stand eine große lederne Tasche, aus der abgegriffene Bücher, Schreibutensilien und allerlei Zettel herausschauten. Morlâ schien zwergische Sprüche in seinen

Ranzen gekratzt zu haben, aber Leik beschloss, lieber erst später zu fragen, was sie bedeuteten.

Neben der Schultasche befand sich ein Gegenstand, der Leik in seinen Bann zog. Es war eine lange, gebogene Eisenstange mit einem Holzgriff. Am Ende des Stabs war ein goldener Stern angebracht, der trotz des gedimmten Lichts funkelte. Bevor er Morlâ nach der Bedeutung dieses Stocks fragen konnte, begann der zu fluchen.

„Ja verdammt, woher hat sie das nun schon wieder gewusst?"

Leik sah seinen Mitbewohner verständnislos an und folgte dann Morlâs Blick hinüber zu dem unbenutzten Bett, das ihm zukünftig als Schlafstatt dienen sollte. Mitten auf der schneeweißen dicken Bettdecke standen seine wenigen Habseligkeiten, die er bei seiner Flucht aus der Waldhütte mitgenommen hatte. Dazu noch eine leere lederne Tasche, die so ähnlich wie Morlâs aussah, eine weiße, schlichte Schärpe mit einem merkwürdig verschlungenen, schwarzen Emblem auf der Brusttasche und ein kleiner Brief, der rot versiegelt war.

Morlâ fragte ihn wütend. „Hast du mit der Direktorin vorab schon besprochen, in welches Zimmer du kommst? Bist du etwa ihr neuer kleiner Liebling?"

„Morlâ, denk doch mal nach", sagte Leik behutsam. „Das Zimmer hast du doch für mich ausgesucht, weißt du nicht mehr?"

Der Zwerg murmelte in sich hinein. „Du hast ja recht, aber woher weiß sie immer alles und wie ist sie in das Zimmer gekommen?" Dann wurde er bleich und begann hastig die verstreuten, runenbeschriebenen Blätter auf seinem chaotischen Schreibtisch zu durchwühlen.

Leik ließ sich auf sein weiches, nach frischer Wäsche duftendes Bett fallen. Die Arme weit von sich gestreckt genoss er die gemütliche Schlafstatt. Dann fiel ihm der Brief ein. Ehrfürchtig betrachtete er das Schreiben. Das Papier des Umschlags war dick und cremefarben. Es fühlte sich gut an und war sicher teuer gewesen. Dann besah er sich das rote Wachssiegel genauer. Der Stempel darin zeigte eine Taube, die in ihren Krallen eine Schlange trug. Der darunter befindliche Schriftzug war nicht zu entziffern, als wäre der Brief in aller Eile versiegelt worden. Leik brach den wächsernen Verschluss durch. Im gleichen Moment stieg von dort ein kleiner, silberner Wirbel auf und ein sehr leises Klingeln ertönte. Leik war verblüfft. *Diese Universität ist wirklich ein merkwürdiger Ort.* Der Brief war mit schwarzer Tinte in einer akkuraten Handschrift verfasst.

Von:
Raisar Merhorna Elisa Tejal
Großmagistra, Rektorin, Hüterin der Siegel, oberste Friedenswahrerin, Heilerin

An:
Leik
Weißes Haus
Zimmer Nr. 1

Lieber Leik,
herzlich willkommen auf der Âlaburg. Als Direktorin bin ich erfreut, Dich als neuen Studenten und zukünftigen Hüter des Friedens begrüßen zu dürfen. Da Du, anders als alle Deine Kommilitonen, noch nichts über das wahre Wesen Razuklans weißt, wirst du doppelt so viel lernen müssen wie sie. Doch ich bin sicher, dass Du dies schaffen wirst. Deine Begabung scheint außergewöhnlich, jedenfalls nach dem, was vorhin in meinem Büro passiert ist. Ich möchte Dich bitten, mit keinem Magister oder Studenten zu detailliert darüber zu reden, erwähne vor allen Dingen auf keinen Fall, dass Du im Aufnahmetest drei Farben sehen konntest! Das ist nur zu Deinem eigenen Besten. Ich werde recherchieren, was dies bedeutet, dann werden wir beide uns darüber unterhalten und entscheiden, wie es mit Dir an der Âlaburg weitergeht.

Anbei sende ich Dir Deinen Stundenplan. Damit du Dich besser orientieren kannst, hast Du alle Fächer gemeinsam mit Morlâ, der, außer in Rechenkunde, in keinem Fach nennenswerte Fortschritte gemacht hat im letzten Semester und daher das Halbjahr wiederholen wird. Er wird Dir alles Weitere erklären und zeigen.
PS: Vergiss nicht Deine Strafarbeit am Wochenende in den Gärten.

PPS: Ich habe Gerald zum vorläufigen Hausvorsteher des Weißen Hauses gemacht, informiere Morlâ darüber, damit er diese Mitteilung an alle Bewohner Eures Hauses weitergibt.
PPPS: Du brauchst diesen Brief nicht zu verstecken, niemand außer Dir kann ihn lesen.
PPPPS: Das gilt nicht für Deinen Stundenplan, den musst Du Deinen Magistern in der ersten Stunde zeigen.

In Freundschaft und Friede!

Tejal *(Großmagistra, Direktorin usw.)*

Leik las den Brief insgesamt dreimal, bis er sicher war, dass er ihn wirklich verstanden hatte. Er konnte es kaum glauben: Er Student der Âlaburg, und Gerald wurde sogar sein Hausvorsteher. Die Ereignisse hatten sich in den letzten Tagen überschlagen, und sein Meister hatte ihm eine Menge zu erklären.

Er bemerkte, dass Morlâ ihn argwöhnisch betrachtete. Er wollte dem Zwerg im Moment aber nichts über seinen Brief erzählen, einerseits, weil Tejal ihn darum gebeten hatte, andererseits, weil er immer noch ein bisschen böse wegen des Zwergenrätsels war. Deshalb sagte er nur: „Gerald wird der neue Hausvorsteher des Weißen, und wir beide haben den gleichen Stundenplan. Der Rest sind reine Begrüßungsfloskeln.“

„Was?“, fragte der Zwerg verblüfft. „Wer ist denn Gerald? Ich habe noch nie von einem Magister gehört, der so heißt.“

Lapidar antwortete Leik: „Ich habe auch noch nie von einem solchen *Magister* gehört.“

„Mann, das kann ja heiter werden. Wir hier im Weißen haben nämlich keinen offiziellen Burschenschaftsmagister, da wir ja keine Burschenschaft sind. Deshalb gibt es hier nur einen Hauslehrer, aber normalerweise sind sich die reinen Herren und Damen Hochschullehrer zu fein, diesen Posten anzunehmen. Seit Jahrzehnten regeln die Angehörigen des Weißen ihre Dinge selbst. Wer weiß, was dieser Gerald hier für Neuerungen durchsetzen will. Ich muss erst mal ein paar Sachen regeln, Leik. Wir sehen uns spätestens heute Abend." Dann raffte er einige Blätter vom Schreibtisch zusammen und rannte aus dem Zimmer.

Leik hörte die schweren Schritte des Zwergs auf dem Flur, dann knallte die Eingangstür zu den Schlafräumen heftig ins Schloss und im Zimmer wurde es ruhig. Jetzt erst bemerkte er, wie anstrengend die letzten Tage gewesen waren. Leik schmiss die Sachen, die auf dem Bett standen, achtlos auf den Boden und rollte sich in die dicke Decke ein. Seine letzten Gedanken vor dem Einschlafen galten Drena.

Antworten

Leik erwachte mit leichten Kopfschmerzen und einem schlechten Geschmack im Mund. Außerdem hatte er großen Durst. Trotzdem hatte er nicht das Gefühl, lange geschlafen zu haben. Mühsam richtete er sich im Bett auf und wusste im ersten Moment nicht, wo er sich befand. Dann überkam ihn schlagartig die Erinnerung an die Geschehnisse der letzten Tage. Noch immer wusste Leik nicht, ob er sich über die plötzliche und tiefgreifende Veränderung seines bisherigen Lebens freuen oder traurig sein sollte. Auf der einen Seite vermisste er Drena, obwohl er sie noch nicht einmal richtig kannte, auf der anderen Seite warteten die Geheimisse der Âlaburg darauf, von ihm entdeckt zu werden. Dieser Ort hatte etwas Magisches, so viel hatte Leik schon verstanden.

Er freute sich darauf, mit Morlâ ein Zimmer zu teilen, das ersetzte auch den Verlust seines eigenen Raums in der Waldhütte. In dem kleinen Jagdhaus war Leik oft allein gewesen, wenn Gerald tagelang auf die Pirsch ging, und sein Kontakt zu Gleichaltrigen hatte sich auf die wenigen Feste und Markttage in Sefal beschränkt. Hier war er unter seinesgleichen. Noch konnte Leik zwar nicht abschätzen, wie Elben und Orks so tickten, aber mit Zwergen verstand er sich ganz offensichtlich prima.

Auch auf den Besuch der Universität freute er sich. Zwar hatte ihm Gerald das Lesen und Schreiben beigebracht, und auch über die Jagd und den Umgang mit Waffen wusste Leik gut Bescheid, doch der Lehrplan der Âlaburg unterschied sich deutlich von diesen Inhalten. Er schaute sich noch mal den Brief von Tejal an und studierte ausführlich seinen Stundenplan. Von Montag bis Freitag hatte er von acht Uhr an bis zum frühen Nachmittag Unterricht, unterbrochen von mehreren Pausen, wie Leik entzückt feststellte. Die Pause am Mittag war sogar eine ganze Stunde lang.

Vielleicht würde sein Leben hier sogar besser werden als in den Wäldern um Sefal.

Und was sollten das für Fächer sein? Rechenkunde, Geschichte und Religion, darunter konnte er sich etwas vorstellen. Aber was war unter dem Fach Magie zu verstehen? *Könnte es sein, dass an dieser Universität echte Zauberei unterrichtet wird?*, überlegte er elektrisiert. *Hat es vielleicht etwas mit den Farben zu tun, die ich in Tejals Büro gesehen habe?*, spann er seine Gedanken weiter. Am Montagvormittag würde Leik es erfahren.

Für Montagnachmittag stand auf seinem Stundenplan Heilung. Er wollte keine Krankenschwester werden, aber vielleicht brachten sich die Studenten im Fach Kampfkunst ja so viele Verletzungen bei, dass sie anschließend unbedingt in Heilung geschult werden mussten. Würden die Studenten echte Waffen benutzen, oder ging es ausschließlich um körperliche Selbstverteidigung? So richtig wurde Leik aus seinem neuen Stundenplan nicht schlau. Mit dem Fach Beschwörung, das am Dienstagmorgen angesetzt war, konnte er gar nichts anfangen. Nachdenklich legte Leik den Stundenplan auf seinen Schreibtisch.

Jetzt machte sich sein Durst wieder bemerkbar. Leik stand auf und ging auf den leeren, stillen Flur hinaus. Kaum hatte er diesen betreten, gingen die flammenlosen Lampen an. Leik blieb verblüfft im Türrahmen stehen. Er trat auf eine der Kugellampen zu, die in gedimmtem Gelb leuchtete, und fasste sie vorsichtig an. Sie war kühl. Hinter dem milchigen Glas, durch das Leik jetzt auf Zehenspitzen stehend sah, gab es keinen Hinweis auf eine Kerze oder ähnliches. Nur einige Staubflusen waren zu entdecken, die Leik in der Nase kitzelten. Er zuckte mit den Schultern und beschloss dieses Rätsel als gegeben hinzunehmen. Die Âlaburg würde ihm in den nächsten Wochen wahrscheinlich viele solcher Geheimnisse präsentieren. Wenn er immer darüber nachdenken würde, wäre er vom Unterricht abgelenkt, und Antworten auf seine Fragen würde er ohnehin nicht in allen Fällen erhalten.

Langsam schlenderte Leik zum Aufenthaltsraum. Vielleicht waren schon andere Bewohner des Weißen Hauses angekommen. Neugierig öffnete er die rote, runde Tür. Doch der Raum war leer. Nur das gelegentliche Knistern und Knacken des Kaminfeuers war zu hören. Leik sah sich um und entdeckte einen in die Wand eingelassenen Brunnen. Aus dem Maul eines kleinen lachenden Ungeheuers, das seinem Betrachter die Zunge herausstreckte, schoss Wasser in das darunter befindliche Steinbecken. Er beugte sich zu dem kühlen Strahl hinunter und stillte seinen Durst. Er trank eine ganze Weile, richtete sich wieder auf und wischte sich das Wasser vom Mund. Im gleichen Moment hörte Leik, wie jemand mit schweren Schritten die große Eingangstreppe herunterkam. Gerald.

„Hallo, Leik", sagte er, als er seinen ehemaligen Lehrling entdeckt hatte. „Schön, dass ich dich gleich finde. Ich glaube, ich muss dir einiges erklären", fuhr er verlegen fort. „Wollen wir ein Stück zusammen gehen?"

Leik bejahte die Frage, und gemeinsam stiegen sie die große Treppe nach oben und betraten den mittlerweile im Dämmerlicht der Abendsonne verschwindenden Campus der Âlaburg.

Als sie scheinbar ziellos über den gewaltigen Hof gingen, begann Gerald: „Ich weiß gar nicht, wo ich anfangen soll. Was möchtest du denn wissen?"

„Erzähle mir etwas über Magie", bat Leik den alten Jäger.

Gerald lachte in sich hinein: „Wie du siehst, gibt es Magie! Sie gehört zu Razuklan wie Sonne zu Regen oder Tag zu Nacht. Viele Menschen haben sie nur vergessen oder verdrängen die Wahrheit, wenn auch nicht alle, sonst wären ja keine menschlichen Studenten an dieser Universität. Der Hochadel und das wohlhabende, gebildete Bürgertum nutzt Magie im Verborgenen seit Jahrhunderten, während sie dem einfachen Volk eintrichtern, dass es Zauberei nur in Märchen gibt. Ihre Söhne und Töchter werden in die Verbindung Glaubensfest aufgenommen, um später einmal das Reich der Menschen mithilfe von Zauberei zu regieren. Die Geschichten, von denen du immer geträumt hast, sind zum großen Teil wahr. Es gibt Lebewesen in Razuklan, die in der Lage sind, Zauber zu wirken", führte Gerald weiter aus. Dann verstummte er kurz, und es sah so aus, als ob der kleine Mann mit sich selbst ringen würde. „Mehr kann und will ich dir nicht über dieses Thema erzählen, obwohl ich weiß, dass es gerade für dich besonders interessant ist." Viel leiser und mehr zu sich selbst murmelte der Wildhüter. „Nein, ich bin nun wirklich nicht der richtige Ansprechpartner für dieses Thema. Der Gedankenruf im Wald war eine Ausnahme, seit meinem Schwur habe ich nicht mehr …“ Als sich Gerald gewahr wurde, dass Leik ihn hören konnte, verstummte er.

Leik konnte nicht glauben, was er da hörte: „Aber warum hast du all die Jahre so getan, als gebe es keine Magie? Warum hast du mir nichts von dieser Universität erzählt?“, fragte er vorwurfsvoll.

Gerald pustete geräuschvoll die Luft aus. „Ich wollte dich vor dieser Welt beschützen, Leik! Das war alles, das musst du mir glauben. Als du noch ein Kleinkind warst, habe ich dich getestet, aber das Testergebnis falsch gedeutet. Ich und Magie!“ Sein Ziehvater schüttelte traurig den großen Kopf, wobei sein mächtiger schwarzer Bart hin und her schaukelte. „Daher dachte ich, dass du nicht über die Gabe verfügst und die Probleme des Ordens nicht auf dir lasten würden. Aus diesem Grund habe ich dich für einen weltlichen Beruf ausgebildet, so gut ich konnte, doch dann kamen die …“

„… Monster! Was sind das für Monster, die uns angegriffen haben?“, platzte Leik heraus.

„Ja, die Monster“, begann Gerald grübelnd. „Diese Wesen nennt man Vonynen. Niemand weiß genau, woher sie kommen. Klar ist nur, dass sie einen Herrn haben, der ihnen Befehle gibt.“

„Wer …?“, wollte Leik fragen, doch Gerald unterbrach ihn.

„Lass mich in Ruhe erklären, Junge! Ich war nicht ehrlich zu dir, als ich so getan habe, als wüsste ich kaum etwas von diesen Wesen. Wahr ist, dass ich zum ersten Mal wirklich eines gesehen habe, als ich einen Bären verfolgt habe. Das ist Jahrzehnte her. Was ich dir allerdings nicht erzählt habe, ist, dass ich früher schon gegen die Vonynen gekämpft habe. Mehrmals sogar, und zwar im Auftrag des Drianyordens. Nachdem diese Universität vor vielen Jahren gegründet worden war, gab es großen Widerstand gegen die Idee, dass die vier vernunftbegabten Völker von nun an gemeinsam und voneinander lernen sollten. Bald hatte sich eine Gruppe von Aufständischen gebildet, die einen Bruch zwischen den vier Völkern herbeiführen und damit einen neuen Völkerkrieg auslösen wollten. Dazu benutzten sie die Vonynen. Ich weiß nicht, ob sie sie gezüchtet, beschworen oder aus der Tiefe der Erde geholt haben, aber auf jeden Fall begann wegen ihrer Überfälle beinah erneut ein großer Krieg in Razuklan. Allen war klar, dass dieser Krieg das Ende der vier vernunftbegabten Völker bedeutet hätte, weil sie sich gegenseitig abschlachten würden. Die Friedensverhandlungen nach dem letzten großen Völkerkrieg waren schwierig gewesen. Heutzutage sind die Waffen und Zauber viel mächtiger als damals. Ein erneuter Krieg würde das Ende des Lebens auf Razuklan, wie wir es kennen, bedeuten. Der Kampf mit den Aufständischen tobte viele Jahre. Ich war in dieser Zeit schon volles Driany-Ordensmitglied. Wir wurden in kleinen Gruppen auf verschiedene Missionen überall in Razuklan geschickt. Bei diesen Aufträgen habe ich mehrmals gegen Vonynen gekämpft, allerdings nie allein. Ich hatte immer die Unterstützung von meinen an der Âlaburg voll ausgebildeten Ordensbrüdern und -schwestern.

Mit vereinten Kräften und unter großen Opfern gelang es dem Orden damals, diese Angriffe zu beenden. Viel Leid wurde über Razuklan gebracht. Auch Unschuldige litten unter den blutigen Auseinandersetzungen. Die Aufrührer wurden gestellt und bestraft. Ich hatte danach kein Verlangen mehr nach Kämpfen und Magie, für mich war das alles viel zu leidvoll gewesen. Das war auch einer der Gründe, warum ich mich in die Einsamkeit zurückgezogen habe. Seitdem sind die Vonynen nie wieder auf dem Gebiet der Menschen aufgetaucht. Bis zu dem Tag, als dich eines dieser Wesen im Wald angegriffen hat. Da wusste ich, dass ich mich nicht länger vor der Welt verstecken konnte."

„Warum wurde denn gerade ich angegriffen?"

„Ich weiß nicht. Vermutlich hat es etwas mit der Gabe zu tun, die du in dir trägst. Auch bei den letzten Angriffen waren die Opfer immer Lebewesen, die begabt waren. Ich denke, die Rädelsführer des Aufstandes wollten mithilfe der Vonynen die magische Begabung von Razuklan vernichten. Aber warum du nach so vielen Jahrzehnten der Erste bist, der angegriffen wurde, dafür habe ich einfach keine Erklärung. Auch die Direktorin hat dafür noch keine Begründung gefunden, aber das wird sie noch. Tejal ist Meisterin im Lösen von Rätseln und hat eigentlich immer eine Antwort auf gestellte Fragen. Eins steht aber fest: Innerhalb dieser Mauern bist du in Sicherheit."

„Kann ich denn nie wieder das Universitätsgelände verlassen?", fragte Leik verängstigt.

„Das ist eine schwierige Frage. Im Moment jedenfalls darfst du diese Schutzmauern nicht verlassen. Ich würde dir auch nicht raten, es heimlich zu versuchen. Tejal hat einige Vorkehrungen getroffen, die das verhindern werden und dir nur noch mehr Strafarbeit einbringen. Außerdem kann man die Âlaburg nicht gegen ihren Willen verlassen. Aber du wirst hier ausgebildet und lernst, dich gegen Angreifer zu verteidigen. Wenn dein Ausbildungsstand entsprechend ist, wirst du die Âlaburg sogar verlassen müssen. Auf besonders gute Studenten wartet am Ende des Semesters eine Friedensmission irgendwo in Razuklan, die sie mit einer kleinen Gruppe von Kommilitonen bewältigen müssen. Ich bin mir sicher, dass du bald zu den Besten der Âlaburg gehören wirst", endete Gerald stolz.

Leik überhörte das und stellte die Frage, die ihm schon die ganze Zeit auf der Seele brannte. „Das Wesen hat mich gefragt, wie ich seinen Kameraden getötet habe. Warum wollte es das von mir wissen?"

„Das weiß ich nicht. Niemand weiß, was im Kopf dieser Ungeheuer vorgeht. Allerdings höre ich zum ersten Mal, dass die Vonynen sprechen können. Eventuell hast du dir das nur eingebildet. Oder es hat noch niemand eine Begegnung mit ihnen überlebt, der diese Information hätte weitergeben können. Ich denke, dass du intuitiv irgendeine selbstbeschützende Urform von Magie ausgeführt hast. Als ich auf die Lichtung kam, gab es eine starke Energieentladung, und dort, wo dein Angreifer gestanden hat, war der Boden verbrannt. Von ihm selbst waren nur noch dampfende Stückchen übrig. Dein Dolch hat geglüht, was ebenfalls für eine energetische Entladung mittels Magie spricht."

Leik konnte es nicht glauben: Er hatte gezaubert und dabei sogar einen Angreifer abwehren können.

„Dass du den Vonyn allein töten konntest, zeigt, dass du eine sehr starke magische Begabung hast. Aber auch, dass du noch viel lernen musst im Umgang mit Zauberei, um dich oder andere nicht zu verletzen."

„Bringst du mir das bei? Du bist doch ein Magister dieser Universität?", fragte Leik.

Der Jagdhüter schnaubte. „Ich war ein Magister der Âlaburg, aber dann …" Er blieb plötzlich stehen.

Leik stand überrascht neben ihm. Während des angeregten Gesprächs hatte er nicht mehr auf die Umgebung geachtet, aber nun sah er, dass sie vor einem riesigen, verwilderten Areal standen, das einem kleinen Wald glich. Vorhin war er schon einmal hier gewesen, als er mit Morlâ an dieser Stelle in Richtung Universität abgebogen war.

„Herzlich willkommen in den Gärten der Âlaburg, Leik", sagte Gerald mit ausgebreiteten Armen. „Diesen Platz wieder zu seiner einstigen Pracht zu führen wird in den nächsten Wochen meine und zum Teil auch deine Aufgabe sein. Das war die Bedingung der Direktorin, aber das ist besser, als wieder unterrichten zu müssen", murmelte er.

„Tejal hat übrigens verfügt, dass dabei keinerlei Magie eingesetzt werden darf." Daraufhin zeigte er seinem Mündel die rostige kleine Gartenschere, die Leik aus dem Augenwinkel schon im Büro der Direktorin gesehen hatte.

Der Neue

Gerald brachte Leik zum Wehrturm zurück. Es war inzwischen völlig dunkel und die Spitze des Wehrturms war nicht mehr auszumachen. Allerdings konnte Leik sehen, dass in vielen Fenstern der anderen Häuser jetzt Lichter brannten. Sehnsüchtig schaute er zum Fachwerkgebäude der Menschen. Doch noch war ihm die Bruderschaft Glaubensfest verwehrt.

Als Gerald gegangen war, legte er missmutig die rechte Hand in den Wasserspeier und die Tür zum Weißen Haus öffnete sich geräuschlos. Kaum hatte er die große Treppe betreten, hörte er Stimmen aus dem Gemeinschaftsraum. Offenbar waren mehrere Studenten des Weißen Hauses aus den Semesterferien zurückgekehrt. Kaum war Leik unten angekommen, stürmte Morlâ auf ihn zu.

„Leik, wo warst du denn? Ich habe mir schon Sorgen gemacht und dachte, dass du dich auf dem Gelände verlaufen hast."

Leik war gerührt. „Entschuldige, aber ich war mit Gerald unterwegs. Wir mussten einiges besprechen. In Zukunft werde ich mich aber immer bei dir abmelden", endete er grinsend.

Morlâ schaute ihn stirnrunzelnd an, unsicher, ob die Entschuldigung ernst gemeint war. „Das will ich auch hoffen", sagte er und zwinkerte ihm zu. „Wieso kennst du unseren neuen Hausvorsteher? … Ach, ist ja auch egal, komm, ich stelle dich den anderen Weißen vor." Dann packte er Leik am Unterarm und zog ihn in den vollen Gemeinschaftsraum.

„Hey Leute, alle mal herhören", rief er in das erregte Geplapper hinein. „Wir haben einen Neuen. Darf ich vorstellen, das ist Leik. Ausgestattet mit einer genauso ehrenvollen Familiengeschichte wie wir alle. Ich bin sicher, ihr alle werdet ihn nach Kräften unterstützen, denn er scheint nicht so helle zu sein, typisch

Mensch eben“, beendete er seine Ausführungen scherzhaft, woraufhin im Saal Gelächter ertönte.

Auch wenn ihm die ungewollte Aufmerksamkeit unangenehm war, sah Leik offen lächelnd in die vielen unterschiedlichen Gesichter, von denen etliche ihm freundlich zunickten. Trotzdem bemerkte er, dass er rot wurde. Doch dann setzten die anderen ihre Gespräche fort und tauschten sich weiter über ihre Ferienabenteuer aus.

„Komm, ich stelle dir ein paar Leute vor“, sagte Morlâ und zog Leik weiter durch den Raum. Sie gingen auf eine merkwürdig aussehende Dreierrunde zu.

Einen von ihnen kannte Leik bereits, Filixx, dessen massiger Körper sich stark von dem der anderen beiden Personen unterschied. Sie waren extrem dünn, blass und sehr groß. Außerdem sahen sie exakt gleich aus und hatten merkwürdig rote Augen und schneeweißes Haar.

„Darf ich dir Rulu und Ulur vorstellen.“

Darauf drehten sich die beiden schlaksigen Jungs gleichzeitig um und antworteten gemeinsam mit hoher Stimme: „Willkommen im Weißen Haus, Leik“, und reichten ihm ihre hellhäutigen, weichen übergroßen Hände. Leik fiel auf, dass sie spitz zulaufende Ohren hatten, wie er sie auch schon bei Gwendolin gesehen hatte.

„Sie sind Zwillinge“, flüsterte Morlâ unnötigerweise, als er ihn zur nächsten Gruppe weiterzog. Dies waren ganz klar Zwerge, so viel konnte Leik schon an der Körpergröße feststellen. Das besondere an ihnen war, dass sie alle, auch für Zwergenverhältnisse, alt zu sein schienen. Ihre Haut war faltig, die langen Bärte grau, und drei von den fünfen hatten nur noch wenige Haare. „Darf ich dir die dienstältesten Studenten der Âlaburg vorstellen, dass sind Toulin, Houlin, Kaneg, Warn und Lebos, auch die fünf Weisen genannt. Wann immer du Fragen zur Geschichte hast, dann wende dich an sie, weil sie den Großteil davon selbst erlebt haben.“

Seine Ausführungen brachten Morlâ einen strengen Blick der Angesprochenen ein, aber sie gaben Leik alle freundlich die Hand und boten ihm tatsächlich ihre Hilfe im Fach Geschichte an.

Die letzte Gruppe, zu der Morlâ Leik führte, bestand aus kichernden Mädchen. Die amüsierten sich im Moment so köstlich über etwas, dass sie vor Lachen schier zu platzen schienen.

Leik bekam erneut einen roten Kopf. Trotzdem zog Morlâ ihn zielstrebig weiter zu den vier Maiden, die sehr unterschiedlich aussahen. Eine war mittelgroß, dunkelhaarig und etwas dicklich und schien die stillste der vier zu sein. Die Rädelsführerin war groß, schlank und blond. Sie sprach am lautesten und kicherte am meisten. Ihr Aussehen erinnerte Leik an die Elbin Gwendolin. Die beiden anderen Mädchen bildeten in etwa die Schnittmenge zwischen dem hübschen und dem zu kleinen dicklichen Mädchen. Alle drei schienen zu der Blonden aufzusehen und an ihren Lippen zu hängen.

Als sie die Gruppe schon fast erreicht hatten, flüsterte Morlâ: „Eigentlich würde ich dir die Begegnung mit den vier Hexen gerne ersparen, aber dann lassen sie mich wieder wochenlang keine Hausaufgaben abschreiben, ich werde wieder nicht für das nächste Semester zugelassen und ende wie unsere fünf Weisen von eben."

„Hallo, ihr Grazien. Hattet ihr schöne Ferien?", sprach der Zwerg die Mädchengruppe mit einem strahlenden Lächeln und öliger Stimme an.

Zunächst taten die vier Mädchen so, als hätten sie Morlâ und Leik gar nicht bemerkt, sondern kicherten einfach weiter. Dann wendete sich die Anführerin ihnen zu. „Hallo, Morlâ, ich dachte, du wärst in den Semesterferien etwas gewachsen." Wieder gab es gehässiges Gekicher, der Zwerg errötete, was Leik nie von ihm erwartet hätte.

Trotzdem strahlte er die Mädchen weiter an. „Haha, jedes Jahr der gleiche Witz, Karina. Köstlich!"

Leik hörte den ätzenden Unterton deutlich heraus, doch den Mädchen schien er nicht aufzufallen.

„Und hier ist unser neuer Mitbewohner, Leik", dabei zeigte er sinnloserweise auf Leik, der direkt neben ihm stand.

Leik merkte, wie sein Kopf erneut heiß wurde. *Nein, nicht schon wieder,* dachte er frustriert. Das passierte ihm jedes Mal, wenn er auf Mädchen traf. Eine unangenehme Stille entstand, da die vier Damen anscheinend nicht die Absicht hatten, den neuen

Studenten zu begrüßen. Schließlich ließ sich Karina dazu herab, Leik lustlos ihre Hand entgegenzustrecken. Er schüttelte sie kurz und anschließend die der anderen drei, die sich als Malin, Elina und Hela vorstellten. Nur Hela, das etwas dickliche Mädchen, lachte ihn offen und ehrlich an.

Nach diesem peinlichen Auftritt gingen Morlâ und Leik lieber wieder zurück in ihr Zimmer.

Der Zwerg öffnete die Tür und gab Leik einen kleinen silbernen Schlüssel. „Pass gut darauf auf, es reicht schon, wenn Tejal hier rumschnüffeln kann – muss ja nicht die ganze Universität wissen, was wir hier so machen", ermahnte er ihn.

Leik warf sich auf sein Bett. Erst jetzt bemerkte er, dass es in dem gemütlichen Raum auch ohne offenes Feuer mollig warm war. Aus eisernen Schlitzen in der Wand kam warme Luft und verbreitete sich so im ganzen Raum. Als er Morlâ danach fragte, zuckte der nur mit den Schultern, und auch Leik schob diese Konstruktion auf die Wunder der Âlaburg.

Plötzlich klopfte es.

„Herein", rief Morlâ, und Filixx steckte den Kopf durch die Tür. „Habt ihr beiden denn schon zu Abend gegessen?", fragte er in den Raum. Als sie verneinten, begann der dicke Zwergelbe aus einem Weidenkorb verschiedenste Köstlichkeiten auf Leiks Bett zu verteilen. Einen runden, warmen Brotlaib, einen halben Ring harter Salami, eine große Ecke gelben Käses, etwas Schmalz und Butter in tönernen Töpfchen und schließlich noch vier Eier sowie ein Salzfässchen. Dazu hatte er für jeden ein Messer und ein Holzbrett organisiert. „Ich habe zwar schon in der Küche gegessen, aber ein zweites Abendbrot kann ja nie schaden", und damit begann er, drei dicke Scheiben Brot abzuschneiden.

Auf Morlâs und Leiks Bett sitzend nahmen die drei ihr gemeinsames Mahl ein. Leik hatte das Gefühl, noch nie im Leben so gut gegessen zu haben.

Sie schüttelten die Brotkrümel von Leiks Bettdecke auf dem Flur aus, und Filixx verabschiedete sich. Es war spät geworden, und morgen würde es mit der Begrüßung der neuen Studenten in der Mensa der Universität früh losgehen. Leik und Morlâ zogen ihre

Schlafsachen an und krochen unter ihre Bettdecken. Nach kurzer Zeit ging das Licht im Raum einfach aus.

Leik erschrak.

„Keine Angst“, brummte Morlâ, „das passiert jeden Abend um die gleiche Zeit. Damit wir Studentchen auch genug Schlaf bekommen.“ Dann kramte er unter seinem Bett herum, holte eine kleine Öllampe hervor und zündete sie an. „Wenn ich besser in Magie wäre, könnte ich uns ein Wehrlicht beschwören, doch bis es so weit ist, müssen wir das hier als Beleuchtung verwenden“, sagte er genervt. „Dein Gerald wird also unser neuer Hausvorsteher. Ist er ein guter Magister?“

„Ich habe keine Ahnung“, antwortete Leik. Aber als er an seinen ehemaligen Meister dachte, bemerkte er, wie froh er war, dass sich dieser ganz in seiner Nähe befand. Nach einer Weile hörte Leik ein leises Schnarchen von Morlâs Seite. Er pustete die Öllampe aus und schlief glücklich lächelnd ein.

Die Rede

Leik erwachte vor Aufregung sehr früh: Heute würde die Zeremonie zu Ehren der neuen Studenten stattfinden. Neben ihm atmete Morlâ noch immer tief und fest. Leiks Blick fiel wieder auf den Stab mit dem glänzenden goldenen Stern. Erneut fragte er sich, wozu dieser gut war, und beschloss, Morlâ heute danach zu fragen.

Als er nach dem funkelnden Himmelskörper greifen wollte, drehte sich Morlâ im Bett um und murmelte, ohne die Augen zu öffnen. „Fass den Harelstern besser nicht an, wenn du die Aufnahmezeremonie nicht mit geschwollenen Fingern hinter dich bringen möchtest."

Erschrocken zog Leik die Hand zurück. Wie hatte Morlâ bemerkt, was er vorhatte, und warum war ein solch schöner Gegenstand so bedrohlich? „Was ist ein Harelstern?", fragte er den immer noch mit geschlossenen Augen daliegenden Zwerg.

Der reckte sich ausgiebig und gähnte herzhaft. Dann richtete er sich auf und lehnte sich ans Bettende. „Das, mein junger Freund, ist der ganze Stolz des Weißen Hauses. Und ich als sein studentischer Vorsteher darf den Stern verwahren. Er ist das Ziel im Sternball. Ein Spiel, das die einzelnen Verbindungen gegeneinander bestreiten, und in dem es um Kampf und magische Fähigkeiten geht. Bei jeder Partie versucht man den Sternball seines Gegners zu erobern. Bis jetzt hat das Weiße Haus allerdings noch nie die Universitätsmeisterschaft gewonnen, aber vielleicht bist du ja ein guter Sternballspieler. Wir werden sehen. Dienstagnachmittag ist Training und ich stelle ein neues Team für dieses Semester zusammen. Ich erwarte von dir, dass du dich auch meldest, denn in den letzten Semestern hat das Weiße nie die vier nötigen Spieler für ein Team zusammenbekommen", gab er zerknirscht zu. „Die Regeln erkläre ich dir am Dienstag, wir müssen uns beeilen." Darauf sprangen sie aus dem Bett und machten sich für den Tag fertig.

Leik war schon angezogen, als er sah, wie Morlâ sich die für ihn viel zu lange und leider auch eher schmutzig weiße Schärpe zweimal umlegte. „Müssen wir etwa alle diese komischen Dinger tragen?", fragte Leik.

„Na klar, besonders heute. In der normalen Schulzeit ist das nicht nötig, aber bei Festveranstaltungen müssen alle Burschenschaften ihre Couleurs tragen. Selbst das Weiße Haus, das ja gar keine Verbindungsfarben hat", fügte er traurig hinzu.

Daraufhin legte Leik seine nagelneue strahlend weiße Schärpe an, die er am Vortag von Tejal erhalten hatte. Als Symbol war ein kleiner schwarzer Wirbel aufgenäht, der sich deutlich vom hellen Weiß des Stoffs abhob. Das erinnerte ihn an die Erscheinung, die er gesehen hatte, als er das Siegel von Tejals Brief brach.

„Bist du so weit?", fragte Morlâ ungeduldig.

Leik zog die Schärpe glatt und nickte, dann traten beide auf den Flur hinaus. Dort strömten zahlreiche aufgeregte Studenten mit weißen Schärpen zum Gemeinschaftsraum, laut redend und lachend. Eine Person fiel in dem Gedränge aber doch auf, allein, weil sie etwa zwei Köpfe größer war als alle anderen Studenten und auch mindestens doppelt so breite Schultern hatte. Der unbekannte Student hatte sich die Kapuze seines dunklen Umhangs tief ins Gesicht gezogen und trug auch keine weiße Schärpe.

„Wer ist das?", fragte Leik.

„Ohh, du wirst ihn schon noch schnell genug kennenlernen. Nur die Ruhe! Aber zu deiner Information: Das ist Stinker, unsere Nummer vier." Dabei zeigte der Zwerg im Vorbeigehen auf die fast zerstörte grüne Tür. „Aber es ist besser, wenn du Ûlyėr lieber nicht so nennst. In Ordnung?!"

Leik nickte nur stumm und ließ sich dann von der aufgeregten Masse mit in den Gemeinschaftsraum schieben. Dort angekommen, erwartete ihn eine Überraschung. Mit einer makellos weißen und akkurat gebügelten Schärpe, mit gekämmtem Haar und gestutztem Bart wartete dort Gerald auf seine neuen Schützlinge. So feierlich zurechtgemacht hatte Leik ihn noch nie gesehen. Kurz streiften sich ihre Blicke und Gerald zwinkerte ihm zu.

„Studenten des Weißen Hauses“, begann Leiks ehemaliger Meister seine Ansprache mit tiefer Stimme. „Mein Name ist Gerald McDermit, Ritter des Ordens und Hüter der Gärten der Âlaburg. Ich bin euer neuer Hausvorsteher. Bei allen Fragen und Problemen könnt ihr euch an mich wenden. Ich bin auch als Schlichter hier, wenn es Streit zwischen einzelnen Studenten oder auch mit Magistern gibt. Meiner Entscheidung unterliegt dann euer weiteres Vorgehen. Ich erwarte von euch, dass ihr dem Weißen Haus Ehre macht, dass ihr die Ideale der Universität von Frieden und Freundschaft lebt und nach außen vertretet. Gerade von euch als Studenten dieses besonderen Teils der Universität erhoffe ich Spitzenleistungen und herausragende Noten in allen sieben Fächern. Auch im Sternball will ich das Weiße endlich wieder spielen und auch siegen sehen.“

Diese Worte begeisterten die Studenten, und vereinzelt wurde Zustimmung laut.

„Ich möchte, dass in diesem Semester die Studenten des Weißen im Sport und im Unterricht zu den erfolgreichsten der Universität gehören und mehrere Jahrgangsbeste von hier kommen.“ Bei diesen Worten schlug er mit der Faust auf den dreckigen Tisch, und die Studenten begannen zu johlen.

Auch Leik wurde von der Begeisterung mitgerissen, ebenso wie Morlâ, der wohl für einen Moment vergessen hatte, dass er eigentlich in die Verbindung der Zwerge eintreten wollte.

Dann zog die fröhliche Studentenschar die große Treppe nach oben in Richtung Burghof. Dort sah Leik in viele aufgeregte Gesichter. *Gerald hat seine Aufgabe gut gemeistert,* dacht er. Der neue Hausvorsteher hatte die Studenten auf das Weiße Haus eingeschworen und ihren Außenseiterstatus dazu genutzt, sie besonders zu motivieren. Leik war stolz und glücklich, nun auch diese neue Seite an seinem ehemaligen Meister kennenzulernen.

Auf dem Weg zum Schulgebäude reihten sich die Studenten der vier anderen Verbindungen in ihren Zug ein. Aus dem Verbindungshaus von Elbendingen kam eine mittelgroße Gruppe mit leuchtend gelb-blauen Schärpen, auf deren gelber Seite eine kleine blaue Blume aufgenäht war. Leik sah viele schöne, schlanke Gesichter mit wehenden, langen blonden Haaren, sowohl bei Mädchen als auch Jungen. Die Studenten schienen äußerst gute Laune zu haben, ständig lachten sie und neckten einander. Etliche hatten ihre Verbindungsfarben auch in andere Kleidungsstücke einfließen lassen, so sah man zahlreiche gelb-blaue Mützen, Schals und auch Hosen, bei denen ein Bein gelb und das andere blau war. Leik kam es so vor, als ob die elbischen Studenten schweben würden, so leichtfüßig war ihr Gang. Er sah aber auch, dass die Elben nur Augen für sich selbst hatten, auch dann noch, als sich ihre Gruppe mit den Weißen zu vermischen begann.

Vor dem Haus der Bruderschaft Glaubensfest sah Leik jüngere und ältere Menschen, die in rot-gelbe Farben gewandet waren. Auf der roten Seite ihrer Schärpen war ein gelbes Anch aufgenäht. Von diesem Corps kamen mindestens dreimal so viele Studenten wie vom Haus der Elben, vom Weißen Haus gar nicht zu reden. Die rot-gelben Studenten führten sich auf wie ganz normale Menschen. Die Jungen schubsten und drängelten, die Mädchen gingen in Grüppchen zusammen und kicherten über alles und jeden. Vereinzelt gab es auch einige Liebespaare, die ganz am Ende und Hand in Hand das Verbindungshaus verließen und nur Augen füreinander hatten. Noch deutlicher als die Elben trugen die menschlichen Studenten ihre Verbindungsfarben zur Schau. Rote Hemden und gelbe Hosen waren der Standard. Auch gab es wehende rot-gelbe Mäntel und Kopfbedeckungen. So farbenfroh und fröhlich die Schar auch anzusehen war, konnte Leik doch die abfälligen Bemerkungen von einigen Studenten über das Bastardhaus und die Verbindungslosen nicht überhören.

Etwa hundert Meter vor der scharfen Rechtskurve auf Höhe der Gärten passierte die bunt gemischte Studentenschar das Haus der Bruderschaft Ølsgendur. Dort schlossen sich ihnen blau-rote Schärpen tragende kleine Wesen an. Ihre Couleurs hatten auf der blauen Seite einen roten Hammer eingestickt. Die Zwerge stellten in etwa genauso viele Studenten wie die Elben, bemerkte Leik. Auffällig war auch, dass die zwergischen Studenten sich wohl auch auf ihre Verbindungsschärpen beschränkten, um ihre Corpsfarben zu zeigen. Blau-rote Kleidungsstücke konnte er nirgendwo entdecken. Das kleine Volk vermied es außerdem, sich unter die anderen Studenten zu mischen und ging nun in einem blau-roten Block der Studentenprozession voran. Doch wurden die Zwerge schnell von den anderen Studenten eingeholt, und so entstand ein bunt gemischter, fröhlicher Haufen.

Und nun vernahm Leik ein Geräusch, das sich wie eine marschierende Armee anhörte. Er streckte den Hals, um zu erkennen, wer diesen Lärm verursachte. Er bemerkte eine große Gruppe ganz in Schwarz gekleideter Gestalten. Leik konnte sehen, dass ein weißer Totenkopfaufnäher der einzige Kontrast an der sonst schwarzen Kleidung der Gruppe war, die im Gleichschritt in Fünferreihen marschierte. Die Studenten waren alle sehr groß und muskulös und hatten die Kapuzen ihrer schwarzen Umhänge tief ins Gesicht gezogen.

Das müssen die Studenten des Corps Řischnärr sein, dachte Leik aufgeregt, *endlich werde ich Orks sehen.* Als sich die bunte Truppe von Studenten der Formation der Orks näherte, konnte Leik ihre Gesichter sehen. Ihre Haut war grünlich schwarz, über jedem Auge hatten sie einen dicken Wulst, und aus den Köpfen wuchsen kleine, kräftige Hörner. Mehrere von ihnen hatten hellbraune Narben im Gesicht, die sich deutlich von ihrer ansonsten sehr dunklen Hautfarbe abhoben.

Leik merkte, wie die gesamte Studentenschar langsamer wurde, als wollte niemand mit den Orks gemeinsam gehen. Schließlich gingen die Řischnärrstudenten im Gleichschritt allein durch die Eingangstür der Universität, erst dann folgte der farbenfrohe Rest.

Die Universität Âlaburg, dachte Leik ehrfürchtig, als er durch die riesige Tür ins Innere des Gebäudes schritt. Hinter dem Eingang befand sich eine mittelgroße Halle, die Morlâ als Remter bezeichnete. Die Wände dieses Raums bestanden aus den gleichen roten Backsteinen, die auch die äußere Umgrenzung des Universitätsgebäudes bildeten. Die Decke wurde durch mehrere marmorierte Säulen gestützt, die in der gesamten Halle verteilt waren. Die Decke selbst bestand aus steinernen Rundbögen, deren höchste Erhebung in einem Schlussstein endete. Zum Boden hin wurden die Bögen immer spitzer und gingen in die dunklen

Marmorsäulen über. Die Kapitelle der Säulen waren aufwendig mit stilisierten Blumen verziert.

An den Wänden standen mehrere Vitrinen, in denen sich staubige Pokale stapelten und Statuen von offensichtlich berühmten Vertretern aller Völker. Darüber hingen selbst gefertigte Wandzeitungen, die wohl von Studenten stammten. Sie behandelten die Themen Religion und Geschichte, soweit Leik das Gekritzel in Hochsprache entziffern konnte. Etliche von ihnen waren aber schon so vergilbt und eingerissen, dass ihre Verfasser vermutlich schon längst ihr Examen abgelegt hatten.

Als Leik näher heranging, sah er, dass auf den Studentenarbeiten herumgeschmiert worden war. So ging es auf einem Plakat wohl um Tamir den Weisen, den Morlâ schon erwähnt hatte. Über ihn war vermutlich ursprünglich zu lesen:

… dann erkannte Tamir die wahre Bewandtnis der beschwörten Wesenheiten …

Daraus hatte ein Scherzbold mit einem dicken schwarzen Stift Folgendes gemacht:

… dann erkannte Tamir die wahre Bewandtnis des Mensaessens und wirkte darauf seinen bekannten Zauber des Vergessens …

Leik musste schmunzeln. Dann zog ihn Morlâ durch eine weiße, offen stehende Schwingtür. Mit den anderen Studenten betraten sie einen riesigen Raum, der nach altem Fett, gekochter Milch und gedünstetem Kohl roch. Hier waren lange Tische mit akkurat ausgerichteten Stühlen aufgestellt. In der Mitte der Tafeln lagen lange Tischläufer in den verschiedenen Verbindungsfarben. Am Ende war ein Rednerpult aufgebaut.

Leik sah, dass ganz links ein großer Tisch mit gelb-blauem Tischschmuck stand, an dem die Elben Platz nahmen. Daneben waren drei lange Tafeln in Rot-Gelb für die menschlichen Studenten dekoriert worden. Dann folgte ein mit blau-rotem Tischtuch ausstaffierter Tisch, an dem schon einige Zwerge saßen. Ganz rechts standen drei Tische mit pechschwarzen Läufern, deren schmalen weißen Strich in der Mitte man bei flüchtigem Betrachten übersehen konnte. Dort saßen mit grimmigen Gesichtern die Orks und sagten kein Wort zueinander. Quer zu den senkrecht zum Pult hin ausgerichteten Tafeln standen in der hinteren linken Ecke des Raums Tische, die mit verschieden großen und fleckig weißen Tischtüchern bedeckt waren. Genau in diese Richtung schob Morlâ Leik.

Der Zwerg setzte sich auf einen wacklig aussehenden Stuhl und wies Leik an, das Gleiche zu tun. Neben ihn setzte sich Filixx, der Leik zulächelte und sagte: „Heute hast du deine Premiere bei Tejals *Wir-lieben-uns-doch-alle-so!*-Rede. Glaub mir, sie wird schlechter, je öfter man sie sich anhören muss."

Plötzlich dröhnte eine befehlsgewohnte Stimme durch den Raum. „Ruhe, kann ich bitte etwas mehr Ruhe haben."

Leik streckte den Hals und erkannte am Ende des Raums hinter dem Pult, auf dem die Taube mit der Schlange in den Klauen abgebildet war, die Direktorin. Augenblicklich ebbten die Gespräche in der Mensa ab und die Großmagistra begann ihre Rede zu Ehren der neuen Studenten und zum Semesterbeginn.

„Liebe Studenteninnen und Studenten, ich begrüße euch alle zum neuen Semester an der Âlaburg. Eure Semesterferien waren sicher wie immer viel zu kurz …"

Flüchtiges Gelächter ertönte, das sich aber eher gequält als ehrlich erheitert anhörte.

„… trotzdem habt ihr alle wieder den Weg hierher zurückgefunden, um eure Ausbildung zu beenden und fleißig zu lernen."

Bei diesem Satz verdrehte Morlâ die Augen.

„Ganz besonders begrüßen möchte ich alle neuen Studenten, die erst in diesem Semester mit dem Lernen an unserer Universität beginnen. Aufregende Zeiten erwarten euch an dieser Bildungsstätte, ihr werdet Dinge erlernen, von denen ihr vielleicht geglaubt habt, dass es sie nur in Märchen geben würde."

Leik hatte das Gefühl, dass sie ihn, trotz der Entfernung, direkt ansah, und errötete ein wenig.

„Nach eurer Ausbildung in den sieben Weisheiten steht euch jede Art von Karriere in Razuklan offen. Ob ihr euch dem weisen Orden der Driany anschließt und den Frieden sichert oder einen anderen Weg einschlagt, ihr gehört dann zu den gebildetsten Wesen des Kontinents. Könige werden euren Rat erfragen und

Lebewesen aller Völker eure Hilfe erbitten. Seid euch dieser Verantwortung bewusst, die euch eure Gabe verleiht.

Vor mehr als sechzig Jahren haben unsere vier Völker endlich dauerhaft Frieden geschlossen. Die Jahrhunderte zuvor waren geprägt von Auseinandersetzungen zwischen Orks, Elben, Zwergen und Menschen. Immer wieder fanden unsere Vorfahren einen Grund, sich gegenseitig zu bekriegen und zu töten."

Nach diesen Worten machte sie eine kurze Pause, um ihre Worte wirken zu lassen.

„Aber die weisesten Vertreter der vernunftbegabten Völker schlossen einen Vertrag, um den dauerhaften Frieden zu sichern. Die Kinder der Elben, Menschen, Orks und Zwerge wurden zusammengeführt, um sich kennenzulernen und zusammenzuarbeiten. An den Grenzen der vier Reiche, dort, wo sie alle aneinanderstoßen, wurde diese Universität gegründet. Die Âlaburg. Der Platz war wohl gewählt. Nicht nur als ehemaliger Ort vieler Kriege zur Mahnung für den Frieden, sondern auch, weil die energetischen Ströme, die zur Ausübung der Gabe notwendig sind, hier besonders stark wirken. Schon die Altvorderen nutzten diesen Ort, um unvorstellbare Wunder zu erschaffen, die Razuklan bis heute prägen: die leuchtenden Wasserfälle von Rolarm oder die singenden Felsen in Đykordin. Die Liste der magischen Meisterwerke, die hier ihren Ausgang nahmen, ließe sich unendlich fortsetzen."

Erneut machte die Direktorin eine Pause und schien jedem Studenten ins Herz sehen zu wollen, so lange schaute sie in alle Richtungen des Raums. Wieder hatte Leik das Gefühl, dass sie ihn direkt ansah. Ein kurzer Blick in die Gesichter seiner Kommilitonen zeigte ihm, dass sie wohl ähnlich empfanden wie er. Es herrschte vollkommene Stille, und alle hingen gebannt an den Lippen der Großmagistra.

„Am Ende dieses Semesters können, wie in jedem Jahr, besonders talentierte Studenten an diesen Wundern Razuklans mitwirken oder neue hinzufügen. Aus der gesamten Studentenschaft werden wir Magister einige auswählen, die den Drianyorden unterstützen dürfen und auf eine eigene Mission in eines der vier Reiche geschickt werden. Abenteuer, Ruhm und höchste Ehren erwarten diejenigen unter euch, die sich in diesem Semester überdurchschnittlich engagieren werden."

Leik sah, wie Filixx, der sich vorher noch so sarkastisch über Tejals Rede geäußert hatte, hellhörig wurde und auch ein bisschen nervös zu werden schien.

„Ich wünsche euch allen ein erfolgreiches und friedfertiges Semester. Mögen euch Höchstleistungen gelingen und Razuklan von Begabten dieser Universität weitere Wunder geschenkt werden", beendete die Direktorin ihre Rede.

Aus dem Augenwinkel nahm Leik wahr, wie Gerald von seinem Stuhl aufstand. Ihm kam dieses Verhalten ungebührlich vor, weil es irgendwie die feierliche Stimmung des Augenblicks trübte. Gerade, als er sich für das ungehobelte Verhalten seines Ziehvaters zu schämen begann, sah er, dass sich vier weitere Personen, die jeweils an der Spitze der Verbindungstische gesessen hatten, erhoben.

Dann begann Tejal in feierlichem Ton zu fragen. „Schwört das Corps Ølsgendur, dem Frieden auf Razuklan zu dienen?"

Eine tiefe Stimme, die man der kleinen Person mit dem langen, grauen Bart gar nicht zugetraut hätte, antwortete: „Das schwören wir."

Daraufhin machte Tejal eine Handbewegung, und alle Zwerge erhoben, wie zur Meldung im Unterricht, ihre kurzen, linken Arme. Dann drehten sie alle gleichzeitig den Handrücken zum Pult der Direktorin hin.

Leik konnte sehen, dass auf den Handrücken der zwergischen Studenten dunkel glühend der Hammer erschien, das Symbol ihrer Burschenschaft und Zeichen ihrer magischen Begabung.

Tejal stellt die gleiche Frage auch den Verbindungen Elbendingen, Glaubensfest sowie Řischnărr, und die Zeremonie wurde noch dreimal wiederholt. Blumen und Anchs erschienen bei den Elben und Menschen, um ihre Verbindung und den Schwur an die Universität zu bestätigen. Nur auf dem Rücken der Klauen der Orkstudenten konnte Leik kein Zeichen ausmachen. *Wird wohl an ihrer dunklen Haut liegen,* legte er sich eine Erklärung dafür zurecht.

Dann sprach die Direktorin endlich das Weiße Haus an. Leik hatte bemerkt, dass die Direktorin sowohl in ihrer Rede als auch in der danach folgenden Zeremonie die Reihenfolge der Verbindungen immer wieder änderte. Wahrscheinlich, damit sich keine benachteiligt fühlte. Nur das Weiße Haus wurde offenbar immer zuletzt erwähnt oder gleich ganz ausgelassen.

Jetzt hatte Gerald in seinem tiefen Bariton den Schwur für das Weiße Haus geleistet.

Wieder vollführte Tejal die merkwürdig aussehende Handbewegung.

Leik merkte, wie seine rechte Hand plötzlich zu kribbeln begann, und er sah den dunklen Kreis auf der Haut erscheinen, den er schon einmal in Tejals Büro gesehen hatte. Dann fühlte er einen unbändigen Drang, den Arm zu heben und das Symbol deutlich sichtbar für alle zu präsentieren. Genau das tat er dann auch. Wobei er in den Gesichtern im gesamten Saal Verblüffung sah. Zwischen all den erhobenen Armen in der Mensa hob nur Leik den rechten und nicht den linken Arm, um das glühende, kreisrunde magische Mal auf seinem Handrücken zu zeigen.

Frühstück

Nach den Schwüren erklärte Tejal das Frühstück für eröffnet und Hunderte Studenten gingen zügig zur Essensausgabe. Schnell entstand eine lange Schlange, und Leik, Morlâ und Filixx beschlossen, lieber zu warten, bis sich der erste Ansturm gelegt hatte.

Diese Zeit nutzte Leik, um die Studenten des Weißen Hauses genauer zu betrachten, besonders die, die er noch nicht kennengelernt hatte.

Ihm direkt gegenüber saß eine Gruppe von drei sehr kleinen braunhaarigen Mädchen, die offensichtlich Zwergenblut besaßen und jetzt aufstanden, um sich Frühstück zu holen. Neben Filixx saßen zwei ältere, menschlich aussehende Jungs, die vielleicht zwanzig oder einundzwanzig Jahre alt waren. Irgendwie hatten es die beiden schon geschafft, sich Essen zu besorgen, und langten herzhaft zu.

Dann fiel Leiks Blick auf den kapuzenverhüllten großen Studenten des Weißen Hauses. Er betrachtete verstohlen sein Gesicht und sah die dunkelgrüne Haut. *Ich glaube es nicht, ein Ork,* dachte er fassungslos. *Warum ist er bei uns im Weißen Haus?* Als er die Frage an Morlâ richten wollte, erhob sich der Orkhüne und ging zur Essenstheke. Leik sah, dass er das linke Bein nachzog. Bestimmt war diese Behinderung der Grund für den Aufenthalt des Orks im Weißen Haus. Die Sitten und Gebräuche bei den Orks mussten wirklich hart sein. Leik war froh, dass er nicht mehr solcher brutal aussehenden Gestalten an ihrem Tisch entdeckte und beschloss, dass er Orks nicht mochte.

Morlâ fasste ihn plötzlich an die Schulter. „Genug geglotzt, Kleiner! Lass uns Essen holen. Ich sterbe fast vor Hunger."

Leik ging es genauso, und so nahmen sie sich ein hölzernes Brett und eine kleine Schüssel sowie Besteck und warteten darauf, an den Anfang der Wartereihe vorrücken zu können.

„Wer ist denn diese Woche dran?“, fragte Filixx einen schwarzhaarigen menschlichen Jungen, der vor ihnen stand. Der hatte gerade eine große Kelle undefinierbaren Breis in seine Schüssel bekommen.

„Elben“, antwortete dieser kurz angebunden und ging mit seiner Schale weiter.

Dann war Filixx an der Reihe und schon war in seiner Schüssel der gleiche gräuliche Brei gelandet, der zwar angenehm nach Nüssen roch, aber äußerst unappetitlich aussah und Leik an Kleber erinnerte. „Pfui, sind schon wieder fünf Wochen vergangen?“, schimpfte der dicke Zwergelbe. Dann gab er seine Schüssel über den hölzernen Tresen zurück und sagte zu Leik und Morlâ: „Das neue Semester beginnt mit Elbenfraß, lasst uns besser woanders essen.“

Leik beschwerte sich: „Filixx, was soll das? Wir sind endlich an der Reihe und ich habe großen Hunger.“

„Glaube mir, das willst du nicht essen. Elbendingen hat Küchendienst. Das bedeutet so viel Grünzeug, dass es dir aus den Ohren herauskommt, und nicht ein klitzekleines Stückchen Fleisch“, erklärte Filixx, packte Leik und schob ihn zum Ausgang.

Leik schaute ihn verwirrt an. „Wie meinst du das? Wieso kein Fleisch, wir haben doch Lamm bei dir in der Küche gegessen?“

Filixx und Morlâ lachten, dann sagte der dicke Zwergelbe: „Also, alle Burschenschaften – und das Weiße – haben abwechselnd für jeweils sieben Tage Küchendienst. Die Verteilung ist eigentlich gerecht, denn so sind alle jede fünfte Woche dran mit Essen kochen, Geschirr spülen, Tische decken und so weiter. Natürlich haben die vier Völker – ihr entschuldigt, wenn ich uns Bastarde mal nicht mitrechne – ihren eigenen Geschmack, und dementsprechend kochen sie auch. In dieser Woche sind also die Elben dran. Sie sind so dermaßen perfekt, dass sie keiner lebenden Seele etwas zuleide tun, was ja irgendwie auch nett ist, aber dazu führt, dass sie kein Fleisch essen. Das heißt, wenn die Elben dran sind, gibt es nur Grünzeug, pflanzliche Pasten, Gemüseaufläufe und weiteren Kram ohne Fleisch. Also nichts, wenn man wirklich Hunger hat. Jetzt würde man meinen, dass es bei den anderen nicht schlimmer kommen könnte“, er schaute Leik lauernd an,

„aber weit gefehlt. Den laschen Fraß der Menschen kann man mit einigen Geheimgewürzen noch runterwürgen, aber richtig schlimm wird es, wenn die Orks kochen. Sie essen nur Fleisch, was die Elben zur Weißglut treibt“, fügte er gehässig hinzu, „aber eben kaum frisches Fleisch, sondern sie vergraben es oder lassen es in der Sonne hängen, bis es stinkt, und servieren es dann. Das ist selbst für meinen gestählten Magen zu viel. Richtig gutes Essen gibt es nur, wenn die Zwerge mit dem Kochen an der Reihe sind. Pilze, Hammel- und Ziegenfleisch, gut gereifter Bergkäse …“ Er musste schlucken, weil ihm das Wasser im Mund zusammenlief. „Mhh, das ist wirklich immer eine Festwoche.“

„Was kochen wir, die Weißen?“, fragte Leik.

„Da ich meistens koche, vor allem hervorragendes Zwergenessen. Allerdings mischen sich die anderen immer ein, sodass wir aus allen vier Küchen etwas zu bieten haben“, merkte er grimmig an. „Die Kochwoche ist wohl das Einzige, das die Burschenschaften an uns schätzen. In dieser Zeit ist die Mensa so voll wie sonst nie“, beendete er seine Ausführungen, als sie vor der kleinen efeubewachsenen Tür standen, zu der Morlâ Leik schon am Vortag geführt hatte. Filixx holte einen großen goldenen Schlüssel heraus und öffnete die Pforte. Mit gebeugtem Kopf betrat er die dahinterliegende Küche und Morlâ und Leik folgten ihm. Anders als bei ihrem ersten Besuch war die Küche diesmal nicht leer, sondern zahlreiche Elben wuselten grazil herum und bereiteten die Speisen zu, die vorn am Essenstresen verteilt wurden.

„Was willst du hier, Filixx?“, fragte ein blondes, schlankes Mädchen, in dem Leik Gwendolin wiedererkannte.

„Hallo Gweny, du weißt genau, dass ich von eurem Gemüsedreck Magenschmerzen bekomme, also mache ich jetzt für uns drei ein vernünftiges Frühstück.“ Daraufhin ging er zu dem großen Herd, an dem drei Elben in riesigen Töpfen rührten, belegte eine freie Herdplatte für sich selbst und schürte das Feuer.

„Du sollst mich nicht so nennen“, protestierte die Elbin, doch Filixx war schon in der Vorratskammer verschwunden.

„Hallo Gwendolin“, begrüßte Leik das Mädchen schüchtern.

„Hallo …?“

„Leik“, schob er ein, um ihrem Gedächtnis auf die Sprünge zu helfen.

„Ach ja, ich erinnere mich. Du hast gestern ganz schön für Wirbel gesorgt“, sagte die Elbin schmunzelnd. Dann sah sie seine weiße Schärpe. „Bastard-Haus, was? Schade, nach deinem Auftritt gestern hätte ich mehr von dir erwartet. Aber du scheinst dich ja mit diesem Abschaum prima zu verstehen“, fuhr sie mit einem Blick auf Morlâ und Filixx fort.

Der Zwerg lief rot an. Gerade als er zu einer Erwiderung ansetzen wollte, rief jemand Gwendolin aus dem Vorraum, und sie rannte wie auf Flügeln aus der Küche.

Im selben Moment winkte Filixx seine beiden Freunde zu einem kleinen Tisch in der Ecke der gewaltigen Küche. Dort stand eine große Pfanne mit Rührei, das mit Champignons und Speck durchsetzt war. Genau genommen war fast genauso viel Speck in der dampfenden Pfanne wie Eier, trotzdem sah es köstlich aus und duftete verführerisch. Daneben lag ein frischer Laib Brot, und selbst einen Topf Kräuterbutter hatte ihr persönlicher Koch aufgetrieben.

Leik und Morlâ setzten sich. Filixx verteilte große Portionen Rührei und brach ihnen riesige Stücke von dem Brot ab.

Schließlich fragte Filixx: „Was wollte die arrogante Gweny denn von euch?“

„Ach, das Übliche“, antwortete Morlâ seufzend. Langsam begann Leik zu verstehen, was es bedeutete, Student des Weißen Hauses zu sein und keiner der echten Verbindungen anzugehören.

Auf dem Rückweg zum Weißen Haus war das Wetter inzwischen besser geworden, und vereinzelte Sonnenstrahlen fielen durch die grauen Wolken. Deshalb ließen sich Leik, Morlâ und Filixx Zeit.

„Heute ist der letzte Tag der Semesterferien, den muss man ganz besonders nutzen“, sagte Morlâ, und Filixx pflichtete ihm bei.

Leik allerdings freute sich sehr auf seinen allerersten Unterrichtstag. Er war noch nie zur Schule gegangen, geschweige denn in eine Universität. Sein bisheriger Unterricht bei Gerald hatte sich eher praktisch gestaltet, bis auf die Lektionen im Rechnen und Schreiben. Außerdem sollte die Woche morgen früh schon mit dem ersten Höhepunkt starten – Magie. Erneut überlief Leik ein kalter Schauer bei dem Gedanken, was sich hinter diesem Fach verbergen könnte. „Wie lange dauert die Universitätsausbildung hier eigentlich?“, fragte er Morlâ, als er aus seinen Träumereien erwachte.

„Das kommt ganz auf den Stärkegrad deiner Gabe an. Regulär gehen die meisten Studenten etwa zehn Semester auf die Universität. Ein Jahr besteht immer aus zwei Semestern, wobei das letzte Semester für die Abschlussprüfungen und Aufnahmetests gedacht ist.“

Leik dachte kurz über Morlâs Antwort nach und fragte dann weiter. „Woran erkennt man den Stärkegrad der Gabe?“

Morlâ seufzte. „Ich glaube, ich bin nicht der Richtige für diese Frage.“

Filixx schaltete sich auffallend schnell in ihr Gespräch ein. Offensichtlich hatte Leik einen wunden Punkt bei Morlâ getroffen. „Ich werde dir jetzt nicht erklären, wie die Gabe wirkt oder was Magie ist, das lernst du morgen früh vom alten Jehal. Aber zu deiner Frage: Es gibt unterschiedliche Niveaustufen der magischen Befähigung. Bei Elben ist sie grundsätzlich sehr hoch ausgeprägt. Die Menschen sind fast genauso magiebegabt. Bei den Zwergen“, er warf einen mitfühlenden Blick zu Morlâ, „gibt es meistens nur einen geringen Anteil wirklich magisch Begabter. Viele Zwerge können nur sehr einfache Zauber ausführen. Die einzigen Ausnahmen von dieser Regel bilden wir Mischlinge, da unser Magiegrad kaum zu bestimmen ist. Und die Orks können überhaupt nicht zaubern.“

Leik zog erstaunt die Augenbrauen hoch. „Ich dachte, die Fähigkeit zaubern zu können ist die Grundvoraussetzung für die Aufnahme an der Âlaburg?“

„Das stimmt auch“, führte Filixx weiter aus. „Orks können nicht im herkömmlichen Sinne Magie anwenden, aber einige von ihnen sind in der Lage zu beschwören, und alle haben einen entscheidenden Vorteil.“ Jetzt machte er eine theatralische Pause, um die Spannung zu steigern.

„Welchen?“, fragte Leik ungeduldig.

„Alle Angehörigen des Volks der Orks sind für Magie unempfänglich. Das heißt, sie reagieren in keinerlei Weise auf Dinge, die durch die Gabe ausgelöst werden."

Leik schwirrte der Kopf. Magie schien eine wirklich komplizierte Angelegenheit zu sein. Aber morgen früh würde er mehr darüber lernen.

Die drei Studenten waren inzwischen am Wehrturm angekommen. Im Gemeinschaftsraum lümmelten sie in den gemütlichen, durchgesessenen roten Sesseln herum. Den Rest des Tages verbrachten sie gemeinsam. Filixx und Morlâ erzählten Leik noch viel über die Universität, darunter auch reichlich Tratsch über Kommilitonen und Magister.

„Morgen haben wir Magie", sagte er aufgeregt zu Morlâ, nachdem sie das Licht gelöscht hatten, doch der antwortete nicht mehr. Vielleicht weil er schon schlief, oder weil er selbst immer noch nicht die Gabe einsetzen konnte. Leik jedoch schlief glücklich ein und konnte es kaum erwarten, wieder aufzuwachen.

Semesterpläne

Müde öffnete Morlâ langsam die Augen und streckte sich in seinem zerwühlten Bett. Er ließ, wie jeden Morgen, seitdem er Student der Âlaburg war, seinen Blick kurz durch das Zimmer schweifen. Plötzlich entdeckte er eine fertig angekleidete Person, die über den Schreibtisch gebeugt etwas suchte. Der unerwartete Anblick erschreckte ihn, und plötzlich war der Zwerg putzmunter. Er hatte seinen neuen Mitbewohner über Nacht fast vergessen.

„Ohh, du bist schon wach?", flötete Leik.

„Mann, du hast mich zu Tode erschreckt! Warum bist du denn schon aufgestanden?", fragte der Zwerg.

„Entschuldige", stammelte Leik, „ich konnte einfach nicht mehr schlafen."

„So kann das jetzt aber nicht jeden Morgen gehen", brummelte Morlâ, drehte sich nochmal um und schlang seine Bettdecke um sich.

„Ich gehe dann schon mal in den Gemeinschaftsraum."

Ohne aufzusehen, winkte Morlâ mit der Hand in Richtung Zimmertür.

Leik nahm seine Tasche und ging so schnell und leise wie möglich hinaus auf den Flur. Hier war es noch sehr ruhig, und die großen, feuerlosen Kugellampen waren auf Dämmerlicht eingestellt. Langsam ging er zum Aufenthaltsraum und fragte sich, was ihn heute erwarten würde. Er war so in seine Gedanken vertieft, dass er in jemanden hineinrannte.

„Kannst du nicht besser aufpassen?", fauchte ihn Malin an, die ein großes, weißes Handtuch um ihren Körper und ihre Haare gebunden hatte und anscheinend gerade aus der Wanne kam.

Leik errötete, doch Malin schien sich an der Begegnung nicht weiter zu stören, flitzte in Zimmer Nummer acht und schloss krachend die Tür hinter sich.

Im Gemeinschaftsraum herrschte noch angenehme Ruhe. Nur der Kamin knisterte und knackte ab und an leise. Die roten Sessel standen unordentlich und verdreht in dem riesigen, unaufgeräumten Zimmer herum. Zwei von ihnen lagen sogar auf der Seite.

Eigentlich alles wie immer, dachte Leik glücklich, dem das allmorgendliche Chaos ganz langsam zur heimatlichen Routine wurde. Aber eine Veränderung fiel ihm doch auf. An den Wänden hingen jetzt riesige Semesterpläne, ähnlich seinem eigenen kleinen, den er von Tejal geschickt bekommen hatte. Allerdings waren diese hier so groß wie ein Gemälde. Neben jedem Plan befanden sich der Name und ein Bild des Studenten. Leik ging näher an einen beliebigen Semesterplan heran. Er gehörte Hela, dem dicklichen Mädchen, das er vorgestern kennengelernt hatte. Eigentlich hieß sie Hela Demeter Papandrokolis. *Was für ein merkwürdiger Name,* dachte Leik.

Neben dem Namen und dem Bild war der tabellarische Stundenplan von Montag bis Freitag zu sehen, der verpflichtende Belegungen des aktuellen Semesters enthielt. Doch es standen nicht nur die Uhrzeiten und Fächer darin, sondern auch handgeschriebene Hinweise und Ermahnungen an die jeweiligen Studenten. Bei Hela etwa stand: *In diesem Semester mehr Sport! Endlich eine Beschwörung beenden! Während der Vorlesungen weniger dazwischenreden!* Leik musste lächeln, als er das las. Gespannt schaute er sich noch andere Pläne an und entdeckte weitere pädagogische Hinweise: *Mehr lernen! Niemanden mehr grün färben! Fleißiger arbeiten! Nicht erneut Feuer legen! Nicht so oft ablenken lassen! Mist der Beschwörungen entfernen!*

Jetzt war Leik neugierig geworden, was über ihn in seinem Semesterplan stand. Er ging an der Wand entlang und suchte sein Gesicht und seinen Namen. Leik McDermit – es freute ihn, dass er Geralds Namen, den er schon lange auch als seinen eigenen betrachtete, offiziell benutzen konnte. Als Erstes studierte er sein Bild und staunte darüber, wie detailgetreu sein Gesicht durch die einfache Kohlezeichnung wiedergegeben wurde. Er bemerkte dabei, dass seine Gesichtszüge deutlich schmaler aussahen als noch vor einigen Wochen. Die Flucht hierher hatte also doch ihren Tribut gefordert. Aber er wirkte auch erwachsener auf dem kleinen Bild. Seine Haare hingen ihm wild ins Gesicht, und an seiner Oberlippe und am Kinn entdeckte er sogar einige Barthaare, die mit leichten Kohlestrichen angedeutet worden waren. Leik war sich sicher, dass sie vor einigen Wochen noch nicht da gewesen waren.

Dann las er, welchen pädagogischen Rat ihm die Stundenplanmacher für sein erstes Semester mit auf den Weg gaben. Es waren nur drei Worte, doch diese elektrisierten ihn: *Magie besser kontrollieren!* Leik konnte sich darauf keinen Reim machen. Er hatte doch noch nie versucht, Zauberei anzuwenden, woher wollten die Planer wissen, dass er sie nicht kontrollieren konnte?

Seine Gedanken wurden durch einen Neuankömmling unterbrochen.

„Morgen", schallte Filixx' Stimme durch den Raum, „betrachtest du unsere Wand der Schande? Was hat die alte Tejal denn in diesem Semester zu meckern?" Der dicke Zwerg kam zu Leik hinüber und studierte dessen Stundenplan. Der Zwergelbe pfiff durch die Zähne. „Hui, *Magie besser kontrollieren.* Du bist wohl einer der Überbegabten, was?", sagte er lachend und legte Leik freundschaftlich seine dicke Hand auf die Schulter.

Der schaute ihn erstaunt und irritiert an.

„Ach, mach dir keine Sorgen, das war nur so ein Spruch. Jedes Semester haben sie irgendetwas zu beanstanden. Egal, wie sehr man sich anstrengt. Selbst bei neuen Studenten, die noch gar keinen Unterricht hatten – Magister eben", stellte Filixx lapidar fest. Danach studierte er aufmerksam die Bemerkungen auf den Stundenplänen der anderen Studenten. „Morlâ soll an seiner Begabung arbeiten – als ob er das nicht selber wüsste", schimpfte er kopfschüttelnd.

Endlich hatte er seinen eigenen Semesterplan gefunden. Leik schaute ihn sich ebenfalls neugierig an. Filixx Steinbeißer Renläer lautete der komplette Name seines neuen Freundes. Das Bild daneben schmeichelte dem dicken Zwergelben, es schien, als wäre er in der Zwischenzeit noch kräftiger geworden.

„Wieso steht bei dir nichts?“, fragte Leik Filixx erstaunt. Der errötete, sehr zu Leiks Verwunderung.

„Mist! Leik, versprich mir, dass du das niemandem erzählst. In Ordnung?“

„Klar, aber warum? Es ist doch etwas Gutes, wenn man keine Bemerkungen hat, oder?“

„Ja“, stammelte Filixx, „eigentlich schon, aber nicht, wenn du der einzige Student bist, der nie eine Bemerkung bekommt. In meinem ersten Semester war ich auch noch stolz darauf, aber dann haben die anderen begonnen, mich nicht nur zu hänseln, weil ich dick bin, sondern auch noch, weil sie meinen, dass ich ein Streber bin. Deshalb bin ich zu Beginn eines neuen Semesters immer der Erste hier, damit ich mir Bemerkungen geben kann.“ Er nahm eine Schreibfeder und ein kleines Tintenfässchen heraus. „Du wirst mich doch nicht verraten, oder?“

„Nein, auf keinen Fall“, versicherte Leik mit einem breiten Lächeln.

„Na, dann wollen wir mal. Worin könnte ich mich denn in diesem Jahr verbessern? Hilf mir doch, eine gute Bemerkung von den anderen herauszusuchen und abzuschreiben.“

Daraufhin stöberten sie kreuz und quer durch die Semesterpläne und machten sich gegenseitig Vorschläge. *Pünktlicher kommen. Kröten zu Hause lassen. Disziplinierter arbeiten. Keine Erstsemester verzaubern. Mehr Respekt dem Lehrkörper gegenüber. Keine Burschenschaftsschärpen der anderen Verbindungen verfärben* … Doch so richtig war nichts dabei, was gut zu Filixx passen würde.

Dann kam Leik eine zündende Idee. „Wie wäre es mit: *Nicht mehr abschreiben!*“

Der Zwergelbe grinste über sein ganzes rundes Gesicht. „Prima Idee, Leik, das wird mir den Respekt der anderen einbringen, wenn sie denken, ich würde mir meine guten Leistungen nur erschummeln. Außerdem schreibe ich ja einmal im Semester ab, nämlich die Bemerkungen für meine Kommilitonen“, fügte er schmunzelnd hinzu. Dann tauchte er die angespitzte weiße Schwanenfeder in das Fässchen mit der dickflüssigen schwarzen Tinte und schrieb *Nicht mehr abschreiben!* unter seinen Stundenplan.

„Ich kriege Tejals Handschrift doch ganz gut hin, oder?“, fragte er Leik und beide begutachteten sein Werk.

„Sieht prima aus. Die anderen werden begeistert sein“, antwortete der mit einem Lachen in der Stimme.

Als sie Stimmen und Schritte aus dem Wohnflur näher kommen hörten, ließ Filixx die Schreibutensilien unauffällig in seiner Tasche verschwinden.

Nach und nach betraten immer mehr Studenten den Gemeinschaftsraum und suchten ihren Semesterplan, um dann über die darunter befindlichen Bemerkungen zu schimpfen. Anschließend verließen die meisten das Weiße Haus und gingen in die Mensa zum Frühstücken.

Morlâ erschien als einer der Letzten. Mit schlechter Laune, zerwühlten Haaren, einem merkwürdig schiefen Spitzbart und Streifen vom Schlafen im Gesicht stand er vor seinem Plan. Leik und Filixx sahen ihm zu. Laut las er vor. „Morlâ Bergstein: Arbeite an deiner Begabung weiter, du findest sie tief in dir verborgen. Wie originell, drei Semester in Folge die gleiche Bemerkung“, sagte er ironisch. „Die alte Tejal könnte sich doch wenigstens mal eine andere Formulierung ausdenken.“

Sie verließen den Keller des Wehrturms und gingen zügig in Richtung Mensa, da sie durch Morlâs Bummelei schon ziemlich spät dran waren und Leik an seinem ersten Tag auf keinen Fall zu spät zum Unterricht kommen wollte.

Weil immer noch die Elben Kochdienst hatten, bereitete ihnen Filixx wieder ein sehr gutes, wenn auch mächtiges Frühstück in der Küche zu, das sie diesmal jedoch gemeinsam mit den anderen Studenten der Âlaburg in der großen, lauten Mensa aßen. Leik bekam kaum einen Bissen herunter, so aufgeregt war er vor seiner ersten Stunde Magie.

Als sie aus der Mensa in den Remter traten, verabschiedete sich Filixx von ihnen und ging die linke Treppe nach oben. Er hatte gemeinsam mit Morlâ begonnen, doch seine Fortschritte waren deutlich größer als die seines Zwergenfreundes, und deshalb hatten die beiden in diesem Jahr keinen gemeinsamen Unterricht mehr. Filixx ging in den zweiten Stock zu den höheren Semestern, um seine Erkenntnisse weiter zu vertiefen. Morlâ würde mit Leik zusammen die Kurse besuchen und das erste Semester wiederholen. Nur in einem Fach war der Zwerg aufgerückt: In Rechenkunde war er einer der besten Studenten.

Traurig schaute Morlâ Filixx hinterher, dann sagte er. „Nun dann, auf ein Neues. Wenigstens kann ich dir so alles erklären und zeigen.“

Die beiden Studenten stiegen langsam die rechte Treppe hinauf, die aus dunklem, oft gebohnertem Holz bestand und in der Mitte schon ganz ausgetreten war. Nach einer Biegung kamen sie auf einen großen Flur mit zahlreichen Türen, in dem es vor Studenten nur so wimmelte. Leik sah, dass nur einige wenige von ihnen noch ihre Couleurs trugen. Anders als am Vortag, an dem das Anlegen der Verbindungsfarben verpflichtend gewesen war. Die meisten Hochschüler begnügten sich im Schulalltag wohl mit dezenteren Hinweisen auf ihre Verbindungszugehörigkeit. So sah Leik etwa einen Zwerg, der einen blau-rot bemalten Wolfszahn als Schmuck an seinem linken Ohr trug. Eine menschliche Studentin trug die Haare rot-gelb gefärbt, und ein groß gewachsener Elbe, der Leik mit arrogantem Blick begegnete, hatte seine Fingernägel abwechselnd gelb und blau bemalt. Einzig die Orkstudenten schienen ihre schwarze Uniform zu tragen. Sie bewegten sich auch wieder nur im Gleichschritt und in kleinen, bedrohlich wirkenden Gruppen. Alle anderen Lernenden gingen ihnen aus dem Weg.

Der Zwerg schob sich und Leik durch die laute Studentenmasse zu ihrem Seminarraum. Plötzlich sagte er mehr zu sich selbst als zu Leik: „Mist, das darf doch wohl nicht wahr sein. Auch das noch.“

Leik sah seinen neuen Freund verdutzt an. „Was ist los? Hast du etwas vergessen? Ich kann dir sicher etwas leihen. Meine Tasche habe ich heute Morgen mit allem vollgestopft, was ich vielleicht brauchen kann.“

Morlâ schüttelte nur den Kopf und zeigte den Flur herunter auf eine Gruppe blonder Studenten, die vor einer Tür warteten. „Wir haben mit denen Magie.“

„Mit den Elben. Na und? Ist doch besser als mit den Orks, oder?“

Morlâ seufzte. „Wie gern hätte ich jetzt mit den Řischnärrstudenten Unterricht. Die sind in Magie nämlich fast genauso schlecht wie ich. Aber Elben! Leik, das sind die magisch begabtesten Wesen auf ganz Razuklan. Diese kichernden Erstsemester werden in einer Stunde schon mehr gezaubert haben als ich im ganzen letzten Jahr."

Leik wusste nicht, was er darauf antworten sollte. Er hatte ja immer noch nicht so richtig verstanden, was Magie eigentlich war. Wortlos trottete er mit seinem Freund auf die lachenden und schwatzenden Elben zu.

Wie schon beim ersten Mal, als Leik den Elben begegnet war, nahmen sie keinerlei Notiz von Studenten, die nicht ihrem Volk angehörten. Erstaunt stellte Leik fest, dass er und Morlâ die einzigen nicht-elbischen Studenten waren. Als er Morlâ darauf ansprach, sagte der: „Es lernen immer nur zwei Verbindungen gemeinsam, und da du der einzige Neuzugang in diesem Semester im Weißen bist und ich der einzige Sitzenbleiber, müssen wir es wohl allein mit diesem Haufen erstsemestriger Elben aufnehmen." Dann stellten sich die beiden Studenten wortlos auf die Seite der Tür, an der keine Elben warteten.

Kurz darauf schlurfte ein alter Mann langsam den Flur hinunter. Er hatte langes, graues Haar, das ihm wirr ins Gesicht hing. Dazu einen ebenso langen grauen, zerzausten Bart, in dem Leik einige Brotkrümel entdeckte. Der alte Mensch trug Lederpantoffeln und stützte sich schwer auf einen schwarzen Krückstock. Das rechte Bein zog er stark nach. Das Gesicht konnte man fast nicht sehen, so viele Haare bedeckten seinen Kopf, den er auch noch auf den Boden gerichtet hatte. Der Magieausbilder schien eine Ewigkeit zu brauchen, bis er den Seminarraum erreicht hatte. Wortlos nahm der Magister einen großen, abgegriffenen Schlüssel, den er an einer langen silbernen Kette um den Hals trug, und schloss die Tür zum Kursraum auf. Die Elben drängten nach ihm in den Raum und versuchten alle, einen Platz in den vorderen Reihen zu bekommen. Damit hatten Leik und Morlâ die letzte Tischreihe für sich allein, worüber sie beide nicht traurig waren.

Die Farben der Zauberei

Krachend ließ sich Morlâ auf einen der im Boden verankerten hölzernen Klappstühle fallen, die zu jeweils fünf Plätzen nebeneinander und in fünf Reihen hintereinander im Seminarraum standen.

Leik setzte sich auf den Stuhl daneben und warf seine Schultasche auf das Pult, das wie der Stuhl im Boden verschraubt war. In das Holz der Tische waren jede Menge Sprüche eingraviert. Die, die in der Hochsprache geschrieben waren, konnte Leik lesen: *Nie wieder Universität! Magie ist langweilig! Rezal liebt Gystan* … In der rechten Ecke des leicht schrägen Tischs war im Holz eine Aussparung für das Tintenfass, allerdings war sie so voller Müll, dass er das Fass woanders hinstellen musste. Die untere Kante des Tischs war ausgehöhlt. Dort hinein legte Leik seine Schreibutensilien, damit sie nicht herunterrollten. Dann packte er einen Stapel Papyri auf das Pult und sah sich im Raum um.

Es gab drei große Bleiglasfenster, durch die die Sonne trüb hereinschien. An der gegenüberliegenden Seite stand ein großer Schrank mit mehreren Türen, die allerdings mit schweren Schlössern gesichert waren. Der Boden bestand aus abgenutztem, braunem Eichenparkett. Die Stirnseite des Raums nahm ein riesiger hölzerner Schreibtisch ein, der allerdings auch schon bessere Zeiten gesehen hatte, wie die vielen Kratzer und Brandflecken bewiesen. Dahinter stand eine kleine grüne Tafel auf zwei hölzernen Beinen. Man konnte erkennen, dass sie umgedreht werden konnte, wenn eine Seite vollgeschrieben war.

Leik sah, wie sich der alte Magiemagister ächzend in einen großen hölzernen, ledergepolsterten Drehstuhl setzte, der hinter dem Magisterpult stand. Er sah deutlich bequemer aus als die Sitzgelegenheiten der Studenten. Dann kramte der Lehrer in seinen Unterlagen herum.

Die Studenten stritten um die besten Plätze und schwatzten fröhlich miteinander. Auch Morlâ redete mit Leik. „Ich hätte nicht gedacht, dass der alte Jehal doch noch ein Semester dranhängt. Alle haben gemunkelt, dass die Elben sich endlich den Posten des Magiemagisters von den Menschen wiederholen. Aber er ist wohl zäher als gedacht …“

Plötzlich tönte eine sehr tiefe, kraftvolle Stimme durch den Raum, die große Autorität ausstrahlte. „Ruhe!“

Leik fragte sich, wer da sprach, aber dann sah er, dass sich die Lippen des so gebrechlich aussehenden alten Mannes bewegten.

„Bekommen die Magister dieser Universität keine Verbeugung mehr von den Studenten?“, fragte er verärgert.

Leik und Morlâ schauten sich verwirrt an. Dann sprangen gleichzeitig die Elben in den vier Reihen vor ihnen auf. Die beiden Angehörigen des Weißen Hauses taten es ihnen nach, und alle Studenten verbeugten sich tief vor dem Magister. Anschließend setzten sie sich wieder. Im Raum war es so leise, dass man den rasselnden Atem ihres Ausbilders hören konnte.

„Besser, aber ihr Studenten habt von Jahrzehnt zu Jahrzehnt schlechtere Manieren. Naja, das bekommen wir schon hin. Ihr werdet mich noch kennenlernen und bemerken, dass in meinem Seminar die Regeln eingehalten werden. Zur Strafe für euer respektloses Verhalten bereitet der gesamte Kurs zur nächsten Woche ein Referat zum Thema *Die Farben der Zauberei* vor. Dies wird aber nur ein Student vortragen. Sollte die Person, die ich auswähle, allerdings keine Hausarbeiten dabei oder irgendeine Ausrede parat haben, dann fliegt sie für dieses Semester aus meinem Kursus. Haben wir uns verstanden, die Damen und Herren?“, fragte er mit einem gemeinen Grinsen. „Also, tut mir ruhig den Gefallen und seid faul in der Woche. Mir ist der Kurs eh viel zu voll.“

Eilfertig schrieben die Elben und Leik die Aufgaben mit. Nur Morlâ regte sich nicht, sondern starrte weiter gerade nach vorn.

„Sehen wir doch mal, wen wir hier alles haben. Melvina Auenkern?“

„Hier“, gigste eine hohe und verschüchterte Stimme.

„Hier, was?“

Das Elbenmädchen schaute den Magister verdutzt an. Dann schien sie verstanden zu haben. „Hier, Magister."

„Es geht doch", knurrte Jehal. „Hättest du dann vielleicht die Güte, mit deinem Semesterplan nach vorn zu kommen, damit ich ihn abzeichnen kann? Wie deinen so brillanten elbischen Augen vielleicht aufgefallen ist, bin ich schon ein wenig älter und nicht mehr so gut zu Fuß."

Mit rotem Kopf ging das Mädchen mit einem knitterigen Zettel in der Hand zum Magistertisch. Offenbar hatte sie vor Aufregung ihren Stundenplan zerknüllt.

Mürrisch glättete der Magiemagister das Blatt mit der linken Hand. „Sollte noch einer von euch solch einen ramponierten Plan haben, kann er sich gleich für dieses Semester verabschieden. Und ein Jahr darauf warten, dass wieder ein Seminar *Magie für Anfänger* stattfindet. Noch so ein Schmuddelblatt werde ich nicht unterschreiben." Er nahm eine gelbe, sehr kurze Feder, setzte sich einen Zwicker auf, um besser sehen zu können, und kritzelte etwas auf den Stundenplan der stark verunsicherten elbischen Studentin. Mit einer Handbewegung scheuchte er sie wieder auf ihren Platz. Dort setzte sie sich so leise wie möglich hin und versuchte, nicht weiter aufzufallen. Dann setzte der Magister seine Anwesenheitskontrolle fort.

„Oh, wen haben wir denn hier? Morlâ Bergstein." Jehal lachte gehässig, als er den Namen vorgelesen hatte.

Leik merkte, wie Morlâ neben ihm sich versteifte.

„Wir hatten doch schon im letzten Jahr das Vergnügen, oder?"

„Ja, Magister", antwortete der Zwerg förmlich.

„Na, dann wollen wir mal hoffen, dass du in den Ferien wenigstens ein bisschen Begabung in dir entdeckt hast, sonst können wir uns das Ganze hier eigentlich sparen und du kannst Magister" – bei diesem Wort war ein sehr zynischer Unterton zu hören – „Gerald draußen beim Heckenschneiden helfen. Da wirst du dann nämlich mehr Erfolg haben als in einem Kurs, der für Studenten mit magischer Begabung ausgelegt ist."

„Wie Ihr meint, Magister", presste Morlâ sichtlich um Fassung ringend heraus.

„Ja, das meine ich. Komm endlich nach vorn, damit wir mit dieser Farce erneut beginnen können."

Morlâ ging, so langgestreckt, wie es ihm seine Größe erlaubte, zum Magisterpult und legte einen wie gebügelt aussehenden Semesterplan vor. Jehal schaute den Zwerg nicht einmal an, als er das Blatt nahm, sondern schrieb nur lustlos seinen Namen auf das Papier und reichte es ohne aufzublicken an Morlâ zurück.

„Also, weiter im Text." Dann las er noch andere Namen vor: „Herolin Bergbaum, Ionius Birkenrank, Klabier Efeugrün, Oldo Ginsterbusch …" Alle Studenten gingen nacheinander zu seinem Schreibtisch. Schließlich war Leik an der Reihe. „Leik McDermit."

Aufgeregt erhob er sich und sagte. „Hier, Magister."

„Bist du etwa mit unserem Gärtner verwandt?"

Leik ärgerte sich über die Herabsetzung seines Ziehvaters, doch er ließ es sich nicht anmerken.

„Ja, Magister. Ich bin bei ihm aufgewachsen."

„Aha, also Familie unbekannt. Bastardhaus eben. Schon einmal magische Fähigkeiten angewendet?"

Jetzt war es an Leik, rot zu werden. Zum einen konnte er sich nicht mehr daran erinnern, wie er auf der Lichtung im Wald seine magischen Fähigkeiten eingesetzt hatte, zum anderen hatte ihm Tejal verboten, mit irgendjemandem über sein zauberisches Potenzial zu reden. Also antwortete er stotternd: „N…n…nein."

Jehal hob nur kurz eine Augenbraue.

„Nein, Magister", verbesserte Leik sich schnell.

„Prima, dann sitzt ihr beiden Magieunbegabten ja richtig in der letzten Reihe zusammen. Ich möchte euch nur um eins bitten, stört doch den Unterricht der richtigen Studenten in den nächsten Wochen nicht. Geht das?", fragte er. „Komm schon!" Dabei winkte er mit seiner faltigen Hand in Richtung Magistertisch.

Leik nahm seinen Semesterplan, der leider auch schon ein bisschen faltig war, und ging nach vorn. Wort- und blicklos unterschrieb der Magister und schickte Leik auf seinen Platz zurück.

Es folgten noch ein paar Studenten, deren Namen weiter hinten im Alphabet der Hochsprache standen, dann endete die Anwesenheitskontrolle.

„So, haben wir das erst einmal. Kommen wir zu mir. Mein Name ist, wie die meisten von euch sicher schon wissen, Ultar Jehal. Ihr werdet mich mit Magister Jehal anreden. Ist das klar?“

Stillschweigend gab der Kurs sein Einverständnis.

„Ihr alle seid ausgewählt worden vom Tor Lekan und auch getestet und gebunden durch unsere hochverehrte Direktorin.“

Leik glaubte aus Jehals Stimme Sarkasmus bei der Ehrenanrede der Rektorin herauszuhören.

„Doch glaubt nicht, dass ihr deshalb zaubern könnt. Diese Aufnahme allein hat nichts, aber auch gar nichts mit magischer Begabung zu tun. Wie vielfältige Beispiele belegen.“ Dabei schaute er auffällig lange in die letzte Reihe zu Morlâ und Leik. „Dennoch können diejenigen unter euch, die sich als begabt erweisen, wahre Wunder vollbringen, wenn sie es lernen, Magie zu steuern und ihrem Willen zu unterwerfen.“ Er machte eine theatralische Pause. „Ja, ihr habt richtig gehört, Magie muss gesteuert werden, und ihr müsst sie zwingen, für euch zu arbeiten.“ Dann ließ er seinen Blick bösartig über den Kurs wandern. „Ich frage mich übrigens, wie ihr die Hausaufgabe erledigen wollt, wenn ihr kein Wort von dem unermesslich wertvollen Wissen, das ich euch gerade vermittle, mitschreibt.“

Sofort begannen alle Studenten raschelnd ihre Papyri zu bekritzeln. Einzig Morlâ tat nur so, wie Leik erstaunt feststellte.

„Die vielen Millionen Unwissenden dort draußen“, Jehal zeigte mit seiner runzligen Hand in Richtung der Fenster, „die glauben, Magie sei etwas, das einem jeden Wunsch erfüllen kann, wenn man nur das richtige Sprüchlein vor sich hin murmelt, das sich am besten auch noch reimt“, fügte er kichernd hinzu, „haben keine Ahnung vom wahren Wesen der Zauberei. Sie ist nämlich nichts anderes als reine Wissenschaft. So wie wir mathematische Formeln, astronomische Berechnungen oder medizinische Erkenntnisse verstehen und universell anwenden können, verhält es sich auch mit der magischen Begabung. Magie ist berechenbar. Sie wirkt immer gleich, egal, wer sie anwendet. Und je besser man sie und ihr Wesen versteht, desto besser kann man zaubern. Also liegt es an euch, wie gut ihr werdet. Wie in jedem anderen eurer Fächer helfen auch in der Disziplin Magie nur Fleiß, Engagement und ein überragender Intellekt. Solltet ihr über diese drei Eigenschaften verfügen, dann garantiere ich euch, dass ihr Großes vollbringen könnt in der Zauberei. Wenn nicht, werdet ihr mittelmäßig bleiben und als Hofzauberer irgendeines verarmten menschlichen Landadligen enden, der seine Zeit mit der Herstellung von Feuerwerk und Warzensalbe verbringt."

Leik schüttelte seine Hand aus, das viele Schreiben war er nicht gewohnt. Doch Jehal fuhr schon wieder fort.

„Für unbegabte Wesen erscheint die Welt so, wie sie sie mit ihren fünf Sinnen wahrnehmen können. Doch das ist nur ein Teil der Realität."

Leik horchte auf. Jetzt würde er erfahren, was Magie war.

„Wie die meisten von euch beim Test durch die hochverehrte Direktorin …"

Nun war sich Leik sicher, dass Jehal diese Bezeichnung für die Großmagistra ironisch meinte.

„… sicher bemerkt haben, gibt es neben unserer momentanen Ebene – der Realität", den Begriff setzte der Magister in imaginäre Anführungszeichen, „noch eine weitere, die aber nur begabte Wesen wahrnehmen können. Doch das Sehen der magischen Sphäre allein bedeutet noch nicht, dass man Zauberei einsetzen kann. Vielmehr muss man in diese Sphäre eintauchen und den Fluss der Magie verändern und lenken können."

Leik legte das dritte, vollbeschriebene Blatt zur Seite und begann mit dem vierten. Sein Tintenfass leerte sich zusehends.

„Magie fließt beständig. So wie der Wind oder auch Wasser in einem Fluss. Man kann auch diese beiden natürlichen Begebenheiten für sich nutzen, wenn man weiß, wie. Indem man zum Beispiel ein Segelschiff durch den Wind übers Wasser gleiten lässt oder ein Mühlrad durch das Umleiten eines Bachs antreibt. Niemand würde allerdings behaupten, dass das magisch sei, obwohl diese beiden Beispiele auf dem gleichen Prinzip beruhen. Die vernunftbegabten Völker nutzen die natürlichen Begebenheiten Razuklans seit Jahrtausenden, um ihr Leben zu gestalten. Magie ist lediglich ein weiterer Teil der Natur, den aber nur ein geringer Anteil der Bevölkerung ausführen kann. Das stellt den einzigen Unterschied dar. Gibt es Fragen bis hierher?"

Niemand traute sich, sich zu melden.

„Sehr gut, dann wird das ja in der nächsten Stunde ein brillanter Vortrag, wenn ihr in der allerersten Stunde schon alles absolut richtig verstanden habt“, ätzte der Magiemeister. „Ich freue mich schon auf den nächsten Montag, vielleicht kann ich selbst noch etwas von euch genialen Erstsemestern lernen.“ Erneut schaute er in die Runde, selbst die strebsamen Elben schienen eingeschüchtert. Doch dann meldete sich ein besonders großer Elbe, dessen Namen Leik längst vergessen hatte.

„Ah! Es gibt also doch jemanden, der nicht allwissend ist. Schade! Was ist deine Frage, Oldo?“

Jehal musste ein fantastisches Gedächtnis haben, denn er kannte den Namen des Jungen bereits, wie Leik neidisch feststellte, aber wahrscheinlich war das nur die Erfahrung eines langen Berufslebens als Magister.

„Wie kann man in die magische Sphäre eindringen, Magister?“

„Oh“, schmunzelte der alte Magiemagister in sich hinein, „eine wirklich intelligente Frage, Oldo. Sie macht dem Ruf deines Volkes alle Ehre. Wer zaubern will, muss erst einmal an die magische Energie herankommen. Alles andere wäre auch völliger Blödsinn. Zwerge hätten vermutlich als Erstes die Frage gestellt, wie sie Steine in Diamanten und Rubine verwandeln können, und menschliche Studenten, wie sie andere dazu bringen, sich in sie zu verlieben.“ Dabei schaute er wieder in die letzte Reihe und löste ein entspanntes Kichern bei den Elben aus.

„Nun gut, ihr wollt zaubern lernen. Dann fangen wir an.“ Er bewegte seine Hand in der Luft, und auf der Tafel hinter ihm erschien eine fett unterstrichene Überschrift in dicker, weißer Kreideschrift:

Kapitel 1 – Das Sehen und Betreten der magischen Sphäre.
A) Konzentration
B) Ausblenden der „normalen“ Welt
C) Erkennen der Weltenbrüche (meistens als Flimmern zu erkennen)
D) Sehen der Sphäre durch den reinen Wunsch danach
E) Betreten der Sphäre (nur für Fortgeschrittene und begabte Studenten)

Jehal blickte die Studenten an. „Mehr ist es nicht. Probiert es aus. Wir starten einen ersten gemeinsamen Versuch. Doch seid nicht zu enttäuscht, noch nie ist es einem Studenten in der ersten Sitzung gelungen, die Sphäre zu sehen oder gar zu betreten. Solltet ihr ein leichtes Flimmern erkennen, dann habt ihr heute schon fantastische Fortschritte gemacht. Also, seid ihr so weit?"

Die Elben nickten alle gleichzeitig.

Leik und Morlâ deuteten nur ein zaghaftes Kopfnicken an.

Morlâ, da er diese Übung schon Hunderte Male ohne Erfolg probiert hatte und in diesem Moment genauso wenig bereit war wie in den anderen zuvor.

Leik, weil er immer noch nicht genau verstanden hatte, wie das Ganze vor sich gehen sollte.

Doch keiner der beiden wollte den Zorn des Magisters auf sich lenken, und daher wollten sie zumindest so tun, als ob sie mitmachen würden.

„Atmet tief ein!"

Ein tiefer Luftzug aus vielen Kehlen war zu hören.

„Konzentriert euch nur auf das Erkennen der Sphäre, nichts anderes ist jetzt mehr wichtig."

Jehals Stimme schien sich verändert zu haben, sie wirkte plötzlich nicht mehr so bösartig, sondern eher ermutigend. Selbst Leik flößte sie nun mehr Selbstbewusstsein ein.

„Macht euren Geist frei!"

Im Seminarraum herrschte vollkommene Ruhe, nur das tiefe Ein- und Ausatmen war noch zu hören.

„Haltet den Blick auf einen Punkt gerichtet und fixiert ihn! Denkt nur an die Sphäre und euren Wunsch, sie zu sehen!"

Leik starrte auf den Rücken der Elbin, die in der Reihe direkt vor ihm saß, und versuchte sich zu konzentrieren. Die Worte des Magisters schienen ihn dabei zu umspülen. Sein Wunsch, die magische Sphäre zu betreten, wuchs. Angestrengt atmete er ein und aus. Dabei studierte er den grünlich schimmernden Umhang seiner Vorderfrau und ihr wallendes, dickes, blondes Haar. Gerade als er anfing, sich dabei lächerlich vorzukommen, bemerkte er ein kurzes Flimmern wie an einem heißen Sommertag über einer weiten, kahlen Ebene. Im nächsten Moment waren seine Sinne wieder extrem geschärft, so wie er es schon im Büro der Direktorin erlebt hatte. Nun konnte er erkennen, dass der schimmernde Umhangstoff des Elbenmädchens aus feinen, silbergrünen Fäden gemacht war. Auch dass die blonden Haare nicht völlig glatt waren, sondern jedes einzelne aus übereinandergeschichteten Hornplatten bestand.

Seine Nase nahm den Geruch von Morlâs Lederwams wahr, aber leider auch von dessen Achseln. Wieder hörte er sein eigenes Blut rauschen, doch diesmal erschreckte er sich nicht davor. Auch seinen Herzschlag konnte Leik wahrnehmen, und den Luftstrom, der aus seiner Nase kam, empfand er wie einen Orkan. Seine rechte Hand kribbelte wieder leicht, aber nicht unangenehm. Plötzlich veränderte sich das Bild, und der Raum wurde überzogen von roten, blauen und gelben Farben. Sie flossen dahin wie Wasser und umspielten alles. Seine Finger wurden von vielfarbigen dünnen Bändern umwirbelt, die an seinen Armen dicker wurden. Er sah an sich herunter. Um seinen Oberkörper hatten die Energielinien ihre größte Ausdehnung, und es sah so aus, als würde er von innen heraus in den Farben eines flüssigen Regenbogens leuchten. Leik fiel auf, dass die Elben fast nur von gelben Energieströmen umflossen wurden, während Jehal in gleißendes Rot getaucht war. Ein kurzer Seitenblick zu Morlâ offenbarte ein fast durchsichtiges blaues Band. Das also waren die Farben der Zauberei!

„Komm zurück, Junge!"

Wie in Zeitlupe nahm Leik die rot umspielte Hand wahr, die ihn schüttelte. Aber er ließ sich nicht von ihr stören. Viel lieber wollte er die Farben weiter ansehen und genießen. Es war der schönste Anblick, den er sich vorstellen konnte. Plötzlich schossen aus den beiden Händen, die sich auf seine Schultern gelegt hatten, rote Energiebänder, die Leiks Körper umwickelten. Teilnahmslos betrachtete er das faszinierende Schauspiel. Wenn er die roten Bänder berührte, lösten sie sich in Luft auf.

„Aua! Was … was machst du da? Hör sofort auf damit, Leik!", schrie die Stimme, die Leik merkwürdig bekannt vorkam. „Konzentriere dich auf die Realität!", brüllte sie weiter.

Wenn Leik in dieser Realität gewesen wäre, dann hätte er vielleicht die Angst in den Augen seines Magisters bemerkt, nachdem er seine Energielinien hatte verschwinden lassen.

Doch er blieb in der magischen Sphäre. Dort erkannte er Jehals Stimme nicht, beschloss, dass sie nicht wichtig sei und er nicht auf sie hören würde. Der Rausch der Energie war einfach zu stark für ihn.

„Bitte, Leik, wach auf!“, rief plötzlich eine andere Stimme. Das war Morlâ! Morlâ war wichtig. Das konnte er in seinem merkwürdig umnachteten Zustand noch einordnen. Er drehte mühsam und sehr langsam den Kopf in Richtung seines zwergischen Freundes. Er sah sein angsterfülltes Gesicht und die hektischen Bewegungen seiner Lippen. Sein Mitbewohner wollte ihm anscheinend ganz dringend etwas mitteilen. Morlâ streckte die Hände aus und Leik ergriff sie. Das schwache Blau seines Freundes umspielte nun Leiks Unterarme. Jetzt konnte er genau fühlen, was sein Mitbewohner empfand: blanke Angst. Die Angst um den Verlust eines guten Freundes. Nur dieses Gefühl führte dazu, dass Leik wieder in die Realität zurückfand. Mühsam öffnete er die Augen und sah nur die Decke.

„Was ist passiert? Wo bin ich?“, fragte er kraftlos und mit kratziger Stimme. Ein fettiger, grauer Haarschopf tauchte vor seinem Gesicht auf, und Barthaare mit Krümeln darin kitzelten seine Nase.

„Du bist immer noch im Seminarraum“, dröhnte die Stimme des Zaubereimagisters, und Leik konnte seinen sauren Atem riechen. Dann streckte der Magister ihm eine Hand entgegen und zog ihn vom Boden wieder auf die Beine. Dabei schaute er wie zufällig auf den langsam verblassenden schwarzen Kreis, der sich auf Leiks rechtem Handrücken gebildet hatte. Doch nur ein sehr kurzes Zucken der Augenbraue des Hochschullehrers verriet, dass er überrascht war. Aber er fing sich augenblicklich wieder. „Alle zurück auf ihre Plätze“, dröhnte er.

Sofort beeilten sich die Elben, wieder zurück auf ihre Stühle zu kommen. Nur Morlâ wich nicht von Leiks Seite, als Jehal ihn in Richtung Zimmertür schob. „Morlâ, setz dich hin“, befahl der Magister ihm.

„Nein", platzte der heraus.

Jehal drehte sich erstaunt zu dem mehrere Köpfe kleineren Zwerg um. In seinen Augen flimmerte etwas, das Leik nur schwer deuten konnte. Wenn er es nicht besser wüsste, dann hätte er es für eine Mischung aus Erstaunen und Respekt gehalten.

„*Bitte*, Morlâ", setzte der Zaubereimagister hinterher. „Ich muss Leik zur Krankenstation bringen."

Der Zwerg schien deutlich irritiert über die Bitte, doch erst als Leik ihm mit einem schwachen Nicken signalisierte, dass es in Ordnung sei, ging er zurück auf seinen Platz.

Der Student und sein Magister betraten den Flur und schlossen die schwere Tür hinter sich. Jehal blieb vor Leik stehen und fragte ihn: „Was hast du gesehen?"

Unschuldig sah Leik den Magister an, doch eine Antwort gab er ihm nicht. Schließlich hatte Tejal ihn ermahnt, nicht über die Farben zu reden.

„Nun sei nicht so störrisch", knurrte Jehal. „Sag mir wenigstens, ob du so etwas wie eben schon einmal erlebt hast."

„Ja", antwortete Leik leise.

„Wann?"

„Beim Aufnahmetest im Büro der Direktorin."

„Hast du dort einen ähnlichen Anfall erlitten?"

„Ich glaube schon. Aber das weiß ich nicht mehr genau, doch das Büro der Großmagistra war nach dem Test völlig verwüstet", verriet Leik nun doch.

„Sie wusste es also. Verdammt, warum hat sie mich nicht gewarnt? Schon seit Jahren sage ich ihr, dass es irgendwann wieder passieren würde, wenn hier jeder dahergelaufene Mischlingsvagabund aufgenommen wird."

„Was passieren?", fragte Leik, augenblicklich aufmerksam geworden.

„Ach, nichts … Hast du im Büro der Direktorin auch einem anderen Begabten, dessen Energielinien du sehen konntest, magische Kraft entzogen?"

Doch bevor Leik sich auch nur eine Antwort überlegen konnte, wurde ihm schwarz vor Augen, und er fiel in die Arme seines

Magisters, der ihn mit einer Behendigkeit und Kraft auffing, die man dem Alten gar nicht zugetraut hätte.

Geheimnisse und Freundschaft

„Guten Morgen, oder sollte ich besser guten Nachmittag sagen? Du hast die Mittagspause verschlafen. Filixx war so untröstlich, dass er deine Portion mitessen musste." Morlâ beugte sich grinsend über Leiks Krankenliege.

„Wo bin ich?"

„Na, wo schon? In der Krankenabteilung. Da hat dich Jehal doch gleich nach deinem Auftritt hin verfrachtet. Bist wohl noch mal richtig zusammengeklappt, was?"

Leik sah sich um. Er lag in einem sehr weißen und steril aussehenden Raum. An beiden Seiten standen mehrere weiß bezogene Betten, die nur durch weiße Tischchen getrennt waren. An der Decke hingen fünf riesige Kugellampen, die ein so grelles Licht abgaben, dass Leik sich abwenden musste. „Ja, im Flur bin ich weggetreten, glaube ich. Jehal hat noch kurz mit mir geredet, dann …"

„Was, er hat noch mit dir geredet? Der Blödmann hat doch behauptet, dass er dich gleich zur Krankenabteilung bringt. Wenn ich das gewusst hätte, dann hätte ich mich nicht so leicht abschütteln lassen. Was wollte er denn?"

Leik zögerte mit einer Antwort.

Morlâ schien dies bemerkt zu haben. „Schon gut, behalte deine Geheimnisse ruhig für dich. Wir kennen uns ja kaum, und wer weiß, ob du einem Zwergenbastard wie mir vertrauen kannst", endete er gekränkt.

Leik richtete sich mühsam auf. „Nein, Morlâ, ich vertraue dir, aber du musst mir versprechen, es niemandem zu erzählen. In Ordnung?"

„Nicht mal Filixx? Der ist so clever, der findet sowieso immer alles raus. Außerdem besorgt er uns Extraportionen vernünftigen Essens, ohne die du hier eh nicht lange durchhalten würdest."

Zum ersten Mal, seit er wieder klar denken konnte, musste Leik lachen. „Na gut. Filixx können wir vertrauen. Er weiß, dass wir dichthalten, wenn er Geheimnisse hat“, endete Leik in Anspielung auf Filixx’ gefälschte Stundenplanbemerkungen.

Morlâ, der davon nichts wusste, schaute seinen Mitbewohner fragend an. Doch er hakte nicht nach, wahrscheinlich, um erst einmal ein Geheimnis aus seinem neuen Freund herauszubekommen.

Mühselig richtete sich Leik auf und nahm einen tiefen Schluck Wasser aus dem Tonkrug, der neben dem Bett stand. Dann erzählte er dem Zwerg von dem Aufnahmetest in Tejals Büro, von den Farben und davon, was er in der Magiestunde mit Jehal in der Sphäre gemacht hatte.

Morlâ ließ sich auf das Nachbarbett sinken. „Mann, das ist die verrückteste Geschichte, die ich jemals gehört habe. Bist du dir sicher, dass du alle drei Farben sehen konntest?“

Leik nickte.

„Ich selbst habe sie natürlich noch nie gesehen, doch jeder Student der Âlaburg kennt die drei Farben der Magie. Blau für die Zwerge, Rot für die Menschen und Gelb für unsere Elbenfreunde. Benutzt ein Angehöriger dieses Volkes starke Magie, dann kann jeder diese Farben auch in der normalen Welt sehen. Zum Beispiel bei einem Kampfzauber. Deshalb haben die Verbindungen ja auch immer ihre Farbe als einen Teil ihrer offiziellen Couleurs und die eines anderen Volkes als Ergänzung, als farbliches Symbol des Friedens der Völker auf Razuklan. Die Farben der Verbindungen spiegeln also die Farben der Zauberei wider und die jedes einzelnen Volkes auf dem Kontinent. Naja, und diejenigen, die nicht zaubern können oder dürfen, müssen sich davon natürlich abgrenzen. Deshalb tragen die Kampfmaschinen von Řischnärr schwarz und wir Bastarde weiß.“

Morlâ schwieg nachdenklich und fuhr dann fort: „Doch ich habe noch nie von jemandem gehört, der alle drei Farben sehen kann. Normalerweise dürftest du Rot nur sehen, wenn du in der Sphäre bist, wie alle anderen begabten Menschen.“ Erst jetzt schien Morlâ zu verstehen, wie ungewöhnlich Leiks Gabe war und er wurde sichtlich aufgeregt. „Was hat das zu bedeuten, Leik? Warum kannst du nicht aus der Sphäre zurückkehren, und wieso konnte Jehal dich nicht einfach auf magische Weise zurückholen?"

Die Tür zur Krankenstation ging auf und eine schöne, blonde Frau – eindeutig eine Elbin – in einem strahlend weißen Kittel kam herein. Kaum hatte sie den Raum betreten, verbeugte sich Morlâ ungewöhnlich tief. Eine besondere Ehrbezeugung, die Leik bei ihm nicht mal gegenüber der Direktorin gesehen hatte.

Lächelnd nickte sie dem Zwerg zu. Sie trat zu Leik ans Bett: „Hallo Leik, ich bin Mevira Herbstblüte." Ihre Stimme war hoch, aber keineswegs unangenehm, im Gegenteil, es hörte sich an, als ob ein Schwarm Singvögel zwitschern würde. „Wie geht es dir?"

Leik deutete, so gut es im Bett ging, ebenfalls eine Verbeugung an. „Es geht mir wieder besser, Magistra Herbstblüte." Zum Beweis setzte er sich etwas weiter auf und lächelte krampfhaft.

„Nun, dann wollen wir mal sehen, ob das auch stimmt, junger Leik", trällerte die Heilerin. „Ich muss dich untersuchen. Soll ich Morlâ aus dem Raum schicken?", fragte sie Leik, als ob der Zwerg nicht direkt neben ihnen sitzen würde. Die Antwort auf eine derartig gestellte Frage war natürlich klar.

„Nein, Magistra, er kann gerne hier bleiben."

Daraufhin schenkte Magistra Herbstblüte Leik erneut ihr bezauberndes Lächeln und trat näher an ihn heran. Er bemerkte, dass sie leicht nach frischem, nassem Moos roch und ein bisschen wie ein Wald nach einem Sommergewitter. Leik musste sein Hemd hochheben und wurde gründlich mit einer unangenehm kalten, silbrigen Scheibe abgehört, wie die Heilerin ihm erklärte. Anschließend legte sie ihm ihre weichen, großen Hände an die Schläfen und sagte. „Ich möchte, dass du versuchst, an nichts zu denken, Leik. Schaffst du das?"

„Da bin ich sicher", warf Morlâ grinsend ein, doch ein sehr strenger Blick der Magistra ließ ihn sofort verstummen und verschämt auf den Boden schauen.

Leik nickte stumm, um anzudeuten, dass er es versuchen würde.

„Also gut." Dann berührte sie auch schon seine Haut.

In Leiks Kopf ertönte plötzlich ein feines Klingeln, wie von einem winzigen Glöckchen. Er merkte, wie die Schwäche, die er eben noch gespürt hatte, aus ihm herausfloss. Was auch immer die

Heilerin mit ihm machte, es fühlte sich äußerst angenehm an. Mit einem: „Das war es. Wie geht es dir jetzt?“, holte sie Leik zurück in die Wirklichkeit, und das feine Läuten endete abrupt.

„Ich … ich … fühle mich …“, dem neuen Studenten fehlten die Worte.

Lachend sagte sie. „Das kenne ich schon, wenn ich Magiebrand behandle“, dann zeigte sie mit ihrem Daumen erst nach oben, dann nach unten und schaute ihren Patienten fragend an.

Diese universelle Geste machte es Leik einfacher, seinen Zustand zu beschreiben. Grinsend hob er den Daumen nach oben.

„Sehr schön, dann zieh dich wieder an. In fünf Minuten beginnen wir mit der ersten Stunde Heilung in diesem Semester.“ Und damit schwebte sie aus dem Raum.

Magistra Herbstblüte stellte sich als äußerst kompetent heraus. In Heilung wurden sie wieder zusammen mit den Elben aus Zauberei unterrichtet. Streng, aber auch mit einer gesunden Portion Humor erklärte die Magistra ihnen die verschiedenen Körperteile von Menschen, Zwergen, Elben und Orks. Vom Herz bis zum Gehirn war dabei vieles sehr ähnlich. Was Leik sehr erstaunte, da er geglaubt hatte, dass es zwischen den einzelnen Völkern, die doch so unterschiedlich aussahen und lebten, größere biologische Unterschiede geben müsste. Morlâ und Leik hingen an Herbstblütes Lippen und beendeten den ersten Tag des neuen Semesters mit guter Laune und dem Gefühl, wirklich etwas gelernt zu haben.

Beschwörung

Der nächste Morgen begann für Leik angenehm routiniert, er fühlte sich so, als würde er schon ewig mit Morlâ zusammen ein Zimmer in einer Universität bewohnen. Er hatte deutlich besser geschlafen als in den Nächten zuvor. Ausgeruht sprang er aus dem Bett und ging ins Bad. Als Leik wieder zurück ins Zimmer kam, war Morlâ tatsächlich schon aufgestanden und schaute ihn mit strubbeligen Haaren und glasig-müdem Blick an.

„Mann, du bist ja ein echter Frühaufsteher", brummte der Zwerg und trottete an Leik vorbei in die Waschräume.

Der nutzte die Zeit, um seine Unterlagen zusammenzupacken. Gestern hatte er in Magie und Heilung sehr viele der Papyri benutzt, die ihm Tejal an seinem ersten Tag auf den Schreibtisch hatte legen lassen. Würde sein Vorrat noch bis zum Ende der Woche reichen? Erstaunt stellte er fest, dass der Stapel auf seinem Schreibtisch trotz des großen Verbrauchs wieder genauso viele Blätter enthielt wie am Tag zuvor. *Wieder einmal zeigt die Âlaburg, was für ein besonderer Ort sie ist,* dachte er erfreut.

Das Frühstück mussten Leik und Morlâ diesmal mit allen anderen einnehmen, da Filixx schon im Seminar war, um irgendein Experiment vorzubereiten, wie der Zwergelbe ihnen am Abend zuvor gesagt hatte. Das bedeutete, dass die beiden jetzt missmutig vor einem undefinierbaren, hellbraunen, nussig schmeckenden Brei saßen.

„Wer weiß, was die verflixten Elben da wieder reingetan haben?", schimpfte Morlâ und rührte appetitlos in seiner Schale herum.

„Sicher kein Fleisch", frotzelte Leik, dem es mit jedem Löffel besser schmeckte. „Iss doch, so schlecht schmeckt es gar nicht", forderte er seinen Freund mit vollem Mund auf.

Doch der Zwerg brachte nur wenige Bissen herunter. Dann holte er ein kleines, hölzernes Gewürzdöschen hervor und schüttete fast den gesamten Inhalt daraus über sein inzwischen erkaltetes Frühstück.

Den Rest bot er Leik an, doch der lehnte dankend ab, als er das merkwürdig fischige Aroma und die bläuliche Farbe des Pulvers wahrnahm.

„Immerhin wird es so essbar", knurrte Morlâ.

Nach diesem nur halb befriedigendem Frühstück verließen die beiden Studenten die Mensa und passierten den Remter, doch zu Leiks Überraschung führte ihn Morlâ nicht wie am vorigen Tag in den ersten Stock der Universität, sondern durch das mächtige Eingangsportal wieder aus dem Gebäude heraus.

„Beschwörung findet in den Ställen statt", erklärte der Zwerg schmallippig.

Draußen war es bitterkalt und Leik versuchte den Kragen seiner Jacke zuzuhalten, damit der schneidende Wind nicht hineinfuhr. Sein Mitbewohner führte ihn an der linken Wand des Universitätsgebäudes entlang und über einige Hundert Meter freies Gelände. Dann standen die beiden Studenten vor einem eingezäunten Gebäude aus Holz.

Morlâ hob routiniert den Riegel der kleinen Eingangspforte im Zaun und öffnete sie. Sie liefen über die Weide auf den imposanten Bau zu. Der Stall war sehr hoch und seine hölzerne Fassade sah so hell aus, als wäre er gerade erst errichtet worden. Was allerdings nicht der Fall war, wie der Zwerg seinem Mitbewohner versicherte. Die glatten Holzwände endeten in großen, offenen Luken, direkt unter dem mit Holzschindeln gedeckten Dach. Der Eingang bestand aus einer gewaltigen Doppeltür, wie sie Leik aus vielen Scheunen in Sefal kannte. Durch den offen stehenden Flügel betraten sie das Gebäude.

Drinnen roch es nach frischem Stroh, und es war wärmer, als die offene Konstruktion des Baus vermuten ließ. In der Mitte sah Leik eine mit Heu ausgelegte, umzäunte runde Fläche, die den größten Teil des gewaltigen Stalls einnahm. Nur die Tiere, die hier offenbar lebten und trainiert wurden, konnte er nirgendwo entdecken.

Auch Verschläge oder Boxen, um das Vieh unterzubringen, gab es nicht. *Schon wieder so ein Rätsel,* dachte Leik ein wenig resigniert.

Vor dem inneren Zaun hatte sich eine Gruppe Zwerge versammelt, von denen viele, wie Morlâ, einen Bart trugen. Allerdings schienen auch Zwergenmädchen unter den Studenten zu sein. Seinem Mitbewohner war dies auch nicht entgangen, denn er musterte diese verstohlen.

„Hey, Bastard", schallte es den beiden, die mal wieder als Letzte eingetroffen waren, entgegen. Die Beleidigung galt eindeutig Morlâ, dem sogleich eine Ader am Hals anschwoll.

„Wer hat das gesagt?", zischte er aggressiv zurück. „Komm heraus aus der Gruppe, und dann zeige ich dir, dass ich ein richtiger Zwerg bin."

Doch bevor der Streit eskalieren konnte, betrat ein sehr kräftiger, freundlich aussehender Zwerg die Manege auf der anderen Seite des Stalls und kam betont lässig auf die Studentengruppe zugeschlendert.

Der Zwerg war zwar noch recht jung, aber er war eindeutig der Magister für Beschwörung.

Der jugendliche Magister hatte sein dunkles, langes Haar zu einem Pferdeschwanz zusammengebunden. Sein Bart war ebenfalls sehr dunkel und wucherte verwegen, was ihm das Aussehen eines Draufgängers oder Abenteurers gab. Obwohl Leik vermutete, dass dieser Bart sehr wohl gepflegt wurde, da er an den Rändern akkurat rasiert war.

Der Magister trug eine hellbraune Lederhose und darüber ein rot-weiß kariertes Hemd, dessen Ärmel abgetrennt worden waren. Aus den fransigen Enden kamen sehr muskulöse Arme zum Vorschein. Das Hemd selbst war weit aufgeknöpft, sodass man die dunklen Brusthaare des Magisters sehen konnte. Das Bild rundete ein ledernes Halsband ab, an dem ein großer, weißer Zahn hing. Auch an den Unterarmen trug er breite, lederne Armbänder, die mit eingebrannten Runen versehen waren. Auffällig war ebenfalls die gut gebräunte Hautfarbe des Hochschullehrers.

Alles in allem war der Zwerg ein gut aussehender Mann, was wohl auch mehrere der zwergischen Studenteninnen bemerkt hatten, denn sie tauschten nach seinem Auftauchen vielsagende Blicke aus und kicherten verstohlen.

Nachdem der Zwerg die mit Stroh ausgelegte Ebene lässig überquert hatte, sprang er aus dem Stand über den Holzzaun und stand dann mit einem strahlenden Lächeln vor seinen neuen Studenten, die sich höflich verbeugten.

„Guten Morgen, meine Freunde. Ich freue mich, euch ab heute in die große Kunst der Beschwörung einführen zu dürfen." Anschließend schaute er immer noch breit lächelnd in die Runde. „Mein Name ist Dorinda Untermberg, aber wenn wir hier im Stall unter uns sind, dann dürft ihr mich gerne Dori nennen. Und das mit dem Verbeugen nehme ich auch nicht so ernst. In Ordnung?" Wieder schenkte er dem Kurs sein schneeweißes Lächeln und zwinkerte dem einen oder anderen Zwergenmädchen zu, worauf diese erröteten und schüchtern den Kopf senkten. „Also gut, überprüfen wir erst einmal die Anwesenheit." Wie auch schon am Vortag in Heilung und Magie, ging nun auch er eine alphabetische Liste durch.

Morlâ erklärte Leik in der Zwischenzeit, dass der junge zwergische Magister erst in diesem Semester seine Stelle angetreten hatte, nachdem der letzte Ausbilder wohl von irgendeinem Wesen gebissen oder aufgefressen worden war – ganz genau wusste er es auch nicht.

„Nun gut, ihr wollt also die hohe Kunst der Beschwörung lernen?"

„Von wollen kann hier nicht die Rede sein", raunte Morlâ Leik zu.

„Kann mir denn jemand sagen, was Beschwörung eigentlich ist?", fragte Untermberg in den Kurs.

Niemand meldete sich.

„Keine Angst, falsche Antworten werde ich nicht in eure Abschlussnoten einfließen lassen, denn für mich gibt es so etwas nicht", sagte er sanft und wieder penetrant strahlend.

Zögernd hob ein Zwergenmädchen ihren Arm.

„Ja? Grüöletä, nicht wahr?" Das Mädchen wurde rot und nickte schüchtern, begeistert davon, dass der Magister ihren Namen kannte.

„Vielleicht treten wir mit der Geisterwelt in Kontakt und ...“

Schon unterbrach Untermberg sie und flötete lächelnd: „Nein, das ist leider falsch, meine Gute. Aber kein Beinbruch“, dann zwinkerte er ihr zu. „Möchte es noch jemand versuchen?“

Mehrere Mädchen versuchten ihr Glück, doch alle Antworten waren falsch. Dennoch wurde jede von ihnen mit einem Lächeln und Zwinkern belohnt.

Schließlich hob Morlâ sichtlich genervt den Arm und begann, nachdem ihm das Wort erteilt worden war, herunterzuleiern. „Beschwörung ist die Fähigkeit, mithilfe der Energie der Gabe jede Art von Wesenheit, die auf Razuklan existiert, an einem beliebigen Ort zu materialisieren und sie dem Willen des Beschwörers zu unterwerfen. Sehr gute Beschwörer können ganze Herden oder Schwärme beschwören und für ihre Zwecke einsetzen. Dabei besteht die Gefahr, dass man die Kontrolle über die beschworenen Wesenheiten verliert und sie den Magier selbst angreifen. Daher sollte man als Anfänger immer nur ungefährliche Lebewesen, wie Würmer oder Fliegen, herbeirufen“, beendete der Zwerg lustlos seine Ausführungen.

Untermberg schien jedoch begeistert und klatschte in die Hände. „Sehr gut, Morlâ, wenn du so weitermachst, kannst du ja bald meinen Job übernehmen.“

Leiks Mitbewohner schien gegen seinen Willen von dem für ihn ungewohnten Lob eines Magisters beeindruckt.

„Dann lasst uns endlich beginnen! Kommt alle in die Manege. Durch den Zaun verhindern wir, dass die gleich beschworenen Tiere einfach fliehen können.“

Die ganze Gruppe kletterte aufgeregt tuschelnd über den Zaun. Oder ging darunter hindurch, was für viele der Zwerge kein Problem darstellte.

„Beschwörungen basieren auf der Gabe“, begann der Magister mit seinen Ausführungen.

Leik sah, dass Morlâ die Schultern hängen ließ.

„Ihr sollt also irgendein Wesen materialisieren und hier in den Stall holen. Dann müsst ihr es eurem Willen unterwerfen. Auch dazu ist die Energie der Gabe nötig. Teilt also eure Kraft immer gut ein, damit ihr nicht ein riesiges Ungeheuer aus den

Feuersümpfen beschwört und am Ende nicht mehr die Energie habt, es eurem Willen zu unterwerfen, und aufgefressen werdet."

„Pff …", entfuhr es Morlâ. „Der soll nicht so tun. Sein Vorgänger …" Doch der Magister sprach schon weiter.

„Am besten ihr arbeitet in Zweiergruppen, damit immer ein Student darauf aufpassen kann, welches Wesen der andere herbeiruft und ihm im Notfall schützend zur Seite stehen kann", beendete der Magister seine Aufgabenstellung.

Die Studentenpaare verteilten sich in der weiträumigen Halle. Gedämpftes Gemurmel war zu vernehmen. Dann hörte man die verstärkte Stimme des Magisters, der seine linke Hand auf den Kehlkopf gelegt hatte. „Beratet euch, welches Wesen ihr beschwören wollt. Dann malt es euch gegenseitig in all seinen Details aus. Beschreibt Aussehen, Fellfarbe, Geruch, Größe … Anschließend bespreche ich mit den einzelnen Gruppen, was bei der Beschwörung des ausgewählten Tiers zu beachten ist."

Murmelnd begann der ganze Kurs sich zu beraten und der Magister ging durch die Halle und redete mal länger, mal kürzer mit den jeweiligen Studentenpaaren.

Auch Leik und Morlâ berieten sich, doch sie nahmen die Sache nicht so richtig ernst, sondern alberten herum, schubsten sich ins weiche Stroh und beschmissen sich damit. Als der Magister zu ihnen trat, hatten sie immer noch kein Tier gewählt.

Magister Untermberg sah Morlâ und Leik neugierig und freundlich an, die beide Stroh im Haar und an ihrer Kleidung hatten. „Ich sehe, ihr hattet Spaß bis jetzt. Geht es bei eurem Tier etwa um die Strohlaus oder den Stecknadelkäfer? Habt ihr die im Stroh gesucht, um mir vorzugaukeln, ihr hättet sie schon beschworen, oder nur, damit ihr sie studieren könnt?", fragte er wie immer breit lächelnd.

Die beiden Studenten schauten sich an und waren kurz davor, einen Lachkrampf zu bekommen. Strohlaus, Stecknadelkäfer, Leik war sich ziemlich sicher, dass es diese Tiere nicht gab. Er unterdrückte mühsam ein Kichern und lief rot an. Der Magister musterte die beiden Studenten lächelnd, aber offensichtlich irritiert.

Morlâ rettete die Situation. „Wir haben uns für einen Gnarfwurm entschieden, Magister."

„Dori", verbesserte der junge Magister den Zwerg grinsend.

„Ja", fuhr Morlâ verunsichert fort. „Also, der Gnarfwurm lebt in Höhlen tief unter der Erde. Er ist relativ klein, aber in der Lage, mit seinen Zähnen Gänge in das härteste Gestein zu bohren. Ich habe in meiner Hausmine schon viele von ihnen gesehen, daher kam ich auf die Idee, ein solches Tier zu beschwören. Ich habe versucht, es Leik so detailliert wie möglich zu beschreiben."

Mit Lachtränen in den Augen nickte daraufhin sein menschlicher Freund heftig.

„Sehr schön, dann macht weiter. Als Hausaufgabe zur nächsten Stunde hätte ich gerne einen dreiseitigen Aufsatz inklusive Zeichnungen über das Leben des Gnarfwurms. Ich bin schon sehr gespannt." Und damit ging er weiter zur nächsten Gruppe.

Als der Magister außer Hörweite war, begannen sich die beiden Studenten vor Lachen auszuschütten, und kurz darauf endete ihre erste Stunde Beschwörung.

Leik hatte zwar nicht das Gefühl, viel gelernt zu haben, dennoch war es ein sehr vergnüglicher Vormittag gewesen. Nur die zusätzlichen Hausaufgaben trübten seine Stimmung ein wenig. Dennoch gingen die Freunde beschwingt in Richtung Mensa, um sich mit Filixx zum Mittagessen zu treffen.

Sternball

Im Remter trafen die beiden auf Filixx, der sich angeregt mit einem riesigen Ork unterhielt. Das kam Leik sehr merkwürdig vor, da kein Student der anderen Burschenschaften Kontakt zu den Verbindungsmitgliedern von Řischnărr hatte. Als sie näher kamen, schlug sich der muskelbepackte, in einen schwarzen Umhang gehüllte Hüne mit der linken Hand auf die Brust, worauf Filixx eine leichte Verbeugung andeutete. Dann verschwand der Ork im Getümmel der hungrigen Studentenschar.

„Hey Filixx“, rief Morlâ besorgt, „was wollte der denn von dir? Hast du Probleme mit Řischnărr? Glaub mir, es gibt nichts, was wir nicht hinkriegen, gerade mit Leik …“, fügte er verschwörerisch grinsend hinzu. Morlâ schien es wohl kaum erwarten zu können, dem Zwergelben von den besonderen Fähigkeiten seines neuen Mitbewohners zu erzählen.

Filixx schaute die beiden verwundert an. „Nein, nein, alles in Ordnung. Ich hatte nur etwas mit Řälärm zu klären. Es hat mit dem Unterricht zu tun. Wie meinst du das mit Leik? Hat der heute schon einen Galbanofant beschworen? Der neue Magister muss ja super sein“, endete er laut lachend.

Filixx’ Ablenkungsversuch ignorierend, legte ihm Morlâ die Hand auf die Schulter und sagte: „Du wirst es nicht glauben, aber Leik hat gestern in Magie …“

Sein menschlicher Freund unterbrach ihn. „Nicht hier, Morlâ!“

„Du hast recht! Entschuldige. Filixx, hast du nicht ein warmes, ungestörtes Plätzchen irgendwo in der Küche für uns? Ach ja, und irgendwas mit Fleisch, das Frühstück heute Morgen war … elbisch.“

Filixx nickte mitfühlend. „Klar habe ich das, dann kommt mal mit. Ihr mögt doch Ente, oder?“

Strahlend bejahten Leik und Morlâ diese Frage, und wieder einmal traten die drei Freunde durch die efeubewachsene kleine Tür.

Der Zwergelbe brachte sie in einen kleinen, gemütlichen Raum, der wohl eine leere Abstellkammer war, und bewirtete sie mit herrlichem Entenbraten. Dazu gab es Apfelrotkohl mit einer feinen Zimtnote und Kartoffelklöße, die mit kleinen angebratenen Speckstückchen und fein gehackter Petersilie durchsetzt waren. Dann erzählte Leik abermals, wie er den Vonyn besiegt hatte und was mit ihm in der magischen Sphäre passiert war.

„Davon habe ich noch nie etwas gehört", sagte Filixx nach einer längeren Phase des Schweigens, in der alle drei ihren Gedanken nachgehangen hatten und in eine wohlige, vollgegessene Schwere gesunken waren. „Leik, das ist wirklich außergewöhnlich. Du bist besonders! Tejal hat gut daran getan, dir aufzutragen, dass du dieses Geheimnis nicht weitergeben sollst. Aber bei mir ist es gut aufgehoben", versicherte er. „Dass sich die Vonynen wieder zeigen, ist in der Tat mehr als bedenklich. Mit ihrem Auftauchen haben die beiden großen Völkerkriege begonnen. Dies sind wirklich düstere Neuigkeiten. Ich hoffe nur, dass die Direktorin die Wichtigkeit dieser Information erkennt und den Orden informiert, im Arelltal nach dem Rechten zu sehen. Aber eigentlich ist sie sehr fähig."

„Was meinst du, was mit mir los ist?", fragte Leik den älteren Studenten ein wenig schüchtern.

„Das kann ich dir auch nicht sagen", antwortete Filixx aufmunternd. „Aber ich werde in der Bibliothek recherchieren und auch die fünf Weisen befragen. Sie haben einen ähnlichen Fall vielleicht schon einmal erlebt. Natürlich ohne deine Geheimnisse zu offenbaren", beruhigte er Leik.

„Tja, fassen wir also zusammen, dass wir nichts wissen", warf Morlâ plötzlich dazwischen. „Aber vielleicht kann uns Leik helfen, in diesem Semester mehr beim Sternball zu reißen."

„Ich weiß nicht …", begann der Angesprochene.

„Ach was, keine falsche Bescheidenheit. Heute Nachmittag ist Training und ich erwarte von euch beiden, dass ihr kommt und euch um die Aufnahme ins Team bewerbt."

„Oh. Na, die Aufnahme wird wohl nicht weiter schwierig werden, da wir sicher die einzigen Bewerber sind“, fügte Filixx sarkastisch hinzu.

Daraufhin schaute ihn Morlâ nur grimmig an, und ihr Gespräch verebbte. Nach einer Weile verabschiedete sich Filixx unter einem fadenscheinigen Vorwand, versprach aber am Nachmittag zum Trainingsplatz zu kommen.

Anschließend gingen auch Morlâ und Leik zurück zum Wehrturm, legten sich auf ihre Betten und besprachen die Eindrücke dieses Tages. Darüber schliefen sie in ihren gemütlich warmen und weichen Betten ein.

Nach dem kurzen Nachmittagsschläfchen fühlte sich Leik müder als vorher. Er hatte gar keine Lust aufzustehen.

Doch Morlâ kannte kein Erbarmen. Mit dem Harelstern in der Hand – der fast doppelt so groß war wie der Zwerg selbst – stand er neben Leiks Bett und beförderte seinen neuen Mitbewohner mit vielen aufmunternden, aber auch mahnenden Worten über die Ehre des Weißen Hauses und ähnlichen Unsinn aus den Federn.

Missmutig stapfte Leik durch den frisch gefallenen Schnee. „Das Trainingsgelände liegt hinter dem Stall“, erklärte Morlâ. „Jede Verbindung darf einen Tag in der Woche trainieren. Das heißt, du darfst dir für dieses Semester am Dienstagnachmittag nichts vornehmen. Ist das klar?“

Leik nickte stumm und wischte sich zum wiederholten Mal Schneeflocken von der Nase. *Gut, dass ich meine dicken Fellsachen angezogen habe,* dachte er, *sonst wäre ich schon völlig unterkühlt bei diesem Wetter*. Morlâ schien die Kälte, wie immer, nichts auszumachen. Er erinnerte Leik immer mehr an Gerald. Bei diesem Gedanken musste er lächeln.

„Gleich sind wir da, mal sehen, wer alles gekommen ist. Ich hoffe, die Begutachtung der Bewerber dauert nicht zu lang, sodass wir im Anschluss noch ein bisschen üben können.“ Bei diesen Worten schwang der Harelstern an seiner langen metallenen Stange, die sich der Zwerg über die Schulter gelegt hatte, sanft im Wind.

Schließlich hatten die beiden Freunde das Übungsareal erreicht. Obwohl dieser Begriff eine glatte Beschönigung war: Es handelte sich einfach um einen großen, leeren, matschigen Platz, der langsam zugeschneit wurde.

Morlâ schaute sich um. „Hmm …“, machte er. „Anscheinend sind wir ein bisschen früh dran. Naja, die anderen werden sicher gleich kommen“, machte er sich Mut. „Eigentlich ist es auch ganz gut so, dann kann ich dir in Ruhe die Regeln erklären.“

Jetzt war Leik plötzlich hellwach. Ein Sport, der an der Âlaburg gespielt wurde, unterschied sich mit Sicherheit gewaltig von den Dingen, die er in Sefal kennengelernt hatte, wie Murmeln, Fangen oder Geschicklichkeits- und Laufspiele. „Ich bin ganz Ohr“, sagte er deshalb freudig und aufgeregt zu Morlâ.

„Sehr gut, das ist der Enthusiasmus, den unsere Mannschaft braucht. Wenn du auch noch ein halbwegs passabler Spieler bist, nehme ich dich ins Team“, fügte der grinsend hinzu. „Aber zuerst die Regeln. Eine Mannschaft besteht aus maximal fünf Spielern. Einsetzbar pro Spiel ist immer nur einer. Jedes Spiel besteht aus höchstens drei Runden. Es kämpft immer ein Spieler für seine Verbindung gegen einen anderen Spieler aus einer anderen. Angriff und Verteidigung wechseln sich dabei zwischen den beiden Spielern in den ersten beiden Runden ab. Das heißt, sie müssen beide eine Angriffs- und eine Verteidigungsrunde spielen, die immer jeweils drei Minuten lang ist. Eine erfolgreiche Verteidigung für drei Minuten bringt einen Punkt, genauso wie die Eroberung des gegnerischen Sterns in der gleichen Zeit während der eigenen Angriffsrunde.

Meine Aufgabe, also die des Mannschaftskapitäns“, erklärte der Zwerg stolz, „ist es zu entscheiden, wann welche Fähigkeit und damit welcher Spieler eingesetzt werden sollte. Insgesamt geht es darum, die andere Mannschaft daran zu hindern, den eigenen Harelstern zu berühren oder im Gegenzug ihren zu berühren.“

Leik zog verblüfft die Augenbrauen nach oben: „Das ist alles? Kein Wettrennen oder Zauberkampf? Keine Drachen, die man besiegen muss? Oder irgendwelche magischen Flugkünste?“

„Nun mal langsam, Leik“, beruhigte sein Mitbewohner ihn, „einige Dinge, die du eben aufgezählt hast, können durchaus vorkommen – außer Drachen natürlich. Wie alt bist du denn, dass du an solch einen Blödsinn glaubst", schnaubte er belustigt, „als Nächstes kommst du mir noch mit fliegenden Besen …"

Leik wurde rot, denn genau daran hatte er gedacht.

„Also, wir als Mannschaft können jede Art von Zauber, Beschwörung, Kampfkunst und nicht tödlichen Verteidigungs- oder Angriffstrick wählen, solange es den Gegner daran hindert, innerhalb von drei Minuten den Stern zu berühren, oder er uns hilft, in der gleichen Zeit ihren Sternball zu berühren. Gespielt wird solange, bis ein Team mindestens zwei Rundensiege holt. Sollte es aber nach den beiden ersten Runden 1:1 stehen, dann geht es in die dritte und entscheidende Runde. Das ist die ‚offene' Runde. Dabei stehen die Harelsterne beider Verbindungen auf dem Spielfeld und man muss sich für eine offensive oder defensive Taktik entscheiden. Nach der dritten Runde gibt es in jedem Fall einen Sieger, denn sie ist zeitlich nicht begrenzt. Verstanden?"

„Noch nicht so richtig", gab Leik zu.

„Kein Problem, stell dir einfach vor, ich bin der ausgewählte Spieler für das Weiße Haus. Jeder darf in einem Turnier übrigens immer nur gegen eine gegnerische Verbindung eingesetzt werden. Jeder Spieler einer Mannschaft spielt also immer nur ein Spiel, deshalb ist es auch so entscheidend, wer ausgewählt wird. Zum Beispiel spiele ich jetzt gegen Elbendingen. In der ersten Runde müssen wir unseren Stern verteidigen. Das kleine Spitzohr zaubert natürlich die ganze Zeit wie wild. Daher muss ich mit unserem Stern in der Hand seinen Zaubern und ihm selbst schnell genug entwischen, bis die drei Minuten der ersten Runde abgelaufen sind. Dann hätten wir schon den ersten Punkt. Zweite Runde: Das Weiße Haus greift an. Ich spiele wieder gegen denselben verflixten Elben. Nun könnte ich zum Beispiel brüllend auf ihn zulaufen, sodass er sich erschreckt und seine kleinen Tricks vergisst, dann haue ich ihm eins über die Rübe und berühre den Stern des Corps Elbendingen", erklärte er kichernd. „Zweiter Punkt für uns. Wir haben das Spiel gewonnen. Jetzt verstanden?"

Leik fand, dass sich die Sache spannend anhörte. Der Erfolg eines jeden Teams hing augenscheinlich von der Qualität seiner Mitspieler ab und von der taktischen Raffinesse seines Kapitäns.

Daher war Leik ein wenig unsicher: „Aber noch kann ich gar nicht zaubern oder beschwören …"

Morlâ winkte ab. „Das lernst du schon noch. Es sind ja noch einige Monate bis zum Turnier. Das findet immer am ersten Wochenende nach dem Frühlingsvollmond statt. Ich habe keine Ahnung, wer sich bewirbt, aber ich denke, du gibst einen prima fünften Mann ab. Der ist wichtig, da es insgesamt fünf Verbindungen gibt – das Weiße Haus einfach mal mit dazugerechnet. Natürlich spielt man nicht gegen sich selbst", fügte er mit einem Augenzwinkern hinzu, „weshalb im Frühlingsturnier nur vier Spieler zum Einsatz kommen. Der Kapitän entscheidet nach dem jeweiligen Turnierverlauf, welchen Spieler er wann und gegen welche Burschenschaft einsetzt. Und wer als fünfter Mann eventuell gar nicht spielt. Du wärst schon deshalb gut, weil die anderen Häuser dich nicht einschätzen können. Deine großen Auftritte in Magie haben sicher schon die Runde gemacht, und daher werden die anderen Kapitäne ihre besten Leute schonen, damit sie noch jemanden gegen dich in der Hinterhand haben. Vielleicht haben die ersten Spieler des Weißen dann schon ihre Spiele gewonnen. Allein deine Anwesenheit macht uns besser." Bei diesen Worten glänzten Morlâs Augen. Dann schaute er sich um und hielt eine Hand vor die Augen, damit der Schnee nicht hineinflog. „So langsam müssten die anderen Bewerber aber eintreffen", sagte er aufgeregt.

Weitere zwanzig Minuten vergingen. Leik wurde immer kälter. „Morlâ, ich glaube …"

„Ja, ja …", unterbrach ihn der Zwerg trotzig, „ich weiß, was du sagen willst. Lass uns noch fünf Minuten warten. Ich hätte gedacht, dass wenigstens Filixx kommen würde ...", murmelte er leise in sich hinein.

Die beiden Freunde rückten in der Kälte automatisch näher zusammen. Der Schneefall war jetzt deutlich stärker geworden und auch der Wind nahm zu. Auf dem offenen Trainingsgelände gab es keine Möglichkeit, sich vor den Unbilden des Wetters zu schützen, und so standen die zwei, inzwischen von einer dünnen, weißen Schicht bedeckt, gemeinsam in der Kälte und starrten in den beginnenden Schneesturm.

Nach etwa zehn Minuten war Leik kurz davor, aufzugeben, als er zwei Gestalten auf sie zukommen sah. „Ich glaube, da kommt jemand“, sagte er.

Morlâ kniff die Augen zusammen und versuchte die beiden Gestalten zu erkennen. „Ha, ich wusste doch, dass auf den Dicken Verlass ist“, rief er freudig aus. „Wen schleppt er denn da noch mit?“, brüllte er gegen den immer stärker werdenden Wind an. „Ich glaube es nicht, das ist …“, er schaute nochmals angestrengt in den Schneesturm, doch Leik hatte bereits Filixx’ Begleiter erkannt.

„Das ist Stinker!“

Morlâ wusste nicht, ob er sich darüber freuen oder beängstigt sein sollte. „Wie hat Filixx den denn dazu gebracht, hierherzukommen? Im letzten Semester hat er nicht mal geantwortet, als ich ihn gefragt habe, ob er ins Team möchte.“

Nach wenigen Minuten hatten die beiden Neuankömmlinge den Trainingsplatz erreicht.

„Filixx, mein Freund“, rief Morlâ ihnen auf den letzten Metern schon entgegen, „ich hatte schon Angst, dass du nicht kommen würdest.“

„Aber, aber, was denkst du denn von mir?“, antwortete der Angesprochene atemlos. Mit Ûlyėr Schritt halten zu müssen hatte ihn offensichtlich sehr angestrengt.

„Und du hast sogar jemanden mitgebracht. Hallo, Ûlyėr“, begrüßte der Zwerg den großen Orkstudenten. Doch der Hüne antwortete nicht, worauf Morlâ Filixx fragend anschaute.

Der wandte sich an den Ork und sagte. „Ûlyėr, wir haben das doch besprochen, oder? Du kannst dich im Spiel als großer Krieger beweisen, und Řälärm setzt sich danach für deine Aufnahme in die Bruderschaft Řischnărr ein. Ich dachte, das wäre dein größter Wunsch?“

Der Ork ließ sich einen Moment Zeit, dann zeigte er mit seiner klauenartigen, riesigen Hand auf Leik und begann in grollendem Ton und einer für menschliche und zwergische Ohren unverständlichen, zischend schnarrenden Sprache zu sprechen. Während seiner Tirade verzog er plötzlich das Gesicht und ging, wie von einer unsichtbaren Hand gestoßen, in die Knie. Als Filixx ihm aufhelfen wollte, ignorierte er seine ausgestreckte Hand und richtete sich behende selbst auf.

„Was ist da gerade passiert?", flüsterte Leik Morlâ zu.

„Stinker hat gegen eines der wichtigsten Gesetze der Âlaburg verstoßen und in seiner eigenen und nicht der Hochsprache kommuniziert. Deshalb wurde er sofort bestraft. Glaub mir, der Zauber ist extrem schmerzhaft. Ich habe an meinem dritten Tag hier aus Spaß auf zwergisch geflucht. Seitdem spreche ich nur noch die Hochsprache. Sei froh, dass du gar nicht in die Verlegenheit kommen kannst, eine andere anzuwenden", flüsterte Leiks Mitbewohner, damit der sichtlich übel gelaunte Ûlyėr nichts davon mitbekam.

Inzwischen stand der riesenhafte Ork wieder auf zwei Beinen und sah Filixx an. „Du hast mir nicht gesagt, dass auch Menschen in der Mannschaft sein würden. Du weißt, was sie meinem Volk im zweiten Völkerkrieg angetan haben …"

„Ja, aber Leik sicher nicht", fiel ihm der Angesprochene ins Wort, was Leik als sehr mutig empfand. „Außerdem habe ich dir nie gesagt, wer im Team ist und wer nicht. Und du hast auch nicht danach gefragt."

Leik glaubte sehen zu können, wie es in dem riesigen, hässlichen Schädel des Ungeheuers arbeitete. *Mir nur recht, wenn dieses Tier nicht bei uns mitspielt,* dachte er beleidigt über die, wie er fand, ungerechtfertigten Vorwürfe des Orks.

„Also gut. Dieses Team ist meine einzige Chance, jemals bei Řischnărr aufgenommen zu werden. Aber glaube nicht, Menschlein, dass wir deshalb Freunde werden. Ich will mit niemandem von euch außerhalb des Trainings Kontakt haben. Ist das klar?"

Morlâ sammelte sich nach dieser Ansage als Erster. „Gut, gut … aber du darfst nicht vergessen, im Spiel alles für das Team zu geben. Und du musst meinen Anweisungen als Kapitän Folge leisten. Bist du damit einverstanden?", fragte der Zwerg leise.

Der riesige Ork beugte sich herunter, um dem viel kleineren Zwerg direkt in die Augen sehen zu können.

Wie Morlâ den Mut aufbrachte, den Blick nicht zu senken oder gleich davonzulaufen, war Leik schleierhaft.

Nachdem er Morlâ eine Weile wortlos angestarrt hatte, richtete sich Ûlyèr wieder auf und sagte: „Ich werde alles geben, damit wir die anderen Verbindungen schlagen können und die Universitätsmeisterschaft gewinnen. Solange du kleine Made dafür sorgst, werde ich dich nicht zertreten. Verlieren wir, dann …", er machte eine theatralische Pause und verzog den Mund, sodass seine riesigen Hauer zum Vorschein kamen, „finde ich einen neuen Kapitän, der Siege bringt."

Morlâ schluckte laut, bevor er antwortete. „Gut …", der Zwerg atmete tief durch, „dann wollen wir mal anfangen zu trainieren. Ich glaube nicht, dass wir noch mehr werden. Aber mit vier Leuten haben wir wenigstens eine Mannschaft zusammen. Keiner von euch darf sich verletzen, aber das brauche ich sicher niemandem extra zu sagen."

Damit stapfte der Zwerg durch den für ihn mittlerweile hüfthohen Schnee in die Mitte des Trainingsplatzes, die Stange des Harelsterns immer noch über der Schulter.

Die anderen drei folgten ihrem Spielführer schweigend, gegen den eisigen Wind und die vom grauen Himmel ausgespuckten Schneemassen gleichzeitig ankämpfend.

Morlâ blieb plötzlich stehen und steckte die Stange der Spieltrophäe mit einer Kraft in den gefrorenen Boden, die man dem Zwerg gar nicht zugetraut hätte. Dabei nahm Leik ein kurzes Aufleuchten des Schafts und des Sterns selbst war.

„Ist er immer noch auf dich geeicht?", fragte Filixx, der das Ganze ebenfalls beobachtet hatte.

„Klar, wir haben im letzten Semester ja nicht gespielt, und deine Zauber halten", antwortete Morlâ, endlich wieder grinsend. „Also Leute, dieser Stern gehört nur dem Weißen Haus. Da kommt niemand dran in dieser Saison! Nicht mit dem kleinsten Finger. Ist das klar?", brüllte er.

„Geht schon klar", murmelten die drei Mitspieler leise und unmotiviert, wovon der Zwerg sich allerdings nicht aus dem Konzept bringen ließ.

„Sehr gut. Aber dazu muss ich eure Fähigkeiten kennenlernen, um die richtigen Strategien zu entwickeln. Am besten fangen wir mit Scheinduellen an. Filixx gegen Stink…", er stockte kurz, um sich, nach einem finsteren Blick des Orks zu verbessern „ähh ... Ûlyėr und ich gegen Leik. In Ordnung?"

Dem einzigen Menschen in der Runde rutschte das Herz in die Hose. Wie sollte er nur gegen Morlâ bestehen, wo er doch keinerlei Zauber beherrschte und ihm sicher auch im Kampf unterlegen war? Doch Leik hatte keine Zeit, länger darüber nachzudenken. Morlâ gab schon die nächsten Anweisungen.

„Filixx, du bist der Wächter und Ûlyėr ist der Angreifer." Dann robbte er durch den Schnee und blieb an einer anscheinend beliebigen Stelle des Trainingsplatzes stehen. „Ich denke, das sollten die fünfzig Meter Angriffsabstand sein", brüllte er den anderen entgegen, die aufgrund des Sturms kaum etwas von seinen Worten verstanden.

„Komm her, Ûlyėr", diese Aufforderung unterstrich er mit einer Bewegung seines Arms.

Wortlos begab sich der Ork zu Morlâ, wobei Leik wieder Ûlyėrs Hinken auffiel.

Die beiden redeten flüchtig, dann ging der Zwerg zum Harelstern zurück, vor dem Filixx sich schon aufgestellt hatte. Auch mit diesem sprach er kurz. Dann berührte er den Stern mit beiden Händen, der jetzt strahlend hell zu leuchten begann. Anschließend stellte er sich neben Leik, nahm eine kleine Sanduhr heraus, drehte sie um und rief: „Los!"

Sofort rannte der große Ork auf den Zwergelben zu, von seiner körperlichen Beeinträchtigung war nun nichts mehr zu bemerken. Doch Filixx schien dies gar nicht aufzufallen. Er stand starr vor dem glühenden Harelstern und bewegte stumm die Lippen.

„Morlâ", schrie Leik aufgeregt, „er wird ihn in Stücke reißen. Unternimm etwas!"

Doch sein Mitbewohner lächelte nur in sich hinein. „Der Dicke ist nicht so harmlos, wie du glaubst. Warte es nur ab."

Leik wandte sich wieder dem Geschehen auf dem Trainingsplatz zu. Ûlyėr hatte die fünfzig Meter rasend schnell hinter sich gebracht und war nun schon fast bei Filixx. Er hob jetzt, noch im vollen Lauf, seine riesigen Arme, um den kräftigen Zwergelben zu packen. Bevor er zugreifen konnte, waberte vor dem Zwergelben plötzlich Nebel über den Boden, der in wenigen Augenblicken so dick wurde, dass er den Ork vollständig einschloss. Einige Sekunden lang war keiner der Kontrahenten mehr auf dem Trainingsplatz zu sehen. Dann ertönte ein markerschütterndes Brüllen. Im nächsten Augenblick brach Ûlyėr aus dem Nebel heraus. Er rannte so schnell, dass kleine, graue Nebelfetzen hinter ihm herflogen.

Leik war verblüfft. Wie hatte sich die Situation so schnell ändern können? Plötzlich schien Ûlyėr der Angegriffene zu sein. Aber warum?

Noch einmal ertönte das Brüllen, und dann kam aus dem Nebel das Wesen, das diesen Ton von sich gab. Ein riesiger, mit Schuppen bewehrter Körper schob sich in das Sichtfeld der beiden Beobachter. Die Schutzplatten des Tiers schimmerten grüngelb. Die grelle Farbe hob sich deutlich von dem Grau-in-Grau dieses verschneiten Tages ab. Aus dem länglichen Kopf des Wesens schoss eine gespaltene Zunge, mit der es auf den Ork zu zielen schien. Nach und nach schälten sich drei relativ kurze, muskelbepackte Beinpaare aus dem Nebel, die die Kreatur sehr schnell auf den fliehenden Ork zutrugen. Wieder brüllte das Wesen und zeigte seine furchterregenden Zähne. Die riesige Echse schob sich wie ein Pflug durch den Schnee und hinterließ eine gewaltige Schneise. Ihr einziger Lebensinhalt schien in diesem Moment das Ende des Orks zu sein, der versuchte, dem Ungeheuer hakenschlagend auszuweichen. Es war ein ungleicher Kampf.

Leik hielt sich eine Hand vor den Mund, um seinen Schrecken zu verbergen. „Morlâ, tu etwas! Das Vieh bringt Ûlyėr um."

Ohne seinen Zimmergenossen anzusehen, antwortete der: „Immer langsam. Das ist Sternball, da geht es ein bisschen zur Sache."

Inzwischen hatte der hellgrün leuchtende Dämon den Ork fast erreicht. Mit seiner ätzenden Zunge hatte er dem Studenten des Weißen Hauses bereits schmerzhaft aussehende Striemen auf Rücken und Unterschenkel beigebracht. Genau in diesem Moment versuchte es, sein Opfer wieder mit der Zunge zu erwischen. Doch mit einem weiten Sprung zur Seite entkam Ûlyėr noch einmal, und das schleimtriefende rote Ungetüm von Zunge schnalzte ohne Erfolg wieder in das zahnbewehrte Maul der Echse zurück. Allerdings hatte dieses Ausweichmanöver seinen Preis. Ûlyėr rutschte im durchwühlten Schneematsch aus und fiel hin.

Sofort färbte sich der weiße Schnee um den Ork blau, wie Leik verwundert feststellte. Offensichtlich war Orkblut nicht rot wie das eines Menschen. Dunkel glaubte er sich zu erinnern, dass Magistra Herbstblüte irgendetwas darüber in Heilung erwähnt hatte. Doch konnte er über dieses faszinierende Thema nicht länger nachdenken, da seine Aufmerksamkeit nun voll und ganz dem Angreifer galt, den Filixx von irgendeinem gottverlassenen Winkel Razuklans hierhergeholt hatte. Mit einem Triumphgebrüll, so schien es dem menschlichen Studenten zumindest, drehte sich das Wesen herum und rannte mit offenem Maul auf den am Boden liegenden Ork zu. Jetzt setzte die Kreatur nicht mehr ihre Zunge als Waffe ein. Nun schienen ihr die messerscharfen und in drei Reihen hintereinanderstehenden, riesigen, gelblichen Zähne auszureichen.

„Morlâ", rief Leik flehentlich. Auch der Zwerg wirkte nun verängstigt und verzog angespannt das Gesicht.

„Filixx", brüllte er. „Filixx, ruf dein Monster zurück. Ich glaube, Ûlyėr hat genug." Doch im Schneesturm konnte der Zwergelbe seinen Freund nicht hören. Noch immer stand er mit geschlossenen Augen neben dem leuchtenden Harelstern und bewegte unablässig seine Lippen.

„Filixx!!!", brüllten jetzt Leik und Morlâ zusammen.

Keine Reaktion.

Die Situation war hoffnungslos. Weder würden sie rechtzeitig bei Filixx sein, noch konnten sie den Ork erreichen, bevor die Bestie ihn zerfleischen würde. Trotzdem rannten die beiden Studenten gemeinsam auf ihn zu. Im Laufen zog Morlâ einen mit Metall verstärkten Holzstock aus einer Schlinge, den er unsichtbar unter der Kleidung am Rücken getragen hatte. Die beiden Freunde rannten so schnell sie konnten, doch im hohen Schnee kamen sie nur sehr langsam voran und mussten mit ansehen, wie sich die riesige Echse mit offenem Maul auf den Ork stürzte.

Was dann passierte, baute sich Leik durch die Erzählungen seiner beiden Kommilitonen am folgenden Abend zusammen, da es so schnell geschah, dass seine eigenen Sinneseindrücke allein nicht ausreichten, um die Ereignisse detailliert wahrzunehmen. Aus Morlâs Berichten und zu kleinen Teilen auch von Ûlyėr, der trotz seiner unfreundlichen Haltung ein paar wenige Sätze mit ihm gewechselt hatte, ergab sich folgendes Bild:

Leik war noch etwa zwanzig Meter von Ûlyėr entfernt gewesen. Er blieb mit brennenden Lungen stehen und sah, wie die Riesenechse mit aufgerissenem Maul nach Ûlyėr schnappte. Doch zu ihrer Überraschung lag der Ork nun nicht mehr an der Stelle, wo Leik ihn zuletzt gesehen hatte, und die bösartige Kreatur biss nur in einen Haufen Schnee. Dies versetzte das Tier in Raserei. Es brüllte und drehte sich, so schnell es seine kurzen Beine erlaubten, in alle Richtungen, um nach seinem Opfer Ausschau zu halten. Dabei spritzten gewaltige Massen aufgewühlten Schnees herum. Doch der Ork war nicht zu sehen. Plötzlich schoss etwas aus einem Schneeberg in die Luft und landete dann mit lautem Krachen auf dem Rücken der grünen Echse. Ûlyėr!

Im ersten Moment verstand die beschworene Kreatur wohl genauso wenig wie alle anderen Beteiligten, denn sie reagierte überhaupt nicht auf die neue Situation. Das war ihr Pech. Der große, äußerst starke Orkstudent umfasste den kurzen Hals des Wesens und drückte ihm damit die Luft ab. Zwar bäumte es sich noch auf wie ein störrisches Pony, doch Ûlyėrs Griff war eisenhart. Nach einiger Zeit begannen die Abwehrversuche des Dämons schwächer zu werden. Nur noch mühselig bäumte er sich auf und drehte den Kopf, um nach dem Angreifer auf seinem Rücken zu schnappen. Jetzt kam auch kein angriffslustiges Brüllen mehr aus dem Maul der Kreatur, sondern nur noch ein hilfloses Krächzen. Dem Ork allerdings schien es nicht genug zu sein, dass sein Gegner aufgab, er wollte den Kampf endgültig beenden und die Riesenechse töten.

Jetzt tat Leik die Kreatur leid. Das Tier war schließlich durch Magie dazu gezwungen worden, hier zu kämpfen, herausgerissen aus seinem Leben und dem Willen eines anderen Lebewesens unterworfen.

Wieder waberte Nebel auf, diesmal direkt unter der hellgrün geschuppten Echse. Vor Leiks Augen verblasste das Wesen immer mehr und löste sich schließlich buchstäblich in Luft auf. Filixx hatte die Beschwörung beendet und dem Tier das Leben und die Freiheit zurückgegeben.

„Was soll das?“, brüllte der im Kampfesrausch befindliche Orkstudent. Dann erkannte er seine Chance. Der Harelstern leuchtete immer noch und Filixx stand nun völlig hilflos daneben. Er rannte los, doch kurz bevor er die golden leuchtende Trophäe berühren konnte, verblasste sie. Die drei Minuten waren abgelaufen. Durch Morlâs kleines Uhrglas war gerade eben der letzte Sand gerieselt und hatte den Zauber, der auf dem Stern lag, beendet.

Ûlyėr stieß ein zorniges Brüllen aus. Er erhob seine riesenhaften Fäuste und es schien, als ob er damit auf den merkwürdigerweise gar nicht verängstigt aussehenden Zwergelben einschlagen wollte. Einen Moment später hatte er sich aber wieder beruhigt und ließ resigniert die Arme hängen. Innerhalb weniger Sekunden waren ihm zwei Siege genommen worden.

Gegen seinen Willen verstand Leik die Wut des Orks. Er selbst war zu lange Jäger gewesen, um nicht zu wissen, wie es sich anfühlte, nach einer langen Pirsch ohne die erhoffte Beute nach Hause zurückkehren zu müssen.

„Herzlichen Glückwunsch, Köchlein“, sagte Morlâ mit verschwitztem Gesicht, als er den Harelstern aus dem Boden zog. „Ich habe lange nicht mehr ein so packendes Sternballduell gesehen wie dieses. Auch an dich, Ûlyėr, ein Riesenkompliment, du hast dich fantastisch geschlagen.“

„Ich habe verloren!“ Damit verabschiedete sich der große Ork und verließ ohne weitere Worte den Trainingsplatz. Jetzt war sein Hinken wieder deutlich zu sehen.

„Naja, Orks können wohl nicht so gut verlieren“, murmelte Morlâ. Dann sah er Filixx und Leik strahlend an. „Das war super, Dicker …“

„Danke“, schnaufte Filixx und ließ sich in den Schnee plumpsen. Nässe und Kälte schienen ihm in diesem Moment nichts mehr auszumachen. Dann sagte er mit gedämpfter Stimme zu seinen Freunden: „Ich bin zu weit gegangen. Noch nie zuvor habe ich eine so große und gefährliche Kreatur wie eine Farelechse beschworen. Fast hätte ich die Kontrolle über sie verloren. Das Biest hätte uns alle töten können."

Darauf wusste selbst Morlâ keine richtig aufmunternde Antwort mehr. „Ja, aber hat sie nicht, oder? Kommt, lasst uns noch eine weitere Runde spielen. Ich gegen Leik."

Als der das hörte, wurde ihm warm und kalt zugleich. Doch Filixx rettete die Situation für ihn.

„Ich denke, es ist genug für heute. Lass uns zurück in den Turm gehen. Wenn das Wetter besser ist, trainieren wir wieder." Leik war sich nicht sicher, ob das Wetter wirklich der einzige Grund war, warum sein kräftiger Freund nicht mehr weitermachen wollte, doch was auch immer es war, er verhinderte damit, sich gleich in der ersten Woche vor seinen Kommilitonen zu blamieren.

Morlâ schulterte mit verkniffenem Gesicht den Harelstern und stapfte missmutig durch den Schnee zurück in Richtung Wehrturm.

Leik hielt Filixx seine Hand hin, die der mit einem dankbaren Blick ergriff. Dabei erhaschte der neue Student noch einen kurzen Blick auf die langsam verblassende Blume, die durch die magischen Anwendungen auf Filixx' linkem Handrücken erschienen war. Dann folgten die beiden Freunde wortlos ihrem Kapitän durch das Schneegestöber.

Universitätsalltag

Am Mittwoch und Donnerstag nahm Leik an drei sehr theoretischen und wenig magischen Fächern teil.

In Religion versuchte der menschliche Magister Mac Kamell den gesamten Kurs von der Richtigkeit des Kajalglaubens zu überzeugen. Er beschwor apokalyptische Weltuntergangsszenarien herauf, sollten nicht alle Wesen den großen und einen Gott anbeten. Da der Religionsunterricht nach Glaubensgruppen unterteilt war, die man selbst wählen konnte, ging Morlâ in einen anderen Kurs, der nur aus Zwergen bestand. Er hatte Leik irgendetwas vom Ewigen Stein und der Mutter der Erde erzählt und den Menschen versucht zu überzeugen, mit in sein Religionsseminar zu kommen. Doch der hatte lachend abgelehnt. Zwar war Leik nie ein eifriger Kirchgänger gewesen, doch sein Glaube gehörte zu dem Wenigen, was er aus seinem alten Leben mitgenommen hatte. Deshalb saß er nun allein hier mit ein paar anderen menschlichen Studenten, die ihn allerdings nicht weiter beachteten. Langsam wünschte er sich jedoch, dass er mit in Morlâs Religionsunterricht gegangen wäre. Mac Kamell drohte ihnen während der ganzen Stunde die ewige Verdammnis an, sollten sie in ihrem Glauben nicht fest und unerschütterlich sein. Doch Leik driftete schon bald mit seinen Gedanken ab, als er zum fünften Mal das oberste Gebot der Verdammnis nachleiern musste, damit er es sich auch sicher merken würde.

Am Nachmittag stand Geschichte auf dem Stundenplan. Sein zwergischer Mitbewohner hatte ihn schon gewarnt, dass dieses Fach außerordentlich langweilig sein würde. Im Seminarraum wartete schon eine ganze Gruppe von Menschen auf Leik und Morlâ, die zum Teil in Leiks Religionskurs gesessen hatten. Wie zuvor gaben sich seine menschlichen Kommilitonen alle Mühe, Morlâ und ihn nicht zu beachten. Doch so langsam gewöhnte sich

Leik an diesen Zustand, auch wenn er ihm nicht gefiel. Es war wohl in etwa so, wie ein chronisch Kranker sich an seine dauerhaften Beschwerden anpasste, ohne aber jemals zu vergessen, wie das Leben vorher gewesen war.

Der Geschichtsdozent hieß Magister Tiefenschacht und war selbst für zwergische Verhältnisse ein äußerst kleiner Mann mit einem kahlrasierten, glänzenden Kopf, auf dem etliche unappetitliche Flecken und auch ein paar Warzen zu sehen waren, und einem langen, grauen Bart, der zu drei dicken Zöpfen geflochten war. Tiefenschacht war ziemlich alt. Nur mit Mühe konnte er sich auf die Erhöhung hinter seinem Pult hieven. Das sah ziemlich komisch aus.

Doch als Leik Morlâ darauf aufmerksam machte und mit ihm gemeinsam Magisterlästern spielen wollte, schüttelte dieser nur den Kopf und ermahnte ihn, nicht respektlos zu sein. Das hatte Leik in Bezug auf die Hochschullehrer bei ihm nur sehr selten erlebt. Normalerweise war Morlâ immer der Erste, der sich über jede Eigenart oder Schwäche eines Magisters lustig machte oder sie hämisch kommentierte. Der zwergische Dozent musste für Morlâ wohl doch etwas Besonderes sein.

Die Ausführungen des Magisters und auch der Aufbau der Unterrichtsstunde weckten Leiks Interesse. Hier erfuhr er erstmalig etwas über die Geschichte Razuklans, so wie sie wirklich gewesen war und nicht, wie die Menschen sie aus ihrer Sicht erzählten. Tiefenschacht erklärte gekonnt komplizierte Ereignisse, die zu Verträgen und Vertragsbrüchen, Scharmützeln und Völkerkriegen zwischen den Bewohnern des Kontinents geführt hatten. Dabei schien der Magister ganz in seinem Element zu sein, und von seinem hohen Alter war nichts mehr zu bemerken. So verging der Nachmittag wie im Flug. Leik hatte nach der Unterrichtsstunde das Gefühl, dass ihm Geschichte ebenso viel Spaß machen könnte wie die Fächer, die sich mit Magie beschäftigten.

Den Spätnachmittag verbrachten die beiden Studenten in der Bibliothek im Keller der Universität, um ihre umfangreichen Hausaufgaben aus den ersten drei Schultagen zu erledigen. Wobei Leik reichlich Überredungskunst gebraucht hatte, um Morlâ dazu zu bringen, ihn dabei zu begleiten. Letztlich war es gut, dass der Zwerg mitgekommen war, da ihre gemeinsame Aufgabe für Beschwörung – ein Aufsatz über das Leben des Gnarfwurms – nicht mit den vorhandenen Büchern der riesigen Bibliothek zu meistern war. Nirgends wurde ein Lebewesen erwähnt, auf das Morlâs Beschreibung auch nur annähernd passte. Daher schrieben sie auf, was Morlâ über den Wurm zu wissen behauptete, wozu er auch zwei ungeschickte Zeichnungen beisteuerte, die den Gnarfwurm beim Fressen und bei der Paarung darstellen sollten.

Am Abend saßen Leik, Morlâ und Filixx bei einem gemeinsamen Abendessen, für das der Zwergelbe wieder allerlei Leckereien organisiert hatte.

Schließlich fragte Leik Filixx, ob er in der Bibliothek oder bei den fünf Weisen schon etwas über ihn und seine Fähigkeiten herausgefunden hatte.

Der Zwergelbe ließ sich Zeit, bevor er kauend antwortete. „Es tut mir leid, mein Freund, noch bin ich kein Stück weitergekommen. Die fünf Weisen hatten keinen Termin mehr frei, das ist aber normal in den ersten Wochen des neuen Semesters, wenn alle Erstsemester Fragen haben. Bedauerlicherweise machen sie prinzipiell keine Ausnahme bei der Vergabe der Termine, sodass wir auf ihre Einschätzung noch ein bisschen warten müssen. Auch in der Bibliothek bin ich nicht weitergekommen. Aber ich bin mir sicher, dass ich auf dem richtigen Weg bin. Denn alle Bücher, die ich benutzen wollte, sind von der Schulleitung gesperrt worden. Das heißt, Tejal forscht wohl schon selbst kräftig. Sogar solche Standardwerke wie *Der Weg des Magiers* oder *Die Farben der Zauberei*, die eigentlich für die Ausbildung aller Erstsemester unabdingbar sind, haben einen temporären Sperrvermerk. Falls ihr also eure übliche Erstsemesterhausaufgabe beim alten Jehal erledigen wollt, müsst ihr andere Wege für eure Recherche finden“, fügte er grinsend hinzu. „Oder ihr schreibt einfach meinen Aufsatz ab, von dem war der alte Meckerkopp ganz begeistert.“

Leik und Morlâ schauten sich verzückt an – eine Hausaufgabe weniger.

„Aber das hilft dir natürlich nicht weiter, Leik", sagte Filixx nun wieder sehr ernst. „Ich versuche eine Freigabe für diese Werke zu bekommen. Irgendwo müssen wir ja anfangen. Vielleicht rede ich auch einmal mit Tiefenschacht, der kennt sich ja am besten mit der Geschichte der Zauberei aus. Der Magister wirkt zwar manchmal ein bisschen schrullig, aber er ist ein schlauer Kopf. Allerdings vergibt er schon seit zwölf Semestern keine Termine mehr an Studenten, da er offiziell im Ruhestand ist. Die Universitätsleitung findet nur niemanden, der qualifiziert genug ist, seine Stelle zu übernehmen für die paar Gulden, die sie im Monat bereit sind auszugeben. Ich verspreche dir aber, dass ich dranbleibe", endete Filixx aufmunternd.

Damit war Leik vollkommen zufrieden. „Ich danke dir sehr! Aber", fuhr er sarkastisch fort, „vielleicht ist es auch ganz gut so. Je später wir herausfinden, was für eine Monstrosität ich bin, desto ruhiger könnt ihr alle nachts schlafen."

„Kopf hoch, Leikilein", frotzelte Morlâ, „was auch immer wir herausfinden, wir passen schon auf dich auf." Filixx bestätigte diese Aussage mit einem Kopfnicken.

Ein warmes Gefühl durchflutete Leik bei diesen Worten. Er hatte Freunde gefunden.

„Ach, Filixx?", fragte Morlâ plötzlich scheinheilig, während sie die Reste des Abendessens wegräumten. „Warum hast du eigentlich immer noch keinen Mitbewohner? Du lebst hier schon seit Ewigkeiten ganz allein in deinem eigenen kleinen Reich. Ich dachte, dass ich als stellvertretender Hausvorsteher da ein Wörtchen mitzureden hätte, aber jedes Mal, wenn ich der Hochschulleitung unterbreite, dass in Zimmer Nummer drei doch noch ein Bett freisteht, finden sie eine andere Lösung."

Filixx lief ein wenig rot an. „Reiner Zufall, Morlâ, reiner Zufall … Mann, ist das spät geworden. Morgen haben wir einen langen Tag. Daher wäre es schön, wenn ihr jetzt gehen würdet, ich muss noch einige Hausaufgaben machen." Mit diesen Worten schob er die beiden hastig aus dem Zimmer.

„Ich werde schon noch hinter sein Geheimnis kommen", sagte Morlâ eher zu sich selbst als zu Leik, als sie auf dem Weg zum Zimmer Nummer eins waren.

Am Donnerstag stand Rechenkunde auf Leiks Stundenplan. Das war Morlâs stärkstes Fach, und das einzige, in dem er im neuen Semester aufgerückt war. Daher würde Leik heute ohne den Zwerg im Unterricht sitzen.

Als Leik an diesem Tag die Augen aufschlug, stellte er verwundert fest, dass Morlâ schon aufgestanden war und fröhlich pfeifend sein nasses Haar trocken rubbelte.

„Guten Morgen, Schlafmütze", begrüßte der grinsende Zwerg seinen müden Mitbewohner.

„Mann, Morlâ, warum bist du denn heute schon so früh wach?"

„Ach ... ich konnte nicht mehr richtig schlafen", antwortete der kurz angebunden und beschäftigte sich wieder pfeifend mit seinen Haaren. „Ich mache mich dann schon mal auf den Weg, manchmal braucht Magister Reinherz noch Hilfe beim Aufbau des Unterrichts." Mit diesen Worten verschwand er auch schon aus dem Zimmer.

Leik schaute seinem Mitbewohner verwundert hinterher. So hatte er ihn die ganze Woche noch nicht erlebt. Anscheinend war sein Schlafrhythmus geprägt von seinen Leistungen in den jeweiligen Fächern des Tages. *Verrückter Kerl,* dachte Leik schmunzelnd. Doch er gönnte dem Zwerg seine gute Laune und hoffte, dass im Laufe des Semesters noch ein oder zwei weitere Fächer dazukommen würden, die ihn dazu brachten, früher aufzustehen.

Mit einem herzhaften Gähnen stand Leik ebenfalls auf und machte sich für den Tag fertig. Bevor er die Treppe zum Ausgang aus dem Wehrturm bestieg, schaute er noch einmal auf seinen im Gemeinschaftsraum hängenden vergrößerten Semesterplan. Mittlerweile waren auf den Plänen Veränderungen erschienen. In den unterschiedlichsten Farben waren neue Bemerkungen dazugekritzelt worden. Was würde Tejal wohl auf seinem Plan für ihn hinterlassen haben? Doch zu seiner Enttäuschung stellte er fest, dass der gleiche Satz wie zu Beginn der Woche dort nochmal erschienen war. Allerdings in dreifacher Ausführung, in Rot, Gelb und Blau. *Magie besser kontrollieren!* Enttäuscht wandte er sich von der großen Stundenplantafel ab. Erst jetzt merkte er, dass Karina hinter ihm gestanden hatte.

„Na, Anfänger“, sagte sie ätzend, „wohl noch keine Fortschritte gemacht in dieser Woche? Aber mach dir nichts draus. Morlâ und du, ihr gebt doch ein prima Duo ab. Die Unbegabten. Der eine kann gar nicht zaubern und der andere weiß nicht wie, ohne gleich in Ohnmacht zu fallen.“ Daraufhin fing sie an, wie ein Pferd zu lachen, und ihre drei Freundinnen Malin, Elina und Hela, die hinter ihr in den Gemeinschaftraum gekommen waren, stimmten in dieses Gelächter ein. Nur Hela warf ihm einen entschuldigenden Blick zu.

Im ersten Moment war Leik irritiert über diese unfreundliche Attacke auf ihn und wurde mal wieder rot.

„Seht nur“, kreischte Karina daraufhin, „jetzt wird der Kleine auch noch rot!“ Woraufhin die drei anderen wieder anfingen zu lachen.

Nach einem kurzen Moment hatte sich Leik gefangen. Ohne die vier Mädchen zu beachten, verließ er den Gemeinschaftsraum und ging die Treppe hinauf. Damit hatte Karina anscheinend nicht gerechnet.

„Wo willst du denn hin?“, rief sie ihm hinterher.

Doch Leik reagierte nicht darauf. Noch einmal setzte Karina an. „Leik, Leik …“, doch mehr schien ihr nicht einzufallen, und auch die anderen drei hatten aufgehört zu lachen.

Schau an, dachte Leik, *wir sind es wohl nicht gewohnt, nicht beachtet zu werden.* Breit lächelnd über seinen kleinen Sieg trat er durch die Tür des Wehrturms, tätschelte, wie es ihm zur Angewohnheit geworden war, den Kopf des alten Wasserspeiers und ging in Richtung Universität.

Rechenkunde für die Erstsemester wurde von einer elbischen Magistra namens Schneerose gegeben. Diesmal hatte Leik Unterricht mit einer Handvoll Orks, die alle schon im Raum saßen, als er hereinkam. Anders als die Studenten der Häuser Elbendingen, Ølsgendur und Glaubensfest ignorierten die Orks den einzigen nicht zur ihrem Volk gehörenden Studenten nicht, sondern musterten ihn feindselig und ließen dabei ihre Muskeln spielen. Ihre dunklen Umhänge und ihr böswilliger

Gesichtsausdruck brachten Leik dazu, sich zu wünschen, dass auch die Řischnärrstudenten ihn einfach nur nicht beachten würden. Doch bevor die Situation für Leik bedrohlich werden konnte, betrat eine schöne, blonde Elbin den Raum und das Seminar begann. Nach wenigen Minuten stellte der neue Student fest, dass er Rechenkunde nicht verstand. So nett Schneerose auch war und mit welchen Tricks auch immer sie den Unterrichtsstoff zu vermitteln suchte: Die vielen kleinen Zahlen wollten für Leik einfach keinen Sinn ergeben. Am Ende der Stunde war er froh, dass ihm Morlâ am Abend zuvor schon seine Hilfe angeboten hatte, falls er in Rechenkunde nicht zurechtkommen würde.

Die beiden Freunde trafen sich mittags in der Mensa und gingen anschließend in die Bibliothek. Dort versuchte Morlâ, Leik die Geheimnisse der Rechenkunde zu entschlüsseln, was jedoch nur wenig Erfolg brachte.

Magiebeherrschung

Unausgeschlafen saßen Leik und Morlâ am letzten Tag der ersten Semesterwoche gemeinsam in der Mensa und stocherten missmutig im Essen der Verbindungsstudenten von Elbendingen herum, die immer noch Küchendienst hatten. Heute stand bei den Elben Obst auf dem Speiseplan. Die seltsamen roten, gelben und himmelblauen Früchte waren in feine Streifen geschnitten und dann zu einem süß-säuerlichen und sehr frisch schmeckenden Salat verarbeitet und mit gemahlenen Nüssen verfeinert worden.

Leik schmeckte dieses Essen eigentlich ganz gut. Doch aus Solidarität seinem zwergischen Freund gegenüber rührte er lustlos in seiner Schüssel herum und nahm nur ab und zu einen Happen. Überhaupt schien Morlâ heute besonders missgelaunt zu sein. Leik wusste, woran dies lag. Heute Vormittag hatten sie Kampfkunst. Eigentlich hielt sein Mitbewohner große Stücke auf seine Nahkampffähigkeiten, da er aber nicht in der Lage war, magische Angriffe zu parieren, geschweige denn zu bekämpfen, hatte die Universitätsleitung beschlossen, dass er auch dieses Fach wiederholen musste.

Die Kampfplätze lagen einige Hundert Meter hinter dem Sternballtrainingsplatz. Anders als dort waren die Flächen für den Kampfkunstunterricht komplett mit Holz ausgelegt. Ähnlich einem kleinen Amphitheater lag die Kampfarena am Grund einer trichterförmigen Einmündung aus hölzernen Sitzreihen, die für Zuschauer vorgesehen waren. Es gab insgesamt drei dieser kleinen Arenen. Alle waren mit einem Holzdach bedeckt. Morlâ führte Leik die Treppe zu ihrer Spielstätte hinunter. Und dort stellten sie fest, mit welcher Verbindung sie an diesem Morgen und für den Rest des Semesters gemeinsam Unterricht haben würden: den Orks. Sie hatten Kampfkunst gemeinsam mit den besten Kriegern des Kontinents!

„Tja, Leik", knurrte Morlâ, „dann mach dich mal auf regelmäßig blaue Flecken und Schlimmeres gefasst. Ach ja, und wenn du glaubst, es kann nicht noch schlimmer kommen …", und er zeigte auf eine kleine Tür am anderen Ende der Arena, die soeben nach oben gezogen wurde und aus der ein riesiger schwarzgekleideter Ork trat.

Magister Ñokelä. Wie die Orkstudenten hatte auch er seine dunkle Kapuze so weit über den Kopf gezogen, dass sein Gesicht – wenn man das bei Orks so nennen konnte – nicht zu erkennen war. Mit wenigen Schritten hatte der Magister die hölzerne Kampffläche überquert und stand nun vor den Erstsemestern, die auf den Zuschauerrängen warteten.

Wie auf Kommando verbeugten sich die dunkel gekleideten Orks, was ein rauschendes Geräusch erzeugte.

Halbherzig machten Leik und Morlâ ihnen diese Ehrbezeugung nach.

Jetzt schlug ihr neuer Magister die Kapuze nach hinten.

Leik blieb kurz der Atem weg und er war froh, dass er keinen Laut von sich gab. Der große Mann war, selbst für orkische Verhältnisse, schrecklich anzusehen. Über seinen riesigen, mit kleinen Hörnern, aber dafür umso größeren Reißzähnen versehenen Kopf verlief eine große Narbe. Diese zog sich als ein riesiger dunkelbrauner Wulst über seine rechte Gesichtshälfte. Auch das rechte Auge wurde von dem Wundmal durchlaufen. Das Auge selbst fehlte. Dort befand sich eine leere Höhle, die von nachwachsender Haut mehr schlecht als recht bedeckt wurde. Anscheinend hatte man das Sehorgan mit einem glühenden Stumpf ausgebrannt. Der Anblick bereitete Leik eine Gänsehaut. Eins war jedenfalls klar: Ñokelä kannte Kampfkunst nicht nur aus der bloßen Theorie.

„Man munkelt", raunte Morlâ seinem Mitbewohner zu, „dass die Narbe ein Mitbringsel aus dem letzten Völkerkrieg ist. Einer eurer Häuptlinge hat sie ihm wohl während der Schlacht am Eichenberg beigebracht, dies aber angeblich mit seinem Leben bezahlt."

Ñokelä musterte den Kurs aus seinem verbliebenen Auge.

Irritierend schnell für Leik rollte die gelbliche wolfsähnliche Iris in ihrer Höhle und schien jedes Detail einzusaugen. Dann sah der

Magister den menschlichen Studenten direkt an. Leik hätte schwören können, dass sein Blick länger auf ihm als auf allen anderen Studenten verweilte, und auch, dass er bei seinem Anblick noch ein bisschen grimmiger dreinschaute. Doch nach wenigen Momenten blickte der Magister in eine andere Richtung und der neue Student war sich nicht mehr sicher, ob er sich das Ganze nicht nur eingebildet hatte.

Dann begann der Magister mit tiefer und Furcht einflößender Stimme in gebrochener Hochsprache zu den Studenten zu sprechen. „So, so … die Neuen. Wollen wir doch einmal sehen, ob das Tor Lekan weise gewählt hat und ihr in der Lage seid, Razuklan wirklich zu verteidigen. In meinem Fach wird es um die hohe Kunst des Kampfes gehen. Hier lernt ihr keinen Hokuspokus! Es wird keine bunten Farben, niedlichen Tierchen oder blubbernde Tränklein geben. In der Arena“, der Magister zeigte mit einer ausladenden Bewegung auf das holzverkleidete Rund, auf dem er stand, „helfen euch keine Tricks oder Illusionen. Hier zählt einzig und allein eure Kraft und Geschicklichkeit. Es wird keine Ausreden geben, sondern immer nur eines: einen Sieger und einen Verlierer.“

Wieder schaute er tief in die Augen seiner Studenten. „Denkt daran: Selbst wenn ich es bedaure, jede Art von tödlichem Angriff ist verboten. Ihr werdet lernen, euren Gegner zu besiegen, ohne ihn dauerhaft zu verletzen. Das Kämpfen ist eine jahrtausendealte Kunst. Mit nur einer Berührung könnt ihr euren Gegner auf den Boden schicken. Der Stärkere kann vom technisch Besseren besiegt werden. Ebenso kann Kraft der entscheidende Faktor zum Sieg sein. Hier lernt ihr *euren* Weg des Kampfes.“ Daraufhin schlugen sich alle Orkstudenten gleichzeitig mit der linken Faust auf den Brustkorb, was ein sehr lautes, beängstigendes Geräusch erzeugte.

Nach der Kontrolle der Anwesenheitsliste mussten sich alle Studenten in einem Halbkreis um den Magister aufstellen. Dieser machte ihnen anschließend eine äußerst komplizierte Schlag- und Trittfolge vor, die die Studenten nachmachen sollten.

Zu seiner eigenen Bestürzung musste Leik feststellen, dass alle Studenten – auch Morlâ – die komplexen Bewegungen vollkommen synchron nachahmen konnten. Leik kam sich wie ein roter Apfel in einem Korb voll grüner vor, so auffällig waren seine ungelenken Verrenkungen inmitten der gleichmäßigen, fließenden Bewegungen, die seine restlichen Kommilitonen ausführten.

„Halt!“, brüllte Ñokelä plötzlich und stapfte zornig auf ihn zu. „Was wird das denn?“, schrie er Leik an.

Leik merkte, wie er schon wieder einen roten Kopf bekam. „Ich ...“, begann er, „ich ...“

„Was, ich?“ Ñokeläs riesiger Kopf war jetzt direkt vor Leiks. Das einzelne animalisch gelbe Auge starrte ihn hasserfüllt an. „Nun sprich schon, du menschliche Made.“

„Magister, ich ...“, begann Leik erneut, doch Ñokelä ließ ihn nicht ausreden.

„Klarer Fall von Faulheit. Aber die werde ich dir schon austreiben. Wenn du nach deinem ersten Übungskampf grün und blau geschlagen bist, dann, da bin ich mir sicher, gibst du dir mehr Mühe, Menschlein. Ach ja, fast hätte ich's vergessen“, fuhr er gehässig fort, „dein erster Übungskampf ist jetzt!“

Leik rutschte das Herz in die Hose.

Jetzt mischte sich Morlâ ein. „Magister, aber ...“

„Ruhe, Zwergenbastard, wenn ich etwas von dir hören möchte, dann knie ich mich auf den Boden.“ Nach dieser Beleidigung lachten – das Geräusch hörte sich zumindest so ähnlich an – die Orkstudenten, die alle fasziniert zugeschaut hatten.

Doch der Zwerg gab nicht auf. „Wie soll denn Leik ohne jeglichen Unterricht einen Übungskampf bestehen?“

Jetzt schaute Ñokelä wirklich böse drein, da war sich selbst Leik absolut sicher.

„Ich habe es doch eben schon einmal gesagt, Zwerglein, dass ich nichts von dir hören möchte. Aber anscheinend brauchst auch du mal eine kleine Lektion in Sachen Demut. Ꝁuelnk, Ᵽyzu“, rief er die beiden größten Orkstudenten aus der Gruppe der Schwarzgekleideten zu sich. „Zeigt unseren beiden ehrenvollen Studenten des Weißen Hauses, wie wir Orks Kampfkunst interpretieren.“

Mit einem diabolischen Grinsen auf dem Gesicht traten die beiden Studenten vor und verbeugten sich tief: „Gerne, Magister.“

Dann umringte der gesamte Kurs die vier Studenten. Es war ein Kampfkreis entstanden.

Leik war als Erster an der Reihe. Morlâ wurde von einer Phalanx aus Orkkörpern daran gehindert, ihm zu helfen. Jetzt erschallte aus dem Kreis seiner Kommilitonen ein anfeuernder Ruf, der sich, wie ein Trommelschlag, hundertfach wiederholte und die gesamte Arena in eine aggressive Stimmung tauchte. Er wusste sich nicht zu helfen. Natürlich war er ein ganz passabler Jäger, doch hier hatte er weder Bogen noch Messer zur Verfügung, sondern musste sich ganz und gar auf seine Körperkräfte verlassen, und die waren – ehrlich gesagt – nicht gerade groß. Leik blickte den mindestens zwei Köpfe größeren, muskelbepackten Ork an, der ihm gegenüberstand.

„Beginnt!“, dröhnte Ñokeläs tiefe Stimme über den Platz.

In lauernder Stellung und mit angewinkelten Armen kam Ꝁuelnk auf den jungen Menschen zu. Der Wind bauschte seinen schwarzen Umhang auf. Langsam, aber stetig näherte der Ork sich Leik. Dabei zeigte er keinerlei Angst. Ganz im Gegensatz zu seinem menschlichen Kontrahenten. In wenigen Schritten würde er Leik erreicht haben.

Dem war bewusst, dass sein Gegner extra langsam auf ihn zukam, um die Situation auszukosten. Die anderen Orks feuerten ihn begeistert an. Leik begann zu schwitzen, obwohl ihm eigentlich kalt war. Die Situation war aussichtslos. Langsam rann der Schweiß seinen Rücken hinunter. Sämtliche Härchen seines Körpers waren aufgestellt. Leiks Herz schlug so stark, dass es wehtat und er den kupfernen Geschmack von Blut im Mund wahrnahm. Doch Ꝁuelnk ließ sich Zeit und umkreiste sein Opfer, wobei er geschickt immer näher an Leik herankam.

„Nun mach schon!“, feuerten die anderen Orks ihren Burschenschaftskameraden an. „Zeig dem menschlichen Abschaum, wozu wir fähig sind.“ Darauf fielen alle in aggressive „Řischnärr-Řischnärr!“-Rufe ein.

Leik war klar, dass der Angriff des Orks unmittelbar bevorstand. Er schloss kurz die Augen und holte tief Luft, um sich irgendwie zu beruhigen und einen Schlachtplan zu entwerfen, der zumindest dafür sorgte, dass er halbwegs unverletzt aus dieser Situation entkam. Doch ihm wollte nichts einfallen. Er öffnete die Augen. Keine Sekunde zu früh, denn jetzt sah er das verzerrte Gesicht Kuelnks vor sich. Der Ork rannte mit mordlüsternem Blick und vor Geifer nassen Hauern geradewegs auf ihn zu. Die Zeit der Spielchen war vorbei. An Flucht war nicht mehr zu denken. Leik wusste, dass er im nächsten Moment brutal gequält werden würde. Diese Erkenntnis traf ihn wie ein Keulenschlag. *Nein! Ich habe das nicht verdient!* Ein kurzer Anflug von Wut ob dieser Ungerechtigkeit durchflutete Leik. Jetzt war er endlich so weit, sich zumindest nicht einfach kampflos seinem Schicksal zu ergeben. Kurz bevor Kuelnk in ihn hineinkrachte, rollte sich Leik zur Seite und entkam damit den krallenähnlichen Händen des Orks, der ungebremst in die hölzerne Absperrung der Arena rauschte.

Leiks Gegner heulte auf vor Wut und wurde von den höhnischen Kommentaren seiner Mitbewohner weiter angestachelt. Kaum hatte sich sein menschlicher Kontrahent wieder auf die Beine gestellt, rannte der Ork erneut auf ihn zu. Doch noch einmal konnte Leik ausweichen.

„Ihr sollt kämpfen und nicht Fangen spielen", dröhnte Ñokeläs Stimme durch die Kampfarena.

Das schien den Ork erst richtig anzuspornen. Er änderte jetzt seine Taktik, breitete seine langen Arme aus und ging langsam auf Leik zu. Damit drängte er ihn kontrolliert zum Zaun vor den Zuschauerreihen hin. Immer enger wurde der Abstand zwischen den beiden. Bis Leik keine Chance mehr hatte zu entkommen. Eingekesselt zwischen der hohen Absperrung und den Armen des Orks ergab er sich seinem Schicksal.

Vielleicht hätte ich mich gleich verprügeln lassen sollen, jetzt ist er erst richtig wütend, dachte Leik noch, als seine rechte Hand anfing zu kribbeln. Langsam wurde ihm dieses Gefühl vertraut. Die Welt begann wieder in die Farben des Regenbogens zu zerfließen, und seine Sinne waren übernatürlich geschärft. Wie in Trance hob er die Hand. Das Mal darauf glühte.

„Deine Zaubertricks werden dir bei mir nichts nützen", hörte er den Ork noch undeutlich grunzen, bevor er mit seinen gewaltigen Klauenhänden zuschlug.

Gleichzeitig schoss ein vielfarbiger, greller, dünner Strahl aus Leiks Hand, der die gesamte Arena erleuchtete.

Im nächsten Moment wurde sein Angreifer über den gesamten Kampfplatz geschleudert. Er landete krachend im Begrenzungszaun, den er mit seinem massigen Körper durchschlug, wobei sich ein langer Holzsplitter knirschend in seinen Oberarm bohrte. Blut schoss aus der klaffenden Wunde. Auch unter Kuelnks Kopf bildete sich eine große Blutlache. Der Ork regte sich daraufhin nicht mehr. Er war schwer verletzt.

Doch Leik konnte den Angriff nicht abbrechen. Weiter schoss er seinen Zauberstrahl auf sein wehrloses Opfer, das er so immer weiter in der Arena herumschleuderte.

Leik! Leik!, dröhnte plötzlich eine Stimme in seinem Kopf. *Kontrolliere die Magie! Lass dich nicht von ihr kontrollieren! Verlasse die Sphäre! Jetzt! Du tötest Kuelnk sonst!* Tejal. Doch Leik wusste nicht, wie er bewerkstelligen sollte, was sie von ihm wollte. Die Welt war weiterhin in Tausende Farben getaucht und er bildete das Zentrum des Ganzen. Magie durchfloss jede Pore seines Körpers. Nur selten hatte er sich so gut und lebendig gefühlt. Den Ork hatte er fast vergessen. Er ließ sich einfach mit den Farben treiben. Hier war sein Platz. Irgendwie wurde er sogar stärker, je länger er seine magische Ladung auf Kuelnk abschoss.

Ein Krachen. Leik wurde schwarz vor Augen. Die Farben waren verschwunden und seine Sinne wieder auf menschliches Normalmaß geschrumpft. Langsam und mühselig öffnete er die Augen. Wo war er? Nur langsam kam seine Erinnerung zurück. Die Arena. Kuelnk. Wie ging es dem Ork? Jetzt durchflutete Leik die Angst, etwas angerichtet zu haben, was niemals wieder rückgängig zu machen wäre. Langsam richtete er sich auf. Merkwürdigerweise tat ihm jeder einzelne Knochen im Körper weh.

„Mensch, Leik, da bist du ja wieder!" Morlâs besorgtes Gesicht tauchte vor seinem auf. „Ich dachte schon, Tejal hätte dich komplett k. o. gesetzt."

Was hat die Direktorin denn mit Kampfkunst zu tun? Doch bevor Leik diese Frage aussprechen konnte, eilte die Rektorin schon auf ihn zu. Hinter ihr sah er eine Gruppe Orks um den bewusstlosen

Körper seines Gegners stehen, den jetzt allerdings eine merkwürdig durchscheinende, schimmernde Hülle umgab, die einer riesigen Wasserblase ähnelte.

„Jetzt wird es ernst", flüsterte sein Zwergenfreund ihm noch schnell zu, bevor die sehr zornig aussehende Großmagistra die beiden erreichte. „Du bist der erste Magier in der Geschichte Razuklans, der in der Lage ist, einen Ork mit Zauberei zu verletzen."

Jetzt fliege ich von der Universität, dachte Leik noch, dann wurde ihm erneut schwarz vor Augen.

Sonderunterricht

„Leik, Leik." Eine wunderschöne Stimme drang durch Leiks Kopf, die ihn an Bilder von mit frischem Tau benetzten Wiesen und wunderschöne bunte Blumen denken ließ. Er konnte den frischen, blumigen Duft riechen und die Morgenfrische in den Bergen regelrecht auf der Zunge schmecken. „Komm zu dir, Junge!" Jetzt hatte sich die Stimme verändert und klang ungeduldig und auch ein wenig herrisch. Doch Leik wollte nicht aus seiner Traumwelt zurück in die Realität. Auf einmal spürte er kaltes Wasser auf dem Gesicht, und augenblicklich kam er wieder zu sich.

„Danke, Gwendolin. Du kannst den Eimer wieder mitnehmen, das Aufwischen erledige ich schon selber", hörte Leik nun, da er wieder vollständig erwacht war. Er schaute sich um und bemerkte, dass sein Gesicht und seine Haare klatschnass waren. Verwirrt blickte Leik die beiden Personen an, die vor ihm standen. Auf der einen Seite die Direktorin Tejal, wie immer mit strenger Hochsteckfrisur und einem lila Umhang bekleidet, und auf der anderen die Elbin Gwendolin mit wallendem blondem Haar, auf dem schräg ein kleiner, gelb-blauer Hut saß, die mit hämischem Blick auf den nassen Leik das Zimmer mit einem Blecheimer in der Hand verließ.

„Hallo, Leik", sagte die Großmagistra nun zu ihm, „schön, dass du wieder da bist. Tut mir leid, dass ich zu einer so unkonventionellen Methode greifen musste." Mit diesen Worten reichte sie ihm ein weißes, weiches Handtuch.

Leik rubbelte sich die Haare trocken, so gut es ging.

„Falls du dich fragen solltest, wo du bist …" Die Direktorin machte eine ausladende Geste, und Leik erkannte an den merkwürdigen Gemälden und dem schweren Schreibtisch das Büro der Rektorin wieder.

„Warum bin ich hier?“, fragte er zögerlich. Dann fielen ihm die Ereignisse der letzten Stunde wieder ein und er fragte schnell: „Wie geht es Kuelnk?“

Die Direktorin musterte ihn mit strengem Blick. „Ich bin froh, dass du diese Frage stellst, denn sie macht deutlich, dass du dir bewusst wirst, was deine Kräfte anrichten können. Er lebt. Mehr kann ich im Moment noch nicht sagen. Man hat ihn zur Krankenstation gebracht und Magistra Herbstblüte versorgt seine – ehrlich gesagt, relativ schweren – Wunden. Aber Orks sind zäh. Ich denke, er wird sich wieder vollständig erholen“, fügte sie schon wieder etwas freundlicher dreinblickend hinzu. „Erzähle mir, wie du das gemacht hast, Leik. Wie warst du in der Lage, mit Magie einen Ork anzugreifen? Dazu bin selbst ich nicht in der Lage und auch kein anderer Zauberer auf Razuklan.“

Leik gab die einzige Antwort, die er geben konnte. „Ich weiß es nicht.“

Nachdenklich betrachtete Tejal ihn. „Das dachte ich mir fast, oder sagen wir besser, das hatte ich gehofft.“

Leik schaute sie fragend an, doch seine Rektorin war offensichtlich nicht bereit, ihm mehr dazu zu sagen.

„Erzähle mir einfach, wie es passiert ist! Alles, woran du dich noch erinnern kannst.“

Und so erzählte Leik von seinen Empfindungen und der Angst im Übungskampf gegen den scheinbar unbezwingbaren Ork und der unkontrollierbaren Reaktion seinen Körpers darauf. Die Direktorin hörte still zu und nickte nur ab und an.

Als er geendet hatte, sagte sie: „Ich habe es dir vom ersten Tag an auf deinen Stundenplan geschrieben: Du musst lernen, die Magie zu kontrollieren, die dich durchfließt. Noch ist es umgekehrt, und dein magisches Potenzial kontrolliert dich. Bei den meisten Studenten der Âlaburg ist es genau anders herum: Sie sind nicht in der Lage, ihr Zaubertalent abzurufen. Insofern bist du ein Sonderfall, weil du deines nicht bremsen kannst. Aber so wie wir fast allen Studenten helfen können, die magische Kraft in sich zu wecken, so bin ich mir sicher, dass ich dir beibringen kann, deine zu kontrollieren.“

Leik überlegte, ob er sich gerade verhört hatte. Die Leiterin der Universität wollte ihn selbst unterrichten? Die Großmagistra schien seine Gedanken zu erraten, oder, noch beängstigender, zu lesen. Er hatte zwar nicht gehört, dass dies möglich ist, aber die Zauberei war ihm immer noch neu und rätselhaft, und er traute ihr fast alles zu.

„Ja, du hast richtig gehört. In diesem Semester wirst du Sonderunterricht bei mir bekommen, damit du nicht noch einmal einen anderen Studenten verletzen kannst. Jeden Freitagnachmittag kommst du jetzt in mein Büro und ich werde versuchen, dich Techniken zu lehren, die deiner großen Kraft gerecht werden und dir helfen, deine Begabung kontrolliert auszuüben. Es wurde eben gerade in deinen Semesterplan eingetragen“, sagte Tejal lächelnd.

Leik schluckte: Sonderunterricht bei der Direktorin! Was würden die anderen von ihm denken? Kurz dachte er an die Probleme, die Filixx bekommen hatte, weil seine Leistungen zu gut waren. „Selbstverständlich, Großmagistra“, stammelte Leik und holte jetzt die Verbeugung nach, die er eigentlich gleich zu Beginn ihres Gesprächs hätte machen sollen.

Tejal nahm dies gutmütig zur Kenntnis.

Offensichtlich ist eine Ausnahme vom Protokoll erlaubt, wenn man ohnmächtig ist, dachte Leik. Nach seiner Ehrbezeugung wollte der neue Student das Büro verlassen.

„Wo willst du denn hin?“, erklang scharf, aber auch irgendwie amüsiert Tejals Stimme.

Leik drehte sich verwirrt um. „Ich dachte … ähh, na, dass wir in der nächsten Woche damit anfangen.“

Die Rektorin sah ihm streng in die Augen.

„Naja, vielleicht ist es auch besser, schon heute anzufangen“, sagte er ein wenig enttäuscht über den verlorenen Freitagnachmittag.

„Richtig erkannt. Du willst doch nicht noch einmal jemanden verletzen? Setz dich.“ Ein Stuhl rutschte, gesteuert durch magische Kräfte, heran, und Leik nahm unfreiwillig Platz.

„Also, junger McDermit. Die Übung, die du nun wöchentlich bis zur vollständigen Beherrschung deiner Kräfte durchführen wirst, basiert einfach darauf, dir die Grenzen deiner Fähigkeiten aufzuzeigen. Magie steht uns zwar dank der Energieströme der Erde unbegrenzt zur Verfügung, doch ihre Anwendung erschöpft den Körper eines jeden Wesens. Deine großen Kräfte zeigen, dass du in besonderer Weise in der Lage bist, diese Energie zu kanalisieren und zu nutzen. Warum dies so ist und wie weit diese Fähigkeiten gehen, das ist mir noch nicht ganz klar, aber im Moment auch noch nicht so wichtig."

Leik sah seine Direktorin verständnislos an.

„Ach, ich vergesse immer, dass du noch so jung bist und der nutzlose Gerald dich wie einen richtigen Menschen erzogen hat. Versuchen wir es an einem einfachen Beispiel. Stell dir einmal vor, du wärst der beste Langläufer Razuklans. In Ordnung?"

Leik nickte pflichtbewusst, obwohl er überhaupt nicht wusste, was Tejal von ihm wollte.

„Gut. Du bist also der beste Läufer des Kontinents. Niemand kann dich schlagen. Aber nun musst du gegen die fünf besten Läufer, die es nach dir gibt, antreten. Und zwar gegen alle fünf hintereinander ohne Pause. Was glaubst du, wird passieren?"

Leik gab die Antwort, ohne darüber nachdenken zu müssen. „Ich werde gegen den zweiten oder dritten Läufer verlieren, da ich schon ausgelaugt bin."

„Sehr gut. Genau das habe ich mit dir vor. Ich will, dass du erkennst, wie viel Energie du durch deinen Körper fließen lassen kannst, bis du selbst körperlich ermattest. Dadurch wirst du im Laufe der Zeit hoffentlich selbst einschätzen können, welche Menge an Magie du gerade einsetzt, und diese auch im Umgang mit anderen regulieren. Verstanden so weit?"

Jetzt nickte Leik, weil er nun wirklich fast alles verstanden hatte, was die Rektorin ihm sagen wollte. „Eine Frage hätte ich noch", sagte er anschließend schüchtern.

„Welche?"

„Wie kann man einen Zauberer erschöpfen?"

Die Direktorin lachte mädchenhaft. Nie hätte Leik so ein schönes Lachen von der strengen Frau erwartet. „Du stellst die richtigen Fragen, mein junger Student. Mach nur weiter so und du wirst es weit bringen. Ich werde dein Gegner im Laufen sein.

Meine Kräfte sind deinen sicherlich überlegen, allein wegen meiner Erfahrung im Umgang mit Magie, wenn ich auch nicht über deine besonderen Fähigkeiten verfüge. Außerdem", fügte sie leiser und geheimnisvoll hinzu, „stehen mir die besonderen Energien und Wesenheiten der Âlaburg als Rektorin zur Verfügung. Seitdem diese mich als solche akzeptiert haben, kann man wohl mit Fug und Recht behaupten, dass ich die mächtigste Zauberin von ganz Razuklan bin. Zumindest solange ich mich innerhalb der Mauern der Universität aufhalte."

Leik zog bei diesen Informationen erstaunt die Augenbrauen in die Höhe.

„Das ist übrigens nichts, was die gesamte Universität wissen muss. Haben wir uns verstanden?", sagte sie streng. Nachdem Leik versichert hatte, diese Information für sich zu behalten, erklärte Tejal ihm, wie sie üben würden, seine Kräfte zu kontrollieren. „Ich werde eine Energieglocke um dich legen, die sich immer weiter zusammenzieht. Das wirst du körperlich spüren. Einfacher gesagt: Wenn du keine Gegenenergie in Form eines Zaubers aufbaust, wirst du zerdrückt. Stelle es dir wie eine große Presse vor."

Leik musste laut schlucken. Er wollte nicht zerdrückt werden. Nicht nur, dass er heute gegen einen Ork hatte kämpfen müssen, er würde nun auch noch einen Kampf gegen die Direktorin bestreiten.

Die sah, was in ihm vorging. „Hab keine Angst. Ich kann meinen Zauber kontrollieren. Der entsprechende Gegenzauber ist relativ einfach. Tritt in die Sphäre ein und nimm das Farbband", die Großmagistra sah ihn kurz nachdenklich an, bevor sie weitersprach, „oder die Farbbänder auf und wirbele sie um deinen Körper herum. Du kannst das geistig tun oder wirklich deine Arme dazu benutzen. Stell dir einfach vor, du würdest dich mit großen Bahnen Stoff einwickeln, wie eine Mumie aus der Kameewüste. Nur dass der Stoff natürlich aus Energie besteht. In Ordnung?"

„Ich … ich", begann der Angesprochene stotternd, was ihm einen strengen Blick der Direktorin einbrachte.

„Lass das Gestotter!", sagte sie sehr streng. „Du bist jetzt ein Student der Âlaburg. Nur die wenigsten Lebewesen unseres Kontinents werden hier aufgenommen. Sei dir endlich deiner besonderen Position bewusst. Wenn du in einigen Jahren im Namen des Drianyordens die Streitigkeiten zwischen zwei Adligen klären musst, kannst du auch nicht schüchtern sein. Das Volk erwartet mutige Beschützer. Also verhalte dich auch so."

Leik spürte, wie er schon wieder rot wurde, aber er holte tief Luft und sagte mit – hoffentlich – fester Stimme: „Ich habe immer noch keine Ahnung, wie ich in die Zaubersphäre eindringen kann."

In den Augen der Rektorin erschien ein Funkeln. „Umso besser, dann kannst du das hier auch gleich üben. Unter Druck scheinst du sie ja problemlos betreten zu können." Anschließend machte sie mit beiden Armen eine Bewegung, als wollte sie etwas wegwedeln.

Im nächsten Moment wurde die Luft aus Leiks Lungen gepresst. Er war nicht in der Lage einzuatmen, solch ein Druck lastete auf seinem Körper. Es war, als ob sich Filixx auf seinen Brustkorb gesetzt hätte und Ûlyėr gerade im Begriff wäre, sich noch dazuzugesellen. Leik merkte, wie ihm die Augen aus den Höhlen gedrückt wurden. Er bekam rasende Kopfschmerzen. *Ich werde jeden Moment ersticken,* dachte er. Die Welt verwandelte sich in ein Meer aus Schmerzen. Der Student merkte, dass ihm die Sinne schwanden. Er konnte keinen klaren Gedanken fassen. Leik wurde schummerig vor Augen.

Plötzlich erschienen die Tausenden verschiedenen Farben, und Leiks Blick wurde wieder klarer. Seine Sinne waren unnatürlich geschärft. Er hatte die Sphäre betreten. Sein Geist rief, einem angeborenen Instinkt folgend, die ihm innewohnenden Kräfte ab und beschützte so seinen Körper. Augenblicklich ließ der Druck nach. Hatte die Direktorin wirklich auf seinen Körper eingewirkt, oder war der Zauber nur auf seinen Geist angelegt und er *glaubte* nur, dass er zerdrückt wurde? Leik fand keine Antwort auf diese Frage, zumal er nun Tejals Stimme in seinem Kopf hörte.

Willkommen! Das ist doch schon mal ein Anfang. Dann kann ich ja jetzt richtig zaubern. Sofort danach spürte Leik wieder den Druck, stärker noch als vor Betreten der Sphäre. Doch nicht nur das. Er sah Hunderte gelbe Bänder auf sich zurasen. Diese bildeten einen gelben Kokon um seinen Körper, der immer enger wurde. Leik sah panisch auf seine Hände, die er kaum noch bewegen konnte. Wie Wasser liefen magische Energieströme in den schillerndsten Farben durch sie hindurch. Und genauso wie Wasser zerflossen sie jedes Mal, wenn er sie greifen wollte, um eine Schutzhülle für sich selbst zu errichten.

Tejals gelbe Energieströme schienen seine eigenen vielfarbigen immer mehr zu unterdrücken, je stärker sie sich um ihn schlossen. Leik probierte fieberhaft, die Bänder festzuhalten, doch er griff durch sie hindurch. Dann fiel ihm auf, dass die roten Bänder des Regenbogengemischs besonders hervortraten, vor allem, nachdem die Rektorin ihren magischen Angriff verstärkt hatte. Er konzentrierte sich darauf, nur rote Energielinien zu greifen. Beim ersten Mal zerflossen auch diese zwischen seinen Fingern. Der Druck der gelben Energie nahm zu, wieder bekam er fast keine Luft mehr. Leik griff nach einem dünnen, fast durchsichtigen roten Band. Er konnte es festhalten. Nun umspielte es seinen Unterarm und wirbelte um ihn herum. Er griff noch einmal zu und konnte weitere Energielinien halten. Dann wirbelte er mit seinem rechten Arm um den Körper herum und zog die roten Fäden lang, die schließlich eine Spur hinterließen und sich um ihn herum verfestigten. Leik spürte, wie der Druck aufhörte, stärker zu werden, doch nachgelassen hatte er keineswegs.

Nachdem er einen dünnwandigen Kokon um sich gewebt hatte, begann er die Arme auszubreiten, um ihn zu verstärken. Am Anfang fiel ihm dies schwer, da er auf den Widerstand des gelben Zaubers der Direktorin traf. Doch jetzt flossen die anderen Farben wieder stärker durch sein Sichtfeld. Leik versuchte erneut, sie zu greifen. Jetzt gelang es ihm. Zumindest für einen kurzen Augenblick. Tejals gelbe Angriffsblase, die nun über seinem eigenen Schutzumhang lag, wich langsam vor seinem roten und sich in anderen Farben ausbreitenden Schutzkokon zurück. Dieser Vorgang war unheimlich anstrengend. Leik kam es vor, als würde er mit Gewichten trainieren. Die Arme wurden ihm schwer. Schweiß – falls es so etwas in der Sphäre gab – lief ihm den Rücken hinunter. Schwerfällig hob er den rechten Arm, im linken hatte er keine Kraft mehr. Leiks Knie begannen zu zittern. Die bunten Farben entglitten ihm wieder. Jetzt merkte er, dass er dadurch mehr körperliche Kraft bekam, wenn auch sein Zauber schwächer wurde. Das also hatte Tejal mit Kontrolle gemeint. Er ließ die roten Energielinien kontrolliert weniger werden. Der magische Druck nahm zu, doch er war wieder in der Lage, beide Arme zu heben. Was ihm ohne die zusätzliche magische Energie nicht viel nutzte. Er entschied sich für einen schnellen magischen Stoß. Leik nahm alle roten Linien auf, die er greifen konnte, und riss in einer unglaublichen Kraftanstrengung die Arme nach oben. Der gelbe Schutzball zog sich von seinem Körper zurück, doch Leik selbst konnte nicht mehr aufrecht stehen und sackte zusammen.

„Sehr gut, das war doch schon mal ein Anfang", hörte er kurz darauf die Stimme der Großmagistra und schlug die Augen auf. Leik war wieder in die Realität zurückgekehrt.

„In ein paar Wochen kannst du die Energieblase vielleicht durchschlagen, bevor du ohnmächtig wirst", sagte sie mit einem strahlenden Lächeln.

Leik stellte fest, dass er auch in der wirklichen Welt zusammengesackt war. Mühsam erhob er sich. Sein Hemd war nass geschwitzt und seine Beine fühlten sich an, als wäre er gerade mehrere Kilometer gesprintet. Leik war nur froh, dass er sich noch aufrecht halten konnte.

„Schau nicht so traurig drein", versuchte Tejal ihn zu ermuntern. „Das war ein Anfang. Es wird besser. Versprochen!" Dann zeigte sie in Richtung Tür. „Wir sehen uns nächsten Freitag. Und Leik …"

Der Bewohner des Weißen Hauses blickte sie aus müden Augen an.

„Denk an deine Strafarbeit morgen früh bei Gerald im Universitätsgarten. Und … bitte ärgere keine Orks in der nächsten Woche", sagte die Direktorin grinsend und wandte sich dann den Papieren auf ihrem Schreibtisch zu.

Leik verließ zerschlagen das Büro.

In den Gärten

Leise schlich sich Leik aus dem Zimmer. Morlâ hatte ihm am Abend zuvor eingebläut, dass er ihn auf keinen Fall wecken dürfe, da er sonst zu wenig Schlaf bekäme. Der Zwerg war wie ein Murmeltier, das jede sich bietende Gelegenheit zum Schlafen nutzte, und gerade das Ausschlafen am Wochenende war ihm heilig.

Leik passierte den Wasserspeier und tätschelte ihn gedankenverloren zwischen den Ohren. In der Nacht hatte es erneut geschneit. Der gesamte Campus war von einer weißen, noch unberührten Schicht eingezuckert. Die Temperatur war nochmals gefallen, doch da der Wind nachgelassen hatte, empfand Leik sie nicht mehr als ganz so schneidend. Außerdem war endlich wieder einmal ein strahlend blauer Himmel zu sehen. Die Sonne ging gerade auf. Es schien ein freundlicher, klarer Wintertag zu werden. Außer ihm selbst schien noch niemand draußen zu sein. Leik konnte im Elbendingen-Haus Licht in einigen wenigen Fenstern sehen. Doch selbst diese Frühaufsteher unter den Elben schienen die Wärme ihrer Zimmer zu bevorzugen.

Irgendjemand läuft hier aber doch schon herum, dachte er mit Blick auf den akkurat geräumten schmalen Pfad im Schnee, dem er in Richtung der Gärten folgte. Nach einigen Hundert Metern passierte er das Glaubensfest-Verbindungshaus. Der Anblick der so vertraut wirkenden Fachwerkhäuser mit ihren dunklen Balken, weiß gestrichenen Lehmwänden und den Bleiglasfenstern, von denen nur einige wenige beleuchtet waren, versetzte ihm immer noch einen leichten Stich.

Schließlich hatte Leik den großen, verwilderten Universitätsgarten erreicht. Zu seinem Erstaunen musste er feststellen, dass einige der Bäume beschnitten waren, und auch Teile des Zauns waren schon wieder instand gesetzt und hatten einen neuen Anstrich. Leik öffnete die kleine Pforte und ging den schmalen Pfad entlang tiefer in den waldähnlichen Garten hinein. *Wo ist Gerald nur?* Da ertönte ein leises Klingeln, das er zu Beginn gar nicht als solches wahrnahm, weil es klang, als würden seine Ohren ihm einen Streich spielen. Doch dann erkannte Leik den Ton. Es war das schöne, glockenhelle Lachen der Samusen.

„Ohh“, kicherten die kleinen Feenwesen. „Wer kommt uns denn so früh am Morgen besuchen?“

Dabei umflatterten die flinken, freundlichen Wesenheiten Leiks Kopf und waren immer so schnell aus seinem Sichtfeld verschwunden, dass er sie sich kaum richtig ansehen konnte. Ihre durchsichtigen Flügelchen schlugen dabei so geschwind, dass es wirkte, als würde die Luft über ihrem Rücken flimmern. Wieder machte ihr glockenhelles Lachen Leik glücklich, und er begann zu lächeln. Das schien den kleinen weiblichen Wesen zu gefallen, denn nach und nach wurden sie langsamer und setzten sich auf Leiks Kopf und seine Schultern. Einige von ihnen schienen sich an seinen Ohren festzuhalten und an den Ohrläppchen zu schaukeln, was schrecklich kitzelte. Zugleich bemerkte er, dass sie seine Haare zu kleinen Zöpfen flochten, immer zu dritt oder viert. Die ganze Zeit kicherten die Samusen und sprachen mit Leik. Ähnlich einem Schwarm redeten sie immer alle gleichzeitig, obwohl sie ihn doch auf durchaus unterschiedliche Art und Weise ärgern konnten.

„Nun sag schon, junger Leik“, kam es aus vielen kleinen Mündern, „warum bist du hier? Hast du geglaubt, wir würden nicht gut auf den brummigen Gerald aufpassen? Nein, nein, nein“, und wieder kicherten alle gemeinsam, „das hast du nicht. Strafarbeit!“, riefen sie neckisch. „Mach dir nichts draus, unsere weise Direktorin weiß schon, warum sie dich hierherschickt. Vielleicht haben wir sie ja darum gebeten?“ Wieder hörte er ihr glockenhelles schönes Lachen.

Leiks Kopf kitzelte wie verrückt, wenn die kleinen Samusen über ihn stapften und seine Haare aufrichteten. Einige besonders freche Wesen versuchten jetzt anscheinend, in seine Ohren zu kriechen. Er musste stark gegen den Zwang ankämpfen sich zu kratzen, da er Angst hatte, eine der Samusen dabei zu zerdrücken.

„Wie langweilig, Leik, willst du nicht mit uns sprechen? Vielleicht kann er es gar nicht?“, neckten sie ihn.

„Natürlich kann ich sprechen“, antwortet Leik unwirsch.

Daraufhin fingen die Samusen an zu lachen, als hätten sie noch nie etwas Witzigeres gehört. Obwohl er es nicht sehen konnte, hatte Leik sogar das Gefühl, einige der kleinen Feen würden sich vor Lachen hinwerfen und mit winzigen Fäustchen auf seinen Hinterkopf trommeln, was ihn noch viel schlimmer juckte als alles andere zuvor.

„Also sprechen kann er. Das ist schon mal ein Anfang. Kannst du denn auch zaubern?“ Diese Frage schien ernst gemeint zu sein. Denn plötzlich waren alle Samusen still und hörten auf, sich auf seinem Kopf herumzubewegen, als würden sie mit voller Konzentration auf seine Antwort warten.

Die abrupte Ruhe verunsicherte Leik. *Warum ist den Samusen so wichtig, ob ich zaubern kann,* überlegte er fieberhaft. Doch dann zogen sie wieder an seinen Haaren und Ohrläppchen, und der Gedanke verflog. „Ich kann die Gabe noch nicht richtig kontrollieren“, antwortete er betrübt. „Aber ich arbeite mit der Direktorin daran“, fügte er mehr zu seiner eigenen Beruhigung hinzu.

„Das ist gut, das ist wichtig“, gaben sie vielstimmig und wie aus einem Mund zurück. „Vieles, wenn nicht alles hängt davon ab, wie gut du dich kontrollieren kannst. Razuklan braucht deine besondere Gabe. Du bist der Letzte, dem sie gegeben wurde. Der Letzte, der noch am Leben ist.“

„Was meint ihr damit?“, fragte Leik erschrocken.

Doch die Samusen schienen ihren kurzen Moment der Ernsthaftigkeit überwunden zu haben, denn jetzt kicherten und lachten sie nur wieder. Von einer Sekunde zu anderen flatterten sie wieder um sein Gesicht herum. Ihr Besuch war beendet. Einer nach dem anderen verließen ihn die kleinen Wesen und versteckten sich in den Sträuchern und Büschen des Gartens. Am Ende schwebte nur noch eine winzige Fee direkt vor Leiks Augen. Jetzt konnte er ihr schönes, blasses, scharf geschnittenes Gesicht deutlicher sehen. Auch erkannte er, dass der Kopf von feuerroten

Haaren umrandet war, was ihn bei seiner ersten Begegnung mit den Samusen an Erdbeeren denken lassen hatte.

Mit ernster Miene sagte sie zu ihm: „Kontrolliere die Gabe, Leik, und lass dich nicht von ihr lenken", dann kniff sie ihm kurz in die Nase und verschwand in den Tiefen des riesigen Universitätsgartens.

Völlig verdattert blieb er zurück. Ohne das Lachen der Samusen kam ihm die Welt augenblicklich weniger schön und fröhlich vor.

„Wie siehst du denn aus?", fragte plötzlich eine tiefe Stimme hinter ihm.

Leik zuckte vor Schreck zusammen und sah Gerald mit einem Hammer und einer Säge in der Hand hinter sich stehen. Dann fuhr er sich mit der Hand über die Haare und bemerkte unzählige kleine Zöpfe. Er musste aussehen wie ein Igel. „Die Samusen", sagte er kurz angebunden.

Gerald nickt nur. „Die haben nichts als Unfug im Kopf. Versuch einfach nicht hinzuhören, wenn sie um dich rumflattern, die kleinen Biester erzählen reichlich Quatsch und denken nur an ihren eigenen Spaß."

Pflichtschuldig nickte Leik mit dem Kopf nach diesen Worten, aber er war sich nicht sicher, ob Gerald damit recht hatte. Während sie gemeinsam weitere Teile des Gartenzauns ausbesserten, dachte er angestrengt, aber ohne eine Lösung zu finden, über ihre Worte nach. „Vieles, wenn nicht alles hängt davon ab, wie gut du dich kontrollieren kannst."

Neuankömmlinge

Die folgenden Wochen vergingen wie im Flug. Leik hatte das Gefühl, dass der Winter so kurz wie noch nie war, als er eines Morgens während der Gartenarbeit verblüfft die ersten Knospen an den Weidenkätzchen entdeckte.

Noch immer wohnte Leik im Weißen Haus, doch seine Freundschaft zu Filixx und Morlâ war inzwischen so eng geworden, dass er sich ein Leben ohne die beiden gar nicht mehr vorstellen konnte. Insgeheim fragte er sich, wie er es die letzten Jahre ohne die Scherze, aufmunternden Worte und Ratschläge der beiden ausgehalten hatte.

An der Universität war er immer noch ein doppelter Außenseiter. Weil er zum Weißen Haus gehörte, behandelten ihn alle Studenten der echten Verbindungen, als wäre er Luft, und setzten immer eine höhnisch-wissende, arrogante Miene auf, wenn er mit ihnen gemeinsamen Unterricht hatte.

Gleichzeitig hatte sich die Nachricht von seinem ungleichen Kampf gegen den riesenhaften Ork wie ein Lauffeuer verbreitet. Der merkwürdige Bastardmensch, der mit der rechten Hand zauberte, war plötzlich Gegenstand der allgemeinen Aufmerksamkeit geworden. Das spürte Leik bei unzähligen Gelegenheiten. Auch dass er den geheimnisvollen Sonderunterricht bei der Direktorin erhielt, hatte dazu beigetragen. Tejal mühte sich nach Kräften, Leik beizubringen, wie er seine Gabe besser kontrollieren konnte, allerdings mit wechselhaftem Erfolg. Zwar gelang es ihm nun recht einfach, in die Sphäre einzudringen, doch entweder musste die Direktorin sich zurückziehen, weil Leik seine Kräfte gar nicht zu einem magischen Gegenangriff bündeln konnte, oder er wurde ohnmächtig, weil er zu viel Energie für seine Gegenschläge benutzte.

In den Unterrichtsfächern hatte er dementsprechend sehr unterschiedliche Erfolge. In Magie ließ ihn der alte Jehal gar nicht mehr richtig am Unterricht teilnehmen. Bei allen Übungen, die er mit dem Kurs durchführte, bekam Leik fadenscheinige Aufträge, beispielsweise, dass er eine Tasse Tee für den Magister holen oder einen versiegelten Umschlag ins Sekretariat bringen sollte. Kam Leik nach diesen Aufträgen in die Klasse zurück, hatten seine Kommilitonen den praktischen Teil der Stunde meist schon beendet. Als Leik einmal seinen gesamten Mut zusammengenommen hatte und den Magister darauf ansprach, war Jehal kreidebleich geworden und hatte nur noch gestottert: „I…i…ich habe es der Direktorin schon vor Jahren gesagt, dass so etwas passieren musste, schon vor Jahren!“, und hatte den Unterricht vorzeitig beendet. In der folgenden Woche fiel Magie aus.

In Beschwörung war es den beiden Freunden zu Magister Untermbergs großer Freude gelungen, einen Gnarfwurm zu beschwören. Leik war sich allerdings nicht so sicher, wie Morlâ und ihm dieses Wunder gelungen war. Er selbst war zwar in der Sphäre gewesen, doch konnte er das beschworene Wesen bei mehreren Versuchen nicht komplett materialisieren. Doch als er (mal wieder ohnmächtig geworden) erwachte, hielt sein zwergischer Freund einen dicken, grauen Wurm in der Hand, der, sich auf seiner Handinnenfläche windend, versuchte, in den kleinen Finger des Zwergs zu beißen. Nur Leik war in der allgemeinen Euphorie über die erste gelungene Beschwörung des Kurses aufgefallen, dass in Morlâs Ledertasche fingerdicke Löcher gefressen waren. Er versuchte aber nicht weiter, dieses Rätsel zu lösen, sondern genoss gemeinsam mit seinem Freund die lobenden Worte des Magisters.

In Religion bei Magister Mac Kamell – oder Mac Gammel, wie Leik und seine Freunde ihn heimlich nannten – hatte es sich Leik angewöhnt, einfach alles genauso zu wiederholen, wie es der Magister dem Kurs vorbetete. Bis jetzt schien der Religionsgelehrte auch ganz zufrieden damit, und Leik hoffte wenigstens auf eine Drei in diesem Fach.

Die Geschichtsstunden genoss Leik. Tiefenschachts Ausführungen über das Werden Razuklans sog der in der magischen Welt unerfahrene Student geradezu auf. Das war auch dem Magister aufgefallen, der Leik mit besonderem Wohlwollen behandelte und ihm regelmäßig Bücher und vergilbte Schriftrollen mitbrachte, damit er sich im Selbststudium seine vielfältigen Fragen beantworten konnte. Doch leider bekam Leik auch hier nichts über sein eigenes Schicksal heraus, und Filixx tappte darüber ebenfalls weiter im Dunkeln.

Rechenkunde überstand Leik nur, weil Morlâ ihm Nachhilfe gab. Doch er wusste, dass dieses Fach nie zu seinen Stärken gehören würde. Morlâs Ausspruch, dass Rechnen doch total logisch wäre, erschloss sich ihm nie.

In Magistra Herbstblüte hatte sich Leik, wie ein Großteil der männlichen Studenten, ein bisschen verguckt. (Wenn auch nicht verliebt so wie in Drena, die nach wie vor in jeder ruhigen Minute seine Gedanken beherrschte.) Herbstblüte hatte ein freundliches Wesen und war sehr kompetent darin, Wissen über den Körper zu vermitteln. Heilung gehörte mittlerweile zu Leiks Lieblingsfächern.

Seit dem Kampf gegen den Orkstudenten Ꝁuelnk drangsalierte Ñokelä ihn und Morlâ unbarmherzig. Es schien, als wäre die Niederlage des jungen Kriegers das persönliche Stigma ihres Magisters. In jeder Stunde ließ er Leik diese Schmach spüren. Extrarunden um das Burggelände, Hindernisläufe und Gewichtheben bis zur Erschöpfung sollten die beiden Freunde zermürben. Doch nie wieder durfte er gegen einen Ork kämpfen, und da Morlâ für Leik nicht als Gegner in Frage kam, waren die beiden dazu verdonnert, nur Trockenübungen zu absolvieren und ansonsten die Řischnärrstudenten bei ihren Kampforgien zu beobachten und zu studieren. Trotzdem merkte Leik, dass die Schinderei auch ihr Gutes hatte. Langsam wurden seine Arme dicker, seine Schultern breiter und sein Bauch fester. Noch dazu hatte er über den Winter einen Wachstumsschub gehabt, sodass er gut und gerne zehn Zentimeter größer geworden war. Ein Umstand, den Morlâ sehr argwöhnisch zur Kenntnis nahm.

Das Sternballtraining lief leider wenig erfreulich. Und das, obwohl das Frühlingsturnier vor der Tür stand. Der Ork war erst nach sehr viel Überredungskunst dazu gebracht worden, mit Leik in einer Mannschaft zu spielen. Aber auch nur mit dem Versprechen, nie gegen Leik in einem Übungskampf antreten zu müssen. Dabei hatte er mit der Hand auf Leik zeigend ein langes, orkisches Wort formuliert, was ihm sofort eine schmerzhafte Strafe der Burg einbrachte. Dieses Wort hatte Leik in den Tagen nach dem Kampf gegen Kuelnk oft hinter seinem Rücken geflüstert gehört. Besonders die nicht-orkischen Studenten benutzten es, da sie dafür anscheinend nicht bestraft wurden. Als er Filixx nach der Bedeutung fragte, lächelte der nur und flüsterte: „Sphärenschatten."

Doch außer der Angst vor seiner einstigen Heldentat, die Leiks neuer Name verbreitete, war er dem Team keine große Hilfe. Auch auf dem Trainingsplatz wurde er regelmäßig ohnmächtig oder konzentrierte sich vergeblich auf den Sphäreneintritt, nur um von Filixx verzaubert oder von Morlâ in den Dreck geworfen zu werden. Mit anderen Worten: Leik war ein vollwertiger Student der Âlaburg geworden.

An einem sonnigen, schulfreien Sonntag wurde der Alltag der Studenten von einem Ereignis durchbrochen, das die gesamte Burg in Aufregung versetzte. Leik, Morlâ und Filixx hatten es sich direkt vor dem Eingang zum Keller des Wehrturms auf den ramponierten Sesseln aus dem Gemeinschaftsraum bequem gemacht, die sie fluchend die steile Treppe hinauf in den Hof geschleppt hatten.

Leik hatte darauf bestanden, denn das Frühlingswetter und die ersten Sonnenstrahlen schienen ihm so verlockend, dass diese Mühe dafür nur ein kleiner Preis war. In ihrem dunklen Keller wollte er diesen schönen ersten richtig warmen Frühlingstag nicht verbringen. Was Morlâ und Filixx als Höhlenbewohner nur zum Teil nachvollziehen konnten. Trotzdem dösten die drei nun unter den wärmenden Strahlen der Frühlingssonne in ihren Sitzgelegenheiten und tranken dazu eiskalten Holundersaft, den Filixx aus der Küche organisiert hatte. Dem steinernen Wächter ihres Hauses, der sich hinter den Freunden aufbaute, hatte Filixx einen Strohhut verpasst, „weil man den auch nicht vergessen darf bei solch einem Wetter“, wie er erklärte.

Gerade als die Freunde lustlos darüber diskutierten, was wohl passieren würde, wenn ihr Hausvorsteher Gerald sie hier so sehen würde, hörten sie das Getrappel von den Hufen großer Pferde. Neugierig richteten sie sich auf und blickten zum Burgtor. Das Tor Lekan war wie immer verschlossen. Die Reiter würden es nicht passieren können. Dennoch schien allen, die das Geräusch vernommen hatten, klar zu sein, dass in diesem Moment etwas Besonderes passierte. Wer auch immer sich gerade in der Nähe des Tors befand, richtete seine volle Aufmerksamkeit auf das Eingangsportal.

Jetzt erst nahm Leik wahr, was er vorher schon merkwürdig gefunden hatte. *Wieso haben wir die Pferde gehört, wo doch sonst kein Geräusch von außen zu vernehmen ist, wenn Lekan geschlossen ist?* In dem Moment öffneten sich geräuschlos die beiden mächtigen, eisenbewehrten Tore. Leik musste blinzeln, denn ihm kam es so vor, als würden die stilisierten Schmuckarbeiten der verschiedenen Völker, die das Tor verzierten, sich bewegen und der große Stein in dem Zauberstab des bärtigen Alten in den Farben des Regenbogens leuchten. Doch als er genauer hinschaute, war die Vision verschwunden, und er konzentrierte sich wieder ganz auf die Neuankömmlinge.

Einen Moment lang passierte nichts, doch dann war wieder das Hufgetrappel zu hören, und einen kurzen Augenblick später konnte Leik vier Gestalten erkennen. Drei von ihnen ritten in vollem Galopp auf riesigen schwarzen Schlachtrössern in den Burghof. Ihnen folgte eine deutlich kleinere Person auf einem dicken, grauen Pony, das allerdings auch erstaunlich schnell durch das Tor in die Burg hineinritt. Die drei schnelleren Reiter sahen in Gestalt und Ausrüstung sehr unterschiedlich aus, wie Leik feststellte. Der eine war ein wahrer Hüne. Er überragte sicher selbst Ûlyėr noch um zwei oder drei Köpfe. Als er sich trotz seiner riesenhaften Gestalt behende von seinem Schlachtross schwang, war kurz ein Scheppern zu hören. Das lenkte die Aufmerksamkeit der drei Beobachter auf die pechschwarze Rüstung des

Unbekannten und sein riesiges Breitschwert, das Leik wohl nicht einmal hätte anheben, geschweige denn schwingen können. Doch das Beeindruckendste an dem Krieger war sein riesiger Helm. In mattem, metallischem Schwarz gehalten, verdeckte er das Gesicht des Kämpfers vollkommen. Nur die zwei dicken, grünlich braunen Hörner, die zu beiden Seiten aus dem Metall herausragten, gaben Auskunft über sein Volk. Es war ein Ork.

Neben dem Orkriesen sprang eine zierliche Frau aus dem Sattel. Das Haar flog ihr dabei golden um den Kopf und ließ die schönen ebenmäßigen Züge einer Elbin erkennen. Anders als ihr orkischer Begleiter trug sie keine Rüstung. Ein schlichter grüner Umhang, der mit roten Fäden durchwoben schien, über einfacher, weißer Leinenkleidung war ihr ganzer Schutz. Das machte die Elbenfrau zum genauen Gegenteil des furchteinflößenden Orks. Doch als sie sich schnell drehte, um nach dem Halfter ihres Pferdes zu greifen, wehte der Wind ihren Umhang zur Seite und Leik konnte zwei lange, gefährlich aussehende Dolche an ihrem breiten, gelben Stoffgürtel erkennen.

Der dritte Ankömmling war gekleidet wie ein normaler Mensch. Er trug eine lederne Hose, schwarze Schaftstiefel und darüber ein weißes Hemd. Als Kopfschmuck hatte er einen ausladenden schwarzen Hut mit einer großen roten Feder, die er in die Krempe gesteckt hatte, gewählt, was dem Fremden ein verwegenes Aussehen verlieh. Ansonsten schien er nichts zu seinem Schutz dabei zu haben außer einem in sich gedrehten Wanderstock.

Kaum dass sie aus den Sätteln gesprungen waren, fingen die Ankömmlinge an, sich aufgeregt zu unterhalten. Dass sie von der halben Universität beobachtet wurden, schienen die drei Reisenden nicht zu bemerken.

Jetzt endlich hatte auch der kleine Mann auf dem Pony seine Begleiter erreicht. Er war auffällig dick und hatte einen grauen Bart, der ihm bis auf die Brust hing. Seine Nase war rot geädert, was Leik schon oft bei Menschen gesehen hatte, die zu viel Zeit im „Lustigen Eber“ mit dem schweren Roten, wie Gerald den Wein dort nannte, verbrachten. Insgesamt wirkte er ein bisschen heruntergekommen. Seine Lederhose reichte ihm nur knapp übers

Knie und war an vielen Stellen zerschlissen. Über dem nackten Oberkörper trug der Fremde ein rostiges Kettenhemd.

Jetzt bemerkte Filixx – der einen Blick für so etwas hatte –, dass der zwergische Neuankömmling in einen gebratenen Hühnerschenkel biss, den er in der Hand hielt. Dann griff er mit der anderen Hand an seinen Sattel, holte eine fettig aussehende Feldflasche hervor und nahm einen großen Schluck daraus.

Leik war sich sicher, dass in der Flasche kein Wasser war.

Abschließend rülpste der dicke Höhlenbewohner und warf den abgenagten Hühnerknochen einfach hinter sich. Sein Pony trabte derweil ruhig und ohne Zutun seines Herrn zu den drei anderen Neuankömmlingen. Ächzend ließ der Reiter sich von dem kleinen Tier auf den Boden fallen. Dann blickte er sich um und bemerkte – anders als seine Kameraden – die vielen Zuschauer, die sich inzwischen im Halbkreis um die vier Fremden versammelt hatten. Ein wenig schwankend machte er eine Art Verbeugung zur Menge, als wäre er ein Schauspieler, der sich nach einer erfolgreichen Vorstellung bei seinem Publikum bedankte. Die blonde Frau sagte daraufhin etwas in scharfem Ton – für Leik bei der Entfernung aber unverständlich – zu dem Zwerg. Worauf dieser resigniert den Kopf schüttelte, aber noch schnell einige Luftküsse in die Menge warf, was manche Studenten mit Johlen und zaghaftem Applaus beantworteten.

Wenige Augenblicke später kam die Direktorin auf die Gruppe zugeeilt. Das Haar stand ihr so zerzaust vom Kopf ab, als wäre sie gerade erst aufgestanden. Auch ihr sonst so strenger Blick war einem angespannten und gehetzten Gesichtsausdruck gewichen. Mit zornigen Worten bahnte sie sich einen Weg durch die Studententraube, die die vier Ankömmlinge anstarrte.

Auch Leik, Morlâ und Filixx hatten sich dem Trupp inzwischen angeschlossen, um besser sehen zu können. Deshalb konnten sie nun auch hören, wie die Großmagistra zur Begrüßung ihrer neuen Gäste sagte: „Herzlich willkommen auf der Âlaburg, ihr Großritter der Driany. Es ist mir eine Ehre, endlich mal wieder eine Abordnung des Ordens an dieser Universität begrüßen zu dürfen.“ Dann vollzog sie eine komplizierte Handbewegung, und der kleine silberne Wirbel, den Leik schon einmal beim Öffnen des Willkommensbriefs seiner Rektorin gesehen hatte, flog aus ihrer Handfläche und vierteilte sich. Die Ankömmlinge ihrerseits nahmen ihn mit ihrem linken Handrücken auf, und aus dem bis dahin fast farblosen Wirbel wurde ein roter, gelber und blauer, bevor sie sich in Luft auflösten. Die mächtige Pranke des riesenhaften Orks absorbierte den Zauber einfach.

Daraufhin verbeugten die vier Ritter sich und sagten wie aus einem Mund: „Seid gegrüßt, Tejal, Großmagisterin, Direktorin, Hüterin der Siegel, oberste Friedenswahrerin und königliche Heilerin. Wir freuen uns, wieder auf der Âlaburg zu sein."

Daraufhin herrschte zunächst Schweigen, doch dann begann ein aufgeregtes Gemurmel unter den Studenten. Tejal, nun wieder ganz bei sich, legte ihre Hand an den Kehlkopf und rief mit magisch verstärkter Stimme: „Ruhe, und alle sofort in ihre Verbindungshäuser zurück. Es herrscht bis zum Abendessen Ausgangssperre. Die studentischen Hausvorsteher sind mir persönlich dafür verantwortlich, dass sie eingehalten wird. Und jetzt Abmarsch!"

Unter aufgeregtem, teils sogar zornigem Gemurmel zog die Studentenschar von dannen. Als Leik, schon mit einem Sessel über der Schulter, in den kalten Keller des Weißen Hauses zurückgehen wollte, sah er, dass Tejal die neu angekommene Elbin umarmte. Doch was er dann erblickte, konnte er nicht glauben. Beide Frauen schienen sich mit weißen Tüchern Tränen aus den Augenwinkeln zu wischen. Dann trieb ihn Geralds „Heute noch, Leik!" hinunter in den Gemeinschaftsraum.

Magisches Feuer

Anders als die Direktorin angekündigt hatte, bestand die Ausgangssperre für die ganze Nacht. Nur wenige Studenten durften unter Begleitung der Hausvorsteher in die Mensa gehen und das Abendessen für alle anderen Mitglieder ihrer Verbindung holen. Doch dabei begegneten sie niemandem, der Campus sei wie ausgestorben, berichteten die Auserwählten anschließend ihren aufgeregten Mitbewohnern. So wurden die Gerüchte um das plötzliche Auftauchen der Ordensritter im Laufe des Abends immer abenteuerlicher.

Leik konnte an diesem Abend lange nicht einschlafen. Zu sehr beschäftigten ihn die heutigen Ereignisse. *Was wollen die Ritter hier? Warum wusste Tejal augenscheinlich nichts von ihrem Besuch, und warum hatte die sonst so strenge Direktorin geweint,* grübelte er und drehte sich im Bett hin und her, während von Morlâ schon ein leichtes Schnarchen zu ihm herüberdrang.

Am nächsten Morgen erwachte Leik unausgeschlafen und schlecht gelaunt. Am heutigen Montag begann die Woche mit Magie, und das hieß, dass er wieder der Laufbursche für Jehal sein würde.

Morlâ war schon aufgestanden, sein Bett war verlassen und wie immer ungemacht.

Hastig zog Leik sich eine Hose an und trat auf den Flur, um ins Badezimmer zu gehen. Missmutig trottete er den Flur entlang. Erst jetzt fiel ihm auf, wie ruhig es war. *Verflixt, ich muss verschlafen haben,* durchfuhr es ihn in einem Anflug von Panik. Rasch spritzte er sich eiskaltes Wasser ins Gesicht, hetzte zurück in den Schlafraum, der nach schaler, abgestandener Luft roch, und zog sich an, so schnell es ging. Dann rannte er mit seiner ledernen Schultasche den Flur entlang und durchquerte in aller Eile den

Gemeinschaftsraum. Dabei fiel sein Blick auf seinen dort ausgehängten Stundenplan. Und dort erschien genau jetzt in geschwungenen Lettern die Ermahnung: *Nicht zu spät zum Unterricht kommen!* Leik machte ein verkniffenes Gesicht und lief noch schneller.

Außer Atem erreichte er das Universitätsgebäude. Schnaufend trat Leik ein. Der Schweiß lief ihm über den Rücken und erkaltete langsam. Der Remter war verwaist und auf den Fluren herrschte gähnende Leere. Der Unterricht hatte also schon begonnen. Leik fluchte innerlich und fragte sich: *Warum hat Morlâ mich nicht geweckt?* So schnell es ging, hetzte er die Treppen hoch zum ersten Stock und ging auf die verschlossene Tür des Seminarraums zu. Von drinnen war dumpfes Gemurmel zu hören. Leik atmete zweimal tief durch und klopfte an. Keine Reaktion. Sein Herz begann schneller zu schlagen. Gerade als er erneut klopfen wollte, hörte er Jehals garstige Stimme mit einem gefährlichen Unterton „Herein!" sagen.

Leik drückte vorsichtig die abgegriffene goldene Klinke herunter, die sich eiskalt auf seiner Haut anfühlte. Langsam öffnete er die Tür einen Spalt breit und sah zunächst die Gesichter seiner Kommilitonen aus der Verbindung Elbendingen, die ihn gehässig angrinsten, in Erwartung der Strafen, die ihm Jehal für sein verspätetes Eintreffen aufbrummen würde. Als er die Tür weiter öffnete, erblickte Leik das finstere Gesicht seines Magisters, der ihn giftig musterte. Und dann sah er zu seiner großen Überraschung neben dem Magister noch jemand anderen stehen: den menschlichen Drianyritter vom gestrigen Nachmittag. Der hatte wieder seinen verwegen aussehenden Hut auf, und im Gegensatz zu Jehal grinste er über das ganze Gesicht, als er Leik sah.

„Entschuldigen Sie die Verspätung, Magister", murmelte Leik, während er sich hastig verbeugte. Dann versuchte er so unauffällig wie möglich nach hinten auf seinen Platz zu schleichen. Doch der alte Magisterfuchs Jehal gab sich damit natürlich nicht zufrieden. Leik hätte es sich denken können.

„Guten Morgen, Leik", säuselte er. „Ich hoffe, du hast ausgeschlafen und in aller Ruhe gefrühstückt? Im Namen des ganzen Kurses entschuldige ich mich, dass wir schon ohne dich angefangen haben."

„Das ist schon in Ordnung", war es Leik entschlüpft, bevor er richtig darüber nachdachte. Er konnte sich selbst nicht erklären, warum.

„Wenn du glaubst, du bist etwas Besonderes, Leik McDermit, dann bist du bei mir an der falschen Adresse", brüllte Jehal Leik an, wobei sich seine Stimme überschlug. „Ich habe in den letzten Wochen wohl meine Position nicht deutlich genug gemacht. Ich dulde von niemandem und schon gar nicht von dir so ein Verhalten. Aber gut, du hast es so gewollt. Geh auf deinen Platz." Mit einer scheuchenden Geste von Jehals faltiger Altmännerhand war Leik entlassen.

Er ließ sich schwer in seinen Stuhl neben Morlâ fallen, der ihn fragend anschaute, sich aber nicht traute, etwas zu seinem Freund zu sagen.

Jehal schien in der Zwischenzeit seine Beherrschung wiedergefunden zu haben. Er wartete geduldig, bis Leik sich hingesetzt und seine Sachen ausgepackt hatte. Dann begann er verdächtig leise zu sprechen. „So, ihr habt also die Regeln immer noch nicht verstanden. Aber das werdet ihr schon noch lernen. Der *gesamte* Kurs verfasst mir bis zur nächsten Stunde Aufsätze über folgende Themen: *Der Sphärenbrand. Magieohnmacht. Probleme der magischen Kraftkontrolle.* Und *Die Unempfänglichkeit des orkischen Körpers im Hinblick auf die Anwendung von sphärischer Energie.* Diese Aufsätze werden fünfzig Prozent eurer Abschlussnote ausmachen, und sollte sie irgendjemand aus dem Seminar in der nächsten Woche nicht dabei haben, wird seine Note zur Hälfte aus einer nicht erbrachten Leistung bestehen."

Sofort brach im Kurs bösartiges Gemurmel aus. „Wieso werden wir für den Bastard bestraft? Das ist unmöglich zu schaffen! Sollen es die aus dem Weißen doch allein machen."

Jehal reagierte auf diese Einwürfe überhaupt nicht, sondern lächelte nur still in sich hinein.

Er hatte Leik soeben das Leben auf der Âlaburg noch schwerer gemacht, wie aus den hasserfüllten Blicken seiner elbischen

Kommilitonen abzulesen war. Selbst Morlâ schaute ihm nicht in die Augen.

„Magister, ich denke, die anderen haben recht. Ich allein sollte Strafarbeiten …“, setzte Leik an, um die Situation zu retten, doch Jehals Reaktion verhinderte dies.

„Hast du die Regeln immer noch nicht verstanden?“, fragte der Magiemagister ihn mit funkelndem Blick. „Na, dann brauchst du sicher noch etwas, um dein Gedächtnis zu trainieren. Zusätzlich verfasst jeder Student einen Vortrag über das Thema *Abnormitäten der magischen Welt*. Gibt es weitere Anmerkungen zu den Hausaufgaben?“, blaffte er in den Kurs.

Niemand gab auch nur einen Mucks von sich.

Diese Reaktion schien den Magister zufriedenzustellen. „Also gut, wo war ich vor der … Störung?“, presste er heraus.

Der immer noch über das ganze Gesicht strahlende Drianyritter neben ihm räusperte sich auffällig laut.

Jehal zog die Stirn kraus nach diesem Geräusch, doch fuhr er fort. „Ach ja, unser Gast. Wie schon erwähnt, gilt Großmagister Mac Rallen als einer der besten magiekundigen Menschen …“

Erneut räusperte sich der Unterrichtsbesuch. „Als *der* beste magiekundige Mensch“, verbesserte er den verblüfften Magister und zwinkerte dem Kurs zu.

Jehal redete einfach weiter, als hätte es die peinliche Unterbrechung nicht gegeben. „Unser kurzzeitiger Gast“, dabei lag die Betonung eindeutig auf kurzzeitig, „wird mich heute unterstützen und einige einfache Zauber vorführen, die ich euch genauso hätte zeigen können, aber die hochverehrte Direktorin glaubt, dass jemand Neues eure Aufmerksamkeit steigern könnte. Aber eigentlich …“

Da unterbrach Mac Rallen ihn erneut. „Danke für Eure lieben einführenden Worte, Magister. Aber ich denke, den Rest erkläre ich einfach selbst. Als Großmagister sollte ich das doch können.“

Nach diesen Worten machte Jehal ein noch bösartigeres Gesicht als zuvor bei Leiks unpassender Bemerkung – Mac Rallen wurde Leik langsam sympathisch.

„Der Orden hat mich sowie meine Brüder und Schwestern zur Âlaburg geschickt, um euch einige äußerst effektive, aber dennoch einfach wirkende Verteidigungszauber zu vermitteln. Sie wurden erst vor Kurzem von einigen der besten Großmeister der Driany entwickelt – unter anderem von mir“, wieder grinste er den verblüfften Studenten zu, „und sie sollen so schnell wie möglich unter allen Magiebegabten verbreitet werden, falls ihr euch mal verteidigen müsst.“ Bei diesen letzten Worten fiel für einen kurzen Augenblick seine fröhliche Fassade ab und machte einer sorgenvollen Miene Platz.

Doch Leik glaubte nicht, dass noch andere Studenten außer ihm dies bemerkt hatten, da er der einzige Mensch im Raum war, der Mac Rallen ins Gesicht sehen konnte. Jehal stand hinter dem Großmagister und sah nur seinen Rücken. Leik selbst fiel es auch schwer, die Mimik der anderen Völker zu deuten, und daher ging es den Elben und Morlâ vermutlich genauso mit Menschen. *Die Ritter sind also hier, um uns Verteidigungszauber zu lehren. Aber gegen wen müssen wir uns wehren?,* überlegte Leik.

Nach wenigen Augenblicken hatte der Großmagister sich wieder unter Kontrolle und verbreitete erneut Fröhlichkeit. „Obwohl wir mal davon ausgehen, dass ein Großteil von euch in seinem zukünftigem Gelehrtenkämmerchen wahrscheinlich nur der Gefahr eines verspäteten Mittagessens ausgesetzt werden sein dürfte.“

Jetzt kicherten selbst einige der elbischen Studenten. Der Ritter hatte den Kurs.

„Also gut, dann fangen wir an. Wer von euch kann die Sphäre selbstständig betreten?“ Der neue Magister schaute mit neugierigem Blick in die Augen der unterschiedlichen Seminarteilnehmer.

Etwa zwei Drittel der Studenten meldeten sich.

Mac Rallen nickte anerkennend. „So viele? Sehr gut, das ist für einen Kurs im ersten Semester eine hervorragende Leistung. Gut gemacht, Magister Jehal“, sagte er über die Schulter hinweg zu dem Lehrer, der hinter ihm in seinem Stuhl versunken war. „Ich will euch heute zeigen, wie ihr die meisten magischen und physischen Angriffe einfach, aber sehr effektiv abwehren könnt. Diejenigen unter euch, die die Sphäre noch nicht betreten können, sollten es einfach wieder versuchen. Ich werde dem einen oder anderen dabei Hilfestellung geben. Schwierige magisch Begabte sind meine Spezialität", sagte er fröhlich grinsend.

Bei diesen Worten hob Morlâ den Kopf und wurde plötzlich sehr aufmerksam.

„Der Zauber, den ich euch jetzt zeige, heißt in der Hochsprache Mantel des Schutzes. Ich weiß, dass dieser Name nicht besonders originell ist, aber mein Vorschlag Kittel des Kriegers fand im Rat keine Mehrheit", sagte er augenzwinkernd. Dann begann er sich zu konzentrieren, und innerhalb eines Wimpernschlags war sein Körper in einen milchig schimmernden Kokon eingehüllt, in dem die Umrisse Mac Rallens nur noch schemenhaft erkennbar waren. „Das", kam es aus dem Inneren mit einem leicht metallischen Unterton, „ist der Mantel des Schutzes. Magister Jehal hat sich liebenswürdigerweise bereit erklärt, ihn mit magischen Angriffen zu attackieren, um euch die Schutzwirkung zu demonstrieren. Jehal, seid Ihr bitte so freundlich?" Der weiße Kokon machte eine leicht verbeugende Bewegung und beulte sich aus.

Jetzt schien Jehal seine alte Tatkraft wiedergefunden zu haben. Blitzschnell stand er vor dem Gastmagister und rote Energiestrahlen schossen aus seinen Händen hervor. Die magische Schutzhülle absorbierte diese aber einfach und der Zauber konnte keinen Schaden anrichten.

„Seht ihr", drang es aus ihrem Inneren, „die Angriffe eures Magisters waren zwar stark, doch der Mantel des Schutzes nimmt die Energie des Angreifers einfach auf und stärkt den angegriffenen Zauberer auch noch."

Nach diesen Worten schleuderte Jehal kleine, rot glühende Messer auf den Großmagister, die zu Hunderten auf den Schutzschild einprasselten. Dieser Angriff war schon heftiger, denn die milchige Hülle wurde bei etlichen Einschlägen plötzlich durchsichtig, und man konnte Mac Rallen kurz erkennen, so als würde man ihn durch klares, fließendes Wasser beobachten. Doch nach einer Weile brach der Magister seinen Angriff ab und wischte sich mit der Hand den Schweiß von der Stirn.

Auch der Großmagister schien nun weniger Kraft zu haben, denn seine Stimme erklang leicht zittrig aus dem Schutzkokon, und er schnaufte beim Reden laut und schluckte mehrfach.

„Magister, ich wusste gar nicht, dass auch Ihr den Feuerklingenzauber ausführen dürft?“ Tiefes, angestrengtes Atmen folgte, bevor er fortfuhr. „Wie auch immer, ihr seht, dass der Schutzschild nicht zu durchbrechen ist, also denke ich, dass wir nun …“

Doch Jehal ließ den Gast gar nicht ausreden. Mit hassverzerrtem Gesicht warf er die Hände nach vorn und schoss nun dicke gelbrote Feuerstrahlen, die aussahen wie fliegende Lava, direkt auf den Großmagister. Sofort war die Schutzhülle von Flammen umschlossen. Nun schien die Ummantelung den Zauber nicht mehr einfach aufsaugen zu können.

Von Mac Rallen kam aus dem Inneren ein erstickter Laut, doch zu mehr schien er keine Kraft zu haben.

Auch der angreifende Magiemagister war jetzt schweißüberströmt und sein Kopf knallrot. Aber beide hatten anscheinend nicht die Absicht, das Duell aufzugeben.

Im Raum war es inzwischen stickig und sehr heiß. Die Studenten aus den vorderen Reihen gingen nach hinten, um den magischen Feuerstrahlen so weit wie möglich auszuweichen. Langsam roch es verbrannt. Der hölzerne Boden und Teile der Tische und Stühle begannen zu rauchen und sich dunkel zu verfärben.

Leik konnte sehen, wie der kaum noch sichtbare Mac Rallen in seinem sich auflösenden Schutzmantel in die Knie ging, aber auch Jehal musste sich nun mit einer Hand abstützen, und der Flammenzauber schoss nur noch aus seiner linken Hand hervor. Die Situation schien jetzt für beide, insbesondere aber für den von Flammen bedrängten Großmagister, bedrohlich zu werden. Leik glaubte nicht, dass Jehal es noch bemerken würde, wenn sein Gegenüber die Schutzhülle senken würde, da er mit geschlossenen Augen all seine Konzentration nur noch darauf verwandte, seinen Zauber aufrechtzuhalten.

„Morlâ, wir müssen etwas unternehmen, die bringen sich gegenseitig um“, brüllte Leik seinem Freund zu, der im Gedränge der Studenten an der hinteren Wand einige Meter von ihm entfernt stand. Doch der Zwerg konnte ihn nicht hören. Jetzt sah Leik bei einem elbischen Mädchen direkt vor ihm, wie sich ihre schönen blonden Locken durch die Hitze am Ende zu kräuseln begannen, und der penetrante Geruch von verbranntem Haar schlug ihm entgegen. Nun dämmert ihm, dass nicht nur die beiden Magister in Gefahr waren, sondern der gesamte Kurs. Die Flammen schnitten ihnen den Fluchtweg durch die Tür ab, und die Fenster lagen zu hoch, als dass man unverletzt hätte hinausspringen können. In seiner Panik sprach Leik einen großen elbischen Studenten neben sich an, der Ionius Birkenrank hieß.

„Ionius?" Der deutlich größere Elbe schaute ihn verblüfft an, nickte aber. „Wir müssen etwas unternehmen, sonst nimmt die Sache kein gutes Ende."

Der andere sah ihn zweifelnd an und schien mit sich zu ringen, doch schließlich antwortete er. „Du hast recht, aber was?"

Leik grübelte, dann fiel ihm eine Lösung ein, die gewagt war, aber funktionieren könnte. „Wir müssen Jehal angreifen!"

Obwohl die Hitze den Kopf des Elben rot färbte, konnte Leik erkennen, dass Ionius blass wurde. „Das können wir nicht machen, wenn wir einen Magister angreifen, fliegen wir von der Universität."

„Vielleicht, aber es ist die einzige Lösung", versuchte Leik sein Gegenüber zu überzeugen. „Wenn Jehal einen magischen Angriff erfährt, wird ihm das so viel Energie entziehen, dass er seine Attacke nicht mehr fortsetzen kann."

Der elbische Junge überlegte kurz, doch dann schüttelte er den Kopf, drehte sich von Leik weg und versuchte, noch näher an die Wand zu kommen.

Leik pustete enttäuscht die immer dünner werdende Luft aus – die Flammen verzehrten den Sauerstoff. Noch länger konnte er nicht warten. Er musste es allein versuchen, selbst wenn er von der Universität geworfen würde und seine besten Freunde und eventuell sogar Gerald verlöre. Tatsächlich würde er mit einem Rauswurf das Einzige verlieren, was ihm bis jetzt in seinem Leben Spaß bereitet hatte und worin er sogar recht gut war.

Neben ihm schrie ein elbisches Mädchen auf. Leik sah, dass nun bei mehreren Studenten die Haare ankohlten. Damit war die Entscheidung gefallen. Er konzentrierte sich, um in die Sphäre einzutreten. In letzter Zeit fiel ihm dies zwar leichter, aber ein

Meister war er noch lange nicht darin. Doch zu seiner Überraschung klappte es auf Anhieb.

Kaum dass er in die magische Zwischenwelt eingetreten war, bot sich ihm ein völlig verändertes Bild. Der Raum war wieder von vielfältigen Farben durchzogen. Doch schienen alle Farbbänder auf die gegenüberliegende Seite des Seminarraums zuzulaufen, wo der Kampf zwischen den beiden Magistern stattfand. Dieser Teil des Raums war in ein unvorstellbar grelles Rot getaucht und dicke Energiebänder schossen von links nach rechts. Mac Rallen war als hellroter Klumpen zu erkennen, der von sich schnell bewegenden, grellen Rottönen umspielt wurde. Mit einer irrsinnigen Geschwindigkeit schossen sie um den blasser werdenden roten Punkt, der hier in der Sphäre die magische Schutzhülle des Ritters war, und versuchten, in diese einzudringen. Leik sah, dass einigen Energiebändern das auch gelang. Jehal war auch in Rot getaucht, doch pulsierte die Farbe nicht mehr in den unterschiedlichen Tönen, sondern blieb unverändert.

Magieohnmacht, erkannte Leik ängstlich. *Dann wird es noch schwerer, ihn dazu zu bringen, aufzuhören. Es endet erst, wenn er keine körperliche Lebenskraft mehr besitzt. Mit seinem Tod.* Doch so weit wollte es Leik auf keinen Fall kommen lassen. Mühselig klaubte er einige wenige rote Bänder zusammen und zielte damit auf seinen Magister. Eine einfache Intervention, die Leik so noch nie gelungen war, doch die Situation schien seine Konzentration und damit seine Kräfte zu bündeln. Nichts geschah. Leik versuchte es noch dreimal, aber so konnte er nichts ausrichten. Der Magister blieb in seiner Ohnmacht gefangen. Jetzt konnte Leik sehen, wie sich von dem blassroten Klumpen der Schutzhülle große Stücke lösten. In wenigen Sekunden würde sie endgültig vernichtet sein. Dann wäre Mac Rallen den Feuerstrahlen schutzlos ausgesetzt.

Leik überlegte fieberhaft und bewegte dabei unbewusst die Hände. Irgendwie nahm er rote, gelbe und blaue Energiebänder auf. Besonders die roten Kraftlinien flogen ihm zu. Im ersten Moment sah es sogar so aus, als würde er sie von Mac Rallen und Jehal abziehen, doch augenblicklich verbanden sich die roten mit den beiden anderen Farben und Leik schenkte dem Phänomen nicht länger seine Aufmerksamkeit. Dennoch bemerkte er, wie gut und energiegeladen er sich plötzlich fühlte.

Die Farben umspielten jetzt wie von selbst seine Handgelenke und Arme und verbanden sich zu einem immer dicker werdenden Strang. Das brachte Leik auf eine Idee. *Was wäre, wenn ich die Verbindung zwischen den beiden Magiern einfach unterbrechen würde,* überlegte er. Mit einer fließenden Handbewegung schoss er sein gelb-blaues Seil auf die roten Energieimplosionen ab. Wie eine Wand schob es sich zwischen die beiden Gelehrten. Sofort verwob sich auch das rote Energieband mit den beiden anderen und bildete ein regenbogenfarbenes Band. Leik hielt es fest und war, zum allerersten Mal überhaupt, in der Lage, diesen Vorgang zu steuern. Er wirkte bewusst Magie.

Hätte Leik die magische Sphäre in diesem Moment verlassen, dann hätte er gesehen, dass sein Zauber in der realen Welt ein dicker Wasserstrahl war, der aus seinen Händen schoss und das Feuer der Magier einfach löschte.

Sofort waren die beiden Magister nicht mehr von der magischen Quelle der Macht umgeben. Jetzt konnte Leik die Energieströme nicht mehr festhalten, wie Wasser glitten sie ihm aus den Händen. Die drei Farben der Magie verteilten sich wieder wahllos in der Sphäre, als hätte es die dramatischen Ereignisse der letzten Minuten nicht gegeben.

Im Raum war es merklich kühler geworden, bemerkte Leik, als er in die Realität zurückkehrte. Verwundert betrachtete er eine dampfende Wasserpfütze. *Woher kommt* … Doch Leik konnte diesen Gedanken nicht zu Ende führen. Seine Kommilitonen eilten panisch schubsend und drängelnd an ihm vorbei zur Tür. Schnell war der gesamte Kursraum leer. Einzig Morlâ war noch da und half gerade dem dampfenden Großmagister in eine sitzende Position.

Leik ging auf Jehal zu und rüttelte ihn an der Schulter. Der kam recht bald zu sich, sah seinen menschlichen Studenten mit verschleiertem Blick an und sagte leise und kraftlos: „Ich habe die Direktorin schon vor Jahren gewarnt, dass dies passieren würde. Schon vor Jahren“, dann fiel er zurück und wurde erneut ohnmächtig. Im gleichen Moment stürmten die Rektorin und

Herbstblüte in den Seminarraum und betrachteten fassungslos das verkohlte nasse Zimmer. Eine Sekunde später hatten die Frauen sich wieder gefangen und kümmerten sich als professionelle elbische Ärztinnen um die beiden Magister.

Möglichst unauffällig verließen nun auch Leik und Morlâ den Seminarraum. Doch nicht unauffällig genug für die Direktorin. „Heute Nachmittag in meinem Büro, alle beide", sagte sie, ohne vom ohnmächtigen Großmagister aufzusehen, den sie gerade untersuchte.

Eine unsichere Zukunft

Leik und Morlâ saßen gemeinsam auf der unbequemen Bank im Vorzimmer zu Tejals Büro. Dem Menschen fiel auf, dass Morlâs Füße nicht den Boden berühren konnten, sodass diese Bank für ihn noch unbequemer sein musste. Die beiden Freunde trauten sich nach den vorangegangenen Ereignissen nicht, miteinander zu reden. Leik konnte auch nicht genau sagen, wieso. Wenn Morlâ ihn etwas gefragt hätte, dann hätte er gern geantwortet, doch sein zwergischer Freund schien in sich gekehrt zu sein und beachtete seinen menschlichen Kommilitonen kaum.

So ergaben sich die beiden in unbestimmtes Warten und hingen ihren Gedanken nach. In Leik war eine Unruhe, die ihm auf den Magen schlug. *Ob sie mich heute von der Universität werfen, weil ich gegen einen Magister Magie eingesetzt habe?* Er war sich sicher, dass auch sein zwergischer Freund darüber nachdachte. Warum sollte Morlâ überhaupt mit zur Direktorin kommen? Ob Tejal ihn verdächtigte, etwas mit der Sache zu tun zu haben? Wollten sie ihn auch bestrafen? *So weit werde ich es nicht kommen lassen, es war alles meine Schuld und das sage ich Tejal auch,* nahm er sich vor. *Morlâ darf nicht bestraft werden, nur weil er mein Freund ist.*

Plötzlich trat jemand durch die Tür in den grellen Würfel, der das Büro der Direktorin beherbergte. Gleichzeitig drehten Morlâ und Leik sich um, doch zu ihrer Enttäuschung war es nur Gwendolin, die sie beide arrogant musterte. Überheblich stolzierte sie hinter den Empfangstresen und begann dort, Dokumente zu sortieren.

Doch sie konnte Leik nichts vormachen, er war sich ganz sicher, dass sie ihn und den Zwerg die ganze Zeit beobachtete.

Irgendwann riss Morlâ der Geduldsfaden. Die angespannte und ungewisse Situation machte ihn offensichtlich rasend, deshalb sagte er unfreundlich: „Na, komm schon, Gweny. Sag dein Sprüchlein, damit wir es hinter uns haben."

„Bilde dir nur nicht zu viel ein, Zwerg, es geht hier doch gar nicht um dich und deine nicht vorhandene Begabung."

„Sondern?", mischte sich Leik ein. Hatte er sich verguckt, oder war die Elbin tatsächlich beim Klang seiner Stimme ein wenig zusammengezuckt?

Doch gleich hatte sie sich wieder im Griff, funkelte Leik gehässig an und sagte giftig: „Das wirst du wohl gleich dort drinnen erfahren, aber glaube bloß nicht, die gesamte Universität dreht sich um den", sie verzerrte ihre Stimme höhnisch und sprach wie ein Kleinkind, „Sphärenschatten."

Doch wieder glaubte Leik ein unsicheres Flackern in den Augen der sonst so selbstbewussten Elbin zu erkennen.

Dennoch sagte sie trotzig: „Ich habe schon am ersten Tag bei euch beiden Bastarden gewusst, dass ihr es mit eurem unreinen Blut hier nicht schaffen würdet, und ich hatte recht. Wie ich höre, werdet ihr rausgeworfen, sobald die Direktorin die Magister, die du angegriffen hast, wieder zusammengeflickt hat."

Leik konnte es nicht glauben. Doch bevor er der Elbin Konter geben konnte, sagte Morlâ mit einer tiefen drohenden Stimme, die Leik von ihm so gar nicht kannte: „Halt dein Lästermaul, Gweny, oder …"

„Oder was?" Die junge Elbin war von ihrem Stuhl aufgesprungen und gestikulierte wild vor ihnen herum.

Dabei konnte Leik sehen, dass sich die Blume der Verbindung Elbendingen deutlich auf ihrer blassen, makellosen Haut abzeichnete. Gwendolin war anscheinend höchst erregt.

Erwartet sie etwa einen Angriff? Was für ein Bild hatten die Studenten mittlerweile von ihm und seinen Freunden? „Beruhigt euch! Alle beide", sagte Leik so scharf, dass seine beiden Kommilitonen zusammenfuhren.

Gwendolin setzte sich daraufhin abrupt wieder in ihren Stuhl zurück und Morlâ betrachtete erneut seine Füße, die über dem Boden baumelten.

„Was ist nur in euch gefahren? Wollt ihr beiden euch etwa im Büro der Direktorin prügeln?“, fragte Leik in den Raum hinein, ohne eine Antwort zu erwarten.

Doch zu seiner Überraschung entgegnete Morlâ etwas auf seine eigentlich rhetorisch gemeinten Ausführungen. Ganz leise zwar, doch gut verständlich. „Das kann ich dir sagen. Gwendolin hat Angst, dass sie am Tag des Frühlingsvollmonds gegen uns Bastarde mit der ehrenvollen Verbindung Elbendingen im Sternball verlieren wird.“

Die Elbin kicherte affektiert. „Nie im Leben werdet ihr uns schlagen mit eurer Rumpeltruppe. Ein Wunder, dass du in diesem Jahr überhaupt vier Idioten gefunden hast, die sich freiwillig einen ganzen Tag verprügeln lassen.“

„Wir werden sehen, wir werden sehen …“, antwortete Morlâ geheimnisvoll.

Im gleichen Moment ertönte über ihren Köpfen Tejals gehetzte Stimme: „Gwendolin, schickst du bitte Leik herein!“

Sofort hatte sich die Studentin der Verbindung Elbendingen wieder im Griff. „Natürlich, Frau Direktorin.“ Sie geleitete Leik wortlos zur Bürotür der Rektorin, öffnete sie und schob ihn mit sanftem Druck in den Raum.

Hastig verbeugte sich Leik vor der Universitätsleiterin und begann sich auf Tejals Strafpredigt einzurichten. Doch zu seiner großen Überraschung geschah nichts. Seine Direktorin saß versunken und schweigsam hinter ihrem großen Schreibtisch. Das erste Mal erkannte Leik auch bei einer Elbin Spuren von Erschöpfung. Die Großmagistra sah blass aus und hatte dunkle Ränder unter den Augen. Ihre sonst so streng aufgesteckten Haare waren zerzaust. Nachdem Leik sich wieder aufgerichtet hatte, sah die Direktorin ihn lange nachdenklich an und sagte in die Stille ihres Büros hinein: „Danke!“

Im ersten Moment konnte Leik nicht glauben, was er da hörte. *Danke!* Aber nach und nach sickerte die Bedeutung dieses Wortes in sein Bewusstsein. Er würde nicht von der Universität geworfen werden. Leik hätte die ganze Welt umarmen können. Tejal konnte er natürlich auf keinen Fall in den Arm nehmen, deshalb beließ

Leik es bei einem schüchternen Lächeln und einer angedeuteten Verbeugung.

„Ich weiß gar nicht, wie ich dir richtig danken soll, Leik. Nur durch dein mutiges Eingreifen sind Magister Jehal und Großmagister Mac Rallen noch am Leben. Allerdings gerade so. Wenige Minuten später hätten wir nichts mehr für die beiden tun können. Auch deine Kommilitonen hast du aus großer Gefahr gerettet. Ich hätte diese Vorstellung nie erlauben dürfen", sagte die Rektorin mehr zu sich selbst als zu Leik. „Wie hast du es überhaupt geschafft, ein magisches Duell zwischen zwei der besten Zauberer des Kontinents zu unterbrechen? Normalerweise schotten sich erfahrene Duellanten in der Sphäre so ab, dass niemand mehr auf ihr Treiben Einfluss nehmen kann. Aus diesem Grund kommt es auch immer wieder zu Todesfällen nach Magieohnmacht. Viele Begabte sind schon in der Sphäre geblieben."

Daraufhin erzählte Leik der Direktorin, wie er mithilfe der Sphärenfarben die beiden Magier voneinander getrennt hatte.

Tejal hört ihm mit geschlossenen Augen und vor dem Gesicht gefalteten Händen zu. Sie ließ sich Zeit, bevor sie wieder das Wort ergriff. „Es sind die Farben. Die Farben der Magie, die du kontrollieren kannst. Sie scheinen dir ungeahnte Kräfte zu verleihen. Ich bin mir nicht sicher, ob ich in der Lage gewesen wäre, die beiden Magister voneinander zu trennen. Und wenn, dann nur durch die besonderen Kräfte, die mir die Âlaburg verleiht. Aber ob dies gut oder schlecht für dich und für die magische Gemeinschaft ist, das vermag ich immer noch nicht zu sagen." Bei diesen Worten sah sie ihn unendlich traurig an.

Leik fühlte sich unwohl und trat von einem Fuß auf den anderen. Er wollte eine Frage stellen, die ihm schon seit dem Tag, an dem er das erste Mal in Jehals Unterricht die Sphäre betreten hatte und anschließend ohnmächtig geworden war, durch den Kopf ging. Leik räusperte sich. Die Rektorin erwachte daraufhin wie aus einer Trance.

„Was willst du wissen? Ich werde versuchen, deine Fragen zu beantworten so gut ich kann und darf."

Das Ende des Satzes ließ Leik zwar stutzig werden, doch jetzt war keine Zeit für Spitzfindigkeiten. Also holte er tief Luft und sagte: „Was meint Magister Jehal, wenn er sagt, dass er Euch gewarnt hat vor …“; Leik stammelte verlegen, doch dann holte er tief Luft und sagte fest, „… vor mir und dass er wusste, dass so etwas passieren würde?“

Die Direktorin blies zischend Luft aus. „Das hat er gesagt?“

„Ja! Naja, so ähnlich“, schränkte Leik leicht verlegen ein. „Ich habe nur die Kurzversion für Euch wiedergegeben. Er hat es jedes Mal in Ausnahmesituationen erwähnt, sodass ich es nicht genau wiederholen kann, aber im Kern hat er genau das gesagt.“

Wieder sah ihn seine Rektorin lange an, bevor sie antwortete. „Da ich nicht genau weiß, was Magister Jehal gesagt hat, kann ich dir auch nicht zu einhundert Prozent erklären, was er gemeint hat. Aber … ich kann es mir denken.“

Bei diesen Worten sah die Rektorin traurig und alt aus. Ihre makellose Haut wirkte im gedämpften Licht der Kugellampen faltig und ihre Augen stumpf und kraftlos. Leik hätte nicht gedacht, dass Elben altern können, doch auch sie waren wohl einfach den natürlichen biologischen Gesetzen unterworfen, nur verzögert, im Gegensatz zu den anderen Bewohner Razuklans.

„Du musst wissen, Leik, die Ursprünge der beiden Völkerkriege waren nicht nur die Streitereien und Eifersüchteleien zwischen den vier vernunftbegabten Völkern. Sicher, als Kriegsanlass waren sie immer hervorragend dazu geeignet, die entsprechenden kampfbereiten Horden zu mobilisieren, doch im Hintergrund wirkten auch immer die magisch Begabten der jeweiligen Völker mit. In ständig wechselnden Allianzen untereinander. Mal verbanden menschliche und elbische Zauberer ihre Kräfte gegen die Orks. Ein anderes Mal bekämpften die Menschen gemeinsam mit dem kleinen Volk die Elben. Bei den magischen Verbindungen wachten die drei begabten Völker immer eifersüchtig über ihre jeweiligen speziellen, energetischen Fähigkeiten und neuen Zauber. Doch schnell erkannten die großen Gelehrten, wie mächtig Zauber werden konnten, wenn man in der Sphäre zwei verschiedene Energielinien miteinander verband. Doch – anders als bei dir – waren dazu natürlich immer mindestens zwei

Zauberer von verschiedenen Völkern notwendig. Diese Art von magischer Intervention wurde aber nur äußerst selten eingesetzt und wenn, dann war das Ergebnis oft verheerend. Meist bildete ein völkerübergreifend gewirkter Zauber den Schlüssel zum Sieg in den großen, epischen Schlachten. Doch der Preis dafür", sie hörte auf zu sprechen und Leik sah, dass sie sich in sich selbst zurückzog, als ob sie etwas Revue passieren lassen würde, was lange her schien, „war einfach schrecklich. Tausende Tote, Landstriche, die bis in die Gegenwart hinein nicht zu betreten sind, und Kreaturen, die von ihren einstigen Erschaffern nicht mehr kontrolliert werden können und bis heute mordend durch die Lande ziehen. Übrigens sind diese Monster einer der Gründe, warum der Orden gegründet wurde."

Tejal richtete sich in ihrem Stuhl auf, bevor sie weitersprach. „Es waren große Zauberer und Magiebegabte, die so die Energie der Sphäre nutzten, nur ihre Ziele waren falsch", fuhr sie fort. „Schon vor dem großen Friedensschluss trafen sich die größten Magier der damaligen Zeit und begannen, Regeln für den Gebrauch der Sphärenenergie festzulegen. Bestimmte Zauber wurden untersagt und es gab das generelle Verbot, dass die Völker jemals wieder ihre Magie bündeln durften. Der Orden soll die Einhaltung dieser Regelungen überwachen. Hohe Strafen, bis hin zum Tod in der Sphäre, sind dafür ausgesprochen worden und bis heute in Kraft. Die friedliche, magische Welt hält sich an diese Regeln, doch es gibt eine Gruppe, die unabsichtlich dagegen verstößt."

„Die Kinder mit Eltern aus zwei verschiedenen Völkern", entfuhr es Leik plötzlich und viel zu laut.

Tejal nickte. „Ja. Niemand weiß, welche magischen Fähigkeiten die Kinder der völkerübergreifenden Liebe entwickeln können. Deshalb hat es viele Jahre gedauert, bis das Weiße Haus überhaupt gegründet wurde und Studenten unbestimmter Herkunft aufgenommen werden durften. Ich und einige andere haben sich dafür eingesetzt, da jeder Begabte auf Razuklan gebraucht wird, egal, ob er genau weiß, wer seine Ahnen sind oder nicht. Doch andere", sie stockte kurz, „wie Jehal, waren und sind immer noch strikt gegen die Aufnahme ‚unreiner' Studenten. Sie behaupteten, ein Mischling würde das magische Gleichgewicht stören und den Frieden erneut gefährden."

„Das ist es also, was Magister Jehal in mir sieht", unterbrach Leik die Direktorin, die auf diese Unhöflichkeit gar nicht reagierte. „Er glaubt, ich gefährde das magische Gleichgewicht und den Frieden. Deshalb weigert er sich auch, mich auszubilden", grübelte Leik laut weiter, „weil er sich nicht eines Verbrechens gegen die Regeln des Ordens oder sogar noch schlimmer, gegen die Sphäre selbst, schuldig machen will."

Die Rektorin nickte nur traurig. „So ähnlich werden seine Beweggründe wohl sein. Und ich kann es ihm noch nicht einmal verdenken. Der Magister hat schon einmal erleben müssen, was falsch eingesetzte Magie bewirken kann, damals …", Tejal stockte kurz, „doch das gehört nicht hierher. Du hast weiterhin meine Unterstützung als vollwertiger Student der Âlaburg, und ich werde dafür sorgen, dass du deine Ausbildung hier zu Ende bringen kannst. Niemand kann etwas für seine Herkunft oder für die Fähigkeiten, die ihm die Natur gegeben hat. Ich bin mir sicher, dass du ein außergewöhnlicher Zauberer werden kannst, wenn du hart an dir arbeitest. Und was du heute getan hast, zeigt mir, dass du verantwortungsvoll mit den Kräften umgehst, die du verliehen bekommen hast, und das ist alles, was ich wissen muss."

Jetzt war sie wieder ganz die strenge Rektorin. „Wenn Jehal wieder bei Kräften ist, werde ich ihn an seine Pflicht als Magister erinnern, alle Studenten gleich zu behandeln. Du wirst dieselbe Ausbildung wie alle anderen hier an der Âlaburg bekommen, das verspreche ich dir. Mach dir keine Gedanken um die besonderen Dinge, die du vollbringen kannst. Die Sphäre war schon immer im Fluss, und Veränderungen gehören zur magischen Welt, seitdem es Razuklan gibt. Lerne fleißig, höre auf deine Magister und respektiere alle Völker, dann wirst du Erfolg haben und kannst ein großartiger Zauberer werden."

Leik sah seine Rektorin verdattert an und es fiel ihm nichts Besseres ein, als „Ja, Großmagistra" zu sagen.

„Gut, dann kannst du jetzt gehen und Morlâ zu mir hereinschicken. Wir sehen uns Freitagnachmittag."

Leik verließ das Büro und sagte Morlâ mit einem breiten Grinsen Bescheid, dass er nun ins Büro gehen sollte. Dann verließ Leik das Direktorium, ohne Gwendolin auch nur eines Blickes zu würdigen. Morlâ schien heute sowieso lieber allein zu sein, also beschloss er, nicht auf seinen Freund zu warten, sondern allein zum Wehrturm zu gehen. Auf dem Rückweg wiederholte er im Geiste, was die Direktorin zu ihm gesagt hatte, und ein Kribbeln durchlief Leik: *Ich werde ein Zauberer sein.*

Plaudereien mit Großmagistern

Auf dem Weg zum Wehrturm atmete Leik tief die Frühlingsluft ein, zum ersten Mal in diesem Jahr roch es danach. Er hätte diesen Geruch nicht anders beschreiben können, doch er verband ihn einfach mit dem Erwachen des Lebens nach einem immer viel zu langen Winter. Mit Frühblühern, grünen Knospen und den ersten wärmenden Sonnenstrahlen. In Gedanken versunken genoss er den Duft und die Ruhe. Der Campus war leer, da es Abendbrotzeit war und sich wohl sämtliche Studenten an den Speisen der Bruderschaft Řischnärr in der Mensa labten. Leik war nicht traurig, dass er dies verpasste. Sein Bedarf an Innereien und Blutauflauf war für diese Woche mehr als gedeckt.

„Oh, der junge McDermit", erklang plötzlich eine tiefe Stimme links neben ihm, „was für ein Zufall, dass wir uns hier treffen."

Leik zuckte vor Schreck zusammen. Bis eben war er sich sicher gewesen, dass er ganz allein auf dem dämmrigen Hochschulgelände herumlief. Vorsichtig drehte er sich nach links und sah – nichts.

„Hier unten", erklang erneut neckisch der Bariton. Leik blickte nach unten und erkannte einen Zwerg. Aber nicht irgendein Zwerg, sondern einer der Drianyritter, die am Sonntagnachmittag angekommen waren.

Sofort sagte Leik entschuldigend: „Verzeiht, Ritter, ich hatte Euch gar nicht bemerkt."

„Das passiert mir des Öfteren, aber nach einer Begegnung vergessen die Leute mich meist nie wieder", bei diesen Worten zwinkerte er dem Studenten zu.

Leik setzte seinen Weg mit seiner merkwürdigen Begleitung fort. Er bemerkte, dass der untersetzte Zwerg wieder etwas aß. Es sah ziemlich blutig und sehr fettig aus, und im üppigen Bart des kleinen Ordensritters hingen Fetzen davon. Eindeutig Orkküche.

Leiks erster Eindruck des zwergischen Drianys bestätigte sich. Auch aus der Nähe sah seine Kleidung schäbig und ungepflegt aus, voller Flecken und Löcher. Das Kettenhemd, das er noch bei der Ankunft auf der Âlaburg getragen hatte, hatte der Zwerg gegen ein unglaublich buntes Blumenhemd eingetauscht, das ihm bis über die Knie reichte und auch schon bessere Tage gesehen hatte. Sein Haar war, wie der Bart, ergraut, und unzählige Falten gruben Furchen in sein Gesicht. Anscheinend musste der Ritter schon einige Dekaden alt sein.

Leik fiel auf, dass der Zwerg keine Alkoholfahne hatte, auf die seine rot geäderte, dicke Nase hinzuweisen schien. Doch entweder hatte sein Gast nur heute Abend nicht getrunken oder einfach Pech mit seinem dicken, roten Riechkolben.

„Du hast doch nichts dagegen, wenn ich ein paar Schritte mit dir gehe, wenn wir uns hier schon zufällig treffen?" Nach diesen unschuldig wirkenden Worten schaute er zu Leik auf und sah ihm erstmals direkt in die Augen.

Leik blieb kurz der Atem weg. Unendliche Weisheit blickte aus diesen braunen, von vielen Fältchen umgebenen Augen. Der Zwerg schien ihm direkt in die Seele zu schauen. Neben ihm kam sich Leik dumm und unbedeutend vor. Nun war ihm klar, warum der dicke, ungepflegte Zwerg ein Drianyritter war. Er musste über einen Wissensschatz und Menschenkenntnis verfügen wie nur wenige Lebewesen auf Razuklan. Jetzt fiel Leik auch wieder ein, dass Zwerge deutlich älter werden konnten als Menschen. Morlâ hatte sogar behauptet, dass einige der ältesten Vertreter seines Volkes mehr als fünfhundert Jahre zählen würden. All dies ging ihm durch den Kopf, als er verwirrt antwortete: „Natürlich nicht, Ritter! Es wäre mir eine Ehre, wenn Ihr mich begleiten würdet."

„Eine Ehre, hast du das gehört, Elmar? Man merkt, dass er dich noch nicht kennt", ertönte plötzlich eine spöttische, weibliche Stimme. Dieses Mal rechts neben Leik.

Abermals drehte sich Leik zur Seite und erkannte neben sich die Elbin, die am Wochenende mit den Rittern angekommen war. Sie strahlte ihn über ihr gesamtes wunderschönes Gesicht an, in das der Wind einige goldblonde Strähnen ihres langen Haars blies, sodass Leik ein wenig errötete. Er ärgerte sich sehr darüber, doch hoffte er, dass es in der Dämmerung niemandem auffallen würde.

Zumindest ließ sich die Elbin, die in schlichte, sehr enge weiße Leinenkleidung gehüllt war, nichts anmerken. Sie plauderte einfach fröhlich drauflos, als ob sie sich schon ewig kennen würden. „Ich hoffe, unser hochverehrter Großmagister Felsengrad langweilt dich nicht, Leik? Manchmal kann er ganz schön einschläfernd sein, gerade wenn er Fremde trifft, die sich nicht trauen, ihn zu unterbrechen.“

Daraufhin schnaubte der indirekt Angesprochene nur laut, machte aber keine Anstalten, sich zu verteidigen.

„Nein, nein, Frau …“, Leik wusste nicht, wie er die Elbin ansprechen sollte und errötete schon wieder.

Doch sie überspielte die Situation gekonnt, indem sie mit der Hand eine ausladende Bewegung machte und sich dabei kurz verbeugte. „Isilmar Morgenröte ist mein Name, junger Leik. Ebenfalls Großmagistra, wie unser gemeinsamer, zu kurz geratener Freund.“

Erst jetzt fiel Leik sein Fehler auf. *Großmagister. Und gleich zwei davon!* Rasch blieb er stehen, was für die anderen so abrupt kam, dass sie einige Schritte weiterliefen und Leik sich somit in ihrem Rücken verbeugte. Wieder merkte er, wie sein Kopf in dieser peinlichen Situation heiß wurde. Beide Großmagister sahen sich nach ihm um und er wiederholte seine Ehrenbezeugung.

„Na bitte“, sagte der Zwerg daraufhin. „Ich dachte schon, Tejal hätte dem neuen Jahrgang gar nichts beigebracht.“

„Ach, lass ihn“, konterte die Elbin, „wir drei haben uns doch nur zufällig auf unserem Abendspaziergang getroffen, und er konnte doch nicht ahnen, welch illustre Bekanntschaften er heute noch macht. Aber ich musste einfach eine Runde drehen, dass Essen von Řischnărr liegt mir doch arg schwer im Magen. Ich hatte heute Abend das Gefühl, dass es noch ein wenig blutiger und fauliger war als zu meiner Zeit auf der Âlaburg.“

„Ich fand es sehr schmackhaft“, dröhnte aus dem Schatten eines Baums, der einige Meter vor den drei Spaziergängern stand, plötzlich eine sehr tiefe Stimme.

Jetzt fuhr Leik so stark zusammen, dass er es vor seinen beiden Begleitern nicht verbergen konnte. Zu sehr erinnerten ihn das Auftauchen des Fremden und seine gebrochene Aussprache an die Begegnungen mit den Vonynen im winterlichen Arellwald.

Die Elbin tätschelte Leik daraufhin beruhigend den Rücken und sagte zu dem Neuankömmling. „Or, du erschreckst unseren zufälligen Begleiter. Nicht jeder kann wissen, dass ein fast drei Meter großer Ork mit armlangen Hörnern und fingerdicken Reißzähnen eigentlich zahm wie eine putzige kleine Felsenmaus ist. Komm schon heraus aus deiner dunklen Ecke.“

Nur mit Mühe konnte Leik ein erneutes Zusammenzucken vermeiden, als der riesige dunkle Ork hinter dem Baum hervorkam. Er überragte sie alle um mehrere Köpfe. Seine eingedrehten Hörner waren rot bemalt, was ihm ein noch gefährlicheres Aussehen gab. Bei seinem Versuch zu lächeln – Leik hoffte zumindest, dass diese Grimasse das bedeuten sollte – kamen in der aufziehenden Dunkelheit hell leuchtende, weiße Reißzähne zum Vorschein, die allem Anschein nach nicht nur zur Nahrungsaufnahme gedacht waren. Mit wenigen großen Schritten kam der Ork auf sie zu. Jede seiner Bewegungen strahlte eine unglaubliche Kraft aus, und unter der dunklen Haut zeichneten sich unzählige Muskeln ab. Leik hätte nicht gedacht, dass sich ein so großes Wesen so geschmeidig und lautlos bewegen könnte.

„Entschuldige, junger McDermit, ich wollte dich nicht erschrecken“, sprach der Ork Leik sofort an und hielt ihm seine Pranke entgegen.

Der Student ergriff sie mit beiden Händen und konnte die krallenbewehrte Hand dennoch nicht ganz umfassen.

„Ich will ja nicht kleinlich sein“, erklang plötzlich die Stimme Felsengrads, „aber auch Or ist Großmeister, Leik. Also ...“

Augenblicklich verbeugte sich Leik und der Ork zeigte erneut seine Zähne.

„Ich habe doch gleich gesagt, dass Or ihn nicht als Erster ansprechen soll“, sagte daraufhin Morgenröte und knuffte den riesigen Ork freundschaftlich in die Seite, was der aber gar nicht zu bemerken schien.

Auch Leik wurde jetzt klar, dass er die drei Großmagister heute Abend wohl nicht zufällig getroffen hatte. *Was wollen sie von mir,* fragte er sich. Doch da er sich nicht traute, die Frage laut auszusprechen, ging er jetzt einfach mit seinen drei neuen Bekannten wort- und mittlerweile auch ziellos über den dunkler werdenden riesigen Campus. Irgendwie hatten ihn die Großmagister so abgelenkt, dass sich die kleine Gruppe jetzt auf der falschen Seite des mächtigen Wehrturms befand und es noch ein ganzes Stück Weg zum Eingang mit dem Wasserspeier des Weißen Hauses war.

Endlich unterbrach Großmagistra Morgenröte die Stille. „Also, dass wir vier mal gemeinsam spazieren gehen, das hätte ich mir auch nicht träumen lassen."

„Lassen wir doch die Spielchen", unterbrach der Zwerg die Elbin barsch. „Der Junge hat sicherlich längst bemerkt, dass wir uns nicht zufällig begegnet sind."

„Meinst du wirklich, Elmar?" Sie sah Leik fragend an, der jedoch kein Wort hervorbrachte, zu skurril war die gesamte Situation.

„Geht's dir gut, kleiner Mensch?", fragte daraufhin Or, was Leik nur noch mehr einschüchterte, doch er zwang sich zu einem sehr dünnen und leisen Ja.

„Na, siehst du", stichelte daraufhin Felsengrad. „Or hat Talent im Umgang mit Menschenkindern. Wir hätten ihn doch vorausschicken sollen!"

„Ach, Quatsch. Ich hätte die Erste sein müssen. Alle Menschen lieben Elben." Bei diesen Worten drehte sich die Großmagistra um sich selbst, wobei ihr goldenes Haar verführerisch um ihren Kopf schwang.

„Vielleicht hätten wir ihn gleich bei Tejal abfangen sollen", mischte sich jetzt der Ork mit tiefer Stimme ein.

„Ach, in diesem Büro habe ich zu schlechte Erfahrungen gemacht", erwiderte der Zwerg daraufhin, „da kriegt mich keiner mehr rein. Ihn einfach nachts aus seinem Zimmer zu holen, wenn er tief schläft, wie ich vorgeschlagen habe, erscheint mir immer noch am sinnvollsten. Obwohl wir auch …"

Jetzt reichte es Leik. Der Zorn über die heimlichen Pläne, die die drei Großmagister hinter seinem Rücken gemacht hatten, verdrängte seine Angst und deshalb fragte er nun laut und wütend: „Was wollt ihr von mir?“

„Ach, na sieh mal an. Vielleicht steckt ja wirklich mehr in dir, als es auf den ersten Blick scheint“, sagte der zwergische Großmagister daraufhin zufrieden.

Jetzt war die Gruppe stehen geblieben. Leik befand sich in ihrer Mitte, und die drei Ritter sahen ihn aus ihren so unterschiedlichen Augen aufmerksam an.

„Entschuldige bitte unser kleines Schauspiel, Leik“, sagte Morgenröte versöhnlich. „Aber wir wollten nicht, dass die anderen Studenten bemerken, dass wir mit dir sprechen müssen. Die ganze Geschichte ist, nun ja, sie ist schon kompliziert genug.“

„Was man wohl sagen kann“, erwiderte daraufhin Or mit einem Schnauben. „Die beiden menschlichen Dummköpfe – das geht nicht gegen dich, junger McDermit“, fügte er beschwichtigend hinzu, „hätten sich fast umgebracht, wenn …“

„Wenn“, beendete Felsengrad den Satz seines orkischen Begleiters, „du ihnen mit deinen außergewöhnlichen Fähigkeiten nicht das Leben gerettet hättest.“

Leik war es unangenehm, so im Mittelpunkt zu stehen. Er fühlte sich keineswegs als Held, da er die meiste Zeit ja gar nicht gewusst hatte, was er wie getan hatte. Er murmelte leise: „Das hätte doch jeder getan.“

Or legte ihm seine schwere Pranke auf die Schulter, was dazu führte, dass Leik leicht in die Knie ging. Er kam mit seinem großen Kopf ganz nah an das Gesicht des Studenten. „Nein, junger Mensch, das hätte nicht jeder getan. Niemand hat etwas unternommen außer dir. Niemand! Ob du es willst oder nicht, du hast etwas Heldenhaftes getan, und dafür will ich …“, er schaute kurz zu den beiden anderen Großmagistern, „wollen wir dir unseren Dank aussprechen. Was du für Mac Rallen getan hast, war etwas Großes und verdient Anerkennung. Der Großmagister ist nicht nur unser Ordensbruder, er ist auch unser Freund, und du hast ihn gerettet.“

Jetzt kamen auch die Elbin und der Zwerg auf Leik zu und legten ihm ihre bloßen Hände auf die Schulter, was, wie Filixx Leik erklärt hatte, in der magischen Welt als große Ehrenbezeugung galt: Wenn Begabte miteinander so direkt in Kontakt traten, wurden ihre Energien kurz miteinander verschmolzen und sie lieferten sich der Gewalt des anderen aus. Wie aus einem Mund sagten sie: „Wir danken dir, Leik McDermit. Die Friedenshüter des Drianyordens stehen tief in deiner Schuld.“

Leik war sprachlos.

„Gibt es etwas, was wir für dich als Dank tun können? Als Großmagister haben wir viel Einfluss“, fragte ihn der Zwerg.

Tausend Gedanken schossen Leik durch den Kopf. Was für Möglichkeiten wurden ihm hier eröffnet? Jetzt konnte er zur Verbindung Glaubensfest wechseln und wieder unter Menschen leben. Auch nie wieder Küchendienst erschien ihm kurz als eine realistische und durchaus erwägenswerte Option. Dennoch hatte er einen echten Herzenswunsch, den ihm, wenn überhaupt, nur die gebildeten und auf ganz Razuklan vertretenen Drianyritter erfüllen konnten. „Ich möchte wissen, wer und was ich bin.“

Seine drei ungewöhnlichen Begleiter schauten sich nach diesen Worten kurz und wissend in die Augen, doch wieder übernahm es der Zwerg, zu antworten. „Eine weise Entscheidung, junger Mensch, die die Stärke deines Charakters zeigt. Nur wenn wir etwas über uns selbst wissen, können wir unser Leben vollkommen leben und es mit anderen teilen und prägen.“ Dann verstummte er kurz, doch weder Morgenröte noch Or schienen seine Worte fortsetzen zu wollen. Diese Rolle war offenbar Felsengrad zugedacht. Als er wieder zu Leik sprach, klang seine Stimme so leise, dass der ihn kaum noch verstehen konnte. „Doch Wissen, junger Leik, kann auch eine Bürde sein. Bist du sicher, dass es dein Wille ist, diese Informationen zu bekommen?“

Das kurze, aber bestimmte Nicken des Menschen schien dem Großmagister Antwort genug zu sein. Er seufzte, bevor er zu sprechen begann. „Also gut. Was du bist, ist nicht ganz so eindeutig zu beantworten, doch ich werde mein Wissen über die Farbseher mit dir teilen.“

Leik durchzuckte es bei diesem Ausdruck. So bezeichnete die magische Gemeinschaft also Wesen wie ihn. Er war ein Farbseher.

„Wie du weißt“, fuhr der Zwerg fort, „können die drei magiebegabten Spezies auf Razuklan in der Sphäre nur auf die

Energieströme ihres jeweiligen Volkes zugreifen. Für die Menschen stellt sich die Kraftlinie in Rot dar, die Elben erkennen ihre in Gelb und wir Zwerge verfügen über einen blauen Zauber. Hauptsächlich hängt dies mit dem Ursprung der Energien zusammen, die über den ganzen Kontinent verteilt sind.“

Leik nickte nur, damit der Großmagister fortfuhr.

„Also so weit die Regel. Die Ausnahmen, die diese bestätigen, sind die sogenannten Farbseher. Jene hat es im Laufe der Jahrtausende immer wieder, jedoch äußerst selten gegeben. So ist mir zum Beispiel kein einziger Student der Âlaburg bekannt, der über diese Fähigkeit verfügt hätte. Bis auf dich natürlich“, fügte er mit einem Lächeln hinzu. „Deshalb hat die Direktorin auch nichts über ähnliche Fälle in den Universitätsarchiven gefunden. Ihr sicherlich begrenztes Wissen über das Phänomen der Farbseher hat sie bewusst vor dir zurückgehalten, da es eines der am besten gehüteten Geheimnisse der Zauberwelt ist und nur wenige Großmagister darüber Bescheid wissen und diese Informationen weitergeben dürfen. Glücklicherweise steht einer der führenden Experten auf diesem wenig erforschten Feld der Zauberei vor dir“, fügte der Zwerg grinsend an.

„Alle Farbseher waren in der Lage, außergewöhnliche magische Dinge zu vollbringen. Obwohl ich noch nie gehört habe, dass einer von ihnen einen Ork mit magischer Kraft attackieren konnte.“

Bei diesen Worten machte Or ein undefinierbares Geräusch, von dem Leik eine Gänsehaut bekam.

„Sollte jemals einer von ihnen die Macht, die ihm gegeben worden ist, missbrauchen, könnte dies katastrophale Auswirkungen auf das magische Gleichgewicht in ganz Razuklan haben. Auch in deinem Leben besteht diese Gefahr. Du musst lernen, dem richtigen Pfad der Magie zu folgen und dich nicht von den berauschenden Möglichkeiten der Sphäre verführen zu lassen. Außerdem wird jeder Gegner der freien und friedlichen Zauberei auf Razuklan automatisch dein Feind sein, wie du ja schon leidvoll erleben musstest.“

Bilder einer eiskalten Nacht, der einsamen Lichtung und des angreifenden Vonyn blitzten vor Leiks innerem Auge auf.

„Du musst, mehr als alle anderen Begabten, darauf achten, deine Fähigkeiten zu kontrollieren, willst du nicht unumkehrbare Schäden auf Razuklan anrichten", belehrte ihn der zwergische Großmagister.

Jetzt wurde Leik schlagartig bewusst, was der Zwerg mit Bürde meinte. Sein ganzes Leben darauf zu achten, nicht der Grund für den Untergang der Welt zu sein, war eigentlich mehr, als ein einzelner Mensch tragen konnte. Nun glaubte er auch, Jehals Reaktion besser einordnen zu können, doch akzeptieren konnte er sie nicht. *Ich habe mir nicht ausgesucht, so zu sein,* dachte Leik grimmig.

„Der Orden legt deshalb jedem, der über diese Informationen verfügt, ein Schweigegelübde auf."

„Und meine regelverrückte Schwester hat sich natürlich daran gehalten", warf die Elbin Morgenröte belustigt ein und zwinkerte Leik zu.

Das erklärte, warum die Direktorin ihm nicht gleich gesagt hatte, dass er ein Farbseher war – und nebenbei, weshalb sie bei der Ankunft der Ordensritter geweint hatte. Er hoffte, dass die Schwestern damals nur Freudentränen vergossen hatten. Obwohl er das bezweifelte. *Schwere Zeiten brechen an, wenn ein Elb seine Tränen nicht halten kann,* fiel ihm ein altes menschliches Sprichwort ein, das er als Kind nie richtig verstanden hatte.

„Auch du", sprach der alte Zwerg weiter, „solltest dieses Wissen nur mit denjenigen teilen, denen du wirklich vertraust. Zum Schweigen werde ich dich nicht verpflichten, da das Farbsehen ein Teil deiner Natur ist und du es im Laufe deines Lebens nicht vor allem und jedem verleugnen kannst, ohne dein wahres Wesen zu verlieren."

Leik war ihm dankbar dafür, denn darüber musste er einfach mit jemandem sprechen. Schon jetzt konnte er es kaum erwarten, Gerald, Filixx und Morlâ davon zu berichten. Obwohl er im Moment nicht wusste, ob sein zwergischer Zimmergenosse ihm noch bedingungslos vertraute.

„Warum ein Begabter zu einem Farbseher wird, ist in der magischen Wissenschaft sehr umstritten. Die einen meinen, dass gerade sogenannte Mischlinge", der Großmagister setzte imaginierte Gänsefüßchen mit den Fingern um das Wort, „die

Energien beider Rassen aufnehmen. Eine Erklärung, die bei dir wohl mit ziemlicher Sicherheit auszuschließen ist“, sagte er mit einem kurzen Blick auf Leik. „Der andere Erklärungsansatz ist der, dass Begabte, die sich lange außerhalb des Territoriums ihres eigenen Volkes aufgehalten haben, die Energie ihres jeweiligen Aufenthaltsorts aufnehmen und zu Farbsehern werden. Doch auch dies scheidet bei dir aus, da du zu jung bist, als dass eine derartige Verwandlung möglich wäre. Außerdem hast du, seit du zu Gerald gekommen bist, immer auf dem Territorium der Menschen gelebt.“ Der Zwerg seufzte. „Du siehst, ich kann dir zwar sagen, was du bist, aber leider nicht, wer. Der Ursprung deines außergewöhnlichen Talents liegt eindeutig in deiner Herkunft, über die wir dir leider auch keine Informationen geben können, da wir schlicht keine haben.“

Leiks Hochgefühl war mit einem Schlag verschwunden. Bis eben hatte er noch erwartet, etwas über seine Abstammung zu erfahren, aber die Worte des Großmagisters machten dies mit einem Schlag zunichte.

Als könnte der Ordensritter seine Gedanken lesen , sagte Or daraufhin zu Leik: „Dass wir dieses Wissen noch nicht besitzen, heißt nicht, dass wir es nicht eines Tages herausfinden.“ Der riesige Ork ging in die Knie, um Leik in die Augen sehen zu können: „Ich verspreche dir, dass wir auf unseren Reisen und Missionen immer auch Augen und Ohren offenhalten werden, um hinter das Geheimnis deiner Herkunft zu kommen.“

Leik sah lange stumm in die schwarzen Augen des Orks. Er konnte darin deutlich die kleinen gelb geäderten Pupillen sehen, die sich ständig verkleinerten und wieder vergrößerten. Schließlich sagte er traurig: „Ich danke euch!“ Zu mehr war er nicht mehr in der Lage.

Damit schien alles gesagt. Die Großmagister und Leik setzten schweigsam ihren Abendspaziergang fort, bis sich einer nach dem anderen von ihm verabschiedete, je näher sie dem Eingang des Weißen Hauses kamen. Als Letzter ging Großmagister Felsengrad mit folgenden Worten: „Leik, auch wenn du nicht weißt, woher du kommst, du weißt doch, wer du bist.“

Der Student schaute den Zwerg verwirrt an.

Der lachte kurz. „Na, denk doch einfach mal kurz nach. In den wenigen Monaten als Student der Âlaburg hast du es geschafft, als erstes magisch begabtes Wesen einen Ork mit Magie zu besiegen, deinem Magiemagister so viel Angst vor deiner Kraft zu machen, dass er dich nicht mehr unterrichten will, Teil eines Sternballteams zu werden und einem Großmagister, Magister und zahlreichen Kommilitonen das Leben zu retten. Und du fragst dich, wer du bist? Ha, ganz einfach: Du bist ein hervorragender junger Zauberer."

Nach diesen Worten verschwand der alte Zwerg kichernd in der Dunkelheit und ließ Leik mit einem Lächeln auf dem Gesicht allein zurück.

Manchmal bedarf es vieler Worte

An diesem Abend sprach Leik mit niemandem mehr über seine aufregenden Neuigkeiten. Filixx war nicht in seinem Zimmer und auch nirgendwo sonst im Weißen Haus aufzutreiben. Morlâ schlief schon, als Leik das gemeinsame Zimmer betrat. Obwohl er sich ziemlich sicher war, dass der Zwerg nur vortäuschte zu schlummern, ließ Leik ihn in Ruhe. Er hoffte einfach, dass sein Mitbewohner sich schon wieder beruhigen und das Gespräch mit ihm suchen würde, wenn er so weit war.

Als Leik erwachte, war Morlâ schon weg. Der Zwerg hatte ihr Zimmer ungewöhnlich früh verlassen. Nur sein ungemachtes Bett zeigte, dass hier jemand geschlafen hatte. Normalerweise blieb Morlâ so lange wie nur irgend möglich in den Federn, und gerade deshalb war sich Leik nun auch ziemlich sicher, dass sein zwergischer Freund ein Problem mit ihm hatte. Er ging ihm bewusst aus dem Weg. Die Ereignisse der letzten Tage mussten Morlâ dazu gebracht haben, dass er sich von seinem Freund abwandte. Traurig stand Leik auf. *Ich muss mit ihm reden,* nahm er sich fest vor. *Am besten noch vor dem Unterricht!* Er beeilte sich, in die Mensa zu kommen, wo er seinen Mitbewohner um diese Zeit vermutete.

In der großen Essenshalle war es zu dieser frühen Zeit noch relativ ruhig. Es gab keine langen Schlangen an der Essensausgabe und auch die Tische waren noch nicht so überfüllt. Leik schaute sich in dem weitläufigen Raum um. Dann entdeckte er Morlâ in einer Ecke am Ende des Saals, wo er sich hinter einer abgestorbenen Grünpflanze unsichtbar zu machen versuchte.

Der Zwerg saß allein an einem der wenigen Zweiertische und rührte lustlos im von den Orks gezauberten Essen herum. Die rötliche Farbe des Klumpens, den er sich gerade auf seinem Löffel besah, ließ keinen anderen Schluss zu: schon wieder Blutsuppe.

Zielstrebig ging Leik auf seinen Freund zu und setzte sich schwungvoll auf den freien Stuhl an dem kleinen Tisch, Morlâ genau gegenüber. „Guten Morgen!", begann er.

Der Zwerg schaute ihn verblüfft an und stammelte. „Ähh … äh, guten Morgen. Wie hast du mich …? Ich meine, äh … Ich konnte nicht mehr schlafen, und da bin ich etwas früher zum Essen gegangen. Ich dachte, du schläfst besser aus nach deinem aufregenden Tag gestern." Bei diesen Worten lächelte er seinen Mitbewohner falsch an.

Leik hatte keine Lust auf diese Ausflüchte. Die Freundschaft mit Morlâ war ihm zu wichtig, als dass er jetzt so tun wollte, als wäre alles in Ordnung. Irgendetwas stand zwischen ihnen. Deshalb fragte er geradeheraus, aber auch mit klopfendem Herzen: „Was ist los? Warum gehst du mir aus dem Weg?"

Die Augen des Zwergs weiteten sich und vor Schreck ließ er seinen Holzlöffel in die Schale mit der blutigen Suppe fallen, sodass der Tisch und beide Studenten mit feinen roten Tropfen benetzt wurden. Umständlich wischte Morlâ mit einem dreckigen Tuch aus seiner Tasche den Tisch wieder sauber, doch Leik war sich sicher, dass er das nur tat, um Zeit zu gewinnen. Bis jetzt war ihm sein Kommilitone jedenfalls noch nicht durch besondere Reinlichkeit aufgefallen. Dann endlich begann Morlâ zu reden: „Also, ich weiß gar nicht, was du hast. Es ist nichts, alles in Ordnung." Dabei tätschelte er linkisch Leiks Unterarm. In die Augen sehen konnte er ihm allerdings nicht.

Leik reagierte gar nicht weiter auf diese Ausflüchte. Er sagte nichts, sondern schaute Morlâ nur an. Doch der wich seinem Blick weiterhin aus.

Nach einer Weile raufte sich der Zwerg die Haare und fragte genervt: „Was willst du eigentlich von mir?"

„Wissen, warum du dich so merkwürdig mir gegenüber verhältst!"

„Tue ich das?", begann der Zwerg erneut mit seinen Ausflüchten.

Leik sah ihm direkt ins Gesicht.

„Ach, verdammt!“, entfuhr es Morlâ plötzlich. „Verdammt, kleiner Mensch. Wir Zwerge haben es nicht so damit, über Gefühle zu reden und solchen Menschenkram. Niemand bei uns macht so was. Wir gehen uns einfach aus dem Weg oder wir kämpfen miteinander. So lösen wir unsere Probleme. Nicht mit Reden, so wie ihr langen Bohnenstangen.“

Bei den letzten Worten erkannte Leik seinen Freund wieder, doch er war klug genug, ihn jetzt nicht zu unterbrechen.

„Schau mal, eigentlich kannst du nichts dafür. Es ist nur … Es ist …“ In Morlâs Gesicht konnte man ablesen, wie er mit sich kämpfte. Dann stieß er einen langen Seufzer aus und ließ sich schwer gegen die Lehne seines Stuhls fallen. „Es ist einfach so: Du machst dir Sorgen, dass du zu stark und zu viel zauberst. Du gehst bei der Direktorin ein und aus. Dich treffen nachts heimlich einige der mächtigsten Zauberer des Kontinents, um mit dir zu plaudern.“

Leik hob erstaunt eine Augenbraue. Woher wusste Morlâ das?

„Und ich …“, lachte der freudlos, „ich stehe immer daneben. Der Zwerg ohne Begabung. Der Bastard, der sich irgendwie am Tor vorbei in die Universität geschmuggelt hat. Der Freund vom Sphärenschatten. Der, der in seiner gesamten Zeit hier noch nicht einen Funken Magie gewirkt hat. Der, der zu Beschwörung einen Gnarfwurm mitbringt und behauptet, ihn beschworen zu haben“, sprudelte es aus ihm heraus.

Leik taten diese Worte weh, doch er konnte sie nur zu gut verstehen. Er war so mit sich selbst beschäftigt gewesen, dass er Morlâs besondere Situation völlig vergessen hatte. Wie oft hatten die beiden über *seine* Probleme geredet in den letzten Wochen. Morlâ war immer ein verständnisvoller Zuhörer gewesen und hatte sich nie beklagt, obwohl die Gefahr bestand, dass er die Universität verlassen musste, wenn sich bis zu den Abschlussprüfungen keine magischen Kräfte bei ihm zeigen würden. Gemeinsam hatten sie überlegt, wie sie Leiks Probleme meistern konnten, aber nie hatten sie darüber gesprochen, wie Leik Morlâ helfen könnte. Oder was passieren würde, wenn Morlâ die Begabung in sich nie entdecken würde. Er betrachtete traurig seinen Freund, der nach diesem kurzen Ausbruch wieder verstummt war und aufmerksam seine Fingernägel betrachtete.

Dann holte Leik kurz Luft und sagte: „Du bist der, ohne den ich mich hier immer noch verlaufen würde. Du bist der, der dafür sorgt, dass ich nicht verhungere. Du bist der, der das Weiße Haus hervorragend führt und dafür sorgt, dass sich die unterschiedlichsten Völker unter einem Dach nicht gegenseitig umbringen. Du bist der, der das Weiße in diesem Jahr im Turnier bis ins Finale führen wird. Du bist …“, Leik stockte kurz, „du bist mein bester Freund“, endete er leise.

Morlâ schaute ihn daraufhin aus großen Augen an. Aber irgendwas schien mit ihnen nicht in Ordnung zu sein. Jedenfalls rieb er sich ständig daran rum.

Doch Leik besaß genug Taktgefühl, um das nicht zu erwähnen.

Der Zwerg räusperte sich. „Ach, ihr gefühlsduseligen Menschen. Immer müsst ihr alles so dramatisch und theatralisch machen.“ Dann erhob er sich von seinem Stuhl und umarmte Leik mit seinen kurzen Armen umständlich über den Tisch hinweg. Eine Freundschaftsbekundung, die es zwischen den beiden bisher noch nicht gegeben hatte.

Leik erwiderte diese ehrliche, feste Umarmung mit einem breiten Grinsen und herzte seinen kleinen Freund kräftig.

Unsportlichkeiten

Nachdem die beiden Freunde sich ausgesprochen hatten, lief es auch im Sternballtraining besser. Das kleine Team trainierte jetzt fast jeden Tag, da es nur noch eine Woche bis zum ersten Frühlingsvollmond und dem darauffolgenden Samstag war, an dem der erste Teil des universitätsinternen Wettkampfs stattfinden sollte.

Nach einer ihrer vielen Trainingseinheiten hatte Leik Filixx und Morlâ detailliert über sein Gespräch mit den Großmagistern informiert. Ûlyèr war wie immer sofort nach dem Training verschwunden, und so konnten die drei Freunde über Leiks Neuigkeiten diskutieren. Weitere Einsichten brachten sie jedoch nicht zutage. Doch Leik war froh, endlich mit jemandem über seine Fähigkeit als Farbseher sprechen zu können.

An den Abenden fielen sie meistens todmüde ins Bett. Leik glaubte mittlerweile, dass sie zumindest nicht Letzter werden würden. Das wäre schon deutlich besser als das, was die vorherigen Generationen im Weißen Haus erreicht hatten. Besonders Geralds Trainingshilfen hatten sich als sehr effektiv herausgestellt. Leik hatte verblüfft festgestellt, dass in seinem Ziehvater das Talent eines tollen Sternballcoaches schlummerte. Mit seiner Hilfe würden sie vielleicht die eine oder andere studentische Verbindung überraschen können.

In seinen Träumen ertappte Leik sich mehrmals, wie er den Siegespokal hochhob und der Rest der Universität dem Team des Weißen Hauses zujubelte. Zwei Dinge, die ihm nach dem Aufwachen jedes Mal äußerst unrealistisch erschienen, und doch hatte sich der Gedanke tief in seinem Unterbewusstsein festgesetzt.

Der heutige Donnerstag war der letzte Tag, an dem die Spieler an den Seminaren teilnehmen mussten. Am Freitag vor dem

Turnierwochenende sollten sie sich auf den Wettkampf vorbereiten können.

Leik war mehr als froh darüber. In den letzten Wochen und Tagen war der Unterricht für ihn noch anstrengender geworden. Er hätte nicht gedacht, dass das möglich wäre, doch die große Konkurrenz unter den Vorstehern der Verbindungen hatte dazu geführt, dass die jeweiligen Magister ihre eigenen Studenten und Spieler bevorteilten und alle anderen drangsalierten, wo es nur ging. Da Gerald als Vorsteher des Weißen Hauses keinen Unterricht gab, war dieses Team besonders benachteiligt, weil es im Universitätsgebäude von niemandem vor den anderen Magistern geschützt wurde und es niemanden gab, der für das Weiße Haus die Teams der anderen Verbindungen piesacken konnte.

So wies Jehal, der Vorsteher der menschlichen Burschenschaft Glaubensfest, Leik und Morlâ im Zaubereiunterricht an, herauszufinden, was die Fähigkeiten einiger magischer Artefakte waren, die er ihnen vorlegte. Allerdings hatte er vergessen zu erwähnen, dass man sich an etlichen von ihnen sehr ernsthaft verletzen konnte. Bei einem besonders harmlos aussehenden getrockneten Trollohr, das noch mit einem funkelnden Ohrring verziert war, war sich Leik ziemlich sicher, dass seine Wirkung darin bestand, sein Gegenüber zu versteinern. Es war reiner Zufall, dass die beiden Freunde diese Seminareinheit unbeschadet überstanden.

Selbst der sonst so besonnene Magister Tiefenschacht konnte sich dem Wettkampf der Verbindungen nicht ganz entziehen. Als Vorsteher von Ølsgendur, die seit Generationen keinen Titel mehr gewonnen hatten, wollte er anscheinend die Spieler seiner Verbindung so gut wie möglich unterstützen. Filixx berichtete, dass der Magister ihn nach der Stunde gebeten hatte, in den Archiven im Keller der Universität nach einigen Schriftrollen über den Aufstand der Wolfsmenschen in der Zwischenzeit der Völkerkriege zu suchen. Zufälligerweise wurden die Türen an diesem Tag früher als sonst geschlossen, sodass der Zwergelbe nach vergeblicher Suche in dem riesigen Kellergewölbe eingeschlossen war. Nur sein Organisationstalent, zu dem auch das Beschaffen einiger nachgemachter Universitätsschlüssel gehörte, hatte ihn davor bewahrt, das Turnierwochenende zwischen staubigen Schriftrollen und Mäusen unter Tage zu verbringen.

Selbst Ûlyėr war vor den Nickeligkeiten der Magister nicht gefeit. Nach seinem Seminar im Fach Heilung bei Magistra Herbstblüte, der Vorsteherin des Corps Elbendingen, machte er in der Mensa einen allzu freundlichen und geradezu fröhlichen Eindruck. Filixx brachte dies sogleich mit den Symptomen eines elbischen Liebestranks in Verbindung, der dem Hünen im Unterricht zuvor „versehentlich" eingeflößt worden war. Allerdings hatte der Ork seine bekannt negative Attitüde schon am selben Abend wiedergefunden. Als Leik ihn im Flur der Gemeinschaftsunterkunft antraf und freundlich grüßte, schubste der Ork ihn einfach zur Seite und ging wortlos ins Bad.

Das Verhalten des orkischen Magisters Ñokelä, Vorsteher der Verbindung Řischnărr, war einfach wie immer. Er behandelte alle Studenten des Weißen Hauses so ungerecht und streng, wie sie es aus den letzten Wochen und Monaten gewohnt waren. Die drei Freunde hatten nichts anderes erwartet. Eine Steigerung seiner Schikanen war schlicht nicht möglich.

Der große Vorteil für Leik an der jetzigen Situation war, dass diesmal nicht nur er allein betroffen war, sondern genauso Morlâ, Filixx und selbst Ûlyėr. So konnten sich die Teammitglieder am Abend wenigstens gegenseitig über die Schlechtigkeiten der Magister ihnen gegenüber austauschen, was die Mannschaft nur noch mehr zusammenrücken ließ.

„Morlâ, wir haben die Regeln verstanden", entfuhr es Leik nach einem langen Tag mit stundenlangem Training. Ihr Mannschaftskapitän dozierte an diesem letzten Abend vor dem Turnier erneut über Regeln und Taktiken. Sie saßen im Gemeinschaftsraum des Weißen Hauses, den sie heute für sich allein hatten. Dies war eines der wenigen Dinge, die Gerald zu ihren Gunsten ändern konnte.

Die vier Spieler saßen in den kleinen, alten, gemütlichen Sesseln vor dem Kamin, in dem es nur noch schwach glühte. Doch keiner von ihnen spürte die langsam hereinkriechende Kälte, im Gegenteil: Leiks, Morlâs und Filixx' Gesichter waren gerötet, und Morlâ standen sogar Schweißperlen auf der Stirn. Einzig Ûlyèr zeigte keinerlei Anzeichen von Aufregung. Zumindest war Leik nicht in der Lage, sie in dem dunklen Gesicht des Orks zu lesen.

„Jetzt hört doch einfach noch einmal zu", gab Morlâ angespannt zurück. „Die anderen Teams warten doch nur auf einen einzigen Regelverstoß, und schon schließen sie uns vom Turnier aus. Also noch mal." Leik schaute Filixx kurz an, der die Augen verdrehte, doch dann ließen sie die Worte ihres Spielführers zum wiederholten Mal über sich ergehen. Beide wussten, dass es Morlâ auch darum ging, sich selbst zu beruhigen und den Ablauf zu verinnerlichen. Der Zwerg dozierte und dozierte.

„Insgesamt absolvieren wir vier Spiele, die wir möglichst gewinnen. Jeder von uns wird spielen müssen, da wir keinen fünften Mann haben. Bei diesen Worten verweilte sein Blick eine Weile auf Leik. „Und jeder von uns darf ja nur einmal eingesetzt werden. Für jeden Sieg gibt es zwei Punkte auf der Tabelle. Die beiden Tabellenersten spielen im Finale am Sonntag gegeneinander und entscheiden, wer den Universitätspokal gewinnt. Denkt immer daran, unseren Stern zu verteidigen oder den gegnerischen zu berühren. Insgesamt muss man den Stern mindestens zweimal in maximal drei Runden verteidigen oder erobern. Angriff und Verteidigung wechseln in jeder Runde. Die dritte Runde ist offen. Gibt es noch Fragen dazu?"

Die anderen schüttelten den Kopf, und so antwortete Morlâ nur das knackende Kaminholz. „Gut", sagte der daraufhin etwas fahrig. „Dann ab ins Bett mit euch. Morgen geht es früh los."

Morlâ blieb im Gemeinschaftsraum zurück. Er packte einen großen Stapel Pergamente aus, die allesamt vollgekritzelt waren mit Pfeilen, Namen von Spielern und Verbindungen und begann erneut über möglichen Taktiken und Spielverläufen zu brüten. So wie er es in den letzten Monaten schon Hunderte Male getan hatte.

Das Frühlingsturnier

Am Vormittag des Turniers saßen die vier Spieler des Weißen Hauses schweigsam vor ihrem Frühstück in der Mensa. Keiner schien so richtig Hunger zu haben, obwohl Filixx ihnen die besten Leckereien aus ihren Heimatregionen besorgt hatte. Doch selbst der sonst immer von Hunger geplagte Zwergelbe schien vor Aufregung nichts herunterzukriegen.

Als Leik, der ebenfalls nur in seinem Essen herumrührte, sah, wie Gerald sich im wehenden Umhang des Sternballtrainers in der Farbe ihres Hauses durch die Studentenmassen einen Weg zu ihnen bahnte, war es, als ob ein eisiger Klotz in seinem Magen wachsen würde. Jetzt begann das Turnier!

„Guten Morgen, Weißes Team", schmetterte der Magister den schweigsamen Essern fröhlich entgegen, als er ihren Tisch erreicht hatte. „Ich weiß ja, dass Jungs in eurem Alter reichlich zu futtern brauchen, doch jetzt solltet ihr langsam fertig werden. Das Turnier geht in einer Stunde los, und alle Mannschaften müssen rechtzeitig in den Arenen anwesend sein. Wer zu spät zu einem Spiel kommt, verliert automatisch. Und unsere Direktorin ist im Auslegen der Regeln immer sehr genau, wie euch vielleicht schon einmal aufgefallen ist", schloss er mit einem Augenzwinkern.

Morlâ, der nach diesen Worten wie aus einer Trance erwachte, brach plötzlich in Hektik aus. „Oh verdammt. Kommt, Leute, wir müssen los!" Ohne auf die anderen zu warten, riss er seinen weißen Spielumhang von der Stuhllehne und wollte aus der Halle rennen, als Gerald ihn an der Schulter festhielt.

„Nun mal langsam, Morlâ, es ist genügend Zeit, damit ihr euer Frühstück beenden könnt", versuchte Gerald den Zwerg zu beruhigen.

„Ich denke, wir sind alle fertig mit frühstücken, oder?", fragte Leik mit trockenem Mund in die Runde.

„So fertig, wie man nur sein kann“, murmelte Filixx und erhob langsam seinen massigen Körper vom Tisch, indem er sich mit beiden Händen auf der Tischplatte aufstützte.

Ûlyėr richtete sich federnd zu seiner vollen Größe auf. Doch auf dem Weg zu den Kampfarenen fiel Leik auf, dass der Ork heute stärker als sonst zu humpeln schien.

„Die Spiele laufen parallel in zwei Arenen“, führte der Magister auf dem Weg aus. „Die Regeln besagen, dass die aktiven Turnierteilnehmer sich immer nur in der Arena aufhalten dürfen, in der ihr eigenes Spiel stattfindet. Für die anderen Angehörigen und Fans der vier Verbindungen oder des Weißen Hauses gilt das natürlich nicht. Eventuell solltet ihr jemanden abstellen, der die Spiele beobachtet und euch die Ergebnisse und die Spielverläufe überbringt“, empfahl er.

Morlâ, inzwischen deutlich ruhiger, nickte. „Das machen die Zwillinge. Rulu und Ulur verfügen über irgendeine telepathische Fähigkeit, sodass beide immer auch das sehen und hören, was der andere wahrnimmt. Einer von beiden kann uns immer mit allen wichtigen Infos versorgen. Ich habe das schon vor Monaten mit ihnen abgesprochen.“

„Eine gute Wahl“, sagte Gerald anerkennend, „und hervorragende Planung. Dann kannst du ihnen nachher gleich sagen, dass sie in Arena eins und drei gehen sollen, denn dort finden die ersten beiden Spiele statt. Ich habe heute Morgen die Spielpläne bekommen. Tejal …“, er räusperte sich und wurde leicht rot, „also ich meine natürlich die Direktorin, macht jedes Mal ein großes Geheimnis aus der Reihenfolge der Ansetzungen, und da in dieser Saison das erste Mal seit Jahren fünf Teams aufgestellt worden sind, war die Planung wohl auch nicht ganz leicht. Zehn Spiele, Wahnsinn“, sagte der Magister mehr zu sich selbst als zu seinen Schützlingen.

„Gerald“, unterbrach ihn Leik in seinen Überlegungen, „die Spielansetzungen.“

„Ach so, entschuldige.“ Umständlich kramte er aus seinem Umhang einen kleinen, zerknitterten Zettel hervor. „Eigentlich sollen wir euch die Spielansetzungen nicht vor Eröffnung des Turniers verraten, sondern erst, wenn sie für alle veröffentlicht werden, aber ich weiß genau, dass die anderen vier Verbindungsmagister das auch machen, also …“

Er sprach nicht weiter, doch allen war klar, wie es ablief, und sie waren dankbar, dass ihr Vorsteher diese kleine Regelübertretung auch für sie beging.

„Also, ihr habt in der ersten Runde noch spielfrei.“ Ein Stöhnen ging durch das kleine Team. Nun würden sie noch mehr Zeit haben, sich verrückt zu machen, während der Lärm der anderen Spiele zu ihnen herüberdrang. Doch es war, wie es war.

Gerald schien die Reaktion der Mannschaft gar nicht bemerkt zu haben, denn er fuhr ungerührt fort. „Zu Beginn spielen Řischnărr gegen Ølsgendur und Glaubensfest gegen Elbendingen. Ob die Zwerge diesmal etwas reißen können, Tiefenschacht hat mir erzählt, im letzten Jahr …“

„Gerald“, unterbrach Leik seinen vom Spielfieber ergriffenen Vorsteher.

„Ach ja. Und ihr habt euer erstes Spiel gegen“, er kniff die Augen zusammen und hielt den kleinen Zettel direkt vor das Gesicht, „Elbendingen! Die feierliche Turniereröffnung wird in Arena zwei stattfinden“, sagte Gerald. „Kommt mit!“

Die Direktorin beendete ihre kurze Eröffnungsrede mit einer Mahnung an alle Mannschaften: „Das Sternballturnier dient dazu, dass die Völker sich in einem friedlichen Wettkampf messen und nicht in gegenseitigen Kriegen abschlachten. Achtet diesen Grundgedanken. Jeder, der einen anderen Studenten absichtlich verletzt, muss mit den schärfsten Konsequenzen rechnen, bis hin zu einem Universitätsausschluss.“

Morlâ, der neben Leik in dem Gewühl von farbigen Umhängen stand und zu dem kleinen Podium der Großmagistra aufschaute, grummelte: „Na, das wäre aber mal was ganz Neues. Dann hätte die Universität am Montag wohl kaum noch Studenten.“

„Ich wünsche uns allen ein aufregendes Frühlingsturnier. Möge die begabteste Mannschaft gewinnen“, beendete Tejal ihre Ausführungen und verließ das Podium.

Sofort drängten die Studenten zu den riesigen Aushängen an den Eingängen der Arena, wo die Spielansetzungen abgedruckt waren.

Wobei Leik auffiel, dass keiner der Spieler aus den Verbindungen sich an dieser Drängelei beteiligte.

Bald hatten so gut wie alle Studenten Arena Nummer zwei verlassen und waren zur Spielstätte ihrer Teams gepilgert. Dabei schmetterten sie schon Schlachtgesänge: „Glaubensfest vor!“ oder „Ø…Ø…Ølsgendur, wir siegen auch mit kleiner Statur!“ Die Orks hatten sich auf martialisches Marschieren verlegt, was aber nicht weniger beeindruckend war als die Gesänge der anderen Verbindungen oder die Hunderte bunter Blüten, die einige Elben wie Konfetti über die Köpfe der Studenten zauberten.

„Jetzt heißt es warten“, sagte Filixx, nachdem in Arena Nummer zwei Ruhe eingekehrt war und nur noch das Weiße Team mit Gerald in dem hölzernen Kampfrund stand. Die kleine Gruppe hörte das Getöse aus den beiden anderen Spielstätten. Gejohle und Unmutsbekundungen wechselten sich ab. Ein Ergebnis war aus diesen Geräuschen allerdings nicht zu erraten. Sie mussten auf die Spielberichte der Zwillinge warten.

„2:0 für Řischnărr“, spulte Rulu hastig herunter, „die Orks haben den Zwergen keine Chance gelassen.“ Er schluckte heftig und atmete schnell, dann schloss er die Augen. Sein Brustkorb senkte sich dabei und die schmalen Nasenflügel weiteten sich. Das gesamte Team hatte ihren blassen Kommilitonen umringt.

„Wer hat gespielt?“, fragte Morlâ mit einem Stift und einem dicken Haufen unordentlicher Papyri in der Hand.

Rulu erwachte nach dieser Frage wie aus einer Trance und antwortete leise und abgehackt, als wäre er mit den Gedanken ganz woanders: „Zsac für Řischnărr und Diorit für Ølsgendur.“ Das letzte Wort war kaum noch zu verstehen, so leise sprach der Zwilling es aus. Daraufhin verstummte er vollständig.

„Warum sagt er nichts mehr?“, flüsterte Leik ungeduldig Filixx zu, der direkt neben ihm stand.

„Oh, er redet die ganze Zeit“, gluckste der, „du kannst ihn nur nicht hören. Er hat eine Verbindung zu Ulur aufgebaut. Rulu empfängt sicher gerade den Spielbericht von Elbendingen gegen Glaubensfest.“

Da begann Rulu auch schon: „1:2 für Elbendingen. Mal Löwenkresse hat zwei Punkte geholt für Elbendingen, den entscheidenden allerdings erst in der offenen Runde. Und Martin Mac Entalen, der Kapitän von Glaubensfest, hat sich so schwer verletzt bei seinem Angriff, dass er nicht mehr weiterspielen durfte. Er wollte zwar, doch Herbstblüte hat es ihm verboten, nachdem er sich zu Beginn der dritten Runde kaum noch aufrecht halten konnte. Deshalb hat Elbendingen die offene Runde quasi kampflos gewonnen.“ Nach diesen Nachrichten wirkte er blasser als zuvor und lehnte sich müde gegen den Zaun der Arena.

„Danke Rulu, sag Ulur, er soll auf seinem Posten bleiben. Ich muss wissen, wie sich die Orks gegen die Menschen schlagen“, sagte Morlâ, nur kurz von seinen Notizen aufblickend, die er gerade mit den eben gewonnenen Informationen vervollständigte.

Im nächsten Moment fluteten Massen von Elben in gelb-blauer Kleidung das Stadion – tatsächlich zeigten sich aber auch einige wenige weiße Punkte in der gelb-blauen Menge.

Zu Leiks Überraschung konnte er Karina, Malin, Elina und Hela entdecken, die tatsächlich freudig erregt aussahen und mit sichtlichem Stolz weiße Umhänge in Form der Spielerkleidung trugen. Auch die fünf Weisen hatten sich unter das begeisterte Publikum gemischt. Toulin, Houlin, Kaneg, Warn und Lebos trugen nicht nur die schneeweißen Schärpen, sondern sie hatten sich auch Hüte gemacht, die wie der Sternball des Weißen Hauses aussahen. Die Altvorderen unter den Studenten versuchten gerade, ein riesiges Transparent zu entrollen, auf dem Morlâ in der Pose eines antiken Helden mit wallendem Haar und muskulösen Armen dargestellt war und siegesgewiss in die Ferne schaute.

Als der Zwerg dies sah, lief er leicht rot an, verlor aber kein Wort darüber. Jetzt galt seine Konzentration dem Spiel.

Nun betrat Magister Mac Kamell die kleine Arena. Er würde der Schiedsrichter bei diesem Spiel sein und darauf achten, dass sich die Studenten nicht gegenseitig umbrachten. Als er die Mitte des Spielfeldes erreicht hatte, rief er Morlâ und Gwendolin als Kapitäne der jeweiligen Mannschaften zu sich. „Ihr wisst ja, wie es läuft“, begrüßte er die beiden. „Kopf oder Zahl. Gwendolin?“ Ohne lange zu überlegen, wählte die Elbin Kopf. Der Magister warf die antike Münze in die Luft. Sie drehte sich, zu einem silbernen Ball verschmolzen, in der Sonne, kam mit einem leichten Klimpern auf dem Boden auf und zeigte Kopf. „Du hast die Wahl gewonnen, Gwendolin. Morlâ, wer ist euer erster Spieler auf dem Feld?“

Die schlanke Elbin grinste dem Kapitän des Weißen Hauses frech ins Gesicht.

„Morlâ?“, wiederholte der Religionsmagister genervt seine Frage und sah den Zwerg griesgrämig an.

„Ich selbst“, antwortete der mit fester Stimme. Keinesfalls wollte er noch mehr Schwäche vor der Elbin zeigen. Trotzdem war der Zwerg sich des Nachteils bewusst, nicht zu wissen, wen Elbendingen aufstellen würde. Jetzt konnte sich Gwendolin jemanden aussuchen, von dem sie glaubte, dass er den Zwerg besiegen könnte.

„Gwendolin, wen stellst du auf?“

„Mich selbst, verehrter Magister.“

Der mit solcher Ehrerbietung Angesprochene lächelte über die Höflichkeit der Elbin.

Verdammt, sie ist wirklich gut, dachte Morlâ, *jetzt hat sie auch noch den Schiedsrichter auf ihrer Seite.*

„Gut, dann geht es los. Elbendingen muss zuerst angreifen! Bringt den Sternball in Position.“ Dann verließ der Magister den Platz und ging zu der riesigen Sanduhr, die auf einem kleinen Podest am Spielfeldrand aufgebaut war.

Morlâ ließ sich von Ûlyèr den langen Stab mit dem funkelnden Sternball daran geben. Er ging auf die rechte Seite des Feldes und rammte das Spielgerät in den Boden der Halle. Knirschend durchbrach der Stab den Holzboden und blieb fest verankert hinter dem Zwerg stehen.

„Gelb-blaues Team bereit?“, rief Mac Kamell zu Gwendolin, die am äußersten linken Rand des kleinen Spielfeldes stand. Die Elbin nickte nur leicht. Daraufhin johlten Hunderte Kehlen los und in der Arena startete eine gelbe Welle.

„Weißes Team bereit?“ Vereinzelte Jubelbekundungen, die aber sofort von den Elben niedergebrüllt wurden. Morlâ nickte stumm. Dann drehte der Magister das große Stundenglas herum und der feine Sand rieselte von der oberen Glaskammer durch den engen Hals in die darunterliegende. Der Harelstern des Weißen Hauses begann strahlend hell zu glühen. Das Spiel hatte begonnen. Drei Minuten!

Leik stand mit Filixx und Ûlyėr zur Untätigkeit verdammt hinter dem kleinen Zaun, der die Spielfläche begrenzte. Jetzt kam es auf ihren Kapitän an. Viel zu langsam lief der feine Sand durch die Uhr. Morlâ stand wie festgewachsen vor dem glühenden Harelstern des Weißen Hauses, der erst erlöschen würde, wenn die drei Minuten abgelaufen waren.

Von seinem Platz aus konnte Leik sehen, dass weder Gwendolin noch Morlâ sich bewegten, obwohl der feinkörnige Wüstensand immer weiter durch die Uhr lief. Doch als Leik sich schon ein wenig Hoffnung auf einen einfachen ersten Punkt machte, stürmte die Elbin mit einer atemberaubenden Geschwindigkeit auf den Zwerg zu. Ihr Körper war kaum noch in klaren Konturen wahrzunehmen, sondern zerfloss zu einem gelben Strahl, der über das Spielfeld zischte.

Doch Morlâ hatte anscheinend mit einem solchen Angriff gerechnet. Er zog seinen versteckten Holzstab mit der Eisenummantelung unter seinem Umhang hervor und schlug mit einem siegessicheren Lächeln auf die Elbin ein. Dabei hatte der Kapitän des Weißen Teams so viel Schwung, dass er umfiel, als er durch den nunmehr unsichtbaren Körper der Elbin hindurchschlug.

„Was ist das?", brüllte Ûlyėr neben Leik, der jedoch nicht weiter auf seinen Teamkameraden achtete. Zu sehr fesselte ihn das Geschehen auf dem Spielfeld. Doch leider musste er in diesem Moment mit ansehen, wie die *echte* Gwendolin behende über den auf dem Boden liegenden Zwerg sprang und kurz den unbewachten Harelstern berührte, der sofort erlosch.

„1:0 für Elbendingen", erklang daraufhin Mac Kamells Stimme, und das Stadion tobte.

„Ein magisches Trugbild", schimpfte Filixx, „der älteste Sternballtrick. Hätte nicht gedacht, dass Morlâ darauf reinfällt." Doch für Diskussionen war keine Zeit. Gerade hatte Gwendolin ihren Harelstern aufgestellt und der Magister die Sanduhr erneut umgedreht. Die zweite Runde begann.

Nun war es an dem Zwerg, anzugreifen. Morlâ, anscheinend wütend über sich selbst, raste sofort mit Gebrüll auf die Elbin zu.

Gwendolin schien davon wenig berührt, sie stand einfach nur da, ergriff den golden strahlenden Harelstern und betrachtete ihren Angreifer emotionslos. Kurz bevor Morlâ sie erreicht hatte, sprang sie, den Stern in der Hand, in die Luft.

Obwohl Leik sich eingestehen musste, dass diese Beschreibung dem Ereignis nicht gerecht wurde. Das war kein einfacher Sprung. Die Elbin hob bestimmt vier Meter vom Boden ab und landete behende auf der anderen Seite des Spielfeldes, wo sie ihren Stern erneut befestigte.

Morlâ konnte seinen Angriff nicht mehr abbremsen. Er rannte im vollen Lauf in den Begrenzungszaun. Daraufhin blieb er einige wertvolle Sekunden benommen liegen, bevor er sich wieder aufraffte und erneut – diesmal deutlich langsamer – auf Gwendolin zurannte. Jetzt war es an ihm zu tricksen. Wenige Meter, bevor er die Elbin erreicht hatte, warf er im Laufen einige schwere Holzscheiben, die er unter seinem Umhang verborgen hatte, auf die Studentin.

Gwendolin erstarrte. Sie konnte den ersten beiden ausweichen, doch die dritte traf sie mit einem schweren *Klong* am Kopf. Kurz ging sie in die Knie.

Morlâ erhöhte seine Geschwindigkeit und streckte die Arme aus, um die Trophäe des Gegners zu berühren. Er war nur noch fünf Schritte davon entfernt. Vier. Drei ...

Gwendolin erhob sich keuchend. Blut lief ihr übers Gesicht. Abrupt breitete sie ihre Arme aus. Im nächsten Moment waren die Elbin und der Harelstern verschwunden. Morlâ blieb schlagartig stehen und schaute sich um. Schließlich konnte er das leichte Flimmern erkennen, dort, wo die Elbin und der Harelstern eben noch zu sehen gewesen waren. Sie hatte einen Schutz- und Unsichtbarkeitszauber gewirkt.

Morlâ ging auf die flimmernde Erscheinung zu und schlug mit beiden Armen auf den Sicherheitskokon ein. Doch nichts geschah. Dann nahm er seinen Holzknüppel und prügelte weiter darauf ein.

Der Zauber hielt. Auf einmal wurde die Elbin wieder sichtbar. Doch der Harelstern, den sie an seiner langen Stange hielt, leuchtete nicht mehr. Morlâ erstarrte in der Bewegung und gab seine Bemühungen augenblicklich auf.

„2:0 für Elbendingen. Elbendingen hat das Spiel gewonnen", verkündete Magister Mac Kamell daraufhin. Die Arena tobte. Gwendolin hob die Stange mit dem Stern, mit beiden Händen über den Kopf und ließ sich feiern. „Elbendingen! Elbendingen!", klang es aus Hunderten Kehlen. Der Boden der Arena glich einem Blumenmeer. Morlâ trottete zurück zu seiner Mannschaft.

Leise Worte des Trosts empfingen den Kapitän, doch keiner der Teamkameraden konnte seine Enttäuschung so richtig verbergen. Zu hart hatten sie im Laufe dieses Semesters trainiert.

Nur Gerald schaffte es, etwas Aufbauendes zu sagen. „Mach dir nichts draus, Morlâ, ihr könnt immer noch ins Finale kommen", und tätschelte dem niedergeschlagenen Kapitän die Schulter.

„Ihr habt völlig recht, Magister", sagte der Zwerg, nachdem er dreimal tief durchgeatmet hatte. „Wie haben die anderen Mannschaften gespielt? Wo ist Rulu?" Als er den Zwilling entdeckte, ging er hastig zu ihm, besprach die Ergebnisse der anderen Teams und bekritzelte weitere Papyri.

Das nächste Spiel des Weißen Hauses bestritt Ȗlyėr gegen das Team Ølsgendur. Der hünenhafte Ork war vor Spielbeginn kaum noch zurückzuhalten. Man konnte deutlich sehen, dass sein Gegenüber, ein Zwerg aus dem dritten Semester mit dem Namen Akn Olivin, Angst vor ihm hatte. Der Ork machte mit ihm auch kurzen Prozess. Trotz seines Handicaps besiegte er das Team Ølsgendurs mit 2:0 und hinterließ nur einen zitternden Zwerg, der, da war sich Leik sicher, in der nächsten Saison wohl nicht noch einmal Sternball spielen würde.

Schade, dass Gerald diesen grandiosen Sieg seiner Mannschaft nicht sehen kann, dachte Leik. Doch ihr Trainer war gerade als Unparteiischer für die Partie Řischnărr gegen Glaubensfest eingeteilt und daher nicht im Stadion. *Hoffentlich hat er überhaupt noch die Möglichkeit, einen Sieg von uns zu sehen*, schoss es Leik durch den Kopf, der Angst vor jeder neuen Partie hatte, bei der er als Spieler von Morlâ eingeteilt werden könnte.

Für das Spiel gegen die menschliche Verbindung Glaubensfest teilte sein Zimmergenosse jedoch Filixx ein. Die Menschen standen mit dem Rücken zur Wand. Sie hatten im ersten Spiel gegen Elbendingen ihren Kapitän verletzungsbedingt verloren und noch keinen Sieg auf dem Konto. Genau wie das Weiße Haus mussten sie dieses Spiel unbedingt gewinnen, um überhaupt noch eine Chance auf den Finaleinzug zu haben.

Vor Spielbeginn tuschelte Morlâ lange mit Filixx, und auch Gerald redete auf ihn ein. Aber anscheinend hatten all diese taktischen Hinweise und Aufmunterungen nicht den erwarteten Effekt gehabt. Als Morlâ von der Spielfeldmitte zurückkam, wo er als Kapitän die Wahl des Spielers gewonnen und der Schiedsrichterin Magistra Herbstblüte mitgeteilt hatte, dass der korpulente Zwergelbe nun antreten würde, sah dieser äußerst blass aus. Tatsächlich konnte man sehen, dass seine Beine leicht zitterten, als er auf seine Seite des Spielfeldes ging. Sein Umhang war vollkommen durchgeschwitzt, obwohl es eigentlich recht kühl war.

„Weißes Haus bereit?", fragte die Heilerin mit ihrer schönen Stimme. Im ersten Moment reagierte Filixx nicht. Erst als Morlâ ihn von außen anbrüllte, nickte er wie wild mit dem Kopf.

„Glaubensfest bereit?" Der stämmige menschliche Fünftsemestler mit den raspelkurzen Haaren antwortete mit fester Stimme: „Ja." Er schien keine Angst zu haben.

Die Magistra drehte das Stundenglas herum. Das Spiel hatte begonnen. Filixx musste verteidigen.

Der Zwergelbe wischte sich den Schweiß aus den Augen. Im selben Augenblick schossen aus der Hand des menschlichen Studenten rote Energiebänder und fesselten Filixx' Oberkörper. Weitere folgten und schnürten ihn ein wie einen Rollbraten. Anschließend ging sein Gegner langsam und unter dem ohrenbetäubenden Applaus des Stadions auf den Harelstern der Weißen zu. Als er über Filixx steigen musste, beugte er sich kurz zu ihm herunter und flüsterte ihm etwas ins Ohr. Die veränderte Gesichtsfarbe seines Freundes zeigte Leik, dass es auf keinen Fall etwas Freundliches war. Dann berührte er die Trophäe des Weißen Hauses, die sofort zu glühen aufhörte.

„1:0 für Glaubensfest“, verkündete Magistra Herbstblüte, „und sollte ich noch mal eine derartige Unsportlichkeit von dir sehen oder besser gesagt hören, McFlaherty, dann disqualifiziere ich dich. Alles klar?“ Der Angesprochene versicherte mit einem frechen Grinsen im Gesicht, sich bessern zu wollen.

Filixx, nun von dem Zauber befreit, richtete sich wieder auf. Doch in den letzten Minuten musste eine gewaltige Veränderung in ihm vorgegangen sein. Jetzt fixierte er sein menschliches Gegenüber mit bösem Blick. Seine Schultern waren gestrafft, und von Anspannung, geschweige denn zitternden Beinen, war nichts mehr zu sehen.

„Bereit zur zweiten Runde?“

Jetzt war es an dem Zwergelben, anzugreifen. Leik traute seinen Augen nicht, denn auf dem Platz schien jetzt ein anderer zu stehen. Sofort nach Beginn des Spiels begann Filixx Magie zu wirken. Erst schloss er sich in einen Schutzzauber ein. Dann vervierfachte der Student sich selbst durch einen Trugbildzauber. Und schlussendlich beschwor er mehrere rattenähnliche Wesenheiten mit spitzen Zähnen und scharf aussehenden Krallen hervor, die sofort über den verdutzten McFlaherty herfielen. Das Ganze war in nur wenigen Sekunden geschehen. Leik hatte derartig viele magische Anwendungen gleichzeitig noch nie gesehen. Sein Freund war wirklich ein mächtiger Begabter.

Zwar schaffte es der Mensch noch einmal, einen Fesselzauber abzuschießen, aber der zerschellte wirkungslos an Filixx’ Schutzzauber. Anschließend versuchte er, sich gegen die beschworenen Wesenheiten zu wehren und gleichzeitig den Harelstern vor den aus vier verschiedenen Richtungen auf ihn zuschreitenden Filixxen zu beschützen. Ein aussichtloses Unterfangen. Gerade als McFlaherty sich auf ein direkt vor ihm stehendes Trugbild stürzte, berührte der echte Filixx in seinem Rücken den Stern der Verbindung Glaubensfest.

„Punkt für das Weiße. 1:1. Gut gezaubert, Filixx“, befand die elbische Magistra daraufhin anerkennend.

„Wie immer ist Verlass auf den Dicken, jetzt müssen wir nur noch die Offene gewinnen, und dann sind wir wieder dran“, sagte Morlâ zu Leik und dem neben ihm stehenden Ork. „Dann passt mal auf, ihr beiden, gleich seht ihr einen alten Bekannten wieder“, sagte er geheimnisvoll, als Herbstblüte die dritte und entscheidende Runde beginnen ließ.

Beide glühenden Harelsterne waren in der Arena aufgebaut worden. Im Stadion war Ruhe eingekehrt. Die Fans beider Seiten wussten, dass es für ihre Mannschaft in dieser Runde um alles ging. Wer jetzt verlor, hatte keine Chance mehr, unter die ersten beiden Teams zu kommen.

Doch Filixx machte etwas Merkwürdiges. Er ließ sich direkt vor dem Harelstern schwer auf sein breites Hinterteil plumpsen. Daraufhin ging ein Raunen durch die Arena.

McFlaherty schien dies als Zeichen der Schwäche zu werten. Flink rannte er auf den Zwergelben zu. Anscheinend wollte er jetzt nicht mehr seinen magischen Kräften vertrauen, sondern verließ sich auf seine physischen. Mit wenigen Schritten hatte er beinahe die gesamte Arena durchquert und war kurz davor, den Harelstern des Weißen zu berühren.

„Filixx“, brüllte Leik entsetzt, doch Morlâ legte ihm beschwichtigend die Hand auf die Schulter.

Plötzlich begann Nebel vom hölzernen Boden der Wettkampfstätte aufzusteigen. Mit hoher Geschwindigkeit breitete sich der silbrig-milchige Schleier über dem gesamten Innenraum aus.

McFlaherty stoppte kurz, da er aber sah, dass Filixx immer noch mit geschlossenen Augen vor dem Harelstern saß, rannte er weiter auf ihn zu. Jetzt konnte man auf dem Grund der Arena schon nicht mehr die Hand vor Augen sehen. Plötzlich erklang aus dem grauen Dampf ein animalisches Brüllen, das Leik nur allzu bekannt vorkam. Sekunden später hörte man entsetzte Schreie. Eindeutig menschlich.

Langsam lichtete sich der Nebel und Leik sah das Ungeheuer, dessen Brüllen die Arena erzittern ließ. Es war eine Farelechse. Wie in ihrer ersten Trainingsstunde griff das riesige Monster den Gegenspieler des Zwergelben ohne Gnade an. McFlaherty schrie und rannte um sein Leben.

„Na also“, sagte Morlâ grinsend neben ihm, „hab ich euch nicht gesagt, dass ihr gleich ein bekanntes Gesicht sehen werdet? Ein hässliches, zugegeben, aber sehr effektiv.“

Leik konnte sehen, wie Ûlyėr beim Anblick der Bestie seine großen Klauenhände ballte und ein mörderischer Blick in seine Augen trat. Doch darum konnte er sich jetzt nicht kümmern. Gerade war Filixx aufgestanden und ging schwankend auf den Harelstern von Glaubensfest zu. Sein Gesicht war schweißüberströmt, die Augen waren zu Schlitzen verengt und die Hände zur Faust geballt. Jeder Schritt schien ihm schwerzufallen. Die Beherrschung der beschworenen Bestie forderte seine ganze Konzentration.

Aus den Augenwinkeln sah Leik, dass Magistra Herbstblüte von ihrem Hocker aufgesprungen war. Auch sie war äußerst angespannt und schien mit sich zu ringen, ob sie eingreifen sollte oder nicht.

Filixx nahm ihr glücklicherweise diese Entscheidung ab, indem er den völlig ungeschützten Stern des menschlichen Hauses berührte. Sofort hörte er auf zu strahlen.

McFlaherty, den das Ungeheuer am Bein erwischt hatte, schrie immer noch, obwohl sich die Kreatur schon Sekunden vorher in Luft aufgelöst hatte.

„2:1 für das Weiße Haus. Das Spiel gewinnt das Weiße“, verkündete die elbische Heilerin mit brüchiger Stimme und wischte sich mit dem Ärmel ihres gelben Gewandes den Schweiß von der Stirn.

„Sehr gut, Filixx, alles wie besprochen“, begrüßte Morlâ den zurückkehrenden Zwergelben. „Ich wusste doch, dass dieser arrogante Mensch nach der ersten Runde denken würde, dass das Ganze ein Spaziergang wird.“

„Ihr habt das alles so geplant?“, fragte Leik erstaunt seinen Kapitän.

„Natürlich“, antwortete Morlâ mit leicht beleidigtem Unterton, „genau das ist doch meine Aufgabe. Moment, Leute, da ist Rulu.“ Er besprach sich kurz mit seinem Informanten und kam dann freudestrahlend zurück. „Ølsgendur hat 2:0 gegen die Spitzohren verloren. Damit haben die alle ihre Spiele gewonnen und sind auf

Platz eins mit acht Punkten. Ølsgendur und Glaubensfest spielen noch gegeneinander, aber sie haben keine Chance mehr, Zweiter zu werden. Řischnărr und wir liegen jetzt beide gleichauf mit jeweils vier Punkten an zweiter Stelle. In unserem letzten Spiel gegen die Orks entscheidet sich, ob wir morgen im Finale stehen oder sie." In diesem Moment richteten sich alle Augen auf Leik.

Der ungewöhnliche Erfolg des Weißen Hauses und besonders die knappe Ausgangslage der beiden Teams, die das Spiel zwischen den Bastarden und den Orks wie ein kleines Finale wirken ließen, führten dazu, dass das Stadion fast aus den Nähten platzte. Leik konnte es gar nicht fassen, welche Studentenmassen in Arena Nummer zwei strömten. Das Team war froh, wieder hier spielen zu dürfen, da alle insgeheim glaubten, dass die Sportstätte ihnen Glück brachte. Einzig Leik konnte sich über gar nichts mehr freuen. Zu groß war der Druck, der im Moment auf ihm lastete.

Dennoch fiel ihm auf, dass er keine schwarz gewandeten Orks in der großen Zuschauermenge sah. *Obwohl es für ihr Team doch ums Finale geht,* überlegte er. Leik hörte helles Lachen, sah fliegendes goldenes Haar, gelb-blaue Kleidung und andere Accessoires in den Farben der elbischen Verbindung. Er redete sich sogar ein, dass etliche der Elben, die an ihm vorbeiliefen, einen leichten Duft nach Frühlingsblumen ausströmten. Irgendwie wirkte dieser Geruch betörend auf ihn, was vielleicht auch eine raffinierte Ablenkungstaktik des schönen Volks war. Ebenso war rot-gelbe Verbindungskleidung, die mit dem Anch verziert war, überall präsent. Die stämmigen menschlichen Studenten fluchten viel und machten auf dem Weg zu ihren Zuschauerplätzen Witze auf ihre eigenen Kosten. Selbst die Zwerge, die das Turnier als Letzte ohne einen einzigen Sieg abgeschlossen hatten, brachten ihre Banner mit und tauchten einen Teil der Arena in ein tiefes Blau. Außerdem sorgten sie dafür, dass die kleine Imbissbude, an der einige Studenten Erfrischungen und Snacks anboten, in wenigen Minuten leer gekauft war. Auch sämtliche Studenten des Weißen Hauses, die sie schon den ganzen Tag angefeuert hatten, waren auf den Zuschauerrängen vertreten. Leik redete sich sogar ein, dass sie die Schlachtgesänge für das Weiße nun etwas lauter sangen als in den Partien zuvor.

Auch Morlâ war das Fehlen der Řischnărranhänger jetzt aufgefallen. „Keine Orks unter den Zuschauern?“, fragte er in die Runde. „Was ist da los? Ûlyėr, hast du irgendeine Ahnung?“, wandte er sich an den großen Ork. Doch der gab nur ein unfreundliches Grunzen von sich, was wohl bedeuten sollte, dass er keine Ahnung hatte.

„Wirklich merkwürdig“, pflichtete nun auch Filixx seinem Kapitän bei. „Wer weiß, welchen Trick sie sich ausgedacht haben“, sinnierte der Zwergelbe. Dann schüttelte er leicht den Kopf und drehte sich lächelnd zu Leik um. „Auch egal, oder? Sicher nichts, womit der Sphärenschatten nicht fertig wird.“

Leik schaute seinen Freund nur unglücklich an, sein Magen hatte sich wieder gemeldet. Allerdings schien es, als wollte Ûlyėr etwas sagen, als Filixx Leiks orkischen Namen erwähnte, doch die Ankunft des Řischnărr-Sternballteams unterbrach ihn.

Die gesamte aus fünf Spielern bestehende Mannschaft und der Verbindungsmagister Ñokelä liefen soeben in militärischer Formation mit fliegenden schwarzen Mänteln auf den Schiedsrichter zu. Der junge Magister Untermberg sollte in dieser Partie auf die Einhaltung der Regeln achten. Als er sah, wie die muskelbepackte, großgewachsene Abordnung des orkischen Volks auf ihn zukam, zuckte er ängstlich zusammen. Erst als der Magister bemerkte, dass sich die Spieler des Sternballteams kurz vor ihm verbeugten, schien er sich ein wenig zu entspannen.

Leik konnte allerdings erkennen, dass sich dies sofort wieder änderte, als sich Ñokelä mit seinem entstellten Äußeren zu ihm herunterbeugte, um mit dem jungen Magister zu reden. Doch der schüttelte nach dem kurzen Gespräch den Kopf, woraufhin der Magister der Orks seine Hauer fletschte und wild mit den Armen gestikulierte.

„Dann soll es Tejal entscheiden“, konnte das Team des Weißen Hauses hören, als der orkische Magister nicht mehr in der Lage war, leise zu sprechen. Untermberg fasste sich an den Kehlkopf und redete wie mit sich selbst.

Kurz darauf erschien die Direktorin in der Arena und eilte mit angespanntem Gesicht auf die kleine Gruppe in der Mitte zu.

Ein Raunen ging durch das Stadion. Anschließend wurde es ungewöhnlich still. Der Streit zwischen den Magistern war nun auch für alle deutlich zu verstehen.

„Jeder Student der Âlaburg darf an den Spielen teilnehmen", konnte man die Direktorin herrisch zu Ñokelä sagen hören.

„Aber nicht diese magische Abnormität", erwiderte der und zeigte auf Leik.

Der bekam einen roten Kopf, was ihm in diesem Moment aber reichlich egal war.

„Ich kann meine Studenten nicht einer solchen Gefahr aussetzen", führte der orkische Magister weiter aus.

„Er ist aber der Einzige, der noch nicht gespielt hat", fuhr Untermberg dazwischen, „laut den Regeln muss er spielen. Das Weiße Haus hat nur vier Spieler zusammenbekommen. Ihnen bleibt keine andere Wahl."

„Ihr habt vollkommen recht, Magister", pflichtete die Direktorin dem Zwerg bei. „Ñokelä, Ihr kennt die Regeln doch besser als ich. Seit Jahrhunderten wird so gespielt. Wenn ein Team einen Spieler aufs Feld bringt, der heute schon mit dem Harelstern verbunden wurde, bewirkt der Gerechtigkeitsbann, dass er verliert, weil er seine eigene Verbindungstrophäe und auch die aller anderen Mannschaften nicht mehr berühren kann."

„Ihr müsst den Zauber verändern", schrie der riesige Kampfmeister. „Niemanden aus meinem Volk kann zugemutet werden, gegen eine magische Laune der Natur anzutreten."

Tejals Blick verhärtete sich. „Leik ist ein Student der Âlaburg. Lekan hat ihn geprüft und für würdig befunden. Es ist nicht an Euch, die Studenten zu sortieren, Magister."

„Aber …", begann der Ork, doch die Rektorin fuhr ihm dazwischen.

„Als Direktorin dieser Universität und damit oberste Instanz auch in Schiedsrichterfragen lege ich fest, dass Leik McDermit ein regulärer Spieler des Weißen Hauses ist. Da er als einziger dieses Teams heute noch nicht gespielt hat, muss er jetzt antreten. Welcher Spieler aus Eurer Mannschaft tritt gegen ihn an, Magister?"

Ñokelä verzog sein Gesicht vor Hass: „Keiner!"

Tejal legte daraufhin die Hand an den Kehlkopf und rief durch das Stadion: „2:0 für das Weiße Haus. Das morgige Finale zwischen Elbendingen und dem Weißen Haus beginnt um vierzehn Uhr. Den Sonderregeln für eine derartige Situation entsprechend muss morgen der fünfte Mann spielen oder der vierte", endete sie mit einem verwirrten Blick auf die Mannschaft des Weißen Hauses, dann drehte sie sich um, verließ mit wehendem Umhang die Arena und ließ eine verblüffte Studentenschar zurück.

Das Finale

„Ruhig, Junge.“ Gerald klopfte Leik auf den Rücken, doch der übergab sich erneut. Der enorme Druck und die Aufregung waren einfach zu viel für ihn.

„Geht’s wieder?“

Leik bejahte die Frage schwach und ignorierte den ekligen Geschmack in seinem Mund. In der Tat ging es seinem Magen etwas besser, aber wahrscheinlich nur, weil er sich schon den ganzen Vormittag übergeben hatte und nun schlicht nichts mehr aus ihm herauszubekommen war.

„Dann mach dich frisch, wir sehen uns gleich im Gemeinschaftsraum!“

Leik nickte. Nachdem Gerald das Badezimmer des Weißen Hauses verlassen hatte, sah er in den Spiegel über dem schwarzweiß marmorierten Waschbecken. Seine Augen waren blutunterlaufen, seine Haut gelblich-blass und Schweißperlen standen ihm auf der Stirn. Man hätte denken können, er sei schwer erkrankt. Aber er wusste es natürlich besser. Er war allenfalls krank vor Aufregung. Nach Tejals Entscheidung hatte sich beim übrigen Team die Anspannung gelöst. Jubelnd und mit Unterstützung der Fans des Weißen, überraschenderweise aber auch der Menschen und Zwerge, waren sie in Richtung Wehrturm gezogen. Alle wussten, dass der Finaleinzug den größten Erfolg bedeutete, den das Weiße Haus jemals errungen hatte. Dennoch war Leik klar: Jetzt, wo sie wirklich im Endspiel standen, wäre alles andere außer dem Titel eine Enttäuschung. Zwar redeten Morlâ, Filixx und Gerald lange auf ihn ein und versicherten ihm, dass keiner böse wäre, wenn er nicht gewinnen sollte. Doch niemals vergaßen sie dabei zu erwähnen, was ein Titel im Sternball für das verschmähte Bastardhaus bedeuten würde. Genau deshalb wollte Leik diesen Sieg unbedingt. Er wollte es all denen zeigen, die immer auf ihn und seine Freunde herabsahen. Die Reinen, die

Perfekten. Die, die in Leiks Augen doch eh schon alles hatten. Eine Familie, ein Zuhause, ein Volk, das sie akzeptierte, und dazu noch eine Verbindung, die als vollwertig galt.

Die meisten Studenten im Weißen hatten viele dieser Dinge nicht. Genau genommen wollte Leik den Sieg auch für sich selbst. Er wollte Geschichte schreiben als erster Finalsieger des Weißen Hauses.

„Hallo! Du siehst schon viel besser aus“, munterte ihn Morlâ auf, als er in den Gemeinschaftsraum schlurfte, wo das gesamte Team ihn schon erwartete und vorsichtig musterte.

„Danke“, murmelte der Angesprochene und ließ sich schwer in einen Sessel fallen.

„Ähm … Leik?“ Stirnrunzelnd sah Leik Filixx an, der unsicher fortfuhr: „Äh … wir müssen direkt los. Du hast doch eine ganze Weile im Bad verbracht. Sonst verlieren wir nur deshalb, weil wir zu spät gekommen sind.“ Und damit holte er hinter seinem Rücken Leiks strahlend weißen, frisch gebügelten Spielumhang und den Harelstern hervor.

Als die Mannschaft den alten Wasserspeier passierte, bemerkte Leik, dass es wirklich schon relativ spät sein musste. Der Burghof war verlassen. Zwar rannten hier und da immer noch einige Studenten herum, doch die meisten mussten sich schon im Stadion befinden.

Sie haben auf mich gewartet – meine Freunde! Leik wurde warm ums Herz. Niemand war auf die Idee gekommen, ihn unter Druck zu setzen – selbst Ûlyėr nicht. Seine Mannschaftskameraden hatten ihm Zeit gegeben, sich selbst zu finden. Nun durfte er sie nicht enttäuschen. Leik ging schneller und pumpte Luft in die Lungen. Zwar hatte er immer noch einen säuerlichen Geschmack im Mund, aber sein Mut kehrte allmählich zurück. Was auch passierte, seine Freunde würden seine Freunde bleiben, und das war das Wichtigste.

Mit schnellen Schritten näherte sich die kleine weiße Abordnung der Arena.

„Ach, seht doch mal, das Betrügerteam“, erklang plötzlich eine tiefe, abgehackte Stimme, als sie um die letzte Biegung kurz vor dem Stadion gehen wollten. Einen Augenblick später kam der Besitzer dieser Stimme zum Vorschein. Es war der riesenhafte Ork ₭uelnk. ₱yzu gesellte sich zu ihm und noch zwei weitere sehr große Orks, die aber schon in einem höheren Semester sein mussten. Leik hatte sie zumindest in seinem Unterricht noch nie gesehen.

„Was wollt ihr?“, knurrte Morlâ und legte eine Hand unter seinen weißen Umhang, dorthin, wo sein eisenverstärkter Holzknüppel versteckt war.

„Was wir wollen?“, höhnte ₭uelnk, und die drei anderen Orks stimmten in das Gelächter mit ein.

Obwohl Leik sich nicht sicher war, ob das Geräusch, das sie von sich gaben, etwas mit Erheiterung zu tun hatte.

„Wir wollen, dass unsere Mannschaft im Finale steht und nicht ein Team aus Betrügern und Bastarden. Řischnărr hätte euch hinweggefegt, wenn wir angetreten wären.“

„Seid ihr aber nicht“, entfuhr es Filixx, worauf ihn die Orks böse anfunkelten und ihre Muskeln spielen ließen. Dann begannen sie, das Weiße Team in der Art eines Wolfsrudels langsam einzukreisen.

„Es ist, wie es ist. Unsere Entscheidung war das schließlich nicht“, versuchte Morlâ die Situation zu retten, doch da stieß er auf taube Ohren.

„Nein, das ist es nicht. Keiner von euch wird heute zu dem Spiel gehen, und besonders nicht diese Abnormität.“ ₭uelnks Klauenhand zeigte auf Leik.

Leik erschrak, als sich ihm im gleichen Moment eine andere Klaue auf die Brust legte und ihn sanft, aber bestimmt nach hinten schob. Nach einer kurzen Schrecksekunde bemerkte er, dass die Hand Ûlyėr gehörte, der jetzt Leik hinter sich bugsiert hatte.

„Niemand“, brüllte der Ork des Weißen Hauses mit einer Lautstärke, die Leik dem Studenten kaum zugetraut hätte, „rührt Leik an!“ Irgendwie wirkte der Ork nun noch bedrohlicher als sonst. Jetzt sahen seine Teamspieler auch zum ersten Mal, dass er deutlich größer war als die anderen orkischen Studenten, die ihnen gegenüberstanden. Ûlyėr ging leicht in die Hocke, ballte die Klauen und bleckte die Hauer. Er war in Angriffsposition.

Leik war völlig verblüfft vom Verhalten seines Mannschaftskameraden. Bis jetzt war er davon ausgegangen, dass der Ork ihm feindselig gegenüberstand. Das höchste der Gefühle war bisher Ûlyėrs Desinteresse ihm gegenüber gewesen, und nie hätte er damit gerechnet, dass sich sein Kommilitone so für ihn einsetzen würde.

„Misch du dich da nicht ein, Stinker", spie Ꝁuelnk aus. Doch als er sah, dass Ûlyėr nicht reagierte, sondern ihn weiter mit dem Blick eines Angreifers fixierte, sagte er: „Du kannst dich gar nicht einmischen. Denn dich gibt es gar nicht. Du bist tot. Nie wird dich Řälärm in unsere Bruderschaft aufnehmen. Du existierst nicht. Im Moment fühle ich mich, als würde ich ein Selbstgespräch führen." Die anderen Řischnărrstudenten lachten gehässig.

Bevor die Situation zu Handgreiflichkeiten führen konnte, worauf sich wohl schon alle eingestellt hatten, hörten sie das heisere Kichern von Magister Tiefenschacht, der in eben diesem Moment mit Gerald um die Ecke kam. Sofort waren die vier Orks verschwunden und tauchten im Getümmel vor dem Stadion unter.

Ohne weitere Verzögerung eilte das Weiße Team in die Spielstätte. Tosender Applaus empfing die kleine Mannschaft, als sie endlich am Rand des Spielfeldes angekommen war. Der Großteil der Studenten schien für die Mannschaft des sonst so unbeliebten Bastardhauses zu sein. Nur die in Gelb und Blau gekleideten Elben schlossen sich dieser Ehrenbezeugung nicht an, vielmehr tauchten sie die Arena in ein duftendes Meer von verschiedenfarbigen Blüten, die sie über die Zuschauerränge herunterrieseln ließen. Das schien ihre Art von Buhrufen zu sein.

Schwarz war nirgendwo im Stadion zu sehen, da die Orks das Spiel boykottierten, was der Stimmung allerdings keinen Abbruch tat. Selbst Magister Ñokelä saß nicht bei der Direktorin auf der Ehrentribüne.

Jehal sollte die Partie zwischen dem Weißen Haus und Elbendingen als Schiedsrichter leiten. Er bat nun Morlâ ungeduldig auf das Spielfeld. Obgleich es eigentlich eine Farce war, mussten der Zwerg und Gwendolin als Kapitäne offiziell verkünden, wer für ihre Verbindung spielen würde. Die Elben mussten also ihr bisher nicht eingesetztes fünftes Teammitglied bestimmen, Mahir Zedernkern, eine junge Elbin aus dem zweiten Semester. Morlâ bestimmte Leik.

„Du schaffst das", hatte Leik noch von seinen Teamkameraden im Ohr, als er mit der langen Stange und dem daran schaukelnden Harelstern auf die linke Seite des Spielfeldes ging. Erst jetzt fiel ihm auf, wie schwer die Trophäe war.

Eine ungewöhnliche Ruhe hatte sich über Leik gelegt, nun, da es endlich losging. Die Schreie und den Lärm des Stadions blendete er aus. Auch seine Gegnerin nahm Leik kaum wahr. Er dachte an Drena. Zwar hatte Leik in den letzten Wochen immer wieder an die junge Haselnussverkäuferin gedacht, doch die vielen anderen Dinge, die er erlebt hatte, hatten ihn immer mehr von ihr abgelenkt. Doch gerade jetzt dachte er an ihre schönen Augen, die dicken schwarzen Zöpfe und ihr bezauberndes Lächeln. *Wenn sie doch nur hier wäre und mich sehen könnte. Der kleine Fellverkäufer im Finale eines magischen Turniers,* bei diesem Gedanken musste Leik lächeln. Nichts hätte er sich sehnlicher gewünscht, als das Mädchen irgendwo auf den Zuschauerreihen zu entdecken, von wo aus sie ihm heimlich zuzwinkerte und in die Gesänge der anderen einstimmte.

„Wenn ich die Uhr umdrehe, beginnt das Spiel." Jehals barsche Worte rissen Leik aus seinen Tagträumen. „Bereit?" Ohne die Antwort der beiden Spieler abzuwarten, drehte der Magister für Zauberei die Sanduhr um. Das Finale hatte begonnen.

Die schmächtige Elbin, die Leik direkt gegenüber stand, rührte sich nicht, obwohl das Mädchen angreifen musste. Sie hatte die Augen geschlossen und schien etwas zu murmeln. *Wahrscheinlich will sie irgendein Vieh beschwören,* dachte Leik, der selbst panisch überlegte, was er tun könnte. Jetzt war die Aufregung wieder da. Sein Herz schlug so fest, dass er das pulsierende Blut in seinem Hals spüren konnte.

Was kann ich nur tun? Die Elbin hatte immer noch die Augen geschlossen und rezitierte irgendwelche Verse. *Sie wird wahrscheinlich irgendein riesiges, elbisches Ungetüm herbeirufen, das mich in Stücke reißt.* Verzweifelt versuchte Leik, in die Sphäre einzudringen, was ihm jedoch nicht gelang. So wie er es schon oft in Tejals Büro oder in den Seminaren erlebt hatte.

Für das Publikum war die Vorstellung der zwei Spieler, die einfach nur herumstanden und nichts taten, äußerst langweilig. Sie hatten sich auf ein packendes und ereignisreiches Finale gefreut, in dem die Fetzen flogen. Erste Buhrufe wurden laut.

Leik ließ sich davon ablenken. *Oh nein! Ich muss mich konzentrieren.*

Sein linker Fuß versank plötzlich im Holz. Verwundert schaute der Student an sich herunter. *Wie ist das möglich,* überlegte er, was ihn wiederum aus der Konzentration riss, und so blieb ihm die Sphäre weiter verschlossen. Dann bemerkte er, dass auch sein rechter Fuß einsank. *Was ist hier los?* Leik drehte sich zum Harelstern um, der immer noch an Ort und Stelle stand und sein golden strahlendes Licht abgab. Im gleichen Moment versank er bis zur Hüfte in dem Holzboden der Arena.

Ein Zauber, schoss es Leik durch den Kopf. Dann gab der Boden unter ihm weiter nach und nur noch sein Kopf schaute heraus. Er musste ein groteskes Bild abgeben. Ein beklemmendes Gefühl überkam ihn. Er konnte die Arme und Beine nicht mehr bewegen und das Atmen fiel ihm schwer. Gewaltiger Druck lastete auf seinem Körper, der scheinbar vollständig vom Stadionboden umschlungen war. Panik durchflutete Leik. Er hatte bis heute nicht gewusst, dass er unter Platzangst litt. Jetzt bemerkte er es aber. Einzig und allein der Gedanke, aus dieser Situation herauszukommen, beschäftigte ihn nun. An das Spiel dachte Leik überhaupt nicht mehr. Stattdessen wandte er alle Kraft auf, um sich aus seiner Lage zu befreien. Versuchte mit den Beinen zu strampeln, die Arme zu bewegen und drehte den Kopf in alle Richtungen. Doch nichts half. Jetzt begann er aus Leibeskräften zu schreien.

„1:0 für Elbendingen“, rief Jehal gehässig. „Gut gemacht, Zedernkern. Ich wusste gar nicht, dass du den Hypnosebann so gut beherrschst.“ In Leiks Richtung brüllte er. „Du kannst aufhören zu keifen, McDermit. Niemand wird dir etwas tun. Oder sollte ich besser sagen, hat dir je etwas getan“, endete er kichernd, woraufhin große Teile des Publikums in schallendes Gelächter ausbrachen.

Leik, der erst jetzt bemerkte, dass er vor dem erloschenen Harelstern auf der Seite lag, sich panisch bewegte und dazu ohrenbetäubend schrie, wäre vor Scham am liebsten tatsächlich in den Boden versunken. Wenn er jetzt das Stadion und die Universität für immer hätte verlassen können, Leik hätte es sofort getan. Mühsam richtete er sich auf. Der Spott und das Lachen der Zuschauer klangen immer noch in seinen Ohren.

„Konzentriere dich!“, raunte ihm Morlâ zu, als er den Harelstern des Weißen Hauses aus dem Loch im Holzboden zog und damit flink hinter der Absperrung zur Spielstätte verschwand.

Leichter gesagt, als getan, dachte Leik deprimiert, doch Jehal ließ ihm keine Zeit. Ohne auf die Zustimmung des Menschen zu warten, drehte er die große Sanduhr erneut um. Jetzt war es an Leik, in drei Minuten den Stern der Verbindung Elbendingen zu berühren. Erneut unternahm er einen vergeblichen Versuch, in die Sphäre einzudringen. Wenn er noch irgendeine Chance haben wollte, dann musste er sich auf sich selbst verlassen und nicht auf Magie. Die Uhr lief unbarmherzig. Ein Drittel des Sandes war bereits hindurchgerieselt.

Leik überlegte fieberhaft, wie er die ruhig erscheinende Elbin überwinden könnte. Er zog seinen Umhang zurecht und machte einen Schritt nach vorn. Blitzschnell schleuderte die Studentin ihm einen Zauber entgegen, dem Leik nur durch einen beherzten Sprung ausweichen konnte. Dann zog sie sich wieder auf ihre Position direkt vor dem strahlend hellen Harelstern zurück. Ihr genügte es ganz offensichtlich, Leik einfach auf Abstand zu halten.

Der steckte jetzt die Hände in die Hosentaschen, wie er das immer machte, wenn er nachdachte. Ein Blick zur Uhr verriet ihm, dass schon mehr als die Hälfte der Zeit abgelaufen war. Er musste *jetzt* etwas tun, oder das Finale wäre verloren. Seine Hand umschloss plötzlich etwas Hartes, Rundes in seiner Hosentasche. Eine Haselnuss. Gestern Abend hatte ihm Gerald eine Tüte davon aufgeschwatzt, weil sie unheimlich viel Energie enthielten und Leik vor Aufregung nichts Richtiges essen konnte. Diese hier war übrig geblieben. Er nahm die Nuss heraus und betrachtete sie kurz. *Sie erinnert mich an Drena.* Der Gedanke an die junge Nussverkäuferin ließ Leiks Kampfgeist erneut erwachen. *Der Harelstern muss berührt werden. Egal wie.*

Erneut betrachtete er die kleine Nuss. Mit einem Splitter aus dem Loch, den der Stab seines Harelsterns geschlagen hatte, stach er sich in den Daumen und rieb die Haselnuss mit seinem Blut ein. Ihm blieben jetzt vielleicht noch fünfzehn Sekunden. Das Stadion hatte sich mittlerweile in eine gelb-blaue Party verwandelt.

Leik rannte auf die Elbin zu, wieder schoss sie einen Zauber auf ihn ab, dem Leik geschickt auswich. Er täuschte einen Haken an, und der zweite gelbe Energieblitz schlug hinter ihm ins Holz ein und hinterließ nur einen schwarzen, rußigen Fleck. Jetzt waren es vielleicht noch zehn Meter bis zum Harelstern. Die letzten Sandkörner liefen durch den gläsernen Hals des Zeitmessers.

Leik hatte nur diesen einen Versuch. Er zielte, die blutige Nuss wurfbereit in der Hand. Da bemerkte er die Energieladung, die direkt auf ihn zuflog. Ein Ausweichen war unmöglich. Die Zeit schien stillzustehen. Ganz langsam sah er den zuckenden, golden schimmernden Zauber auf sich zufliegen. Gleichzeitig schloss er die Hand um sein kleines Wurfgeschoss, spannte alle Muskeln an, kniff die Augen zusammen und warf.

Als Leik mit einem starken Brennen in der Brust mehrere Meter durch die Luft getragen wurde, lief die Zeit für ihn wieder normal. Schmerzhaft landete er auf dem Rücken, und die Luft entwich ihm mit einem Keuchen. *Ich habe es nicht geschafft,* schoss es Leik durch den Kopf.

Doch das Stadion jubelte. Morlâ, Filixx und Ûlyėr lagen sich in den Armen und schrien vor Freude.

Mühsam richtete sich Leik auf und schaute über das Spielfeld. Der Harelstern von Elbendingen war erloschen.

Jehal untersuchte skeptisch die Sanduhr, doch der Zauber, der sie gleichzeitig stoppte, wenn der Stern berührt wurde, hatte einige Sandkörnchen im Hals der Uhr hinterlassen. „1:1, wenn auch mit fast unlauteren Mitteln."

Gwendolin brüllte Leik erbost an. „Wie viel wollt ihr in diesem Turnier denn noch betrügen?" Doch die Regeln waren eindeutig. Der Spieler musste den gegnerischen Stern berühren. Welcher Teil des Spielers war egal, und wenn es nur ein Tröpfchen Blut war.

Zu gern wäre Leik zu seinen Mannschaftskameraden gegangen und hätte mit ihnen gejubelt, doch er musste noch die alles entscheidende offene Runde überstehen. Beide Harelsterne standen auf dem Feld, und Zedernkern schaute ihn so grimmig an, wie er es von einem so schönen Gesicht nicht erwartet hätte.

„Seid ihr bereit?", fragte Jehal. Beide Spieler nickten nur, ohne sich dabei aus den Augen zu lassen. Jetzt gab es nur noch sie beide. Keine Uhr, keine Ausreden, keine Fehler, die korrigiert werden konnten. Die entscheidende Partie um den Titel begann.

Leik konnte sehen, wie die Elbin einen Schutzzauber um sich legte. Doch schien sie darin nicht sonderlich geübt zu sein, da sie mehrere Anläufe brauchte. Auch Leik versuchte noch ein letztes Mal, die magische Sphäre zu betreten, allerdings ohne große Hoffnung, dass es diesmal klappen würde. Plötzlich bemerkte er das wohlbekannte Kribbeln auf der rechten Hand. Er schaute hinunter und tatsächlich, der schwarze Kreis erschien auf seinem Handrücken. Die Welt war augenblicklich in ein farbiges Flimmern getaucht. Seine Sinne waren geschärft. Leik hatte die magische Sphäre betreten.

Ein Blick auf Mahir Zedernkern zeigte ihm, dass sie auch schon in die Welt der Zauberei eingetreten war. Gelbe Energieströme flossen auf ihren schmalen Körper zu und begannen sie verspielt zu umschließen. Die Schutzhülle der Elbin war fast fertig. Leik musste sich beeilen, damit sie ihm nicht zuvorkam und ihn attackieren konnte. Auf noch eine Begegnung mit ihrem Angriffszauber konnte er gut und gerne verzichten. Hastig begann Leik, ebenfalls einen Schutzkokon um sich zu weben, so wie es ihnen Großmagister Mac Rallen in jener denkwürdigen Magiestunde gezeigt hatte.

Er hatte keine Sekunde zu spät begonnen. Schon schlugen die ersten goldenen Energieblitze in seine Schutzhülle ein und ließen sein Sichtfeld für einen kurzen Moment wie Wasser zerlaufen. Doch beschränkte sich die Spielerin der Verbindung Elbendingen nicht darauf. Gleichzeitig lief sie über das Spielfeld und versuchte den Harelstern des Weißen zu berühren. Erst im letzten Moment fiel Leik sein Fehler auf und er schloss auch die Trophäe mit in seinen Schutzzauber ein. Vergeblich rannte Zedernkern gegen die magische Hülle an. Leik bemerkte, dass er aufgrund ihrer magischen und physischen Attacken immer schwächer wurde. Ein einfaches Ausharren würde in dieser Runde nicht ausreichen. Die Zeit lief unbegrenzt. Er selbst musste zum Angriff übergehen.

Mühevoll und langsam schleppte Leik sich und den Harelstern in Richtung des ungeschützten Sterns des Elbendingen-Teams. Zedernkern war offensichtlich nicht in der Lage, sich und die schwere Trophäe mit einem Schutz zu belegen. Auch Leik fiel das Gehen in der Schutzhülle ungemein schwer. Immer wieder musste er stehen bleiben und durchatmen, was ihn aber sofort massiven Angriffen der Elbin aussetzte, die auf seinem beschwerlichen Weg die ganze Zeit neben ihm blieb. Sie hatte jetzt irgendwelche kleinen Vögel beschworen, die mit ihren winzigen Schnäbeln auf seine Schutzhülle einhackten.

Leik begann zu schwitzen, lange würde er seine schützende Ummantelung nicht mehr beschwören können. Einige Sekunden zuvor war schon ein Vogel in sie eingedrungen. Der Magie der Elbin entzogen, hatte er sich zwar augenblicklich in Luft aufgelöst, aber Leik war klar, dass die Zeit seines Zaubers ablief. Doch der Harelstern der Elben war immer noch etliche Meter von ihm entfernt. Zedernkern selbst zeigte keinerlei Ermüdungserscheinungen. Leik merkte, dass er seinen Plan ändern musste.

Im nächsten Moment schlug ein so starker Angriffsblitz der Elbin ein, dass es Leik von den Füßen hob. Sein Schutzzauber brach sofort zusammen, und er war zurück in der wirklichen Welt. Jetzt lagen er und der Harelstern völlig ungeschützt auf dem Boden der Arena. Nun hörte er wieder das Getöse der Zuschauer. Die Elben hatte es von ihren Sitzen gerissen und sie schrien und feuerten ihre Spielerin an. In den Gesichtern der Anhänger des Weißen Hauses zeigten sich Erschrecken und Unglauben.

Die Elbin, verdeckt durch ihre schimmernde Schutzhülle, lief sofort auf Leik und den etwa zwei Meter neben ihm liegenden Harelstern zu. *Wie kann ich sie jetzt noch aufhalten?* Leik machte das Einzige, was ihm möglich war. Er raffte sich auf, so schnell es seine schmerzenden Knochen zuließen, ergriff die Stange mit dem Stern und rannte vor der Elbin weg. Das gelb-blau gekleidete Publikum begann ihn darauf als Feigling zu verhöhnen, doch im

Moment wusste er keine andere Lösung. Die elbische Spielerin ließ sich davon nicht beeindrucken. Abrupt wechselte sie die Richtung und kam beängstigend schnell auf Leik zu. Da sie in dieser Runde wohl auf Nummer sicher gehen wollte, schoss sie im Laufen gelbe Energieladungen auf den menschlichen Studenten ab, denen Leik aber ausweichen konnte.

Ich muss in die Sphäre, hier draußen habe ich keine Chance! Niemals war es ihm gelungen, während einer solchen Anspannung bewusst in die magische Welt einzutauchen, doch dies war seine einzige Chance. Und tatsächlich gelang es ihm. Der Preis dafür war aber, dass er den Harelstern nicht mehr festhalten konnte. Dazu fehlte ihm einfach die Kraft. Das Spielgerät lag nun direkt zu seinen Füßen. Magisch verstärkt sah er nun die von gelb-goldenen Energiebändern umspielte Elbin auf sich zu laufen. Gerade löste sich eines der Bänder aus ihrer linken Hand und schoss zuckend auf Leik zu. Der wusste sich nicht anders zu helfen, als beide Arme hochzureißen und vor das Gesicht zu halten. Der universelle Schutzreflex eines jeden Menschen war auch in ihm tief verankert. Innerlich stellte Leik sich schon auf die Schmerzen des Einschlags ein.

Doch nichts geschah. Als er die Augen wieder öffnete, konnte er sehen, dass die Bewegung seiner Arme ein regenbogenfarbenes Energieband geformt hatte, das sich noch kurz um seine Unterarme schlang, dann aber wieder auflöste und sich in ein rotes, blaues und gelbes teilte. Irgendwie war es ihm gelungen, Zedernkerns Zauber aufzuhalten. *Aber wie,* überlegte er fieberhaft.

Im gleichen Moment schoss die Elbin erneut eine Energieladung auf ihren Gegner ab.

Wieder hob Leik die Arme, doch diesmal konzentrierte er sich darauf, was passierte. In einer verschwommenen Bewegung, die Leik jetzt wahrnehmen konnte, zog er, wie klebriges Harz von Bäumen, blaue und rote Farblinien an seinen Unterarmen und Händen mit sich. Der ankommende gelbe Energieblitz verwob sich sofort mit ihnen zu einem dicken, regenbogenfarbenen Strang, ohne Leik zu schaden. Offensichtlich konnte er die Energieströme egalisieren, indem er sie miteinander verband.

Doch Leik hatte keine Zeit zum Nachdenken. Die Elbin änderte jetzt ihre Taktik und wollte ihn einfach mit ihren Körperkräften attackieren, da er im Moment über keinen Schutz verfügte. Er konzentrierte sich. In einer Bewegung, als würde er ein Tau einholen, griff er sich die gelben Energielinien, die vor ihm durch die Sphäre auf Zedernkern zuströmten, und zog daran. Sie blieben an seinen Händen haften. Sofort bemerkte er, dass er dadurch die magische Energie von der Elbin abzog.

Zedernkern bemerkte diese Veränderung sofort. Sie schien ihr Angst zu machen. Das Mädchen blieb mit einem bangen Ausdruck in den Augen stehen und versuchte zu verstehen, was geschehen war. Ihr Gesicht hatte sich verzerrt und zeigte einen ungläubigen, stark eingeschüchterten Ausdruck. Von der Schönheit der Elbin war in diesem Moment nicht viel geblieben.

Doch Leik holte mit den Armen immer mehr von ihrer Energie zu sich herüber. Ihm allein gehorchten die vielfarbigen Energieströme der magischen Sphäre. Die Elbin hatte darauf keinerlei Einfluss mehr.

Plötzlich geschah etwas völlig Unerwartetes. Zederkern ging in die Knie. Ihre magische Aura war inzwischen sehr zerbrechlich geworden. Nur noch ein schwacher, gelblicher Lichtschein umspielte ihren Körper.

Leik zog weiter.

Das Mädchen schrie, als würde sie sehr starke Schmerzen leiden.

Im gleichen Moment konnte Leik das Weiße in ihren Augen sehen.

Dann brach das Elbenmädchen ohnmächtig zusammen. Dabei schlug der Kopf der Studentin mit einem Gänsehaut erzeugenden Geräusch ungebremst auf dem Holzboden der Arena auf.

Trotzdem kam in Leik der unbändige Wunsch auf weiterzumachen. Das Spiel, der Sieg, die Elbin selbst waren ihm in diesem Moment völlig egal. Das Gefühl der Macht der Magie durchflutete ihn. Es berauschte ihn geradezu. Noch nie hatte er sich so lebendig gefühlt.

Er rang mit sich selbst. Leik war klar, dass er die Elbin töten würde, wenn er ihr weitere Energie entzog. Mühevoll beherrschte er sich. Gerald hatte ihm immer vermittelt, dass das Leben das höchste und schützenswerteste Gut aller Wesenheiten sei. Das brachte ihn dazu, die Elbin freizugeben. Leik ließ seinen Händen nun sämtliche Energielinien entgleiten. Der farbige Regenbogen löste sich auf, und sofort schossen gelbe Ströme auf die am Boden liegende Elbin zu.

Leik verließ die Sphäre. Das Mal auf seiner rechten Hand verblasste augenblicklich. Jetzt, als er wieder klar denken konnte, machte er sich Sorgen um Zedernkern. Er lief zu der Elbin und ging neben ihr in die Knie. Inzwischen war sie aus der Bewusstlosigkeit erwacht. Die Energie schien wieder in ihren Körper zu fluten.

„Wie geht es dir?“, fragte Leik vorsichtig. „Habe ich dir wehgetan?“ Sein schlechtes Gewissen machte ihm schwer zu schaffen. *Fast hätte ich* … Leik wagte es nicht, den Gedanken zu Ende zu führen.

Das Mädchen schien immer noch im Delirium zu sein, denn sie antwortete nicht.

Leik schüttelte die Elbin sanft.

Kraftlos öffnete sie ihre strahlend blauen Augen und holte schnappend Luft, als wäre sie kurz vor dem Ertrinken. Dann sagte sie ganz leise. „Ich …“, die Elbin schluckte schwer, „… ich weiß nicht, was du gemacht hast, Leik, aber du hast mich eindeutig besiegt. Geh und hole dir deinen Preis. Du hast ihn dir verdient.“ Dann sackte sie wieder zurück.

Leik rang mit sich selbst. Die Zuschauer brüllten von allen Seiten auf ihn ein. Morlâ war völlig aus dem Häuschen. Auch ein Großteil der Magister war aufgestanden und brüllte mit. Keiner von ihnen schien mitbekommen zu haben, was Leik getan hatte. Langsam erhob er sich, ging mit gesenktem Kopf auf den ungeschützten Harelstern von Elbendingen zu und berührte ihn. Er erlosch. Das Stadion verwandelte sich in ein Tollhaus.

„Ähm, äh …“, rang Jehal mit sich, doch Tejals strenger Blick von der Tribüne herunter brachte ihn wieder zur Besinnung, „2:1 für das Weiße Haus. Der Sieger des Finales und des diesjährigen Frühlingsturniers ist das Weiße Haus!“

Jeder hat seine eigenen Dämonen

Frenetischer Jubel brach im Stadion aus, als Morlâ, der Kapitän des Weißen Hauses, den Siegerpokal von Direktorin Tejal in Empfang nahm. Er hob den eher hässlichen, klobigen silbernen Henkelpott mit seinen kurzen Armen in die Luft und hielt ihn über den Kopf. Dabei brachen sowohl die Studenten des Weißen Hauses als auch die von Glaubensfest und Ølsgendur in Beifallsstürme aus. Sämtliche Elben hatten Leik und das Weiße Haus beschimpfend das Stadion verlassen. Und so waren von fünf Häusern nur drei anwesend, als die Sieger des Frühlingsturniers geehrt wurden.

Mit einem Stirnrunzeln bemerkte Leik, dass die Studentenschaft der Âlaburg tief gespalten war und dass das nicht einfach nur mit seinem Sieg zusammenhing. Es musste irgendeinen komplexen Grund dafür geben, warum die Verbindungen so weit auseinanderdrifteten. Wenn diese Anfeindungen eines Tages eskalierten, würden sie den Gründungsgedanken der Universität – die Sicherung des Friedens auf Razuklan – gefährden.

„Mach nicht so ein Gesicht", brüllte ihn Filixx freudetrunken an und holte den Menschen damit aus seinen schweren Gedanken. Dann schob der Zwergelbe ihn auf der Tribüne, die bis eben noch als Loge für die Magister gedient hatte, nach vorn. Die feiernde Menge skandierte lauthals Leiks Namen. Glücklich stemmte er den Pokal in die Luft. Sein Traum war Wirklichkeit geworden, und er musste es einfach zugeben: Der Jubel und die Aufmerksamkeit fühlten sich gut an. Seine Unsicherheit verflog, und Arm in Arm mit Morlâ, Ûlyèr und Filixx feierte er ihren Sieg. Am Ende der Zeremonie führten sie sogar irgendeinen improvisierten zwergischen Tanz auf, bei dem man die Beine hoch in die Luft schwang. Das Publikum war begeistert.

Die Party ging im Keller des Wehrturms bis zum späten Abend weiter und ein Ende war nicht in Sicht. Selbst Gerald war so glücklich und beschwingt, wie Leik ihn nur sehr selten erlebt hatte. Der ehemalige Jagdmeister klopfte viele Schultern, gratulierte, unterhielt sich mit allen Studenten und stimmte in den Jubel mit ein, wenn Morlâ und seine Mannschaftskameraden auf den Schultern herumgetragen wurden.

Selbst Ûlyėr stemmten alle Bewohner des Weißen Hauses mit vereinten Kräften in die Höhe, und es sprach für seine gute Laune, dass er niemandem den Kopf abriss, als sie ihn fallen ließen, weil er dann doch zu schwer war. Morlâ und Filixx spielten sich selbst und den anderen die besten Spielzüge nochmals vor und kommentierten sie gleich noch fachkundig. Anschließend herzten sie jeden, der ihnen unter die Finger kam.

Einzig Leik war nicht mehr in Feierlaune. Der Held des Finales saß allein in einer Ecke des Gemeinschaftsraums in einem kleinen Sessel. Trübselig schaute er in sein Glas eiskalten Himbeersaft, den Filixx besorgt hatte, und knabberte appetitlos an einem dampfenden Stück Sahnerinderbraten, von dem dicke braune Soße auf seinen Umhang tropfte. Den Kartoffelauflauf, das frisch gebackene Weißbrot mit der herrlichen Kruste, die Schweinelendchen und die kross gebratene Leber beachtete Leik nicht weiter, obwohl sie direkt vor ihm auf silbernen Platten aufgehäuft waren. Der Zwergelbe hatte noch weitere Leckereien organisiert. Da gab es unterschiedliche Sorten elbischer Schokolade, sauer eingelegte schokolierte Birnenstücke, kandierte rote Äpfel und mit Honig überzogene Heidelbeeren auf einer süßen weißen Creme. Hela zwinkerte Leik zu, als sie sich zum wiederholten Male ein großes Stück Sahnetorte holte, um anschließend kichernd zu ihren Freundinnen zu entschwinden.

„Dir ist schon klar, dass du allen anderen die Feier verdirbst", begann Gerald schonungslos, als er sich in den Sessel neben Leik fallen ließ. „Was ist los mit dir? Du hast heute Großes geleistet und solltest stolz auf dich sein!"

Leik wusste nicht, was er antworten sollte. Um Zeit zu gewinnen, nahm er einen großen Schluck von seinem Saft.

Gerald, der seinen Schützling nach all den Jahren nur zu gut kannte, nahm ihm die Antwort ab: „Ist es wegen der Art, wie du das Elbenmädchen besiegt hast?“

Vor Schreck wäre Leik fast das Glas aus der Hand gefallen. „Woher weißt du das?“

Jetzt war es an Gerald, sich Zeit zu lassen. Verdächtig lange studierte er das vor ihnen stehende Essen und entschied sich für ein kleines Stück von den sauren Schokoladenbirnen. Erst nachdem er es gegessen und seine Finger genüsslich abgeleckt hatte, antwortete er: „Tja, wo soll ich anfangen? Wie dir sicher schon aufgefallen ist, zaubere ich nicht.“

Leik nickte nur stumm. Er fühlte instinktiv, dass ihm Gerald jetzt etwas anvertrauen würde, was er viele Jahre vor ihm geheim gehalten hatte. Etwas, das auch irgendwie immer zwischen ihnen gestanden hatte.

„Ich wende keine Magie an, aber nicht, weil ich es nicht kann. Ich wünschte fast, es wäre so“, fuhr Gerald leiser fort. „Das Gegenteil ist Fall, in meiner Zeit als Student und Verbindungsmitglied von Glaubensfest galt ich als recht begabter Magier. Übrigens war ich auch in meinem ersten Jahr hier fünfter Mann und bin im Finale im Einsatz gewesen.“ Väterlich legte er Leik die Hand auf die Schulter und lächelte ihn an. „Wir haben allerdings mit 2:1 gegen Řischnărr verloren.“ Gerald lächelte. „Schon früh bekam ich meine erste Universitätsmission und bewährte mich. Die Jahre gingen ins Land. Ich wurde zu Gerald McDermit, einem vollwertigen Bruder des Drianyordens und sogar zum Magister der Âlaburg. Ich war ein Friedenshüter.“ Gerald schnaubte. „Naja, jedenfalls überall, wo in Razuklan Probleme zwischen den Völkern entstanden oder auch Überfälle der Vonynen gemeldet wurden …“

Leik bekam eine leichte Gänsehaut bei der Erwähnung dieser Kreaturen.

„… kamen ich und meine kleine Truppe zum Einsatz. Wir hatten uns schnell den Ruf erarbeitet, verlässlich alle möglichen Probleme zu lösen. Und so waren wir fast das ganze Jahr über unterwegs. Der Orden schickte uns von einem Brandherd zum nächsten. In dieser Zeit habe ich so viele Kilometer auf dem

Rücken von Pferden verbracht, dass ich bald glaubte, jeden Fleck des Kontinents gesehen zu haben. Ständig wechselten wir zwischen den vier Territorien und waren sowohl bei Orks, Elben, Zwergen und Menschen gern gesehen und respektiert. Es war eine Zeit, in der der Orden sehr verehrt wurde, zu nah waren den Wesenheiten Razuklans noch die Verheerungen des letzten großen Völkerkrieges. Wir verhießen ein Stück Stabilität und die Hoffnung auf Frieden sowie ein normales Leben.

Bei einer dieser Missionen, ganz im Norden auf dem Territorium der Menschen, fand ich eines Tages im Keller eines ausgebrannten Gasthauses, das marodierende Vonynen überfallen hatten, ein Mädchen.“

Leik beobachtete seinen ehemaligen Jagdmeister und bemerkte, dass er in diesem Moment an einem ganz anderen Ort war. Er konnte sehen, wie sich in den Pupillen seines Ziehvaters der Schein des Feuers widerspiegelte.

„Sie hatte den Angriff als Einzige überlebt. Völlig verschreckt saß die Kleine mit einem ängstlichen, verweinten, rußigen Gesicht in dem dunklen Keller, ihre Stoffpuppe fest an sich gedrückt. Ich erinnere mich noch, dass ich glaubte, ihre Augen würden aufleuchten, als sie mich plötzlich aus der Dunkelheit der Ecke, in der sie sich verkrochen hatte, ansah. Doch das war nur das Weiße in ihren Augen, die als einziges nicht mit Asche bedeckt waren. Da alle anderen Menschen in dem Gasthaus tot waren, gingen wir davon aus, dass auch die Eltern des Mädchens darunter sein mussten. Das Kind war so verschreckt, dass es nicht sprechen konnte. Nachdem wir das Gelände gesichert hatten, begaben wir uns ins nächste Dorf, um jemanden zu finden, der sie bei sich aufnehmen würde. Doch dies gestaltete sich äußerst schwierig. Die Menschen in dieser abgelegenen Gegend waren vom Krieg besonders schwer getroffen, sie kamen kaum über die Runden. Die Ernten waren zerstört und der Winter in jenem Jahr besonders hart. Alle Dorfbewohner bedauerten das Schicksal des Mädchens, doch machten sie uns auch unmissverständlich klar, dass sie einen zusätzlichen Esser nicht über den Winter bekommen konnten. Wir beratschlagten, was wir mit ihr machen sollten.

Eine Lösung unseres Problems ergab sich eher zufällig. Jack O'Kelly, einer meiner Begleiter, versuchte eines Abends während eines Schneesturms in einer der Ruinen im Dorf ein Feuer zu entzünden. Da bemerkte er, dass das Mädchen über die Gabe verfügte. Wenn sie das Reisig nur kurz mit den Fingern berührte, schlug eine knisternde, kleine gelbe Flamme auf. Sie hatte das wohl getan, um uns zu helfen. Sie griff einfach ins Holz und es brannte. Es schien, als benutzte das Mädchen Magie wie selbstverständlich – und das nicht zum ersten Mal. Gesprochen hatte sie bis zu diesem Tag immer noch nicht mit uns. Daraufhin unterzog ich das Mädchen dem Test. Der belegte eindeutig, dass sie magisch begabt war. Wir beschlossen, sie mit zur Ålaburg zu nehmen. Ich war fest davon überzeugt, dass sie eine gute Magierin werden könnte, und ich hatte mich nicht getäuscht …"

Gerald seufzte und goss sich einen großen Schluck Himbeersaft ein. Leik war sich sicher, dass sein Ziehvater jetzt aber lieber etwas Stärkeres getrunken hätte.

Langsam legte sich der Trubel im Gemeinschaftsraum. Der Essenstisch war erstaunlich leer geworden. Leik und Gerald waren nun fast allein, nur ein Pärchen, das sich wohl erst heute gefunden hatte, knutschte innig in einer dunklen Ecke. Gerald legte noch einige Scheite Holz in den Kamin, trank seinen Saft aus, wischte sich mit der Hand über den dichten, schwarzen Bart und fuhr mit seiner Geschichte fort.

„Nach wenigen Wochen hatten wir die Universität endlich erreicht. Caoimhe, so hieß sie, hatte langsam wieder angefangen zu sprechen und wurde tatsächlich von Lekan hereingelassen. Der damalige Direktor, Großmagister Jaspis, nahm sie, wenn auch unter großen Diskussionen – Caoimhe war damals erst vierzehn – , nach dem Test auf. Auch sie wurde dem Weißen Haus zugeordnet, da wir nichts über ihre Eltern in Erfahrung bringen konnten. Die Dorfbewohner hatten uns erzählt, dass die Wirtsleute, in deren Keller wir sie gefunden hatten, keine Kinder gehabt hätten. Vielleicht waren ihre Eltern auch Reisende, die von den Vonynen verschleppt worden waren. Ich habe das niemals herausgefunden, was im Nachhinein vielleicht auch gut war", beendete er den Satz geheimnisvoll.

Gerald seufzte und schaute Leik lange an, dann fuhr er fort. „Caoimhe entwickelte sich in den ersten Jahren hier an der Âlaburg prächtig. Sie war eine der besten Studentinnen, die diese Universität je besucht haben. In allen sieben großen Künsten erreichte sie Spitzenleistungen. Doch eine Sache machte es schwierig: Sie hatte keine Freunde oder konnte keine haben. Sie war sehr aufbrausend und auch arrogant. Ich habe nie herausgefunden, ob sie sich so verhielt, weil sie Angst vor Zurückweisung hatte. Sie zeigte allen bei jeder Gelegenheit, wie viel begabter sie war, und das war sicher auch ein Grund, warum die anderen Studenten nicht mit ihr verkehren wollten. Auf jeden Fall gab es einige unschöne Begebenheiten zwischen ihr und Studenten der anderen Verbindungen. Besonders mit Orks und Zwergen hatte sie sich überworfen, doch ihr enormes magisches Talent beschützte sie vor größerem Schaden. Aber …“, Gerald holte tief Luft, als müsste er sich sammeln, um weiterzureden, „das beschützte andere nicht vor ihr!

Eines Abends war sie mit einer Gruppe von Zwergen vor der Mensa in Streit geraten. Nach heftigen Wortgefechten begann Caoimhe die zwei Jungen und das Zwergenmädchen magisch zu attackieren. Anfänglich wehrten die drei ihre Angriffe sehr gut ab. Schließlich war sie allein. Doch dann, so sagten die Augenzeugen aus, fielen sie einer nach dem anderen in Ohnmacht.“

Leik fühlte sich, als hätte ihm jemand einen Eimer eiskaltes Wasser ins Gesicht geschüttet.

Gerald nickte nur stumm, als er das bemerkte.

„Als sich keiner der Zwerge mehr rührte, holten die anderen endlich einige Magister dazu, weil sie sich vor Caoimhe fürchteten. Doch für einen von ihnen“, der Magister sah unendlich traurig aus in diesem Moment, „war es zu spät. Ein Zwerg, Melkin Karneol aus dem zweiten Semester, war bereits gestorben. Auch die beiden anderen hätten Caoimhes Zorn wohl nicht überlebt, wenn die Magister Jehal und Tejal das Mädchen nicht mit einem massiven Gegenzauber überwältigt hätten. Ich kam zufällig auch noch dazu, und später hat Tejal zugegeben, dass sie ohne meine Hilfe das Mädchen wohl nie hätten bezwingen können.“

„Was hat Caoimhe getan?“, fragte Leik flüsternd.

Gerald seufzte. „Sie hat dem armen Jungen seine magische Energie entzogen. Daraufhin ist er gestorben.“

Der Raum vor Leiks Augen drehte sich, als er diese Worte hörte. Dann sackte er in seinem Stuhl zur Seite.

„Leik? Leik?“ Die tiefe Stimme seines Ziehvaters brachte ihn wieder zur Besinnung. Zögernd öffnete Leik die Augen. Gerald hielt seinen Kopf in seinen beiden riesigen Pranken und beugte sich über ihn.

„Ich hätte dir diese Geschichte gleich erzählen sollen, nachdem du beim Test in Tejals Büro diese besonderen Begabungen gezeigt hast, aber ich habe mich nicht getraut. Das tut mir leid. Aber eins weiß ich: Ich habe mich nicht in dir getäuscht. Du hast die Begabung besser unter Kontrolle. Der Rausch der Macht hat dich nicht betäubt. Zedernkern lebt, weil du dich beherrschen kannst.“ Dann drückte Gerald Leik lange und innig.

Leik ließ sich in diese Umarmung fallen. Doch einen Gedanken wurde er nicht los. *Kann ich mich beim nächsten Mal auch noch beherrschen?*

„Was ist aus Caoimhe geworden?“, fragte Leik leise.

„Sie wurde für alle Zeiten von der Âlaburg verbannt und mit einem Bann belegt, der verhindern sollte, dass sie jemals wieder ihre magischen Fähigkeiten einsetzen kann. Das ist die schlimmste Bestrafung, die der Orden verhängen kann. Doch bevor der Zauber gewirkt werden konnte, ist sie nachts verschwunden. Niemand kann bis heute erklären, wie sie Lekan und die Mauern überwinden konnte. Ich habe Caoimhe seit diesem Abend nie wiedergesehen und auch nie wieder selbst gezaubert.“

„Warum?“

„Warum ich nicht mehr gezaubert habe?“

Leik nickte.

„Tja …“, Gerald pustete geräuschvoll aus, wie um sich zu sammeln. „Ich wurde vom Orden ausgeschlossen, weil durch mich der magischen Welt Schaden zugefügt worden war. Caoimhes Initiation, die ich durch den Test durchgeführt habe, hatte schließlich zum Tod eines Begabten geführt. Und dies ist eine der schlimmsten Verfehlungen, die ein Ordensmitglied begehen kann. Auch wenn ich daran natürlich nur indirekt beteiligt war. Der Rat hat dies auch zu meinen Gunsten gewertet, genauso wie all das, was ich für den Orden und den Frieden auf Razuklan getan hatte. Deshalb wurden mir auch nicht meine magischen Fähigkeiten genommen, sondern ich musste schwören, so lange nicht zu zaubern, bis ich meinen Fehler wieder ausgemerzt habe."

„Wie soll das denn gehen?", fragte Leik.

Gerald sah ihm vor der Antwort lange in die Augen. „Ich muss einen Begabten finden, der dem Frieden auf Razuklan in außergewöhnlicher Weise dient."

Filixx' Mission

In den folgenden Wochen erlebte Leik ein Auf und Ab der Gefühle. Auf der einen Seite wurde er – zumindest von Zwergen und Menschen – seit seinem herausragenden Auftritt im Finale wie ein normaler Student einer echten Verbindung behandelt. Ihm war auch so, als würden einige seiner Kommilitoninnen ihn seitdem auffällig oft anlächeln. Doch wusste er damit nicht so recht umzugehen. Zumal sich seine Gedanken nach wie vor um Drena drehten. Auf der anderen Seite schlug ihm nun offener Hass von Elben und Orks entgegen, was die Seminare mit ihnen zu einer Qual machte. Magister Jehal benahm sich ihm gegenüber weiterhin feindselig. Seit Gerald ihm aber von Caoimhe erzählt hatte, verstand er, warum der Magister ihm gegenüber dieses Verhalten an den Tag legte: Er fürchtete sich vor Leik.

Doch da war er nicht der Einzige. Leik selbst hatte vor sich und seinen Fähigkeiten Angst. Nur selten traute er sich in die Sphäre einzudringen, obwohl ihm dies jetzt immer leichter gelang. Die Möglichkeit, jemanden unabsichtlich zu verletzen, weil er sich nicht beherrschen konnte, hemmte ihn. Nur in Tejals Unterrichtsstunden am Freitagnachmittag fühlte er sich sicher genug, Magie anzuwenden. Dieser Unterricht verbesserte seine Fähigkeiten enorm. Leiks Verhältnis zur Rektorin war auch deutlich besser geworden. Augenscheinlich war die Direktorin froh, dass Gerald ihm nun endlich die Wahrheit gesagt hatte, obwohl sie das nie offen aussprach. Zwischen den beiden musste es aber eine Art Absprache gegeben haben, weshalb die Rektorin jene vergangenen Ereignisse nicht selbst an Leik weitergegeben hatte. Sogar Jehal hatte diese Absprache eingehalten, was Leik die Tragweite dieser Geschehnisse zusätzlich verdeutlichte.

Leik selbst gab Geralds Geschichte gleich am nächsten Tag an Morlâ und Filixx weiter. Gerald hatte ihn dazu sogar ermuntert.

Und als Leik endlich einen Termin bei den fünf Weisen erhielt – die schnelle Terminvergabe schien mit seinem Sieg im Finale des Sternballturniers zusammenzuhängen –, ergänzten diese Geralds Bericht noch etwas. So wussten sie zum Beispiel, dass Caoimhe nie als Farbseherin bekannt war. Ihre Zauber waren immer nur rot in Erscheinung getreten. Leik hatte gar nicht angenommen, dass Toulin, Houlin, Kaneg, Warn und Lebos so gut über das Farbsehen Bescheid wussten, da die Großmagister doch betont hatten, dass es sich hierbei um ein großes Geheimnis handelte. Doch die fünf Dauerstudenten ordneten Leik wie selbstverständlich in diese besondere Kategorie des Zauberns ein und machten auch keinen Hehl aus ihren Erkenntnissen. Aber sie versicherten Leik, dass diese niemals den Zirkel der fünf Weisen verlassen würden, wenn er es nicht wünschte.

Ebenso wussten sie, dass Caoimhe durchaus einige wenige Freunde in der Universität gehabt hatte. Eine Entwicklung, die den Magistern offenbar entgangen war. Glaubwürdige Aussagen von ehemaligen Studenten würden aber belegen, so Toulin, dass sich eine verschworene Gemeinschaft um das talentierte Mädchen gebildet hatte, die wohl ihren Hass auf Zwerge und Orks teilte. Besonders daran war, dass der Gruppe sowohl Menschen als auch Elben angehörten. Damit war dieser geheime Zirkel von Studenten eine der seltenen Gruppen gewesen, in der es wirklich zu einer Zusammenarbeit zwischen den Verbindungen kam – wenn auch mit negativen Absichten. Kaneg war sich jedoch sicher, dass jener lose Zusammenschluss sich schnell nach Caoimhes Verschwinden aufgelöst hatte.

An einem Mittwochabend saß Leik mit Morlâ zusammen, der ihm Nachhilfe in Rechenkunde gab. Obwohl er dabei eher darauf hoffte, dass Morlâ ihm seine Hausaufgaben ausrechnen würde, die er morgen früh abgegeben musste. Rondo, der Gnarfwurm, der bei ihnen in einer kleinen hölzernen Kiste lebte, schaute den beiden Freunden dabei zu und kaute fröhlich an einem Stück Granit, den er besonders gerne aß. Plötzlich kam Filixx, verschwitzt und außer Atem, ohne anzuklopfen hereingestürmt.

„Es ist so weit“, brüllte er aufgeregt und wirbelte einen zerknitterten Briefumschlag durch die Luft. „Endlich, im dritten Semester! Ich kann es noch gar nicht glauben.“

„Dickerchen“, brummte Morlâ, „bitte beruhige dich doch. Du hast uns beide zu Tode erschreckt. Was ist denn passiert? Darfst du in Zukunft offiziell doppelt so viel Nachtisch essen wie alle anderen?“ Er grinste Leik an, und dieser zwinkerte zurück.

„Was?“, fragte der Zwergelbe und schaute die beiden verdutzt an. Daraufhin brachen Leik und Morlâ in Gelächter aus.

Filixx schien einen kurzen Moment zu überlegen, ob er beleidigt sein oder einfach mitmachen sollte. Er entschied sich glücklicherweise für das Zweite. „So ein Quatsch, Stummelchen“, neckte er seinen Zwergenfreund, „viel besser!“

Jetzt hatte er die Aufmerksamkeit seiner beiden Freunde gewonnen. „Nun mach es nicht so spannend!“, forderte Morlâ. „Was steht auf dem Wisch?“

Auch Leik begann sich jetzt für das stark ramponierte Schreiben zu interessieren, das Filixx ihnen zeigte und auf dem er das Siegel der Âlaburg erkannte. Die Taube mit der Schlange in den Krallen leuchtete rot auf dem Wachs, mit dem der Umschlag verschlossen war. Jetzt konnte er auch, anders als bei seinem Brief von Tejal, die runde Inschrift unter dem Symbol der Universität lesen: *PAX & AMICITIA*.

„Also gut“, sagte Filixx aufgeregt. „Ich wollte den Brief nicht allein aufmachen und deshalb bin ich, so schnell es eben ging, hergekommen.“ Ein Blick auf die verschwitzte Kleidung des Zwergelben zeigte, dass er sich wirklich beeilt hatte, obwohl ihm körperliche Betätigung sonst ein Graus war.

„Was ist denn an dem Brief so besonders?“, fragte Leik. „Ich hab das Siegel natürlich schon erkannt, aber …“

Filixx ließ seinen Kommilitonen nicht ausreden. „Ja, du hast recht. Ich habe ihn eben von der Rektorin bekommen. Es ist …“, er schluckte angestrengt und holte tief Luft, dann begann er erneut, „… es ist meine erste Universitätsmission.“

Leik und Morlâ glotzten ihren Freund überrascht an: Eine Mission! Das war die größte Ehre, die einem Studenten zuteilwerden konnte. Jedes Semester wurden einige wenige der

Besten ausgewählt, um in kleinen Gruppen mit selbst gewählten Kameraden den Drianyorden bei der Sicherung des Friedens zu unterstützen. Ihre Aufgaben konnten sie in jeden der vier Teilbereiche Razuklans führen, in die immergrünen Wälder der Elben, die Eiswüsten der Orks, die hohen Berge und tiefen Minen der Zwerge oder in das Leik nur zu gut bekannte Gebiet der Menschen.

„Ich hatte gehofft, ihr freut euch mehr“, sagte Filixx verdutzt. Dann führte er unsicher weiter aus: „Ich dachte eigentlich daran … ähm … euch, naja … mitzunehmen.“

Erst jetzt registrierten Leik und Morlâ, was Filixx’ Neuigkeiten bedeuteten. Sie würden die Universität verlassen und in ein gemeinsames Abenteuer ziehen. Nun brachen sie in Jubel aus, umarmten den kräftigen Zwergelben und gratulierten ihm.

Als sie sich wieder etwas beruhigt hatten, neckte Morlâ Filixx ein bisschen: „Na siehst du, mein Großer. Da haben sich doch die ganze Lernerei, das Schleimen bei den Magistern und deine Extraschichten gelohnt.“

Filixx und Leik kicherten. Doch Leik brannte eine Frage auf der Zunge: „Wo geht’s hin?“

„Wartet’s ab.“ Filixx holte den verschlossenen Umschlag wieder hervor und brach das rote Wachssiegel mit dem Daumen. Mit einem kleinen silbernen Wirbel wurde die Schutzmagie des Siegels freigesetzt. Dann begann er vorzulesen:

An:

Herrn Filixx Steinbeißer Renläer
Âlaburg Universität des Friedens und der Freundschaft
Weißes Haus
Zimmer Nr. 3

Sehr geehrter Herr Renläer,

wir freuen uns, Ihnen mitteilen zu dürfen, dass Sie aufgrund Ihrer hervorragenden Leistungen in den letzten beiden Semestern ausgewählt

wurden, den ehrenwerten Orden der Ritter des Driany bei einer friedenssichernden Mission zu unterstützen.
Damit Sie diese Berufung auch zu einem erfolgreichen Abschluss bringen, verpflichten wir Sie hiermit, sich drei Universitätsmitglieder Ihres Vertrauens auszuwählen, die Sie dabei unterstützen und begleiten. Die erkorenen Studenten werden für die Zeit der Friedensmission von der regulären universitären Unterrichtsverpflichtung freigestellt, aber, genauso wie Sie selbst, am Ende Ihres Auftrags benotet. Diese Benotungen gehen zu fünfzig Prozent in Ihre Abschlussnoten in allen Fächern für das aktuelle Semester ein.

An dieser Stelle hörte Filixx auf zu lesen und grinste seine gegenübersitzenden Freunde an. „Also zwei der drei Plätze könnte ich jetzt direkt vergeben. Habt ihr …“

„Ja!“, brüllten Morlâ und Leik wie aus einem Mund.

„Na, dann wäre das ja geklärt“, brummte der Zwergelbe vergnügt. „Doch wen machen wir zum vierten Mann, oder sollten wir eine Frau nehmen?“

Einen kurzen Moment herrschte Stille. Dann begannen alle drei durcheinanderzureden. Aus dem Wirrwarr von Wörtern konnte man immer wieder einen Namen deutlich heraushören: Ûlyėr.

„Also gut“, führte Filixx aus, als sie sich langsam wieder beruhigten. „Das Traumteam ist also wieder vereint. Ich gehe schnell mal rüber zu Nummer vier und frage. Wartet kurz!“ Er schnappte sich den Brief und war im nächsten Moment durch die Tür verschwunden.

„Meinst du, das ist eine gute Idee?“, fragte Morlâ seinen menschlichen Mitbewohner. „Ûlyėr ist zwar seit dem Turnier nicht mehr ganz so unfreundlich, aber …“

„Aber du hattest das Gefühl, dass er einfach dazugehört und dass es gut wäre, ihn bei so einer Mission dabeizuhaben“, beendete Leik den Satz seines Freundes.

„Ja!“

„Ich habe das Gleiche gedacht und Filixx auch. Daher meine ich, dass es eine gute Idee ist“, sagte Leik mit fester Stimme.

Im nächsten Moment ging die Tür auf. Filixx kam wieder ins Zimmer. Ihm folgte Ûlyèr in gebückter Haltung, damit er sich nicht den Kopf am Türrahmen stieß.

„Er will es sich erst anhören und dann entscheiden", begann Filixx. Der Zwergelbe setzte sich wieder auf Morlâs Bett, strich den Brief glatt und las weiter vor.

Der Ork hatte anscheinend beschlossen, stehen zu bleiben. Ohne ein Wort zu sagen, hatte er sich vor der Tür aufgebaut, und sein langer Schatten fiel auf die kleine Gruppe.

Wählen Sie also weise Ihre Reisegruppe aus. Ihre Begleiter sollten, genauso wie Sie, über hervorragende Fähigkeiten verfügen.

Ziel:

Das Ziel Ihrer Mission befindet sich auf dem Gebiet der Menschen. Beachten Sie dabei, dass sich ein Großteil von ihnen weigert, Magie als normalen Zustand der Natur auf Razuklan zu akzeptieren. Seien Sie und Ihre Reisebegleiter also äußerst zurückhaltend bei der Anwendung von Zauberei und verbergen Sie Ihre Male der Begabung.
Der Ort, an den Sie und Ihre Begleiter selbstständig reisen werden, ist ein kleines menschliches Dorf im Schatten des Arellgebirges namens **Sefal***.*

Leik fühlte sich, als ob ihm jemand mit der Faust in den Magen geschlagen hätte. Seinen Freunden entging seine Reaktion nicht.

„Komm schon, Leik. Wer weiß, was da los ist. Wenn wir Studenten da hinmüssen, dann kann es doch so schlimm nicht sein, oder?", versuchte Morlâ ihn zu beruhigen.

Leik nickte stumm, doch die Sorge und Furcht um all die Menschen, die dort wohnten und die er sein Leben lang gekannt hatte, trieb ihn trotzdem um. „Lies weiter", forderte er Filixx mit kratziger Stimme auf.

Der Zwergelbe räusperte sich kurz:

Von jenem Ort wird schon seit längerer Zeit berichtet, dass es in den Wäldern zu vermehrten Überfällen von wilden Tieren kam. Gleichzeitig wurden zahlreiche Karawanen attackiert. Von den reisenden Händlern gibt es seit dieser Zeit keine Spur mehr.

Drena, schoss es Leik sofort durch den Kopf. Was, wenn sie Teil einer dieser verschwundenen Händlerkarawanen war? Angst umschloss sein Herz wie eine eisige Klaue.

Begeben Sie sich nach Sefal und untersuchen Sie die Vorkommnisse. Sollte es Hinweise auf irgendwelche magischen Interventionen als Ursachen dieser Phänomene geben, brechen Sie Ihre Untersuchungen sofort ab und kontaktieren den Orden.
PS:
Sämtliche Ausrüstung stellt Ihnen die Universität.
Fragen zur Mission dürfen Sie an keinen der Magister der Âlaburg stellen, ansonsten wird Ihre Leistung als Betrug und als ungenügend gewertet, mit den entsprechenden Konsequenzen für Ihren Abschluss in diesem Semester. Ziel ist es, dass Sie sich in einer realen Situation bewähren und die Eignung für eine spätere Aktivität im Drianyorden unter Beweis stellen.

Der Orden wünscht Ihnen viel Glück!
Hochachtungsvoll: der Rat der Sieben.
In Frieden und Freundschaft.

Nachdem Filixx geendet hatte, riss ihm Leik den Brief aus der Hand und überflog ihn hastig. „Wir müssen sofort los. Meine Heimat ist in Gefahr und vielleicht auch das Mädchen, das ich liebe."

„Ich werde euch begleiten!", kam es mit tiefer Stimme plötzlich aus Richtung der Tür. Leik hatte Ûlyèr fast vergessen, doch jetzt war er sehr froh, dass der starke Ork auf ihrer Seite stand.

Aufbruch in ein ungewisses Abenteuer

Am übernächsten Morgen schon begaben sich die vier Freunde auf ihre Mission. Leik konnte es kaum erwarten aufzubrechen. Da sie nicht mit den Magistern über die Mission sprechen durften, konnte Leik Gerald nicht informieren, obwohl der bestimmt genauso interessiert und schockiert über die Ereignisse in seinem ehemaligen Heimatort gewesen wäre.

Der Morgen war regnerisch und grau, als sie auf dem Campus von Tejal verabschiedet wurden. Den ganzen Donnerstag hatten sie damit verbracht, ihre Reise zu planen, wofür sie alle seit der Übergabe des Briefs vom regulären Unterricht freigestellt worden waren. Was ihnen im Gemeinschaftraum des Weißen Hauses etliche neidische Blicke und spitze Bemerkungen von Karina, Malin und Elina eingebracht hatte, die davon ausgingen, dass die vier einfach schwänzten.

Dass Leik ebenjene Strecke nach Sefal – nur umgekehrt – erst vor einigen Monaten gereist war, machte die Sache um einiges leichter. So konnten sie die Distanz und das Gelände, das sie erwartete, gut abschätzen. Dementsprechend orderten die vier Studenten Proviant, Decken, Kleidung, Pferde und viele andere nützliche Reiseutensilien von der Universität.

Morlâ musste sich mit einem dicken, etwas eigenwilligen grauen Pony begnügen, das schon vor dem Aufbruch versuchte, seinen Kopf in die Transportsäcke auf dem Rücken von Leiks Rappen zu stecken. Erst ein tiefes Knurren von Ûlyèr brachte das Tier davon ab. Allerdings hatte es damit für den Rest der Reise seinen Namen weg: Dieb.

Filixx hatte sich für ein stämmiges Brauereipferd mit dicken Fellbüscheln um die Fersen entschieden, das sein Gewicht problemlos über längere Strecken tragen konnte. Der riesenhafte Ork beharrte darauf, dass er ohne Pferd deutlich schneller wäre, und den anderen blieb nichts anderes übrig, als seiner Aussage zu glauben.

Morlâ, Filixx und Leik trugen an diesem Morgen nicht nur braune, einigermaßen wasserdichte Umhänge, sondern auch dünne Handschuhe, die ihr magisches Mal verbergen sollten, wenn sie im Notfall auf Magie zurückgreifen mussten. Obwohl Morlâ diese Maßnahme in seinem Fall als lächerlich bezeichnet hatte, bestand Filixx darauf. Wie sie den Ork verstecken sollten, hatte ihnen allerdings niemand gesagt, dieses Problem mussten sie im Reiseverlauf spontan klären.

Die drei Reiter saßen auf ihren vollbepackten Pferden. Ûlyėr stand daneben, mit einem riesigen Rucksack auf dem Rücken, und gemeinsam lauschten sie auf dem leeren Campus – alle anderen Studenten waren im Unterricht – den Abschiedsworten ihrer Direktorin.

„Filixx, sei dir der Ehre bewusst, die diese Mission bedeutet, aber auch der Verantwortung", begann sie streng.

Der Zwergelbe nickte ernst mit dem Kopf und machte eine gewichtige Miene.

„Ich denke, du hast deine Begleiter gut gewählt, die kleine Gruppe verkörpert so sehr den Grundgedanken dieser Universität, wie ich es gar nicht ausdrücken kann. Leik", sie schaute dem Menschen lange in die Augen, „vertraue dir selbst!"

Auch Leik fiel nichts anderes ein als zu nicken, obwohl ihn Tejals Worte tief berührt hatten.

„Morlâ", fuhr die Rektorin fort und sah den Zwerg direkt an, „du wirst deine Begabung finden. Lekan hat noch nie falsch gewählt."

Leik konnte beobachten, wie der Zwerg verschämt ein „Danke" nuschelte und extra von seinem Pony absprang, um sich vor der Direktorin zu verbeugen.

„Ûlyėr", sprach die Großmagistra am Ende den Ork an, „lebe das Leben, das dir geschenkt wurde! Es ist immer so gewollt gewesen!"

Leik verstand nicht, was die Rektorin damit meinte und sah in den Gesichtern von Morlâ und Filixx ebenfalls Verwirrung, doch

Ûlyèr ging daraufhin auf die Knie, breitete die muskulösen Arme aus, legte seinen riesigen Schädel in den Nacken und entblößte die Kehle. Eine außergewöhnliche Unterwerfungsgeste für einen so kriegerischen Ork, die Leik niemals erwartet hätte.

Tejal quittierte sie mit einem erhabenen Lächeln. Dann übergab sie Filixx eine mehrfach versiegelte Bulle, die die Gruppe als offizielle Friedenshüter des Drianyordens auswies. Jedes Gast- oder Rasthaus war verpflichtet, solch eine amtliche Delegation des Ordens umsonst zu verköstigen und aufzunehmen. Alle vernunftbegabten Lebewesen mussten ihnen Schutz und Hilfe gewähren, so sah es der Vertrag von Âla vor.

Der Student steckte das wichtige Dokument vorsichtig unter seinen Mantel.

„Vergesst nicht, den Panra könnt ihr erst morgen Mittag überqueren. Dann beginnt eure Mission offiziell – so hat es der Orden beschlossen –, und die Schutzzauber werden für euch außer Kraft gesetzt. Jetzt bleibt mir nur noch, euch viel Glück zu wünschen. Möge euch der Frieden begleiten, die Freundschaft reist ja schon mit eurer Gruppe.“

Daraufhin gaben die Reiter ihren Tieren die Sporen und Ûlyèr verfiel in einen leichten Trab, in dem er aber problemlos mit allen anderen Schritt halten konnte. Leik drehte sich noch mehrmals um, weil er hoffte, Gerald wenigstens irgendwo zu entdecken, um ihm heimlich zum Abschied zu winken. Doch ihr Hausvorsteher schien nicht von der Direktorin über den Aufbruch der Gruppe informiert worden zu sein. Schließlich passierten sie das gigantische Tor Lekan, das sich, geräuschlos und angetrieben durch die Kräfte der Âlaburg, für die Reisenden öffnete.

Gehabt euch wohl, meine Studenten. Bringt der Âlaburg Ruhm und Ehre, hallten die Gedanken des magischen Portals in den Köpfen der vier, als sie den mächtigen Torbogen durchquerten. Kurz darauf befanden sie sich auf dem steilen Pfad, der ins Tal führte, und Lekan schloss sich langsam wieder. Wenn sich Leik in diesem Moment noch einmal umgedreht hätte, hätte er gesehen, wie Gerald aus dem Schatten eines Baums neben die Rektorin trat.

„War es wirklich nötig, dass du dem Jungen erlaubst, auf diese Mission zu gehen?“, fragte der Wildhüter die Direktorin, nachdem sich das Tor leise geschlossen hatte.

„Ja, das war es, und das weißt du auch. Übrigens waren wir doch beim Sie, Magister. Müsst Ihr nicht ein paar Bäume beschneiden?“ Mit diesen Worten drehte sich die Großmagistra um und ließ Gerald allein im stärker werdenden Regen zurück.

Ûlyèrs Geschichte

Bin ich eigentlich der Einzige, der es unheimlich findet, dass unsere Direktorin immer alles über uns zu wissen scheint?", fragte Morlâ, als er mit einigen trockenen dicken Ästen aus dem Unterholz kam und sie neben das kleine flackernde Feuer warf, das die vier Reisenden entfacht hatten.

Da sie den Panrapass heute noch nicht überqueren konnten, verbrachten die Studenten diese Nacht im dichten Wald des vom Gebirge umschlossenen Tals. Anders als bei Leiks letztem Aufenthalt in diesen Gefilden war die Temperatur an diesem Abend recht mild. Ein Feuer hatten die Freunde eigentlich nur entzündet, damit es ihnen Licht unter dem dichten, grünen Blätterdach der großen Bäume spendete, nachdem die Dunkelheit aufgezogen war. Gefährliche Tiere gab es in diesem Teil des Waldes nicht, und auch alle anderen möglichen Gefahren wurden durch die Schutzzauber der Âlaburg daran gehindert, den Panrapass zu überwinden. So war dieser Abend ein gemütlicher und entspannter Einstieg in das vor ihnen liegende Abenteuer. Mit über den tanzenden Flammen geröstetem Stockbrot, einer ersten Nacht auf dem weichen, würzig duftenden Waldboden unter dem freien, sternenklaren Himmel – und mit unterschiedlichen Mutmaßungen über ihren Auftrag.

„Nein, Morlâ! Ich finde auch, dass sie einen irgendwie immer besser kennt als man sich selbst. Versteht ihr, wie ich das meine? Ich kann das irgendwie nicht richtig beschreiben", griff Leik die Worte seines Mitbewohners auf.

„Ja, ihr habt recht, und ich weiß genau, was du meinst Leik", brachte sich jetzt Filixx mit in das Gespräch ein, während er ein Stück getrockneten Speck auf seinen Holzspieß steckte. Augenscheinlich lief ihm dabei das Wasser im Mund zusammen. Leik sah, wie er beim Anblick seiner Mahlzeit mehrmals schlucken musste. „Unsere Tejal hat einen guten Blick für unsere Ängste und Nöte oder einen verdammt guten Gedankenlesezauber", endete er augenzwinkernd.

„Was auch immer es ist, mir hat sie damit eine ordentliche Gänsehaut bereitet", sagte Morlâ, setzte sich an das kleine Feuer und begann, den hölzernen Bratspieß mit seinem Abendessen zu bestücken. „Dass sie meine Problemchen mit der Gabe anspricht, war ja klar, aber sie hat mir das Gefühl gegeben", er stockte und schaute in die Gesichter seiner drei Freunde, „ähm … naja, irgendwie hat sie mir Hoffnung gegeben, dass ich meine magische Begabung wirklich bald entdecke. Ich weiß auch nicht, warum ich so empfunden habe, aber es war so." Anschließend versuchte er seine Unsicherheit mit einem Witz zu überspielen. „Hauptsache, sie erinnert sich noch am Tag der Semesterabschlussprüfungen daran, wenn Jehal beantragt, mich von der Universität zu werfen." Er lachte unecht.

Keiner der anderen griff seinen Scherz auf oder fiel in das Gelächter mit ein, da sie genau wussten, was der Zwerg fühlte. Sollte er bis zum Ende der Mission keine magischen Fähigkeiten zeigen, war seine Zeit auf der Âlaburg beendet. Noch einmal konnte er das Semester nicht wiederholen.

Filixx griff ächzend hinter sich und legte weiteres Holz nach. Anschließend stocherte er gedankenverloren in der Glut und sah verträumt ins Feuer. Lange Zeit sagte niemand der vier Reisenden etwas, sondern jeder hing seinen Gedanken nach. Allen würde es schwerfallen, Morlâ zu verlieren.

Nur bei Ûlyėr war sich Leik da nicht so sicher, weil der Ork den ganzen Tag kaum ein Wort gesprochen hatte und sich auch immer einige Meter vor oder hinter den anderen drei bewegte. Es war für den Menschen daher auch umso verwunderlicher, dass sich ihr riesenhafter Begleiter mit an das gemeinsame Feuer gesetzt hatte und nun den Gesprächen der anderen mit offensichtlichem Interesse lauschte. Noch immer konnte er den Ork nicht richtig einschätzen. *Warum hat er uns überhaupt begleitet,* überlegte Leik. In der Sternballmannschaft hatte der Ork nur mitgemacht, weil er glaubte, nach einem Sieg im Turnier vom Weißen Haus zur orkischen Verbindung Řischnärr wechseln zu können. Doch dieser Weg blieb ihm für immer verbaut, wie Kuelnk und die anderen Orks deutlich gemacht hatten.

Für ihre jetzige Mission war es aber wichtig, dass sie einander kannten und vertrauten, deshalb nahm sich Leik ein Herz und sprach ihren im flackernden Feuerschein noch unheimlicher wirkenden Begleiter an. „Ûlyėr, was hat Tejal damit gemeint, dass du dein Leben leben sollst? Machst du das etwa nicht? Irgendwie verstehe ich das nicht ..." Er stockte, weil der Ork jetzt den großen Kopf hob und der Blick seiner schwarz-gelben Augen auf Leik ruhte. Leiks Mund wurde trocken und er schluckte, um das Gefühl zu vertreiben. Sein Herz schlug schneller, doch jetzt konnte er nicht mehr aufhören: „... aber auf dich schienen die Worte doch sehr großen Eindruck gemacht zu haben."

Filixx und Morlâ unterstützten seine Einschätzung mit einem Nicken. Alle schauten jetzt den Ork direkt an.

Ûlyėr reagierte aber nicht auf sie, sondern fixierte Leik. Der wurde jetzt unsicher, aber auch ein bisschen verärgert über die Verschlossenheit ihres Gefährten. „Ich meine das nicht böse und bin auch nicht besonders neugierig, aber ich finde, wir sollten uns alle so gut wie möglich kennen, wenn wir uns in gefährlichen Situationen aufeinander verlassen müssen. Das hier ...", Leik machte eine ausladende Bewegung mit den Händen, „das ist die Wirklichkeit und kein Sternball. Hier müssen wir zusammenhalten, um eventuelle Gefahren zu bestehen. Und dass es Gefahren geben wird, da bin ich mir ziemlich sicher. Wohin sollen die Vonynen denn verschwunden sein, die mich im Winter angegriffen haben? Die sind bestimmt immer noch unterwegs."

Als Leik die Monster erwähnte, die ihn attackiert hatten, zeigte Ûlyėr die erste wirkliche emotionale Reaktion. Er fletschte seine Hauer, ob er dies bewusst oder unbewusst tat, konnte der Mensch aber nicht einschätzen. Doch das Wort ergriff der Ork nicht.

Leik machte eine wegwerfende Handbewegung und lehnte sich an den Stamm einer alten, dicken, mit Moos und gelben Pilzen überwucherten Eiche. *Da ist Hopfen und Malz verloren,* dachte er, *sollte es zum Kampf kommen, muss ich mich auf Filixx und Morlâ verlassen. Stinker wird doch nur sein eigenes Ding machen.*

Seine deprimierenden Gedanken wurden unterbrochen durch Ûlyėrs tiefe Stimme und seine abgehackte, zischende Sprechweise in der Hochsprache. „Jedes Volk auf Razuklan glaubt, dass Orks und Vonynen einander ähneln, eventuell sogar voneinander abstammen, aber das ist falsch! Wir Orks sind vernunftbegabte Wesen mit Göttern, Geschichten, Liedern, Kunst und Kultur sowie einer Sprache. Die Vonynen aber sind unzivilisierte, animalische Wesen, die das alles nicht haben. Wie bessere Tiere folgen sie nur ihrem Instinkt. In den meisten Fällen befiehlt dieser ihnen einfach nur zu töten und zu vernichten. Schöpferisch tätig werden diese Bestien nie, sie können nur zerstören. Vonynen haben kein Mitgefühl, keinen Sinn für die Schönheit und Einzigartigkeit jedes Lebens, obwohl man das manchmal auch von uns Orks sagen kann", beendete er seinen plötzlichen Ausbruch leise.

Leik hatte Ûlyėr noch nie so viele Worte an einem Stück sagen hören. „Wie meinst du das?", bohrte er nach.

Ûlyėr schien mit sich zu ringen, dann aber antwortete er: „Ich soll mein Leben leben, weil ich tot bin", sagte er kryptisch, um dann wieder in ein Schweigen zu verfallen, in dem nur das Knistern des Feuers und die Geräusche der Nacht und des Waldes zu hören waren. Vom weit entfernten Knacken eines Asts, weil Rotwild oder ein Wildschwein darüberlief, über das geräuschvolle Schnüffeln eines Igels, der sich in seiner Neugier ihrem Feuer näherte, bis zum „Schuhuuu!" einer Eule, die ausflog, um sich eine Maus zum Abendbrot zu fangen. Endlich sprach er weiter: „Für das Volk der Orks bin ich tot!"

Jetzt fiel Leik auch wieder ein, was Kuelnk zu Ûlyėr gesagt hatte, als er sie kurz vor dem Finale mit den anderen Orks abfangen wollte: *Du kannst dich gar nicht einmischen. Denn dich gibt es gar nicht. Du bist tot.*

Ûlyėr holte tief Luft. Man merkte, dass es ihm schwerfiel, über dieses Thema zu sprechen. „Ich wurde als Sohn eines großen Kriegers geboren, auch wenn ich nie seinen Namen erfahren habe. Im blutblauen Geburtszelt der Çawakï-Rotte, einem der stärksten und größten Clans der Orks, kam ich zur Welt. Auch ich sollte eines Tages für meinen Stamm kämpfen und seinen Ruhm und seine Ehre mehren. Doch“, er starrte lange ins Feuer, bevor er weitersprach, „ich war eine Missgeburt!“, spie er aus.

Das harte Wort für die Beschreibung seines Schicksals ließ Leik zusammenzucken.

„Meine Geburt zog sich über mehrere Tage hin. Es müssen unerträgliche Schmerzen für meine Mutter gewesen sein, doch sie hat keinen Ton von sich gegeben. Sie war eben eine Ork! Nachdem mich die alten Weiber des Clans endlich aus ihrem Leib gezogen hatten, bestaunten alle meine Größe und mein Gewicht, bis …“

Ûlyèr legte an dieser Stelle langsam einen Ast ins Feuer und starrte dann lange in die tanzenden Flammen, die ständig wechselnde Schatten auf sein dunkles Gesicht warfen.

„… bis sie mein linkes Bein sahen. Es ragte wohl in einem unnatürlichen Winkel von meinem Körper ab und bestand nur aus Haut und Knochen. Die Muskeln hatten sich im Mutterleib nicht genug herausgebildet. Es sah aus wie ein dünnes Stöckchen im Vergleich zum Rest meines Körpers. Die Alten spuckten ins Feuer und machten abergläubische Schutzzeichen gegen den bösen Blick, als sie meine Behinderung sahen. Meine Mutter wollte wissen, was los war. Doch die Weiber versperrten ihr die Sicht auf mich. Eine von ihnen holte Karï, den Häuptling meines Clans aus dem Dorf. Normalerweise dürfen die Männer meines Volkes bei einer Geburt nicht anwesend sein, und die schwangeren Frauen müssen die Gemeinschaft zur Niederkunft verlassen, um sie nicht zu beflecken. Das blaue Zelt symbolisiert ihre Unreinheit während des Geburtsvorgangs und steht immer mehrere Kilometer weit weg von der eigentlichen Siedlung. Nur die alten Weiber dürfen eine schwangere Frau bei der Geburt begleiten und ihr helfen.

Als Karï nach Stunden endlich in dem Zelt ankam – meine Mutter hatten die alten Hexen mit Mohnmilch in einen traumlosen Schlaf geschickt – und mich sah, entschied er sofort, dass ich kein Teil der großen Ork-Horde werden könnte. Die Felsen von Gohul sollten mein Schicksal sein. So verfährt mein Volk schon seit Jahrtausenden. Wir sind eine Gemeinschaft von Kriegern. Nur die ersten sieben Jahre unseres Lebens verbringen wir in unserer Familie, danach werden die Jünglinge in die Gemeinschaft der

Jüngsten gebracht. Dort lernen wir unter der Obhut der Farang – der Meister –, uns von unserer Familie zu lösen, jede persönliche Bindung zu brechen und uns nur noch auf den Kampf zu konzentrieren. Am Beginn unserer Volljährigkeit sind wir perfekt ausgebildete Krieger, die keine Gnade kennen und auf den Kampf brennen.

Da diese Art der Ausbildung, zumindest zu einem großen Teil, auch in der Âlaburg ausgeführt werden kann, haben die Weisen meines Volkes der Errichtung der Universität im Frieden von Âla zugestimmt. Mehr noch. Die Altvorderen glaubten, dass durch die zusätzliche Ausbildung in der Âlaburg die Orks noch bessere Krieger werden würden und ihre Feinde besser studieren könnten. So viel zur Universität des Friedens“, schnaubte der Ork, und Leik glaubte wirklich so etwas wie Sarkasmus herauszuhören.

„Ñokelä ist momentan der Farang, der die Ausbildung der Orks leiten soll. Jeder Clan darf die stärksten Jünglinge aus der Gemeinschaft der Jüngsten auswählen, diese kämpfen dann in einer großen Zeremonie gegeneinander, und nur die Sieger werden als zukünftige Studenten ausgewählt. Kraft und der absolute Wille zum Gewinnen, das ist, was wir als Gabe bezeichnen, und nicht Magie, so wie die anderen Völker Razuklans. Doch nicht nur das unterscheidet uns von Menschen, Elben und Zwergen. Wir Orks leben niemals als einzelne Wesen, sondern immer nur in der Gemeinschaft. Die Jünglinge leben zusammen in den Häusern der Jugend, anschließend leben wir aufs Engste verbunden mit anderen Kriegern, dann in unserer Rotte und natürlich immer auch in der gesamten Horde der Orks, das ist unsere Familie. Ein einzelner Ork ist nichts ohne andere. Wir binden uns immer nur an die Gemeinschaft, nicht an einzelne Personen. Sucht sich ein Krieger ein Weib zur Paarung, dann ist diese Bindung selten fest und nie für ein ganzes Leben. Zu kurz ist die Verweildauer eines Kämpfers auf der Welt, um sich an einzelne Dinge oder Personen zu binden.

Doch mir hatte das Schicksal einen anderen Weg vorbestimmt. Den Weg der Schande! Karï selbst brachte mich zum Felsen von Gohul. So bezeichnet meine Rotte die Hunderte Meter tiefe Schlucht inmitten der Eiswüste von Ĕægÿ. Er legte mich, nur in eine einfache Felldecke gewickelt, am Rand des Abgrunds ab und überließ mich dem Willen der Götter. So wie es schon Generationen seiner Vorfahren mit den Kindern getan hatten, die nicht für die Horde würden kämpfen können. Doch er hatte nicht mit dem starken Willen meiner Mutter gerechnet. Als sie im blauen Zelt wieder zu Besinnung kam und die alten Weiber ihr berichteten, was geschehen war, erschlug sie zwei von ihnen und floh hinaus in die stürmische, eiskalte Nacht. Wie sie ohne Hilfe den Felsen erreichen konnte, hat sie mir nie erzählt. Doch schließlich fand sie mich, schon unter einer Schneedecke begraben. Doch sie hat gesagt, dass ich mit meiner Hand den Schnee durchbrochen habe, als sie nach mir rief. Sie nahm es als Zeichen der Götter, dass ich in dieser mörderischen Kälte überlebt hatte, und beschloss, mich aufzuziehen.

Meine Mutter floh anschließend mit mir tief in die einsame, endlose Weite der Eiswüste von Ĕægÿ̆. Nach Wochen der Suche fand sie für uns einen geeigneten Ort, weit weg von jeder Zivilisation. Denn wenn uns andere meines Volkes gefunden hätten, wäre unser Schicksal besiegelt gewesen. Sie hätten mich und auch meine Mutter getötet.

Als ich älter wurde, begann ich meine Kräfte in den Weiten der Eiswüste auf die Probe zu stellen. Immer tiefer begab ich mich allein in die weiße Unendlichkeit Ĕægÿ̆s hinein und kämpfte mit Schneeleoparden und Eisbären. Doch nach und nach begann ich, meiner Mutter Fragen über unser Schicksal zu stellen, da ich instinktiv spürte, dass es nicht richtig war, dass wir, dass ich allein lebte. Ich sehnte mich nach der Gemeinschaft anderer Orks. Irgendwann erzählte sie mir dann die Geschichte meiner Geburt. Am Anfang habe ich sie dafür gehasst. Ich war mir sicher, dass es mein Schicksal hätte sein müssen, als Neugeborenes zu sterben."

Der Ork machte wieder eine lange Pause und sprach dann deutlich leiser weiter. „Erst als sie gestorben ist, habe ich erkannt, welches Opfer sie auf sich genommen hat, damit ich leben kann. Nicht nur ich war allein. Auch meine Mutter hat sich bewusst für ein Leben außerhalb der orkischen Gemeinschaft entschieden, nur um mich zu retten. Das ist mir heute klar."

Jetzt konnte Leik den Ork besser verstehen. Leik hatte immerhin sein Volk, die Menschen, die ihn – zumindest außerhalb der Universität – als vollwertiges Mitglied akzeptierten. Ûlyèr war sowohl in der Gemeinschaft der Âlaburg als auch überall sonst in Razuklan immer ein Außenseiter. Ständig allein. Für sein restliches Leben.

„Tja, der Rest ist schnell erzählt", fuhr der hünenhafte Student weiter fort. „Nachdem ich meine Mutter bestattet hatte, begab ich mich auf den Weg in bewohnte Gebiete. Sie hatte mir vor ihrem Tod eine Karte gegeben, aber auch die Warnung ausgesprochen, dass mich die Orks nicht akzeptieren würden. So sollte es auch kommen. Überall schlug mir Hass entgegen, da jeder wusste, dass ein einzelner Ork ein Ausgestoßener sein musste. Ich habe mehr als einmal Prügel bezogen. Obwohl mich ein Gegner allein nie besiegen konnte. So zog ich von Dorf zu Dorf, bis ich schließlich auf eine elbische Abordnung des Ordens traf, die gerade versuchte, die Streitigkeiten zwischen zwei verfeindeten Rotten zu schlichten. Einer der Häuptlinge erzählte ihnen meine Geschichte. Die musste wohl das Herz der Ritter erweicht haben. Ich durfte mich ihnen als Gehilfe anschließen. So schürte ich Feuer für sie, ging auf die Jagd für ihr Essen und striegelte die Pferde. Der Zufall wollte es, dass sie auf dem Rückweg vom Orkterritorium zu einer weiteren Mission Rast in der Âlaburg machen wollten. Für mich hatten sie schon eine Unterkunft außerhalb der Burg organisiert. Ich sollte nur schnell noch einige Ausrüstungsgegenstände und Artefakte, die sie von ihrer Reise mitgebracht hatten, den Berg zur Burg hochtragen und vor dem Tor ablegen. Als ich dies tat, hörte ich plötzlich eine Stimme in meinem Kopf, und nachdem die vier Ritter endlich den Aufstieg zur Feste bewältigt hatten, blieben sie mit offenem Mund stehen, weil sie sahen, wie ich durch das sich öffnende Tor hineinmarschierte."

Nach Ûlyèrs Geschichte herrschte lange Zeit Ruhe. Jeder der Freunde hing seinen Gedanken nach. Dann durchbrach Filixx der Stille. „Ûlyèr?", begann er zögerlich.

Doch der Ork, jetzt wieder ganz er selbst, zischte ihn nur an. „Spar dir dein Mitleid, Filixx."

„Nein, nein“, beschwichtigte der Zwergelbe ihren orkischen Begleiter, „ich wollte dich etwas fragen. Müssen die Mitglieder einer Rotte zwingend Orks sein?“

Ûlyėr sah ihn fragend an, doch schließlich antwortete er. „Nein, das steht nirgendwo geschrieben, aber wer sonst sollte sich schon einem Ork anschließen außer anderen Orks?“

Jetzt hatte Leik verstanden, worauf Filixx hinaus wollte. Er stand auf. Filixx und Morlâ taten es ihm gleich. Dann gingen die drei um das Feuer herum und stellten sich um Ûlyėr herum auf.

„Ûlyėr“, begann Leik. „Ich bitte dich hiermit, Teil deiner Rotte werden zu dürfen.“ Filixx und Morlâ wiederholten die Worte. Dann legten alle drei Freunde den Kopf in den Nacken und entblößten vor ihrem orkischen Kommilitonen ihre Kehlen, so wie sie es bei ihm vor der Abreise auf der Âlaburg gesehen hatten.

Der Ork erhob sich langsam. Er zog sich eine seiner scharfen Krallen über den Hals, sodass sein blaues Blut zum Vorschein kam. Mit der gleichen Kralle fuhr er anschließend leicht über die Kehlen von Leik, Morlâ und Filixx.

Leik durchfuhr dabei ein kurzer, stechender Schmerz, als seine Haut aufgeritzt wurde.

„Unser Blut wurde vermischt“, sagte Ûlyėr anschließend ernst. „Ihr habt mir euer Leben angeboten. Ich euch meins. Wir werden als Rotte gemeinsam kämpfen und leben.“

Der Panra vergisst nicht

Seit ihren intensiven Gesprächen am Vorabend schien die Stimmung in der Gruppe wie verwandelt. Alle waren an diesem sonnigen Morgen gut gelaunt, halfen sich und neckten einander mit mehr oder weniger witzigen Bemerkungen. Dabei spiegelten sich auf den entspannten Gesichtern der Gefährten die Myriaden von Sonnenstrahlen, die in langen, goldenen Streifen durch das Blätterdach des Waldes ihren Weg zum Grund fanden. Der nasse, glänzende Tau auf den Ästen und Blättern brach das Licht und fächerte es in Hunderte Farben auf, und der aufsteigende feine Bodennebel verlieh dem beginnenden Tag etwas Mystisches. Das Gezwitscher der Vögel machte diesen Morgen perfekt.

Alsbald war das Nachtlager abgebaut und die drei Reiter der Gruppe saßen wieder in ihren Sätteln. Ûlyėr lief – wieder erstaunlich unangestrengt – direkt neben ihnen, nachdem sie aufgebrochen waren. Allein dieses Verhalten stellte schon eine beträchtliche Veränderung zum Vortag dar, als der Ork sich bewusst von den anderen ferngehalten hatte. Obwohl er auch heute, anders als bei seinem kommunikativen Ausbruch gestern, wieder relativ schweigsam war. Zumindest im Vergleich zu Filixx, der unablässig plauderte und die Gruppe über Geografie, Kultur und Geschichte ihrer Wegstrecke informierte.

„Das Panragebirge gilt als einer der größten Höhenausläufer auf ganz Razuklan", dozierte der Zwergelbe. „Der Pass, den Leik für unsere Überquerung ausgewählt hat, befindet sich in einer Höhe von fast viertausend Metern. Bäume und andere Pflanzen haben es schwer, in dieser Höhe zu überleben, und wenn, dann verkrüppeln sie und sind nur noch ein Schatten ihrer ebenerdigen Existenz. Nur einige wenige Nadelbäume schaffen es, sich mit ihren Wurzeln auf dem dünnen, kargen Felsboden festzukrallen. Tiere gibt es dort oben so gut wie gar keine mehr. Höchstens noch einige Murmeltiere, kleine Bergziegen und“, er warf einen schelmischen Blick auf Morlâ, „eventuell Gnarfwürmer, wenn der Zwerg die nicht alle gefangen hat, um damit in der Universität anzugeben.“ Die Gruppe brach in Gelächter aus, und selbst Morlâ stimmte mit ein.

„Ganz stimmt es aber nicht, was du sagst, Filixx …“, brachte Leik mühevoll heraus und wischte sich die Lachtränen mit dem Ärmel seines Hemdes ab. Seinen dicken, braunen Mantel hatte er ausgezogen, dafür war es zu mild.

Der Zwergelbe schaute ihn verwirrt an, anscheinend nicht daran gewöhnt, dass man an seinen Worten zweifelte. „Was meinst du? Das mit dem Wurm hast du mir doch selbst erzählt!“

Morlâ machte große Augen, als er das hörte, und schaute Leik vorwurfsvoll an.

Der wurde krebsrot. „Ich dachte, du hättest es Filixx schon erzählt“, verteidigte er seine Indiskretion halbherzig. Leik räusperte sich. „Darum ging es mir auch gar nicht, sondern um das, was du über die Tiere gesagt hast. Als ich den Pass im letzten Winter überquert habe, da sind wir auf einen Schneefuchs gestoßen. Er war zwar noch sehr klein, aber diese Gattung kann ausgewachsen ziemlich groß werden.“

„Was habt ihr mit ihm gemacht?“, stichelte Morlâ daraufhin. „Oder sollte ich besser fragen: Was habt ihr aus ihm gemacht? Eine Mütze oder …?“ Erneut brachen alle in Gelächter aus.

Leik dachte noch lange nach diesem Gespräch an den kleinen Fuchs, der ihn auf seiner Flucht gewärmt hatte. Mittlerweile war es so, als hätte all dies in einem anderen Leben stattgefunden. Gern hätte er das Tier noch mal wiedergesehen. *Ich hoffe, es geht ihm gut und er ist zu einem stattlichen Jungfuchs herangewachsen.*

Alsbald herrschte Stille in der Gruppe. Alle waren darauf konzentriert, den anstrengenden Aufstieg zu bewältigen und ihre Kräfte zu schonen. Den drei Reitern war klar, dass sie irgendwann ihre Pferde würden zurückschicken müssen. Schon jetzt stieg der schmale Pfad steil an und war mit unzähligen Steinen übersät, über die die Tiere immer wieder strauchelten.

Nach Stunden des Aufstiegs, als Leiks Rappe zum wiederholten Mal ausgeglitten und sich schon einige blutige Wunden an den

Fesseln zugezogen hatte, zog er an den Zügeln. „Brr, mein Großer.“ Abrupt bliebt das Pferd – vermutlich froh über eine Pause – stehen. „So, Leute“, wandte er sich an die beiden anderen Reiter, die ihm, wie auf einer Perlenschnur aufgereiht, gefolgt waren. „Das war's. Ab jetzt müssen wir alle laufen. Nicht nur Ûlyèr. Apropos, wo ist der eigentlich?“

Der rotgesichtige und stark schwitzende Filixx – dem die hohen Temperaturen und selbst die geringe Anstrengung auf dem Rücken seines Pferdes offensichtlich zusetzten – zeigte auf den schmalen Pfad vor ihnen. Japsend sagte er: „Er … er … ist gerade hinter der Abbiegung verschwunden. Moment.“ Der Zwergelbe holte tief Luft und steckte beide Zeigefinger in den Mund. Kurz darauf ließ er einen gellenden Pfiff ertönen, der sich durch das Echo der Berge hundertfach verstärkte.

Morlâ und Leik nickten nach dieser beeindruckenden Leistung anerkennend.

Filixx schaute sie verächtlich an. „Also, wenn ich die vierzehnte Algorithmusfolge des Tamir ausrechne, dann registriert ihr das gar nicht. Naja, wenn ihr gut drauf seid, dann fragt ihr, ob ihr sie abschreiben könnt. Wenn ich aber auf zwei Fingern pfeife, das findet ihr bewundernswert?“

Lachend antworteten der Zwerg und der Mensch gleichzeitig: „Ja!“, und ließen sich anschließend zeigen, wie man die Finger in den Mund stecken musste, um so zu pfeifen. Beiden gelang es auf Anhieb natürlich nicht, auch nur irgendein Geräusch herauszubringen. Trotzdem versuchten sie es weiter fleißig, und Filixx war sich jetzt schon sicher, womit sie auf der Reise von nun an in jeder freien Minute beschäftigt sein würden.

„Was ist los?“, war plötzlich Ûlyèrs tiefe Stimme zu vernehmen. Keiner der drei hatte bemerkt, wie der Hüne sich ihnen genähert hatte.

Einem Vonyn könnte dies wahrscheinlich genauso gut gelingen, ging es Leik auf. *Wir sollten wirklich vorsichtiger werden.* Das Pfeiftraining war vergessen. „Wir müssen ab hier die Pferde zurücklassen. Sie schaffen es nicht mehr“, erklärte er dem Ork.

Leik sattelte seinen Rappen ab und packte die restlichen Vorräte von dessen Rücken in seinen Rucksack um. Seine beiden lauffaulen Kameraden taten es ihm missmutig nach. Anschließend gaben sie den Pferden einen Schlag auf die Flanke und schickten sie wieder zurück ins Tal.

„Die drei finden ihren Weg zurück zur Universität. Sie haben bestimmt schon viele Studentengruppen sicher auf den Panra gebracht", sagte Leik, als sie den Tieren hinterhersahen. *Wie es wohl Rewen und Olander gehen mag,* dachte er traurig.

„Dann sollten sie doch endlich gelernt haben, Studenten auch über den Panra zu bringen", murmelte Morlâ in seinen kleinen blonden Spitzbart. Und damit begaben sich die vier Reisenden auf das schwierigste und steilste Teilstück der Überquerung des Panragebirges.

Leik schätzte, dass sie noch circa zwei Stunden bis zum Pass hinauf brauchen würden und dann nochmals etwa zwei, bis sie wieder auf einer Höhe waren, in der man ein Lager aufschlagen konnte. Die vier mussten sich also beeilen, wollten sie dies nicht in völliger Dunkelheit machen.

Und so begab sich die Gruppe auf ihren schweren Marsch. Die Studenten konnten den Pfad jetzt nur noch hintereinander begehen. Ûlyèr ging an der Spitze mit großen Schritten voran. Gefolgt von Morlâ, dessen Rucksack fast so groß war wie der Zwerg selbst. An der Seite schaute sein eisenbewehrter Stab heraus. Anschließend folgte Filixx, der Mühe hatte, das Tempo zu halten und dessen Kopf nun bedrohlich wie eine überreife Tomate aussah. Schweiß floss in kleinen Rinnsalen über sein Gesicht. Am Ende des kleinen Zuges marschierte Leik. Er hatte sich seinen Bogen über den Rücken gehängt und blickte konzentriert in alle Richtungen. Zu gegenwärtig waren ihm noch die Umstände seiner winterlichen Flucht in diesen Gefilden.

Eine ganze Weile war nur das Keuchen von Filixx und das Rauschen des Windes zu vernehmen. Quälend langsam näherten sich die vier Freunde dem Pass. Inzwischen war es deutlich kälter geworden. Alle hatten jetzt ihre braunen, warmen Mäntel angezogen und die Kapuzen übergestülpt. Die tief hängenden Wolken tauchten das Bergmassiv in milchigen Nebel und die Sicht wurde schlechter, je höher sie kamen.

Leik versuchte sich nur auf seine Beine zu konzentrieren, die immer stärker brannten. Er ließ den Kopf hängen und sah auf seine Füße, die sich mühsam ihren Weg durch die abgebrochenen Felsen und tiefe, von Regengüssen ausgewaschenen Furchen im Pfad bahnten. *Noch ein Schritt, noch ein Schritt …*, gab er sich innerlich den Takt vor, um nicht an die Schmerzen in seinen Oberschenkeln denken zu müssen. Das Hemd unter seinem Umhang war klatschnass geschwitzt. Plötzlich prallte er gegen Filixx' schweren Rucksack. „Was zum …", doch der Zwergelbe fasste ihn fest am Unterarm und bedeutete ihm, ruhig zu sein.

Flüsternd führte er aus: „Ûlyėr hat irgendwas gesehen oder gehört. Wir sollen hier warten!"

Wie von selbst nahm Leik seinen Bogen vom Rücken, hängte die Sehne ein und legte einen Pfeil auf. Gleichzeitig konnte er sehen, das Morlâ seinen schweren Kampfstab aus dem Rucksack zog und ihn aus dem darum gebundenen weißen Tuch befreite. Filixx setzte sich keuchend auf einen kleinen Felsen und wischte sich den Schweiß von der Stirn. Dann schloss er die Augen, als wollte er ein kleines Nickerchen im Sitzen halten. Doch Leik wusste, was sein Freund tat. Er begab sich in jenen tranceähnlichen Zustand, in dem er seine mächtigen Vielfachzauber wirken konnte.

So standen die drei Gefährten nun verteidigungsbereit auf dem schmalen Gebirgspfad. Links von ihnen ging es einige Hundert Meter steil bergab und rechts neben ihnen ragte eine unbezwingbare Mauer aus schwarzem, spitzem Gestein in die Höhe.

Der gewählte Ort war äußerst schlecht zu verteidigen, wurde sich Leik bewusst, als er ihre Lage analysierte. Sie mussten weiter nach oben. „Wir müssen weiter. Hier haben wir keine Chance", wandte er sich flüsternd an seine beiden verbliebenen Begleiter. Die nickten stumm und begannen zügig mit dem weiteren Aufstieg, immer in der Gefahr, auf dem losen Geröll auszugleiten und in die Tiefe zu stürzen.

Von Ûlyėr war weit und breit nichts zu entdecken.

Die Wolkendecke wurde immer dichter, je höher die drei Freunde kamen. Nässe legte sich auf ihre Haut und Kleidung wie ein feiner, öliger Film.

Leik zuckte zusammen, als irgendwo hinter ihnen eine kleine Steinlawine ausgelöst wurde. *Oder kam das Geräusch doch von vorn,* überlegte er angestrengt und sah sich so hastig um, dass es ihm im Nacken knackte.

Unsicher rückten die drei zusammen und bildeten einen unförmigen Kreis, um jede Ecke des Hochplateaus im Blick zu haben. Das Gelände war an dieser Stelle wieder offener, sodass sie genügend Platz hatten, einen improvisierten Verteidigungsring zu bilden. Der Pfad wurde hier etwas breiter und die Felsmasse in ihrem Rücken fiel leicht ab. Sie mussten den Pass fast erreicht haben.

Wieder gingen irgendwo in der Nähe Steine ab. Das Geräusch war in der Stille des Gebirges unnatürlich laut. Weit über den Gefährten schrie ein davon aufgescheuchter Vogel, der durch den nasskalten Dunst allerdings nicht auszumachen war.

„Wo steckt Ûlyèr?“, fragte Morlâ leise in die Runde. Jetzt standen die drei Rücken an Rücken, um sich in alle Richtungen abzusichern.

„Keine Ahnung“, flüsterte Filixx. „Aber …“

Leik beendete seinen Satz: „… aber wenn alles in Ordnung wäre, dann würde er uns nicht so lange allein lassen.“

Auf einmal durchdrang gelbliches Licht die trübe, graue Atmosphäre des Berges. Filixx hatte ein Wehrlicht beschworen. „Wir sind die Einzigen hier oben und eh nicht zu übersehen, aber unsere Angreifer sollen ruhig wissen, dass sie es mit Zauberkundigen zu tun haben.“ Daraufhin verzog er grimmig das Gesicht und versuchte seinen Mantel enger um sich zu schlingen.

„Du hast recht“, pflichtete ihm Morlâ bei. „Ich habe keine Lust, mich hier zu verstecken. Hey …“, schrie er laut. „Hey, wer ist da? Wir sind nur friedliche Wanderer. Gebt euch zu erkennen.“

Im gleichen Augenblick war Ûlyèrs Brüllen zu vernehmen. Morlâ verstummte abrupt. Dann hörten sie den Ork gleich noch mal, doch diesmal kam sein Schrei aus deutlich kürzerer Entfernung.

„Wo ist er?“, fragte Filixx.

„Ich weiß es nicht“, antworte Morlâ hastig und hielt seinen Stab kampfbereit mit beiden Händen fest.

„Ich sehe gar nichts bei der trüben Brühe hier oben“, sagte Leik und blickte angestrengt nach links und rechts. Doch im dunstigen Zwielicht, das durch die tief hängenden Wolken entstand, war nichts zu erkennen. Nur der gelbe Schein von Filixx’ Wehrlicht wurde von der Nebelwand reflektiert. Licht ins Dunkel konnte die kleine magische Beschwörung allerdings bei diesen Witterungsverhältnissen auch nicht bringen.

Jetzt hörten sie wieder Steine den Hang hinabrutschen. Doch von Ûlyėr kam kein Laut mehr.

Leiks Nerven waren zum Zerreißen gespannt. „Was ist hier nur los? Könnt ihr …“ Im gleichen Moment traf ihn etwas an den Schultern und warf ihn schmerzhaft zu Boden.

Gleichzeitig begannen Morlâ und Filixx zu schreien.

Dann tauchte auch Ûlyėr aus dem Nebel auf. Brüllend.

Einzig Leik war völlig still. Benommen versuchte er sich aufzurichten, doch etwas drückte ihn zu Boden. Er musste sich zwingen, seine Augen zu öffnen. Irgendetwas Haariges hatte sein gesamtes Gewicht auf Leiks Brustkorb gelegt. Mühselig versuchte er sich davon zu befreien, doch sein Rucksack hinderte ihn in der Bewegung.

Erneut erklang Ûlyėrs Schrei. Der fellige Kopf des animalischen Angreifers schoss auf Leiks Gesicht zu. Reflexartig hob der den Arm und machte sich auf einen Biss gefasst. Nun konnte er seinen Angreifer auch riechen. Leik kannte diesen Geruch. Gleichzeitig hörte er, wie Morlâ und Filixx anfingen zu lachen. Plötzlich spürte er weiches Fell am Hals. Auch das kam im merkwürdig bekannt vor. Endlich begriff er, dass ihn ein kleiner, dünner Schneefuchs angefallen hatte. Das Tier versuchte ängstlich unter seinen Arm zu kriechen, um sich dort zu verstecken.

Jetzt stand Ûlyėr direkt vor den beiden, hob seine Arme angriffsbereit und schrie aus Leibeskräften.

Morlâ und Filixx konnten sich kaum noch halten vor Lachen.

Ûlyėr hielt verwirrt inne und schaute die beiden an.

„Sieh dir das Ungeheuer an, großer Krieger. Es könnte unsere ganze Mission gefährden“, stieß Filixx noch japsend hervor, ehe er wieder in schallendes Gelächter ausbrach.

Der Ork ließ die Arme hängen und wollte gerade nach dem kleinen Raubtier greifen, als es in Windeseile unter Leiks Mantel verschwand.

„Moment!“, entfuhr es Leik. Er knöpfte seinen Mantel auf, und zum Vorschein kam der kleine, spitze Fuchskopf mit weißem Fell und klugen dunklen Augen. Sofort begann die rote, raue Zunge Leiks Gesicht abzuschlecken. „Ja, ja, mein Kleiner“, beruhigte der das junge Tier. „Ich habe dich auch nicht vergessen.“ Dann durchwirbelte er das Fell ihres ungebetenen, ihm aber wohlbekannten Gastes.

Rückkehr zur Waldschänke

Nachdem es Leik, Morlâ und Filixx mit gemeinsamen Kräften geschafft hatten, Ûlyèr zu beruhigen, setzten sie ihren Marsch fort. In der Tat hatten sie nun endlich den Pass erreicht. Jetzt ging es langsam, aber stetig abwärts, was Leik bald in den Knien spürte.

Der Schneefuchs wich Leik nicht mehr von der Seite. Von Morlâ und Filixx ließ er sich streicheln, nachdem der Zwergelbe ein Stückchen Speck aus seinem Vorrat mit ihm geteilt hatte. Doch jedes Mal, wenn Ûlyèr in seine Nähe kam, begann er zu knurren. Da er dann auch immer zwischen Leiks Beinen Schutz suchte, wäre der ein paar Mal fast gestürzt. Trotzdem hatte Leik das Tier in sein Herz geschlossen. Er betrachtete den Fuchs und war sich sicher, dass es derselbe war, der ihn schon einmal so erschreckt hatte. Die Zeichnung seines weißen Fells, das von leichten, grauen Strähnen durchzogen war, als wäre er mit Asche bestäubt, erkannte Leik sofort wieder.

Nach etlichen Stunden des Wanderns waren sie auf eine Höhe abgestiegen, in der wieder einige kleine Bäume wuchsen. Da es schon fast dunkel war, beschlossen die Studenten, hier ihr Nachtlager aufzuschlagen. Einige niedrige Büsche und Krüppelkiefern boten ein bisschen Schutz vor dem beißenden Wind, und mit dem Holz konnten sie ein Feuer entzünden. Zu mehr waren sie am Ende dieses anstrengenden Tages nicht mehr fähig. Völlig erschlagen rollten sie sich in ihre Mäntel und versuchten, es sich so bequem wie möglich auf dem mehr aus Felsen denn aus Erde bestehenden Boden zu machen.

Ûlyèr, den anscheinend nichts so schnell aus der Puste brachte, bot an, die erste Wache zu halten. Dankbar nahmen die anderen drei das Angebot an.

Der weiße Fuchs legte sich neben Leik und schien die Wärme des Feuers zu genießen, das die Dunkelheit und die klamme, nasse

Kälte wenigstens ein bisschen vertrieb. Leik kraulte das Tier, das ihm noch zusätzliche Wärme spendete, hinter den Ohren und schlief darüber ein.

„Aufstehen“, herrschte Ûlyèr die Schläfer an. Er hatte die ganze Nacht allein Wache gehalten.

Schwerfällig schlug Leik die Augen auf. Er sah, dass vom Feuer nur noch graue, kalte Asche übrig war. Ihm selbst war auch ziemlich kalt, was vor allem an seiner feuchten Kleidung lag. Der Schneefuchs war verschwunden. Schlagartig wach, sprang Leik auf. „Wo ist er?“, fragte er verärgert den Ork, der gerade Morlâ leicht in die Seite trat, weil der immer noch nicht wach werden wollte.

„Meinst du dein neues Kuscheltier?“, antwortete Ûlyèr mit einer Gegenfrage.

„Ja! Was hast du mit ihm gemacht?“ Wütend ging Leik in Ûlyèrs Richtung, unbewusst die Hände zu Fäusten geballt.

Der Ork richtete sich zu seiner vollen Größe auf und schaute Leik grinsend an, was ihn noch bedrohlicher wirken ließ. „Beruhige dich, Sphärenschatten“, forderte der Ork seinen Begleiter belustigt auf.

Doch der wurde jetzt nur noch wütender, auch aus Sorge um den kleinen Fuchs. „Antworte mir!“, forderte er harsch und ging weiter auf seinen großen Kommilitonen zu.

Doch der blieb einfach stehen. Jetzt war Leik direkt vor ihm. Der Ork schaute verächtlich auf ihn hinunter. „Und was machen wir beide nun?“, fragte er lauernd.

Leik hörte den spaßigen Unterton nicht oder wollte ihn nicht hören. „Das kommt darauf an, was du mit dem Fuchs gemacht hast.“

„Hört mal, ihr zwei …“, versuchte sich Filixx einzumischen. Doch Ûlyèr machte sofort eine abwehrende Handbewegung.

„Beruhige dich, Rottenbruder.“ Das letzte Wort betonte der Ork besonders.

Jetzt erst bemerkte Leik, wie er sich seinem Kommilitonen und Freund gegenüber benahm. Er trat einige Schritte zurück, nun bereit, sich wenigstens anzuhören, was Ûlyèr zu sagen hatte.

„Danke“, sagte der höflich.
Leik schaute verwirrt.
„Danke dafür, dass du mich ausreden lässt. Aber da gibt es eigentlich nicht viel zu sagen. Der kleine Kerl ist kurz vor Sonnenaufgang einfach verschwunden. Ich habe noch gesehen, wie er wieder zurück zum Pass getrabt ist. Allerdings hat er sich noch von mir verabschiedet.“ Ûlyėr hob seinen Rucksack hoch, sodass alle den nassen Fleck an der Außenseite sehen konnten.
Morlâ und Filixx grinsten.
„Aber …“, begann Leik.
„So war es, Leik“, sagte Ûlyėr streng. „Ich dachte eigentlich, dass du mir mehr vertraust. Blut von meinem Blut“, endete der Ork enttäuscht und drehte sich um.
Leik hätte in den Boden versinken können. „Entschuldige, Ûlyėr! Natürlich vertraue ich dir.“
Damit schien sich der hünenhafte Ork zufriedenzugeben. Naja, fast. Als er an Leiks Rucksack vorbeikam, gab er ihm einen kräftigen Tritt, sodass er etliche Meter weit durch die Luft flog und krachend im Gebüsch landete.
Leik nahm diese orkische Art der Versöhnung grinsend an.

Nach diesem unrühmlichen Beginn des Tages gaben sich alle vier Wanderer besondere Mühe, gute Laune zu verbreiten. Das gelang ihnen auch ziemlich schnell. Leik war selbst klar, wie lächerlich sein Verdacht gewesen war. „Schade, dass der kleine Kerl weg ist. Aber ich bin mir ziemlich sicher, dass ich in Zukunft keine Probleme mehr in Beschwörung haben werde. Ich brauche nur die Augen zu schließen und schon sehe und fühle ich den Fuchs genau vor mir. Untermberg wird bei den Abschlussprüfungen begeistert sein.“ Die anderen lachten, und damit war das Thema endgültig aus der Welt geschafft.
Nach einer Weile verebbten die Gespräche. Der Abstieg vom Panra war ein anstrengendes Unterfangen und jeder der Studenten war mit sich selbst beschäftigt. Sie vermissten ihre Pferde. Leiks Rucksack drückte hart gegen seinen Rücken. An einer Stelle war eine kleine Ausbeulung, die einfach nicht weggehen wollte, so oft er auch umpackte. Morlâ und Filixx schienen auch nicht viel

glücklicher mit ihrem Schicksal. Einzig Ûlyėr ließ sich – wie immer – nichts von den Strapazen anmerken.

Langsam wurde das Wetter wieder sommerlich und die Pflanzenwelt üppiger. Aus den verkrüppelten kleinen Bäumen wurden am Fuß des Berges hölzerne Riesen, die wie eine dunkelgrüne Wand vor den Wanderern standen.

„Wie geht's jetzt weiter?", fragte Filixx Leik, nahm einen großen Schluck Wasser aus seiner ledernen Feldflasche und schüttete sich den Rest über den Kopf. Jetzt konnte man wieder deutlich spüren, dass der Sommer begonnen hatte.

„Wir müssen den alten Königsweg finden. Gerald hat zwar immer gesagt, dass er nicht einmal ansatzweise so großartig ist wie früher, aber als wir dort entlanggekommen sind, war er immer noch so breit, dass zwei ausgewachsene Pferde bequem nebeneinanderlaufen konnten." Leik hielt sich die flache Hand über die Augen, um sich vor der hoch stehenden Sonne zu schützen, und ließ den Blick von Ost nach West schweifen. Doch er konnte nichts außer einem geschlossenen grünen Meer erkennen.

„Einen Wegweiser gibt es wohl nicht", brummelte Morlâ in sich hinein und ließ seinen schweren Rucksack krachend fallen.

„Wir müssen einfach näher an den Wald heran", antwortete Leik ihm.

„Ja, gute Idee, um uns dann im Wald zu verlaufen", gab der Zwerg mürrisch zurück.

Bevor ein Streit auszubrechen konnte, rettete Ûlyėr Leik. „Nein, das werden wir nicht. Ich kann den Pfad sehen." Er deutete mit seiner Hand scheinbar wahllos auf eine Stelle am Waldrand.

Leik konnte dort nichts außer einer Phalanx dunklen Grüns erkennen. Im gleichen Moment jedoch erinnerte er sich an die Vorwürfe des Orks vom Vormittag. Vertrauen! Deshalb sagte er nur. „Mann, ihr Orks habt ja tolle Augen. Also los Leute, weiter geht's! Ab jetzt übernimmt Ûlyėr die Führung."

„Ich dachte, wir machen Mittag", kam es daraufhin enttäuscht von Filixx, der gerade einen schrecklich stinkenden Käse auswickelte und mit geschlossenen Augen verträumt daran roch. Doch der Ork lief schon mit schnellen Schritten auf den Wald zu.

Leik folgte ihm direkt und Morlâ war bereits dabei, seinen Rucksack zu schultern. So blieb dem Zwergelben nichts anderes übrig, als sein Mahl zu verschieben und den Käse – nach einem kleinen Bissen vom Rand – hastig zu verstauen. Mit einigen Schritten Abstand folgte er schließlich seinen Freunden das letzte Wegstück den Berg hinab.

Ûlyėr hatte wirklich recht gehabt. Nach etwa neunzig Minuten erreichten sie den Waldrand. Schon vor geraumer Zeit hatte auch Leik erkannt, dass sie direkt auf einen ausgetretenen breiten Weg zuliefen, der wie ein dunkles, offenes Maul in den schwarzgrünen Wald hineinführte. Nun endlich holten die Wanderer die Rast nach und ruhten sich für eine Weile aus.

„Wie weit ist es noch nach Sefal?", fragte Filixx Leik mit vollem Mund.

Leik überlegte und blies die Luft aus seinen prallen Wangen, bevor er zu einer Antwort ansetzte. „Ich denke, zwei oder drei Tage noch. Wenn wir uns beeilen, dann kommen wir heute noch zur Waldschänke und müssen nicht draußen übernachten. Von dort ist es noch etwa einen Tag bis nach Hause." *Nach Hause,* habe ich das eben wirklich gesagt, überlegte Leik. *Das war es mal. Jetzt nicht mehr, aber trotzdem bedeutet mir das Dorf viel – und Drena. Ich muss wissen, wie es ihr geht. Wir sind viel zu langsam.* Leik sprang abrupt auf und trieb die kleine Wanderschar erneut zum Aufbruch. Wenige Minuten später tauchten sie schon in das gedämpfte Licht und die kühle, würzige Luft des Waldes ein. Der jahrtausendealte Königsweg führte Leik zurück in sein altes Leben und zu Drena, die hoffentlich wohlauf war.

„Es muss gleich hier sein", beharrte Leik. Die Sonne war schon vor einer halben Stunde untergegangen und die Welt um die vier Gefährten lag im Zwielicht vor der Dunkelheit. Im Wald wurde es unter dem dichten Blätterdach noch schneller finster als außerhalb.

„Lasst uns doch hier rasten", schlug Morlâ vor.

„Nein, ich will endlich mal wieder in einem Bett schlafen", widersprach ihm Filixx.

Einzig der Ork hielt sich aus dieser Diskussion heraus, wirkte aber ungewöhnlich angespannt und blickte suchend in die einfallende Dunkelheit.

„Es ist nur noch ein kleines Stück“ sagte Leik und ging schneller auf dem Königsweg Richtung Norden.

„Das sagst du schon die ganze Zeit“, maulte Morlâ, um seinem Mitbewohner, der mittlerweile hinter einer leichten Wegbiegung verschwunden war, schließlich doch zu folgen.

Der Wald war einmal mein zweites Zuhause, wie kann ich mich nach so kurzer Zeit so verschätzen, überlegte Leik. Als er die schemenhaften Umrisse des Gebäudes ausmachen konnte, erkannte er seinen Fehler. *Ich habe die ganze Zeit nach gemütlich beleuchteten Fenstern und Rauch Ausschau gehalten, doch es ist alles dunkel. Was ist hier los?*

Bevor er seine Gedanken aussprechen konnte, stand Filixx neben ihm. „Bist du sicher, dass das eine Schänke ist? Das Haus da drüben sieht mir doch sehr verlassen aus.“

„Also, als ich im Winter hier war, gab es hier noch eine Schänke. Lasst uns näher herangehen.“

Jetzt mischte sich Ûlyèr ein, der sich schon eine ganze Weile nicht mehr zu Wort gemeldet hatte. „Wir sollten vorsichtig sein. Irgendetwas stimmt hier nicht. Im Wald ist es viel zu leise und in diesem Haus ist kein Leben.“

Nun konnten es die anderen auch spüren. Im dunklen Forst herrschte eine drückende, unnatürliche Stille. Leik bekam eine Gänsehaut, obwohl er nicht genau sagen konnte, warum.

Wachsam und einander absichernd gingen die vier Studenten auf das Gasthaus zu. Nach wenigen Minuten hatten sie das Gebäude erreicht. Jetzt konnte man sehen, dass sämtliche Bleiglasfenster eingeschlagen waren, das Gasthausschild war verschwunden, und von der einst stattlichen Eichentür hing nur noch ein einzelner Flügel schief im Rahmen. Dahinter tat sich ein schwarzer Raum auf, aus dem kühle, abgestanden riechende Luft strömte und der von außen nicht einzusehen war.

„Sollen wir da wirklich reingehen?“, fragte Leik leise seine Kameraden. „Offensichtlich können wir hier nicht übernachten und …“

Filixx fiel ihm flüsternd, aber energisch ins Wort. „Unser Auftrag ist es, zu untersuchen, was hier los ist, und damit fangen wir *jetzt* an.“ Damit ließ er sein gelbes Wehrlicht aufsteigen.

Leik schluckte schwer, dann tat er es seinem Freund gleich und ließ einen kleinen regenbogenfarbenen Ball dicht über seinem Kopf aufsteigen, der der Bewegung seiner rechten Hand folgte.

Langsam drangen die Studenten in das zerstörte Gasthaus ein. Im Innenraum knirschte das Glas der Fenster unter ihren Füßen. Durch das trübe Licht ihrer glühenden Beschwörungen wurde der Raum kaum erhellt, sondern nur in ein schummriges Zwielicht getaucht. Zwar spiegelten die Scherben das magische Leuchten kaleidoskopartig vom Fußboden wider, wann immer eine der kleinen Kugeln über sie sauste, doch um die Schatten aus den Ecken des Gastraums zu vertreiben, war das Licht nicht stark genug.

Dennoch reichten die Wehrlichter aus, um den Freunden einen Überblick über die Zerstörungen zu verschaffen. Alle Tische und Stühle waren zerschlagen worden. Ihre Einzelteile lagen verteilt im Gastraum. Der einst polierte Tresen war an einer Seite stark verbrannt. Besorgniserregender als das erschienen den vier Studenten aber die tiefen Kerben in dem stabilen Holz der Theke, über die im Laufe der Jahre unendlich viel Bier gereicht worden war. Solche Furchen schlugen nur eiserne Waffen. Große Schwerter oder massive Äxte.

Leik ging noch einige Schritte tiefer in den Raum und auf die Treppe zu, die in die Zimmer hinaufführte. Die anderen blieben eng zusammen in der Nähe des Eingangs. Vor dem Aufgang lag das Schild, das er bei seinem letzten Besuch an der Hauswand der Waldschänke studiert hatte und das nun irgendwie in das Innere gelangt war. Leik bewegte den rechten Arm so, dass sein kleines Wehrlicht direkt über der Tafel schwebte, dann las er, was ungelenk daraus gemacht worden war:

~~*Dieses Haus steht unter dem Schutz der Friedenshüter.*~~
TOD DEM ORDEN
Eidbrecher sind ~~nicht~~ **WILLKOMMEN**

Der Rest war abgebrochen und irgendwo in dem Chaos des Gastraums verschwunden, dennoch war die Botschaft eindeutig. Im gleichen Moment erkannte Leik, dass diese verfluchten Worte mit Blut geschrieben waren. Es war in kleinen Rinnsalen von jedem Buchstaben heruntergelaufen und hatte sich durch die Gerinnung von Rot in ein tiefes Schwarz verfärbt. Dennoch, es war eindeutig Blut einer leidenden Seele.

„Wir müssen hier sofort raus!", sagte Leik und hastete in Richtung Ausgang.

Verwirrt folgten ihm seine Begleiter, aber alle schienen froh darüber zu sein, diesen Ort der Zerstörung verlassen zu können. Leik erzählte draußen von seiner Entdeckung, blieb jedoch dabei nicht stehen. Im Gegenteil, er verfiel jetzt in leichtes Traben, das in ein schnelles Rennen überging. Ihm war klar, dass diejenigen, die in der Waldschänke so gewütet hatten, noch in der Gegend sein konnten.

So schnell es ihre ermüdeten Beine mitmachten, rannten die Freunde den mittlerweile stockfinsteren Königsweg entlang. Immer Richtung Norden und damit weg von diesem verfluchten Ort. Doch Leik war sich nicht sicher, ob es an ihrem Ziel anders aussehen würde. Vermutlich war das Gasthaus nur ein Ausläufer jenes Unheils, das sich wie ein schwarzer Schleier über das Arelltal gelegt hatte. Leik hoffte inbrünstig, dass dieser Schleier kein Leichentuch war. Denn vielleicht lag das Zentrum dieses Grauens ja nicht hier, sondern in der einzigen bewohnten Siedlung im gesamten Tal. In Sefal.

Plötzlicher Zwergen-Tod

Leik wusste nicht mehr, wie lange er durch den dunklen Wald gerannt war. Nur, dass ihm dabei regelmäßig Drenas Bild und das der Vonynen, die ihn angegriffen hatten, vor seinem inneren Auge hochkam. Der Rucksack schubbelte beim Laufen schmerzhaft an Leiks Rücken, seine Beine schmerzten, die Lunge glühte und der brennende Durst kam mit Sicherheit daher, dass er völlig durchgeschwitzt war und ihm die Kleidung am Leib klebte. Trotzdem wollte er nicht anhalten. Nach dem Besuch der Waldschänke war er sich sicher, dass hier etwas Schreckliches im Gange war, und es würde mehr als ein Wunder sein, wenn sein Heimatdorf davon nicht betroffen wäre. Wer das Gasthaus geschändet und zerstört hatte, der würde in der Umgebung auch weiteres Unheil anrichten.

Gerald hätte nicht mit mir fliehen dürfen vor diesen Kreaturen, sagte er sich verzweifelt. *Er wusste genau, dass die Vonynen furchtbare Wesen sind und welch Unheil sie anrichten können. Wir haben das Dorf verraten! Unsere Freunde! Wir hätten hierbleiben und kämpfen müssen, oder sie wenigstens warnen sollen.* Doch tief in seinem Inneren war Leik klar, dass Gerald wahrscheinlich in Panik gehandelt hatte. Vielleicht hatte er geglaubt, die Angriffe wären Einzelfälle gewesen und würden mit dem Tod der beiden Monster enden. Der Zustand der Waldschänke bewies, dass das wohl ein fataler Irrtum war.

Leik merkte, wie Übelkeit in ihm hochkam. Doch er war nicht bereit, deswegen anzuhalten. Grimmig rannte er weiter, hinein in die schwülwarme Nacht. Urplötzlich berührte ihn eine dunkelhäutige Klaue am Unterarm.

Vor Schreck schrie Leik auf, dann erkannte er, dass es nur Ûlyėr war, der seine Aufmerksamkeit zu erregen versuchte.

„Leik!“, schrie dieser ihn an. „Leik, wir müssen rasten!“

Doch Leik hatte nicht die Absicht, sich aufhalten zu lassen. Blitzschnell wechselte er aus der Zwischenwelt zurück in die Realität. „Nein! Wir müssen weiter! Mein Dorf! Meine Freunde! Drena!", japste er und stolperte, abgelenkt durch das kurze Gespräch, über einen dicken, großen Ast, der quer über dem Königsweg lag. Nur das beherzte Zugreifen seines orkischen Freundes verhinderte, dass er der Länge nach hinschlug.

„Jetzt halt doch mal an, Bruder." Die formelle und ehrenhafte Anrede des muskelbepackten Orks ließ Leik innehalten.

Ihm wurde schwarz vor Augen. „Ûlyèr …" Leik musste tief Luft holen und schlucken, seine Stimme versagte.

Wortlos nahm der riesenhafte Orkstudent seine Wasserflasche vom Gürtel und reichte sie Leik.

Der griff das Behältnis und trank begierig mehrere große Schlucke. „Ûlyèr, wir können nicht anhalten. Ich hab dir doch eben schon gesagt …"

Doch sein Kommilitone fiel ihm ins Wort. „Ich würde dir heute Nacht noch überallhin folgen und auch Filixx und Morlâ würden das tun, doch …" Er machte eine kurze Pause und sah Leik mit seinen schwarz-gelben, Furcht einflößenden Raubtieraugen, die das wenige Licht der Nacht katzenhaft reflektierten, an. „Doch sie schaffen es nicht. Die beiden würden es nicht aussprechen, weil sie wissen, was für dich auf dem Spiel steht, dennoch können deine Freunde sich nicht mehr länger auf den Beinen halten. Die letzten Tage waren für uns alle sehr anstrengend. Wenn wir beide weiter in diesem Tempo vorausrennen, bleiben unsere Kameraden allein hier im Wald zurück und die Gruppe wird getrennt. Damit sind wir alle den Gefahren, die es hier zweifelsohne gibt, hilfloser ausgeliefert als zusammen."

Leik brauchte nicht lange über Ûlyèrs Worte nachzudenken, um zu erkennen, dass er recht hatte. Er legte dem Ork eine Hand auf den Unterarm. Und der zog, ganz anders, als Leik erwartet hatte, seinen Arm nicht zurück. *Bruder,* dachte Leik.

„Was schlägst du vor?"

Sie verließen auf Ûlyèrs Geheiß den Königsweg und schlugen sich ins dichte Unterholz. Ohne ein Feuer zu entzünden, lagerten die Studenten eng aneinandergeschmiegt im dunklen und immer noch viel zu ruhigen Wald. Keiner der vier sagte ein Wort. Zu groß schien die Gefahr, jene Angreifer oder Kreaturen, die das Gasthaus so verwüstet hatten, auf sich aufmerksam zu machen. Ûlyėr übernahm, einer wortlosen Absprache folgend, wieder wie selbstverständlich die Nachtwache.

Leik suchte sich eine halbwegs bequeme Schlafposition und legte den Kopf auf seinen Rucksack. Er sah Ûlyėrs großen, schattenhaften Umriss am Rand ihrer improvisierten Schlafstatt. Aufmerksam beobachtete der Student die Umgebung. Leik bewunderte ihn dafür, er selbst war sehr erschöpft und bemerkte, dass Filixx und Morlâ, kaum dass sie den Boden berührt hatten, eingeschlafen waren. Dankbarkeit kam in ihm auf. Dankbarkeit dafür, dass Ûlyėr in dem Moment kameradschaftlich gewesen war, als er selbst dies nicht sein konnte. Darüber versank er in einen unruhigen Schlaf, der von ängstlichen Träumen über Drenas Schicksal und seine Heimat geprägt war.

Leik tat jeder Knochen im Körper weh, als Ûlyėr sie beim ersten Sonnenstrahl leise weckte. Die großen Strapazen der letzten Nacht waren nicht spurlos an ihm vorbeigegangen. Auch Filixx und Morlâ streckten sich ausgiebig und rieben ihre malträtierten Rücken. Nur der Ork zeigte keinerlei Anzeichen von körperlicher Erschöpfung.

Bald darauf waren sie wieder auf dem Königsweg unterwegs. Allen war klar, dass sie dort ein leichtes Ziel abgeben würden, doch das Risiko, sich in den dichten Wäldern des Arelltals zu verlaufen, schien ihnen noch größer als das einer Entdeckung.

Trotz der frühen Stunde war es schon ziemlich warm, und im Laufe des Tages steigerten sich die Temperaturen auf ein erdrückendes Maß. Ûlyėr, Leik und Morlâ liefen schon seit geraumer Zeit mit freiem Oberkörper durch die Hitze. Nur Filixx schien sich – wohl aufgrund seiner Körperfülle – zu genieren und ließ sein nass geschwitztes Hemd an, das ihm am Körper klebte.

Leik vertrieb zum hundertsten Mal an diesem Tag eines der kleinen Insekten, die ihm vor dem Gesicht herumflogen. „Gewitterfliegen“, sagte er zu niemand bestimmtem.

„Ja", pflichtete Filixx ihm bei. Der Zwergelbe blieb kurz stehen, trank einen Schluck Wasser aus seiner ledernen Feldflasche und versuchte, durch das dichte grüne Blätterdach des Waldes den Himmel zu sehen. „Da kommt heute sicher noch einiges runter. Wir sollten bald ein trockenes Plätzchen finden. Ich hoffe, eure Hütte …"

Filixx brauchte den Satz nicht zu Ende zu sprechen. Leik wollte sich lieber nicht vorstellen, was von seinem alten Zuhause noch übrig war. „Wir werden sehen", meinte er nur. „Ich denke, in zwei bis drei Stunden sollten wir da sein. Vielleicht wartet der Regen ja bis dahin." Dann ging er zügig weiter, und die Gespräche verebbten.

Über den jungen Wanderern ballten sich immer mehr graue Wolken zusammen, die im weiteren Verlauf des Tages schwarz wurden. Die Temperatur begann nun rasant zu sinken und starker Wind kam auf, sodass alle wieder ihre Mäntel aus den Rucksäcken kramten und sich überwarfen. Die großen Bäume begannen von einer Seite zur anderen zu schwingen, als ob sie zu einem traurigen Lied tanzen würden. Erste Blitze zuckten am dunklen Himmel, ohne dass es jedoch anfing zu regnen. Das Wetterleuchten war aber noch so weit weg, dass man kein Donnern vernahm.

„Ich glaube, ich habe gerade etwas abbekommen", sagte Morlâ und streckte die Hand aus. Im gleichen Moment schlugen überall schwere Wassertropfen auf dem trockenen Boden ein und hinterließen kleine schwarze Krater auf dem sandigen Grund. Sekunden später begann es in Strömen zu regnen. Wasser ergoss sich nach Wochen der Hitze über den ausgedörrten Wald. Begierig nahmen die Erde und die Pflanzen das kühle Nass auf. Nur Leik, Morlâ, Filixx und Ûlyėr störten diesen perfekten Kreislauf der Natur. An ihnen perlten die Regentropfen sinnlos wieder ab, um anschließend im Stoff ihres Umhanges zu versickern.

„Wir müssen uns irgendwo unterstellen", brüllte Morlâ durch einen gewaltigen Donnerschlag hindurch, der sich gerade über den vier Studenten entlud. Anschließend rannte er, ohne auf eine Antwort zu warten, auf eine mächtige Eiche zu, die unweit des Weges sicher schon seit Jahrhunderten ihr Dasein fristete.

„Nein!“, schrie Filixx dem Zwerg hinterher.

Doch der konnte seinen Freund nicht mehr hören. Wasserscheu wie alle Angehörigen seines Volkes – bei Filixx schien in diesem Fall eher die elbische Seite durchzuschlagen – suchte er Schutz vor dem vom Himmel stürzenden Nass. Doch noch bevor Morlâs kurze Beine ihn an sein Ziel gebracht hatten, gab es einen ohrenbetäubenden Knall und die Welt wurde in grelles Weiß getaucht.

An Leiks Körper stellten sich alle Haare auf. Er kannte dieses Gefühl. Energie entlud sich. Im selben Moment roch es verbrannt. *Wir werden angegriffen,* dachte er und sah nach seinen zwei Begleitern, die in der Nähe geblieben waren. Dann suchte er nach Morlâ. Leik musste sich mehrmals das strömende Wasser aus den Augen wischen, um seinen Freund zu entdecken. Leik stellte bestürzt fest, dass der Zwerg, alle viere von sich gestreckt, mit dem Gesicht nach unten im Gras lag und sich nicht rührte. Hinter ihm brannte die große Eiche, obwohl es seltsam war, dass die Flammen dem starken Regen trotzen konnten.

„Morlâ!“, schrie Leik und rannte auf seinen Freund zu. Die beiden anderen folgten ihm nicht, sondern sicherten das Gelände, wie er aus den Augenwinkeln wahrnehmen konnte. *Hoffentlich können sie die Angreifer so lange aufhalten, bis ich Morlâ da rausgeholt habe,* dachte Leik und vergaß dabei, dass er selbst nun ohne Deckung durch den Regen und über den verschlammten Boden eilte.

„Schneller!“, hörte Leik Ûlyèrs tiefe Stimme. Noch einmal steigerte er das Tempo und wäre beinahe im Morast ausgeglitten. Schmatzend befreite Leik den Fuß aus der gelblichen Masse und hatte im nächsten Moment seinen Mitbewohner erreicht.

„Morlâ.“ Leik kniete sich neben den Kopf des Zwergs und drehte ihn sanft um. „Morlâ, wie geht es dir?“ Keine Reaktion. Angst stieg in Leik auf. Das Gesicht seines Freundes war sehr weiß. Ein nasser Film benetzte die Haut und in den dunklen Wimpern seiner geschlossenen Augen hingen kleine Wassertropfen. Leik legte dem Zwerg das Ohr auf die Brust.

Kein Herzschlag.

Nun brach Leik in Panik aus. Erneut krachte es über den jungen Wanderern, so laut, dass ein leichtes Piepen in Leiks Gehörgang zurückblieb, nachdem der Donnerhall verklungen war. Doch darauf konnte er jetzt nicht achten. Die anderen mussten die Angreifer aufhalten. Im Moment zählte nur Morlâ.

Morlâ, der keinen Herzschlag mehr hatte.

Morlâ, der nicht atmete.

Hektisch überlegte Leik, wie er reagieren sollte, um seinem Freund zu helfen. *Wäre nur Herbstblüte hier, sie wüsste, was zu tun ist,* schoss es ihm durch den Kopf. *Das ist es!* Leik ballte die Hand zur Faust und schlug so fest er konnte auf Morlâs Brustkorb. Nichts geschah. Erneut wiederholte er diese Prozedur. „Morlâ!", schrie er durch den strömenden Regen, „Morlâ, komm zurück!" Dann holte er wieder aus, um auf die Brust seines Freundes einzuhämmern, damit sein Herz wieder zu schlagen begann. Und dann umklammerte plötzlich eine kleine Faust seine Hand.

„Aua", beschwerte sich Morlâ. „Das reicht jetzt aber! Kann ich nicht einmal den plötzlichen Zwergen-Tod kriegen, wenn ich vom Blitz getroffen werde, ohne dass du mich gleich verprügelst?"

Die Widersprüchlichkeit dieser Aussage und das Abfallen der enormen Anspannung ließen einen Lachkrampf bei den beiden Freunden ausbrechen, der auch dann noch nicht beendet war, als Filixx und Ûlyėr stirnrunzelnd neben ihnen standen und erklärten, dass niemand sie angegriffen hatte, sondern einfach nur der Blitz in die Eiche eingeschlagen hatte. Und in Morlâ.

Krell

Filixx hielt, noch lange nachdem das Gewitter vorbei war, Vorträge über die zahlreichen und fantastischen Schutzfunktionen des zwergischen Körpers. Zu denen wohl auch zählte, dass er in einer Abwehrreaktion sämtliche Körperfunktionen auf ein Minimum reduzieren konnte. Plötzlicher Zwergen-Tod nannte das kleine Volk jenen Mechanismus, der dafür sorgte, dass sie viele Notsituationen unbeschadet überstehen konnten. Der Zwergelbe führte in einem historischen Exkurs aus, dass die Höhlenbewohner dadurch sogar gegen viele Zauber geschützt waren. Etwas, das sich in den Völkerkriegen als großer Vorteil bewährt hatte und viele Leben rettete. Jetzt wurde Leik auch klar, warum Morlâ immer so furchtlos im Sternball gegen jeden Gegner, ob begabt oder nicht, angetreten war.

„Wir könnten hier den Weg verlassen. Ich würde gern mein altes Zuhause sehen. Allerdings sollten wir uns der Hütte sicherheitshalber von der Rückseite aus nähern“, sagte Leik.

„Ja“, gab ihm Ûlyèr recht. „Aber die Hütte könnte ein Hinterhalt sein oder Schlimmeres …“ Trotzdem brach er – Leiks Wunsch Folge leistend – in das Unterholz neben dem breiten Weg. Die anderen folgten dem Ork, wenn auch Verunsicherung auf ihren Gesichtern zu sehen war. Nach wenigen Metern übernahm Leik wieder die Führung, dem dieser Teil des Waldes so bekannt vorkam wie sein kleines Zimmer in der Âlaburg.

„Leise jetzt“, mahnte er seine Begleiter, als sie in unmittelbarer Nähe der Waldkate waren. Wenn es Herbst gewesen wäre, hätte man aus dieser Entfernung schon das Dach mit den vom Regen dunkelbraun gefärbten und von Moos überwucherten Holzschindeln gesehen, so aber lag eine grüne Blätterwand vor den vier Studenten. Das Gebäude ließ sich von dieser Position aus nicht einmal erahnen. „Wir müssen näher ran, wenn wir etwas sehen wollen“, flüsterte Leik. Doch ihm entging nicht, dass seine Freunde sich daraufhin unsicher anschauten. „Was ist?“, fragte er irritiert.

Es war an Filixx, ihm zu antworten. „Leik, sei uns nicht böse, aber wir sind uns nicht sicher, ob eure Hütte das Risiko wert ist, entdeckt oder angegriffen zu werden. Wir wollten dir eigentlich diesen Freundschaftsdienst erweisen, nach allem was du durchgemacht hast, aber vielleicht …“, er druckste herum und steckte sein Hemd umständlich in die Hose, „vielleicht ist es besser und sicherer, direkt nach Sefal zu gehen. Wir wissen, es ist dein Zuhause, aber dort lebt niemand mehr, den wir beschützen müssten, und …“

Leik zog scharf Luft ein und schaute jedem seiner Begleiter lange ins Gesicht. Natürlich wollte er in sein altes Zuhause zurückkehren. Nur noch einmal wollte er in seinem alten Zimmer stehen und aus dem Fenster in den kleinen Garten schauen, wie er es nachts so oft getan hatte. Oder mit seinen neuen Freunden auf den Sesseln im Wohnzimmer herumlümmeln und einen gemütlichen Abend in der Sicherheit der Jagdhütte verbringen. Doch ihm war auch klar, welchen Preis sein Heimweh haben könnte. Immer wieder sah er die mit Blut geschriebenen Buchstaben der Waldschänke vor sich. Aber auch Drenas ungewisses Schicksal und dass er möglichst schnell Aufschluss darüber bekommen musste, wie es ihr ging, führte zu einer Entscheidung.

„Ihr habt vollkommen recht. Es war dumm von mir, nicht daran zu denken. Die Jagdhütte ist sowieso nicht mehr mein Zuhause. Das ist jetzt die Âlaburg. Kommt weg hier, das Risiko ist wirklich zu groß.“ *Gerade wenn es die Vonynen immer noch auf mich abgesehen haben,* dachte er. „In Sefal erfahren wir sicher, was hier los ist.“ *Falls es dort noch jemanden gibt, der uns antworten kann.* Leiks Magen begann zu schmerzen bei diesen Gedanken und gluckerte bösartig. Dann führte er die Gruppe in einem weiten Bogen um seine alte Wohnstatt herum. Immer weiter in Richtung Norden. Geradewegs nach Sefal.

Nach etwa drei Stunden hatten sie den Dorfrand erreicht.

„Und jetzt?“, fragte Morlâ, als sie hinter dem mächtigen Stamm einer Tanne in Deckung gingen. „Wir können ja wohl schlecht einfach die Dorfstraße herunterschlendern und fragen, ob alles in Ordnung ist, oder?“

„Nein“, pflichtete ihm Filixx bei. „Sollten Vonynen hier sein, würden wir ihnen dann direkt ins Messer laufen. Denkt nur an die Waldschänke. Wir müssen uns irgendwie einschleichen und Dorfbewohner finden, die wir befragen können, ohne dass jemand anderes mitbekommt, dass wir da sind. Wer würde sich dafür anbieten, Leik? Was meinst du?“

„Am besten wäre es, denke ich, den Eremiten Krell aufzusuchen. Er wohnt allein und etwas außerhalb des Dorfs an den Ufern des Heling, wo er seine heiligen Steine sammelt, die er auf dem Dorfmarkt verkauft. Er weiß sicher über alles hier Bescheid. Es ist nicht weit von hier, aber ich denke, wir sollten warten, bis es dunkel ist, und uns dann zu seiner Hütte schleichen.“

Anschließend liefen sie weiträumig um das Dorf herum. Um keine Spuren zu hinterlassen, gingen sie einen Teil des Weges im Fluss, der an dieser Stelle relativ flach war. Als sie das Dach von Krells Hütte auf der anderen Seite des träge fließenden Heling sehen konnten, suchten sich die Freunde einen provisorischen Lagerplatz, um auf die Dunkelheit zu warten. Die Stunden bis dahin waren für alle vier Studenten eine Qual.

Leiks Gedanken drehten sich die ganze Zeit um Drena, und er betete zu allen Göttern, dass es ihr gut ginge und sie das Arelltal einfach gemieden hatte, so wie es der Wille ihrer Eltern gewesen war.

So kurz vor ihrem Ziel zur Untätigkeit verdammt zu sein zerrte an den Nerven. Dazu kam noch eine ermüdende Diskussion mit Ûlyèr darüber, dass er erst einmal nicht mit zu Krell kommen sollte, um ihn nicht zu erschrecken. Letztendlich einigten sie sich darauf, dass der Ork zwar den Fluss mit den anderen überqueren, aber – außer in einer Gefahrensituation – im Dunkeln vor dem Haus warten sollte, während sie mit dem Eremiten sprechen würden.

Endlich versank die Sonne als rot glühender Feuerball hinter den schneebedeckten Gipfeln des Arellgebirges. Doch erst als es wirklich Nacht war und die schmale Sichel des zunehmenden Mondes herauskam, wagten es die Freunde, aufzubrechen. Die Überquerung des Heling erwies sich als problemlos, wenn man einmal von Morlâs zahlreichen Flüchen in Bezug auf Gewässer absah.

„Ûlyėr“, wandte sich Leik an den großen Ork, als sie das gegenüberliegende Ufer erreicht hatten, „ich denke, es ist besser, wenn du dich jetzt versteckst. Wir sind so gut wie da.“

Der Ork verschwand lautlos in der Dunkelheit. Nach nur wenigen Schritten war sein massiger Körper mit der Nacht verschmolzen.

Leik klopfte leise an die Tür der einfachen, strohgedeckten Kate. Keine Reaktion.

„Es muss jemand da sein“, beharrte Filixx. „Er traut sich nur kein Licht anzumachen, aber ich bin mir sicher, dass ich gerade etwas gehört habe.“

Erneut ballte Leik seine Faust und hämmerte, diesmal fester, an die alte hölzerne Kieferntür.

„Lass uns einfach reingehen“, schlug Morlâ vor, und noch bevor Leik ihn daran hindern konnte, schob sein Mitbewohner die Tür mit einem lauten Knarzen auf und stapfte auf seinen kurzen Beinen in die ärmliche Behausung. „Hallo?“, fragte er vorsichtig in das Dunkel hinein. Seine beiden Begleiter waren ihm inzwischen in das Innere der Hütte gefolgt.

„Verschwindet, ihr Bestien“, schrie plötzlich eine schrille Stimme, und etwas kam aus dem Dunklen auf die drei Studenten zugerannt. Mit verzerrtem Blick, verfilzten langen Haaren und dreckigem Bart stürzte sich der alte Eremit auf die ungebetenen Besucher. Sein schwerer Holzknüppel, den er kaum tragen konnte, wirkte eher traurig als Furcht einflößend auf Leik.

Wenn er nicht in diesem Moment in seinem Haus gestanden hätte, hätte er den immer zu Scherzen aufgelegten Krell nicht erkannt, der ihm an so manchem Markttag einen bunten Stein geschenkt hatte. Der Eremit war abgemagert bis auf die Knochen und völlig verwahrlost. Seine Kleider hingen in Lumpen um seinen ausgezehrten Leib, und unter den ängstlichen Augen hatte er dunkle Ringe.

„Verschwindet, mich bekommt ihr nicht auch noch.“ Er schlug mit seinem Knüppel nach Morlâ, den er wohl aufgrund seiner Größe als den schwächsten Gegner einschätzte. Doch der Zwerg machte einen flinken Ausfallschritt. Krell verlor das Gleichgewicht und sein schwerer Holzprügel fiel ihm aus den Händen. Der alte Mann brach weinend zusammen. Mit dem Gesicht auf dem Boden wimmerte er. „Verschwindet, ihr Monster, ihr habt schon genug Leid angerichtet. Was wollt ihr von uns?“

Leik ging auf die Knie und legte dem alten Mann vorsichtig die Hand auf die Schulter. „Krell! Krell, ich bin es. Leik!“

Langsam hob der Eremit den Kopf und schaute den Jungen mit tränennassen Augen ungläubig an, als hätte er soeben ein Gespenst erblickt. „Leik?“, brachte er mit erstickter Stimme hervor. „Bist du es wirklich?“ Mühsam und von Leik gestützt richtete er sich auf. Dann holte er einen fast heruntergebrannten Kerzenstummel hervor, den er in ein rußgeschwärztes Glas stellte, was die Flamme zwar abschirmte, aber immerhin etwas Licht in die bis dahin völlig dunkle Hütte brachte. Anschließend kontrollierte er sofort, ob alle Fensterläden dicht verschlossen waren. Erst danach widmete er sich seinen Besuchern.

„Leik?“ Mit seinen schmutzigen Händen betastete er das Gesicht des Jungen und hielt ihm sein kleines Licht direkt vor die Augen. „Ich kann es nicht glauben, du bist es wirklich. Wir dachten, ihr wärt tot. Dass sie euch da draußen als Erste erwischt hätten.“ Dann umarmte er Leik lange und fest. „Kajal sei Dank, du lebst. Wie geht es Gerald? Wo warst du die ganze Zeit und …“ Er sah sich, die Kerze in einem kleinen Kreis schwingend, Filixx und Morlâ genauer und sehr skeptisch an. „Wer ist das?“

„Gerald geht es gut“, begann Leik mit der Beantwortung der ersten Frage und erzählte von ihrer abenteuerlichen Flucht und dass er nun ein neues Zuhause auf der Âlaburg gefunden hatte. Obwohl Leik die meisten Geheimnisse und Phänomene der Universität für magisch Begabte nicht erwähnte, sah ihn der Eremit am Ende doch sehr ungläubig an.

„Du – ihr – Jungs seid Vertreter des Ordens?“ Er lachte kurz und freudlos. „Selbst wenn ich mehr als viele andere an die alten Geschichten glaube, kann ich mir doch nicht vorstellen, dass junge

Kerle wie ihr einer Organisation angehört, die heutzutage mehr Mythos als Wahrheit ist. Kein lebender Mensch hat je einen Ordensritter zu Gesicht bekommen, und wenn du im Dorf fragen würdest, dann würden die meisten dich auslachen, weil du in deinem Alter noch an Märchen glaubst."

Jetzt trat Filixx nach vorn. Sein Gesicht wurde dramatisch beleuchtet von dem gelben Wehrlicht, das er gerade beschworen hatte. Wortlos entsiegelte er die Urkunde, die Tejal den Studenten mitgegeben hatte, und reichte sie Krell.

Der alte Mann überflog die Worte mit flirrenden Augen. Anschließend setzte er sich auf einen wackelig aussehenden Stuhl. „Bei Kajal, es ist also wahr. Der Orden existiert und …", er schluckte schwer und starrte auf die kleine, sich um sich selbst drehende goldene Kugel, die Filixx' linker Hand folgte, „… und es gibt immer noch Magie in Razuklan." Dann schaute er sich Morlâ genauer an. „Und du bist ein …" Er suchte augenscheinlich nach dem richtigen Wort.

„Ja, ja", unterbrach Morlâ seine Gedanken, „ich bin ein Zwerg. Das ist ja wohl nicht zu übersehen. Und mein kräftiger Freund hier", er zeigte mit seinem Daumen auf den neben ihm stehenden Filixx, „der kann zaubern, aber darum geht es jetzt nicht, alter Mann. Erzähle uns, was hier los ist und warum du dich in deiner eigenen Hütte versteckst und im Dunklen haust."

Krell nickte stumm. „Du hast recht, kleiner Freund. Wenn ihr hier seid, um zu helfen, müsst ihr euch beeilen. Schon heute Nacht werden sie wieder einige von uns holen und in die alte Mine schleifen. Niemand ist bisher von dort zurückgekommen. Deshalb verstecke ich mich in meinen eigenen vier Wänden, wenn ich mich denn hertraue. Es ist das erste Mal seit Wochen. Ich hatte Glück und konnte mich verstecken, als sie in der Neujahrsnacht das erste Mal auftauchten. Seitdem lebe ich mehr schlecht als recht im Wald. Es ist der reine Zufall, dass ihr mich heute angetroffen habt, doch ich brauchte dringend einige lebenswichtige Dinge. Unter anderem neue Kleidung, wie ihr vielleicht bemerkt habt." Der Eremit zeigte an sich herunter.

„Krell", unterbrach Leik den Alten. „Wer sind *sie?*"

„Sprechende Monster“, antwortete der Einsiedler mit einem ängstlichen Flüstern und blies die Kerze aus.

Blutkreuze

„Vonynen“, entfuhr es Leik, worauf ihn alle Anwesenden in der Hütte erstaunt ansahen.

Filixx war der Erste, der die Stille durchbrach. „Vonynen können nicht sprechen. Das lernen wir doch schon in den ersten Stunden von Magie und Geschichte. In den Völkerkriegen sind die magisch kontrollierten Vonynenverbände niemals durch etwas Intelligentes aufgefallen. Sie können nur kämpfen und zerstören. Dazu werden sie von den Magiern erschaffen. Niemand hat sie je sprechen hören. Wenn sie das könnten, dann wären sie denkende Wesen und könnten sich dem Einfluss des Zauberers entziehen und eigene Pläne verfolgen. Das hat es noch nie gegeben.“

„Ich habe sie aber sprechen hören“, erwiderte Leik ruhiger als er sich fühlte. „Einer von ihnen hat mich etwas gefragt.“

„Wenn das stimmen sollte, steht Razuklan vor der größten Bedrohung seiner Geschichte“, sagte Morlâ und fügte hinzu: „Sprechende Vonynen stellen eine Gefahr für den ganzen Kontinent dar. Wenn sie kommunizieren können, können sie auch denken, und wenn sie denken, wollen sie auch Macht haben und nicht nur die Drecksarbeit für andere machen.“

„Ja“, fiel Filixx dem Zwerg ins Wort, „außerdem werden sie merken, wie sie von den anderen Völkern – und keines kann sich davon freisprechen – in den Völkerkriegen ausgenutzt und sinnlos geopfert wurden, um Schlachten und Intrigen zu bestreiten. Hunderttausende von ihnen sind dabei ums Leben gekommen. Und …“

Jetzt war es an Krell, den Satz zu beenden: „Wenn sie intelligente Wesen sind, werden sie nicht länger eingepfercht in Verliesen unter der Erde hausen wollen, dem Willen eines Begabten unterworfen, sondern …“

„… beginnen, ein eigenes Territorium zu erobern“, brachte Leik den Gedanken zu Ende.

„Und damit scheinen sie in dieser verlassenen Gegend zu beginnen“, kam es plötzlich aus Richtung der Haustür, und man konnte gelbe, raubtierhafte Augen in der Dunkelheit kurz aufblitzen sehen. Im selben Augenblick stand Ûlyėr gebückt im Türrahmen.

Oh nein, dachte Leik, *jetzt wird Krell gleich in Ohnmacht fallen.*

Doch das Gegenteil war der Fall. „Heute erfüllen sich Wunder und alte Prophezeiungen“, begann der alte Eremit, als der riesige, muskelbepackte Ork in seine kleine Kate schaute. „Nie hätte ich gedacht, einmal einen Sohn des Kriegervolks zu sehen.“ Daraufhin legte der alte Mann den Hals in den Nacken und entblößte seine Kehle.

Ûlyėr betrachtete die Ehrenbezeugung des Menschen einen Moment regungslos, dann tat er das Gleiche.

Leik wunderte sich, dass der alte Eremit so viel über die Völker Razuklans wusste. Der Student ließ erst einmal ein Wehrlicht aufsteigen, nachdem er sich zum dritten Mal schmerzhaft das Schienbein in der dunklen, engen Hütte gestoßen hatte.

Im Schein des regenbogenfarbenen Lichtspiels, das seine magische Beschwörung hervorrief, betrachtete der alte Krell seine jungen und so unterschiedlichen Gäste. „Ein Mensch, ein Zwerg, ein Ork und ein Elbenblut, vereint gegen den größten Feind der freien Völker. Das hat es seit Tamirs Zeiten nicht mehr gegeben. Noch besteht Hoffnung für die Welt, aber ihr müsst euch beeilen! Schon heute Nacht werden die Monster – Vonynen“, er sprach das Wort bedächtig und sehr leise aus, „Sefals Bevölkerung für immer auslöschen wollen. Bei jedem Neumond sind sie in den letzten Monaten gekommen und haben Kreuze mit Blut an die Häuser der Dorfbewohner gezeichnet. In der jeweils folgenden Nacht sind die Bewohner dieser Häuser von ihnen in die verlassene Silbermine gebracht worden. Wie die Schafe sind die Dörfler den Vonynen gefolgt, und am nächsten Morgen haben die anderen Dorfbewohner so getan, als ob es jene Menschen niemals gegeben hätte. Keiner schien sich zu erinnern, dass er einst einen Nachbarn, Freund oder auch Bruder hatte, wenn der in der Nacht verschwunden war. Von ehemals über vierzig Familien sind nur noch fünf übrig in ihren Höfen. Doch in der letzten Nacht wurde an allen Häusern das rote Blutkreuz angebracht. Gegen Mitternacht werden auch diese Menschen in die Mine gehen, und dann gehört ganz Sefal den Vonynen."

„Warum verlassen die Menschen das Dorf nicht einfach?", fragte Ûlyėr ungläubig, aber auch ein bisschen abfällig. Der Krieger in ihm konnte wohl nicht verstehen, warum sich keiner der menschlichen Dorfbewohner gegen die Vonynen zur Wehr setzte.

„Das kann ich euch nicht genau sagen. Es scheint aber so, als hätten die Menschen in Sefal keinen eigenen Willen mehr. Seitdem die Vonynen zum ersten Mal aufgetaucht sind, verhalten sie sich so. Die Dorfbewohner leben einfach normal weiter, als sei nichts geschehen. Niemand beachtet die Kreuze oder fragt nach dem Schicksal der Verschwundenen. Einmal in der Woche ist sogar Markt, nur dass es immer weniger Händler werden und Käufer. Das geht jetzt seit Monaten so."

„Ein Zauber", sagten Leik und Filixx wie aus einem Mund. „Entweder verfügen die Vonynen über die Gabe oder jemand, der magische Fähigkeiten besitzt, unterstützt sie."

„Ein Begabter, der einen solch starken Zauber auf so viele Individuen übertragen und ihn über einen so langen Zeitraum aufrechthalten kann, muss ein sehr mächtiger Magier sein", stellte Filixx resigniert fest.

„Warum bist du diesem Bann nicht unterworfen?", fragte Morlâ den Eremiten.

Der alte Mann seufzte. „Ich hatte wohl einfach Glück. Oftmals bin ich tagelang im Wald unterwegs, sammle Kräuter und meine heilenden Steine. So war es auch beim ersten Auftauchen der Kreaturen. Außerdem steht meine Hütte weit weg vom Dorf, sodass die Vonynen sie vermutlich nicht gleich bemerkt haben. Obwohl ich sicher bin, dass sie schon einmal hier waren," Der alte Mensch schüttelte sich bei diesem Gedanken, als könnte er so die Erinnerung daran abwerfen.

„Seitdem verstecke ich mich im Wald. Doch ich schleiche mich immer wieder ins Dorf und beobachte, was geschieht. Zu Beginn habe ich noch versucht, die anderen zu warnen, doch niemand hat auf mich gehört. Sie nahmen mich gar nicht mehr wahr. Beim letzten Mal habe ich einfach den McKensey-Burschen mit in den Wald geschleift, als er allein am Heling fischen war. Er hat geschrien und nach mir getreten. Trotzdem habe ich ihn über den Fluss gebracht. Als ich am nächsten Morgen erwachte, war der Junge weg. Ich habe ihn dann wieder gesehen, als er gemeinsam mit seinen Eltern und den beiden Schwestern hinter den Vonynen zur Mine lief. Seitdem ist er verschwunden.“ Tränen traten dem alten Mann in die Augen. „Jetzt habe ich jede Hoffnung verloren. Ich wollte heute Nacht einige Dinge an mich nehmen und durch den Wald fliehen. Denn den anderen kann ich ja doch nicht mehr helfen. Morgen wird niemand mehr in Sefal leben. In einer Stunde ist es Mitternacht. Sie werden kommen. Die Monster sind immer gekommen, wenn die Blutkreuze aufgetaucht sind.“

„Wir müssen die anderen retten!“, entfuhr es Leik. Nun konnte er sich auch nicht mehr länger zurückhalten und fragte: „Krell, was ist mit Zefi und“, er stockte kurz, „mit seiner Nichte, Drena?“

Der Eremit sah ihn aus tränennassen Augen an. „Zefi?“, murmelte der Einsiedler, als müsste er überlegen, um wen es sich handelte. „Nein, Zefi ist noch nicht verschleppt worden, aber das Kreuz ist auf seiner Haustür. Drena?“ Er überlegte so lange, dass Leik gerade nachfragen wollte, doch dann fuhr der alte Mann fort. „Seine hübsche Nichte meinst du? Sie müsste bei ihm sein. Das Mädchen kam zum Jahreswendefest her. Am nächsten Tag haben die Vonynen das Dorf überfallen und mit dem Bann belegt. Seitdem lebt sie unter Zefis Dach und bemerkt wie alle anderen nicht, was vor sich geht.“

Leiks Herz schlug bis zum Hals, Schweiß lief ihm den Rücken hinunter und seine Hände zitterten leicht, was sich auf das Wehrlicht übertrug, das nun zu flackern begann. *Drena ist nicht in Sicherheit, aber sie ist immer noch hier. Ich kann sie retten. Ich muss sie retten!* „Wir müssen los!“, sagte er abrupt. „Wir sind verpflichtet, die restlichen Dorfbewohner zu retten – und Drena“, fügte er leise hinzu.

„Ich stimme dir zu“, sagte Filixx. „Zwar sollen wir laut Missionsauftrag auf Unterstützung durch die Ordensritter warten, wenn wir glauben, dass Begabte involviert sind, aber ich denke, in diesem Fall gilt das im Vertrag von Âla ausgehandelte erste magische Gesetz: *Der Begabte verpflichtet sich, seine Fähigkeiten immer in den Dienst des Friedens und aller lebenden Wesenheiten Razuklans zu stellen*", zitierte der Zwergelbe. „Aber wartet!" Leik nahm ein kurzes Flimmern wahr. Filixx war in die Sphäre eingetreten. Einige Sekunden später sauste ein klitzekleiner, gelb glühender Ball aus der Tür der Hütte.

„Ich habe eine Nachricht an Tejal geschickt und sie über alles informiert, was wir wissen. Zwar wird jede Art von Hilfe zu spät eintreffen, aber so halten wir uns wenigstens ein bisschen an die Regeln. Obwohl es hier heute um viel, viel mehr geht als um unsere Semesternoten."

Und damit machten sich die vier Studenten auf den Weg nach Sefal.

Ein improvisierter Plan

Glaubt ihr, Krell kommt allein zurecht?“, fragte Morlâ, als sie auf das Dorfzentrum zuschlichen.

„Klar“, meinte Ûlyèr, „er hat es doch in den vergangenen Monaten auch geschafft, auf sich aufzupassen. Obwohl ich immer noch nicht verstehen kann, wie die zerbrechlichen Menschen es überhaupt schaffen, auf Razuklan zu überleben. Eure Körper haben ja überhaupt keine Abwehrmöglichkeiten“, führte er diesen Gedanken direkt an Leik gewandt weiter. „Keine Panzerschuppen, Krallen, Reißzähne. Dazu seid ihr klein und habt so wenig Muskeln.“

Ein kurzer Seitenblick von Leik ließ den Ork verstummen, doch die anderen kicherten trotz oder vielleicht gerade wegen der Ernsthaftigkeit der Lage in sich hinein. Wer von ihnen konnte schon wissen, wann und ob sie wieder etwas zu lachen haben würden?

„Wartet“, sagte Filixx plötzlich, was die anderen abrupt stehen bleiben ließ.

„Warum?“, maulte Morlâ. „Wir wollen doch so schnell wie möglich Leiks Schatz retten.“ Daraufhin machte er Kussgeräusche, was dem Zwerg einen bösen Blick seines Mitbewohners einbrachte.

„Natürlich“, beharrte der Zwergelbe, ohne auf Morlâs Scherz zu reagieren, „aber wir müssen uns vor dem Bann schützen. Ich denke, es ist eine Art Hypnosezauber.“

Bei Leik kamen in diesem Moment unangenehme Erinnerungen an das Frühlingsturnier hoch, und so heiß, wie sich sein Kopf anfühlte, war er froh, dass es dunkel war.

„Ich glaube, ich kann für uns alle einen Schutzzauber beschwören, aber dafür dürft ihr euch nicht mehr als ein paar Meter von mir entfernen.“

Im nächsten Moment hörte Leik die Geräusche um ihn herum etwas leiser und dumpfer. Außerdem verschwamm die dunkle Umgebung für einen Moment, als würde er durch klares Wasser sehen. Dies legte sich allerdings nach einigen Blinzlern. „Was hast du gemacht?“

„Einfach eine magische Schutzglocke um eure Köpfe gelegt. Hört ihr ein bisschen schlechter? Dann müsste es funktioniert haben.“

„Was?“, fragte Morlâ.

„Ich habe gesagt, ob ihr …“, wiederholte Filixx, worauf die anderen in albernes Gekicher ausbrachen, das sie mit den Händen vor dem Mund zu unterdrücken versuchten. Selbst Ûlyėr zeigte etwas mehr Reißzähne, was wohl auch als Erheiterung zu deuten war.

„Haha, sehr witzig, mein Kleiner! Dann lasst uns weitergehen“, sagte Filixx. Er war offensichtlich darum bemüht, nicht mitzulachen, allerdings konnte er nicht verhindern, dass sich seine Mundwinkel mehrmals nach oben verzogen. Angst schien bei ihnen allen dazu zu führen, dass sie albern wurden.

Bald darauf hatten die Studenten den Rand des Dorfs erreicht. Die kleine, hölzerne Kajalkirche war von etlichen kleinen bis mittelgroßen Gebäuden und Höfen in einem ovalen Rund umgeben. Nur in wenigen brannten Lichter, aber ihre kleinen Fenster glühten tapfer gegen die Übermacht der Dunkelheit an.

Leik zählte leise flüsternd durch. „Die schiefe Kate der Webereifamilie Graham, die Schlachterei der Hays“, murmelte er mit zugekniffenen Augen, „Kerrs Mühle, dahinter kann ich Licht in der Nähe vom Kräutergarten der Ramsays sehen, Marel scheint noch hier zu sein, ich kann den Rauch seiner Brennerei riechen. Und“, er streckte sich etwas nach oben, um besser über den kleinen Busch zu sehen, der ihnen als Deckung diente, „die Nussrösterei der Zefis.“ Im selben Moment erschien hinter dem einzigen noch beleuchteten Bleiglasfenster des großen Anwesens mit dem goldenen Schild einer stilisierten gebrannten Haselnuss eine mädchenhafte Gestalt, und man konnte sehen, wie sie ihre langen dunklen Haare zurücknahm, damit sie ihr beim Auspusten nicht in die Kerzenflamme fielen. Drena.

Im nächsten Moment war das Fenster dunkel. Leik war wie elektrisiert. Das Mädchen nach so langer Zeit wiederzusehen war ein unbeschreibliches Gefühl. Auf der einen Seite fühlte er sich unheimlich glücklich, ihr endlich wieder so nah zu sein. Auf der anderen Seite wollte sein Herz fast zerspringen, weil er nicht bei ihr sein konnte, besonders in so großer Gefahr.

„War sie das?", fragte Morlâ. Als Leik nickte, ohne ihn anzusehen, fuhr er fort: „Gute Wahl. Ich stehe zwar mehr auf Blonde, aber trotzdem."

„Wir werden alles tun, um sie zu retten!", sagte Filixx, und Ûlyėr unterstützte diese Aussage, indem er seine mächtigen Muskeln anspannte. „Aber wir brauchen einen Plan. Denk an den McKensey-Jungen, von dem Krell uns erzählt hat. Einfach in das Haus gehen und sie holen wird nicht funktionieren."

„Du hast recht", meinte Leik verzweifelt, „aber was sollen wir tun?"

„Wir machen es im Grunde genommen wie beim Sternball. Es kommt nur auf die richtige Taktik an", antwortete Morlâ. „Also, hört zu", begann der Zwerg. „Einfach die Bewohner holen wird nicht klappen, den Versuch hat der Alte schon unternommen und keinen Erfolg gehabt. Außerdem sollte es auch unser Ziel sein, die anderen Dörfler zu retten oder zumindest etwas über ihr Schicksal zu erfahren."

„Ja, du hast vollkommen recht", pflichtete Leik ihm bei.

„Gut, daher wird es das Beste sein, wenn wir hier warten bis die Vonynen kommen, um die restlichen Einwohner zu holen. Im Gegensatz zu ihnen kann uns ihr Zauber nichts anhaben. Deshalb werden wir uns ihrem Gefangenenzug auch *freiwillig* anschließen", führte Morlâ seine Überlegungen aus.

Filixx sog hörbar Luft ein.

„Lass mich doch erst einmal zu Ende reden, Dicker, danach kannst du meine Ideen madig machen. In Ordnung?"

„Entschuldige. Sprich weiter, deine Pläne haben uns immerhin den Sternballpokal in diesem Jahr gebracht. So schlecht sind die meistens gar nicht. Solange man nicht zu zimperlich ist."

„Danke", sprach der Zwerg weiter. „Wir warten, bis die Ungeheuer alle Häuser abgeklappert haben, dann passen wir den

Gefangenenzug an einer guten Stelle ab und schließen uns ihm an. Ich denke nicht, dass Vonynen Zwerge oder Zwergelben von Menschen unterscheiden können. Nur bei Orks bin ich mir sicher, dass selbst ihnen ein Unterschied auffallen wird." Er blickte hoch in Ûlyėrs Gesicht.

„Mach dir keine Sorgen, Kapitän, mich wird niemand sehen, wenn ich euch folge."

Leik war schon mehrmals davon überrascht worden, wie perfekt der große Ork mit der Nacht verschmelzen und sich dazu noch fast geräuschlos bewegen konnte. Niemand zweifelte an Ûlyėrs Fähigkeiten.

„Sehr gut", fuhr Morlâ fort. „Wir anderen lassen einfach ein bisschen die Köpfe hängen und tun so, als würden wir auch unter dem Bann stehen. Den Rest erledigen die Vonynen für uns. Sie werden uns geradewegs in ihr Versteck führen." Der Zwerg machte eine kurze Pause und schaute jedem seiner Freunde einen Moment in die Augen. „Tja, und dann müssen wir improvisieren." Im selben Moment holte er seinen eisenverstärkten Knüppel heraus und begann an seinem Ende eine polierte Axtschneide zu befestigen.

Leik bemerkte den Gestank als Erster. Nie würde er diesen schrecklichen Geruch von Tod und Verwesung vergessen. Seine Hände zitterten und krampften sich um seinen Bogen. Er versuchte durch den Mund zu atmen, doch der Todesgeruch der Vonynen hatte sich schon in seinem Gehirn festgesetzt. Jetzt gab es kein Zurück mehr.

„Wenigstens sind sie pünktlich", flüsterte Morlâ und zog sich ein Tuch vor die Nase. Filixx und Leik taten es ihm nach, nur Ûlyėr verzichtete darauf.

Im nächsten Moment bewegte sich eine kleine Gruppe schwarz ummantelter, großer Gestalten, die in der Dunkelheit kaum zu erkennen waren. Schnell und zielstrebig erreichten sie das Haus der Familie Ramsay. Einer der fünf Vonynen öffnete die Tür und verschwand im Inneren des Gebäudes. Draußen blieben vier rot glühende Augenpaare zurück, die die Umgebung sondierten.

Die Prozedur wiederholte sich anschließend noch dreimal, bis die Ungeheuer zuletzt die Nussrösterei der Zefis betraten. Willenlos folgten auch die Bewohner dieses Hauses den Vonynen. Die dämonischen Wesenheiten bildeten nun die Anführer der kleinen Prozession von etwa fünfzehn Menschen.

Leik versuchte in der dunklen Masse Drena auszumachen, was ihm jedoch nicht gelang.

Dann lief der traurige Zug in Richtung Dorfausgang. „Jetzt!“, flüsterte Morlâ, und die Studenten setzten sich leise in Bewegung. Allen war klar, dass nun der entscheidende Moment für das Funktionieren des Plans kam. Nur wenn es ihnen gelang, sich unauffällig in den Zug der Gefangenen einzugliedern, hatten sie eine Chance, ungehindert in das Lager der Ungeheuer zu kommen.

Der Geruch der Ausdünstungen wurde unerträglich. Fast hatten die Studenten die schweigsame Masse erreicht. Das letzte Haus Sefals lag vor ihnen. Jetzt musste es gelingen! Die ganze Zeit waren die Gefährten parallel zu den Gefangen hinter Zäunen und anderer Deckung gelaufen, in der Hoffnung auf eine gute Gelegenheit, bei der sie sich unbemerkt einfädeln konnten. Mittlerweile hatten sich die Vonynen aber aufgeteilt. Zwei liefen am Anfang, einer am Ende und jeweils zwei an den Seiten der Gefangenenschar. Allen war klar, wenn das letzte Haus hinter ihnen lag, war die Gelegenheit verstrichen. Vom Dorfausgang bis zum Waldrand waren es bestimmt zweihundert Meter flaches Feld, auf dem es keinerlei Deckung gab. Morlâs Plan, der sich vor einigen Minuten noch so gut angehört hatte, schien nicht zu funktionieren.

Leik war verzweifelt und sah, dass es Filixx und Morlâ genauso erging.

„Jetzt“, flüsterte der Ork Leik plötzlich ins Ohr. Der schaute ihn völlig verwirrt an. Dann war sein hünenhafter Kommilitone in der Dunkelheit verschwunden. Nur Sekunden später krachte die hölzerne Scheune des kleinen Hauses, das am nördlichen Ende des Dorfs stand, zusammen.

Die Vonynen reagierten blitzschnell. Vier von ihnen verließen ihren Wachposten und hasteten mit gezogenen Schwertern und Äxten zum Ort des Geschehens. Dabei legten sie eine unnatürliche Geschwindigkeit an den Tag. Zwei der vier machten große, hohe Sprünge und hatten schon nach Sekunden die Scheune erreicht. Derjenige, der zurückgeblieben war, führte die Gruppe allerdings ungerührt weiter. Wahrscheinlich würden die unter dem Zauber stehenden Menschen sonst einfach ziellos in den Wald laufen.

„Jetzt oder nie“, flüsterte Leik und zog die beiden anderen hinter der Hausecke hervor, genau in dem Moment, als die beiden alten Ramseys als Nachzügler an ihnen vorbeikamen. Sie hatten es geschafft. *Jetzt müssen die Ungeheuer nur noch darauf hereinfallen,* dachte er mit bis zum Hals pochendem Herzen. Dann folgte er Filixx und Morlâs Beispiel, ließ den Kopf hängen und trabte mit der unglücklichen Truppe in Richtung Mine.

Wenige Minuten später wurde der Gestank wieder stärker, und Leik konnte aus den Augenwinkeln erkennen, dass die vier Vonynen zurück auf ihrem Posten waren. Offenbar hatten sie nichts gefunden. Zumindest war von Ûlyėr keine Spur zu sehen. *Falls Vonynen Gefangene machen,* dachte der Mensch ängstlich. Dann kam der entscheidende Moment. Eine der seitlichen Wachen lief an den Neulingen der Gruppe vorbei.

Nichts geschah. Das stinkende Monster ging einfach zurück in die Mitte des Zugs, um einen besseren Überblick zu haben. So weit hatten sie es geschafft. Aber das Schlimmste lag noch vor ihnen: eine Mine voller Vonynen, in der Menschen verschwanden und nie wieder auftauchten.

Die Mine

Es war ein merkwürdiges Gefühl, mit der schweigenden Gruppe gemeinsam zu marschieren. Es war so still, dass Leik – trotz des Schutzzaubers gegen den Hypnosebann – Morlâ neben sich atmen und das Knarzen von Filixx' lederner Hose hörte. Die Anwesenheit der Vonynen schien die Geräusche des Waldes auch hier zum Verstummen gebracht zu haben. Die Anwesenheit der Vonynen bedeutete den Tod.

Nach etwa einer Stunde Fußmarsch hatte der Gefangenenzug den Eingang der alten Silbermine erreicht. Der Stollen war schon seit ewigen Zeiten stillgelegt und galt in Sefal als ein Ort, den man lieber mied. Die Alten erzählten Geschichten über Kinder und Abenteurer, die sich in der tiefen Erdhöhle mit ihren unzähligen Abzweigungen verlaufen hatten und niemals wieder an die Oberfläche gekommen waren. Leik hatte diese Geschichten nie so richtig geglaubt, doch auch ihm hatte Gerald verboten, sich der Mine zu nähern. Dieses Verbot hatte Leik natürlich gebrochen. Doch er war immer nur so weit in den dunklen Schacht gegangen, wie er das Tageslicht sehen konnte. Nie war er der Biegung gefolgt, die wenige Meter nach dem Eingang kam und stetig nach unten führte.

Die Vonynen am Anfang der Prozession entzündeten Fackeln, die im Eingang der Höhle lagen, wo ein einsamer Wachposten an einem kleinen Feuer seiner Arbeit nachging. Der schmächtige Vonyn würdigte die Gefangenen keines Blickes und hielt sein Antlitz unter der großen Kapuze eines schwarzen Umhangs verborgen. Auch mit seinen Kameraden kommunizierte er nicht – und wenn doch, dann auf eine Weise, die Leik verborgen blieb. Bis jetzt hatte er noch keinen dieser Vonynen sprechen gehört. *Vielleicht können nicht alle sprechen,* überlegte er.

Langsam folgte er der Gruppe in den feuchten Tunnel. Hier drin war es deutlich kälter als in der sommerlichen Nachtluft, die sie auf dem Weg hierher umhüllt hatte. Vorsichtig berührte der menschliche Student das ihn umgebende Gestein. Die Wände fühlten sich glitschig an. Irgendeine Algenart wucherte hier im Dunklen anscheinend bestens und bedeckte die Wände mit einem schleimigen Film.

Der Tunnel verengte sich immer mehr. Bald konnten die Gefangenen nur noch einzeln hintereinander gehen. Leik konnte nicht deuten, wer sein Vorder- oder Hintermann war, denn die Fackel, die der erste Vonyn am Anfang des Gefangenenzuges trug, konnte die Dunkelheit kaum noch verdrängen und war nur noch schemenhaft in etlichen Metern Entfernung zu erkennen. Leik bemerkte aber trotzdem, dass der Stollen stetig nach unten führte. Außerdem hatten sie schon zahlreiche Seitengänge passiert und mehrere Wegbiegungen hinter sich gelassen. *Allein finde ich hier nie wieder heraus.* Vorsichtig versuchte Leik, in der Dunkelheit seine beiden Freunde ausfindig zu machen. Was ihm im ersten Moment nicht gelang. Panisch drehte er den Kopf und fiel damit aus der Rolle des gebannten Opfers.

Direkt hinter ihm lief ausgerechnet ein Vonyn, der sofort reagierte. Schnüffelnd schloss er zu Leik auf und brachte eine Geruchswolke von verwesendem Fleisch mit. Sein Gestank und das Atemgeräusch wurden immer lauter. Schneller gehen konnte Leik nicht, da sein Vordermann direkt vor ihm war und weiter im gleichen Trott marschierte. Wenn er noch näher an ihn heranging, würde er ihn berühren.

Leik überlegte verzweifelt, wie er sich verhalten sollte. Wenn er jetzt entdeckt würde, wäre ihre Mission gescheitert und ihr Leben verwirkt. In dem dunklen Stollen hatte er keine Chance gegen die gnadenlosen Ungeheuer. Außerdem bestand die Gefahr, mit einer magischen Attacke Unschuldige, die um ihn herum marschierten, zu verletzen. Leik merkte, wie ihm Schweiß ins Auge lief und es zu brennen begann. Im nächsten Moment spürte er den Luftzug, als sein Bewacher die krallenbewehrte Pranke hob. *Jetzt hat er mich!*

Plötzlich zuckte ein extrem heller Lichtblitz durch die Höhle. Den Vonynen schien das Licht geradezu körperliche Schmerzen zu bereiten. Derjenige, der ihn gerade packen wollte, lag kreischend auf dem Boden und hielt seine Klauenhände über die Augenhöhlen seines totenkopfartigen Schädels. Die gebannten Menschen reagierten nicht auf diese Ereignisse. Sie blieben einfach stehen und starrten mit ausdruckslosen Augen ins Dunkel des Stollens.

„Komm schon, jetzt ist keine Zeit, die Sehenswürdigkeiten dieser Höhle zu betrachten", zischte Morlâ Leik an und trat dem auf dem Boden liegenden Vonyn mit seinen schweren Stiefeln ins Gesicht. Dann zog er Leik in einen der Seitentunnel. Dort erwartete sie Filixx. „Gut gemacht, Dicker, schön improvisiert."

Sie rannten, so schnell sie konnten, in den dunklen Gang hinein. Leik verließ sich dabei auf die Führung von Morlâ und Filixx, die beide hier unten deutlich besser sehen konnten und wohl auch wussten, wohin sie unterwegs waren. Zwerge waren eben Wesen, die perfekt an das Leben unter Tage angepasst waren. Das Schreien der Vonynen aus dem Haupttunnel hinter ihnen wurde leiser.

Leik betete, dass es Drena gut ging, doch jetzt konnte er nichts für sie tun.

„Moment", stoppte Filixx schnaufend die kleine Gruppe, „ich habe den Weg verloren."

„Was hast du? Und vor allem, wie …", begann Leik.

„Keine Zeit dafür", antwortete Morlâ kurz angebunden. „Wir müssen uns jetzt beeilen, damit wir vor der Gruppe am Ziel ihrer Reise ankommen. Filixx, lies den Fluss des Gesteins! Wir müssen weiter! Wir müssen über diese Nebentunnel dort hinkommen."

Der Zwergelbe legte seine Hände auf das Gestein und schloss die Augen. „Hier entlang", sagte er nach einem kurzen Augenblick und zeigte in die Dunkelheit.

Leik verstand nicht, wovon sein Freund redete. „Das müsst ihr mir erklären!", beharrte er.

Im Laufen erklärte Morlâ ihm, was er und Filixx ausgeheckt hatten. „Zwerge mit Begabung verfügen über die Fähigkeit, das Gestein zu lesen. Ich bin dazu nicht in der Lage, aber unser Genie hier", er zeigte auf den vor ihnen laufenden Filixx, „ist Zwerg genug, um das zu können. Mithilfe eines Zaubers kann er durch die Berührung der Felsen die Energieströme wahrnehmen, die es euch auch erlauben zu zaubern. Diese fließen durch Gestein stärker als durch Luft, weil sie ja ursprünglich aus dem Erdinneren kommen. Dadurch kann man die Linien des Felsens nachempfinden, und vor dem inneren Auge entwickelt sich eine Art Karte, als würde man die Erde über uns wie einen Deckel abheben und von oben auf die Gänge und Tunnel blicken können. Dazu noch ein kräftiger Schuss zwergische Orientierungsgabe sowie die Erfahrung eines Lebens unter der Erde. Voilà, wir haben einen Weg."

„Woher …", Leik stolperte, doch konnte er sich gerade noch so auf den Beinen halten. „Woher wollt ihr wissen, wohin die Vonynen die Menschen bringen?", wiederholte er seine Frage, als er wieder richtig Tritt gefasst und erneut zum schnell trabenden Morlâ aufgeschlossen hatte.

„Naja", gab der Zwerg schnell atmend zurück, „wir improvisieren."

Obwohl Leik das Grinsen seines Freundes in dieser Finsternis nicht sehen konnte, wusste er, dass es da war.

„Aber wir sind uns sehr sicher, dass wir den richtigen Weg eingeschlagen haben. Am tiefsten Punkt der Mine hat Filixx eine riesige Felsenkammer ausgemacht. Dort scheint es auch eine starke magische Energiequelle zu geben. Ich denke, das ist das Ziel der Vonynen und damit auch unseres."

Bei ihrem Lauf durch die Schwärze des Tunnels verlor Leik jedes Gespür für Zeit. Nach einer gefühlten Ewigkeit und inzwischen völlig durchgeschwitzt bemerkte er aber, dass der Gang wieder leicht nach oben führte. In dem Moment bogen sie um eine Neunzig-Grad-Kurve. Der Stollen dahinter war erfüllt von einem rötlichen Schimmer. Das farbige Licht, das auf den Weg leuchtete, wurde in einem regelmäßigen Abstand schwächer und stärker.

„Wir sind gleich da", schnaufte Filixx und ging langsam auf die rote Lichtwand zu. Die letzten Meter kroch der Zwergelbe fast, so niedrig war der Tunnel. Es war nun deutlich zu erkennen, dass am Ende der engen Röhre die rote Lichtquelle liegen musste, da ihre

Intensität immer stärker wurde. Filixx bedeckte die Augen mit der Hand und hielt an.

Kurze Zeit später hatten Leik, für den der Durchbruch noch niedriger war, und Morlâ, der relativ bequem darin stehen konnte, ihren Freund erreicht. Gemeinsam schauten sie durch das Loch im Felsen hinunter in den riesigen Felsendom, der sich in etwa dreißig Metern Tiefe unter ihnen auftat.

„Sind das alles …“, flüsterte Leik.

„Ja!“, fiel ihm Morlâ ins Wort.

„Ich befürchte es“, fügte Filixx hinzu, „aber ich weiß nicht, ob schon jemals ein Wesen derartig viele Vonynen auf einem Haufen gesehen hat.“

Die riesige steinerne Halle unter ihnen glich einem Ameisenhaufen. Überall waberten Körper der entstellten Ungeheuer herum. Einige schürten riesige Feuer, in denen offensichtlich Waffen geschmiedet wurden. Anderen härteten diese in gewaltigen Wasserbehältern und legten die unförmigen, plumpen Riesenwaffen auf große Haufen, wo schon lange Schlangen von Vonynen warteten, um sie gierig in Empfang zu nehmen. Wiederum andere waren mit Spitzhacken bewaffnet und erweiterten diesen Ort des Schreckens unermüdlich. Anders als draußen hatten die Dämonen hier unten keine Umhänge an, sondern bewegten sich unbekleidet durch diesen höllenähnlichen Ort.

Leik konnte nun erkennen, dass nicht nur ihr Gesicht halb verwest war, sondern auch der Rest des Körpers aus verfaultem Fleisch bestand, das bei einigen in dicken, braunschwarzen Fetzen von den Extremitäten hing. Trotzdem wirkten alle stark und bewegten sich kraftvoll. Ihre wie Totenschädel aussehenden Köpfe mit den glühenden, leblosen Augenhöhlen zeigten keine Mimik oder Gefühle. Der Gestank war unbeschreiblich.

Und nun stellte sich auch zweifelsfrei heraus, dass Vonynen sprechen konnten. Ihre Aufseher schrien ohrenbetäubend durch die dröhnende Halle und trieben alle anderen zu schnellerer Arbeit und Ordnung an. Obwohl Leik es nicht entschlüsseln konnte, war ihm eins klar: Dieses Chaos war organisiert.

„Bei Tamir!“, entfuhr es Filixx viel zu laut, doch der Krach in der geschäftigen Höhle hatte diesen Ausruf übertönt, auch wenn die drei Freunde jetzt blitzschnell ihre Köpfe zurück in den Gang zogen.

„Was?“, zischte ihn Morlâ deutlich leiser an.

„Das Licht, habt ihr das Licht gesehen?“, fragte der Zwergelbe aufgeregt.

„Natürlich haben wir das gesehen, die ganze verfluchte Riesenhöhle ist doch blutrot“, versetzte Morlâ.

„Nein“, hauchte Filixx und wischte sich mit seinen mittlerweile arg verschmutzten Hemdsärmeln den Schweiß aus dem Gesicht. „Ich meine den Ursprung des roten Lichts.“ Anschließend kroch er langsam zurück zur Felsöffnung und schaute vorsichtig über den Rand nach unten. Seine beiden Begleiter taten es ihm nach. Vorsichtig zeigte der Zwergelbe auf das Phänomen, das er meinte.

Leik musste blinzeln, als er Filixx' ausgestrecktem Arm folgte und in das helle rote Licht sah, das aus einer Spalte im Boden Lichtimpulse aussandte und aussah wie eine tiefe Wunde im Felsen. Massen von Vonynen waren dort mit Hacken und Schaufeln bei der Arbeit. Offensichtlich versuchten sie, den Spalt zu vergrößern, und trugen große Brocken Gestein ab. Leik konnte nicht sagen warum, aber alles in ihm sträubte sich dagegen, dass die Ungeheuer diese Öffnung vergrößerten. Es fühlte sich irgendwie falsch an. So, als würden sie damit der Erde wirklich eine tiefe Verletzung zufügen, deren Heilung nicht mehr möglich wäre. Doch er konnte sich mit den anderen nicht beraten, denn im nächsten Moment überschlugen sich die Ereignisse.

Der Gefangenenzug traf in der Halle ein. Die Menschen wurden jetzt gewaltsam von den Vonynen in den steinernen Dom getrieben. Die Bewachung war deutlich verstärkt worden. Auf jeden Dorfbewohner kam nun mindestens ein schwer bewaffneter Vonyn. Anscheinend hielt es der unbekannte Magier nicht für nötig, seine Kräfte für einen magischen Bann zu verschwenden, wenn seine Gefangenen sich in einer riesigen Höhle voller Vonynen befanden. Deutlich konnte man jetzt auf den Gesichtern der Dorfbewohner Angst und Fassungslosigkeit ablesen. Sie konnten einfach nicht glauben, was sie sahen und dass sie ein Teil davon waren.

„Sie treiben sie auf das rote Licht zu“, stellte Morlâ fest.

Leik bekam Magenschmerzen, als er Drena entdeckte. Sie sah verwirrt aus und ihre Wangen waren tränennass. Ihr schönes dunkles Haar hing ihr zerzaust um den Kopf, und im Gesicht hatte sie eine lange blutige Schramme. Offensichtlich war das Mädchen geschlagen worden. „Wir müssen etwas unternehmen!“, flüsterte Leik seinen Freunden zu.

„Ja, aber was?“, gab Morlâ zurück. „Die da unten sind uns hundertfach überlegen, und selbst ihr mit euren Möglichkeiten könnt sie nicht allein aufhalten, auch wenn du …“

Der Zwerg brauchte den Satz nicht zu beenden, Leik wusste auch so, worauf er hinauswollte. Seine Angst vor dem Zaubern war seit dem Sternballfinale stetig gewachsen. Nur noch unter Tejals Obhut hatte er seitdem Magie gewirkt. Die Furcht, jemanden unabsichtlich zu verletzen – oder Schlimmeres herbeizuführen –, war in ihm unablässig größer geworden, seitdem er der jungen Elbin Energie abgezogen und dieses Gefühl als sehr berauschend erlebt hatte.

„Keine Angst, Morlâ, heute werde ich zaubern. Die Vonynen sollten sich vor meinem Zorn in Acht nehmen, nachdem sie Drena so schändlich behandelt haben. Aber momentan sind sie viel zu viele, und uns fehlt ohne Ûlyėr sogar noch ein Krieger, der hier von unschätzbarem Wert sein könnte. Aber …“

Der Schrei eines Menschen in Todesgefahr unterbrach Leiks Ausführungen und übertönte den Lärm in der großen Höhle.

Grausiges spielte sich dort unten ab, und der Rest der menschlichen Gefangenen fiel in das angsterfüllte Schreien ein, als sie sahen, was die Vonynen mit einem der ihrigen vorhatten. Doch eine Flucht war keinem von ihnen möglich. Hilflos mussten sie mit ansehen, wie zwei breitschultrige, in pechschwarze Umhänge gehüllte Vonynen einen alten Mann aus ihrer kleinen Gruppe herauszerrten und anschließend in den rot glühenden Spalt warfen.

Im ersten Moment passierte nichts, und der Alte kam wackelig wieder auf die Beine. Augenscheinlich hatte er sich nicht verändert, doch dann begann er vor Qualen zu schreien. Das rote Licht umschloss seinen Körper. Von den Füßen aus schoss es an ihm nach oben. Die Haut, die von der Lichtquelle umschlossen wurde, bekam erst dicke Blasen, dann verfärbte sie sich rot, um anschließend braun und schlussendlich schwarz zu werden. Sekunden später war von dem eben noch lebenden Menschen nur noch Asche übrig, die sich in der Felsspalte verteilte.

„Habt ihr das gesehen? Warum machen diese Monster das? Das ist also mit den restlichen Dorfbewohnern passiert“, presste Filixx ängstlich heraus, dann wandte er sich von dem grausamen Schauspiel ab.

Momente später fesselte den Zwergelben die Szenerie erneut. Lautes Freudengebrüll und rhythmisches Stampfen kam plötzlich aus der Höhle. Erschrocken schauten die drei Freunde hinunter und sahen, dass aus der glühenden Felsspalte ein Vonyn kroch, der gerade frenetisch von seinen neuen Brüdern begrüßt wurde. Von dem Menschen, der er bis eben noch gewesen war, war nichts mehr zu erkennen.

„So entstehen also Vonynen. Mein Gott, wir müssen etwas unternehmen“, flehte Leik seine Freunde an. Er kannte schließlich jeden Einzelnen dort unten. Noch nie hatte Leik sich so hilflos gefühlt.

„Es sind zu viele!“, beharrte Morlâ. „Das wäre reiner Selbstmord. Am Ende würden sie mit uns das Gleiche machen, wenn ihre riesigen Schwerter es nicht vorher beenden.“

Doch Leik hörte seinem Freund nicht mehr zu. Die beiden Vonynen hatten wieder die Menschengruppe erreicht und wählten das nächste Opfer aus. Der Schrei, der nun ertönte, würde Leik jahrelang im Schlaf verfolgen, da war er sich jetzt schon sicher.

Drena schrie um ihr Leben.

Mit dem Mut der Verzweiflung

Wir können nicht länger warten!", rief Leik bestimmt, als er sah, dass Drena in Todesgefahr war. Er wechselte blitzartig in die Sphäre, umschloss sich mit einer magischen Schutzhülle, griff seinen Bogen, nahm Anlauf und sprang mit wehendem Mantel in die Höhle des Todes. Noch im Flug schoss er mehrere Pfeile auf die Vonynen ab, die Drena gepackt hatten. Die Geschosse bohrten sich langsam durch seine flimmernde Schutzhülle und nahmen anschließend Fahrt auf. In Sekundenschnelle brachten sie den beiden Ungeheuern den Tod.

Filixx und Morlâ mussten mit ansehen, wie ihr Freund ungebremst in die tiefe Höhle hinunterstürzte. Sein Schutzzauber würde ihn zwar vor magischen Angriffen und geschwungenen Schwertern retten, aber nicht vor dem Aufprall, der aus dieser Höhe definitiv tödlich war.

„Filixx …!", rief Morlâ panisch.

Der kräftige Zwergelbe reagierte sofort, das Mal auf seinem linken Handrücken begann zu glühen. Dann schoss aus seiner linken Hand ein feiner gelber Strahl, der direkt auf Leik zuraste.

Leik bemerkte gar nicht, dass er vor dem Aufprall sanft von einer unsichtbaren Kraft gebremst wurde. Als er sicher auf den Füßen stand, begann er sämtlichen Vonynen in seiner Nähe Lebenskraft abzusaugen. Dutzende kamen brüllend, mit hassverzerrten Gesichtern und gezogenen Schwertern auf ihn zugerannt. Doch diejenigen, die ihm am nächsten waren, gingen anscheinend ohne jeden Grund zu Boden und regten sich nicht mehr. Gleichzeitig schoss Leik aus beiden Händen regenbogenfarbene Energieblitze auf die einstürmenden Monster ab. Die davon Getroffenen sanken zwar zu Boden, standen jedoch nach kurzer Zeit wieder auf. Der Strom der verfluchten Kreaturen ebbte nicht ab, aus Dutzenden waren jetzt Hunderte geworden, die wie im Wahn versuchten, Leik mit ihren tödlichen Waffen zu treffen. Schließlich begannen sie ihn systematisch einzukreisen.

Seine Schutzhülle musste bereits erste Schwertschläge abblocken, was Leik viel Kraft kostete. Noch konnte er diese kompensieren, indem er den Vonynen milchig graue Energie absog, doch der Effekt war nicht mit den Kraftreserven eines Begabten zu vergleichen. Außerdem fühlte sich diese Macht irgendwie falsch an, als würde man einen köstlichen Braten aus verwestem Fleisch essen. Nur im ersten Moment fühlte sich Leik davon gestärkt. Schon Sekunden später spürte er, dass sie ihn schwächte. Je mehr Energie er den Dämonen abzog, desto kraftloser wurde er selbst. Dennoch konnte er nicht aufhören, wenn er seine magischen Angriffe und seinen Schutzkokon aufrechterhalten wollte.

So viele seiner Gegner Leik auch erledigte, sie schienen immer mehr zu werden. Nur der kleine Felsvorsprung, auf dem er stand, verhinderte, dass mehrere der Monster ihn gleichzeitig attackieren konnten, da maximal zwei den kleinen Hang zu ihm erklimmen konnten. Doch auch dieser kleine Vorteil war jetzt aufgebraucht. Er musste seine magischen Angriffe einstellen, da ihm immer wieder schwarz vor Augen wurde. Es war aussichtslos. Nur der Gedanke an Drenas Sicherheit ließ ihn weitermachen. Lange würde er seinen Schutzmantel nicht mehr aufrechthalten können. Noch ein oder zwei schwere Schwertschläge, dann würde auch diese letzte Barriere zwischen Leben und Tod fallen. Kraftlos ließ er sich zu Boden sinken und starrte die beiden Vonynen nur an, die sich gegenseitig behinderten, weil jeder der Erste sein wollte, der den geschwächten Gegner niedermachte. In wenigen Sekunden würden sie ihn erreicht haben.

Aus allen Seitentunneln kamen Vonynen. Hunderte bedrängten sich gegenseitig, um ihn zu erreichen, und stiegen dabei ohne jede Rücksicht über ihre gefallenen Brüder.

Jetzt hatte einer der beiden Streithähne den Weg zu ihm überwunden. Der riesige Dämon überfiel Leik mit einem schartigen, rostigen, zweihändigen Schwert.

Einen Schlag konnte die magische Schutzhülle noch abwehren. Dann war Leik zu erschöpft und ließ sie fallen. Müde hob er den

Kopf und versuchte einen letzten Blick auf Drena zu werfen, konnte sie aber nicht entdecken. Aus den Augenwinkeln sah er, wie der Vonyn beide Arme über den Kopf hob und das gigantische Schwert auf seinen Kopf niedersausen ließ. *Ich hätte dir gerne gesagt, dass ich dich liebe, Drena,* war Leiks letzter Gedanke.

„Falsche Stelle zum Ausruhen, Freund“, schrie Morlâ Leik an und blockte mit seiner Axt den tödlichen Schwerthieb ab. Dann drehte er sich geschmeidig um und schlug dem Vonyn beide Hände ab, sodass dessen Waffe scheppernd zu Boden fiel, noch immer gehalten von den grüngelb blutenden, zuckenden Klauen.

„Mann, Filixx“, rief der Zwerg seinem kräftigen Kommilitonen zu, „durch diese Schutzhülle sieht man aber schlecht!“ Dann stürzte er sich mit gezogener Axt auf eine weitere Woge Angreifer und ließ Leik auf seinem kleinen Felsvorsprung allein zurück.

Leik bemerkte, wie sein Blickfeld abrupt verschwamm. Gleichzeitig spürte er das Kribbeln magischer Energie. Irgendjemand hatte einen neuen Zauber um ihn herum gewebt, der ihn bewachte. Neben ihm, mitten im Chaos, saß Filixx mit geschlossenen Augen, umgeben von einem Dutzend bewegungsloser Vonynen. Seine Freunde hatten Leik gerettet. Ohne über das Risiko für ihr eigenes Leben nachzudenken, waren sie ihm gefolgt. Wobei – Rettung konnte man es vielleicht noch nicht nennen. Als Leik sich langsam aufrichtete, sah er, dass die Vonynen begannen, sie einzukesseln. Vorsichtig geworden verlegten sie sich nun darauf, in geschlossenen Reihen auf die drei Studenten zuzumarschieren, immer bereit auszuweichen, um nicht von Morlâs Axt oder Filixx’ tödlichen Angriffszaubern getroffen zu werden. Sie kamen näher. Und sie waren bereit, sich für den Sieg zu opfern.

Plötzlich ging eine Bewegung durch die bis eben noch militärisch aufgestellten Dämonenkrieger. Irgendetwas griff sie von hinten an. In ihrer Verwirrung schützten sich die ersten Reihen nicht mehr genug und bekamen augenblicklich Zwergenstahl und elbische Magie zu spüren. Doch sofort ersetzten neue Dämonen den Platz ihrer gefallenen Artgenossen.

Was ist da los, grübelte Leik schwer atmend und stand auf, um zu sehen, woher dieser Angriff kam. Ein Brüllen dröhnte durch die gigantische Höhle, wurde von den Wänden zurückgeworfen und durch das Echo verstärkt. Einige Vonynen begannen ängstlich zu kreischen, doch Leiks Mundwinkel gingen nach oben. *Ein orkischer Kampfschrei.* Ûlyėr hatte seine Brüder nicht vergessen.

Davon ermutigt, stürzte sich auch Leik wieder in den Kampf.

Keiner der vier vermochte zu sagen, wie lange sie gekämpft hatten, als sie plötzlich in der Nähe der glühenden Felsspalte standen und die Vonynenmassen, die unablässig auf sie zukamen, abwehrten. Der ungleiche Kampf hatte sie alle durch die Höhle gespült, und nun waren sie an dieser Stelle wieder zusammengekommen, um ihre letzte, aussichtslose Schlacht gemeinsam zu schlagen.

„Schön, dass du es einrichten konntest", brüllte Morlâ Ûlyėr zwischen zwei Axtschlägen zu.

„Ich dachte mir schon, dass ihr und eure zerbrechlichen Körperchen Hilfe gebrauchen könntet. Leider sind die meisten Tunnel nicht für meine Größe geeignet, deshalb hat es einen Moment länger gedauert", gab der Ork zurück.

Ununterbrochen strömten die Monster auf sie ein. Langsam wurden sie immer näher an den Rand des tödlichen Felsschlundes gedrückt.

Plötzlich bemerkte Leik, das etwas Neues um sie war: Die Präsenz starker magischer Kraft.

Im nächsten Moment war seine Schutzhülle verschwunden, und auch die anderen hatten keine mehr. Verzweifelt versuchte Leik, erneut in die Sphäre einzudringen, doch es gelang ihm nicht. Ein kurzer Seitenblick auf Filixx zeigte, dass es diesem genauso ging. Noch eine andere Veränderung ging vor sich. Die Vonynen blieben in einem Halbkreis von etwa fünf Metern Entfernung um die Freunde herum stehen und beschränkten sich darauf, sie nur noch hasserfüllt über ihre toten Kameraden hinweg anzustarren.

„Der Begabte", flüsterte Filixx kraftlos. „Er hindert uns daran, Magie zu wirken. Nur ein extrem mächtiger Zauberer ist dazu in der Lage. Anscheinend kann dieser hier direkt in die Sphäre eingreifen und sie verschließen."

„Komm raus, du Feigling!“, schrie Morlâ, zornig über die Unterbrechung des ungleichen Kampfs. „Stell dich mir wie ein Mann und lass deine Taschenspielertricks.“ Nichts geschah.

Leik bemerkte, dass seine Ohren rauschten. Er wunderte sich darüber, dann aber stellte er fest, dass es in dem riesigen Felsendom plötzlich vollkommen still geworden war.

Die Vonynen vor ihnen bildeten eine feste Mauer, ansonsten gaben sie keinen Mucks von sich. Nur das pulsierend wiederkehrende, rote Glühen spiegelte sich auf den versehrten Totenköpfen ihrer Angreifer wieder.

„Na, komm schon, Zauberlein“, rief Morlâ höhnisch in die Stille hinein. „Pah, er ist zu feige, um uns direkt anzugreifen. Dann machen wir eben mit seinen Lakaien weiter.“ Im nächsten Augenblick stürzte er auf einen Vonyn zu und spaltete seinen grässlichen Schädel mit der Axt. Niemand griff ein. Der im Todeskampf zuckende Körper der Kreatur klatschte auf dem Felsboden auf, grüngelbes Blut vermischte sich mit Staub.

Morlâ hob erneut seine Axt und wollte auf den Nebenmann seines Opfers einschlagen, doch seine Waffe stoppte im Schwung. Verblüffung machte sich auf dem Gesicht des Zwergs bemerkbar. Dann flog das Beil in hohem Bogen durch die Höhle und landete scheppernd irgendwo hinter den Massen der Angreifer. Doch damit nicht genug. Im nächsten Moment wurde Morlâ angehoben. Unfähig, sich zu bewegen, schwebte er in etwa zwei Metern Höhe über dem Boden. „Ist das alles, was du kannst?“, höhnte der Zwerg trotz seiner misslichen Lage.

Ûlyèr wollte seinem Freund zu Hilfe eilen, doch auch er und seine Kameraden waren gebannt und konnten sich nicht mehr rühren.

Auf einmal begann sich der schwebende Zwerg zu bewegen. Langsam flog er auf den roten Felsspalt zu. „Mehr nicht? Komm schon, du musst bessere Zaubertricks auf Lager haben. Keine Kaninchen oder irgendwas mit bunten Tüchern?“, stachelte Morlâ seinen unsichtbaren Angreifer weiter an.

Doch der ließ sich nicht beirren. Unaufhaltsam glitt der Zwerg wenige Meter über dem Boden auf die tödliche Öffnung zu. Seine Freunde mussten unverrichteter Dinge mit ansehen, wie er in

Armeslänge an ihnen vorbeischwebte. Jetzt befand sich Morlâ direkt über dem pulsierenden Licht. Seine Starre wurde aufgehoben, und er fiel unsanft in den flachen Spalt hinein.

Leik stockte der Atem. Er musste seinem Freund helfen, sonst würde Morlâ in wenigen Augenblicken das gleiche Schicksal ereilen wie zuvor den Alten aus dem Dorf. Bewegen konnte Leik sich nicht. Wieder und wieder versuchte er, in die Sphäre einzudringen, um seinem Freund mit magischem Schutz beizustehen. Doch er konnte den Bann nicht brechen.

Mehr aus Routine – im Unterricht bei Tejal hatte er es auch immer wieder und wieder probieren müssen – unternahm Leik einen letzten verzweifelten Versuch, der zu seiner eigenen Überraschung augenblicklich gelang. Mit seinen verstärkten Sinnen nahm er seinen Freund selbst durch die gewaltige energetische Macht der Felsanomalie wahr. Durch das grelle Rot, das seine Augen schmerzen ließ, sah er einen ganz leichten bläulichen Schimmer. Morlâ.

Doch das Rot war gerade dabei, das schwache Blau zu verzehren. In der realen Welt musste sein Freund bereits Höllenqualen leiden. In seiner Panik versuchte Leik mehrere Zauber hintereinander, da er nicht wusste, wie er dem Zwerg helfen konnte. Er versuchte, eine Schutzhülle um seinen Freund zu legen, dann probierte er, ihn an sich heranzuziehen und schließlich, den Zwerg zu beschwören, wie man es normalerweise nur mit Tieren machen durfte. Doch alle Versuche scheiterten.

Jetzt konnte Leik auch in der Sphäre die gellenden Schmerzensschreie seines besten Freundes hören. Das trieb ihm die Tränen in die Augen. *Ich kann wenigstens sein Leid verkürzen,* durchfuhr es ihn. Er begann behutsam die schwachen blauen Linien von Morlâ anzuzapfen. Leik merkte, wie ihn schwache Energie durchströmte. Geralds Gesicht erschien vor seinem Auge. *Ich bin genau wie Caoimhe.*

Nein! Er würde Morlâ nicht töten! Zornig warf er die Energiebänder zurück, die er eben noch von dem Zwerg abgezogen hatte. Dabei passierte etwas Unerwartetes. Die blaue Sphäre, die Morlâ umgab, war nicht mehr ganz so durchsichtig, sondern etwas kräftiger. Leik überlegte nicht lange, sondern griff sich so viele blaue Energielinien wie er konnte und schleuderte sie auf seinen Freund. Morlâs magische Aura wuchs. Mittlerweile war sie dunkelblau. Plötzlich explodierte sie vor Leiks Augen und er wurde von dieser magischen Entladung aus der Sphäre geschleudert.

Als Leik wieder in der realen Welt war, traute er seinen Augen nicht. Morlâ lag neben der Felsspalte, von Rauch umgeben, aber eindeutig lebendig. Auf seiner linken Hand glühte ein schwarzer Hammer. Die magischen Schutzkräfte, die Leik damals im Wald gerettet hatten, schützten nun seinen Freund. Instinktiv hatte der Zwerg auf dieses neue Kraftreservoir seines Körpers zurückgegriffen, das ihn nun vor größerem Schaden behütete. Morlâ hatte endlich seine Begabung entdeckt. Das und seine besonderen zwergischen Schutzkräfte hatten ihm das Leben gerettet.

„Tötet sie“, ertönte im nächsten Augenblick eine gebieterische, metallisch verzerrte Stimme.

Die Vonynen begannen augenblicklich, auf die vier Studenten einzustürmen.

Zwar konnten sich seit Morlâs dramatischer Rettung wieder alle bewegen, doch Kraft zum Kämpfen hatte keiner mehr von ihnen.

Filixx bedeckte sie alle mit einem Schutzzauber, doch Leik sah, dass der fast durchsichtig war. Mehr als ein bis zwei Schläge würde er nicht verkraften, auch der Zwergelbe war am Ende seiner Kräfte.

Leik hatte seinen Bogen schon lange eingebüßt und konnte sich nicht mehr wehren. Für magische Angriffe hatte er nach Morlâs Rettung keine Energie mehr. Er schloss die Augen und sah Drena vor sich, dann hörte er schwere Schritte auf sich zukommen. Das Geräusch war ohrenbetäubend. Vier gegen Hunderte.

Als Leik das nächste Mal die Augen öffnete, glaubte er nicht, was er sah. Die Vonynen rannten nicht auf ihn und seine Freunde zu, sondern schienen zu fliehen. Warum und vor wem? Dann sah er mehrere magische Blitze in unterschiedlichsten Farben am anderen Ende der Höhle auftauchen. Reihenweise fielen die Vonynen, die von diesem mächtigen Zauber getroffen wurden.

Zaghaft tasteten sich die vier Freunde wieder tiefer in die Höhle vor und folgten den fliehenden Dämonen.

„Junge, ich hätte gedacht, dass du mit den paar Vonynchen fertig wirst", drang auf einmal eine wohlbekannte, tiefe Stimme an Leiks Ohr. Der drehte sich um und konnte nicht glauben, wen er da sah! Gerald. Sein Ziehvater war mit der riesigen, bläulich schimmernden Axt bewaffnet, die vor Vonynenblut nur so triefte, und fing gerade einen Schwertschlag ab, der seinem Schützling ansonsten den Kopf von den Schultern getrennt hätte.

„Bleib hier in Deckung, wir treiben sie weg von euch." Dann verschwand sein ehemaliger Meister wieder im Chaos der Schlacht.

Erst jetzt bemerkte Leik, dass er und Morlâ sich völlig unbehelligt inmitten des Chaos' befanden. Filixx konnte er nicht sehen, doch ein riesiger, bunter Echsenschwanz am nördlichen Ende der Höhle und ängstliche Vonynenschreie gaben Auskunft, wo sich sein Freund befand.

Auch Ûlyèr entdeckte er, der selbst die Vonynen noch überragte. Gerade schleuderte er einen Angreifer mit beiden Händen kopfüber in eine kleine Rotte Monster, die daraufhin zusammenbrachen, um dann von einem noch größeren Ork mit einem metallenen Stab niedergemacht zu werden.

Wer ist das?, fragte sich Leik.

Im gleichen Moment entdeckte er einen übergroßen, verwegen aussehenden Hut mit einer blutroten Feder, dessen Besitzer gerade eine schöne Elbin vor einem anfliegenden schwarzen Pfeil bewahrte,

… um anschließend ein Feuerwerk an magischen Blitzen gegen die bogenbewehrte Horde Vonynen abzuschießen,

… woraufhin die Elbin sich nicht bedankte, sondern ungerührt weiterkämpfte und mit einem Wurfmesser einem Vonyn den Hals aufschlitzte,

… der gerade einem ungepflegten Zwerg den Kopf abzuschlagen versuchte, der wiederum fünf Gegner gleichzeitig mit einer kleinen Axt in Schach hielt und trotzdem sein Hühnerbein in der linken Hand nicht losließ.

Da wusste Leik, wer sie gerettet hatte.

Die Großmagister des Drianyordens. Der Mensch Tal Mac Rallen, die schöne elbische Heilerin Isilmar Morgenröte, der kampferprobte riesenhafte Ork Or und der weise Zwerg Elmar Felsengrad waren gekommen.

Gemeinsam mit seinem Ziehvater schlugen sie die Vonynen in die Flucht.

Ihr Leben war gerettet.

Glück und Trauer

Die große Kraft und Erfahrung der vier Großmagister zusammen mit Gerald entschied die Schlacht schnell für sie. Den magisch verstärkten Angriffen dieser mächtigen Zauberer hatten die Vonynen nicht viel entgegenzusetzen, zumal sich ihr Magier seit Morlâs Rettung offenbar aus dem Kampf zurückgezogen hatte. Wahrscheinlich hatte er die Niederlage frühzeitig kommen sehen und war geflohen, solange er es noch konnte. Das Gleiche versuchten jetzt auch seine Fußtruppen, doch den meisten gelang es nicht, den Ordensrittern zu entkommen.

Gerald stützte Leik, als sie die schreckliche Höhle gemeinsam durch einen schmalen Tunnel verließen. Hinter den beiden wurde Morlâ von Or wie ein Kind auf beiden Armen getragen. Ûlyèr und Filixx waren ebenfalls auf dem Weg an die Oberfläche. „Habt ihr Drena gefunden?“, fragte Leik kraftlos seinen Ziehvater. „Was ist mit den anderen?“

„Das kann ich dir leider nicht sagen, mein Junge. Du hast das Chaos doch selbst gesehen, das da unten herrschte. Die meisten Dorfbewohner haben wir schon aus der Höhle geführt. Sie hatten Glück, der alte Ramsay hat in den Stollen noch geschürft und kannte daher ein sicheres Plätzchen in einem vergessenen Wartungsschacht. Er hat die meisten von ihnen dort hingebracht und so ist die Schlacht dann relativ spurlos an ihnen vorbeigegangen. Mac Rallen und Morgenröte durchsuchen sämtliche Tunnel, und Felsengrad organisiert den Schutz der Gefangenen an der Oberfläche. Irgendjemand wird wissen, wo deine Drena ist.“ Liebevoll tätschelte der bärtige Magister seinem Schützling den Kopf.

Leik nickte nur. Seine Angst um Drena würde erst vergehen, wenn er sie leibhaftig vor sich sah.

„Da seid ihr ja!“, begrüßte Filixx Leik und Morlâ.

Das Erste, was Leik bemerkte, war die frische Luft. Der Gestank der Vonynen hatte sich aus dem Wald verflüchtigt. In den Tunneln der Mine war er noch übermächtig, aber hier draußen gab es jetzt wieder frische, sommerlich warme Waldluft.

„Eine Nachtigall“, stöhnte Morlâ, als er von Or sanft auf dem weichen Moos neben einer knorrigen Eiche abgelegt wurde. „Dann sind die Vonynen wohl wirklich vertrieben.“

Seine drei Freunde und selbst der riesenhafte Ork verharrten für einen kurzen Moment und lauschten dem schönen Gesang des Vogels der Dunkelheit. Als kurz darauf auch noch das „Schuhuuu“ eines Kauzes ertönte, waren sie sich sicher, dass das Leben zurück ins Arelltal gekommen war. Die Vonynen waren besiegt.

„Habt ihr Drena gesehen?“, fragte Leik sofort seine Freunde, nachdem Or wieder in die Höhle zurückgegangen war, um mögliche Überlebende oder Feinde aufzuspüren.

„Nein“, antwortete Filixx, „ich bin sofort zu der Gruppe Menschen rüber, die Mac Rallen und Morgenröte als Erstes mit nach oben gebracht haben, aber sie war nicht dabei. Aber es kommen immer noch vereinzelt Dorfbewohner aus der Mine. Siehst du“, der Zwergelbe zeigte auf den Eingang des Schachts, „soll ich fragen, ob sie wissen, wo das Mädchen ist?“

„Nicht nötig, ich gehe selber.“ Daraufhin erhob sich Leik schwer und humpelte zu den Befreiten, die ihn freudig begrüßten. Er musste viele Hände schütteln, wurde auch zwei-, dreimal gedrückt und ließ den Dank über sich ergehen, den die verbliebenen Bewohner Sefals ihm für ihre Rettung kundtaten. Aber niemand wusste, wo Drena war. Schließlich sprach er mit Zefi. Der Nusshändler war der Einzige, der sich nicht bei ihm bedankte. Leik hatte es nicht anders erwartet.

„Wo ist meine Nichte?“, zischte Zefi ihn an.

Leik war verblüfft. „Ist sie denn nicht bei Euch?“ Ein eisiger Klumpen bildete sich in seinem Magen.

„Nein“, schrie der deutlich gealterte Händler Leik an. „Das ist deine Schuld! Ich weiß genau, dass sie nur zum Jahreswendefest gekommen ist, um dich zu sehen, obwohl ihre Mutter es nicht wollte. Und jetzt…" Er konnte nicht mehr weiterreden, da ihn die Tränen übermannten.

„Kann sie noch in der Mine sein?", versuchte Leik es noch einmal.

Doch Zefi hörte ihm nicht mehr zu, schluchzend ging er zu seiner Frau, die ihn in den Arm nahm und ihm Trost zusprach.

Leik war verstört darüber, dass er den sonst so strengen Mann weinen sah, doch er hätte am liebsten selbst losgeweint. Er wusste nicht, was er tun sollte. Dann sah er Felsengrad aus der Mine kommen. Er lief er auf den Großmagister zu und verbeugte sich hastig vor ihm.

„Wir sind nicht in der Âlaburg, Leik. Hier draußen ist eine solche Katzbuckelei nicht nötig, vor allem nicht nach dem, was du und deine Freunde hier erlebt haben."

„Entschuldigt, Magister", begann Leik aufgeregt, „ich bin auf der Suche nach einem Mädchen, Drena. Habt ihr sie gefunden? Sie hat dunkle Haare, wunderschöne Augen und ihr Lächeln …"

Mit traurigem Blick unterbrach ihn der Großmagister. „Es tut mir leid. Mac Rallen, Or, Morgenröte und ich haben die gesamte Stollenanlage durchsucht. Wir haben auch die unterschiedlichsten Auffindezauber verwendet. Hier drin ist niemand mehr."

Leik stockte der Atem. „Das kann nicht sein. Ihr müsst noch einmal suchen." Und damit rannte er auf den Eingang der ehemaligen Silbermine zu.

„Nein", brüllte Felsengrad ihm hinterher.

Doch Leik hatte nicht vor, sich aufhalten zu lassen. Plötzlich bebte die Erde. Er wurde von den Füßen gerissen und musste hilflos mit ansehen, wie der dunkle Stolleneingang vor ihm zusammenstürzte. Auch jener riesige Felsendom, in dem Leik die letzten schrecklichen Stunden verbracht hatte, war eingestürzt. Der an einigen Stellen um mehrere Meter abgesackte Boden war Beweis genug dafür.

„Geht es dir gut?", fragte der weise Zwerg ihn, als er den Jungen erreicht hatte.

„Nein", brüllte der. „Nein! Drena!" Dann brach er in Tränen aus und trommelte kraftlos mit den Fäusten auf die breite Brust des Zwergs ein.

„Beruhige dich“, redete der Großmagister sanft auf ihn ein. „Wir mussten die Mine zum Einsturz bringen, nur so können wir verhindern, dass die Magiequelle noch einmal missbraucht wird, um Vonynen hervorzubringen. Aber ich versichere dir, dass kein Mensch mehr dort unten war.“

Tränen liefen Leik übers Gesicht. Im nächsten Moment waren Gerald und seine Freunde bei ihm und versuchten ihn zu trösten. Doch Leik war zu Tode betrübt. *Drena,* flehte er in Gedanken. *Drena, wo bist du?*

Zwischenspiel des Bösen

Der riesenhafte Vonyn verbeugte sich tief vor der kleinen, schmalen Gestalt, die aus dem Schatten des Waldes auf die Lichtung trat.

„Wir haben den Jungen verloren, Meissssterin!"

Die schmächtige Gestalt hob den rechten Arm und ein rot glühender Lichtstrahl schoss auf das entstellte Gesicht des Vonyn zu, der schreiend zusammenbrach. „Gnade, Meissssterin! Gnade!"

Die schattenhafte, kleine Person antwortete auf diese Bitte mit glockenheller weiblicher Stimme, in der keinerlei Wärme lag. „Warum sollte ich dein Versagen belohnen? Jahre der Vorbereitung sind verloren. Nur weil du und deinesgleichen nicht in der Lage seid, einen minderjährigen Studenten und seine pubertierenden Freunde zu besiegen. Es ist schon das zweite Mal, dass der Junge deinen Kriegern entwischt. Du hattest versprochen, dass sich Kualls Fehler nicht wiederholen würde."

„Ich …", der starke Vonyn ächzte unter dem Zauber, der ihm die Luft raubte, „ich habe jemand anderessss."

Der rote Lichtstrahl verebbte. „Rede, wenn dir dein verderbtes Leben lieb ist."

„Wartet." Die monströse Kreatur rappelte sich auf und lief zum Rand der Lichtung.

Schweigend wartete die verhüllte Frau.

Nach einigen Sekunden kam der Vonyn zurück. Über seiner Schulter lag eine leblose Gestalt. Unsanft ließ das Ungeheuer sie zu Boden gleiten.

Seine Gebieterin beugte sich über das zarte Wesen und drehte den Kopf des Mädchens so, dass sie ihr direkt ins Gesicht sehen konnte. „Eine Schönheit, fürwahr. Doch was soll sie uns helfen?"

„Ssssie bedeutet dem Jungen etwassss“, versicherte der Vonyn. „Ich habe ihn ihren Namen rufen hören, und auch sssseine Gedanken drehen sich nur um ssssie. Drena.“

„Ich spüre, dass du die Wahrheit sagst. Gut, das ist wirklich gut. Der Junge wird sie suchen und dann …“ Die mysteriöse Frau sprach ihren Gedanken nicht weiter aus.

Der Vonyn verbeugte sich vor ihr. „Beim nächssssten Mal wird er mir nicht entkommen.“

„Da bin ich mir sicher“, antwortete seine Meisterin. Gleichzeitig hob sie das bewusstlose Mädchen mit einem Zauber an. „Dir wird er nicht noch einmal entkommen. Ich habe dir eine Stimme gegeben und ich kann sie dir auch wieder nehmen.“ Damit schoss sie einen dicken roten Blitz auf die Kreatur ab mit einer Beiläufigkeit, als würde man eine Fliege verscheuchen.

Der Vonyn brach augenblicklich tot zusammen.

Die Meisterin verließ mit dem schwebenden Mädchen die Lichtung und verschwand im nachtdunklen, dichten Wald.

Prüfungsergebnisse

Zurück zur Âlaburg verlief die Reise diesmal wesentlich schneller. In Begleitung von vier Großmagistern zu reisen hatte einige Annehmlichkeiten, die die Freunde genossen.

Leik war der Karawane schweren Herzens gefolgt. Dazu hatte Gerald ihn gebracht, der wieder ganz in die Rolle eines Ersatzvaters geschlüpft war. Schonend brachte er seinem Schützling bei, dass auch die alte Jagdhütte von den Vonynen vernichtet worden war. Die Retter hatten nur noch rauchende Trümmer vorgefunden. Damit war Leiks altes Leben endgültig zu Ende.

„Lass den Kopf nicht hängen, Junge", sagte Gerald, „eine kleine Aufmunterung habe ich für dich." Dann pfiff er kurz, und aus dem Dickicht des Waldes kamen zwei Pferde. Olander und Rewen.

Leik drückte den Kopf an den Hals seines treuen Pferdes und ließ seine Tränen in Rewens Fell versickern. Das vertraute Tier gab ihm etwas Trost, doch sein Verlust war zu groß. Sicher würde er niemals wieder fröhlich sein können. Dennoch, gemeinsam mit Gerald, den Großmagistern und vor allem seinen drei Freunden fand er zurück in ein halbwegs normales Leben. Aber Leik schwor sich, weiter nach Drena zu suchen. Tief in seinem Inneren war er sich sicher, dass sie noch am Leben war.

„Ich kann es immer noch nicht glauben", sagte Morlâ und entfachte das Lagerfeuer auf magische Weise. Seit Tagen schon experimentierte er mit seinen neu entdeckten Fähigkeiten und machte dabei bemerkenswerte Fortschritte. Schließlich hatte er auch fünf der besten Magister Razuklans an seiner Seite, die ihr Wissen gerne weitergaben. „Ich wollte mich noch einmal bedanken, Leik", begann der Zwerg, als das Reisig Feuer fing.

Sein menschlicher Freund unterbrach ihn. „Das brauchst du nicht, eigentlich wollte ich dich töten, war dann aber zu wütend", versuchte Leik einen Scherz, um Morlâs andauernde Dankessprüche endlich zu beenden.

„Ja, ja, das weiß ich. Aber was du getan hast", flüsterte Morlâ, weil sie verabredet hatten, außer Filixx und Ûlyėr niemandem etwas über Leiks außergewöhnliche Fähigkeit zu erzählen, „das hat noch nie ein Begabter vor dir getan. Du hast Magie in einem Wesen entfacht."

„Naja, ein bisschen Magie hattest du ja schon in dir", versuchte Leik die Sache herunterzuspielen.

„Nein, denk doch mal nach. Du bist nicht nur ein Farbseher, du besitzt auch die Fähigkeit, Magie an alle begabten Völker zu geben oder sie ihnen zu nehmen. Das bedeutet unendlich viel Macht, aber auch eine große Bürde. Bisher entschied der Zufall, wer begabt ist und wer nicht. Jetzt kannst du das beeinflussen."

Leik hatte bereits selbst darüber nachgedacht. Doch erst als Morlâ es aussprach, begriff er, was seine Fähigkeit bedeutete. Nun betrachtete er sie nicht mehr länger als einen Fluch. Er war nicht gezwungen, Magie zu nehmen und Schaden damit anzurichten. Er konnte sie auch geben. Im Notfall auch zurückgeben. Das beruhigte ihn ungemein.

„Ich bin dir ungeheuer dankbar. Du hast mein Leben verändert. Ich muss mich nicht länger als Zwerg am falschen Ort fühlen. Die Universität wird mein Zuhause bleiben." Daraufhin klopfte Morlâ Leik unbeholfen auf die Schulter und schlug sich ins Unterholz, um noch mehr Brennmaterial für ihr Feuer zu besorgen.

Jetzt kann er endlich in die zwergische Verbindung Ølsgendur wechseln, dachte Leik, traurig darüber, seinen Mitbewohner zu verlieren, *der Hammer auf seinem linken Handrücken gibt ihm jede Berechtigung dazu.*

Am nächsten Nachmittag hatte die kleine Gruppe die Âlaburg erreicht. Lekan öffnete majestätisch seine Pforten vor den Heimkehrern. Auf dem Campus erwartete sie … niemand. Doch, Leik konnte in der Ferne eine einzelne weibliche, blonde Person ausmachen. Gwendolin. *Na, das geht ja wieder gut los,* dachte Leik und gab Rewen leicht die Sporen.

Als die kleine Truppe im Burginneren angekommen war, verbeugte sich Gwendolin tief vor den Großmagistern. „Tejal bittet euch, so schnell wie es euch möglich ist, in ihr Büro zu kommen. Es geht“, sie warf einen gehässigen Blick auf Leik, Morlâ, Filixx und Ûlyėr, „um die Bewertung der Missionsergebnisse der vier mit euch reisenden Studenten.“

„Der vier mit euch reisenden Studenten“, äffte Morlâ die Elbin nach. „Gweny, hast du etwa unsere Namen vergessen?“

„Morlâ!“, fuhr ihn daraufhin Gerald – jetzt wieder ganz Hausvorsteher – an.

„Selbstverständlich kommen wir dieser Bitte gerne nach“, antwortete Mac Rallen nonchalant, was Gwendolin ein wenig erröten ließ.

„Kommt Ihr mit uns, Magister Gerald?“, fragte Felsengrad.

„Nein, nein“, wehrte der ab. „Ich muss noch die Pferde versorgen und …“

„Ach, immer noch diese alte Geschichte“, flötete Morgenröte fröhlich zwinkernd, worauf Gerald zu Leiks großer Verwunderung ebenfalls rot wurde. „Na, sie wird schon nach Euch rufen, wenn sie Euch braucht.“ Und lachend folgte die schöne Elbin den Großmagistern.

Gerald räusperte sich. „Ähm … also, die Pferde …“ Er pfiff kurz, und schon trotteten die Tiere hinter ihm her. Leik konnte immer noch kaum fassen, mit welch fantastischen Fähigkeiten die Großmagister die Tiere über den steilen Panrapass bekommen hatten. Aber den Rittern war wohl jedes Mittel recht gewesen, um Leik ein wenig aufzuheitern, und Rewen und Olander nun in der Âlaburg zu wissen, tröstete ihn tatsächlich.

„So, wieder zu Hause“, begann Filixx, „fühlt sich komisch an. Könnt ihr euch vorstellen, morgen wieder im Seminar zu sitzen?“

„Wenn sie uns nicht durch die Prüfung fallen lassen“, fügte Leik hinzu, „so richtig mit Ruhm bekleckert haben wir uns ja nicht. Ohne die Großmagister hätten wir ganz schön alt ausgesehen, und wir haben auch nicht rausbekommen, was da wirklich los war. Nur dass irgendjemand die Einwohner von Sefal mit der magischen Energiequelle in Vonynen verwandelt hat, aber wozu und wer, das weiß niemand.“

„Naja, eine Vier wird es doch hoffentlich werden“, sagte Morlâ, „immerhin sind wir alle in einem Stück zurückgekommen. Und ich kann jetzt sogar Magie anwenden“, bei diesen Worten glitt sein Blick sehnsüchtig zum Verbindungshaus von Ølsgendur hinüber.

Einige Stunden später, Leik und Morlâ waren in ihren ungewaschenen Kleidern in den Betten ihres kleinen Zimmers eingeschlafen, überbrachten Rulu und Ulur die Nachricht, dass sie alle unverzüglich zu Tejal kommen sollten. Ihre Prüfungsergebnisse lägen vor.

Mit schlechter Laune, Kopfschmerzen und üblem Geschmack im Mund stand Leik auf. Morlâ war nach der Nachricht der Zwillinge einfach wieder eingeschlafen. „Morlâ“, er rüttelte ihn an der Schulter. „Morlâ, wir müssen zur Rektorin. Hoch mit dir!“

Etwa zehn Minuten später hatten es die beiden endlich geschafft, das Zimmer zu verlassen. Mit glasigen Augen und strubbeligen Haaren trafen sie im Flur der Gemeinschaftsunterkunft auf Filixx und Ûlyėr. Beide waren augenscheinlich frisch gewaschen und trugen die schneeweiße, akkurat gebügelte Schärpe ihres Hauses.

„Wie seht ihr denn aus?“, fragte Filixx mit weit aufgerissenen Augen, als er seine Kommilitonen in ihrem desolaten Zustand sah.

Leik und Morlâ glotzten ihren Freund nur verständnislos an.

„Mann, Jungs, wir gehen jetzt zur Verkündung unserer Missionsergebnisse. Das entscheidet nicht nur über unsere Noten in diesem Semester, sondern ist wahrscheinlich eine einmalige Angelegenheit. Wer weiß, ob jemals wieder einer von uns für eine Ordensmission ausgewählt wird. Tejal wird erwarten, dass wir diese Ergebnisse respektvoll entgegennehmen, um die Universität zu würdigen.“

In nur fünf Minuten hatten es der Mensch und der Zwerg geschafft, grau-weiße – wenn auch knittrige und ziemlich fleckige – Schärpen über ihre alten Klamotten zu drapieren und sich irgendwie mithilfe von reichlich Wasser die Haare an den Kopf zu klatschen.

„Da seid ihr ja endlich“, zischte Gwendolin hinter ihrem Tresen im Vorraum des Direktoriums hervor. „Jeder von euch bekommt sein Ergebnis der Mission einzeln verkündet. Als Erster geht Ûlyėr hinein.“

Der grimmige Blick des riesigen Orks, der in dem Raum leicht gebeugt stehen musste, veranlasste die sonst so selbstbewusste Elbin dazu, noch ein „Bitte!“ hinzuzufügen, bevor sie vorausging, um ihn durch die Tür ins Büro der Direktorin zu geleiten.

Leik, Morlâ und Filixx blieben zurück und nahmen Platz auf der unbequemen Bank, die den Aufenthalt im Sekretariat jedes Mal zu einer Qual machte.

Leik hatte schon nach fünf Minuten Rückenschmerzen, er war es einfach nicht gewohnt, so gerade zu sitzen. Ein Gespräch entwickelte sich nicht zwischen den Freunden. Das hatte zum einen sicher damit zu tun, dass Gwendolin hinter ihrem Tresen geschäftig mit Bergen von Papyri zugange war, aber zum anderen auch damit, dass alle ihren Gedanken nachhingen. Mit der Verkündung ihrer Missionsergebnisse endete für die drei Freunde das aktuelle Semester. In wenigen Tagen würde es Abschlusszeugnisse geben. Die Vornoten in den Fächern der sieben Weisheiten würden fünfzig Prozent ihres Abschlussergebnisses ausmachen, die andere Hälfte entschied sich für jeden von ihnen mit der Verkündung in wenigen Minuten.

Für Filixx war das Ergebnis wichtig, weil es entscheiden würde, ob er einfach nur ein außergewöhnlich Begabter in magischer Theorie war, oder ob er auch in der wirklichen Welt seine Fähigkeiten anwenden konnte. Seine zukünftige Tätigkeit konnte von den heutigen Ergebnissen stark beeinflusst werden.

Morlâ brauchte dringend ein gutes Resultat, weil es darüber entschied, ob er in das nächste Semester versetzt würde. Jehal hatte ihm in Magie mit Sicherheit die schlechteste Note gegeben, und dafür brauchte er dringend einen Ausgleich. Sollte er in einem Fach insgesamt mit einem Ungenügend bewertet werden, müsste der Zwerg die Universität verlassen.

Leik gingen all diese Dinge durch den Kopf. Doch hauptsächlich dachte er daran, wie sich sein Leben im letzten halben Jahr verändert hatte. Aus einem Jagdlehrling, der dachte, Zauberei würde es nur im Märchen geben, war ein Student der Âlaburg geworden, der Magie selbst anwenden konnte. Zwar schmerzte ihn der Verlust Drenas nach wie vor, doch jene unglaublichen und fantastischen Dinge, die er im letzten Semester erlebt hatte, gaben ihm einen gewissen Trost. Außerdem hatte Leik Freunde gefunden. Ganz besondere, die für ihn durch das Feuer gehen würden, das hatte ihr Abenteuer mehrmals bewiesen. *Und ich würde das auch für sie tun,* dachte Leik, und ein Lächeln huschte über sein Gesicht.

Filixx wurde als Nächster in das Büro der Rektorin hineingerufen, dann folgte Morlâ. Leik war der Letzte, der Tejals Zimmer betrat. Inzwischen war es früher Abend. Sie hatte anscheinend viel mit den anderen zu bereden gehabt. Der Student verbeugte sich tief und ehrfürchtig.

„Setz dich!", forderte Tejal ihn auf.

Daraufhin ließ er sich in den gemütlichen braunen Ledersessel fallen, in dem er in seinen Sonderstunden schon so oft Platz genommen hatte. Die Sitzfläche war noch warm von Morlâ, der bis eben dort gesessen hatte.

Bevor sie anfing zu sprechen, musterte die Großmagistra Leik lange. Gerade als er anfing, sich unbehaglich zu fühlen, begann sie. „Nun Leik, wie ist es dir bei eurem Abenteuer ergangen? Gibt es etwas Bedeutsames, das du mir noch enthüllen möchtest, bevor ich deine Leistungen aufgrund der Beobachtungen der Großmagister bewerte?"

Leik bekam einen roten Kopf. Tejal hatte die dumme Angewohnheit, immer genau die Frage zu stellen, deren Antwort man ihr verheimlichen wollte. „Nein …", brachte er leise hervor.

„Sicher?", hakte sie nach. „Du weißt, was schon alles passiert ist, weil du deine Fähigkeiten zu spät offenbart hast."

Damit hatte sie ihn. Leik erzählte ihr von der magischen Intervention, die er bei Morlâ durchgeführt hatte, sodass der jetzt sein magisches Potenzial abrufen konnte.

„Danke, dass du mir endlich vertraust", gab die Rektorin zurück. „Deine Fähigkeiten sind in der Tat einmalig und im Prinzip ist es gut, dass du sie für dich behältst oder nur mit einem sehr ausgewählten Kreis teilst", fuhr sie augenzwinkernd fort. „Die anderen haben übrigens nichts davon erzählt. Natürlich nicht." Schnaubend ließ sie sich in ihren schweren Bürostuhl zurückfallen, dessen Lehne daraufhin knarzend leicht nach hinten kippte. „Ihr vier seid auf dieser Mission eine richtig eingeschworene

Gemeinschaft geworden, was?“, fragte die Großmagistra. „Ich bin sehr stolz darauf. Seit Or, Felsengrad, Morgenröte und Mac Rallen seid ihr das erste Missionsteam, das aus allen vier Völkern besteht. Der Gedanke der Âlaburg könnte nicht besser verwirklicht werden.

Was deine speziellen Talente angeht, ist auch diese Entwicklung eigentlich äußerst positiv. Jetzt liegt es ganz bei dir, wie du sie einsetzt. Du kannst selbst entscheiden, ob du Magie zum Guten nutzt und hilfst oder ob du großen Schaden damit anrichtest. Die Verantwortung liegt bei dir!“ Die Direktorin sah ihn über ihren großen Schreibtisch hinweg streng an. „Ich erwarte, dass du dich richtig entscheidest, wenn der Zeitpunkt gekommen ist. Razuklan hat vielleicht auf jemanden wie dich gewartet. Einen Begabten, der andere initiieren kann. Seit Jahrzehnten schon kommen immer weniger Studenten zu uns. Niemand weiß genau warum, aber die Gabe scheint langsam vom Kontinent zu verschwinden. Eventuell kannst du sie zurückbringen. Auf der anderen Seite bist du aber auch in der Lage, einen anderen Begabten seiner Fähigkeiten zu berauben. Du könntest auch das Ende der Magie auf Razuklan sein. Das musst du also immer gut bedenken!“

Leik wusste darauf nichts zu sagen. Die Worte seiner Rektorin hatten ihn geradezu erschlagen.

„Ach ja“, die Direktorin lächelte, „fast hätte ich es vergessen: dein Prüfungsergebnis.“

Leiks Herz machte schon wieder einen Sprung. Die Rektorin hatte dazu wirklich eine Begabung.

„Wie du dir sicherlich schon denken kannst, muss ich dir …“

Leik ließ die Schultern hängen, als Tejal die Verkündung seiner Missionsergebnisse so begann.

Grinsend fuhr sie fort: „… wie auch deinen Begleitern ein sehr gutes Missionsergebnis attestieren. Nicht nur, dass durch euren heldenhaften Einsatz das Leben vieler Menschen gerettet wurde, darüber hinaus habt ihr auch das Geheimnis geklärt, wer die Handelskarawanen und Sefal angegriffen hat und woher der unbekannte Magier die Kraft hatte, derartig viele Vonynen zu erschaffen. Wenn der Preis dafür auch …“, die Miene der Rektorin verdüsterte sich, „sehr hoch war. Mögen die armen Seelen jener

Bewohner von Sefal in Frieden ruhen, die durch verderbte Magie in Ungeheuer verwandelt wurden."

Leik bekam eine Gänsehaut, als er daran dachte, wie der alte Dorfbewohner verwandelt wurde. Gleichzeitig überfiel ihn große Trauer über den Verlust so vieler Menschen, die ihn zum Teil sein Leben lang begleitet hatten.

„Gerade weil du persönlich betroffen warst, ist dein Einsatz umso höher zu werten. Du wirst für alle sieben Wissenschaften mit Sehr gut bewertet. Das bedeutet, dass du rein rechnerisch nicht mehr durchfallen kannst. Herzlichen Glückwunsch, Leik, du hast das erste Semester der Âlaburg sehr erfolgreich bestanden." Die Rektorin war aufgestanden und schüttelte jetzt ihrem verdutzten Schützling die Hand.

Völlig überwältigt wollte Leik das Büro durch die Hintertür verlassen, als Tejal ihn noch mal ansprach.

„Leik", sie sah ihn sehr ernst, aber auch traurig an, „ich weiß, dass du persönlich einen besonders großen Verlust erlitten hast und ich will dir nicht zu viel Hoffnung machen, aber", die Direktorin stockte kurz und schaute ihrem Studenten tief in die Augen, „nicht weit weg vom Eingang zur Mine auf einer Lichtung haben Späher des Ordens einen toten Vonyn gefunden, der eindeutig durch Magie aus dem Leben gerissen wurde. Nachweislich hat das niemand aus dem Orden getan. Das eigentlich Interessante daran ist, dass man im zerdrückten Gras klar den Abdruck eines abgelegten menschlichen Körpers erkennen konnte, der anschließend magisch angehoben wurde, das konnten die Magier des Ordens vor Ort herausbekommen. Der fremde Zauberer, wer auch immer es war, ist uns entkommen und er hat jemanden mitgenommen. Und da Drena die Einzige aus der entführten Gruppe von Dorfbewohnern war, die fehlte …" Die Großmagistra beendete ihren Satz nicht, sondern ließ sich schwer in ihren Sessel fallen.

Das war das Zeichen für Leik zu gehen. *Sie könnte noch leben.* Hoffnung überflutete die Trauer in seinem Herzen. *Wenn sie noch lebt, finde ich sie!* Er trat hinaus in den warmen Abend. Die Sonne versank gerade als glühender Ball hinter den mächtigen Mauern der Universität. Im gleichen Moment lief er seinen Freunden in die Arme. Die ihn angrinsten. *Wir werden sie finden,* dachte Leik.

„Mann, ein Sehr gut. Ich glaube, ich hatte hier noch nie eine Eins", freute sich Morlâ auf dem Weg zurück zum Wehrturm. „Und ich …" Er druckste plötzlich herum.

„Was", neckte Filixx ihn, „hast du auf einmal Geheimnisse vor uns?"

„Ähm", begann der Zwerg verlegen, „ich kann zu Ølsgendur, wenn ich möchte. Tiefenschacht war mit im Büro, und als er das Mal gesehen hat und von meinen Heldentaten hörte", bei diesen Worten zwinkerte Morlâ ironisch, „machte er mir sofort das Angebot, in die zwergische Verbindung zu wechseln. Noch heute, wenn ich möchte."

Schlagartig herrschte Ruhe. Allen war klar, was das bedeutete. Sie würden im nächsten Semester keinen gemeinsamen Unterricht mehr haben, die Sternballmannschaft zerbrach und auf mögliche zukünftige Missionen konnte ein Bruder von Ølsgendur wohl kaum Angehörige des Weißen Hauses mitnehmen oder begleiten, wenn er nicht gleich wieder seinen neu gewonnenen Status als vollwertiges Mitglied dort gefährden wollte.

Leik durchbrach als Erster die Stille. „Und, hast du dich schon entschieden?"

Morlâ schaute seinen Freunden in die Augen.

„Ja, das habe ich." Dann zog er unter seinem Hemd die Kette hervor, an der die kleine goldene Scheibe baumelte, die ihm bis jetzt den Zugang zum Weißen Haus gewährt hatte. Er riss sie sich vom Hals und warf sie, so weit er konnte, von sich.

Leik war äußerst enttäuscht. „Also im nächsten Semester Ølsgendur ...", begann er.

Morlâ unterbrach ihn, indem er die linke Hand in das Maul des Wasserspeiers legte. Daraufhin öffnete sich die Tür zum Weißen Haus. „Ich glaube, Blau-Rot steht mir nicht." Und damit ging der Zwerg die Treppe hinunter.

Grinsend folgten Leik, Filixx und Ûlyėr ihrem Freund.

ENDE

Die Sprache Razuklans

Nur noch wenige Fragmente geben wieder, wie die alten Sprachen gesprochen wurden. Daher will ich an dieser Stelle alle in den Archiven vorhandenen Informationen zusammenfassen, die die Fünf Weisen mir bringen konnten.

Ich kann euch sagen, dass die Hochsprache, die an der Âlaburg gesprochen werden muss, unserer heutigen Sprache und Aussprache sehr ähnlich ist.

Um die Sprache der Orks zu imitieren, müsst ihr versuchen, ein rollendes „R“ zu sprechen - wie in Řischnărr (Rrrrischnärrrrr). Außerdem sind in den Worten häufig Umlaute vorhanden. Viele ihrer Schriftzeichen sind heute nur noch auf dem Papier existent. Daher sprechen sie die Gelehrten so, wie sie den heutigen Buchstaben entsprechen, z.B. Çawakï als Cawaki, oder Ꝁuelnk als Külnk und Ᵽyzu als Püzu.

Die Sprache der Zwerge enthält ebenfalls viele Umlaute, auch wenn sie natürlich in der alten Sprache anders geschrieben wurden, z.B. Ølsgendur (Ölsgendur). Andere Buchstaben können wir heute nicht mehr zuordnen, so schreiben wir zwar Morlâ, doch gesprochen wird der Name nur noch Morla.

Namen und Sprache der Elben basieren meist auf den Blumen und Pflanzen, die sie anbauen und verehren. Wundert euch nicht, viele ihrer floralen Meisterwerke sind leider schon ausgestorben und daher ihre Namen in Vergessenheit geraten. Doch solltet ihr manchmal eine tolle Blume auf einem Feld oder mitten im Wald entdecken, kann es sein, dass diese Pflanze elbischen Ursprungs ist.

Die Namen der Menschen finden wir heute noch oft in Schottland oder Irland. Sie haben die Zeiten am längsten überstanden.

Viele Worte aus Razuklan, die uns heute schwer über die Lippen kommen, muss man nur ein- oder zweimal laut aussprechen, damit sie einem in Fleisch und Blut übergehen, z.B. Vonynen als Wonünen.

Andere Begriffe müsst ihr euch selbst beibringen, denn die verkohlte Pergamentrolle, die die Fünf Weisen mir überlassen haben, war an vielen Stellen nicht mehr zu entziffern.

Greg Walters

Danksagung:

Viele Leute waren daran beteiligt, dass das Buch nach vielen Jahren endlich das Licht der Welt erblickt hat.
Als Erstes möchte ich meiner Frau Kristin danken. Sie war meine erste Testleserin, Korrekturleserin, Ratgeberin und Motivatorin. Ohne sie würde es „Die Geheimnisse der Âlaburg“ nicht geben. Du weißt schon …
Danke auch an meine vielen anderen Testleser: Meine Eltern, meine Schwester Nadja und im Besonderen Uli und Nico, deren Feedback mich schlussendlich dazu bewogen hat, dieses Buch zu veröffentlichen.
Ein ganz besonders großer Dank geht an meine kritische, lustige und immer logisch denkende Lektorin Ursula Tanneberger. Ich freue mich auf ein Getränk mit Ihnen.
Einen riesen Dank auch an meine beiden Fehlerdetektivinnen Andrea und Martina (http://derbuecherkessel.blogspot.de).
Großes Dankeschön auch an ALERIM für das tolle Cover. Ich hoffe, es macht vielen Menschen Lust, die Geheimnisse der Âlaburg zu ergründen.

Greg Walters, Herbst 2015

Das Abenteuer geht weiter!

„Die Legenden der Âlaburg"
(Farbseher Saga 2)

Leseprobe, Kapitel 1 - Die Legenden der Âlaburg

Auf der Suche

Leik hetzte durch den engen, dunklen Tunnel. Er war völlig durchgeschwitzt. Links und rechts neben sich spürte er an seinen ungeschützten Händen und Handgelenken die groben, scharfkantigen Felswände des schmalen Ganges. Leik zog scharf die Luft ein, als er sich zum wiederholten Male an der schroffen Wand den rechten Handrücken aufschürfte, diesmal würde es bluten, da war Leik sich sicher. Er rannte weiter. Er hatte jetzt keine Zeit und konnte in dieser Dunkelheit ohnehin nicht genug sehen, um seine zerschundenen Hände zu betrachten. Die Verletzungen waren ihm auch vollkommen egal, ebenso seine leichte Platzangst. Alles wurde von dem einen Gedanken verdrängt, den Leik im Kopf hatte und der ihn weitertrieb:

Ich muss sie finden! Er wiederholte es wie ein Mantra: Ich muss sie finden! Ich muss sie finden! Ich muss sie finden! Ich muss sie finden! ...

Eine Wegkreuzung tat sich vor Leik auf. Schlitternd kam er auf dem losen Gestein des Tunnelgangs zum Stehen und verschnaufte einige Sekunden. *Welchen Weg muss ich nehmen*, überlegte er fieberhaft. Es ging um jede Sekunde, das wusste er.

Leik schloss die Augen. Atmete mehrmals tief ein und aus und versuchte sich etwas zu beruhigen. Dann trat er in die Sphäre ein. Sofort waren seine Sinne hundertfach geschärft. Der enge Gang um ihn herum zerfloss in die Farben des Regenbogens, und obwohl die Farbe Blau eindeutig überwog, schossen auch gelbe und rote Energiebänder um seinen Körper. Selbst die Dunkelheit wich ein wenig aus dem Tunnel, der durch das Glühen der Sphärenbänder beleuchtet wurde.

Er näherte sich mit magisch verstärkten Sinnen der rauen Felswand. Dann nahm Leik die Energie der Sphäre auf. Das rote

Band glitt routiniert in seine Hände, doch auch gelb und blau mischten sich in den letzten Wochen immer selbstverständlicher darunter, wenn auch in geringerem Maß, und stärkten seine Kraft. Er legte die Handflächen auf den Fels, dessen feine marmorierte Struktur und unterschiedliche Farbnuancen Leik nun, trotz der Düsterkeit, problemlos wahrnehmen konnte. Doch für die Schönheit des unterirdischen Gesteins hatte er jetzt keinen Blick übrig.

Ich muss sie finden! Ich muss sie finden! ...

Kaum hatte Leik den Fels berührt, drang der von ihm gewobene dreifarbige Energiestrahl in das Gestein ein. Einen Augenblick später tat sich für Leik eine Art Ausschnittskarte des Tunnelgewirrs vor seinem inneren Auge auf. Nach links! Die Magie wies ihm den Weg. Leik ließ sich bereitwillig führen und bog in den linken Gang ein, der steil abwärts führte, und setzte seine fieberhafte Suche fort.

Nach wenigen Metern hatte Leik wieder seine ursprüngliche Geschwindigkeit inne und erneut begann der Schweiß zu fließen. Die große Anstrengung, aber auch die schwüle Hitze tief unter der Erde, führten dazu. Ebenso die verbraucht schmeckende Luft, die dafür sorgte, dass Leik die Kräfte immer weiter schwanden. Ohne es zu merken, wurde er langsamer. Eine nächste Weggabelung tat sich auf. Diesmal waren fünf Gänge zur Auswahl. In dreien davon würde Leik auf allen Vieren kriechen müssen, um sie zu passieren. Doch das war ihm egal.

Ich muss sie finden! Ich muss sie finden! ...

Er wiederholte sein Ritual von der letzten Kreuzung, um sich für den richtigen Weg zu entscheiden. Doch gerade als er die Hände an die Felswand legen wollten, explodierte in der Sphäre ein greller Blitz, der Leik für einen kurzen Moment erblinden ließ. Vor Schreck zog er seinen Kopf nach vorn, um dem hellen Licht auszuweichen, und rammte sich den Schädel an der scharfkantigen Gesteinswand.

Mit tränenden Augen und voller Schmerzen und Wunden am ganzen Körper, war Leik kurz davor aufzugeben und sich einfach hier an Ort und Stelle hinzusetzen. Doch wieder hallten die Worte durch seinen Kopf.

Ich muss sie finden! Ich muss sie finden! ...

Er sammelte seine letzten Kräfte und tastete erneut nach dem Fluss des Gesteins. Wieder tat sich vor seinem inneren Auge ein kurzer Kartenausschnitt des gigantischen Tunnellabyrinths auf. Leik holte tief Luft und ging taumelnd auf den Gang in der Mitte zu. *Ich werde kriechen müssen*, dachte er erschöpft. Ächzend ließ er sich auf Knie und Hände fallen und wollte gerade in den engen Gang eintauchen, als eine magisch verstärkte Stimme durch die Dunkelheit der Tunnel hallte.

„Die Zeit ist um, Leik! Dass du den Sphärenwecker aber auch immer ignorierst! Noch stärker kann ich leider nicht in die magische Schicht eingreifen, auch wenn ich hier auf dem Gebiet der Zwerge einen gewissen Standortvorteil habe. Aber diesmal bist du ein ganzen Stück weiter gekommen als beim letzten Mal. Allerdings sollte sich unbedingt jemand deinen Kopf ansehen, deine Stirn ist ganz blutig und deine Handflächen brauchen auch endlich mal eine Pause. Wir haben doch Ferien, vergiss das nicht“, hörte er Filixx sagen. „Bleib einfach, wo du bist! Morlâ ist gleich bei dir.“

Leik ließ sich nach diesen Worten auf die Seite fallen, zu kraftlos und enttäuscht, um zu antworten. *Ich muss besser werden, sonst werde ich Drena niemals finden*, ermahnte er sich, und das schöne Antlitz seiner Angebeteten erschien vor seinem inneren Auge. Drena, wie sie sich über eine Kerze beugt und kurz hochschaut, bevor sie das Licht löscht, um anschließend mit der Dunkelheit zu verschmelzen.

Alle Infos, Probekapitel und Gewinnspiele unter:

www.gregwalters.de
www.facebook.com/gregwaltersautor
www.instagram.com/gregwalters_autor/

16185744R00243

Printed in Poland
by Amazon Fulfillment
Poland Sp. z o.o., Wrocław